W0072442

BASTEI
LÜBBE

REINHARD SCHMOECKEL

Das Dampfroß

Historischer Tatsachenroman
um den Bau der ersten Eisenbahn
BONN – KÖLN

BASTEI
LÜBBE

BASTEI-LÜBBE-TASCHENBUCH
Band 14459

1. Auflage: Dezember 2000

Vollständige Taschenbuchausgabe

Bastei Lübbe Taschenbücher
ist ein Imprint der Verlagsgruppe Lübbe

Originalausgabe
© 2000 by Verlagsgruppe Lübbe GmbH & Co. KG, Bergisch Gladbach
Titelillustration: Artothek / Powel
Umschlaggestaltung: Manfred Peters
Satz: Druck & Grafik Siebel, Lindlar
Druck und Verarbeitung: Brodard & Taupin, La Fleche
Printed in France
ISBN 3-404-14459-7

Sie finden uns im Internet unter
http://www.luebbe.de

Der Preis dieses Bandes versteht sich einschließlich
der gesetzlichen Mehrwertsteuer.

INHALT

Vorwort

Die linksrheinische Eisenbahnstrecke von Köln nach Bonn und weiter nach Koblenz und Mainz ist heute eine der am stärksten befahrenen Linien Europas. Niemand, der sie im komfortablen Intercity-Express durcheilt, ahnt etwas von ihren bescheidenen Anfängen. Die 29 Kilometer Schienen, die vor nunmehr über hundertfünfzig Jahren zum ersten Mal zwischen Köln und Bonn verlegt wurden, waren damals nicht mehr als eine unbedeutende Stichbahn, kein Teil einer weiträumig geplanten Linienführung des neuen Verkehrssystems Eisenbahn.

Und doch – irgendetwas Besonderes muss wohl an diesem Projekt gewesen sein, sonst wäre mit ihm nicht eine der ältesten Eisenbahnstrecken in Deutschland gebaut worden. Die Strecke von Köln nach Bonn – oder richtiger gesagt, von Bonn nach Köln – war die dritte, die im Rheinland und überhaupt im ganzen Nordwesten Deutschlands verlegt wurde.

Wie war das eigentlich damals, als die frühesten Eisenbahnlinien entstanden? Das war kein Routinevorhaben für einige Experten. Die Eisenbahn war ja noch etwas völlig Neues, eine grundlegende Revolution in der Art der Fortbewegung für die Menschen. Blickt man von heute zurück, so ist klar, dass mit ihr erst richtig die Neuzeit, das Zeitalter der Technik und der sprunghaften weltwirtschaftlichen

Entwicklung begann. Ohne dass den Zeitgenossen vor 150 Jahren das schon bewusst war, empfanden sie den »feurigen Drachen« oder das »Dampfross« so zwiespältig wie wir heutigen Erdbewohner die Atomenergie und die Weltraumraketen. Die harmlos vor sich hin puffenden kleinen Lokomotiven erweckten damals bei vielen Menschen abergläubische Urängste – und zugleich bildeten sie eine ungeheure Attraktion, eine Ausgeburt der Hölle und Vehikel des Fortschritts zugleich.

Man kennt Friedrich List, den genialen Propagandisten eines umfassenden deutschen Eisenbahnsystems im frühen 19. Jahrhundert. Nachdem er viele Jahre tauben Ohren gepredigt zu haben schien, starb er zu früh. Denn bereits kurz nach seinem Tode zogen sich Tausende Kilometer von Eisenbahnschienen kreuz und quer durch Deutschland.

Aber niemand kennt heute mehr die Pioniere, die damals in der angeblich so gemütlichen Biedermeierzeit im Kampf mit den unwahrscheinlichsten Widerständen den Bau der ersten einzelnen Eisenbahnstrecken tatsächlich planten, finanzierten und durchführten. Und erst recht vergessen sind die Zehntausende von namenlosen Männern, die mit nichts als ihrer Muskelkraft die Straße für das neue Wunderding erbauten und die Schienen legten. Wer denkt heute noch an ihre Not, ihren Schweiß und ihre Tränen?

Wer kann sich heute überhaupt vorstellen, wie die Menschen in Deutschland vor über hundertfünfzig Jahren lebten, in einer Zeit, aus der es doch angeblich genügend schriftliche Quellen gibt? Und doch ist das Alltagsgeschehen dieser Epoche fast unbekannt, weil sie aus der Fülle historischer Romane, wie sie heute den Buchmarkt überschwemmen, völlig ausgeklammert wird. Es gab unbeirrbare Fortschrittsgläubigkeit und zugleich abergläubische

Furcht vor dem neumodischen, Rauch und Feuer speienden »Dampfross«. Die Arbeitsmethoden der damaligen Zeit waren noch unglaublich primitiv, aber technische Laien hatten den Mut, das komplizierte Werk des Baues einer Eisenbahnstrecke auf sich zu nehmen. Brave Untertanengesittung war gefordert und wurde auch weithin praktiziert, aber es gab auch schon mutiges Aufbegehren und Streben nach Bürgerfreiheit. Reichtum war für bestimmte kleine Kreise selbstverständlich, doch daneben stand die bittere Not und Armut der entstehenden Arbeiterschicht. Der Kapitalismus ohne jeden Blick auf soziale Bedürfnisse war auf seinem Höhepunkt, und zugleich entstanden die ersten Bemühungen, diese soziale Not zu lindern. Die »gute alte Zeit« des Biedermeier im damals preußischen Rheinland hatte ein doppeltes Gesicht.

Wenige Jahre nach dem im Buch beschriebenen Eisenbahnbau kam es in Deutschland zur ersten, noch erfolglosen Revolution von 1848 aus politischen und sozialen Gründen. Manche Ursachen dafür werden in der Erzählung verständlich.

Einem zünftigen Historiker würde es wohl schwer fallen, die vielfachen Probleme beim Bau der Eisenbahnlinie von Bonn nach Köln darzustellen, denn gerade hier mangelt es weitgehend an speziellen historischen Quellen, aus denen ein exakter Wissenschaftler zitieren kann. Die Akten der einstigen »Bonn-Kölner Eisenbahngesellschaft« sind offenbar nicht erhalten, und was in spärlichen Unterlagen bei einstigen preußischen Behörden und an anderen Stellen zu Tage zu fördern ist, beleuchtet nur einige wenige der vielen Aspekte.

Der vorliegende historische Tatsachen-Roman versucht in dreifacher Weise das damalige Geschehen lebendig werden zu lassen: Er nutzt und beschreibt sämtliche heute noch auffindbaren zeitgenössischen Quellen historisch zuverlässig, ohne um der »Roman«-Handlung willen etwas daran zu verändern. Er ergänzt die leider vorhandenen großen Lücken durch Beschreibung des zu Vermutenden oder Wahrscheinlichen, die möglichen Motive oder die Intrigen hinter den Kulissen; hierzu würden selbst die umfassendsten Archive selten ausreichendes Material bieten. Und der »Roman« schildert mit den Möglichkeiten des Schriftstellers darüber hinaus ganz allgemein die Lebensumstände, das Denken und Handeln der verschiedensten Bevölkerungskreise von Hoch und Niedrig, die zahlreichen menschlichen Probleme, Freude und Leid, etwas, was der nüchterne Historiker mit seinen Darstellungsmitteln ohnehin nicht ausdrücken kann.

Die Parallelen, die sich aufmerksamen Lesern zur heutigen Zeit aufdrängen, sind nicht konstruiert, sondern geschichtliche Tatsachen. Es ist wirklich fast alles schon einmal da gewesen, auch die geradezu abergläubische Furcht vor der modernen Technik!

Sehr viele in diesem Buch auftretende Personen sind im Übrigen historisch. Leser, die an der Bonner Heimatgeschichte besonders interessiert sind, können über sie in den »Historischen und biografischen Notizen« im Anhang Weiteres erfahren. Ebenso sind dort die wichtigsten alten Dokumente angeführt, und es wird erklärt, was an den Schilderungen historisch, d.h. mit heute noch nachprüfbaren Quellen belegt, und was nur »interpoliert« ist. Auch die Erklärung mancher altertümlicher Ausdrücke findet man dort.

Das Buch ist über die Eisenbahngeschichte hinaus eine der ganz wenigen heimatgeschichtlichen Darstellungen über Bonn im frühen 19. Jahrhundert. Das *ganze* Bonn zur Biedermeierzeit wird darin lebendig.

Damit wird bei diesem »Tatsachenroman« die herkömmliche Grenze zwischen »Roman« und »Sachbuch«, zwischen Fakten und Fiktion, aufgehoben. Es zeigt sich, dass die tatsächliche Geschichte oft packender sein kann als eine von einem Romanschriftsteller erdachte fiktive Handlung.

Bonn, im Sommer 1999   Reinhard Schmoeckel

1. Kapitel

Eisenbahnfieber

Februar bis April 1836

Die Postkutsche aus Köln

Als der hohe gelbe Wagen den Bonner Viehmarkt erreicht hatte, fielen die Pferde ganz von selbst in einen stolzen Trab, denn der heimische Stall und eine kräftige Fütterung waren nahe. Postillion Peter Faßbender griff nach seinem Horn, um mit dem üblichen Signal anzukündigen, dass die Personen-Postkutsche aus Köln bald ihr Ziel erreicht haben würde. Der alte Torkontrolleur Görlich trat aus seinem Büdchen am Sternentor und hob die Hand zum militärischen Salut, als das Gefährt wie immer mit elegantem Peitschenknallen das trutzige Torgemäuer durchfuhr. Die beiden auf dem hohen Außensitz mitfahrenden Passagiere senkten die Köpfe, um nicht an das wuchtige Balkengitter anzustoßen, das nachts ab 10 Uhr das Tor verschloss. Nun waren es nur noch wenige hundert Schritte durch die Vivatsgasse, bis die Kutsche vor dem königlichen Postamt auf dem Münsterplatz halten konnte.

Würdevoll schritt der Postamtsdirektor Necker aus seinem Haus neben dem Fürstenbergschen Palais. Seine schöne blaue Uniform mit den roten Ärmelaufschlägen war heute unter einem weiten Mantel verborgen, und er musste seinen Dreispitz krampfhaft festhalten, damit der unangenehm feuchte Wind ihn nicht entführte. Er trat zu dem wartenden Grüppchen, das wie jeden Tag aus einigen Hausknechten der guten Bonner Hotels mit ihren Gepäckkarren oder Eseln und den üblichen drei Müßiggängern bestand, die sich das tägliche Schauspiel der Ankunft der Kölner Kutsche nicht entgehen lassen wollten.

Postillion Faßbender kletterte steifbeinig vom hohen Bock und schnallte den ledernen Postsack mit Briefen und Päckchen aus Köln los, um ihn als wichtigste Amtshandlung dem Postdirektor zu übergeben. Währenddessen riss Kondukteur Hittorf diensteifrig den Wagenschlag auf und klappte die kleinen Stufen herunter. »Bonn – Endstation, bitte alle aussteigen, meine Herrschaften!«, rief er in unverfälschtem Bonner Dialekt. Den Passagieren, die da in dicke Mäntel und Schals gehüllt aus der Kutsche stiegen, sah man schon auf den ersten Blick an, dass sie von der britischen Insel gekommen waren: ein älteres vornehm wirkendes Ehepaar, ein junges Mädchen, sicherlich ihre Tochter, und ein würdevoll blickender Butler sowie zwei Kammerfrauen mittleren Alters. Zwei Handlungsreisende, die in warme Wolldecken gehüllt die Fahrt auf den billigeren Außenplätzen mitgemacht hatten, stahlen sich unauffällig davon.

Während die englischen Touristen darauf warteten, dass ihr umfangreiches Gepäck vom Wagendach heruntergeholt wurde – die Zuschauer griffen lautstark mit zu, in der Hoffnung auf ein reichliches Trinkgeld – stapften sie tüchtig mit den Beinen und schlugen die Arme um den Körper, um das Blut wieder in Zirkulation zu bringen. Die Postkutschenfahrt von Köln, drei Stunden mit nur einer guten halben Stunde Pause in Wesseling zum Pferdewechseln und einer Tasse heißer Bouillon, war in diesem nasskalten Februarwetter selbst in der geschützten, aber ungeheizten Kutsche keine reine Freude.

Schließlich war die Postkutsche von allen Insassen und

Gepäckstücken befreit. Postillion Faßbender bestieg erneut den hohen Bock und trieb die Pferde an, sodass der matschige Schnee und die aufgeweichte Erde auf dem ungepflasterten Münsterplatz hoch aufspritzten. Der Kutscher sehnte sich nach einer Ruhepause im gut geheizten Kutscherstübchen der Posthalterei seines Prinzipals Alfter in der Bonngasse. Immerhin hatte er heute schon fast sechs Stunden auf dem Bock gesessen, drei Stunden nach Köln in aller Herrgottsfrühe, und dann nach kurzer Pause von dort wieder zurück. Die Pferde hatten immer nur ein Viertel dieser Zeit zu ziehen und konnten sich in den Postställen in Wesseling und Köln für einige Stunden von ihrer Anstrengung ausruhen. Am Nachmittag würde er noch einmal die Tour nach Köln und zurück machen.

Im Winter war es schon unangenehm, das musste Postillion Faßbender sich eingestehen, wenn die Hände in den dicken Handschuhen steif wurden und der eisige Wind die Nase rötete. Dennoch war Peter Faßbender ein Postillion mit Leib und Seele. War es nicht ein stolzes Gefühl, Herr über vier starke Rosse und die Passagiere und das übrige Postgut zu sein? Mussten nicht alle anderen Wagen auf der Kölner Chaussee der Postkutsche ausweichen, wenn er mit seinem Horn das entsprechende Signal gab? Durfte er nicht unkontrolliert an den Straßensperren durchfahren, an denen sonst auch auf der Staatsstraße von Köln nach Bonn Chausseegeld erhoben wurde? Und war er nicht so etwas wie ein königlicher Beamter mit blauer Uniform und einem Zylinder, wie ihn nur die Herren trugen, und mit einem festen Einkommen von 200 Talern jährlich? Das war nicht viel, aber sicher; und im Übrigen kamen ja noch die Trinkgelder hinzu, die besonders großzügig ausfielen, wenn er einen so reichen Engländer wie heute als Passagier hatte. Nein, Peter Faßbender hätte mit keinem anderen Beruf der

Welt getauscht. Aufmunternd knallte er mit der Peitsche, als sein Viergespann das Tor zum Hof der Posthalterei durchquerte.

Der englische Lord

Endlich hatte der alte Hausknecht Köbes vom Schmitz-schen Hotel Zum Goldenen Stern alle Gepäckstücke der englischen Ankömmlinge auf seinem Eselskarren verstaut. Es war eine ganze Menschentraube, die sich neben und hinter dem Karren durch die St. Remigius-Straße dem Markt-platz zu bewegte. Denn die drei »Postagenten«, wie sich die alten Müßiggänger gerne selbst bezeichneten, liefen diensteifrig hinterher, um den bedenklich hohen Berg von Koffern und Hutschachteln auf dem Karren vor dem Um-kippen zu bewahren und um hinterher ein umso größeres Trinkgeld zu kassieren. Ihnen folgten so würdevoll wie möglich die vornehmen Engländer und ihr Personal. Ei-gentlich war es eine Zumutung, hier zu Fuß durch kotige, ungepflasterte Straßen zum Hotel zu gehen, noch dazu bei dieser Witterung. Aber in diesem rückständigen Preußen konnte man wohl selbst in einer Universitätsstadt wie Bonn nichts anderes erwarten.

Mit tiefer Verbeugung empfing Hotelier Joseph Schmitz im Hotel Zum Goldenen Stern persönlich seinen vornehmen Gast. »Lord Walmsley« stellte sich der englische Gentleman knapp vor, um dann auf Französisch fortzufahren: »Ich hatte Zimmer bestellt.« Keinem vornehmen Engländer wäre es je-mals eingefallen, Deutsch zu lernen, und Englisch wiederum war in Deutschland fast unbekannt. So diente die Sprache der »Grande Nation« als das allgemeine Verständigungsmittel für Angehörige verschiedener Völker in ganz Europa.

Für die nächsten Stunden war das ganze Hotelpersonal bis zum Zimmermädchen und Hausknecht vollauf damit beschäftigt, es den englischen Gästen in ihren Zimmern so bequem wie möglich zu machen. Reiche Engländer und Holländer hatten es sich in den letzten Jahren angewöhnt, ausgedehnte Reisen an den Rhein zu machen. Im Allgemeinen zeigten sie sich sehr großzügig in ihren Ausgaben, stellten aber auch hohe Ansprüche. Ein zufriedener Engländer aber, das wussten inzwischen alle Menschen am Rhein, würde durch seine Empfehlungen zu Hause mindestens zwei oder drei seiner Freunde zu einer gleichen Reise und zum Absteigen im gleichen Hotel veranlassen.

Am Abend ließ Lord Walmsley den Hotelier kommen. Leutselig erkundigte er sich bei ihm nach der guten Bonner Gesellschaft, die ein vornehmer Tourist bei einem mehrwöchigen Aufenthalt in Bonn unbedingt kennen lernen müsse. Er habe vor, so vertraute der Lord dem entzückten Hotelier an, bis zum Anbruch der schönen Jahreszeit in Bonn zu logieren, um dann mit seiner Frau und Tochter die großartige Tour mit dem Dampfschiff auf dem »Rhin romantique« nach Mainz anzutreten. Denn der Rhein gehöre ja neuerdings zu den Gegenden Europas, die jeder, der es sich leisten könne, gesehen haben müsse. In dieser Stadt Bonn wolle er auch gerne mit einigen berühmten Professoren in Kontakt kommen, vor allem mit dem Herrn von Schlegel. Lord Walmsley war ins Reden gekommen und erläuterte dem Hotelier, dass er bei seiner langen Tätigkeit im Dienst der Ostindischen Kompanie in Bombay sich viel mit der altindischen Sprache Sanskrit beschäftigt habe, wofür ja der Herr Professor von Schlegel ein weltbekannter Experte sei.

Das Französisch des Hoteliers Schmitz war ein wenig holprig, aber er konnte sich bei seinem vornehmen Gast verständlich machen. »Noch vor einem halben Jahr hätte ich Eurer Lordschaft empfohlen, den wöchentlichen Salon der Frau Sibylle Mertens aufzusuchen.« Eifrig berichtete der Herr Schmitz, die Tochter des größten Kölner Bankiers Schaaffhausen und Gattin des Bonner Geschäftsmanns Mertens unterhielte einen regelmäßigen Salon, der in der guten Gesellschaft weit über die Grenzen der Stadt Bonn hinaus berühmt sei. Man nenne die Dame allgemein die »Rheingräfin«. In ihrem eleganten neuen Haus in der Bonner Wilhelmstraße und im Sommer in ihrem Gutshof Plittersdorf am Rhein habe man stets alle wichtigen Professoren und die anderen Bürger der Stadt von Rang und Namen antreffen können. Jetzt aber sei sie ihrer Gesundheit wegen nach Italien gereist.

»Das beste wird sein, Euer Lordschaft, wenn Euer Lordschaft eine Visitenkarte beim Herrn Grafen von Beust abgeben lassen. Das ist der Berghauptmann und Direktor des hiesigen Oberbergamtes und der ranghöchste preußische Beamte hier. Bei ihm trifft man heute alles, was in Bonn von gesellschaftlicher Bedeutung ist. Wenn Euer Lordschaft befehlen, kann unser Hausknecht gleich morgen früh Euer Lordschaft Karte dort hinbringen.«

Wird aus Roisdorf ein Bad?

Jedes Mal, wenn Christian Jellinghaus aus der elterlichen Wohnung im alten Torgebäude der Burg Bornheim durch den Park zum Schlösschen des Burgherrn hinüberging, überkam ihn so etwas wie ein Glücksgefühl. Was hatte er mit seinen zwanzig Jahren schon an Bildung und Achtung erworben!

Christian war zu etwas Höherem geboren als zum Bauern, das hatten seine Eltern glücklicherweise erkannt. Und auch ihr Gutsherr, der Freiherr Gerhard von Carnap, ließ es sich schon früh angelegen sein, den Sohn seines langjährigen Gutsverwalters und Rentmeisters Heinrich Jellinghaus nach Kräften zu fördern. Der unzulängliche Schulbesuch erst in Christians Geburtsstadt Barmen und dann noch für kurze Zeit im Dörfchen Bornheim am Vorgebirge zwischen Brühl und Bonn hatte den wissbegierigen Jungen nicht befriedigt. Daher waren ihm vom Gutsherrn anschließend drei Jahre Unterricht in einer Privatschule in Bonn finanziert worden, wo der junge Christian Französisch und kaufmännisches Rechnen, einen guten Briefstil und eine flüssige und gut lesbare Handschrift gelernt hatte. Denn den alten Sprachen Latein und Griechisch, wie sie auf den Gymnasien gelehrt wurden, konnte der intelligente Schüler nichts abgewinnen, während er sich brennend für das Rechnen, für alles Technische und die Staatswissenschaft interessierte. Und nun, seit fast drei Jahren, diente er dem Freiherrn von Carnap als Sekretär bei all seinen vielen Schreibereien, durfte in der umfangreichen Bibliothek des Gutshauses lesen, was ihm Spaß machte und durfte an den vielfältigen Interessen seines Herrn fast wie ein Gleichberechtigter mitdenkend und mitratend teilhaben.

Christian Jellinghaus war ein schlanker, gutgewachsener junger Mann, dessen blonde Haare verwegen unter der Mütze hervorlugten. Er hatte bei seinem Aufenthalt in der Stadt und in der Privatschule sowie beim Umgang mit seinem Gutsherrn und dessen den höchsten Schichten zugehörigen Bekanntenkreis auch ein gesellschaftliches Benehmen gelernt, das ihn hoch über die ungelenken Bauern des Vorgebirges emporhob.

»Gut, dass du kommst, Christian«, begrüßte ihn Gerhard von Carnap, als der alte Hausdiener den Sekretär zum Arbeitszimmer des Freiherrn geführt und angemeldet hatte. »Wir müssen heute dringend einige Briefe wegen der Roisdorfer Angelegenheit schreiben.« Der Gutsherr trug einen eleganten rehbraunen Frack und ein beiges Halstuch um den hohen »Vatermörder«-Kragen geschlungen, die beide ausgezeichnet zum Ton seiner modischen Bartkoteletten passten. Ungeduldig wühlte er in einigen Papieren auf seinem Schreibtisch und wies seinem Sekretär mit einer stummen Handbewegung den üblichen Platz an einem Tischchen am Fenster an.

Bald waren die beiden Männer mit der Formulierung mehrerer Briefe beschäftigt. Einer ging an den Bonner Oberbergrat und Universitätsprofessor Noeggerath wegen der Vermittlung eines Fachmanns, der eine neue Expertise über die chemische Zusammensetzung und Heilkraft des bereits von den Römern geschätzten Mineralwassers von Roisdorf verfassen sollte. Weitere Schreiben wurden an Kölner Finanziers adressiert, die ihr Interesse an den Plänen des Freiherrn von Carnap bekundet hatten, in Roisdorf moderne Hotels zu errichten, um aus dem Dörfchen mit seiner Mineralquelle ein wenn möglich weithin berühmtes Kurbad zu machen.

Der Bornheimer Gutsherr Freiherr von Carnap war ein unternehmender Mann, dessen Kopf ständig voll neuer menschenfreundlicher Pläne steckte. Und er hatte auch die Intelligenz, die Tatkraft, die ruhige Überlegenheit und das Geld, solche Pläne trotz mancherlei Schwierigkeiten Schritt für Schritt der Verwirklichung entgegenzuführen.

Unter den Adligen des rheinpreußischen Landkreises Bonn war er schon eine auffallende Erscheinung. Erst vor zehn Jahren hatte er Burg und Gut Bornheim vom einstigen kurkölnischen Minister Freiherr von Waldbott erworben. Allmählich begannen die rheinischen Adelskollegen zu vergessen, dass der Freiherr von Carnap nicht wie alle anderen katholisch war, sondern dem reformierten Bekenntnis angehörte. Sein Freiherrentitel war ihm erst Anno 1825 vom preußischen König Friedrich Wilhelm III. verliehen worden, nachdem er mit dreißig Jahren als Leutnant aus der preußischen Armee ausgeschieden war.

Gerhard von Carnap stammte aus einer alten Familie reicher Kaufherren aus Barmen im Wuppertale, in der der geschäftliche Erfolg zur Familientradition gehörte. Seine Ehe mit der Tochter des reichen Bandwirkers und Kaufmanns Bredt aus Barmen hatte ihm eine beachtliche Mitgift eingebracht, und sein Vermögen wollte sinnvoll und gewinnbringend angelegt sein. Aber als preußischer Offizier und Freiherr konnte er kein Handelsgeschäft und keine Fabrik betreiben, ohne gegen das ausgeprägte Standesbewusstsein preußischer Adliger zu verstoßen. Der alte rheinische Adel dachte hier erheblich anders. Doch Gerhard von Carnap hatte einen Ausweg gefunden. Da er vom preußischen König zum Bürgermeister seines neuen Wohnortes Bornheim ernannt worden war, suchte er nach Möglichkeiten, die Lebensverhältnisse der Bauern in den verschiedenen Ortschaften zu verbessern, die zu seiner Bürgermeisterei gehörten. Spontan hatte er sich schon vor einigen Jahren für den vom Bonner Professor Kaufmann gegründeten Landwirtschaftlichen Verein für Rheinpreußen interessiert und war sofort zu dessen Präsidenten gewählt worden. Hier ging es darum, den oft noch sehr rückständigen Bauern neue vielversprechende Anbau- oder Viehzuchtmethoden beizubringen und praktisch auszuprobieren oder ihnen Klee- und Lupinensamen zu vermitteln.

Man konnte es dem Herrn von Carnap nicht übelnehmen, wenn er dabei auch nach einer gewinnbringenden

23

Anlage seiner privaten Gelder suchte. So war er vor kurzem auf die Idee gekommen, aus dem zur Bürgermeisterei gehörenden Dörfchen Roisdorf ein Kurbad zu machen. In seiner gewohnten Umsicht und Tatkraft war er nun dabei, die nötigen Schritte zu unternehmen. Als die Briefe im Konzept diktiert waren und Christian Jellinghaus wie üblich dabei war, sie in Reinschrift zu übertragen, kam Gerhard von Carnap ins Sinnieren. Es war seine Art, neue Pläne und Überlegungen laut zu äußern und dabei seinen jungen Schützling nach seiner Meinung zu fragen.

»Was meinst du, Christian, ob unser kleines Roisdorf einmal ein berühmtes Heilbad wie Ems oder Homburg werden kann? Das Wasser ist da, und es ist gut. Jetzt müssen anständige Hotels gebaut werden, damit sich vornehme Leute hier auch wohl fühlen. Natürlich muss der Ort dann auch möglichst weit bekannt werden. Dafür muss man sich mit geeigneten Zeitungsschreibern in Verbindung setzen. Das wollen wir uns als Nächstes vornehmen. Wenn doch unser Roisdorf nur nicht so weit von der Kölner Chaussee entfernt läge! Es müsste eine feste Straße von dort nach Roisdorf gebaut werden, damit die Kutschen in der schlechten Jahreszeit nicht im Schlamm versinken, Christian, was meinst du? Aber das ist teuer. Wen könnte man noch interessieren, sich daran zu beteiligen? Fällt dir etwas ein, Christian?«

Bei Graf Beust

Im großen Salon des Hauses Beust am Bonner Rheintor waren die Wachskerzen in allen Kronleuchtern entzündet. Aus den Fenstern im ersten Stock konnte man über die alte Stadtmauer hinweg auf die schwarzen Fluten des Rheins sehen, in denen einige Eisschollen trieben. Es war wieder kalt geworden, der vor kurzem angetaute Schnee war erneut gefroren. Einige Sterne funkelten im dunklen Februarhimmel, und vom anderen Rheinufer blinkten schwach einige Lichter aus den Häusern des Dörfchens Beuel.

Hier im Salon war es warm und hell. Zahlreiche gut gekleidete würdige Herren und behäbige Matronen bevölkerten die verschiedenen Sofas und Stuhlgruppen oder standen in lebhafter Unterhaltung zusammen. Alle vierzehn Tage war Soiree beim Grafen Beust, und diese Gelegenheit nützte gewöhnlich »tout Bonn« zu einem Plauderstündchen im Kreise der guten Gesellschaft. An diesem Tage waren allerdings die in den zwanzig Jahren preußischer Herrschaft Zugezogenen mehr oder weniger unter sich, wie man allgemein mit hochgezogenen Augenbrauen feststellte. Denn die relativ wenigen gebürtigen Bonner unter der guten Gesellschaft zogen es in dieser letzten Woche vor Beginn der Fastenzeit vor, sich in sogenannten »Kappensitzungen« in Bonner Gasthöfen an den abgeschmacktesten Witzen im plattesten Bonner Dialekt zu ergötzen; sie nannten das »Karneval«.

Die beim Grafen Beust versammelten Professoren und Oberbergräte waren sich einig, dergleichen rüden Späßen keinen Geschmack abgewinnen zu können. Da dabei gerne auch bedenkliche und kritische Anspielungen auf die preußische Herrschaft im Rheinland unter die Vorträge gemischt wurden, war es für pflichtbewusste preußische Beamte in jedem Fall besser, sich davon fern zu halten.

»Seine Majestät haben gut daran getan«, meinte der lange dünne Landrat von Hymmen in energischem Ton, »vor einigen Jahren wenigstens diesen Unfug von öffentlichen Umzügen in Bonn zu unterbinden. Herr Bethmann-Hollweg, Sie als Mitglied der juristischen Fakultät unserer

Universität wissen ja am besten, was für gefährliche, ja aufrührerische Einflüsse dieses barbarische Brauchtum auf unsere Studenten hat.« Höflich entgegnete der angesprochene Universitätsprofessor: »Sie haben völlig Recht, lieber Herr Landrat, man muss in dieser Provinz und insbesondere hier in Bonn, wo man sich als einstige kurfürstliche Residenz für etwas Besonderes hält, von vornherein darauf achten, was sich als anständiges Verhalten für preußische Untertanen ziemt. Die Studenten sind ja ohnehin immer ein etwas unruhiges Völkchen.«

In einer Fensternische stand Lord Walmsley in angeregtem Gespräch mit Professor von Schlegel. Graf Beust hatte den englischen Gast herzlich in diesem Kreise begrüßt und ihm alle erschienenen Honoratioren vorgestellt. Zu seiner Freude konnte sich der Lord mit dem Herrn von Schlegel auf Englisch unterhalten, denn er erfuhr zu seiner Überraschung, dass dieser nicht nur Indologe war, sondern auch der bekannteste Übersetzer von Shakespeares Werken ins Deutsche. Die beiden Herren stellten aber bald fest, dass sie ihr Fachgespräch über die altindische Sprache Sanskrit wohl besser auf einen der nächsten Tage verschieben sollten und traten zu einer größeren Gruppe von Herren, die sich angeregt über ein offenbar höchst interessantes Thema unterhielten. Aus Höflichkeit dem Gast gegenüber wechselte man gleich vom Deutschen ins Französische, was alle Gäste des Grafen Beust als gebildete Menschen mehr oder weniger gut beherrschten.

»Eine knappe Meile in neun Minuten – das ist ungeheuerlich!«, meinte ein rundlicher Herr von kleiner Statur, der dem Lord als Kommerzienrat Aus'm Weerth und Inhaber einer großen Bonner Spinnerei und Weberei vorgestellt worden war. »Eine solche Geschwindigkeit kann der menschliche Körper doch gar nicht ertragen! Wir sprechen,

Mylord«, so erläuterte er höflich dem neuen Gesprächsteilnehmer, »von dem neuen Verkehrsmittel namens Eisenbahn, das man jetzt kürzlich zwischen zwei Nachbarstädten im Königreich Bayern, zwischen Nürnberg und Fürth, gebaut hat.«

Ein anderer Gast warf ein: »Herr Aus'm Weerth, wenn das so wäre, dann müsste die Stadt Nürnberg schon halb ausgestorben sein, denn in den wenigen Wochen seit Fertigstellung der Eisenbahn sind schon mehrere tausend Menschen damit gefahren, berichtet die Kölnische Zeitung erst vorgestern.«

Der Rentier Heinrich Stahl war ein bescheidener, aber immer gut informierter Mensch. Er konnte es sich leisten, viele Zeitungen aus den verschiedensten Staaten des Deutschen Bundes zu abonnieren, denn er galt als einer der reichsten Männer Bonns. Seit er vor einigen Jahren aus der bayerischen Pfalz in das beschauliche Universitätsstädtchen am Rhein gezogen war, hatten schon zahlreiche Mütter versucht, den Junggesellen mit ihren Töchtern bekannt zu machen, bisher jedoch vergeblich, denn Herr Stahl war immer noch nicht verheiratet.

»Diese erste Eisenbahn in Deutschland«, fuhr Heinrich Stahl mit dem Bericht über seine Lesefrüchte fort, »scheint geschäftlich ein großer Erfolg zu werden. Die privaten Aktionäre dieser Bahngesellschaft werden sicher schon im ersten Jahr fünf oder sechs Prozent ihrer Einlagen als Dividenden zurückerhalten. Aber es ist offenbar gar nicht so leicht, sich als Finanzier in diesem neuen Gewerbezweig zu betätigen. Denken Sie nur, meine Herren, als im vorigen Jahr die Aufforderung erging, Aktien für die Bahnstrecke von Nürnberg nach Fürth zu zeichnen, da war die nötige Summe im Nu bereits überzeichnet. Und im Mai anno 1835 ging es mit der viel größeren Anzahl von Aktien für die geplante Strecke von Leipzig nach Dresden im Königreich Sachsen genauso. Wie kann man als auswärtiger Kapitalanleger da je zum Zuge kommen, man ist ja immer zu spät daran«, meinte der reiche Rentier fast kläglich.

»Nun, Herr Stahl, haben Sie es denn schon in Köln versucht?«, fragte Graf Beust, der Hausherr, und fügte für den englischen Gast erklärend hinzu: »In Köln gibt es seit kurzem ein Komitee für den Bau einer Eisenbahn von Köln zur belgischen Grenze. Wenn der belgische Staat, der ja erst seit wenigen Jahren von Holland unabhängig ist, seine Pläne verwirklicht haben wird, eine Eisenbahn von Antwerpen bis Lüttich und weiter zur preußischen Grenze zu bauen, dann braucht sich der Handel unserer Rheinprovinz nicht mehr unter das kleinliche Diktat der holländischen Rheinschifffahrt zu beugen. Dann kann man hier über Antwerpen direkt von England importieren, ja vielleicht sogar einmal dorthin exportieren – eine faszinierende Idee, Mylord! Man hat daher auch schon diese geplante Eisenbahnstrecke den ›Eisernen Rhein‹ genannt.«

Inzwischen hatten sich fast alle Herren im Salon zu der Gruppe gesellt, um sich von dem so unerhört aufregenden Gesprächsthema nichts entgehen zu lassen. Höflich nickend nahmen die deutschen Herren die Meinung des Lords zur Kenntnis: »Wenn es nur schon so weit wäre, Graf! Die Fahrerei in Postkutschen von Antwerpen bis hier war für meine Damen und für mich eine wahre Tortur, das will ich Ihnen nicht verschweigen. Wenn ich nicht so versessen darauf wäre, den Herrn von Schlegel hier zu treffen und den romantischen Rhein zu besehen, hätte ich mir wohl überlegt, ob ich diese Reise unternehmen sollte. Aber ein kurzes Stück sind wir bereits mit der neuen Railway gefahren, meine Herren, nämlich von Mecheln bis Brüssel. Diese Strecke in Belgien ist schon fertig. Sie glauben es nicht, meine Herren, wie wunderbar schnell und mühelos wir diese Entfernung zurückgelegt haben.«

»Oh bitte, Mylord, davon müssen Sie uns ganz genau erzählen«, bettelte die nicht mehr ganz junge, aber immer noch attraktive Freifrau Emilie von Carnap, die sich aus Neugier hinter ihren Mann in diese Männerrunde gedrängt hatte. »Das muss ja entsetzlich aufregend gewesen sein, so schnell wie ein Blitz in einem Wagen ohne Pferde zu fliegen!«

Nachdem Lord Walmsley sein Bestes getan hatte, um die angenehme und völlig ungefährliche Fahrt mit dem neuen Dampfross ausführlich zu schildern, nahm Oberbergrat von Oeynhausen das Wort: »Meine Herrschaften, glauben Sie mir, die Dampfmaschine, diese Erfindung Ihres Landsmannes, Mylord, namens James Watt, ist die wichtigste Errungenschaft der letzten hundert Jahre. Und sie wird die Welt schneller verändern als alles andere, was bisher so umwälzend gewirkt hat wie das Pulver und die Buchdruckerkunst.« Gegen diese fachliche Autorität gab es schlechthin keine Einwendungen, denn Herr von Oeynhausen war der Einzige in diesem Kreise, der ein solches Monstrum, eine Dampfmaschine, schon einmal von Nahem und in Funktion gesehen hatte. Man wusste, dass er sich in seiner dienstlichen Eigenschaft damit beschäftigte, weil er hoffte, mit dampfgetriebenen Wasserpumpen solehaltiges Wasser aus großen Tiefen an das Licht des Tages zu befördern.

Eine Idee wird geboren

Im kleinen Damensalon des Bornheimer Schlösschens mit seinen dezenten gelb gestreiften Tapeten und den hellen

Kirschbaummöbeln klapperten die Teetassen. Das Feuer im weißen Kachelofen bullerte gemütlich und bildete den passenden Akkord zum Summen des Teekessels. »Zur Belohnung nach der harten Arbeit« pflegte Freifrau Emilie von Carnap die Gäste ihres Mannes jedes Mal zu einer Tasse Tee einzuladen. Professor Kaufmann und Herr von Noorden folgten dieser Einladung gern, denn es war ein Vergnügen, mit der gebildeten und lebhaften, mit ihren siebenunddreißig Jahren noch ungewöhnlich jugendlich wirkenden Dame des Hauses zu plaudern.

Einmal im Monat am Sonntagnachmittag, so hatte es sich eingebürgert, trafen sich der Generaldirektor des Landwirtschaftlichen Vereins für Rheinpreußen, Professor Peter Kaufmann aus Poppelsdorf, und der Generalsekretär Herr Johannes von Noorden aus Bonn mit ihrem Präsidenten von Carnap auf Burg Bornheim zur Besprechung wichtiger Vereinsangelegenheiten. Und die abendliche Teestunde danach zu viert war jedes Mal ein Gewinn, denn die Ideen der lebensklugen Hausfrau konnten oft genug als Anregung für neue nutzbringende Initiativen des Landwirtschaftlichen Vereins verwertet werden.

Heute, am ersten Fastensonntag des Jahres 1836, war die Burgherrin noch ganz erfüllt von dem aufregenden Erlebnis vor ein paar Tagen im Haus des Grafen Beust in Bonn, als sie und ihr Mann dort einen englischen Lord getroffen hatten, der bereits einmal mit einer richtigen Eisenbahn gefahren war. »Denken Sie, meine Herren, man soll in den Wagen überhaupt nicht spüren, dass man so überaus schnell mit Dampfkraft fährt«, berichtete Frau von Carnap. »Es würde mich ja ungeheuer reizen, so ein Abenteuer selbst einmal auszuprobieren!« Die adlige Dame gehörte offenbar zu der kleinen Gruppe moderner Frauen, die Gefahr nicht etwa abschreckte, sondern geradezu magisch anzog. Der nüchterne Herr von Noorden entgegnete allerdings trocken: »Dann müssten Sie allerdings erst einmal acht Tage lang in Postkutschen bis nach Brüssel fahren, um sich dieses kurze Vergnügen zu leisten, gnädige Frau!«

»Vielleicht«, so warf der als Professor der Staatswissenschaftslehre über alle wichtigen neueren Planungen wohl informierte Peter Kaufmann ein, »vielleicht erreicht das Dampfross bald einmal Köln. Dann könnten gnädige Frau bereits ganz in unserer Nähe einmal mit der Eisenbahn fahren. Stellen Sie sich vor – bis Brüssel vielleicht in weniger als einem Tag!«

Gerhard von Carnap hatte diesem Gespräch ungewöhnlich schweigsam zugehört. Offensichtlich war er in Gedanken versunken, die ihn sehr bewegten. Jetzt waren sie wohl so weit gereift, dass er auf das passende Stichwort hin bereit war, sie wenigstens im vertrautesten Kreise zu äußern: »Was nützt uns hier in Bonn und seiner Umgebung ein Endpunkt der Eisenbahn in Köln? Ich muss immer an die unternehmenden Leute in Nürnberg und Fürth oder in Dresden und Leipzig oder in Berlin und Potsdam denken, die es doch wohl schaffen, eine Eisenbahn zwischen ihren Städten zu bauen. Meinen Sie nicht, dass es möglich wäre, eine Schienenstraße auch von Bonn nach Köln einzurichten? Hier gibt es doch viele kapitalkräftige Männer, die nach einer solchen Geldanlage förmlich drängen. Du erinnerst dich an den Herrn Stahl, Emilie?«

Anstatt in aller Freundschaft die Idee für ein Hirngespinst zu erklären, ging Professor Kaufmann sogar sofort positiv darauf ein: »Lohnen würde sich eine Eisenbahn zwischen diesen beiden Städten sicher, Herr von Carnap. Ich wüsste in weitem Umkreis keine anderen Orte in ähnlicher Entfernung zu nennen, zwischen denen ein gleich lebhafter Personenverkehr herrscht, zu Fuß, zu Pferd, mit der

Postkutsche oder privaten Wagen, mit Segelschiffen und neuerdings sogar mit Dampfschiffen. Das ist aber stets mit großer körperlicher Mühe oder hohen Kosten und großem Zeitaufwand verbunden. Gäbe es eine preiswerte und Zeit sparende Verkehrsverbindung, wie es die Eisenbahn zu sein scheint, so möchte ich wetten, dass pro Woche tausend Menschen und mehr von Bonn nach Köln oder umgekehrt fahren, um dort ihre Geschäfte zu erledigen, und nicht nur wie bisher vielleicht tausend im Monat.«

Auch Herr von Noorden war hellhörig geworden: »Man stelle sich vor, wenn die Bauern aus dem Vorgebirge mit ihren Waren morgens früh nach Köln oder Bonn fahren, sie dort auf dem Markt verkaufen und nachmittags schon wieder zu Hause sein könnten – wie das die Landwirtschaft einer ganzen Region ungeheuer beleben könnte!«

»Und wenn die englischen oder holländischen Touristen von Köln aus mit der Eisenbahn gleich weiter bis Bonn fahren könnten, um von dort aus ihre beliebte Rheindampfschiffstour anzutreten!« Freiherr von Carnap kam nachgerade ins Schwärmen. »Vielleicht könnte eine solche Eisenbahnlinie sogar hier über Bornheim und Roisdorf führen und dem neuen Kurbad in Roisdorf die so dringend benötigten vielen Heilung suchenden Gäste zuführen!«

Für ein oder zwei Minuten schwiegen die vier Personen um den Teetisch der Freifrau von Carnap, überwältigt von der Neuheit und Größe der eben entstandenen Idee und blickten sich nur gegenseitig prüfend an. Würde einer in der Runde jetzt nicht doch herausplatzen, das seien doch nur phantastische Träumereien? Aber nein, Emilie von Carnap hatte den Mut, endlich feierlich zu verkünden: »Mir scheint, meine Herren, von diesem Augenblick an beginnt ein neues Zeitalter für Bonn und Umgebung!«

Professor Kaufmann und Herr von Noorden kamen an

diesem Februarsonntag erst sehr spät in der Nacht wieder mit ihrem kleinen Pferdeschlitten zu Hause an. Denn aus dem üblichen Teestündchen im Salon der Bornheimer Burgherrin waren diesmal drei volle Stunden geworden, so hatte die spontan geborene Idee die Köpfe der vier Personen in Beschlag genommen. Am Ende dieser denkwürdigen Sitzung war noch des Freiherrn Privatsekretär Jellinghaus gerufen worden. Er musste einen Briefentwurf niederschreiben, mit dem die drei beteiligten Herren eine Reihe von Persönlichkeiten aus der Bonner Gesellschaft einluden, sich beim Herrn Grafen von Beust zur näheren Prüfung der Idee einer Eisenbahn von Bonn nach Köln und zur Einleitung der dazu nötigen Schritte zu treffen.

Der Stein im Wasser

Gerhard von Carnap konnte immer noch kaum glauben, dass von keinem der zwölf Herren, die da im Salon des Grafen Beust erwartungsvoll um einen großen Tisch saßen, die Idee einer Eisenbahn von Bonn nach Köln als Hirngespinst abgetan wurde. Lagen solche Pläne tatsächlich heutzutage überall in Deutschland in der Luft – oder war man in Bonn besonders fortschrittlich? Zu den Herren, die neulich das Gespräch mit dem englischen Lord miterlebt hatten, waren noch einige weitere Bonner Persönlichkeiten eingeladen worden, und sie hatten alle positiv reagiert.

Graf Beust als Hausherr und Höchstrangiger in diesem Kreis hatte die Sitzung eröffnet und dem Freiherrn von Carnap für seine Initiative gedankt. Den Eisenbahnen gehöre die Zukunft, erklärte der Graf mit großer Entschiedenheit. Als Mann der Praxis, der als Aufsichtsführender über alle Bergwerke und ähnliche Unternehmungen in der Rheinprovinz mit den wichtigsten Produzenten von Kohle in ständiger Verbindung stand, musste er wissen, wovon er sprach. Bonn könne sich große Verdienste erwerben, wenn es sich als eine der ersten Städte in der preußischen Monarchie mit an die Spitze einer unaufhaltsamen Bewegung setze. Dann bat er Professor Kaufmann, den Herren zunächst einiges vorzutragen.

Peter Kaufmann entschuldigte sich, dass er sich heute in ein ihm nicht so vertrautes Gebiet vorwage. Er habe sich aber, so gut es ging, kundig gemacht. »Über den allgemeinen und speziellen Nutzen des neuen Verkehrsmittels hier zu reden, kann ich mir ersparen. Wir alle, meine Herren, säßen nicht hier, wenn wir nicht davon überzeugt wären. Ich möchte nur über die verschiedenen Methoden referieren, das Geld für diese verdienstvolle Veranstaltung aufzubringen.«

In England, dem Mutterland dieser neuartigen Railways oder Eisenbahnen, so berichtete der Professor, hätten sich von Anfang an private Gesellschaften aus Aktionären zur Finanzierung gebildet und inzwischen bereits erhebliche Gewinne zu verzeichnen. Einen anderen Weg habe das neugegründete Königreich der Belgier beschritten. Hier habe es allein der Staat übernommen, die geplanten und zum Teil bereits fertiggestellten Strecken der Eisenbahn zu bauen und zu betreiben. In den Staaten des Deutschen Bundes gebe es ebenfalls verschiedene Formen, doch scheine für die Mehrzahl der bis jetzt geplanten Strecken – es handle sich um sechs oder sieben in Bayern, Österreich und Sachsen – die Aufbringung der nötigen Gelder und der Betrieb der Bahnen durch private Gesellschaften vorgesehen zu sein.

»Der preußische Staat ist, wie Sie wissen, meine Herren, ein armer Staat, der es nur durch äußerste Sparsamkeit erreichen wird, seine riesige Staatsschuld aus den Befreiungskriegen abzutragen. Er sieht es nicht als seine Aufgabe an, dieses neue Verkehrsmittel selbst zu bauen. Dagegen lässt es Seine Majestät, unser gnädiger König, zu, dass der Handelsstand Gesellschaften zur Erbauung von Eisenbahnen bildet, so bei der geplanten Strecke zwischen Berlin und Potsdam und hier in der Rheinprovinz zwischen Düsseldorf und Elberfeld. Wie Sie wissen, ist ja kürzlich auch in Köln eine Gesellschaft zum Bau einer Eisenbahn zur belgischen Grenze gegründet worden. Wir können sicher viel von der Kölner Gesellschaft lernen.«

Nach dieser Einführung begann eine allgemeine Diskussion, und wieder wunderte Freiherr von Carnap sich, dass keine Kritik, sondern nur sachdienliche Vorschläge geäußert wurden. Als Vertreter der Obrigkeit wies Landrat von Hymmen den richtigen Weg durch die staatlichen Instanzen: »Als Erstes ist es natürlich nötig, über die preußische Bezirksregierung in Köln und den Herrn Oberpräsidenten der Rheinprovinz in Koblenz das preußische Staatsministerium in Berlin um die Erlaubnis zu bitten, eine Aktiengesellschaft überhaupt bilden zu dürfen. Es ist dann Sache unseres Königs, diese Erlaubnis zu erteilen. Natürlich müssen dann später auch alle Anträge dieser Gesellschaft, die den Bau einer Eisenbahn selbst betreffen, zunächst von den höheren Instanzen sorgfältig geprüft und letztlich von des Königs Majestät genehmigt werden, ehe mit tatsächlichen Baumaßnahmen begonnen werden kann.«

Der Domänenrat de Claer, dessen Vater schon dem Kurfürsten-Erzbischof in Bonn gedient hatte, meinte, man solle in dem aufzusetzenden Schreiben auf die Benachteiligung der alten Residenzstadt Bonn in den letzten Jahrzehnten hinweisen, der durch den Eisenbahnbau entgegengewirkt werden könne. Dem widersprachen allerdings die meisten Herren, da dies als Kritik an der Obrigkeit ausgelegt werden könne. Stattdessen schlug Professor Bethmann-Hollweg – er war zugleich Mitglied des Bonner Stadtrates – vor, für alle weiteren Schritte den Bonner Oberbürgermeister Windeck um wohlwollende Unterstützung des Planes zu bitten. Schließlich werde das Vorhaben ja sicher sehr dazu beitragen, die schlechte wirtschaftliche Lage der Stadt zu verbessern.

Freiherr von Carnap konnte darauf hinweisen, dass er sich bereits vom Initiator der Kölner Eisenbahngesellschaft, Herrn Camphausen, eine Kopie des dort beratenen Gesellschaftsvertrages besorgt habe. Er sei gerne bereit, ihn zusammen mit einem der anwesenden Herren Juristen auf die Bonner Verhältnisse umzuarbeiten. Spontan meldete sich der Rechtsanwalt von Recklinghausen dazu. Er stammte aus Köln, hatte sich aber neuerdings in Bonn niedergelassen, weil er durch Erbschaft in den Besitz einer alten, jetzt allerdings kränkelnden Fayence-Manufaktur in Poppelsdorf geraten war.

So blieb schließlich nur noch übrig, das Schreiben an die königliche Regierung in Köln zu formulieren. Der vom Freiherrn von Carnap vorsorglich für solche Zwecke mitgebrachte Sekretär Jellinghaus bezog einen Platz am Nebentisch und ließ seine Gänsefeder über das Papier eilen:

»Die überraschenden Resultate, welche die zwischen Brüssel und Mecheln und zwischen Nürnberg und Fürth erbauten Eisenbahnen fortwährend liefern, gewähren einen überzeugenden Beweis, dass solche Anlagen, selbst auf kurze Strecken beschränkt, unter günstigen Umständen bloß von dem Personen-Verkehr die auf sie verwendeten Kapitalien reichlich zu verzinsen im Stande sind. Wo aber bieten sich hinsichtlich des Personenverkehrs großartigere Verhältnisse dar als in dem gesegneten und volkreichen Rheintal, der besuchtesten europäischen Völkerstraße? Der sich von selbst anbietende Anschluss einer Eisenbahn von Bonn nach Köln an die von Aachen bis nach Köln projektierten Eisenbahn kann nur dazu dienen, beiden Anlagen einen umso größeren Erfolg zu sichern…«

Begleitet von zustimmendem Kopfnicken der Herren diktierte Herr von Carnap weiter: »Bewogen durch diese allgemeinen Rücksichten sind die Unterzeichneten zusammengetreten, um das Bedürfnis und die Ausführbarkeit einer Eisenbahn-Anlage zwischen Bonn und Köln in nähere Erwägung zu ziehen. Sie haben daher beschlossen, im Fall ihnen die Genehmigung nicht versagt wird, einen Aktien-Verein zur Anlage einer Eisenbahn von Bonn nach Köln von ähnlicher Konstruktion wie die zwischen Aachen und Köln zu bilden. Bonn, den 6. März 1836.«

Mit feierlichem Ernst traten die Herren einzeln hinzu, um persönlich ihre Unterschrift unter das Schreiben zu setzen. Ein Stein war ins Wasser geworfen – was für Kreise würde er ziehen?

Schiffersorgen

Jetzt, Anfang April, war der Rhein wieder vollkommen eisfrei und der regelmäßigen Schifffahrt stand kein Hindernis mehr entgegen. Schiffer Heinrich Hündgen stand am Ruder seines Frachtkahns und hatte nichts weiter zu tun als darauf zu achten, dass sein Schiff jetzt beim Treideln nicht aus dem Kurs geriet. An einer langen dicken Leine, die am Mast befestigt und am Bug des Schiffes über einen hohen Holzbock geleitet war, zogen 16 Pferde in vier Viererreihen hintereinander. Auf dem ausgetretenen Leinpfad am westlichen Stromufer trotteten sie langsam stromaufwärts.

Schiffer Hündgen hörte schon längst nicht mehr die

eintönigen Rufe »Hohi hohi hohi« und das ständige Peitschenknallen des Halfen aus Wesseling. Dem Bauern gehörten die Pferde, und gegen eine Gebühr von 1½ Silbergroschen pro Pferd trieb er sie einen ganzen Tag lang die 1¾ Meilen von Wesseling bis Bonn. Der Kahn war schwer beladen mit Schrottgeriss von der Ruhr und etlichen Kisten, Körben und anderen Behältern für verschiedene Kaufleute in Bonn. Außerdem geladen hatte er eine in mehrere Kisten verpackte neue Druckerpresse aus England für den Bonner Zeitungsdrucker Neusser.

In wenigen Minuten würde der Frachtkahn am nördlichen Ende der Bonner Stadtmauer am Rheinufer festmachen, und die Pferde konnten abgeschirrt werden. Nach einer Nacht im Stall dort in der hässlichsten Ecke Bonns und einer guten Fütterung würden dann die Pferde und ihr Halter, der Rheinhalfe, ledig wieder nach Wesseling zurücktrotten. In einigen Tagen würden sie dann einen anderen schweren Frachtkahn, der von Köln stromaufwärts unterwegs war, das Stück von Wesseling nach Köln befördern.

Schiffer Hündgen selbst würde erst in gut drei Wochen mit Strom und Segeln wieder stromabwärts nach Köln fahren, wenn er ausreichende Rückfracht gefunden hatte. Vor allem aber musste er erst in seiner Beurt, der genossenschaftlich organisierten Gilde der Bonner Rheinschiffer, wieder an der Reihe sein. Denn seit vielen Generationen hatten einige Schifferfamilien den lokalen Frachtverkehr auf dem Rhein zwischen Köln und Bonn unter sich aufgeteilt, ließen keine neue Konkurrenz zu und achtete dabei streng darauf, dass immer erst der Buglieger, das vorher angekommene Beurtschiff, ausreichende Ladung hatte und abfahren konnte. Diese uralte Regelung bescherte den Frachtschiffern auf dem Rhein seit Jahrhunderten ein bescheidenes, aber regelmäßiges Einkommen.

Nachdem Schiffer Hündgen seinen Kahn gehörig an mehreren Festmacherbalken am Bonner Frachtufer vertäut und den Rheinhalfen mit seinen Pferden ausgezahlt und verabschiedet hatte, war er bereit, nach zwölf oder vierzehn Übernachtungen in einem Verschlag auf seinem Kahn endlich wieder einmal nach Hause zu gehen, um in seinem heimischen Bett zu schlafen. Heinrich Hündgen wohnte im kleinen Weiler Combahn gegenüber von Bonn auf der rechten Rheinseite, wo die meisten Mitglieder der Bonner Schifferbeurt ihre Häuschen und ihre Familien hatten. Auf dem Wege zur Fliegenden Brücke, der Seilfähre über den Rhein, blieb er an einem anderen Rheinschiff stehen, das etwas oberhalb von dem seinen am Bonner Ufer festgemacht hatte.

Es war von erheblich anderer Bauart als sein schwerer Frachtkahn, denn es diente ausschließlich dem Personenverkehr zwischen Köln und Bonn. Scharf geschnitten und mit einem großen Segel, mit Bänken auf dem Oberdeck und einer kleinen hübschen Passagierstube ausgestattet, konnten es zwei oder drei Pferde in raschem Tempo in einem guten halben Tag von Köln nach Bonn stromaufwärts ziehen. Schiffe dieser Bauart nannte man in Anlehnung an die besonders schnellen Postkutschen »Wasser-Diligencen«, was die Bürger in Bonn und Köln zu »Dilleschanz« verballhornten. Die Schiffe der Kölner Personenbeurt, die die ganze Strecke bis Mainz befahren durften, brauchten für diese große Entfernung von über 22 geographischen Meilen nicht mehr als vier Tage. Den Weg stromabwärts schafften sie im Sommer sogar in zwei Tagen und machten damit ihrem anderen Namen »Jagdschiff« alle Ehre.

Die »Dilleschanz«, an der Heinrich Hündgen Halt machte, gehörte seinem Bruder Anton, der allerdings als Mitglied der Bonner Personenbeurt nur zwischen Bonn und Köln verkehrte. Der Schifferberuf war in der Familie Hündgen seit Generationen erblich, doch durfte immer nur ein Familienmitglied der gleichen Beurt angehören. Bruder Anton war damit beschäftigt, sein Schiff mit weißer Ölfarbe für die Sommersaison vorzubereiten. Ein sommersprossiger Junge, sein Schiffergehilfe, ging ihm dabei zur Hand.

Herzlich begrüßten sich die beiden Brüder, die nur selten Gelegenheit zu einem ausführlichen Gespräch hatten. Auch wenn ihre Häuschen in Combahn dicht beieinander standen, sahen sich die Familienväter nur gelegentlich, wenn ihre Fahrtrouten ihnen zufällig einmal zu gleicher Zeit einen Aufenthalt in Bonn bescherten. Sie hockten sich auf einen vor zwei Jahren angeschwemmten, schon halb verrotteten Baumstumpf und genossen die Sonnenstrahlen dieses frischen, aber klaren Apriltages und schwatzten von den großen und kleinen Problemen ihres Berufes.

Anton Hündgen war schlechter Laune. »Diese neumodischen Dampfschiffe machen uns ehrlichen Rheinschiffern noch das ganze Geschäft kaputt«, schimpfte er. »Es ist unerhört, diese Teufelsdinger fassen dreimal so viel Menschen wie unsere Dilleschanzen, und sie sind meistens voll. Die Strecke von Köln bis Koblenz stromaufwärts schaffen sie in nur einem Tag und verpesten dabei das ganze schöne Rheintal mit ihrem stinkenden Rauch. Und vor allem, sie tun so, als gebe es keine Schiffergenossenschaften mit ihren guten alten Regeln. In der Kölner Personenbeurt gibt es schon ein paar Schiffer, die so wenig verdienen, dass sie ihre Schiffe bald verkaufen müssen.«

»Ich kann nicht klagen«, meinte Heinrich Hündgen etwas uninteressiert an den Sorgen seines Bruders. »Für unsere Frachtkähne finden wir immer noch genügend Ladung, auch wenn jetzt zum Sommer nicht mehr so viel Kohlen bestellt werden.«

»Du wirst es auch noch merken, wie übel dieses neue Dampfwesen uns mitspielen wird«, beharrte Anton Hündgen auf seiner Meinung. »Jemand hat mir erzählt, man will jetzt sogar auf dem Land eine Dampfbahn bauen, von Bonn nach Köln, und die soll sogar viel schneller fahren als die Postkutsche mit vier Pferden. Ich glaub zwar nicht, dass ein Mensch das aushalten kann, aber die gelehrten Herren müssen es ja wissen. Stell dir vor, Heinrich, wenn dann alle Leute statt mit der Postkutsche oder meiner Dilleschanz mit der Dampfbahn nach Köln fahren – was das für uns Schiffer heißt! Was sag ich, nicht nur für alle Schiffer, sondern auch für die Postillione und die Botenfrauen und die Hauderer auf dem Lande! Diese neumodischen Teufelsmaschinen sind noch unser Untergang!«

Bonn im Aktienrausch

Christian Jellinghaus musste sich immer wieder die vom vielen hastigen Schreiben ganz verkrampfte rechte Hand massieren, als er zusammen mit dem Freiherrn von Carnap in dessen zweispänniger Kalesche von Bonn nach Hause fuhr. An diesen 11. April würde er noch lange denken. Für ihn, den jungen Mann aus dem Dorf Bornheim, war es schon ein überaus bedeutsamer Augenblick, die offizielle Gründung einer neuen Eisenbahngesellschaft miterlebt und das Protokoll darüber mit eigener Hand nach Diktat niedergeschrieben zu haben.

In der Rückerinnerung erschienen Jellinghaus die letzten Wochen wie im Fluge vergangen zu sein, so sehr waren sie mit stets neuen interessanten Aufgaben ausgefüllt, immer als Gehilfe seines Gönners und Vorgesetzten, des Freiherrn. Da waren die verschiedenen Besprechungen über die Idee eines Eisenbahnbaues in kleinerem oder größerem Kreis gewesen. Zusammen mit dem Freiherrn musste er nach Köln zum Großhandelskaufmann Camphausen reisen, der sich schon seit drei Jahren um die Verwirklichung der Idee einer Eisenbahn von der belgischen Grenze nach Köln bemühte. Dann waren mehrere Sitzungen zur Umarbeitung der Kölner Statuten auf die künftige Bonn-Kölner Eisenbahngesellschaft gefolgt, Ritte durch die Orte zwischen den beiden Städten, um zunächst noch ganz laienhaft die geeignetste Route herauszufinden. Dazwischen immer wieder Briefe an alle möglichen Persönlichkeiten mit der Bitte um Auskunft über Eisenbahnangelegenheiten und um Benennung von Fachleuten zur Erstellung eines genauen Nivellements. Der junge Mann fühlte sich schon ganz als Eisenbahnexperte, und er war glücklich.

Und nun erst die denkwürdige erste Versammlung künftiger Aktionäre der neuen Bahngesellschaft, die eben so erfolgreich abgeschlossen worden war! Der Saal im alten Bonner Rathaus am Marktplatz war wohl noch nie in den letzten Jahren so voll gewesen. Der Vorschlag des Herrn Professor Bethmann-Hollweg, sich die Unterstützung des Oberbürgermeisters Windeck zu sichern, hatte sich als sehr nützlich erwiesen. Denn der würdige alte Herr mit seinen weißen Haaren, der seit fast zwanzig Jahren die Geschicke der Stadt mit Umsicht und Tatkraft steuerte, hatte die Idee der Eisenbahn sofort interessiert aufgegriffen. Bereitwillig hatte er den Saal des Rathauses für die erste Aktionärsversammlung angeboten und war auch einverstanden, in Zukunft als Vorsitzender des Provisorischen Ausschusses der neuen Bahngesellschaft zu fungieren, wenn ihm die laufende Arbeit dafür von anderen Mitgliedern dieses Gremiums abgenommen würde.

Aufmerksam hatte Christian Jellinghaus an seinem Tischchen als Protokollant der Diskussion über den von den Herren von Carnap und von Recklinghausen vorgelegten Entwurf der Grundbestimmungen der neuen Gesellschaft gelauscht. Dieser Entwurf schien bereits so ausgefeilt zu sein, dass keine Änderungswünsche kamen und er in der anschließenden Abstimmung einstimmig gebilligt wurde. Vielleicht allerdings hatte auch nur niemand zugeben wollen, dass er von diesen neumodischen Dingen, wie es eine Aktiengesellschaft war, nichts verstand.

Wenn man von der Stimmung der hier Versammelten ausging – etliche Dutzend reiche Kaufleute, Fabrikanten, Beamte, Professoren und Rentiers, fast die gesamten zur Klasse der Höchstbesteuerten gehörenden Bonner Bürger –, dann musste man glauben, dass dieser neue Schienenweg endlich Bonn seinen angestammten Rang unter den rheinischen Städten wiedergeben werde. »Was die Kölner können, können wir Bonner schon lange!«, hatte der Fabrikant Mehlem unter großem Beifall ausgerufen. Wenigstens in diesem Kreise schien es keine Vorbehalte gegen die neumodische Erfindung der Eisenbahn zu geben, ganz im Gegenteil. Verschiedene Herren äußerten die Hoffnung, durch die künftige bequeme Verbindung bis Belgien endlich einen gehörigen Teil des Personenverkehrs von Köln nach Bonn umlenken zu können und dadurch Geld in die Universitätsstadt zu bringen. Vor allem die Besitzer der großen Bonner Hotels waren von der Idee begeistert.

Diese Begeisterung schlug sich auch in der Bereitschaft nieder, Geld zum Bau dieser neuen Eisenbahn zur Verfügung zu stellen. Auf rund 500 000 preußische Taler hatte man vorerst die Kosten der Schienenstraße von $3\frac{1}{2}$ Meilen (knapp 30 Kilometer), der ersten Lokomotiven und Wagen und des sonstigen Zubehörs geschätzt. Bereits in diesen drei Nachmittagsstunden des 11. April 1836 hatten so viele Bonner Bürger sich verpflichtet, Aktien im Wert von je 100 Talern zu kaufen – der eine zehn, der nächste zwanzig und einzelne sogar fünfzig auf einmal –, dass damit schon fast drei Viertel des Kapitals zusammenkam. Dies war es gewesen, was Christian Jellinghaus zu so pausenloser Schreibarbeit gezwungen hatte. Einer um den anderen traten die Spitzen der guten Bonner Gesellschaft an seinen Tisch und nannten Namen, Hausnummer und Zeichnungssumme, um dann jeweils mit ihrer Unterschrift ihre Kaufabsicht zu beglaubigen. In den nächsten Tagen, so hatte Oberbürgermeister Windeck verkündet, werde man die Zeichnungsliste noch weiter im Rathaus auslegen, und er sei sicher, dass in kürzester Zeit schon das gesamte benötigte Kapital gezeichnet sein werde.

So etwas wie ein Aktienrausch schien über die kapitalkräftigen Bonner Bürger gekommen zu sein, ganz so, wie man es schon aus einigen anderen deutschen Städten gelesen hatte. Dies war etwas Neues, Zukunftsträchtiges, und man konnte viel Geld damit verdienen. Diese seit wenigen Jahren auch in Deutschland bekannter gewordenen Aktien waren der besondere Reiz, so hatte Freiherr von Carnap es seinem so wissbegierigen Sekretär erklärt. Denn hier konnten Bürger, die etwas Geld erspart hatten, es gewinnbringend anlegen, ohne sich selbst als Kaufmann oder Bankier betätigen zu müssen, ohne gleich ihr ganzes Vermögen für *ein* Geschäft aufs Spiel setzen zu müssen, ohne Risiko und eigene Arbeit. Die Aktien konnte man auch wieder verkaufen, mit einem erheblichen Kursgewinn sogar, wenn man Glück hatte; sie waren ideal für die heutzutage gar nicht mehr so seltenen reichen Leute, die am liebsten ohne eigene Arbeit vom Zinsertrag, der Rente, ihres Vermögens leben wollten. Wer sich dafür interessierte, hatte schon von

Aktiengesellschaften im fernen Berlin oder Schlesien oder Barmen gelesen. Aber durch die langen Postwege war es schwierig, ja fast unmöglich, sich daran zu beteiligen. Hier aber bot erstmals eine heimische Gesellschaft Aktien den Bonner Bürgern an, zu einem nützlichen Zweck, den jeder begreifen konnte. Wer auch nur hundert Taler erübrigen konnte, wollte unbedingt dabei sein und zeichnete wenigstens eine Aktie.

Herr von Carnap und einige andere Herren hatten in ihren vielen Gesprächen in den letzten Wochen auch in anderer Hinsicht gut vorgearbeitet. Denn auch die Zusammensetzung des Provisorischen Ausschusses für die neue Gesellschaft hatte sich dabei schon im Wesentlichen herausgeschält. Die endgültigen Organe würde man erst bilden können, wenn die Genehmigung der preußischen Regierung vorlag und die Konzession zum Bau erteilt war. Aber schon in der Zwischenzeit musste die Gesellschaft handlungsfähig sein. Dass Oberbürgermeister Windeck als Stadtoberhaupt, Berghauptmann Graf Beust als prominentester Beamter und die Herren von Carnap und Professor Kaufmann als Initiatoren des Planes darin einen Platz finden mussten, war allen klar. Auch Bankier Heinrich Cahn als der wichtigste Finanzmann der Stadt gehörte in den Ausschuss. Andere Bonner Bürger mussten aufgenommen werden, weil sie besonders viele Aktien gezeichnet hatten oder sonst von Einfluss und Bedeutung waren. Daneben empfahlen sich die Herren Heinrich Stahl aus Bonn und Franz Jakob Mülhens aus Poppelsdorf nicht nur durch hohe Einlagen, sondern auch durch erstaunliche Kenntnisse und deutliches persönliches Interesse an dem modernen Eisenbahnwesen für diesen Ausschuss.

Als Freiherr Gerhard von Carnap wie gewohnt die Ereignisse dieses so wichtigen Tages auf der Rückfahrt mit seinem jungen Sekretär besprach, konnte er befriedigt zusammenfassen: »Die künftigen Aktionäre der Bonn-Kölner Eisenbahngesellschaft können vertrauensvoll in die Zukunft blicken. Das junge Unternehmen ist in guten Händen!«

»Was sagt Seine Majestät zum Eisenbahnwesen?«

»Die Angelegenheit, die Sie zu mir führt, lieber Herr Landrat, muss eine sehr dringende sein!« Der preußische Regierungspräsident von Köln begrüßte seinen Gast an der Tür seines Arbeitszimmers und führte ihn zu einem bequemen Sofa. Zusammen mit einigen polsterbezogenen Stühlen und einem runden Tisch bildete es eine Sitzecke für bevorzugte Besucher. Der Blick aus dem Fenster ging in den Park des erst vor wenigen Jahren neu errichteten mächtigen Gebäudes des Regierungspräsidiums in der Kölner Zeughausstraße nahe dem Dom, diesem eindrucksvollen, aber unfertigen Relikt des Mittelalters in der alten Stadt am Rhein.

Regierungspräsident Dr. Karl Ruppenthal war von gewinnender Freundlichkeit gegenüber seinem Untergebenen, der nur sehr selten den Amtssitz seines Vorgesetzten aufzusuchen pflegte. »Erst gestern kam Ihr Eilbrief hier an, in dem Sie mich um ein vertrauliches dienstliches Gespräch ersuchten, und heute sind Sie schon in Person hier in Köln!«

»Ich behellige Sie nicht gerne, Herr Ruppenthal, doch benötige ich in einer dringenden Angelegenheit Verhaltensmaßregeln von einem kompetenten Vertreter der preußischen Monarchie.« Der Bonner Landrat Eberhard von Hymmen vermied es, seinen Vorgesetzten mit dem ihm zustehenden Titel anzusprechen. Denn insgeheim dünkte sich der aus altem westfälischen Adel stammende Landrat weitaus höherwertiger als der bürgerliche Jurist Ruppenthal, der noch dazu aus dem hintersten Rheinland stammte. Aber heute erzwangen es die Verhältnisse, dass der Adlige seinen Vorgesetzten um Rat fragen musste.

»Es geht um den Plan eines Schienenweges von Bonn nach Köln«, berichtete Eberhard von Hymmen, nachdem sich die beiden Herren gesetzt hatten und ein Bürodiener ihnen ein Glas Wein eingeschenkt hatte. »Seit einigen Wochen spukt diese Chimäre in den Köpfen aller reichen Bonner und erregt ungeheures öffentliches Aufsehen. Sie werden, Herr Ruppenthal, in Bälde auch schriftlich und offiziell von dem Anliegen unterrichtet werden, doch wüsste ich gerne bereits jetzt, wie ich mich nach dem Willen unseres Königs und des preußischen Staatsministeriums in Berlin in der Angelegenheit zu verhalten habe.«

Sachlich und knapp berichtete der Landrat von der Entstehung und Entwicklung der Eisenbahnpläne in Bonn, so weit er selbst etwas davon wusste. Insbesondere schilderte er die Begeisterung der vermögenden Kreise in Bonn für die Zeichnung von Eisenbahnaktien erst vor wenigen Tagen.

Zum Abschluss seines kurzen Vortrags fügte er hinzu: »Als Vertreter der preußischen Behörde habe ich mich gehütet, eine eigene Meinung zu dieser Angelegenheit zu äußern, ehe ich von höherem Orte eine Weisung dazu erhalten habe. Als Privatmann muss ich Ihnen allerdings gestehen, Herr Ruppenthal, dass ich dieses neue Eisenbahnwesen als eine schwere Gefahr für den preußischen Staat ansehe und für das Verhältnis zwischen König, Obrigkeit und Adel auf der einen Seite und dem Volk auf der anderen Seite, für das die preußische Krone ein Symbol ist. Wissen Sie, Herr Ruppenthal, was Seine Majestät für eine Meinung vom Eisenbahnwesen hat?«

»Ihnen ist sicher bekannt, lieber Herr Landrat«, – Regierungspräsident Ruppenthal konnte sich die kleine Bosheit nicht verkneifen, seinen Gast konsequent nicht mit seinem adligen Namen, sondern nur mit seinem Titel anzusprechen – »dass hier in Köln schon seit drei Jahren ein Eisenbahnplan in der Diskussion ist. Seit anno 1833 wartet ein Antrag auf Genehmigung einer Aktiengesellschaft zum Bau einer Eisenbahn von Köln zur belgischen Grenze auf eine endgültige Entscheidung aus Berlin. Der preußische Staat macht es sich schwer mit dem Eisenbahnwesen.«

Ausführlich berichtete der Regierungspräsident seinem Besucher von den in Arbeit befindlichen »Allgemeinen Bedingungen für Bahnunternehmungen« in Preußen, die in Kürze in Kraft treten sollten und von denen der Bezirksregierung in Köln und den Handelskammern im Rheinland Entwürfe zugeschickt worden waren. Der Druck der reichen Fabrik- und Handelsherren insbesondere im Westen der preußischen Monarchie, solche modernen Railways einzurichten, sei inzwischen sehr stark geworden. Dagegen könnten die grundsätzlichen Bedenken innerhalb des preußischen Staatsministeriums offenbar auf Dauer nicht durchgesetzt werden.

Dr. Ruppenthal stand plötzlich auf und ging zu einem Bücherschrank, in dem er in einigen Papieren suchte. »Das muss ich Ihnen vorlesen, Herr Landrat, was ich kürzlich von einem Bekannten aus Bayern zugeschickt bekommen habe. Der bayerische König Ludwig hat nämlich in klassischem Versmaß ausgedrückt, was viele hier im Hinblick auf das neumodische Eisenbahnwesen empfinden. Hören Sie: ›Aufgehen wird die Erde in Rauch, so steht es geschrieben. Was begonnen bereits, überall raucht es schon, jetzo lösen in Dampf sich auf die Verhältnisse alle, und die Sterblichen treibt jetzo des Dampfes Gewalt allgemeiner Gleichheit rastloser Beförderer ...«

»Ist nicht diese Unternehmensform der Aktiengesellschaft schon als solche etwas, dem man mit dem größten Misstrauen begegnen muss?«, fragte Landrat von Hymmen. »Das ist doch die pure Spekulation mit dem schnöden Mammon, in diametralem Gegensatz zu den Ehrbegriffen und der Uneigennützigkeit des preußischen Adels, aus dem ich stamme! Niemand haftet mit seinem ganzen Vermögen und kann doch ohne eigene Arbeit und Mühe einen schönen Gewinn einstreichen –«

»Wenn er Glück hat, Herr Landrat«, fiel der Jurist Ruppenthal ein, »er kann auch Pech haben und seinen Geldeinsatz ganz oder teilweise verlieren!« Doch Herr von Hymmen gab sich nicht geschlagen: »Das ist es ja gerade, dieser Tanz um das Goldene Kalb ist mir als Gutsbesitzer und preußischem Beamten zutiefst zuwider. Die Konzentration des Kapitals in den Händen weniger Bankiers und Entrepreneurs, die letztlich durch diese Aktiengesellschaften zustande kommt, gibt diesen auf die Dauer eine Macht in die Hände, die sie einmal zu einer Nebenregierung gegen die von Gott eingesetzte Obrigkeit des Königs und seiner Beamten machen kann.«

Der adlige Landrat musste seinem Herzen Luft machen: »Und erst recht diese Eisenbahnen! Ich halte es für von Gott gewollt, dass der Bauer und der Handwerksbursche zu Fuß gehen, der Adlige reitet, und wer es sich leisten kann, mit eigener Kutsche oder meinetwegen mit der Postkutsche mit Pferden davor fährt. Aber diese Eisenbahnen, die angeblich mit unvorstellbar großer Geschwindigkeit fahren sollen, bringen Begüterte und das einfache Volk in gleichem Tempo zum Ziel und tragen daher in sehr bedenklicher Weise zur gefährlichen Gleichmacherei, zu dem einst aus Frankreich importierten Bazillus der Demokratie bei.«

Regierungspräsident Ruppenthal sah seinen aus so ganz anderem Milieu als er selbst stammenden Untergebenen lange nachdenklich an. Er musste vorsichtig sein und weder der bisher offenbar bewusst bremsenden Haltung seiner Vorgesetzten im fernen Berlin widersprechen noch auch seiner eigenen, weitaus liberaleren Überzeugung. »Das mag alles schon so sein, lieber Landrat. Dennoch rate ich Ihnen, sich zunächst nicht als offener Gegner des Eisenbahnprojektes zu erkennen zu geben. Sie müssen den Plan ja nicht geradezu persönlich mit forcieren, aber Sie sollten ihm auch nicht öffentlich widersprechen. Bei der bis jetzt ungeklärten Haltung unseres Königs und unseres Staatsministeriums in Berlin zu allen derartigen Plänen steht es uns als verantwortlichen Beamten Seiner Majestät wohl an, zunächst vorsichtig abzuwarten, was dort oben letztlich entschieden wird.«

2. Kapitel

Ängste und Hoffnungen

Mai 1836 bis April 1837

Sorgen um das Geschäft

Frühmorgens herrschte auf dem großen Hof der Posthalterei von Bonn immer ein reges Leben. Jetzt, Anfang Mai, war es schon längst hell, wenn die erste Kutsche nach Köln zur Abfahrt gerüstet wurde. Postillion Faßbender begutachtete kritisch jeden Handgriff der beiden Stallknechte beim Einschirren der Pferde. Ihm selbst wäre es nicht eingefallen, mit zuzugreifen, das war unter seiner Würde.

Jetzt kam auch sein Prinzipal Theodor Alfter aus seiner Wohnung über den Hof geschlurft. Er trug eine Nachtmütze, Pantoffeln und einen großgeblümten Kaftan, ein Zeichen, dass er gerade erst aus dem Bett gestiegen war. Er ließ es sich nicht nehmen, vor der Abfahrt der ersten Kutsche des Tages nach dem Rechten zu sehen. Er war ein privater Unternehmer, aber er hatte einen Vertrag mit der königlich preußischen Post, der ihn verpflichtete, Kutschen, Pferde und Postillione für ihren Bedarf stets pünktlich bereitzustellen. »Na, Peter, alles in Ordnung?«, erkundigte er sich gähnend beim Postillion. Umständlich zog er eine tombakene dicke Uhr aus der Manteltasche und stellte fest, dass bis zum planmäßigen Aufbruch der Kutsche zum Postamt noch ein paar Minuten Zeit blieben. Offensichtlich war Posthalter Alfter einem kleinen Schwatz mit seinem

51

Untergebenen zur Aufmunterung in dieser frühen Morgenstunde nicht abgeneigt. »Hast du schon gehört, Peter, dass man demnächst so ein neumodisches Ding bauen will, eine Eisenbahn nennen sie's, von hier nach Köln?«

Peter Faßbender kannte wie nahezu jeder Einwohner von Bonn den neuesten Stadtklatsch. Von Wagen ohne Pferde war da die Rede, die auf einer eisernen Straße dahinfliegen sollten, von einem Höllenfeuer, das auf diesen Wagen glühen sollte, und von Teufeln, die dabei Heizer spielten. Obwohl Peter Faßbender als treuer Sohn der katholischen Kirche einen gehörigen Respekt vor dem Höllenfeuer nach dem Tode hatte, konnte er doch nicht recht glauben, dass bei diesen eisernen Wagen wirklich der Teufel die Hand im Spiel habe. Aber was es tatsächlich damit auf sich hatte, konnte er sich beim besten Willen nicht vorstellen. »Das können nur die Preußen sein, die auf solche verrückten Ideen kommen«, vermutete er, denn er war wie die meisten alten Bonner nicht gut auf die neuen Landesherren zu sprechen. »Wo hat man denn je gehört, dass ein Wagen aus Eisen ist und ohne Pferde fahren kann?«

»Ja, sicher sind's die Preußen«, bestätigte Theodor Alfter. »Sie führen alles Neue bei uns ein und meinen, sie könnten uns Rheinländer herumkommandieren, aber was Gutes ist dabei noch nie herausgekommen. Da war ja der Napoleon nicht so schlimm. Aber weißt du eigentlich, Peter, dass diese neumodische Eisenbahn uns das Brot wegnehmen kann?« Als Mitglied des Bonner Stadtrates war Theodor Alfter immer gut informiert und blickte weiter als die meisten Bonner. Er war auch über den Aberglauben der einfachen Leute erhaben und sah die neuen Pläne von der ganz praktischen Seite an.

»Stell dir vor, Peter, wenn so ein Eisenbahnwagen immer zwischen Bonn und Köln hin- und herfährt und die

Leute vielleicht zum halben Preis und in viel kürzerer Zeit als mit der Postkutsche reisen können! Was wird dann aus unseren Postkutschen? Ich glaub zwar noch nicht daran, dass da was draus wird. Denn schau mal, Peter, von Bonn fahren täglich zwei Kutschen nach Köln und zurück, und von Köln zwei Kutschen nach Bonn und zurück. In jeder Kutsche und oben auf den Dachsitzen können zwölf Leute mitfahren, das sind fast fünfzig Menschen täglich in einer Richtung. Und du weißt doch selbst, wie viele Plätze meist leer sind. Da kann sich doch so ein teurer Dampfwagen gar nicht rentieren. Aber trotzdem, Peter, uns Postleuten kann's mit der neuen Eisenbahn an den Kragen gehen, merk dir das!«

Theodor Alfter blickte seinen Postkutscher nachdenklich an. »Wir müssen was dagegen tun, Peter, ehe es zu spät ist. Sonst kann es uns passieren, dass wir eines Tages unseren letzten Hafer verfüttert haben. Ich will schon sehen, dass ich im Stadtrat tüchtig gegen den Unsinn rede, und auch sonst… Aber wie ist es mit dir, Peter? Du stammst doch aus Wesseling. Was würden die Leute da wohl sagen, wenn es eines Tages keine Poststation mehr bei ihnen gäbe? Es leben doch auch viele Wirte und andere Leute davon, dass die Postkutschen täglich achtmal in Wesseling halten. Die können doch eigentlich nicht erfreut sein über dieses neumodische Ding. Und die Bauern, was werden die erst sagen, wenn so eine eiserne Straße plötzlich über ihre Felder geht und wenn das Feuer vom Dampfwagen herunterfällt und alles Korn und alle Bäume rechts und links in Brand setzt?«

Der Posthalter zog erneut die Uhr. Es war nun Zeit zur Abfahrt. Während Peter Faßbender auf seinen hohen Bock kletterte, beschied Theodor Alfter seinen Postillion: »Weißt du was, Peter, nächste Woche bekommst du ein paar Tage frei. Da gehst du mal nach Wesseling und redest mit den Leuten. Und nach Bornheim kannst du auch gleich gehen, deine Frau stammt doch da von einem Hof, nicht wahr? Dir wird schon einfallen, was du über diese neumodische Eisenbahn sagen kannst, die uns ehrlichen Leute von der Post den letzten Groschen nehmen will.«

Zweierlei Lebensziele

Was konnte es Schöneres geben als am Schabbes über Gott und die Welt zu reden? Die beiden jungen Männer, die an diesem sonnigen Mainachmittag in ihrer dunklen Feiertagstracht den Bonner Leinpfad in Richtung Süden entlang wanderten, waren in eifrigem Gespräch vertieft. In der Ferne grüßte die so romantische Kulisse des Siebengebirges herüber, doch sie gönnten ihr keinen Blick. Am Schabbesstein kehrten die Spaziergänger gehorsam um. Dieses Mal zeigte den frommen Juden an, dass hier die 2000 Ellen endeten, die die strengen Sabbat-Gesetze als Spazierweg außerhalb der Stadt an Gottes heiligem Ruhetag lediglich erlaubten.

Die jungen Männer waren gute Freunde und außerdem Vettern, aber äußerlich waren sie sehr verschieden. Moritz Hess hatte schwarze Haare und ein scharfgeschnittenes Gesicht mit ausgeprägt langer Nase, sein Vetter Lion Zuntz war kleiner und untersetzter und gestikulierte beim Sprechen lebhaft mit den Händen. Erst vor wenigen Tagen war Moritz Hess in seine Geburtsstadt Bonn zurückgekehrt und hatte im Haus seiner Tante Rechel vorläufige Aufnahme gefunden. Da gab es dem Freund und Verwandten viel zu erzählen.

Ihr Ziel nach dem Schabbes-Spaziergang war das Haus

der Witwe Zuntz in der Bonner Judengasse. Diese schmale und schmutzige Straße mit ihren engbrüstigen, heruntergekommenen Häusern bot keinen erfreulichen Anblick. Aber das traf genauso auch auf viele andere Häuser in der Bonner Altstadt zu. Bis vor vierzig Jahren hatte ein schweres Holztor nachts die Judengasse verschlossen und die darin wohnende Judengemeinde zusätzlich zu den nachts geschlossenen Stadttoren eingesperrt. Doch die knapp zwanzigjährige Herrschaft der Franzosen über das Rheinland hatte das Tor vor der Judengasse und auch sonst manche Einschränkungen für die Juden beseitigt.

Als die beiden Cousins ihr Wohnhaus betraten, schlug ihnen der würzige Geruch frisch gerösteten Kaffees entgegen. Erst am letzten Donnerstag hatte Rechel Zuntz die Röstung einer neuen Partie Java-Kaffees begonnen, ein Vorgang, der seine Zeit brauchte. Niemand im ganzen Städtchen Bonn beherrschte die Kunst des Kaffeeröstens so gut wie Amschel Zuntz' Witwe. Daher schickten viele Familien in Bonn, die sich Kaffee als Getränk leisten konnten, immer wieder ihre Hausmägde zur Witwe Zuntz in die Judengasse, um ein Dutzend Lot frisch gerösteten Kaffee zu kaufen.

Die Familie der Witwe Zuntz gehörte aus diesem Grunde auch zu den wenigen Haushaltungen in der Judengasse, in denen am Schabbes Kaffee aufgebrüht zu werden pflegte. An der Kaffeetafel dieses Nachmittags fand Rechel Zuntz erstmals die Ruhe und die Zeit, sich mit ihrem Neffen Moritz ausführlicher zu unterhalten. Sie war eine resolute, etwas korpulente Frau Anfang fünfzig, die ihren kleinen Haushalt und ihr Geschäft perfekt beherrschte. Nach dem frühen Tod ihres Mannes Amschel – er war auf einer Geschäftsreise in Frankfurt am Main vor zweiundzwanzig Jahren gestorben – hatte sie ihren erst nach dem Tod des

Vaters geborenen Sohn Lion aufziehen und das Geschäft ihres Mannes weiterführen müssen, um den Lebensunterhalt der Familie zu sichern. Das war Rechel Zuntz überraschend gut gelungen, nicht zuletzt wegen ihrer Kunst des Kaffeeröstens.

Dass sie den ältesten Sohn ihres Bruders David Hess – dieser wohnte jetzt in Köln und betrieb dort eine kleine Zuckerfabrik – bei sich aufgenommen hatte, war nicht nur ein Zeichen von Familiensinn, sondern half auch eine Krise in der Familie des Bruders zu lösen. Denn Moritz Hess, ihr Neffe, war irgendwie aus der Art geschlagen. Er hatte gegen die Ausbildung zum Kaufmann rebelliert, wie sie in allen Familien des jüdischen Mittelstandes üblich war. Bereits als Junge hatte er auf eigene Faust Deutsch und Französisch, später auch Englisch und Lateinisch gelernt und jedes historische oder naturwissenschaftliche Buch verschlungen, dessen er habhaft werden konnte. Schließlich, im Jahr 1833 mit gerade neunzehn Jahren, war der junge Moritz aus dem väterlichen Haus in Köln geflohen und nach Holland, später nach Paris gereist, wo er sich mit Schreib- und Übersetzungsarbeiten über Wasser hielt und im Übrigen seine Bildung vervollkommnete.

Jetzt, drei Jahre später, war der so bildungshungrige junge Moritz Hess nach Preußen zurückgekehrt, auf Vermittlung eines Onkels, und er war in den Haushalt seiner Tante Rechel in Bonn aufgenommen worden, weil er hier seinen sehnlichsten Wunsch erfüllen konnte, nämlich an einer Universität zu studieren. Vater David Hess in Köln hatte wohl oder übel seine Zustimmung zu dieser Lösung geben müssen.

An der Kaffeetafel im Esszimmer der Witwe Zuntz fragte diese ihren Neffen nach Strich und Faden nach seinen Erlebnissen in der Fremde aus. In den jüdischen Häusern in Bonn und überall in Deutschland sprach man Jiddisch, dieses altertümliche Deutsch aus dem Mittelalter, vermischt mit vielen hebräischen Brocken. Doch konnten die meisten Bonner Juden auch ohne weiteres das »Bönnsch« der einfachen Volksschichten verstehen und reden. Moritz Hess sprach allerdings darüber hinaus auch ein fehlerloses Hochdeutsch und Französisch, und er konnte englische und sogar lateinische Bücher lesen – er war ohne Zweifel schon jetzt ein Gelehrter.

»Wozu musst du denn dann noch an der Universität studieren?«, fragte »Mamme« Rechel ihren Neffen. »Weil ich noch längst nicht genug weiß«, gab Moritz Hess zur Auskunft. Er habe, so erklärte er, zwar nicht das für die Immatrikulation an einer preußischen Universität erforderliche Abiturzeugnis eines Gymnasiums vorzuweisen und er werde daher gezwungen sein, ein oder zwei Semester lang »schwarz« Vorlesungen zu hören. »Aber den Kopf wird das schon nicht kosten«, lachte er, »und danach, so hoffe ich, wird man mein Gesuch um ordentliche Immatrikulation schon noch genehmigen.«

Angeregt durch den aromatischen Kaffeetrank, den seine Tante ihm hier kredenzte, kam Moritz Hess, der Vierundzwanzigjährige, ins Erzählen von seinen Ideen und Idealen. Ein Philosoph wolle er einmal werden, ein Mann, der wie Spinoza, dieser große jüdische Philosoph vor zweihundert Jahren, der Menschheit den richtigen Weg weisen könne. Er habe auch schon einen Plan, ein Buch zu schreiben, das den Titel »Die heilige Geschichte der Menschheit« tragen solle. Darin wolle er nachweisen, dass Gott – der Gott der Juden, der Christen und der Muselmanen in einem – nicht nur Geist und Natur, sondern auch die Geschichte der Menschheit nach einem vernünftigen, vorausbestimmten Plan lenke.

Tante Rechel und auch seinem Vetter Lion waren diese mit steigender Begeisterung vorgetragenen Theorien offensichtlich etwas zu hoch. Der zwei Jahre jüngere Lion meinte sachlich, dies seien ja fabelhafte Pläne, und er habe keinen Zweifel, dass sein Vetter Moritz auch seine hochfliegenden Lebensziele erreichen werde. Allerdings böten sie vermutlich wenig Aussicht auf ausreichenden Lebensunterhalt.

»Ich halte es mehr mit dem Geschäft, das meine Mamme jetzt erst so richtig beginnen will«, meinte Lion, der angehende Kaufmann. Und mit ebenso viel Begeisterung wie eben sein Vetter erzählte er davon, dass die Mamme vor wenigen Tagen ein Haus in der Hundsgasse in Bonn gemietet habe. Dort gebe es mehr Platz zum Lagern und Rösten von Kaffee als im alten Haus in der Judengasse. »A. Zuntz sel. Wwe.« solle das Geschäft heißen, das zum Kaffee-Import und -Verkauf en gros und en detail sowie zum Kaffeerösten gerade gerichtlich eingetragen worden sei.

»Demnächst«, so berichtete Lion Zuntz voller Eifer, »wird es sogar eine Eisenbahn von Bonn nach Köln geben. Stell dir vor, Moritz, was es für einen Vorteil für unsere Firma bedeutet, in wenigen Tagen frischen Rohkaffee aus Holland oder England hierher bringen zu können anstatt wie bisher in mehreren Wochen! Meine Mamme hat mir erlaubt, zehn Aktien der neuen Eisenbahngesellschaft zu zeichnen; damit geht hoffentlich der Bau der Schienenstraße schneller, und wir können noch dazu auch damit Geld verdienen. Und später, wenn Mammes berühmter gut gebrannter Kaffee erst überall in den Bonner Kaffeekannen duftet, dann können wir uns überlegen, das Geschäft noch auszuweiten und den Kaffee in die umliegenden Orte zu vertreiben. Ideen dazu habe ich schon genug!«

»Des Maschinenwesens bedarf es nicht!«

In der Gaststube des Wirtshauses Zur Post im Dorf Wesseling halbwegs zwischen Köln und Bonn herrschte ein beängstigendes Gedränge. Lebhaft durcheinander schwatzend bevölkerte ein Großteil der Landwirte und kleinen Ackerer der Bürgermeisterei Wesseling den niedrigen Raum unter den vom Alter geschwärzten Deckenbalken. Tagsüber trank hier alle paar Stunden ein Grüppchen Passagiere aus den Postkutschen hastig einen Krug Bier oder eine Tasse heiße Bouillon und erholte sich vom Geschaukel der Fahrt, während im Hof die Pferde gewechselt wurden.

Abends war in der »Post« im Allgemeinen nicht viel los. Nur heute hatte die seit Tagen im Dorf umgehende Unruhe und Empörung unter den Bauern zu dieser Versammlung geführt, in der sich die aufgewühlte Volksseele Luft machen sollte. Gutsbesitzer und Bürgermeister von Geyr war sich nicht sicher gewesen, ob er den Plan dieser Zusammenkunft nicht als gegen die Obrigkeit gerichtet kurzerhand verbieten sollte. Aber ging es denn hier überhaupt gegen den Staat und seine Repräsentanten? Und war nicht eine solche Protestversammlung immer noch ein relativ harmloses Ventil für den offenbar tief sitzenden Unmut seiner Bauern, wenn man ihren Ausgang in die rechte Bahn lenken konnte? Vorsichtshalber hatte Herr von Geyr seinen Feldschütz als Hüter der öffentlichen Ordnung und den Wesselinger Schullehrer als schreibgewandten Protokollanten mitgebracht, um seiner schwierigen Aufgabe gerecht zu werden, in dieser Versammlung zu präsidieren.

Gutsbesitzer von Geyr war ein nüchterner und gebildeter Mann. Dennoch beschlich ihn das unheimliche Gefühl, dass sich hier in der Stube des Post-Wirts Grunenwald Ängste Luft machten, die in den verschiedensten Bezirken der menschlichen Seele angesiedelt waren: ganz handfeste Sorgen um das tägliche Brot, Angst um Leib und Leben und Furcht vor dem Neuen, Unverstandenen, ja Bedrohlichen, das wie ein fernes Wetterleuchten am Horizont aufblitzte, aber sich möglicherweise unversehens zu einem vernichtenden Unwetter auswachsen konnte. Alles das steckte in dem so harmlos klingenden Wörtchen »Eisenbahn«, das hier im Saal so oft mit Furcht und Abscheu, ja mit Grauen ausgesprochen wurde.

Wirt Grunenwald hatte im Umgang mit seinen vielen vornehmen Gästen gelernt, seinen Kopf und sein Mundwerk zu gebrauchen. Er zählte auf, wie viele Möglichkeiten es seit jeher gebe, von Bonn nach Köln und von Köln nach Bonn zu kommen. Ein weiteres Transportmittel sei da völlig überflüssig und schädlich für den Broterwerb vieler Menschen hier. Seine Hausknechte stimmten ihm lautstark zu, denn sie kassierten manchen Dreier oder gar Silbergroschen als Trinkgeld von Reisenden, denen das Umspannen der Pferde nicht schnell genug gehen konnte. Auch zahlreiche größere Bauern der Nachbarschaft verdienten am Postkutschenverkehr, stellten sie doch gegen entsprechende Entschädigung im Wechsel die Pferde für die Wesselinger Poststation, wenn einmal die normale Zahl der Postpferde nicht ausreichte. Es war kein Zweifel, dass die seit undenklichen Zeiten in Wesseling ansässige Poststation dem Dorf eine regelmäßige und hochwillkommene Nebeneinnahme bescherte.

Ganz andere Sorgen bewegten die kleinen Ackerer, die auf viel zu wenigem Land eine viel zu große Familie ernähren mussten. Heinrich Wirtz aus Hersel, einem kleinen Dörfchen in der Bürgermeisterei Wesseling, sprach sie für alle aus: »Meine alte Mutter und meine kleinen Kinder müssen nach der Ernte tagaus tagein über die Felder gehen und liegen gebliebene Ähren oder Kartoffeln auflesen, damit Menschen und Vieh im Winter nicht verhungern. Ich kann sie doch nicht im Haus einsperren, denn wir brauchen nötig, was sie sammeln. Aber sie sind ständig in Gefahr, von der heranfliegenden Maschine der Eisenbahn gerädert zu werden. Wer schützt uns vor solchem Unglück?«

Sorgfältig nahm der Schullehrer Brodesser alle diese Argumente zu Protokoll und mühte sich, während die erregten Bauern ausführlich darüber diskutierten, sie gleich in gehöriger Form in einem Brief zu formulieren. Denn der Bürgermeister von Geyr hatte zu Beginn große Zustimmung gefunden, als er angekündigt hatte, man wolle als Ergebnis dieser Versammlung dem Herrn Oberpräsidenten der Rheinprovinz in Koblenz die Bedenken und Sorgen der Wesselinger aufschreiben und sie so auch dem König von Preußen untertänigst zu Füßen legen. Und alle hier im Saal sollten die Petition unterschreiben.

Wieder völlig andere, mehr das Volksganze betreffende Argumente brachte der Schneidermeister Christian Hummelsheim vor. Er hatte es durch Geschäftssinn und berufliche Tüchtigkeit zu einer gut gehenden Uniformschneiderei mit sechs Gesellen und drei Lehrlingen gebracht, die durch Aufträge aus der nahe gelegenen großen preußischen Garnison zu Köln stets gut beschäftigt war. Außerdem galt er im Dorf als hochgebildeter Mann, da er als Einziger in Wesseling neben dem Bürgermeister und dem Pfarrer die »Kölnische Zeitung« abonniert hatte. Schneidermeister Hummelsheims Steckenpferd war es, auf die großen Kapitalisten zu wettern, und er tat es ausgiebig auch in dieser Versammlung. Statt wie alle Bauern und auch er selbst mit ihrer Hände Arbeit ihr Brot zu verdienen, würden sie bloß kleinen Leuten das Geld abnehmen und zu eigensüchtigen

Zwecken aufhäufen. Die Bauern verstanden nicht recht, was er damit meinte, aber sie klatschten Beifall, als der Schneider wortgewandt auf die »Monopole« schimpfte: »Die Konzentrierung großer Kapitalien in einzelnen Händen führt zu Monopolen, unterdrückt die Seele des Staates, den Mittelstand, erzieht Verbrecher, gefährdet die Ruhe des Staates und die öffentliche Sicherheit, wie dies Beispiele aus anderen Ländern bewiesen haben. Dies alles trifft ganz besonders auf die Kapitalisten zu, die eine Eisenbahn bauen wollen!«

Auch Bürgermeister von Geyr war von der Fülle dieser Gefahren beeindruckt, die eine solche Eisenbahn heraufbeschwören konnte. Er nahm zum Schluss selbst das Wort, um sein Einverständnis als Gemeindeobrigkeit mit allen geäußerten Sorgen zu erklären. Ein Argument fiel ihm noch ein, das bisher noch niemand vorgebracht hatte. Er freute sich über die gelungene Formulierung, die er dem Schullehrer als Schluss der Wesselinger Petition in die Feder diktierte: »In einem Lande, wo Mangel an Brennmaterial, dagegen Überfluss an Erzeugnissen der Ackerwirtschaft ist, bedarf es des Maschinenwesens nicht zu Verrichtungen, welche durch Menschen und Vieh geschehen können.« Lang anhaltender Beifall der Wesselinger Bauern dankte dem Bürgermeister für dieses mannhafte Wort.

Um die richtige Route

In der zweispännigen Kalesche des Freiherrn von Carnap schwankten drei elegante Zylinderhüte und eine lederne Ballonmütze im Takt zu den Schlaglöchern des holprigen Fahrweges zwischen Wesseling und dem Kreisstädtchen Brühl. Es war ein milder Sommerabend, als der alte Kutscher Anton das Gefährt an der Auffahrt zum großartigen Schloss Augustusburg vorüberlenkte, diesem Denkmal einer für das Rheinland längst vergangenen Pracht und Herrlichkeit.

Wie schon einige Male in den letzten zwei Monaten waren Gerhard von Carnap, Professor Kaufmann und der Gutsbesitzer Mülhens den ganzen Tag gemeinsam unterwegs gewesen, um die günstigste Route für die geplante Eisenbahn zu ermitteln. Der Provisorische Ausschuss in Bonn war froh, in diesen drei Herren, zu denen häufig noch der Rentner Stahl trat, die richtigen Männer gefunden zu haben, die die Zeit und das Interesse für die ersten Schritte zum Eisenbahnbau aufbrachten. Denn noch war die Stunde zur genauen Vermessung einer Linie durch die Geometer nicht gekommen; erst musste die Grundentscheidung im Kreise der Herren des Ausschusses über die Rentabilität der möglichen Strecken fallen. Der junge Sekretär Jellinghaus saß wie immer bescheiden mit Papier und Bleistift dabei, um jederzeit Notizen und Stichworte festzuhalten.

Eine Weile hatten die Insassen des Wagens geschwiegen. Dann fasste Professor Kaufmann in Worte, was ihm als Ergebnis der heutigen Besichtigungsfahrt im Kopf herumging: »Für mich steht fest, meine Herren, die Eisenbahnlinie kann nur hier gebaut werden, so dicht am Abhang des Vorgebirges wie möglich.«

Der Professor beschrieb mit seiner Hand einen Halbkreis und wies damit auf die Dörfchen hin, die jenseits der Bäume des Brühler Schlossparks wie Perlen auf einer Schnur den Hang des niedrigen Bergzuges schmückten. »Dort ist der Gemüsegarten für Köln und Bonn, meine Herren, dort gibt es Menschen in großer Zahl, denen eine Eisenbahn nützen könnte. Hinter uns zum Rhein zu ist die

Ebene nur gering besiedelt, wie wir uns eben wieder persönlich überzeugen konnten. Die Eisenbahn soll doch nicht nur den Bewohnern der beiden Städte zu gegenseitigen Besuchen nützen, sondern auch allen Landleuten in den Dörfern dazwischen. Und davon gibt es eben besonders viele nur hier am Rand des Vorgebirges.« Aus Professor Kaufmann sprach der Generaldirektor des Landwirtschaftlichen Vereins für Rheinpreußen, dem die praktische Verbesserung der Lebensverhältnisse der Bauern am Herzen lag.

Herr Franz Jacob Mülhens sah die Dinge mehr von einem Rechenexempel aus. »Ich habe ausgerechnet, dass eine Strecke von Bonn nach Köln entlang der Staatschaussee über Wesseling und dicht am Rhein fast eine Meile kürzer wäre als eine Route entlang dem Vorgebirge. Bei einer Gesamtlänge der Bahn von $3^{1}/_{2}$ oder 4 Meilen ist das eine beachtliche Differenz, ein Viertel der Kosten für den Schienenweg.«

Ehe Peter Kaufmann Einwände erheben konnte, fuhr der eisenbahnbegeisterte Herr Mülhens fort: »Ich weiß, was Sie sagen wollen, Herr Professor. Trotz dieser Rechnung stimme ich für die Strecke über Brühl. Wenn wir an die erbittert ablehnende Haltung der Bauern in Wesseling gegenüber der Eisenbahn denken, die wir ja vorhin erst wieder erlebt haben, dann sehe ich die größten Schwierigkeiten und Kosten für den Grunderwerb dort voraus. Außerdem kommt es ja schließlich vor allem darauf an, *wo* unsere Gesellschaft einmal die höchsten Einnahmen erzielen kann. Das ist, wie Sie richtig sagten, nur am dicht besiedelten Vorgebirge der Fall.«

Inzwischen war die Kutsche auf die Köln mit der Stadt Euskirchen verbindende Chaussee eingebogen, die durch Brühl führte. Das Fahren wurde auf der mit Steinen gepflasterten Straße erheblich besser. Dennoch schien eine Störung der Fahrt bevorzustehen, denn eine große Gruppe von Bauersfrauen versperrte die ganze Straße. Mit leeren Körben auf den Köpfen marschierten die vierzig bis fünfzig Frauen, lebhaft miteinander schwatzend, schnellen Schrittes dem Ortsende von Brühl zu. In ihren angeregten Gesprächen bemerkten sie den sich von hinten nähernden Wagen nicht. Schon wollte Kutscher Anton mit der Peitsche ausholen, um sich Platz zu verschaffen, als ein scharfer Befehl des Freiherrn von Carnap ihn halten ließ.

Gelenkig sprang der Bornheimer Gutsherr aus dem Wagen, drängte sich unter die erstaunten Frauen und zog sogar – vor Bäuerinnen! – höflich den Hut. »Guten Abend zusammen, ach bitte, könnt ihr mir sagen, wo ihr jetzt herkommt?«, erkundigte er sich freundlich. So lange Freiherr von Carnap auch schon im Rheinland lebte, war ihm doch eine solche Massenwanderung noch nie aufgefallen. Musste man so etwas nicht unbedingt beachten, wenn man Studien über die Rentabilität von Eisenbahnen trieb? Was Herr von Carnap und die anderen Forscher in Sachen Eisenbahn von den gern zur Auskunft bereiten Frauen erfuhr, veranlasste sie zu bedeutungsvollen Blicken untereinander.

Die Bäuerinnen stammten alle aus den Dörfern am Vorgebirge südlich von Brühl: Schwadorf, Walberberg, Trippelsdorf, Rösberg, Merten bis hin nach Waldorf, das schon an der Grenze zur Bürgermeisterei Bornheim lag. Um 2 Uhr nachmittags waren sie von Köln aufgebrochen, nachdem sie dort von morgens um 6 oder 7 Uhr auf dem Wochenmarkt ihren Kohl, ihre Eier oder Hühner feilgehalten und meist gut verkauft hatten. Nach dem Markt, etwa ab 12 Uhr, hatten sie sich in einigen Gasthöfen wieder getroffen, dort ihre mitgebrachten Brote verzehrt und eine Tasse Kaffee dazu getrunken – »9 Pfennig verlangt der Wirt von uns, ist das nicht Wucher?« beschwerten sich die Frauen –, um dann den langen Heimweg anzutreten. Jetzt hatte die Kirchenuhr in Brühl gerade 6 geschlagen, aber erst um 7 oder 8 Uhr abends würden die Letzten von ihnen zu Hause sein. Dabei waren sie schon um Mitternacht von ihren Dörfern aufgebrochen, um rechtzeitig zu Marktbeginn in Köln zu sein. Ein unendlich langer Arbeitstag war das, fast zwanzig Stunden hintereinander, mit einem Marsch von zusammen annähernd 5 Meilen. Und so ging es jeden Mittwoch und jeden Freitag, wenn in Köln Wochenmarkt war.

Trotz der Mühe, die das kostete, war keine der Bauersfrauen bereit, auf den Weg nach Köln zu verzichten, solange sie gesund war. Denn jeder Markttag brachte ihr und ihrer Familie einen Zusatzverdienst von wenigstens 10 Silbergroschen, auf den keine von den meist sehr armen Ackererfamilien verzichten konnte.

»Im Winter ist es teurer für uns«, berichtete eine rundliche Frau von resolutem Aussehen, die die anderen stillschweigend als Sprecherin anzuerkennen schienen. »Da müssen wir schon am Mittag des Tages vor dem Markt aufbrechen und in Köln in unseren Gasthöfen übernachten. Die Wirte schütten dann etwas Stroh in die Gaststuben und verlangen von uns pro Kopf 6 Pfennig. Wenn der Schnee hoch liegt, ist der Weg schon recht mühselig. Aber jetzt müssen wir die Beine in die Hand nehmen, sonst sind wir nicht vor der Dunkelheit zu Hause!«

»Was könnten diese armen Frauen für Zeit und Geld und Kraft ersparen, wenn es eine Eisenbahn für sie gäbe!«, platzte der menschenfreundliche Professor Kaufmann heraus, als die Herren vom Provisorischen Ausschuss wieder unter sich waren. »Anderthalb oder gar fast zwei Tage unterwegs für einen Verdienst von 10 Silbergroschen! Mit einer Eisenbahn könnten sie frühmorgens von ihren Dörfern nach Köln fahren und am Nachmittag schon wieder zu Hause sein.«

Franz Mülhens stellte wieder einmal eines seiner Rechenkunststücke an: »Das waren eben gewiss fünfzig Frauen. Wenn das Fahrgeld von hier nach Köln sich nur auf 3 Silbergroschen stellte, dann wären das – 6 mal 50 Silbergroschen an zwei Tagen in der Woche, oder rund 3000 Taler im Jahr – ungerechnet alle anderen Fahrgäste nur von hier! Meine Herrschaften, glauben Sie mir, unsere Eisenbahn wird eine Goldgrube!«

Auf Pützchens Markt

Für den Postillion Peter Faßbender gehörte der Besuch von Pützchens Markt zusammen mit seiner Familie in jedem Jahr zu den Selbstverständlichkeiten. An einem der drei Tage dieses Jahrmarktes musste ein Aushilfsfahrer die Postkutsche nach Köln und zurück lenken. So standen denn an diesem zweiten Sonntag im September des Jahres 1836 schon am frühen Morgen Peter Faßbender, seine Frau und seine beiden halbwüchsigen Kinder festlich gekleidet an der Anlegestelle der Fliegenden Brücke in Bonn nahe der Fährgasse und warteten zusammen mit Dutzenden anderen Bonnern auf die nächste Ankunft der Fähre, um sich nach Beuel übersetzen zu lassen.

Niemals sonst im Jahr war der Ansturm auf die Fliegende Brücke so groß wie zu Pützchens Markt. Kein Wunder, dass Fährmann Weber diese Jahreszeit besonders liebte. Schon am Samstag hatte er Tausende von Bürgern Bonns und der nahe liegenden Dörfer vormittags auf die rechte Rheinseite transportiert und am Abend wieder zurück. Jetzt am Sonntag und dann auch noch am Montag würde es genauso sein. Von jedem Erwachsenen konnte der Fährmann für jede Fahrt 3 Pfennige kassieren und von jedem Kind 1 Pfennig. Es gab so viele Passagiere und Fahrten, dass er extra für die Tage von Pützchens Markt zwei junge Leute eingestellt hatte, um ihm beim Festmachen der Fähre und beim Einsammeln des Fährgeldes zur Hand zu gehen.

So eine Fliegende Brücke, wie es sie in Bonn und an anderen Stellen im Rhein gab, war schon eine praktische Einrichtung. Sie bestand aus zwei durch eine große hölzerne Plattform fest miteinander verbundenen Rheinkähnen; ein hohes Geländer umgab diese Plattform ringsum. Vom Bug aus war diese Fähre stromaufwärts mit einer ziemlich langen Leine in der Strommitte fest verankert. Allein durch die Strömung und die richtige Einstellung des Ruders konnte die Fähre ohne weiteren Kraftaufwand von Ufer zu Ufer schwingen. In diesen Tagen war die Fähre ununterbrochen unterwegs.

Auf dem Beueler Ufer markierte ein ständiger Menschenstrom den knapp eine Viertel Meile langen Weg zum uralten Adelheidis-Brunnen, dem »Pützchen«. Einige Besucher ließen es sich nicht nehmen, vom ständig sprudelnden Wasser der Quelle zu schöpfen und es auf die Augen zu reiben. Denn es ging die Legende, dass das dortige Wasser für die Augen heilkräftig sei. In früheren Jahrhunderten waren jährlich viele Menschen zum wundertätigen Pützchen gepilgert, und daraus hatte sich allmählich der größte Jahrmarkt im Rheinland entwickelt. Seit dem vorigen Jahrhundert stand dort auch ein schönes großes Kirchengebäude, das die Pilger in ihre Obhut locken sollte. Doch klagten die Priester über das erschreckende Umsichgreifen unfrommen Denkens.

Denn die meisten heutigen Besucher pilgerten nicht

mehr des Brunnenwassers und der erbauenden Predigten wegen nach Pützchen, sondern wegen ganz anderer Attraktionen. Sie stürzten sich, genau wie es auch Peter Faßbender und seine Familie taten, in das Menschengewühl zwischen den zahllosen Buden und Zelten. Was gab es da nicht alles zu sehen!

Heute saßen dem Postillion Peter Faßbender die Pfennige locker in der Tasche, um die seine Kinder bettelten. Denn Zauberer, Puppenspieler, Bären- oder Affendresseure, Jongleure, Drahtseilartisten und andere beliebte Attraktionen taten ihr Bestes, um die Jahrmarktsbesucher mit ihren Künsten zu unterhalten und zum Schluss mit ihren Hüten die Pfennige der Zuschauer einzusammeln. Ein verwirrender Lärm von Lockrufen der Schausteller, Kindergeschrei und Musikfetzen von den zahlreichen Musikanten ertönte aus dem Gewimmel, und zugleich stieg ein verlockender Duft von frisch gebrannten Mandeln, türkischem Honig, gebratenen Würstchen und Schnaps aus zahlreichen Zelten.

In einer Ecke der für einige Tage entstandenen Budenstadt war der Teil versammelt, den die Besucher »Pluutemarkt« nannten. Hier boten Kleinkrämer billige Kleidungsstücke, Schuhe und allerlei modischen Schnickschnack feil, Arbeitsgeräte wie Spaten und Äxte, Küchenkräuter und Sämereien, Töpfe und Pfannen und was man in Haus, Werkstatt und Garten sonst noch brauchte. Auf einem größeren, von Seilen umzäunten Feldstück hatten die Viehjuden aus dem Bergischen und Bonner Land kleine Herden von Kühen, Ochsen, Schafen und Pferden zusammengetrieben und warteten auf Bauern oder Städter als Kundschaft, die auf diesem berühmten jährlichen Viehmarkt Lücken in ihren Ställen füllen konnten.

Doch für die meisten erwachsenen Besucher von Pützchens Markt waren es nicht diese Verkaufsstände oder Attraktionen, weswegen sie dorthin pilgerten. Vielmehr lockten sie vor allem die großen Bierzelte, in denen man in drangvoller Enge und in eifrigem Gespräch mit Nachbarn und Freunden sich einmal im Jahr treffen konnte.

So war es auch bei Peter Faßbender. Nachdem die Kinder ihren Willen bekommen hatten und bei allen wichtigen Schaustellern Halt gemacht hatten, steuerte die vom Laufen und Schauen müde Familie wie jedes Jahr das große Zelt des Bonner Restaurateurs und Bierbrauers Quirin Wandels an. Dort musste sich der Vater, wie er zu sagen pflegte, erst einmal von den Anstrengungen des Jahrmarktbesuches erholen und Stärkung suchen, indem er kurz hintereinander mehrere große Gläser Bier leerte.

Es war seltsam, wie an dem großen Tisch, an dem die Familie Faßbender einen Platz fand, sich in kurzer Zeit ein lautstark in Bonner Platt geführtes Gespräch hinüber und herüber entspann, das nur ein Thema hatte. Das war die große Angst vor der Eisenbahn, die die Reichen in Bonn nach Köln bauen wollten. Befürworter dieses Planes gab es jedenfalls an diesem Tisch nicht.

Anton Hündgen, der Eigentümer einer der Bonner »Wasser-Dilleschanzen« auf dem Rhein im Verkehr zwischen Bonn und Köln, führte das große Wort. Er schimpfte zwar hauptsächlich auf die Dampfschiffe, die schon jetzt allen ehrlichen Schiffern das Leben schwer machten. Aber was sollte erst daraus werden, wenn auch noch an Land eine Dampfkutsche mit einer Geschwindigkeit zwischen den beiden Städten verkehrte, die über alle bisherigen Erfahrungen hinausging?

Auch einige Hauderer aus Bonn saßen mit am Tisch, die mit ihren Pferdefuhrwerken die meisten am Rheinufer angelandeten Waren, von den Kohlen bis zu Frachtpaketen, in die Häuser zu bringen hatten. Auch sonst erledigten sie mit ihren kräftigen Pferden und stabilen Kastenwagen alle Arten von Gütertransporten in der Stadt und hinaus auf die Dörfer. Der Hauderer Jacob Loewenich aus der Maargasse in Bonn war ebenso wenig wie die Schiffer und Postillione gut auf die geplante Eisenbahn zu sprechen. »Wer weiß, Leute«, verkündete er geheimnisvoll, » ob nicht eines Tages solche Dampfwagen nicht nur auf Schienen fahren, sondern auch noch auf Straßen!« Das würde dann, so gab der Hauderer seine Meinung zum Besten, viele ehrliche Kutscher und Hauderer und ihre Pferde zum Hungern verurteilen.

Der alte Landbriefträger Henseler – man nannte ihn allgemein den »Öhm« –, der trotz seiner sechzig Jahre noch rüstig jeden Tag und bei jedem Wetter die Strecke über Endenich, Duisdorf, Alfter und Roisdorf bis Bornheim und zurück lief, sagte ganz klar voraus, was ihm passieren würde, wenn die Eisenbahn an ihm vorüberflöge. »Dann wird das Feuer aus diesem Dampfross in meine Botentasche fallen und die Briefe darin verbrennen. Dabei bekomme ich doch dafür bezahlt, dass ich sie alle heil bei ihren Adressaten abliefere.« Und der alte Mann nahm einen mächtigen Schluck aus seinem Bierglas, als könne er schon vorsorglich damit das Höllenfeuer aus der Eisenbahn löschen.

Gegen Abend brachen die Gäste im Bierzelt des Brauers Wandels nach stundenlanger Diskussion und zahlreichen Gläsern Bier und etlichen Körnchen auf, um mit der Fliegenden Brücke wieder ihre Wohnung in Bonn zu erreichen. Sie hatten gründlich ihre Herzen erleichtert und gemeinsam auf diese grässliche Eisenbahn geschimpft. Doch keiner hatte die rettende Idee, wie man denn nun tatsächlich diesen Teufelsspuk verhindern könnte.

Angst vor dem feurigen Drachen

Michael Hennes gehörte zu den reichsten Landwirten des Dorfes Bornheim. Er hatte das Glück gehabt, dass weder sein Vater noch sein Großvater gezwungen waren, für ihre Erben ihr Land zu teilen. Man merkte das nicht nur an dem großen neugebauten Stall, in dem zwei Pferde und ein Zugochse neben vier Milchkühen standen. Er konnte es sich sogar leisten, zu seinem Namenstag am 29. September die Verwandtschaft und die Nachbarn zu einem Kaffeeklatsch einzuladen. Jetzt in der Herbstzeit standen reichlich »Prummetaat« und »Appeltaat« und sogar eine Kanne mit richtigem Kaffe bereit und fanden eifrigen Zuspruch.

Gesprächsthemen gab es wie immer genug. Die gerade abgeschlossene Ernte war nach verschiedenen Missernten früherer Jahre gut gewesen und bot Aussichten auf befriedigende Einnahmen der Bornheimer Bauern. Auch die Gemeindeangelegenheiten wurden natürlich besprochen, denn Michael Hennes war wie einige seiner Gäste Ortsschöffe.

Ganz wie von selbst kam das Gespräch auf die Eisenbahnpläne, die neuerdings auch in Bornheim in aller Munde waren. Vom Rentmeister Jellinghaus auf der Burg wusste das ganze Dorf, dass die reichen Herren in Bonn jüngst entschieden hätten, die Schienenstrecke solle dicht am Dorf Bornheim entlang gebaut werden.

»Nä, nä«, klagte Mama Hennes, »was soll bloß aus uns werden, wenn so ein Dampfross immer an uns vorbeifliegt? Da muss man doch ganz jeck von werden!« Tante Jettchen aus Brenig berichtete in geheimnisvollem Ton von einem Schäfer in ihrem Dorf oben auf der Höhe des Vorgebirges, der nicht ganz richtig im Kopf sei. Aber er habe schon oft Dinge vorhergesagt, die dann später eingetroffen seien. Der habe schon vor Jahren immer vor einem feurigen Drachen gewarnt. »Mit einem Auge, das leuchtet in der Nacht, da fliegt er vorbei, unten vor dem Berg, und er schnaubt und speit Feuer, hat der Schäfer gesagt, und alles Lebendige, was er anglotzt mit seinem einen Auge, geht in Flammen auf!« Den Frauen um den Tisch schauderte es, und sie schlugen eiligst ein Kreuz, als stünde der Leibhaftige schon an der Haustür.

»Stellt euch vor«, unkte Oma Trine, die achtzigjährige Älteste im Haus, »die Vögel fallen tot vom Himmel, wenn diese Eisenbahn unter ihnen vorbeifliegt, und die Kühe auf den Weiden geben keine Milch mehr. Nä, nä, was ist das für ein Unglück!« Die Frauen in ihrer Zimmerecke nickten betrübt, denn überall im Land erzählte man sich das Gleiche, alle hatten es schon gehört.

Die Kinder des Bauern Hennes, der sechzehnjährige Peter und die dreizehnjährige Antonie, hielten sich bescheiden im Hintergrund, wie es ihnen zukam, aber sie ließen sich kein Wort dieser ungeheuer aufregenden Gespräche entgehen. Peter sagte sich, dass er doch zu gerne einmal sehen wolle, wie ein Vogel tot vom Himmel fällt, und ein Auge auf diese furchtbare Eisenbahn würde er schon gerne einmal riskieren, vorsichtig hinter einem Baum versteckt, da könne ihm der Teufel schon nichts anhaben. Diese neumodische Eisenbahn war gewiss vom Teufel geschickt, so sagte es ja auch der Herr Pfarrer fast jeden Sonntag von der Kanzel, und es würde noch schrecklich enden mit dieser Welt, die so etwas Gottloses zuließe.

Auch in der anderen Zimmerecke bei den Männern war man bald beim gleichen Thema. Der Hausherr hatte eine große Kanne voll schäumenden Bieres vom Gastwirt holen lassen, und die langen Tabakspfeifen der alten Bauern dampften um die Wette mit der noch gar nicht verkehrenden Eisenbahn. Das mit den Vögeln und den Kühen stellten auch die Männer nicht in Frage. Aber anders als ihre Frauen wollten sie nicht tatenlos abwarten, wie das Verderben auf sie zukam.

»Mein Schwestermann«, berichtete Michael Hennes, »ihr wisst schon, der Postillion Peter Faßbender aus Bonn, der war neulich hier. Und der hat erzählt, die Bauern aus Wesseling haben eine Bittschrift an den König gegen die Eisenbahn unterschrieben, und es hat geholfen. Dieses vom Teufel geschickte Dampfross soll nicht an Wesseling vorbeilaufen. Das können wir Bornheimer doch auch machen, so einen Brief schreiben lassen!«

Nachbar Schmitz paffte dicke Rauchwolken aus seiner Pfeife in die Stube. »Den Wesselingern würd ich das Teufelszeug schon gönnen, von mir aus könnt's da alle Stunde vorbeigehen. Aber ich weiß nicht, Michel, von solchem Schreibkram halt ich gar nichts. Is' doch bloß ein Stück Papier. Da muss man stärkere Geschütze auffahren, wie wir damals bei der Grande Armee gesagt haben.« Bauer Severin Schmitz war stolz, in seiner Jugend anno 1812 zur Armee Napoleons in Russland gehört zu haben und als einer der wenigen heil nach Hause gekommen zu sein. Er schwatzte oft davon.

»Bei Buschdorf treiben sich jetzt ein paar Leute auf den Feldern herum«, wusste Bauer Bierekoven zu erzählen, »die stellen Stangen in einer Linie auf und zertrampeln die Wintersaat. Der Joseph Stemmeler von Buschdorf hat mir erzählt, das sind Leute von der Eisenbahn, die vermessen den Weg dafür. Na, wenn die auf meine Felder kommen, da können sie was erleben!«

Die Empörung der Gäste des Michael Hennes über diese Nachricht kostete den Hausherrn noch mehrere Kannen frischen Bieres, die Sohn Peter aus der nahe gelegenen Wirtschaft holen musste. Am Ende dieser Besprechung waren sich aber die wichtigsten Bauern des Dorfes einig über das, was zu geschehen hatte, wenn sich diese Böse-wichter in der Gemarkung von Bornheim sehen ließen.

Die Sünde gegen Gottes Heilsplan

Hochwürden Elkemann kam erst am Spätnachmittag nach Hause in das alte Vikarienhaus in Bornheim, müde und durstig von einem anderthalbstündigen Marsch. Der De-chant in Walberberg hatte alle Geistlichen seines Sprengels zu einer Pfarrerkonferenz eingeladen, und da der Dekan nicht gerade zu den großzügigsten Menschen gehörte, hatte er seinen Gästen nicht mehr als ein Glas Wein vorge-setzt.

In einer Laune, die seiner Müdigkeit und seinem Durst entsprach, rief der Pfarrvikar Elkemann laut nach seiner Haushälterin. Die alte Witwe Maria Rech erschien prompt aus der Küche, denn sie wusste aus Erfahrung, dass sonst ein nicht ganz heiliges Donnerwetter ihres Pfarrherrn auf sie hereinprasseln würde. Wortlos half sie dem Geistlichen dabei, seine Schuhe auszuziehen und in bequeme Pantof-feln zu schlüpfen. Auch ein großes Glas Wein stellte sie ihm hin, während der Priester es sich in einem Großvater-stuhl gemütlich machte.

Hermannjosef Elkemann fiel ein, dass er ja noch die Predigt für den nächsten Sonntag vorbereiten musste. Das ging bei ihm immer am besten, wenn er ein oder zwei stumme Zuhörer hatte, denen er die Gedanken vortrug, die ihm durch den Kopf gingen. Daher schickte er seine Haus-hälterin in das kleine Stübchen der hundert Jahre alten

Vikarie, in dem der Schulmeister Euler wohnte. Der übte gleichzeitig das Amt eines Küsters an der kleinen Bornheimer Kirche aus und musste daher dem Pfarrvikar in allerlei Dingen behilflich sein und gelegentlich auch als Blitzableiter für Ärger dienen.

Die alte Kirche in Bornheim war aus irgendwelchen Gründen seit langer Zeit nur eine Filiale der Kirche im benachbarten Brenig, und der Bornheimer Pfarrvikar war insofern Untergebener des Breniger Pfarrers. Doch der noch recht junge und aktive Vikar Elkemann hatte die bisherigen Jahre seiner Amtszeit in Bornheim benutzt, recht selbständig manches Neue einzuführen, was ihn selbst einmal höheren Orts in seiner Kirche empfehlen könnte. Allerdings, die besondere Liebe des für die weltliche Gemeinde zuständigen Bürgermeisters hatte Pfarrvikar Elkemann dadurch nicht errungen.

Vor einigen Jahren hatte der Vikar mit einem großen öffentlichen Auftritt den uralten Herrenstuhl aus der Bornheimer Kirche entfernen lassen. Seit Jahrhunderten war ein kostbar geschnitzter Kirchenstuhl für den Herrn der Burg Bornheim reserviert, der zugleich der Kirchenpatron gewesen war. Doch seit einiger Zeit war hierzulande so vieles anders geworden. Die Franzosen hatten während ihrer Besatzungszeit das Kirchenpatronat abgeschafft. Vor allem aber war im Jahr 1826 die Burg durch Verkauf in die Hände eines Mannes gekommen, den Vikar Elkemann im Stillen stets »den Ketzer« zu nennen pflegte. Denn Freiherr von Carnap war ja reformierter Konfession, und wenn er auch lieb Kind bei den Preußen war, so konnte er doch nicht erwarten, dass der katholische Gemeindepfarrer den neuen Burgherrn mit offenen Armen empfing.

Der Bürgermeister seinerseits konnte natürlich nichts gegen die Maßnahme des Vikars unternehmen oder sagen, zumal er ja tatsächlich nie einen Fuß in eine katholische Kirche setzte. Aber dass das Handeln des Priesters als bewusster Affront gegen den Burgherrn gedacht war, wusste der Freiherr nur zu genau.

Etwas später hatte Vikar Elkemann in einer Ecke der Kirche ein »Heiliges Grab« eingerichtet, ein künstlerisches Denkmal, an dem nach dem Vorbild alter Pilgerstätten die katholischen Gläubigen von Bornheim in der Osternacht die Auferstehung des Herrn feiern konnten. Die abfälligen Kommentare des Gutsbesitzers von Carnap über dieses »mittelalterliche Schauspiel« waren natürlich brühwarm dem Pfarrvikar überbracht worden.

Diese seit Jahren bestehenden Spannungen zwischen dem Bürgermeister der weltlichen Gemeinde und dem geistlichen Hirten von Bornheim waren es auch, die dem Pfarrvikar Elkemann die richtige Idee für die nächste Predigt eingaben. Denn es hieß ja allgemein, dass der Freiherr von Carnap der Haupttreiber für den Bau der Eisenbahn von Bonn nach Köln sei, die so viel Angst erregte. Unter den Bauern wurde zurzeit von kaum etwas anderem geredet.

Küster Euler war inzwischen, dem Gebot seines Pfarrherrn gehorsam, in dessen Wohnzimmer erschienen und hatte sich bescheiden auf einen Stuhl gesetzt. Er wusste, ihm würde ein langer und schrecklich langweiliger Abend bevorstehen. Witwe Rech setzte sich ebenfalls mit einem Strickstrumpf dazu. Sie hatte sich angewöhnt, während des Vikars »Probepredigt« alle paar Minuten schnell ein Kreuz zu schlagen. Das sah fromm aus und ersparte ihr, auf die oft recht hochtrabenden Ausführungen von Hochwürden aufzupassen.

Vikar Elkemann stärkte sich noch einmal mit einem großen Schluck Wein, um seine Kehle anzufeuchten. Dann begann er, wie es seine Art war, laut zu überlegen, welchem Thema er die Ermahnungen an seine Gemeinde an diesem kommenden Sonntag widmen solle. »Ich glaube, ich sollte es einmal mit einer Predigt über Gottes Heilsplan versuchen«, sagte er laut, um danach zu überlegen, wie er dieses Thema wirkungsvoll einleiten könne.

Laut sagte er dann wieder: »Liebe Kinder im Herrn, heute muss ich euch etwas sagen, das unser aller Seelenheil betrifft. Es ist neuerdings so viel die Rede davon, dass Dampfwagen über das Land fliegen und Wagen mit Menschen darin hinter sich herziehen sollen. Was soll das aber sein? Seit Bestehen der Welt haben Pferde oder Ochsen die Wagen der Menschen gezogen, aber nicht das Höllenfeuer, das auf diesen gotteslästerlichen Eisenbahnen brennen soll. Es heißt Gott versuchen, wenn der Mensch die seit der Schöpfung bestehende Ordnung über den Haufen wirft und neue Dinge erfinden will, die in Gottes Schöpfungsplan nicht vorgesehen sind.«

Erfreut über diesen Gedankengang, der ihm in der freien Rede in so wohlgelungener Formulierung aus dem Kopf geströmt war, hielt Hochwürden Elkemann inne und machte sich eilig einige Notizen, damit er diese von Gott eingegebenen Sätze nicht vergäße. Nach einem erneuten Schluck aus seinem Weinglas fuhr er dann fort, im Predigtton seine jetzt allerdings nur allzu kleine Gemeinde anzureden:

»Das ist nicht menschlicher Hochmut allein, meine Kinder, sondern Sünde! Das Ende dieses verderblichen Weges wird es sein, dass der Mensch die von Gott geschaffene Welt und den göttlichen Heilsplan zerstört. Wo kommen wir hin, wenn sich der Mensch dazu aufschwingt, Gottes Schöpfung willkürlich zu verändern und Höllenkräfte auf Gottes Natur loszulassen, von denen niemand weiß, ob der Mensch im Stande ist, sie noch einmal einzufangen? Ewige Verdammnis wird die Folge sein für alle, die eine Hand dazu reichen, das verderbliche Feuer der Hölle auf die Erde zu holen und es sogar noch auf Schienen zu setzen, dass es schneller als die Vögel durch das ganze Land fliegt! Darum haltet euch fern von diesem Tun, meine Kinder, denn Gott kann furchtbar sein in seinem Zorn!«

Hochbefriedigt machte sich Hochwürden Elkemann weitere Notizen für seine nächste Predigt. Er merkte es nicht, dass sein Küster Euler aus seinem Halbschlaf aufwachte und die diesmal so gar nicht passenden Worte sagte, mit denen er liebedienerisch seinen Beifall für des Pfarrers Predigt auszudrücken pflegte: »Bravo, Hochwürden, Sie haben's diesen verstockten Sündern mal wieder richtig gezeigt. Lasst sie nur tüchtig Buße tun!«

Prügel für die Vermesser

Seit einigen Tagen war das Trüppchen von Männern in der Gemarkung von Roisdorf unterwegs. Christian Jellinghaus schleppte mühsam und dennoch stolz eine große Mappe mit Plänen und Papieren, der Geometer Windgassen einen Theodoliten und der Markscheider Dreesen einen stabilen Messtisch aus Holz, während zwei Knechte von der Sternenburg in Poppelsdorf sich mit einem großen Bündel buntbemalter Holzstangen abmühten. Das Nivellement für die Eisenbahn war in vollem Gange.

Vergeblich hatte sich vor Wochen schon der Herr von Carnap in Briefen an die Köln-Aachener und die Düsseldorf-Elberfelder Eisenbahngesellschaften nach Fachleuten für die Vermessung von Eisenbahnstrecken erkundigt. Es gab keine; auch für die beiden anderen Eisenbahnstrecken hatte man sich mit den wenigen Geometern behelfen müssen, die in den größeren Städten des Rheinlandes ansässig waren und ihre Dienste für die Vermessung von zu teilenden oder zum Verkauf stehenden Grundstücken anboten. Der Zufall hatte es gewollt, dass der Geometer Windgassen in Vilich-Müldorf auf dem Weg von Bonn nach Siegburg ein Haus bewohnte, das dem Freiherrn von Carnap gehörte. Dieser Techniker war für wenige Wochen in diesem Herbst 1836 vom Provisorischen Ausschuss für die Bonn-Kölner Eisenbahn unter Vertrag genommen worden.

Berghauptmann Graf Beust hatte zu seiner Unterstützung den ihm bekannten Markscheider Dreesen überredet, sich gegen ein mäßiges Honorar an der Arbeit zu beteiligen. Normalerweise war er als Vermesser für Bergbauunternehmen tätig. Auch Gutsbesitzer Mülhens und Freiherr von Carnap hatten zum Zustandekommen der Vermessungen beigetragen, indem sie Hilfskräfte zur Verfügung stellten, Herr Mülhens die beiden Knechte von seinem Gut Sternenburg, Herr von Carnap seinen schreibgewandten und technisch interessierten jungen Sekretär.

Die Arbeit war gut im Gange und hatte sich eingespielt. Mit kundigem Blick schickte Georg Windgassen die Knechte mit ihren Stangen in die gewünschte Richtung. Alle zwanzig Ruten wurde eine Stange in den Boden gesteckt, und dann machten sich die beiden Fachleute daran, den möglichen Streckenverlauf in der Natur zu vermessen und auf dem Messtisch in die Geländeskizze zu übertragen. Zu den spärlichen Informationen, die sich der Provisorische Ausschuss über die technischen Voraussetzungen des Eisenbahnbaues hatte verschaffen können, gehörte das Wissen, dass Eisenbahnschienen möglichst gradlinig und mit möglichst geringem Höhenunterschied verlegt werden müssten, um den Eisenrädern der Lokomotiven wenig bremsenden Widerstand zu bieten.

Das Gelände zwischen Bonn und Brühl und weiter nach Köln bereitete glücklicherweise kaum natürliche Schwierigkeiten, wenn man auf Grundstücksgrenzen keine Rücksicht zu nehmen brauchte. Es handelte sich ja um fast ebenes Land ohne größere Bäche und Straßen, die zu überqueren waren. Die Neigung vom Tannenwäldchen nördlich Bonns bis nach Roisdorf betrug nur 1 Fuß auf 4780 Fuß, war also praktisch unbeachtlich, so hatten die Vermesser bisher erfreut feststellen können.

Heute war es spät geworden, aber man war mit dem Vermessen schon in die Sichtweite des Dorfes Bornheim vorgedrungen. Es dunkelte bereits, als Georg Windgassen den Befehl zum Einpacken gab. Diesmal hatte man es nicht mehr weit bis zur Burg Bornheim, wo der Vermessungstrupp für diese und die nächsten Nächte unterkommen und verpflegt werden sollte.

Christian Jellinghaus freute sich auf sein Bett zu Hause, nachdem das Grüppchen in den letzten Tagen in Bonn, in Dransdorf und in Roisdorf in den billigsten Wirtshäusern auf Strohschütten übernachtet hatte, für einen halben Silbergroschen je Nacht auf Kosten des Provisorischen Ausschusses. Man konnte den Herren von der Eisenbahn wirklich nicht vorwerfen, allzu großzügig mit dem Geld umzugehen, das ihnen von den Aktionären anvertraut war. Der junge Sekretär hatte es seinen Kameraden im Vermessungstrupp erklärt: Jeder Aktionär hatte bereits 3/4 Prozent seines Aktienkapitals einzahlen müssen, insgesamt 3750 Taler, damit der Provisorische Ausschuss schon vor offizieller Gründung der Gesellschaft gewisse Ausgaben wie diese tätigen konnte.

Schwer beladen mit den verschiedenen Vermessungsgeräten passierten die fünf Männer gerade ein größeres Gebüsch am Rand eines Feldes. Plötzlich standen zehn,

81

zwölf Gestalten dicht vor ihnen. Nicht nur das rasch schwindende Tageslicht verhinderte, dass man Genaueres von ihnen erkennen konnte. Zusätzlich hatten sie sich Tücher um den Kopf gebunden. Ihrer Kleidung nach schienen es aber Bauern aus der Gegend zu sein.

Dann ging alles blitzschnell. Ehe die beiden Knechte es sich versahen, hatten die Gestalten ihnen die Messstangen entrissen und sie selbst mit ein paar kräftigen Fußtritten bedacht, so daß sie laut schreiend das Weite suchten. Christian Jellinghaus hielt krampfhaft seine große Mappe mit den so wertvollen Zeichnungen fest, aber schon wurde sie ihm entrissen, und die Papiere flatterten wie erschrockene Hühner zerstreut auf den feuchten Boden. Auch der junge Mann empfing einige schmerzhafte Hiebe mit einem Knüppel über sein Hinterteil, sodass er gar nicht dazu kam, sich zu wehren. Wenigstens gelang es Georg Windgassen, den kostbaren Theodoliten an seine Brust gepresst durch schleunigste Flucht in Sicherheit zu bringen.

Der ganze Überfall hatte keine zwei Minuten gedauert, dann waren die Strauchdiebe wieder hinter dem Gebüsch und im abendlichen Dunkel verschwunden. Und das Unheimlichste war, dass das Ganze fast lautlos vor sich ging. Außer heftigem Atmen, den Hilfeschreien der Überfallenen und einigen dumpfen Tritten war kein Laut zu hören gewesen. Waren es wirklich Strauchdiebe? Sie hatten doch keinerlei Wertsachen erbeutet!

Wütend und zugleich verstört, laut schimpfend und sich immer wieder die schmerzenden Körperteile reibend zog das kleine Trüppchen der Vermesser kurze Zeit später auf Burg Bornheim ein. Freiherr von Carnap war überaus empört und bestellte sofort den Feldschütz des Dorfes zu sich. Doch als der spät in der Nacht weisungsgemäß wiederkam, konnte er nur mitteilen, dass seine Ermittlungen bei den Landwirten und Ackerern des Dorfes Bornheim keinerlei Hinweise auf die unbekannten Täter ergeben hätten.

Am nächsten Morgen stellte es sich heraus, dass die von den Vermessern aufgestellten Stangen im Gelände bis jenseits Roisdorfs verschwunden waren und dass ein großer Teil der Skizzen und Notizen bei dem Überfall im Dunkeln verloren gegangen waren. Auch die beiden Knechte aus Poppelsdorf waren verschwunden; sie waren offenbar aus Angst vor einer Wiederholung solcher Zwischenfälle noch in der Nacht nach Hause gelaufen. Fast zwei Wochen Arbeit der Vermessung waren vergeblich gewesen.

Mühsame Fortschritte

Am flackernden Kamin des roten Salons der Sternenburg saßen zwei elegant gekleidete Herren um die Vierzig und nippten gedankenverloren an einem Beaujolais. Draußen rieselte der erste Schnee dieses Winters 1836 vom Himmel. »Ich hätte nie gedacht, dass das Bauen einer Eisenbahn so langwierig und mühsam sein kann«, bekannte Franz Mülhens seufzend seinem Gast, dem Rentner Heinrich Stahl aus Bonn.

Die beiden Herren hatten festgestellt, dass sie verschiedene Dinge miteinander gemein hatten. Sie waren beide reich, sie hatten ihren Reichtum der geschäftlichen Tüchtigkeit ihrer Väter zu verdanken, sie suchten nach einer gewinnträchtigen Anlage ihres Vermögens und nach einer sie ausfüllenden sinnvollen Beschäftigung, und sie glaubten, in dem neuen Eisenbahnwesen sowohl das eine wie das andere gefunden zu haben. So hatten sie in letzter Zeit immer mehr von den Geschäften übernommen, die der Herr von Carnap anfangs allein hatte führen müssen, und sie hatten sich näher aneinander angeschlossen.

Für Franz Mülhens war die neue Bekanntschaft mit Heinrich Stahl auch so etwas wie die Erlösung aus einer persönlichen Vereinsamung. Vor drei Jahren war seine Frau gestorben, die ihm in neunjähriger Ehe zwei Knaben geschenkt hatte, und im vorigen Jahr hatte auch sein Vater, den er im Alter in seinem Gutshaus aufgenommen und gepflegt hatte, die Augen geschlossen. Nach diesen familiären Verlusten spürte er erst recht, dass man ihn in der guten Gesellschaft Bonns nicht bereitwillig akzeptierte.

Warum wohl? Am Geld konnte es nicht liegen. Sein Großvater war zwar noch Halbwinner in Troisdorf rechts des Rheines gewesen. Aber sein Vater hatte es schon durch Fleiß und Tüchtigkeit zum Bankier gebracht und ihm, dem einzigen Sohn, ein beträchtliches Vermögen hinterlassen. Drei Onkel von Franz Mülhens waren ebenfalls Bankiers in Köln, Koblenz und Frankfurt geworden, und der vierte Onkel hatte die weit über Köln hinaus bekannte Parfümerie-Manufaktur in der Glockengasse Nr. 4711 gegründet. Schließlich hatte ihm auch noch seine verstorbene Frau eine nicht unbedeutende Mitgift mitgebracht, denn sie war die Tochter seines Onkels Johann Jacob, des Kölner Bankiers Mülhens.

Neidete man dem Bürgerlichen den Besitz des einstigen Rittergutes der Sternenburg in Poppelsdorf, dicht beim Schloss des einstigen Kurfürsten? Er hatte das reizende kleine Rokokoschlösschen mitsamt dem dazu gehörenden Land vor dreizehn Jahren von dem verarmten Adligen von Gerolt gekauft, weil es ihn mehr zur Landwirtschaft als zum Bankwesen zog. Vielleicht waren auch seine familiären Bindungen nach Köln und zur Kölner Geschäftswelt daran schuld, dass man ihn in den wohlhabenden Kreisen Bonns nicht bereitwillig aufnahm. Denn infolge der uralten Rivalität der beiden Städte hatten die Kölner Geschäftsleute in Bonn noch nie sehr hoch im Kurs gestanden.

Heinrich Stahl als aus der bayerischen Pfalz stammender Ausländer hatte solche Vorbehalte gegenüber Franz Mülhens nicht. Das war ein weiterer Grund für ihre in den letzten Monaten entstandene Freundschaft, neben der gemeinsamen Sorge um das Vorankommen ihrer Eisenbahnpläne.

»Trösten wir uns, Herr Mülhens«, meinte Rentner Stahl begütigend. »Auch bei den anderen Eisenbahnstrecken im Deutschen Bund geht nicht alles so schnell voran. Sie wissen, ich habe Friedrich Lists Eisenbahnjournal aus Leipzig abonniert und lese sehr aufmerksam darin. Pläne über Pläne überall in Deutschland und in Europa, aber bis auf die eine kurze Strecke zwischen Nürnberg und Fürth ist bis jetzt, ein Jahr nach deren Einweihung, noch kein anderes Stück Eisenbahn in einem der deutschen Staaten betriebsfertig. Von überall her lese ich nur von Schwierigkeiten.«

»Nicht einmal die vorläufige Vermessung unserer Trasse konnte in diesem Jahr zu Ende geführt werden«, klagte Franz Mülhens weiter. »Seit diese aufrührerischen Bauern in Bornheim unsere Techniker bedroht und ihre Pläne zum Teil vernichtet haben, stockt alles.« Auch hier versuchte Heinrich Stahl noch das Positive gegenüberzustellen: »Aber immerhin war der Herr Landrat von Hymmen so einsichtsvoll, den Vermessern einen Polizeisergeanten zum Schutz mitzuschicken, sodass wenigstens bis Brühl die Strecke fertig vermessen ist. Sobald im nächsten Frühjahr die Wege wieder einigermaßen trocken sind, wird der Rest bis Köln vermessen, und dann können wir der königlich preußischen Regierung die geforderte ausführliche Begründung und Rentabilitätsberechnung mitsamt dem Streckenvorschlag einschicken.«

Der Gutsbesitzer Mülhens hatte heute offenbar seinen pessimistischen Tag, denn er musste gleich auf neue Schwierigkeiten hinweisen: »Wo wir den Endbahnhof in Köln anlegen können, ist auch noch gänzlich ungeklärt…« Heinrich Stahl unterbrach ihn: »Wie wir ja im Provisorischen Ausschuss bewusst beschlossen haben, sollen drei Alternativen vorgeschlagen werden: am Weiertor, am Hahnentor oder eine Anbindung an die Köln-Aachener Eisenbahn ganz im Norden von Köln. Die letztere würde ich für die sinnvollste Lösung halten.«

»Ich weiß aus sicherer Quelle in Köln«, berichtete Franz Mülhens, »dass der Kommandeur der preußischen Garnison, General von der Lundt, nicht bereit ist, eine Durchbrechung der Fortifikationsanlagen rund um Köln durch eine Trasse für die Eisenbahn zuzulassen. Dann könnte man ja gleich den Franzosen einen Triumphbogen bauen, damit sie darunter in die Stadt einziehen, soll er gesagt haben.«

Rentner Stahl sah auch hier nicht so schwarz: »Nun ja, aber der bisherige Verkehr mit Kutschen, Lastwagen und Schiffen strömt doch auch jetzt durch die Stadttore in die Stadt hinein. Da muss doch eine Lösung zu finden sein, dass unsere Eisenbahn bis hinter die Stadtmauer fahren kann, durch eines der vorhandenen Tore oder ein zusätzlich einzurichtendes Tor. Man muss nur geduldig genug mit den Militärbehörden verhandeln.«

»Will die preußische Regierung unser Projekt überhaupt?«, fragte der Gutsherr der Sternenburg. »Wissen Sie etwas darüber, Herr Stahl, wo Sie doch so viele Zeitungen lesen?«

Heinrich Stahl nahm einen Schluck Rotwein, kaute ihn wie ein erfahrener Genießer und meinte vorsichtig: »In keiner Zeitung steht natürlich etwas direkt zu diesem Thema. Das könnte ja sonst als Unbotmäßigkeit gegenüber einer Regierung ausgelegt werden, und Sie wissen ja, wie schnell die Zensur zur Hand ist, wenn sie auch nur den entferntesten Anlass sieht, eine Zeitung zu verbieten. Aber wenn man aufmerksam zwischen den Zeilen liest, dann scheint mir beim König und den Herren seiner Regierung in Berlin große Unsicherheit gegenüber diesem neuen Verkehrsmittel zu bestehen. Bezahlen kann der preußische Staat diese Eisenbahnen ohnehin nicht, das steht gar nicht zur Debatte. Aber will sie sie überall dort genehmigen, wo sich Finanziers dazu finden? Ich bin mir da nicht sicher, und die Militärs mit ihrer Angst vor einem französischen Überfall haben da auch noch ein wichtiges Wort mitzureden. Ich weiß noch gar nicht, wie die eigentlich die neuen Eisenbahnen einschätzen – als Nutzen oder als mögliche Gefährdung.«

Rentner Stahl schwieg nachdenklich und nippte erneut aus seinem Glas. »Ich bin Ausländer und kann mir eher ein freies Wort erlauben«, sagte er schließlich. »Ich weiß nicht, ob Ihr König – er scheint mir ein wenig altertümliche Ansichten zu haben – überhaupt wirklich etwas von dem ganzen Eisenbahnwesen wissen will. Es ist ihm möglicherweise zu modern.«

»Da können sie Recht haben, Herr Stahl«, pflichtete ihm Franz Mülhens bei. »Aber vielleicht ist sein Sohn, der Kronprinz, da anders, wie es heißt. Es gibt ja viele, die ihre Hoffnungen auf den Tag setzen, da er den Thron besteigt. Dann, so bin ich überzeugt, würde ein Wort von seinem Jugendfreund, dem Herrn von Carnap, uns in unserer Eisenbahnangelegenheit voranbringen. Aber bis dahin heißt es eben noch warten. Wann werden wir wohl je einen Taler Gewinn von unseren Geldern sehen, die wir in die Eisenbahn stecken?«

Hier musste Rentner Stahl seinem heute so pessimistischen Gastgeber beipflichten. »Das kann in der Tat noch lange dauern. Aber wenn wir hier die Hände in den Schoß legen und resignieren, dann, Herr Mülhens, wird es überhaupt keinen Gewinn geben. Ich bin dafür, lieber mühsame und langsame Fortschritte zu erzielen als gar keine. Darum auf das Wohl der Bonn-Kölner Eisenbahn, Herr Mülhens!«

Ein Unfall mit Folgen

Johann von Groote war ärgerlich über die »Schneckenpost«, die nach seiner Meinung allzu betont gemächlich über die Staatschaussee von Köln nach Bonn rollte. Hätte er sich doch nur nicht gerade für heute bei seinem Vetter auf Gut Dransdorf zu Besuch angemeldet, und wäre es doch nicht ausgerechnet heute seiner Frau eingefallen, zu ihrer Schwester nach Liblar zu fahren! So war die einzige Chaise im Haus von Groote in Köln mit ihrem Kutscher für ihn nicht verfügbar, und er musste als vornehmer Herr zusammen mit Krethi und Plethi sich in dieser Postkutsche von Köln nach Bonn schaukeln lassen. Die anderen Mitreisenden hatten sich in weiser Voraussicht der langen Fahrt mit großen Tüten Kölner Göbbels ausgerüstet. In der eigenen Kutsche wären ihm die vielen langwierigen Zwischenaufenthalte erspart geblieben, und auch die Schimpfereien des Postillions auf die neumodische Eisenbahn, die ehrlichen Postleuten das Brot wegnehmen wolle, hätten sich sicher nicht bei jedem Halt über ihn entladen.

Seltsamerweise musste Johann von Groote gerade heute viel an dieses neue Verkehrsmittel denken. Er hatte zu Hause einige Verpflichtungsscheine für Aktien der Rheinischen Eisenbahngesellschaft gezeichnet, die von Köln bis an die belgische Grenze projektierte Bahnlinie. Für ihn als Angehörigen des alten Kölner Stadtpatriziats und als Kanzler des Erzstifts Köln war dies eine Ehrenpflicht, wie für fast alle vermögenden Kölner. Von seinem guten Freund von Wittgenstein, der zum Direktorium dieser Gesellschaft gehörte, wusste Herr von Groote allerdings um die heftigen Streitereien bei der Rheinischen Eisenbahn: sollte die Strecke direkt von Köln nach Belgien führen, wie es der Kölner Initiator Camphausen wollte – oder sollte sie unter erheblich höheren Kosten Aachen berühren, wie eine einflussreiche Gruppe von Industriellen dieser Stadt unter Führung des Wollhändlers Hansemann erreichen wollte? Dem Herrn von Groote waren diese Querelen gleichgültig, ihm ging es nur darum, dass die Bahn überhaupt gebaut wurde. Hier in der Postkutsche nach Bonn fiel ihm ein, dass sich ja in Bonn auch eine Gesellschaft zum Bau einer Strecke von dort nach Köln etabliert hatte. Wie bequem wäre es doch, dachte der Herr von Groote, heute statt mit der langweiligen Postdiligence mit der modernen Eisenbahn fahren zu können.

Jäh wurde der Herr aus Köln in seinem Sinnen gestört. Denn im langsamen, aber gleichmäßigen Rollen gab es plötzlich ein Stocken. Man hörte ein kurzes angstvolles Wiehern eines Pferdes, einen dumpfen Fall, und gleichzeitig ließ ein Ruck den Wagen so unvermittelt halten, dass die meisten Passagiere mit den Köpfen gegen die Vorderwand knallten. Dann war einen Moment Stille, die aber rasch von lautstarken Flüchen des Postillions und des Kondukteurs unterbrochen wurde, während diese von ihrem hohen Bock kletterten. Ängstlich öffneten die Reisenden die Kutschentür, klappten selbst die Tritte herunter und sprangen heraus. Wie ein gefällter Baum lag eines der vier Postpferde quer vor dem Wagen regungslos auf der Straße, die Augen noch im Todeskampf weit aufgerissen, ein schrecklicher Anblick.

»Herzschlag«, konstatierte Postillion Peter Faßbender ungerührt, nachdem er sich kurz über das tote Pferd gebeugt hatte. Schon begann er mit Hilfe des Kondukteurs dem Leichnam das Geschirr abzunehmen. Während die Passagiere aufgeregt schwatzend die Szene umstanden, wurden auch die drei verbleibenden Pferde ausgeschirrt und zunächst einmal dazu verwendet, ihren toten Kameraden an den Straßenrand zu ziehen.

»Was passiert denn nun?«, fragte von Groote scharf. »Wann können wir weiterfahren?« – »Das kommt darauf an, Herr«, erwiderte der Postillion gelassen, »jetzt muss ich erst mal nach Wesseling zurückreiten und ein Ersatzpferd von der Poststation holen, wenn noch eins da ist. Wenn ich Glück habe, bin ich in einer oder anderthalb Stunden wieder da!« Der Adlige aus Köln explodierte fast vor Zorn: »Und so lange sollen wir hier geduldig warten?« Noch immer ganz gemütlich erklärte der Kutscher Faßbender: »Ich wüsste nichts anderes, Herr!« Noch einmal versuchte Herr von Groote, die Fortsetzung der Fahrt zu beschleunigen, indem er fragte: »Und mit drei Pferden können wir nicht weiterfahren?« Wieder antwortete Postillion Faßbender seelenruhig: »Nein, das können wir nicht, Verbot der königlichen Postdirektion!«

Empört erkundigte sich Herr von Groote: »Kommt denn ein solcher Unfall öfter bei der Post vor?« – »Durchaus, mein Herr«, war die Antwort, »etwa alle 200 Meilen (ca. 1500 Kilometer) stirbt im Durchschnitt ein Postpferd an Herzschlag wie dieses oder bricht sich ein Bein. Das ist in den Fahrpreisen schon einkalkuliert.«

»Und die Verspätung, ist die auch einkalkuliert?«, fragte Johann von Groote erbittert. »Sie schimpfen auf die Eisenbahn, Postillion, aber bei der kann wenigstens kein Pferd den Herzschlag bekommen!« Innerlich kochend vor Wut begann der Edelmann energisch auf der gepflasterten

Straße hin und her zu wandern, um sich wenigstens an diesem kühlen Märztag nicht noch eine Erkältung zu holen. Ein weiterer Streit mit dem Postkutscher hätte ja doch keinen Zweck gehabt.

Es dämmerte schon, als die Postkutsche von Köln an diesem Tag mit zweistündiger Verspätung in Bonn einfuhr. Der Kanzler von Groote hatte das Warten ohnmächtig aushalten müssen, aber jetzt drängte es ihn zur Tat. Denn er hatte bei diesem Warten einen festen Entschluss gefasst. Mit schnellen Schritten durchmaß er die Straßen Bonns, die ihm von verschiedenen Besuchen in der Nachbarstadt vertraut waren. Am Vierecksplatz in der Nähe des Rheins betrat er das Haus des Bankiers Heinrich Cahn.

»Ich möchte Herrn Cahn persönlich sprechen«, erklärte er noch immer voller Zorn dem Commis, der von seinem Stehpult zur Tür gesprungen war, um den vornehmen Kunden mit einer tiefen Verbeugung zu begrüßen. Im Kontor des Geschäftsinhabers kam Kanzler von Groote ohne Umschweife zur Sache. »Herr Bankier, ich möchte Aktien der Bonn-Kölner Eisenbahngesellschaft kaufen. Denn diese Eisenbahn muss her zwischen unseren beiden Städten, je eher desto besser. Haben Sie solche Aktien verfügbar?«

Kritisch, aber nicht unerfreut musterte Heinrich Cahn den Kunden über seine Nickelbrille: »Ist es mir eine Ehre, dem Herrn zu dienen mit Aktien von der Eisenbahn nach Köln! Allerdings sind es noch keine richtigen Aktien, sondern erst Verpflichtungsscheine der Erstzeichner, welche werden gehandelt augenblicklich zum Kurs von …« – der Bankier blätterte rasch in einigen Papieren auf seinem Schreibtisch – » von 95 auf der Kölner Börse. Kann ich dem Herrn anbieten also günstig 50, nein sogar 120 Stücke. Ist eine gute Okkasion, mein Herr, preiswert und doch vielversprechend. Ich kenne mich aus, mein Herr, denn ich bin

Mitglied im Provisorischen Ausschuss dieser Gesellschaft. Einige Bonner Erstzeichner haben ihre Verpflichtungsscheine verkauft an mich, weil ihnen zu lange dauert das Planen und Bauen von der Eisenbahn.«

Herr von Groote besann sich nicht lange. »Dann kaufe ich jetzt zwanzig solcher Scheine und ich versichere Ihnen, Herr Cahn, dass ich noch viele meiner Bekannten in Köln überreden werde, ebensolche Scheine, zu kaufen, damit hier keine Stockung eintritt. Diese Eisenbahn ist nötig und wenn es nur ist, um diese verdammte Schneckenpost überflüssig zu machen. Mein Wort darauf, Herr Bankier!«

In guter Hoffnung

Im Ratssaal des Bonner Rathauses herrschte an diesem 4. April des Jahres 1837 eine erwartungsvolle Stimmung. Weit über hundert wohlhabende Bürger aus Bonn drängten sich, um zu hören, wie es mit den Plänen für die Eisenbahn weiterging, in die sie so viel Geld investieren wollten. Der Sekretär Christian Jellinghaus kam kaum noch nach, in seiner Liste die Namen der Aktionäre nach den ihm vorgezeigten Eintrittskarten abzuhaken.

Ein Jahr war seit der ersten Generalversammlung vergangen. Der Bäckermeister Düren und der Hotelier Kley waren überzeugt, nun würden bald die Schienen verlegt und die neumodischen Lokomotiven, über die man sich so viele abenteuerliche Dinge erzählte, könnten ihnen bald glänzende Talerstücke als Dividende ins Haus fahren. Dabei hatten sich die meisten Aktionäre gar nicht klar gemacht, dass sie ja selbst erst noch ihre Anteile in die Gesellschaft einzahlen mussten, in Raten von zehn Prozent, irgendwann, wenn die Gesellschaft sie dazu aufrufen würde.

Dass es vorerst noch nicht dazu kommen würde, musste der Herr Oberbürgermeister Windeck eingestehen, als er in seiner Eigenschaft als Vorsitzender des Provisorischen Ausschusses die Sitzung eröffnete. Dennoch, so betonte der würdige alte Herr, sei man guter Hoffnung, dass in absehbarer Zeit dieses neuartige Verkehrsmittel für einen großen wirtschaftlichen Aufschwung der alten Stadt am Rhein sorgen werde. Unter lebhaftem Beifall der Bonner Aktionäre begrüßte er eine Reihe von Herrschaften aus Köln, die neuerdings unter die potentiellen Geldgeber der Bonn-Kölner Eisenbahngesellschaft getreten seien.

Insgesamt, so konnte Martin Windeck berichten, sei das Echo auf das Bahnprojekt in den davon berührten Orten am Vorgebirge überwiegend positiv. Der Provisorische Ausschuss habe im vorigen Jahr einen umfangreichen Fragebogen an die Bürgermeister dieser Orte geschickt, und den eingegangenen Antworten zufolge erwarteten die Ortsobrigkeiten dort große Vorteile für ihre Gemeinden von der künftigen Eisenbahn. Nur wenige Gemeinden wie Wesseling und Sechtem hätten sich ablehnend geäußert. »Die Gerüchte unter der Landbevölkerung über die Gefährlichkeit dieser neuen Einrichtung entbehren jeder Grundlage«, rief der Oberbürgermeister nachdrücklich aus. »Nach allem, was wir von den schon existierenden Strecken im deutschen und europäischen Ausland wissen, hat der Betrieb der Eisenbahnen keinerlei schädliche Folgen für die Nachbarschaft.«

Als nächster Redner nahm Freiherr Gerhard von Carnap das Wort, der den Aktionären mitteilte, wichtigster Tagesordnungspunkt werde die Verabschiedung endgültiger und sehr viel genauerer Statuten der Gesellschaft sein. Dies sei unter anderem nötig geworden infolge neuer, von der preußischen Staatsregierung erlassener allgemeiner Bedingungen für Eisenbahn-Unternehmungen. Es stehe ihm nicht zu, die Weisheit dieser Regelungen anzuzweifeln. Er sei aber zuversichtlich, dass die sehr weit reichenden Genehmigungs- und Einwirkungsrechte, die den staatlichen Behörden bei allen Maßnahmen der privaten Gesellschaften darin vorbehalten seien, dem Eisenbahnwesen zum Segen und nicht zum Auftürmen neuer Schwierigkeiten und Verzögerungen gereiche. Der gestrenge Herr Landrat von Hymmen, der als aufmerksamer Beobachter unter den Aktionären saß, runzelte bei dieser Bemerkung zwar die Stirn, aber aus dieser sehr vorsichtigen Formulierung hätte nicht einmal er eine Kritik an der preußischen Obrigkeit konstruieren können.

Die im Provisorischen Ausschuss besonders aktiven Herren hatten diese Generalversammlung gut vorbereitet und wiesen sich durch die abwechselnde Präsentation der wichtigsten Beratungspunkte den Aktionären gegenüber als Fachleute aus, die schon tief in das Eisenbahnwesen eingedrungen waren. Der Rentner Stahl erläuterte, hinsichtlich der Streckenführung und ihrer Festlegung im Gesellschaftsvertrag könne man heute sehr viel konkreter werden als vor einem Jahr. Er las die betreffende Stelle vor:

»Die Gesellschaft schlägt der Königlichen Regierung folgende Richtungslinie der Bahn vor: Die Bahn beginnt zu Bonn zwischen dem Rheine und dem Sterntor, läuft dem Vorgebirge bei Roisdorf entlang, in tunlichst gerader Richtung nach Brühl, und mündet in oder an der Stadt Köln an demjenigen Punkte zwischen dem Weyer- und Hahnentor aus, welcher, insoweit es die Lokalitäten und Militär-Verhältnisse gestatten, als der geeignetste wird ermittelt werden; sie wird sich zu Bonn an den Rhein und bei Köln an die nach der belgischen Grenze führende Bahn anschließen.«

Probleme gebe es noch, meinte Heinrich Stahl, hinsichtlich der Einleitung der Bahn in den Kölner Festungs-gürtel und der Führung der Strecke durch den Brühler Schlosspark, die aber notwendig sei, wenn überhaupt die Stadt Brühl berührt werden solle. Man hoffe jedoch, hier in Verhandlungen mit den preußischen Behörden zu einem guten Einvernehmen zu kommen.

Christian Jellinghaus horchte an seinem Protokollanten-tischchen interessiert auf, als sich der Professor und Ober-bergrat Noeggerath mit einer Frage zu Wort meldete: »Hat der Provisorische Ausschuss erwogen, ob eventuell später einmal eine Verlängerung der Strecke nach Süden, bis Koblenz, sinnvoll sein könnte?«

Dem jungen Sekretär schien das eine sehr wichtige Frage zu sein. Er hatte im letzten Jahr einige der Schriften des bekannten Herrn List zu Eisenbahnfragen gelesen. Herr von Carnap hatte sie sich für seine Bibliothek kommen lassen. Und darin gab es eine Karte, in der als Zukunftsvision ein ganzes Netz von Eisenbahnlinien kreuz und quer durch alle Staaten des Deutschen Bundes eingezeichnet war. Diese Idee faszinierte den aufgeweckten jungen Mann; er träumte schon regelrecht davon, dass die Bonner Bahn einstmals Teil eines solchen Netzes werden könnte. Aber in allen bisherigen Planungen und Gesprächen, die er miterlebt hatte – und das waren inzwischen schon viele! – war nie die Rede davon gewesen. Christian Jellinghaus hielt sich allerdings stets klug zurück; er wusste nur zu gut, dass es seiner untergeordneten Stellung und seiner Jugend nicht zukam, eigene Gedanken im Kreis vornehmer und reicher Herren zu äußern. Hier aber sprach jemand den Gedanken aus, der ihn so bewegte.

Doch Herr Heinrich Stahl erwiderte nüchtern: »Ich kann mir nicht vorstellen, dass eine solche Verlängerung sinnvoll wäre. Wer sollte das Geld dafür aufbringen? Bonner Finanziers doch wohl nicht. Nein, Herr Professor Noeggerath, der Ausschuss hat sich noch keine Gedanken darüber gemacht!«

Gutsbesitzer Mülhens kam anschließend namens des Provisorischen Ausschusses auf die finanzielle Seite zu sprechen. Bei genauerer Durchrechnung der Kosten einer solchen Eisenbahn sei man zu der Überzeugung gekommen, dass man sicherheitshalber von einem etwas höheren Kapitalbedarf ausgehen sollte als noch vor einem Jahr angenommen. Statt 500 000 Taler solle das Aktienkapital der Gesellschaft auf 650 000 Taler festgelegt werden. Er sei aber mit den Herren des Ausschusses sicher, dass es keine Schwierigkeiten bereiten werde, in Bonn und Köln auch diese höhere Summe aufzubringen. Die Gewinnchancen aus einem solchen Eisenbahnbau seien nach allen inzwischen andernorts gewonnenen Erfahrungen ausgezeichnet, und im Übrigen zweifle er nicht an der patriotischen Gesinnung der Bonner Bürger für ihre Vaterstadt. Lebhafter Beifall der Aktionäre dankte ihm für dieses Kompliment. Die Bonn-Kölner Eisenbahn, so schien es all den reichen Bonnern, die sich am Schluss der Versammlung am Tisch des Protokollanten anstellten, um neue Aktien zu zeichnen, war auf gutem Wege.

Die Meinung eines Arztes

»Der Fuß ist hin! Es wird zwar alles irgendwie wieder zusammenwachsen, aber richtig gehen wirst du nie wieder können, damit musst du dich abfinden!« So urteilte Dr. Joseph Velten rau im Bonner Dialekt, den er wie alle gebürtigen Bonner im Umgang mit anderen Bonnern stets verwendete. Eben hatte er seine Arbeit am Krankenlager des Stoffdruckers Anton Radermacher beendet, zu dem er vor einer halben Stunde von einem hohlwangigen Knaben aufgeregt gerufen worden war. Man hatte den Vater von der Arbeit nach Hause gebracht, stöhnend vor Schmerzen. In der Textilfabrik des Herrn Kommerzienrats Aus'm Weerth war ihm ein großer Farbbottich auf den Fuß gefallen und hatte einige Knochen zertrümmert. Das einzige, was der Arzt dazu tun konnte, war, dem Verunglückten mit Watte, Holzbrettchen und Verbänden eine feste Schiene um den Fuß zu legen und ihm ein Medikament gegen die Schmerzen zu verschreiben.

»Wer soll denn meine Familie ernähren, wenn ich nicht mehr Geld verdienen kann?«, fragte der Arbeiter verzweifelt. »Es langt ja schon jetzt kaum!« Ein Blick in die Wohnung der Familie in dem windschiefen Häuschen am Eselsgraben nahe der westlichen Stadtmauer bestätigte dem Arzt die Richtigkeit dieser Behauptung. In einem winzigen Zimmer, in dem die Feuchtigkeit große Schimmelflecke an Decken und Wänden hervorgerufen hatte und in das der Wind die Tropfen eines Aprilschauers durch die zersprungenen Scheiben eines gerade zwei Quadratfuß großen Fensters fegte, mussten sechs Personen hausen: der Stoffdrucker, seine Frau, drei zerlumpte und unterernährte Kinder und eine alte Frau, wohl seine Mutter, die aussah wie der lebendige Tod.

Der Arzt Dr. Velten kannte solche Verhältnisse nur zu gut, fanden sie sich doch in den ärmeren Vierteln Bonns zu Hunderten. Notgedrungen hatte er sein Gemüt dagegen abgehärtet. Zumindest tat er nach außen rauer, als er in seinem Inneren wohl empfand. »Ich bekomme 3 Silbergroschen für meinen Besuch, die wirst du doch wohl noch aufbringen«, sagte er, scheinbar ohne auf die Klage seines Patienten einzugehen und ohne zu verraten, dass dies ein geradezu lächerlich geringes Arzthonorar war. »Ich muss gleich zu deinem Brotherrn, dem Fabrikanten Aus'm Weerth, der hat mich rufen lassen. Da will ich ihn fragen, ob er nicht was für dich zahlen kann; schließlich hast du doch in seiner Werkstatt den Unfall gehabt!«

Das freudig aufleuchtende Gesicht des Patienten tat dem Arzt weh. Er musste gleich in seiner bekannten groben Art einen Dämpfer darauf geben. »Was fällt euch auch ein, so viele Kinder in die Welt zu setzen! Daher kommt ja eure große Armut, das ist unverantwortlich. Du darfst dich nicht wundern, wenn das Geld dann nicht langt, Tönnes. Malthus hat Recht, wenn er fordert, Arme dürften überhaupt keine Kinder kriegen. Denn wenn das so weitergeht mit der Bevölkerungsvermehrung, dann muss die Menschheit in ein, zwei Generationen verhungern. Gute Besserung, Tönnes!« Und schon war Dr. Velten aus der Wohnung des Arbeiters verschwunden.

Dr. Joseph Velten war ein kleiner hagerer Mann um die Fünfzig, dessen altmodischer Gehrock manche Blutflecken vom häufigen Aderlassen seiner Patienten aufwies. Der Arztberuf war ihm gleichsam in der Wiege vorherbestimmt. Mehrere seiner Brüder und Neffen übten die gleiche Tätigkeit in Bonn aus, wie schon sein Vater. Einer seiner Brüder war Kreisphysikus für den Landkreis Bonn. Seine mitunter recht seltsam anmutenden menschenfreundlichen Ideen vertrat er allerdings mit einer für andere Menschen oft lästigen Dickköpfigkeit. So galt er in dem kleinen Städtchen Bonn eher als Sonderling und Querkopf, war aber trotz seiner rauen Schale nicht unbeliebt.

Der Besuch im eleganten Hause des Fabrikanten und Kommerzienrats Friedrich Aus'm Weerth am Vierecksplatz, nur wenige Schritte von dessen Fabrikationsräumen im ehemaligen Kapuzinerkloster, war für Dr. Velten Routine.

Der dreizehnjährige Sohn litt an einer chronischen Bronchitis und musste immer wieder einmal lösende Medikamente verschrieben bekommen, nichts Ernstes, aber eine regelmäßige Einkommensquelle für den Arzt. Danach, so hatte es sich eingebürgert, saßen der Fabrikant und der Doktor noch ein Viertelstündchen im Weerthschen Privatkontor zusammen und plauderten über dies und das.

So war es auch diesmal. Ohne viel Hoffnung auf Erfolg erwähnte Dr. Velten den Unfall des Stoffdruckers Radermacher in der Weerthschen Fabrik: Ob der Fabrikant nicht eine kleine Entschädigung zur Linderung der Not beisteuern könne? »Wo kämen wir da hin?«, war die entrüstete Antwort des Herrn Aus'm Weerth. »Jeder Arbeiter muss schon selbst aufpassen, dass er keinen Unfall hat. Aber ich will Ihnen entgegenkommen, Herr Doktor, und sehen, ob ich den Anton Radermacher wieder zur Arbeit annehmen kann, falls er wieder gesund wird. Wenn er dann nicht mehr richtig gehen oder stehen kann, vielleicht kann er hier spinnen oder eine andere sitzende Tätigkeit ausüben. Aber ich kann keinem Menschen Geld zahlen, der nicht für mich arbeitet. Das ist doch ganz selbstverständlich. Ach, übrigens, Herr Doktor, haben Sie neulich auch neue Eisenbahnaktien gezeichnet?«

Das war nun allerdings ein Thema, das dem Doktor außerordentlich am Herzen lag – jedoch völlig anders, als es der Fabrikant wohl vermutet hatte. »Ich soll Eisenbahnaktien zeichnen?«, empörte sich Dr. Velten. »Lieber soll mich der Teufel holen! Wissen Sie denn nicht, Herr Kommerzienrat, dass die Eisenbahn das sicherste Mittel ist, die Menschheit und die Natur zu verderben?«

Der lange aufgestaute Groll des Arztes auf das so viel beredete Verkehrsmittel war nun nicht mehr aufzuhalten. »Ich habe das Eisenbahnwesen genau studiert. Ich bin Arzt,

Herr Aus'm Weerth, und damit Naturwissenschaftler. Somit betrachte ich alle Erscheinungen ganz nüchtern nach ihrem Nutzen und Schaden für den Menschen, und ohne jede Emotion. Lassen Sie sich sagen, Herr Kommerzienrat, die unnatürlich schnelle Bewegung, die diese Eisenbahnen aufweisen sollen, muss naturnotwendig zu schweren gesundheitlichen Störungen der Insassen führen: Kopfschmerzen, Schwindelanfälle, vorübergehendes oder gar bleibendes Irresein werden die unausweichliche Folge sein. Der Rauch der Dampfrösser wird den Menschen im Inneren der Züge in die Lungen schlagen und zu Husten, Erstickungsanfällen und Schwindsucht führen.«

Der erstaunte Fabrikant fand keine Atempause, um eventuell ein Gegenargument anzubringen, denn der kleine Arzt setzte seine Anklagerede unbeirrt fort: »Stellen Sie sich vor, Herr Aus'm Weerth, was passieren kann, wenn diese Dampfkessel explodieren, in denen der Wasserdampf unter ungeheurem Druck steht! Alles, was dann in der Nähe ist, wird in kleinste Teile zerrissen. Aber auch, wenn das nicht passiert, ist die Natur rechts und links der Straße für diese teuflischen Dampfrösser aufs Höchste gefährdet. Die Funken aus der Maschine werden die Wälder, die Felder und die Wiesen entzünden, und Ruß und Dampf werden Pflanzen und kleinere Tiere zum Absterben bringen. Größere Tiere wie Kühe und Pferde, oder auch Menschen, die häufig solche Belästigungen über sich ergehen lassen müssen, werden in kurzer Zeit krank. Außerdem wird das ohrenbetäubende Gerassel und Poltern der eisernen Maschinen die Tiere in der Nähe scheu und die Menschen taub machen.«

Jetzt endlich machte Dr. Velten eine kurze Pause, aber das Fabrikant war zu perplex, um ihm etwas zu entgegnen. Dann fuhr der Arzt auch schon fort: »Ich arbeite seit einiger

Zeit an einer Denkschrift, in der ich nachweisen werde, dass die Eisenbahn in unserem Land unmöglich zugelassen werden kann und von der Königlich Preußischen Regierung sofort für immer verboten werden muss. Ich halte nichts von dem törichten Geschwätz der Bauern, dass der Teufel diese Eisenbahn regiert, aber ein teuflisch gefährliches Gerät ist es trotzdem und darf nicht erlaubt werden. Lassen Sie sich das von einem Naturwissenschaftler sagen, Herr Kommerzienrat. Ich werde alles tun, was in meinen Kräften steht, um die Verwirklichung einer solchen Katastrophe zu verhindern!«

Getrieben von seiner eigenen Erregung, sprang Dr. Velten auf und rief dem Fabrikanten zu: »Ich verstehe Sie so, Herr Aus'm Weerth, dass Sie Eisenbahnaktien gekauft haben und damit dieses Verderben des Volkes auch noch finanzieren wollen! Ich kann es mit meinem Gewissen nicht vereinbaren, Menschen als Arzt zu behandeln, die so verblendet sind. Suchen Sie sich einen anderen Arzt, Herr Kommerzienrat, ich verzichte auf Ihr Honorar!« Und mit lautem Knall schlug Dr. Velten die Tür hinter sich zu.

3. Kapitel

Vier Jahre und kein Fuß Schienen

Herbst 1837 bis Frühjahr 1840

Ein Leichenschmaus

Vater Joseph Thoennes hatte sich die ungünstigste Jahreszeit ausgesucht, als er sich zum Sterben hinlegte. Mitten in der Weinlese war jede Stunde kostbar. Aber der uralte Brauch einer Totenmesse unter Anteilnahme aller Verwandten und Nachbarn, eines langen Zuges zum kleinen Dorffriedhof und eines anschließenden üppigen Leichenschmauses für alle Teilnehmer war noch wichtiger als die Arbeit im Wingert. Auch wenn die Zeit noch so sehr drängte und die Taler, die man für die Bewirtung ausgeben musste, noch so schmerzten – ein Verstoß gegen die Dorfsitte wäre niemandem in Mayschoß an der Ahr je in den Kopf gekommen.

Angesichts der Enge in dem alten Ahrwinzerhaus der Familie Thoennes und des guten Wetters hatte man die schlichten Brettertische, die im ganzen Dorf für solche Gelegenheiten reihum gingen, auf der schmalen Gasse vor dem Haus aufgestellt. Franz Thoennes als ältestem Sohn des Verstorbenen oblag es, an der Seite seiner Mutter Antonia das Beileid aller Trauergäste entgegenzunehmen und sie zum kräftigen Zulangen beim Leichenschmaus aufzufordern.

So ließen es sich denn die Onkel Scheng und Anton, die

zahlreichen Tanten, Vettern und Kusinen, die Petter der Thoennes'schen Kinder, die Nachbarn und Freunde auf Kosten des Verstorbenen wohl sein. In dem kleinen abgelegenen Dorf boten sich ja sonst nur sehr selten Gelegenheiten, sich einmal richtig satt zu essen.

Die Zusammenkunft fast aller Einwohner des Dörfchens Mayschoß diente natürlich in erster Linie dazu, über die schlechten Zeiten zu klagen. Gut waren sie gewiss für keinen hier. Von den einfachen, aber auskömmlichen Lebensverhältnissen, wie sie noch die Großeltern in dem Winzerdorf an der Ahr gekannt hatten, war nicht viel übrig geblieben.

Der Weinertrag in diesem Herbst 1837 versprach zwar reichlich zu werden, aber was nützte das den Winzern schon? Einst war der Wein ein überall in Deutschland verbreitetes, nicht besonders edles, aber in Mengen gebrauchtes wohlfeiles Volksgetränk gewesen. Das hatte sich durch die vielen Umwälzungen der letzten Jahrzehnte verändert. In den Winzerdörfern trank man zwar noch fast ausschließlich Wein. Aber in den Städten waren die Leute häufig auf Bier und den fremdländischen Kaffee übergegangen, und die armen Leute dort konnten sich selbst den billigsten Wein nicht mehr leisten. Den reichen Leuten dagegen war der einheimische Wein nicht mehr gut genug, französischer musste es sein. Gerade der rosa funkelnde Ahr-Bleichert hatte gegenüber den französischen Burgunder-Weinen mit vornehm klingenden Namen nichts mehr zu vermelden.

So war Not und Sorge in all den Weinbauerndörfern an der Ahr eingekehrt, denn der Absatz des wichtigsten heimischen Erzeugnisses stockte. Hinzu kam, dass der Besitz der einzelnen Winzer durch die seit Generationen immer wiederholten Erbteilungen im Allgemeinen so klein geworden war, dass ihre Grundstücke für den Unterhalt einer Familie kaum noch ausreichten. Wenn man es nüchtern betrachtete, herrschte in Mayschoß bittere Armut, auch wenn die alten Traditionen aus früheren besseren Zeiten krampfhaft aufrecht erhalten wurden, wie dieser üppige Leichenschmaus nach dem Begräbnis eines selbständigen Winzers.

Franz Thoennes empfand die schuldige Trauer über den Tod seines Vaters, aber auch eine gewisse Erleichterung. Denn nun würde sein Lebensabschnitt als selbständiger Mann beginnen. Immerhin zählte er achtundzwanzig Jahre, hatte drei Winter lang die Dorfschule in Mayschoß besucht und war anschließend bei einem Fassbinder in die Lehre gegangen, sodass er sich mit Säge, Beil und Hobel auskannte. Die Arbeiten eines Weinbauern beherrschte er wie alle Einwohner seines Dorfes gewissermaßen im Schlaf. Außerdem hatte er seine zwei Jahre Militärpflicht bei einem preußischen Infanterieregiment in Koblenz abgeleistet. Neben Marschieren und dem Präsentieren des Gewehrs war bei ihm auch ein wenig von der ungewohnten preußischen Sprache haften geblieben. Der junge Mann Franz Thoennes fühlte sich alt und erfahren genug, auf eigenen Füßen zu stehen.

Es war dem jungen Winzer klar, dass er nicht auf Rosen gebettet sein würde. Des Vaters ohnehin schon kleiner Besitz an steinigen, steil ansteigenden Stückchen Weinbergen würde durch die traditionelle gleichmäßige Teilung zwischen ihm und seinen beiden jüngeren Brüdern noch mehr schrumpfen. Auf jeden Bruder würden schließlich nur noch wenige Dutzend Quadratruten Land entfallen. Aber er, der Franz, hatte schließlich das Fassbinderhandwerk gelernt, das hier im Dorf immer gebraucht wurde. Zusammen mit dem wenn auch geringen Ertrag seiner Weingärten würde er schon mit seinen kräftigen Armen und geschickten Händen in der Lage sein, für sich und seine künftige Frau zu sorgen. Denn heiraten wollte der Franz; die Martha aus dem Nachbarhaus hatte es ihm schon lange angetan. Nach dem üblichen Trauerjahr würden sie vor den Traualtar treten, da waren sie sich einig. In dem kleinen Winzerhäuschen des verstorbenen Joseph Thoennes würde es noch enger als je zuvor werden, wenn es auch seinen jüngeren Brüdern einfallen sollte, zu heiraten. Aber schließlich stellte man in Mayschoß keine großen Ansprüche an Wohnungskomfort.

Es wird nicht leicht werden, dachte Franz Thoennes bei diesem Leichenschmaus an seine Zukunft, aber die Martha und er würden es schon schaffen, davon war er überzeugt.

Dampfschiff und Dampfbahn

Ganz Köln redete in diesen letzten Novembertagen des Jahres 1837 von nichts anderem als von der unerhörten Tat der Preußen: sie hatten den Kölner Erzbischof Freiherr Droste zu Vischering verhaften und von Soldaten auf die Festung Minden abtransportieren lassen. Denn er hatte der preußischen Regierung dadurch getrotzt, dass er den Priestern seiner Erzdiözese strikt verbot, gemischte Ehen zu trauen, wenn nicht der nichtkatholische Partner mit seiner Unterschrift der katholischen Erziehung der künftigen Kinder zustimmte. Die gut katholische Bevölkerung Kölns war über das Vorgehen der ohnehin unbeliebten preußischen Herren des Landes aufs Höchste empört.

Doch erstaunlicherweise bildeten nicht diese Vorgänge das Thema des Gesprächs der beiden Männer, die im Salon des reichen Öl- und Getreidehändlers Camphausen in Köln miteinander plauderten. Ludolf Camphausen war Protestant, da interessierte ihn diese Frage nicht so sehr, außerdem war er durch persönliche Erlebnisse tief niedergeschlagen: In dieser Lage war es ihm wichtig, sich mit einem Bekannten aussprechen zu können, der zugleich ein Genosse im Unglück war. Nein, geschäftlich konnte der Kölner Handelsherr nicht klagen. Aber es hatte seinen Stolz doch sehr getroffen, dass er sich im Sommer dieses Jahres aus seinem geliebten Kind, der Rheinischen Eisenbahngesellschaft, hatte zurückziehen müssen.

Sein Aachener Rivale David Hansemann war geschickter und skrupelloser gewesen. Er hatte es nicht nur erreicht, dass die preußische Regierung auf der nach Camphausens Ansicht unverantwortlich teuren Linienführung über Aachen bestanden hatte. Sondern Hansemann war es auch gelungen, die Mehrheit der Kölner Aktionäre auf seine Seite zu bringen, die Statuten der Gesellschaft in seinem Sinn zu formen und den bereits zu einem der Direktoren gewählten Camphausen zum Rücktritt zu veranlassen. Hansemann konnte in der Bahngesellschaft nun nach eigenem Gutdünken schalten und walten, in seiner, Camphausens, ureigensten Schöpfung. Das tat weh, auch wenn es sich der routinierte Geschäftsmann nach außen nicht anmerken ließ.

»Ein Unglück kommt selten allein«, bemerkte Ludolf Camphausen elegisch zu seinem Besucher, dem gegenüber er sich einmal seinen Kummer unbeschwert vom Herzen reden konnte. Denn der zweite Schlag hatte seinen Gast, den Direktor der Preußisch-Rheinischen Dampfschifffahrtsgesellschaft Heinrich Merkens, in gleicher Weise wie ihn selbst getroffen.

Ludolf Camphausen war stolz gewesen, von der Kölner Kaufmannschaft anno 1834 in die Handelskammer der

Stadt gewählt worden zu sein. In dieser ehrenamtlichen Stellung hatte er es mit seinen zahlreichen wohl durchdachten Schriften über wirtschaftliche und Verkehrsfragen zum ständigen Berichterstatter gebracht. Der Zusammenschluss der meisten Staaten des Deutschen Bundes zum Zollverein im Jahr 1834 unter Führung Preußens – unter Ausschluss Österreichs, leider aber auch Hannovers und der Seestädte Hamburg und Bremen – war von Camphausen und den meisten anderen Kölner Großkaufleuten lebhaft begrüßt worden. Auch die andere wirtschaftspolitische Errungenschaft der jüngeren Zeit, die Mainzer Rheinschifffahrtsakte von 1831, war mit auf Drängen der Kölner Kaufleute zu Stande gekommen. Durch diese Übereinkunft aller Rheinanliegerstaaten – Holland, Preußen, Nassau, Hessen-Darmstadt, Bayern, Baden und Frankreich – waren zahlreiche, noch aus dem Mittelalter stammende Hindernisse für den freien Verkehr auf dem Rhein weggefallen.

Doch es gab eine nicht kleine Zahl Kölner Schiffer, Spediteure und kleinerer Kaufleute, die dem endlich beseitigten Stapelrecht in Köln nachtrauerten. In die Zeit des sich entwickelnden modernen überörtlichen Verkehrs, in die Zeit der Dampfschiffe, wie sie schon zahlreich auf dem Rhein fuhren, passte ein solches Hindernis überhaupt nicht mehr. Ludolf Camphausen hatte das in seinen Denkschriften für die Kölner Handelskammer nachdrücklich betont. Aber gerade das hatte ihm die Feindschaft der alten Schiffer- und Spediteursgilden in der ehemaligen Reichsstadt Köln eingetragen. Diese hatten von dem alten Zustand profitiert und versuchten nun, 1837, die Konkurrenz von draußen durch einen »Schifffahrtsverein« abzuwehren, der auf Umwegen das alte Kölner Stapelrecht wieder einzuführen schien. Es war ein regelrechter Aufstand der alten, noch in Zünften und Gilden organisierten Kleinhandelskreise gewesen. Sie hatten es fertig gebracht, die gesamte aus Großhandelskaufleuten und Bankiers zusammengesetzte Kölner Handelskammer zum Rücktritt zu zwingen und ihnen genehme Leute an deren Stelle zu wählen. Selbst in den Kölner Stadtrat war Ludolf Camphausen in diesem Jahr nicht wiedergewählt worden. Auch Direktor Merkens von der Dampfschifffahrtsgesellschaft war im gleichen Zug aus der Handelskammer entfernt worden.

Heinrich Merkens war den Schiffern aus Köln und ihren Kreisen womöglich noch verhasster als der Kaufmann Camphausen, verkörperte er doch die dreimal verfluchte Konkurrenz der großen Dampfschiffe auf dem Rhein, die unübersehbar qualmend und rasselnd und unüberholbar in ihrer Schnelligkeit den alten Segel- und Treidelkähnen den Rang abliefen. Bis jetzt hatten die Dampfschiffe auf dem Rhein im Wesentlichen nur Personen befördert, der Frachtverkehr lief noch nach den alten Traditionen – aber wie lange noch?

Ludolf Camphausen und Heinrich Merkens konnten nicht zusammensitzen, ohne bald auf die allgemeineren Aspekte des Verkehrs zu sprechen zu kommen, dafür waren sie beide zu sehr an diesem Thema interessiert. Dampfschiff und Dampfbahn als sich ergänzende moderne Verkehrssysteme zur wirtschaftlichen Erschließung des ganzen deutschen Vaterlandes – Ludolf Camphausen kam wieder einmal auf seine Lieblingsidee zurück und hielt seinem Gast unversehens einen kleinen Vortrag: die großen deutschen Ströme Rhein, Weser, Elbe, Oder, Donau und Main seien die Schlagadern des künftigen Massenverkehrs. Auf sie werde einst das Schwergewicht des Warentransports entfallen. Die neu entstehenden Eisenbahnlinien hätten die Aufgabe, aus dem Inneren des Landes die Güter an die großen Ströme zu bringen, es sei denn, sie müssten wie die geplante Bahn von Köln nach Antwerpen einen Fluss umgehen, der aus politischen Gründen seine Funktion als Haupttransportlinie nicht erfüllen könne. Daher müsse die Richtung der Eisenbahnen im Prinzip immer quer zu den großen Strömen verlaufen, dozierte der Kaufmann in seiner üblichen etwas umständlichen, bedächtigen Art. Nur weil die Holländer mit Zöllen und anderen kleinlichen Schikanen den freien Schiffsverkehr aus dem Deutschen Bund zur Nordsee über ihr Stück des Rheinstroms behinderten, müsse man eben ausnahmsweise einen »Eisernen Rhein« bauen, die Rheinische Eisenbahn, für die er, Ludolf Camphausen, so viel Herzblut geopfert hatte.

»Und was bedeutet dann Ihrer Meinung nach die von Bonn nach Köln geplante Eisenbahn?«, erkundigte sich Direktor Merkens. Vielleicht war er so feinfühlig, dass er seinen Gesprächspartner von dem so schmerzlichen Thema der Rheinischen Eisenbahn ablenken wollte. »Die Strecke Bonn-Köln wird ja praktisch parallel zum Rheinstrom verlaufen. Ich habe manchmal die Sorge, dass sie sich zu einer üblen Konkurrenz für unsere Dampfschifffahrtsgesellschaft entwickeln könnte!«

Ludolf Camphausen antwortete schnell: »Das darf nie und nimmer geschehen, Herr Merkens. Ich habe diesem Eisenbahnplan bisher keine große Aufmerksamkeit geschenkt, weil ich mit der Rheinischen Bahn genug zu tun hatte. Grundsätzlich haben Sie Recht, Herr Merkens, stromparallele Bahnen sind überflüssig und schädlich. Die Strecke Bonn-Köln scheint mir trotzdem nützlich und sinnvoll zu sein, als wirtschaftliche Erschließung des fruchtbaren Hinterlandes südlich von Köln. Sie kann den Handel unserer Stadt hier sehr beleben.«

Dabei deutete der Kaufmann auf eine Karte der Rheinprovinz, die hinter ihnen an der Wand hing. »Nur eines darf tatsächlich nicht passieren, dass nämlich diese Bahn eine direkte Verbindung mit dem Rhein bekommt, weder hier in Köln noch in Bonn. Denn dann bestünde wirklich die Gefahr, dass Menschen und Waren die Eisenbahn benutzen, wo das Dampfschiff die sinnvollere Transportmethode ist.«

Ludolf Camphausen schwieg einen Augenblick. In seinem Kopf begann sich eine Idee zu formen, die ihn gefangen nahm. »Ich glaube, es lohnt sich«, sagte er schließlich langsam, noch immer in Gedanken verloren, »sich bei dieser Gesellschaft zu engagieren. Sie braucht eine starke Leitung im Sinne der Kölner Interessen. Herr Merkens, wollen Sie mir und der Kölner Wirtschaft helfen? Dann sorgen Sie mit mir gemeinsam dafür, dass möglichst viele reiche Bürger von Köln Aktien der Bonner Gesellschaft zeichnen, damit wir in ihren Organen das Übergewicht erringen. Herr Hansemann hat mir vorgemacht, wie man in einer Eisenbahngesellschaft Einfluss gewinnt. Das wenigstens habe ich von ihm gelernt. Und wenn es mir gelingen sollte, einmal in der Leitung *dieser* Bahn eine maßgebliche Rolle zu spielen, dann verspreche ich Ihnen, Herr Merkens, dass diese Eisenbahn keine Konkurrenz zur Dampfschifffahrt auf dem Rhein werden soll. Dafür werde ich dann sorgen!«

Herr Amadeus Lange

In Bonn war ein Sachse unter den nichtakademischen Einwohnern fast so selten wie ein afrikanischer Mohr. Aber es gab ihn doch, den Herrn Amadeus Lange aus Riesa an der Elbe, der sich in einer kleinen Wohnung in der Bonner Sternenstraße eingemietet hatte: klein, rundlich, ständig unterwegs und von wieseliger Beredsamkeit. Dem offiziellen Einnehmer der Preußischen Staatslotterie in Bonn und Stadtrat Matthias Haast war er ein Dorn im Auge, denn der Ausländer vertrieb Lose der Königlich Sächsischen Klassenlotterie in Bonn, Köln, Koblenz und den zugehörigen Landbezirken. Obwohl doch sonst der preußische Staat allen Geldabfluss ins Ausland nach Möglichkeit unterband, war das Vertreiben ausländischer Lotterielose in Preußen merkwürdigerweise nicht verboten; vielleicht hatten die sonst so genauen Behörden in Berlin eine Lücke übersehen.

Da schon einige kleinere Gewinne auf die von Herrn Lange aus Riesa verkauften Lose entfallen und pünktlich ausgezahlt worden waren, konnte sich der sächsische Lotterieeinnehmer nicht über Mangel an Kundschaft beklagen. Und obwohl es zwischen dem penetranten Sächsisch und der rheinischen Mundart in Bonn und Köln mitunter zu den lustigsten Missverständnissen kam, war Herr Amadeus Lange bei zahlreichen Bonner Kaufleuten und Handwerkern wohlgelitten. Denn er wusste immer Neues und Interessantes zu berichten und besaß offenbar wirklich gute Informationsquellen in der preußischen Bezirksregierung in Köln und im Büro des preußischen Oberpräsidenten der Rheinprovinz in Koblenz.

War es Zufall oder war es geschickte Ausnutzung auch der kleinsten Chance zur Anbahnung eines neuen Geschäftes, dass Herr Amadeus Lange in diesem Dezember 1837 vorwiegend solche Bonner Einwohner aufsuchte und sie zum Kauf von Losen der sächsischen Lotterie überredete, von denen er gehört hatte, dass sie strikte Gegner des Baues einer Eisenbahn waren? Jedenfalls, es war nicht zu leugnen, die Geschäfte des kleinen Herrn aus Riesa gingen in dieser Zeit sehr gut.

Heute führte er sich beim Hauderer Jacob Loewenich in der Maargasse mit seinem üblichen Schwall freundlicher

Worte ein: »Ei, schönen guten Tag, mei Gutester, ist das nicht ein feines Wetterchen heute? Wie geht's denn der verehrten Frau Gemahlin, und was machen die lieben Kinderchen? Wenn Sie mal einen Hauderer brauchen und die Postkutsche fährt nicht bis dahin, wo Sie hinwollen, dann gehen Sie zu meinem guten Freund, dem Hauderer Jacob Loewenich. So hat mir mein Freund, der Herr königlich preußische Posthalter Theodor Alfter, erst gestern gesagt. Und da bin ich nu, Herr Loewenich, und wen sehe ich da? Einen Mann von Grundsätzen, einen Ehrenmann…«

So schwatzte Herr Amadeus Lange in seinem sächsischen Tonfall pausenlos auf den Fuhrunternehmer ein, dass der gar nicht mehr wusste, was ihm geschah. Der rundliche Sachse profitierte von den Lehren erfahrener Menschenkenner, dass man einen Menschen, von dem man etwas will, zunächst in eine freundliche Stimmung versetzen und in ein Gespräch über dies und das verwickeln muss, ehe man – möglichst beiläufig – zum eigenen Anliegen kommt. Im Gespräch mit anderen Kunden hatte Herr Amadeus Lange längst erfahren, dass der Hauderer den Gedanken nicht ertragen konnte, etwa dereinst durch die neu zu bauende Eisenbahn von Bonn nach Köln sein gut gehendes Fuhrgeschäft einzubüßen, und dass er krampfhaft nach Möglichkeiten suchte, die Pläne dieser »fiesen preußischen Eisenbahnfritzen« zu durchkreuzen.

»Wissen Sie, Herr Hauderer«, vertraute der Lotterieeinnehmer in geheimnisvollem Ton seinem Gegenüber an, nachdem er ihn unauffällig zum Thema Eisenbahn gelockt hatte, »wissen Sie, ich habe die besten Beziehungen zu hohen und höchsten Persönlichkeiten der preußischen Regierung. Ich darf Ihnen leider nicht die Namen verraten, aber so viel kann ich sagen, dass man in Berlin über die Eisenbahnpläne ganz und gar nicht glücklich ist. Was soll denn das Land mit so neumodischem Zeugs, was nur alt-ehrwürdige Berufe in Not bringt und die gute Ordnung auf den Kopf stellt? Bauern und Handwerksburschen sollen gefälligst zu Fuß gehen, wie es sich gehört, und wohlhabende Leute sollen sich eine eigene Pferdekutsche leisten oder eine solche beim Hauderer mieten, wenn sie verreisen müssen.«

Herr Amadeus Lange schwieg einen Augenblick und blickte den Hauderer prüfend an. Dann näherte er seinen Mund seinem Ohr, als wolle er ihm ein ganz besonderes Geheimnis anvertrauen: »Ich habe es aus ganz berufenem Munde, Herr Loewenich, dass Seine Majestät, der neue König von Hannover, zur Eisenbahn gesagt hat: ›Ich will nicht, dass jeder Schuster und Schneider so rasch reisen kann wie ich‹. Und ich weiß ebenfalls aus verbürgter Quelle, dass Seine Majestät, der König von Preußen, im Grunde nicht anders denkt. Lassen Sie sich sagen, Herr Loewenich, die Herren hier aus Bonn können Eisenbahnpläne in Berlin einreichen, so viel sie wollen, sie werden nicht viel Erfolg haben! Und wenn ich meine guten Beziehungen bei preußischen Regierungsstellen einsetze, dann werden Sie sehen, hochverehrter Herr Loewenich, dass diese Neuerer, die ja sogar mit umstürzlerischen demokratischen Kreisen in Verbindung stehen sollen, bis zum Sankt-Nimmerleins-Tag auf die Genehmigung ihrer Pläne warten können. Eine Liebe ist der anderen wert, Herr Loewenich, das werden Sie verstehen, und Sie werden die Freundlichkeit besitzen, mir ein Los der königlich sächsischen Klassenlotterie abzukaufen, am besten zwei oder drei, dann haben Sie auch doppelte oder dreifache Gewinnchancen!«

Während der überraschte und erfreute Hauderer seine Geldbörse zog, erkundigte sich der Lotterieeinnehmer schon weiter: »Sie kennen sich doch am besten in Bonn aus, hat man mir überall versichert, Herr Loewenich. Sagen Sie mir doch bitte, wer noch hier in der Stadt ein Gegner der Eisenbahnpläne ist. Der Herr Doktor Joseph Velten, sagen Sie? Ich werde mich beeilen, ihm meine Aufwartung zu machen, denn wir Gegner der Eisenbahn müssen natürlich zusammenhalten. Aber alles das, was ich Ihnen soeben gesagt habe, muss tiefes Geheimnis bleiben. Ich weiß, ich kann mich auf Sie verlassen, Herr Loewenich. Empfehlen Sie mich Ihrer Frau Gemahlin, und einen schönen Tag noch, Herr Loewenich!«

»Es geht nicht voran!«

Die letzte Sitzung des Provisorischen Ausschusses der Bonn-Kölner Eisenbahngesellschaft lag schon lange zurück. Einige seiner Mitglieder hatten wohl geglaubt, dass aus der ganzen Eisenbahnangelegenheit doch nichts mehr würde und es daher vorgezogen, sich lieber ihren eigenen Geschäften zu widmen als der Einladung des Vorsitzenden und Oberbürgermeisters Windeck Folge zu leisten. So waren es nur einige Unentwegte, die sich an diesem 24. Februar 1838 im Dienstzimmer des Stadtoberhauptes im Rathaus zusammenfanden. Christian Jellinghaus, der junge Sekretär des Herrn von Carnap, saß wie immer an seinem Seitentischchen mit gespitzter Gänsefeder und offenem Tintenfass bereit, um das Ergebnis der Sitzung festzuhalten.

Der verbreiteten Stimmung unter den Aktionären in spe gab Herr Degen Ausdruck, seines Zeichens Spezerei-Händler in Bonn. »Es geht überhaupt nicht voran, meine Herren«, monierte er, kaum dass die Sitzung eröffnet war. »Seit zwei Jahren warten wir darauf, dass der Eisenbahnbau beginnt, damit wir endlich den Zeitpunkt kommen sehen, wann wir für unsere Kapitalien eine Rendite erhalten. Viele unserer Aktionäre haben ihre Verpflichtungsscheine bereits bei Bankhäusern in Bonn und Köln in Kommission gegeben, in der Hoffnung, dass sich andere Kapitalgeber bereit finden, in ihre Verpflichtungen einzutreten. Ich habe den Eindruck, meine Herren, dass hier sträfliche Nachlässigkeit unter den Verantwortlichen geherrscht hat!« Herr Degen machte es sich nicht klar, dass er als Mitglied des Provisorischen Ausschusses ja selbst zu diesen Verantwortlichen gehörte. Aber wie einige andere Angehörige dieses Gremiums war er bisher stets froh gewesen, dass sich einige Dumme gefunden hatten, die ohne irgendein Entgelt und als blutige Laien im Eisenbahngeschäft die Arbeit und die Verantwortung für die Vorbereitung des Baues einer solchen Strecke auf sich nahmen.

Hier fühlte sich Gerhard von Carnap angegriffen. Nicht ohne Schärfe antwortete er: »Auf Seiten derjenigen Mitglieder dieses ehrenwerten Ausschusses, die sich um das Vorankommen der Eisenbahnangelegenheiten gekümmert haben, Herr Degen, ist gewiss nichts versäumt worden, was deren Fortgang beschleunigen könnte. Hätten Sie regelmäßig an unseren Arbeiten teilgenommen, Herr Degen, dann würden Sie das wissen. Wir können jetzt die vollständigen von den preußischen Behörden geforderten Unterlagen verabschieden und absenden. Durch die Störung der Vermessungsarbeiten im vorigen Herbst hat es Verzögerungen gegeben, die aber nicht wir zu verantworten haben. Wir bedauern auch, dass wir auf unser Gesuch vom April 1836 keinerlei definitive Antwort aus Berlin erhalten haben, also seit jetzt fast zwei Jahren.«

Oberbürgermeister Windeck machte sein Interesse als Stadtoberhaupt geltend: »Ich bin der Auffassung, meine Herren, dass wir in dem Schreiben an die königliche Regierung in Berlin, das wir heute verfassen wollen, zum Ausdruck bringen müssen, wie sehr gerade die Stadt Bonn als früherer Sitz eines Landesfürsten unter der französischen Fremdherrschaft gelitten hat und herabgesunken ist, und wie sehr gerade diese Stadt einer Stütze seitens der preußischen Regierung zu ihrer wirtschaftlichen Entwicklung bedarf.«

An dieser passenden Stelle musste Rentner Stahl unbedingt seine neueste Lesefrucht anbringen: »Die allgemeine wirtschaftliche Bedeutung der Eisenbahnen ist nicht nur eine Behauptung einiger weniger Anhänger des neuen Verkehrsmittels, meine Herren, sondern wird jetzt auch vom soeben erschienenen ›Bilder-Conversations-Lexikon für das deutsche Volk‹ im Brockhaus-Verlag in Leipzig bestätigt.« Rasch blätterte Herr Stahl in einem dicken, vor ihm auf dem Tisch liegenden Band und las vor: »Die Vorteile, welche die Eisenbahnen mit sich bringen, sind allgemeine und so ausgedehnte, dass sie sich gar nicht vollständig übersehen lassen, heißt es hier, und weiter: Die Wasserstraßen werden in Verbindung mit den Eisenbahnen den Wohlstand gleichmäßiger über das Binnenland verbreiten. Der Ackerbau, Gewerbe und Fabriken müssen dadurch einen ganz neuen Aufschwung erhalten.«

»Sie sehen, meine Herren«, schaltete sich Franz Mülhens ein, der ungeduldig auf seinen Auftritt wartete, »dass ein Eisenbahnunternehmen einen ganz allgemeinen Nutzen für eine ganze Region mit sich bringt, aber natürlich auch für den einzelnen Kapitalgeber. Ich habe die Ehre, Ihnen die Kalkulation der künftigen Kosten und Einnahmen der von uns geplanten Eisenbahn zu erläutern. Bei genauer Durchrechnung der voraussichtlichen Baukosten sind wir auf eine Summe von 589 300 Talern gekommen, zuzüglich eines Betriebskapitals von 56 400 Talern für das erste volle Betriebsjahr. Sie sehen, meine Herren, dass wir damit unter der Summe des im vorigen Jahr erhöhten Aktienkapitals von 650 000 Talern bleiben können. Wenn wir eine Zahl von 23 000 Reisenden pro Jahr annehmen, von denen jeder im Durchschnitt 8 Silbergroschen für eine Fahrt von Bonn nach Köln oder umgekehrt bezahlt, und eine Beförderung von 216 000 Zentnern Güter – sehr mäßig veranschlagt – bei einem Preis von 2 ½ Silbergroschen pro Zentner, dann können wir Einnahmen von 80 500 Talern pro Jahr erwarten, oder eine Dividende von – wiederum sehr vorsichtig gerechnet – 2 ½ Prozent auf das Aktienkapital. Wir haben uns bei diesen Berechnungen nach dem soeben erschienenen ›Handbuch über die Anlage von Eisenbahnen‹ von Hartmann in Augsburg gerichtet, dem ersten in Deutschland verlegten Werk dieser Art. Herr Hartmann hat die Erfahrungen der Bahn Nürnberg-Fürth und der ersten in Betrieb befindlichen Teilstrecke der Eisenbahn von Leipzig nach Dresden sowie zahlreicher Eisenbahnen in England und Belgien berücksichtigt.«

Beeindruckt von diesem Feuerwerk von Zahlen murmelten die Mitglieder des Ausschusses ihre Zustimmung, soweit sie nicht selbst an deren Ausarbeitung beteiligt gewesen waren. Die aufkommende Begeisterung musste allerdings Herr von Carnap gleich wieder dämpfen. Denn er hatte dem Ausschuss mitzuteilen, dass die Linienführung bei Brühl und innerhalb des Rayons der Festung Köln nach wie vor ungeklärt sei. Weder die örtlichen Behörden noch übergeordnete Stellen der Regierung hätten sich bisher zu den diesbezüglichen Anfragen aus Bonn geäußert. »Trotz allem, meine Herren«, schloss der Freiherr seine Ausführungen, »sollten wir den Mut nicht sinken lassen, auch wenn man mitunter das Gefühl bekommt, dass die Herren in Berlin unsere Eisenbahn vergessen haben.«

Ins »Spidölche«

Doktor Joseph Velten war ein fähiger Arzt, dem auch die Leiden seiner Patienten innerlich nahe gingen, obwohl er sich das nach außen nicht so leicht anmerken ließ. Mit der Resignation des Alters hatte er es gelernt hinzunehmen, dass Krankheit und Tod in viel zu vielen Fällen stärker waren als die Kunst der Ärzte. Die bestand nach seiner leidvollen Erfahrung nur zu oft darin, den Kranken Laudanum oder ein anderes schmerzstillendes Mittel zu geben, anstatt sie von ihren Leiden zu heilen. Sehr viel weiter als zur Zeit des alten griechischen Arztes Hippokrates vor zweitausend Jahren war die medizinische Wissenschaft immer noch nicht gekommen, musste sich Dr. Velten nur allzu oft eingestehen. Und wer arm war, hatte erst recht so gut wie keine Chance, nach einer ernsthaften Erkrankung geheilt zu werden.

Der Bonner Arzt hatte im Laufe seines langen Berufslebens schon viel Elend gesehen. Doch der Anblick, der sich ihm im Zimmer des invaliden Stoffdruckers Anton Radermacher in der Eselsgasse bot, war selbst für ihn zu viel. Für eine Minute musste Dr. Velten wieder nach draußen an die frische Luft, ehe er die Fassung wiedergewonnen hatte, die er zur Ausübung seiner Pflichten als Arzt benötigte.

Vor zwei Tagen erst hatten ihn Nachbarn des Stoffdruckers in dessen Haus gerufen. Dort lagen die Frau und ein kleines Mädchen von zwei Jahren auf ihren fauligen Strohlagern, schwer atmend, fiebrig und schweißbedeckt und mit Pfützen von Erbrochenem neben ihren Köpfen. Ihr Rachen war von einer gelbbraunen dicken Schleimhaut bedeckt, und ein Ekel erregender Geruch strömte aus den Mündern. »Rachenbräune« hatte Dr. Velten sofort diagnostiziert und angeordnet, dass die Strohschütten der anderen

Familienmitglieder möglichst weit von denen der Erkrankten entfernt werden müssten. Den Kranken selbst hatte er die Einnahme von in Wein aufgelöster Salicylsäure verordnet, dem einzigen bisher bekannten Mittel, das wenigstens die äußeren Symptome dieser schweren, anstreckenden Krankheit lindern konnte.

Mehr hatte Dr. Velten als Arzt nicht tun können, denn er wusste genau, dass weder eine Verlegung der Kranken in ein Hospital, noch eine Entfernung der noch gesunden Familienangehörigen aus der Wohnung möglich war. Wovon hätte der völlig verarmte Invalide Radermacher solche Ausgaben bezahlen sollen? Angesichts dieser Armut schied auch die so notwendige Stärkung der geschwächten Körper der Erkrankten durch kräftiges Essen und das Einflößen von Wein aus. Der Mediziner war sogar überzeugt, dass der arbeitslose Hausherr nicht einmal in der Lage war, in der Apotheke die verordnete Tüte Salicylsäure und eine Flasche Wein zu bezahlen.

Mit einigen guten Ermahnungen, aber ohne große Hoffnungen auf eine rasche Besserung seiner Patienten hatte Dr. Velten vor zwei Tagen die Wohnung im Eselsgraben verlassen, die ja mehr einer feuchten Höhle glich.

Heute, als ihn wieder Nachbarn des Radermacher geholt hatten, fand Dr. Velten drei Tote und drei noch Lebende in der Wohnung vor. Radermachers Frau und seine jüngste Tochter waren still gestorben, als sich der brandige Pelz in ihren Kehlköpfen ausgebreitet und den Kranken allmählich die Luft abgeschnitten hatte. Aber auch die alte Frau, Radermachers Mutter, lag nun tot auf ihrem Strohlager. Der Arzt hatte keinen Zweifel, dass sie schlicht verhungert war, da sie keine Anzeichen für eine Ansteckung mit der Rachenbräune aufwies. In den letzten Tagen hatte sich offenbar niemand mehr in der Familie der Beschaffung und der Zubereitung von Nahrung widmen können. Doch aus Barmherzigkeit schrieb der Arzt auf den Totenschein, den er ausstellen musste, als Todesursache »Altersschwäche«.

Wenn es sein musste, konnte Dr. Velten schnell und entschlossen handeln. Er wandte sich an die neugierig herumstehenden Nachbarn: »Diese Wohnung muss sofort geräumt werden. Die Toten müssen unverzüglich zum Friedhof gebracht und dort bis zur Beerdigung in den Totenschuppen gelegt werden. Die Strohschütten aus der Wohnung und alles entbehrliche Mobiliar ist noch heute zu verbrennen. Anschließend muss der Raum einen Tag lang mit Schwefeldämpfen desinfiziert werden.«

Während die Nachbarn gehorsam daran gingen, die Weisungen des Arztes auszuführen, holte sich Dr. Velten einen halbwüchsigen Jungen heran: »Weißt du, wo der Beigeordnete Gerhards wohnt? Ja, richtig, in der Sternenstraße. Dort gehst du sofort hin und richtest ihm einen schönen Gruß von mir aus, er möchte doch so schnell wie möglich hierher kommen. Der Radermacher und seine beiden Kinder, die noch leben, dürfen hier keine Minute länger als nötig bleiben. Der Herr Gerhards wird Rat wissen.«

Während Dr. Velten das Ausräumen der Wohnung und den Abtransport der Leichen durch die Nachbarn beaufsichtigte, warf er ab und zu einen mitleidigen Blick auf den Krüppel, der stumm und apathisch vor der Tür seiner Wohnung saß, wohin die Nachbarn ihn geschleppt hatten. Neben ihm hockten die beiden Kinder, eine neunjährige Tochter und ein zehnjähriger Sohn, bleich, hohlwangig zum Erbarmen, schmutzig und mit zerlumpten Kleidern. Weinend und sich gegenseitig ihre Hände haltend saßen sie buchstäblich auf der Straße, und sie begriffen gar nicht, dass die Geborgenheit ihrer Familie endgültig vorbei war, auch wenn es sich um eine Geborgenheit im tiefsten Elend gehandelt hatte. Die frische Luft musste eigentlich für sie eine Wohltat gegenüber dem fauligen Gestank ihrer Wohnung sein. Allerdings reichten die Sonnenstrahlen selbst jetzt im August nicht in die Tiefe des Eselsgrabens hinter der Stadtmauer, sodass das windschiefe Häuschen dort auch im Sommer nicht austrocknen konnte.

Eine halbe Stunde später traf der Beigeordnete Gerhards an der Radermacherschen Wohnung ein, geleitet von dem Nachbarjungen, der stolz auf seine erfolgreiche Mission war. Gerhards, ein etwa sechzigjähriger würdiger Herr in schwarzem Anzug und Zylinder, war im städtischen Magistrat für die Armenpflege zuständig, ehrenamtlich, wie auch die anderen Mitglieder des Magistrats außer dem Oberbürgermeister. Viel städtisches Geld hatte er für sein Ressort nicht zur Verfügung, aber er beaufsichtigte die verschiedenen privaten Initiativen, die von mitleidigen Bonner Familien in den letzten Jahrzehnten als Hilfe für Arme, Krüppel und Waisen gegründet worden waren. Der Herr Gerhards redete im gemütlichsten Bonner Platt, aber bei aller Gemütlichkeit, die er ausströmte, gehorchte man in Bonn seinen Anordnungen aufs Wort, denn man wusste, dass sie stets dem Wohl seiner vielen Schützlinge dienten.

Der Beigeordnete ließ sich von Dr. Velten kurz über die Lage informieren, dann entschied er, wiederum an die Nachbarn gewandt: »Ihr bringt jetzt gleich den armen Radermacher ins Spidölche, da gehört er jetzt hin. Ich gebe euch einen Zettel mit für den Moll, damit er weiß, dass er einen neuen Schützling hat. Und was machen wir mit den beiden Kindern? Die kommen erst mal für ein oder zwei Tage zum Pfarrer Scholz hier von der Münsterpfarre, der soll sich ihrer annehmen. Danach will ich sehen, dass sie auf Kosten des Bönnischen Frauenvereins bei einer guten Familie als Waisen untergebracht werden.«

Anton Radermacher war viel zu benommen und erschöpft, um zu begreifen, was mit ihm geschah. Zwei seiner bisherigen Nachbarn packten ihn unter den Armen, ein dritter trug einen Korb mit dem bisschen Kleidung und Hausrat, das man beim Ausräumen der Wohnung beiseite gelegt hatte. Gestützt von den beiden Männern humpelte der Invalide ein letztes Mal durch die Straßen Bonns.

Im letzten Jahr war sein von einem Farbbottich zerschmetterter Fuß zwar so weit verheilt, dass er nicht mehr Schmerzen litt, aber normal zu gehen, war dem Arbeiter unmöglich. Aus einem größeren Baumast hatte er sich eine provisorische Krücke geschnitzt, mit deren Hilfe er ein wenig umherhumpeln konnte. Doch zu seiner Arbeit im Kapuzinerkloster zu gehen, das war ihm unmöglich. So hatte im letzten Jahr seine Familie von dem geringen Lohn leben müssen, den die jetzt verstorbene Frau als Spinnerin in der Baumwollfabrik verdiente. Auch der zehnjährige Sohn brachte jede Woche 20 oder 30 Silbergroschen als Gehilfe in der Spinnerstube mit nach Hause. Anton Radermacher selbst hatte versucht, durch das Schnitzen von Holzlöffeln ein paar Pfennige hinzuzuverdienen.

Doch nun war das alles vorbei. Mit der Erkrankung und dem so raschen Tod seiner Frau, seiner jüngeren Tochter und seiner Mutter war der Lebenswille des noch gar nicht so alten Mannes gebrochen. Auch sein Geist schien sich verwirrt zu haben, denn er nahm kaum wahr, dass er von seinen überlebenden Kindern getrennt und in die letzte Behausung geführt wurde, die ihm in diesem irdischen Leben noch zustand.

Das Armenasyl der Stadt Bonn bestand aus einigen windschiefen Holzhäuschen mit einem festen Lattenzaun ringsherum und lag in der ungesundesten Ecke der Stadt zwischen der Engeltaler Straße und der Windmühle. Es war zwar kein Gefängnis, dennoch war das große Holztor im Zaun immer verschlossen, aber wohin hätten auch die Armen schon gehen sollen? Das »Spidölche« nannten die Bonner diesen Ort, obwohl für die gesundheitliche Betreuung der zehn oder zwölf Armen dort nicht gerade viel getan werden konnte. Mittags brachte ein Pferdewagen einen großen Kessel heißer Suppe, den die Frauen der »Bonner Suppenanstalt« reihum kochten, als mildtätige Spende für die Armen. Auch einige Bäcker lieferten als Spende kostenlos altbackenes Brot. Der stets ernste Verwalter Moll lebte mit seiner Familie in einem der kleinen Häuschen auf dem Gelände. Hier konnten die mit den verschiedensten Gebrechen behafteten Armen, die man ins »Spidölche« eingewiesen hatte, die letzten Jahre ihrer irdischen Pilgerschaft verleben und darauf warten, dass ein barmherziger Tod sie in ein besseres Jenseits abriefe.

Deichmanns Aue

An diesem Samstag vor dem dritten Advent des Jahres 1838 hatte der Winter am Rhein noch einmal eine Pause eingelegt. Für die zahlreichen Pferdekutschen, die in der hereinbrechenden Dunkelheit kurz vor dem Dörfchen Mehlem von der gepflasterten Köln-Koblenzer Staats-Chaussee abbogen, bedeutete das allerdings, dass sich ihre Räder im tiefen Schlamm des Feldweges drehen mussten. Eine Kutsche nach der anderen fuhr in den Hof des schlossähnlichen Gutshofs Mehlemer Aue ein, und ihre Insassen freuten sich, nach der langen kalten Fahrt von Köln Mäntel und Muffs ablegen zu können und wieder Licht und Wärme zu genießen.

Wilhelm Ludwig Deichmann gab sich die Ehre, aus Anlass der Einweihung seines neuerworbenen und in »Deichmanns Aue« umgetauften Besitzes zu einem festlichen Ball einzuladen. Der Schwiegersohn des reichsten Kölner Bankiers Abraham Schaaffhausen und Mitinhaber dieses Bankgeschäfts hatte an nichts gespart, weder an der Modernisierung des vorher reichlich verfallenen einstigen Adelssitzes, noch an den kulinarischen und künstlerischen Genüssen für seine Gäste. Der große Saal wurde von den Wachskerzen zahlreicher Kronleuchter in strahlendes Licht getaucht, und im Hintergrund spielte ein kleines Orchester dezent die neuesten Melodien des jetzt so beliebten Komponisten Franz Liszt aus Ungarn.

Fast alles, was in der Wirtschaft und im Geistesleben Kölns Rang und Namen hatte, stand da in angeregtem Gespräch mit einem Glas französischem Champagner in der Hand in Grüppchen zusammen, und die zugehörigen Damen hielten Cercle auf den an den Wänden des Saales aufgereihten Sofas. Da sah man den Herrn Stadtrat von Wittgenstein und den Bankier Oppenheim, die beiden sonst als Konkurrenten auftretenden Hersteller von Kölnisch Wasser, die Herren Peter Joseph Mülhens und Jean Maria Farina, die Großkaufleute Heimann und Guilleaume, Haan und Leven und zahlreiche andere reiche Kölner. Sie waren gerne der Einladung ihres Mitbürgers Deichmann und seiner reizenden Frau Lilla gefolgt, obwohl sie die lange Fahrt von Köln bis weit südlich von Bonn dafür in Kauf nehmen mussten.

Einige Herrschaften konnten allerdings auch aus der Nähe von ihren Landsitzen nach Mehlem herüberkommen, denn in jüngster Zeit war es für zahlreiche Kölner Mode geworden, nach Möglichkeit Güter im Rheintal unterhalb oder gegenüber dem herrlichen Siebengebirge von verarmten Adligen aufzukaufen und als Sommer- oder Feriensitz zu nutzen. Ein solcher Besitz bot ihnen auch endlich die Chance, sich in den Rheinischen Provinziallandtag wählen zu lassen. König Friedrich Wilhelm III. hatte seinerzeit eine Wahlordnung für diese Ständevertretung verfügt, die in typisch preußischer Überschätzung des Großgrundbesitzes die Wählbarkeit ausschließlich von mindestens zehnjährigem Grundeigentum abhängig machte, aber selbst die reichsten Fabrikanten und Bankiers ohne solchen Besitz davon ausschloss.

Von den Bonner Fabrikanten und kapitalkräftigen Bürgern war allerdings niemand geladen; die Kölner Hautevolee wollte unter sich sein. Nur der Gutsbesitzer Franz Mülhens aus Poppelsdorf hatte eine Einladung erhalten, er zählte ja angesichts seiner engen Familien- und Geschäftsbeziehungen zu Köln halb als Kölner.

Natürlich spielten die wichtigen politischen und wirtschaftlichen Ereignisse des zu Ende gehenden Jahres eine große Rolle in den Gesprächen der Herren. Vom Kölner Kirchenstreit und dem immer noch anhaltenden Ärger der Kölner über die Verhaftung ihres Erzbischofs durch die Preußen war da die Rede. Aber auch die Empörung nahezu aller gebildeten und liberalen Deutschen fand hier im Saal von Deichmanns Aue ihren Widerhall, die Empörung über den Verfassungsbruch des im Jahr zuvor auf den hannoverschen Thron gekommenen Königs Ernst August. In absolutistischer Form hatte er sieben angesehene Professoren seiner Landesuniversität Göttingen entlassen und außer Landes gezwungen, als sie gegen die vom König verfügte Aufhebung der landständischen Verfassung Hannovers protestierten.

Mit der Zeit ging das Gespräch auf Themen über, die den Geschäftsleuten näher lagen, etwa auf den großen Eindruck, den die Fahrten des ersten Dampfschiffes aus Eisen auf dem Rhein, der in England gebauten »Victoria«, hierzulande gemacht hatte. Bankier Oppenheim war kürzlich in Berlin gewesen und schwärmte von der überaus schnellen und bequemen Fahrt von dort nach Potsdam mit der gerade fertig gestellten Eisenbahn, der ersten Strecke im ganzen Königreich Preußen. Das lenkte das Gespräch auf die in der Rheinprovinz geplanten Eisenbahnbauten. Fast alle in Mehlem Versammelten hatten Aktien gezeichnet, bei der Rheinischen Eisenbahn von Köln nach Aachen und zur belgischen Grenze, und im letzten Jahr in zunehmendem Maße auch bei der Bonn-Kölner Eisenbahn. »Es wäre doch herrlich, wenn diese Eisenbahn nicht bloß bis Bonn ginge, sondern gleich weiter bis etwa in diese Gegend«, bekannte der Gastgeber, »wie bequem wäre es dann für meine Familie und mich, unser schönes Landgut hier von Köln aus zu erreichen! Und wenn ich mich unter den Herrschaften umsehe, dann gilt das für eine ganze Reihe von ihnen genauso.«

Unwillkürlich blickten viele der Herren, die da eine Gruppe um Wilhelm Ludwig Deichmann bildeten, den Kaufmann Camphausen an, denn man wusste, dass er sich neuerdings sehr für die Bonner Eisenbahnpläne zu interessieren begonnen hatte.

»Das wäre in der Tat nicht schlecht, meine Herren«, meinte dieser bedächtig. »Andererseits darf diese Bahn auch nicht zu einer Konkurrenz der Schifffahrt auf dem Rhein werden, indem sie immer weiter parallel zum Strom ausgedehnt wird. Ich weiß zwar nicht, wann endlich einmal die Konzession für diese Bahn aus Berlin eintreffen wird. Die Regierung dort scheint zurzeit wenig Interesse daran zu haben. Aber irgendwann wird auch diese Bahn gebaut werden, davon bin ich überzeugt. Dann wird es allerdings nötig sein, auch unsere Kölner Interessen dabei

126

wahrzunehmen und die Leitung nicht bloß den in meinen Augen recht krähwinklig denkenden Bonner Kreisen zu überlassen.«

Ludolf Camphausen machte eine kurze Pause und blickte die Herren in der Runde bedeutungsvoll an: »Ich hielte es für sehr gefährlich für den Personen- und auch den Frachtverkehr auf dem Rhein, wenn diese Strecke längs des Stromes in Köln direkt am Flussufer endete oder auch unmittelbare Verbindung mit den Gleisen der Rheinischen Eisenbahn hätte. Stellen Sie sich vor, meine Herren, wenn es die so erwünschte durchgehende Verbindung von Antwerpen bis Köln einmal gibt, dann dürften viele Passagiere in deren Endbahnhof am Thürmchenswall einfach in die Eisenbahn nach Bonn umsteigen und gleich weiterfahren. Das Gleiche würde für zu transportierende Waren gelten. Unserer Kölner Wirtschaft, den Hotels und Gasthöfen und den Spediteuren, insbesondere aber der Rheinschifffahrt, wäre ein wichtiger Teil ihres Geschäftes entzogen, der Schifffahrt, die nach meiner Überzeugung das Grundgerüst eines künftigen modernen Verkehrssystems in unserem deutschen Vaterland sein muss.«

Hier mischte sich der Kölner Stadtrat von Wittgenstein ein, der gleichzeitig auch Direktoriumsmitglied der Rheinischen Eisenbahn war. In dieser Eigenschaft verfügte er offenbar über gute Informationen auch aus der benachbarten Bonn-Kölner Eisenbahngesellschaft. »Ich weiß aber, dass gerade darauf der Provisorische Ausschuss dieser Gesellschaft größten Wert legt, in erster Linie sein Vorsitzender, der Oberbürgermeister Windeck.«

»Herr Windeck sollte heutzutage sehr vorsichtig sein«, meinte Bankier Deichmann. »Mir ist da etwas von einer Unbotmäßigkeit des Herrn Windeck gegenüber vorgesetzten Behörden zu Ohren gekommen, was ihm eine schwere

Geldstrafe eingetragen haben soll.« Peter Joseph Mülhens aus der Kölner Glockengasse Nr. 4711, der mit dem Champagnerglas in der Hand dem Gespräch bisher schweigend zugehört hatte, machte einen Vorschlag: »Nun, wenn das so ist, meine Herren, dann könnte es doch vielleicht möglich sein, unter Berufung auf solch ungehöriges Verhalten gegenüber der Obrigkeit den Herrn Windeck aus dem Ausschuss der Eisenbahn zu entfernen und einen anderen Vorsitzenden dort zu installieren, der einen größeren Weitblick besitzt und insbesondere auch bereit ist, die Interessen der zahlreichen Kölner Aktionäre dieser Bahn zu berücksichtigen. Ich denke da an meinen Cousin Franz Mülhens aus Poppelsdorf, von dem ich weiß, dass er sich bisher schon überaus stark für die Bonner Eisenbahn engagiert hat.«

Bankier Deichmann kniff ein Auge zu: »Eine gute Idee, Herr Mülhens, die sollte man verfolgen. Ich werde einmal mit meinem Freund, dem Herrn Regierungspräsidenten Ruppenthal in Köln, sprechen, dass man mit diesem famosen Herrn Windeck in Bonn nicht etwa gar zu nachsichtig ist.«

Ein Bonner Skandal

»Es ist ein Skandal, wie man mit einem anständigen alten Herrn und einem ganzen Stadtrat umgeht!« So wetterte der würdige Justizrat Lamberz. Selten hatte man den sonst so zurückhaltenden und seine Zunge hütenden Friedensrichter des Bonner Tribunals und Mitglied des Bonner Stadtrates so aufgebracht gesehen.

Die kleine Runde kommunalpolitisch interessierter Juristen hatte sich an diesem 10. Januar 1839 wie schon öfter zu einer freundschaftlichen Unterhaltung zusammengefunden: die Herren Professoren Bethmann-Hollweg und Böcking von der juristischen Fakultät und der Justizrat Lamberz. Ein elegant möblierter kleiner Salon der Bonner Lese- und Erholungsgesellschaft gegenüber dem Universitätsgebäude bot ihnen den angenehmen Rahmen dafür und ein gutes Glas Wein.

Von einem ruhigen Gespräch konnte heute allerdings keine Rede sein. Dazu war der Justizrat zu sehr von Zorn über den Unbill erfüllt, der der Stadt Bonn von der preußischen Obrigkeit zugefügt worden war. Im Laufe dieses Tages hatte er ein amtliches Schreiben des Regierungspräsidenten in Köln zur Kenntnis nehmen müssen, das ein Stadtbote reihum den Mitgliedern des Bonner Stadtrates zum Lesen gebracht hatte. Jacob Joseph Lamberz musste sich seinen Ärger von der Seele reden:

»Zu einer Geldstrafe von 10 Talern hat man unser Stadtoberhaupt verurteilt, und warum? Weil er vor einem Jahr nicht rechtzeitig den wohledlen Herrn Landrat von Hymmen untertänigst um die Erlaubnis gebeten hat, ob es ihm wohl gestattet werde, den Stadtrat zu einer Beschlussfassung zu versammeln. Und was hat der Stadtrat damals beschlossen? Auf meinen Antrag hin eine Petition an Seine Majestät den König, doch endlich in unserer Stadt Bonn ein Landgericht einzurichten, wie es ihrer Größe und Bedeutung zukommt. Wir haben damals beschlossen, eine Deputation nach Berlin zu entsenden, der Sie, Herr Professor Bethmann-Hollweg, vorstanden, weil Sie ohnehin in der Hauptstadt zu tun hatten und dort über gute Beziehungen verfügen. Ich will noch nicht einmal etwas dazu sagen, dass die preußische Staatsregierung uns unseren Wunsch nach einem Landgericht abgeschlagen hat. Aber dass der Oberbürgermeister wegen unseres damaligen Beschlusses zu einer Geldstrafe und darüber hinaus zur persönlichen

Rückzahlung der Kosten der Reise dieser Deputation in Höhe von 715 Talern an die Stadtkasse verurteilt worden ist, nur wegen des völlig unbedeutenden Formfehlers, dass die landrätliche Genehmigung zur Versammlung des Stadtrates fehlte – das ist zutiefst demütigend, das ist kleinlich, das ist …«

»Halten Sie ein, Herr Justizrat«, warnte ihn Professor Böcking, » sonst könnten Sie in Ihrem Zorn noch etwas Despektierliches über unseren Herrn Landrat oder gar unsere höhere staatliche Obrigkeit sagen – und ich möchte wirklich nicht, dass nun auch Sie noch etwa wegen Auflehnung gegen die Staatsgewalt in Strafe genommen werden. Recht ist nun einmal Recht, Herr Lamberz. Herr Landrat von Hymmen war zu diesem Monitum gegenüber dem Oberbürgermeister befugt, denn die Stadt Bonn ist nun einmal noch immer eine kreisangehörige Stadt und nicht kreisfrei wie etwa Köln. Und bei einer kreisangehörigen Gemeinde hat der Bürgermeister den Landrat um Genehmigung zu bitten, ob und wann er seinen Gemeinderat versammeln darf. So lautet nun einmal unsere Gemeindeordnung.«

»Ich bin Jurist wie Sie, Herr Professor Böcking«, entgegnete Justizrat Lamberz heftig, »wenn auch ein Praktiker, der sich täglich mit den großen und kleinen Vergehen und Streitigkeiten im Alltag herumschlagen muss. Wir wissen, dass oft ein himmelschreiender Unterschied zwischen dem gesetzten Recht und einer die Umstände berücksichtigenden Gerechtigkeit besteht. Diese Ordnung für unsere Städte hier im Rheinland stammt ja noch aus der Zeit der französischen Herrschaft unter Napoleon. Statt dass die neue preußische Herrschaft, die seit 1814 ohne unseren Willen über uns gekommen ist, uns Rheinländern wenigstens die Rechte und Freiheiten lässt, die wir vorher hatten – jawohl, auch in der Zeit, in der wir zum Kaiserreich Frankreich gehörten, Herr Professor Böcking! –, stattdessen versucht eine misstrauische und bornierte Obrigkeit uns Rheinländer auf den Stand ostpreußischer Leibeigener herabzudrücken!«

Der alte Bonner Jurist fasste in seine Brusttasche und zog ein Blatt heraus. »Ich muss Ihnen das vorlesen, Herr Professor Böcking. Sie, Herr Professor Bethmann-Hollweg, kennen als Mitglied unseres Stadtrates ja diese Stelle schon. Ich habe sie mir eigens aus dem Brief des Herrn Regierungspräsidenten Ruppenthal in Köln herausgeschrieben. Sie wissen, lieber Herr Böcking, dass der Stadtrat im vergangenen Monat gegen die Strafverfügung des Landrats gegen unseren Oberbürgermeister Berufung beim Regierungspräsidenten eingelegt hat. Und was antwortet der uns jetzt? ›Wie kann der Bonner Stadtrat unter Verkennung seiner Stellung sich dazu berufen fühlen, das Verhalten des Oberbürgermeisters gegen die Regierung rechtfertigen zu wollen, dessen Beurteilung nur allein der vorgesetzten Behörde zusteht und nicht in die Kompetenz des Gemeinderates gehört‹! Damit wird der Oberbürgermeister Windeck gedemütigt. Wenn das nicht noch geändert werden sollte, wird er seine Gesundheit und sein Leben darüber verlieren, so sehr regt ihn das auf, glauben Sie mir. Darüber hinaus wird der ganze Bonner Stadtrat – dreißig erfahrene und staatstreue Männer von höchstem Ansehen, Herr Böcking! – als dumme Jungen hingestellt! Was sagen Sie dazu, Herr Professor Bethmann-Hollweg? Sie sind ja auch Mitglied des Stadtrates!«

Der elegant gekleidete Professor zuckte mit den Achseln. Unbehaglich drehte er sein Weinglas und antwortete endlich zögernd: »Ich möchte mich lieber nicht dazu äußern, Herr Justizrat, ich bin schließlich als Professor Beamter des preußischen Staates!«

»Und ich bin es als Richter ebenfalls«, entgegnete Jacob Lamberz energisch, »aber ich kann heute aus meinem Herzen keine Mördergrube machen. Sie können mich beim Landrat von Hymmen oder bei meinen vorgesetzten Stellen anschwärzen, wenn Sie das mit Ihrer Würde vereinbaren können, meine Herren. Ich muss es einmal loswerden. Ich bin ein alter Bonner und habe noch die Zeiten des letzten Kurfürsten und danach die der Franzosen hier bewusst erlebt. Vieles an der preußischen Herrschaft begrüße ich, ich will nicht ungerecht sein. Aber manches Verhalten unserer Behörden, gerade auch unseres äußerst engstirnigen und für die rheinische Mentalität völlig verständnislosen Landrats von Hymmen, ist ein ausgesprochener Rückschritt und erinnert an finsterste Despotie!«

Der letzte Dienst an der Eisenbahn

»Der Unterzeichnete beehrt sich, die Mitglieder des Provisorischen Ausschusses der Bonn-Kölner Eisenbahngesellschaft zu einer dringenden Sitzung am Montag, dem 28. März 1839 um 10 Uhr vormittags in das Büro des Oberbürgermeisters auf dem hiesigen Rathaus einzuladen.« Der Schreiber der Stadtverwaltung hatte diese Zeilen sechzehnmal abgeschrieben und, mit der Unterschrift des Oberbürgermeisters Windeck versehen, rechtzeitig per Post an die Adressaten abgesandt.

Zur angegebenen Zeit fügte es sich, dass der Freiherr von Carnap und der Rentner Stahl gleichzeitig die hohe Freitreppe des hübschen Rokoko-Rathauses emporstiegen, um pünktlich zur Sitzung zu erscheinen. »Ist Ihnen der Anlass dieser Sitzung bekannt?«, fragte etwas verwundert der Bornheimer Bürgermeister den reichen Rentner aus Bonn.

Vielleicht wusste dieser besser über die Hintergründe Bescheid. »Bisher ist es doch noch nicht vorgekommen, dass der Herr Oberbürgermeister von sich aus die Initiative hinsichtlich unserer Eisenbahn ergriffen hat.«

Freiherr von Carnap war einige Zeit in Sachen seines Landwirtschaftlichen Vereins in der Rheinprovinz auf Reisen gewesen und hatte daher nichts von dem Bonner Stadtklatsch gehört, der sich mit dem Schicksal des Oberbürgermeisters beschäftigte. »Ich vermute etwas, Baron«, antwortete der Rentner Stahl, »aber der Herr Oberbürgermeister wird uns das sicher gleich selbst mitteilen, ich möchte da nicht vorgreifen.«

Der alte Herr sah mit seinem schneeweißen Haar so würdevoll wie stets aus, als die Herren vom Provisorischen Ausschuss das Amtszimmer des Oberbürgermeisters betraten, sich höflich verbeugten und dann stumm und erwartungsvoll an dem großen Tisch Platz nahmen, um den sich sonst die Beigeordneten des städtischen Magistrats zu ihrer wöchentlichen Besprechung zu versammeln pflegten. Freiherr von Carnap bemerkte aber auch, dass tiefe Falten das sonst so freundliche Gesicht des Herrn Windeck durchzogen; er sah schlecht aus, als ob ihm eine innere Krankheit Schmerzen bereitete. Immerhin war er ja bereits fünfundsiebzig Jahre alt.

»Meine Herren vom Provisorischen Ausschuss«, eröffnete der Oberbürgermeister pünktlich die Sitzung, »ich danke Ihnen, dass Sie meiner Einladung Folge geleistet haben. Ich möchte Sie ohne Umschweife mit dem Anlass dieser Sitzung bekannt machen. Hiermit lege ich den Vorsitz dieses Provisorischen Ausschusses der Bonn-Kölner Eisenbahngesellschaft nieder.«

Obwohl manche der Mitglieder diese Erklärung erwartet hatten, folgte doch ein langes betroffenes Schweigen dieser Eröffnung. Oberbürgermeister Windeck brach das

Schweigen selbst, indem er fortfuhr: »Ich bitte Sie herzlich, diese meine Entscheidung hinzunehmen und nicht zu diskutieren, denn jedes Wort dazu, das nach draußen dringt, könnte unserem gemeinsamen Anliegen nur schaden.«

Nüchtern und scheinbar ohne Emotionen gab er dem Gremium bekannt, was die ganze Stadt bereits wusste, auch wenn es in keiner Zeitung gestanden hatte. Seine vorgesetzte Behörde habe ihn mit einer Geldstrafe von 10 Talern belegt und darüber hinaus dazu verurteilt, der Stadtkasse die Kosten für die Reise einer Delegation nach Berlin in Höhe von 715 Talern zurückzuerstatten, weil er nicht rechtzeitig den Landrat um Erlaubnis gefragt habe, den Stadtrat wegen der entsprechenden Beschlussfassung zusammenzurufen. Seine Berufung gegen dieses Urteil einer Verwaltungsbehörde beim Oberpräsidenten der Rheinprovinz und schließlich auch sein Gnadengesuch bei Seiner Majestät, dem König, seien abschlägig beschieden worden.

Dies zeige ihm, dass er, Johann Martin Windeck, ein bisher stets unbescholtener Bürger seiner Stadt und gehorsamer Untertan des Königs von Preußen, für höhere Ämter ungeeignet sei. Von seinem Amt als Oberbürgermeister könne er nicht ohne weiteres zurücktreten, da er von der preußischen Regierung dazu ernannt worden sei. Doch den Vorsitz in diesem Provisorischen Ausschuss könne er niederlegen, da er in einer freien Wahl dazu bestimmt worden sei. Mit unbewegter Stimme, als läse er von einem Blatt ab, erklärte Windeck, er tue das umso eifriger, da man ihm höheren Orts zu verstehen gegeben habe, dass nicht nur seine Verfehlung gegenüber dem vorgesetzten Landrat Anlass zu der harten Strafe gewesen sei, sondern auch sein Engagement in einer privaten Unternehmung von Kapitaleignern. Eine solche Beteiligung stehe einem hohen Beamten des preußischen Staates schlecht an.

Allen Anwesenden im Raum war bewusst, dass der Kölner Oberbürgermeister Steinberger ohne irgendwelche Einwände Mitglied des Verwaltungsrates der Rheinischen Eisenbahn war – aber was Kölnern erlaubt war, musste noch lange nicht für Bonner gelten.

Das Bonner Stadtoberhaupt fuhr mit der Verkündung seiner Entschlüsse jedoch unbewegt fort. »Als meinen Nachfolger im Vorsitz dieses Provisorischen Ausschusses habe ich einen Vorschlag zu machen, der gewiss Ihre Zustimmung finden wird, meine Herren. Wir alle wissen, mit welcher Energie unser Mitglied, der Herr Gutsbesitzer Franz Mülhens aus Poppelsdorf, sich in den letzten zwei Jahren des Eisenbahnwesens angenommen hat. Er ist unter uns allen inzwischen gewiss der kompetenteste Fachmann für diese schwierige Aufgabe geworden. Ihn schlage ich als neuen Vorsitzenden des Provisorischen Ausschusses vor. Das ist der letzte und gewiss der beste Dienst an dem von uns gemeinsam in Angriff genommenen Unternehmen, den ich der Bonn-Kölner Eisenbahngesellschaft leisten kann, meine Herren!«

Entsprechend dem Wunsch des Oberbürgermeisters fand die Wahl des neuen Vorsitzenden ohne weitere Aussprache und, wie zu erwarten, einstimmig statt. Eine Episode in der Geschichte des Bonner Eisenbahnbaus war zu Ende gegangen. Ob es überhaupt noch eine Zukunft für dieses Unternehmen geben würde? Sehr schweigsam und sehr nachdenklich verließen die Mitglieder des Provisorischen Ausschusses an diesem Vormittag das Bonner Rathaus.

Um den Bahnhof in Köln

Christian Jellinghaus war in den letzten Jahren schon öfter nach Köln gereist, zusammen mit seinem Prinzipal von

Carnap. Heute, am 6. Mai 1839, stieg dieser nicht mit ein, als die Kutsche des Herrn Mülhens von der Poppelsdorfer Sternenburg auf der Bornheimer Burg vorfuhr, um ihn abzuholen. Freiherr von Carnap war vor einigen Tagen wieder einmal nach Düsseldorf gefahren, in Angelegenheiten des Landwirtschaftlichen Vereins für Rheinpreußen, den er ja über den Bemühungen für die Eisenbahn nicht vernachlässigen durfte. Er hatte aber seinen Sekretär beauftragt, den Herren vom Provisorischen Ausschuss bei ihrer wichtigen Verhandlung mit der Festungskommandantur in Köln als bereits in allen Eisenbahnsachen erfahrener Protokollant zur Verfügung zu stehen.

Höflich grüßte der junge Sekretär beim Einsteigen die Herren Mülhens, Stahl und Degen, um sich dann still in eine Ecke zu drücken, wo er seinen Gedanken nachhängen konnte. Um die Eisenbahnangelegenheit stand es nicht gut, niemand wusste das besser als er, durch dessen Schreibfeder ja seit über drei Jahren fast alle Verhandlungen und Schriftsätze aufs Papier gebannt worden waren. Die Ur- oder Abschriften bildeten bereits zwei umfängliche Aktenbände im Arbeitszimmer des Herrn von Carnap.

Franz Mülhens hatte den ihm vom Oberbürgermeister Windeck angetragenen Vorsitz im Provisorischen Ausschuss der Eisenbahngesellschaft mit gespielter Bescheidenheit angenommen, doch war ihm sein Stolz auf das neue Amt deutlich anzumerken. Er hatte sich auch bemüht, den so lange stockenden Wagen der Eisenbahnsache wieder irgendwie in Bewegung zu setzen, nachdem der erste Initiator, der Freiherr von Carnap, immer öfter wegen seiner anderen Geschäfte ausfiel.

Christian Jellinghaus musste innerlich etwas grinsen, als er an den geschickten Schachzug dachte, mit dem es dem neugebackenen Ausschuss-Vorsitzenden gelungen war, den bisherigen heftigsten Kritiker innerhalb des Ausschusses zur aktiven Mitarbeit zu bewegen. Franz Mülhens hatte eines Tages den Spezereikaufmann Heinrich Degen aufgesucht und ihm klar gemacht, dass seine Pläne, in Dransdorf bei Bonn ein größeres Mühlenetablissement zu errichten, nur florieren könne, wenn die geplante Eisenbahn dort einen Haltepunkt bekäme. Um das durchzusetzen, sei die intensive Mitarbeit des Herrn Degen bei allen Eisenbahnverhandlungen unerlässlich.

So fuhren nun die drei würdigen Herren nach Köln zu einer wichtigen Besprechung. Der Kommandant der preußischen Festungswerke hatte dazu eingeladen. An sich war dies ein erfreuliches Zeichen, deutete es doch darauf hin, dass die preußischen Militärs ihren grundsätzlichen Widerstand gegen eine Einleitung der Eisenbahn in den Festungsring wohl aufgegeben hatten und bereit waren, über Einzelheiten zu verhandeln. Aber von der vor allem nötigen Genehmigung des ganzen Bahnbaus durch den König von Preußen war bisher immer noch nichts zu ahnen. Mehr als drei kostbare Jahre waren verstrichen – wann würde wohl je ein Zug von Bonn nach Köln fahren?

Im nüchternen Besprechungszimmer der Festungskommandantur nahe dem Apostelnkloster in Köln sah sich die Bonner Delegation einer Gruppe bunt uniformierter Offiziere gegenüber, von denen zwei in Zivil gekleidete Herren abstachen. Diese letzteren stellten sich als ein Baurat Hetzeroth von der preußischen Bezirksregierung und als der Kölner Stadtbauinspektor Weyer heraus. Der Vorsitzende der militärisch-zivilen Kommission, ein Oberst von Huene, Kommandant der Kölner Festungswerke, erklärte es gleich zu Beginn mit höflichen Worten als Ziel der Verhandlungen, gemeinsam Wege zu finden, die Interessen der preußischen Armee an einer wirksamen Verteidigungsfähigkeit der Festung Köln, der Bonn-Kölner Eisenbahn und der Stadt Köln miteinander zu verbinden. Vorbehaltlich der Genehmigung des ganzen Vorhabens durch Seine Majestät, fügte der Oberst vorsichtig hinzu. Immerhin, ein viel versprechender Anfang, dachte Christian Jellinghaus, als er diese Worte in sein Protokoll niederschrieb.

Bei den einleitenden Worten des Herrn Mülhens stockte dem Protokollanten aber doch die Feder, so neu war ihm das Vorgetragene. Für die Bonn-Kölner Eisenbahn sei es eine Existenzfrage, so trug Herr Mülhens vor, dass die Bahnlinie im Kölner Bereich nicht, wie ursprünglich gedacht, um die ganze Stadt Köln herum gelegt werde, um sich im Norden mit den Gleisen der im Bau befindlichen Rheinischen Eisenbahn zu vereinigen. Vielmehr müsse der Endbahnhof unbedingt im Südosten Kölns innerhalb der mittelalterlichen Stadtmauer und damit auch innerhalb des Ringes der vom preußischen Militär errichteten Forts und Lunetten liegen. Die Passagiere aus Bonn und dem Vorgebirge müssten möglichst rasch die Kölner Innenstadt und die Marktplätze erreichen können, was von einem Bahnhof weit im Kölner Norden oder auch vom Thürmchenswall am Rhein nicht möglich sei.

Über diese Änderung der Planung ist im Provisorischen Ausschuss nie gesprochen worden, dachte Christian Jellinghaus erstaunt und wartete gespannt auf einen Widerspruch der Herren Degen und Stahl. Doch dieser Widerspruch erfolgte nicht, im Gegenteil, auch diese Herren setzten sich energisch für einen Endpunkt der Bahn etwa in der Gegend des Kölner Pantaleonstores ein. Resignierend musste dies der Sekretär in seinem Protokoll vermerken.

Die Herren der Kommission studierten daraufhin emsig die zahlreichen Pläne und Grundrisse, die auf dem Verhandlungstisch lagen. Schließlich verkündete der oberste

Festungsingenieur, ein Major Schuberth, sein fachliches Urteil: »Das müsste möglich sein, wenn die Eisenbahnlinie östlich von Haus Klettenberg und dem Weißen Haus entlang und zwischen Fort Nr. 18 und der Zülpicher Straße hindurchgeführt wird. Dann könnte sie eventuell durch das Weyertor in die Stadt hinein verlegt werden. Die Festungskommandantur muss dies jedoch noch im Einzelnen durch ihre Ingenieure prüfen lassen. Ihre Eisenbahngesellschaft kann sich ja durch Ihren Ingenieur an dieser Prüfung beteiligen. Sie haben noch keinen? Bedauerlich, dann werden wir ohne Ihre Mitwirkung entscheiden müssen!«

Auf jeden Fall aber, so beschied Oberst von Huene zum Abschluss dieser Verhandlungen freundlich, aber bestimmt, könne die Festungskommandantur unmöglich dulden, dass die Eisenbahn einen festen Damm über den Stadtgraben zwischen den vorgeschobenen Fortifikationsanlagen und der alten Stadtmauer baue. Einzig zulässiger Ausweg sei die Herstellung einer brückenähnlichen Holzkonstruktion, über die das Eisenbahngleis zu führen sei. Im Fall einer notwendigen Verteidigungsbereitschaft der Festung Köln müsse diese Konstruktion vom preußischen, in Köln stationierten Pionierbatallion innerhalb eines Tages demontiert werden können. Und selbst, wenn eines Tages, wie wohl vorgesehen, einmal die Eisenbahnstrecke von Bonn nach Köln zwei Gleise erhalten sollte, könne die Einfahrt in den Festungsrayon und durch ein Stadttor nur eingleisig gestattet werden, eben aus denselben Gründen.

So schnell wie der Wind

Gerhard von Carnap konnte sich nicht entsinnen, die Mitglieder des Provisorischen Ausschusses der Bonn-Kölner

Eisenbahngesellschaft in den letzten Jahren jemals so vollständig versammelt gesehen zu haben – und das noch dazu bei einer Gelegenheit, die gar nicht die eigene Strecke betraf! Die Direktion der Rheinischen Eisenbahn hatte sich die Ehre gegeben, die Mitglieder des Provisorischen Ausschusses der Nachbargesellschaft mit ihren Damen zur feierlichen Eröffnung der ersten Teilstrecke am Freitag, dem 2. August 1839, ergebenst einzuladen. Diese Gelegenheit, endlich mit eigenen Augen eine dieser sagenhaften Wundermaschinen zu sehen und sogar damit fahren zu können, wollte sich wohl niemand von den Herrschaften entgehen lassen.

Viele der auswärtigen Gäste waren schon am Tag vorher in Köln eingetroffen, um ja nicht den historischen Augenblick zu verpassen. Für 9 Uhr morgens war die Abfahrt des ersten Zuges angesetzt, aber schon vor 8 Uhr waren sicher alle, die einer Eintrittskarte hatten teilhaftig werden können, auf dem neuen Bahnhofsgelände am Thürmchenswall eingetroffen. »Unpraktisch, dieser Stationsplatz, finden Sie nicht?«, meinte Franz Mülhens in überlegenem und sachverständigem Ton, als er zusammen mit einigen Herren des Bonner Ausschusses an diesem strahlenden Sommermorgen von seinem Hotel in Köln den wahrlich nicht kurzen Weg durch das Eigelsteintor um den Sicherheitshafen herum wanderte. »Vom Dom bis hierher muss man weit mehr als eine halbe Stunde laufen. Da wird unser Bahnhof gewiss viel günstiger liegen!«

Der Stationsplatz jenseits des Thürmchenswalls war mit Girlanden aus frischem Grün und vielen Fahnen in preußischem Schwarz-Weiß und kölnischem Rot-Weiß geschmückt. Dadurch wirkten heute selbst das rasch aus Fachwerk und Ziegelsteinen aufgeführte einstöckige Empfangsgebäude und die verschiedenen Schuppen für Lokomotiven und Wagen festlich. Elegant gekleidete Herren in dunklem Gehrock und hohem Zylinder, Damen mit weit ausladenden hellen Kleidern, hochgetürmten Lockenfrisuren und Sonnenschirmchen, aufgeputzte Kinder, artig an der Hand ihrer Eltern, wohin man blickte. Die gesamten Spitzen der Domstadt und der weiteren Umgebung hatten sich zu diesem außergewöhnlichen Schauspiel versammelt, von Seiner Exzellenz dem Herrn Oberpräsidenten aus Koblenz angefangen bis zu den Offizieren der Garnison und den Stadträten. Nur die katholische und die evangelische Kirche waren nicht vertreten, die katholische, weil ihre führenden Geistlichen immer noch den Preußen grollten, und weil sie, wie auch die Pfarrer der anderen Konfession, die Eisenbahn im Grunde ihres Herzens für Teufelsspuk und eine Versündigung des Menschen an Gott hielten. Gegen das laute Stimmengewirr kam auch die Kapelle des 16. Infanterieregiments nicht an, mochte sie noch so laut und schmissig den Petersburger Marsch spielen: »Denkste denn, denkste denn, du Berliner Pflanze ...«

Am meisten umlagert war natürlich der Zug aus hintereinander gestellten bunt lackierten Postkutschen. Nein, sie waren gar nicht hintereinander gestellt, sondern auf einem Holzgerüst fest miteinander verbunden und auf eiserne Räder gestellt, die genau auf den eisernen Schienenweg passten. Von den sagenhaften Dampfrössern, die da schnaubend und immer wieder eine Rauchwolke ausstoßend an der Spitze des Zuges auf das Abfahrtsignal warteten, hielten sich gar nicht so wenige der Ehrengäste vorsichtig fern. Andere aber konnten sich nicht nahe genug herandrängen und sie fachmännisch begutachten.

»Das ist die Lokomotive ›Atlas‹ mit 14 Zoll Zylinderdurchmesser von der Firma Longridge und Company in Newcastle in England«, berichtete Heinrich Stahl seinen

Kollegen vom Bonner Provisorischen Ausschuss, stolz über sein technisches Wissen. »Und die beiden anderen Lokomotiven dort heißen ›Pluto‹ und ›Phoenix‹ und haben einen Zylinderdurchmesser von 12 Zoll. Sie weisen eine Treibachse zwischen einer vorderen Laufachse und einer hinteren Stützachse auf …«

Ein durchdringendes Tönen unterbrach die langatmigen Ausführungen des eisenbahnbegeisterten Rentners Stahl, sodass alle Festgäste zusammenschraken. Aber sie begriffen bald, dass nicht ein riesiges Untier geschrien hatte, sondern dass die Lokomotive mit ihrer Dampfpfeife das Zeichen zum Einsteigen gegeben hatte. So setzte ein Rennen und Schieben und Klettern in die hochrädrigen Wagen ein; manch einem Passagier schlug jetzt doch etwas ängstlich das Herz, als es nun mit der gefährlichen Fahrt Ernst zu werden drohte. Schließlich hatten alle Ehrengäste mit Eintrittskarte ihren Platz in den Wagen gefunden, die vornehmsten Herrschaften in den den Postkutschen nachgebauten Wagen erster Klasse mit gepolsterten Sitzen, normale Bürger in den überdachten Wagen zweiter Klasse mit einfachen Holzbänken, und schließlich noch zahlreiche Arbeiter, die an diesem Ehrentag eine kostenlose Fahrt von ihrer Gesellschaft spendiert bekommen hatten, in den Wagen dritter Klasse ohne ein Dach über dem Kopf.

Ein neues Signal aus der Dampfpfeife: schnaubend und ruckend setzte sich der Zug in Bewegung, die Militärkapelle spielte einen Tusch und die Damen hielten sich die großen Strohhüte fest, denn die beiden vorgespannten Lokomotiven entwickelten eine immer größer werdende Geschwindigkeit, die den Menschen den Atem und das Gleichgewicht zu rauben schien. Schon war der Bahnhof verlassen, der Zug erreichte die gerade Strecke in Richtung Düren. »Wie eine Windsbraut so schnell!«, stieß Emilie von

Carnap begeistert hervor; sie hatte es sich nicht nehmen lassen, ihren Mann an diesem aufregenden Tag zu begleiten.

Rechts und links des Gleises standen Menschen zu Hauf, in vorsichtiger Entfernung. Halb Köln schien an diesem Tag hierher gepilgert zu sein, obwohl es doch ein normaler Werktag war und eigentlich alle Handwerker in ihren Werkstätten und alle Kaufleute in ihren Läden zu tun gehabt hätten. Plötzlich stieß die Lokomotive erneut ihren durchdringenden Schrei aus und begann langsamer zu rattern. Die Passagiere hielten sich die Ohren zu, so unerwartet laut gellte ein furchtbares Kreischen der Bremsen, und ganz in der Nähe musste wohl ein heftiges Gewitter toben, so laut knallte es. Nein, das waren die Kanonen einer Batterie der königlich preußischen Artillerie, die am vorläufigen Endpunkt der Eisenbahn bei Müngersdorf aufgestellt waren und Salut schossen.

Franz Mülhens bemühte sich, ganz gelassen zu erscheinen, als der Zug mit neuem heftigen Rucken und Stoßen zum Stillstand gekommen war. Er zog seine goldene Uhr aus der Tasche: »Donnerwetter, keine 10 Minuten für $7/8$ Meilen, eine gute Leistung!«, stellte er fest, um sich als guter Eisenbahnkenner auszuweisen.

Hier in Müngersdorf, dicht nordwestlich von Köln, war die Strecke zunächst einmal zu Ende, der weitere Teil bis Düren und Aachen war noch im Bau. »Es war eine geschickte Maßnahme der Kölner Gesellschaft«, urteilte Graf Beust, »so früh wie möglich dieses kurze Stück der Eisenbahn in Betrieb zu setzen. Da können die guten Kölner sehen, was es mit der angeblich so gefährlichen Eisenbahn wirklich auf sich hat. Wenn nur ein Zehntel der hier versammelten Menschenmenge« – damit wies der Graf seine Kollegen vom Provisorischen Ausschuss auf die Kopf an Kopf stehenden Kölner hin, die den Zug in Müngersdorf erwartet hatten – »wenn nur ein Zehntel neue Aktien der Rheinischen Eisenbahn zeichnet, dann dürfte diese Gesellschaft ihre gegenwärtigen Finanzschwierigkeiten leicht überwinden. Kommen Sie, meine Herrschaften, stürzen wir uns in die Feierlichkeiten, und hoffen wir, dass wir in Bonn bald auch eine solche Veranstaltung bieten können. Man bekommt wirklich wieder Mut für unser eigenes Vorhaben, wenn man dies hier erleben darf!«

Im Heer der Arbeitssklaven

Es waren keine angenehmen Gefühle, die den Schiffer Anton Hündgen bewegten, als er an diesem 1. Oktober 1839 frühmorgens aus seinem Häuschen im rechtsrheinischen Weiler Combahn zur Anlegestelle der Fliegenden Brücke ging, um nach Bonn überzusetzen. Was hatte sich nicht alles in den letzten Monaten an Unheil in seinem Leben ereignet! Alle Kerzen, die er der kleinen Kapelle St. Adelheidis in Vilich gestiftet hatte, alle Gebete, die er dort oder zu Hause dem Herrn Jesus vorgetragen hatte, waren ergebnislos geblieben. Das musste auch einen frommeren Mann als ihn an der Güte Gottes zweifeln lassen!

Vor fünf Monaten erst war es gewesen, als das Unglück begann. Da kündigte der Kaufmann Bloch in der Judengasse sein Darlehen von 500 Talern auf, das er vor fünf Jahren dem Schiffer und Eigner einer Wasserdiligence Anton Hündgen zur Modernisierung seines Schiffes zur Verfügung gestellt hatte. Mit dem Geld hatte Hündgen eine wunderhübsche kleine Kabine für anspruchsvolle Fahrgäste auf seiner Segeljacht einbauen lassen. Es war sogar noch etwas Geld übrig geblieben, von dem sich der stolze Kapitän einen Ziegenstall an sein Häuschen in Combahn gebaut hatte. Die Zinsen und die Tilgung von zusammen 20 Prozent hatte Schiffer Hündgen in den früheren Jahren ohne Probleme von seinen Einnahmen aus den Beurtfahrten mit Passagieren zwischen Bonn und Köln bezahlen können.

Nicht so jedoch im letzten Jahr, als die Konkurrenz der großen Dampfschiffe auf dem Rhein den kleinen Segelschiffs-Kapitänen das Leben immer schwerer machte. Statt normalerweise zehn Fahrten im Jahr gab es für Schiffer Hündgen nur noch drei, und auch die waren nicht mehr immer voll besetzt.

Als der Schiffseigner die fällige Rate schuldig bleiben musste, kündigte der jüdische Kaufmann, völlig im Einklang mit dem Recht, das restliche Darlehen und ließ Hündgens Schiff als Pfand beschlagnahmen. Eines schlimmen Tages wurde sein geliebtes Segelschiff, sein Arbeitsplatz und Lebensunterhalt, meistbietend versteigert. Nach Abzug des fälligen Darlehens und der Zinsen sowie der Gerichtskosten verblieben dem Schiffer Hündgen gerade noch 326 Taler und 20 Silbergroschen.

Ein Fischer aus Königswinter, der die Zeichen der Zeit erkannt hatte, war bei der Versteigerung sehr billig an den gut erhaltenen Kahn gekommen. Denn in Königswinter, diesem romantischen Dörfchen am Fuß des Siebengebirges, wurden abendliche Lustfahrten auf dem Rhein bei Studenten und anderen gut betuchten Bürgern immer mehr Mode.

Die Wochen, die der nunmehr berufslose Schiffer Hündgen in seinem Häuschen in Combahn verbringen musste, waren ihm immer noch ein Alptraum. Aus Verzweiflung hatte Anton Hündgen stark zu trinken angefangen, doch auf Drängen seiner Frau hatte er sich schließlich aufgemacht, um Arbeit zu suchen. Glücklicherweise erinnerte er sich, in besseren Tagen mehrmals den Fabrikanten Paul Joseph Mehlem als Passagier auf seinem Schiff gehabt zu haben. Ihn suchte er auf und fragte ihn um Arbeit in seiner neuen Fabrik.

Der Fabrikherr hatte den stämmigen Schiffer kritisch betrachtet und ihn gefragt, ob er kräftig genug sei, eine schwere, aber gut bezahlte Arbeit durchzuhalten. Das bejahte der Gefragte natürlich voller Stolz auf seine Kraft und voller Hoffnung auf einen einträglichen Broterwerb. »Dann kannst du am 1. Oktober in meiner neuen Fabrik am Rheinufer anfangen, zu 20 Silbergroschen am Tag«, beschied der Kaufmann Mehlem seinem künftigen Arbeiter knapp. »An dem Tag soll die Fabrikation dort aufgenommen werden. Morgens um 7 Uhr hast du da zu sein.« 20 Silbergroschen waren immerhin doppelt so viel wie ein Landarbeiter üblicherweise am Tag verdiente.

Und nun war der einstige Schiffskapitän in aller Herrgottsfrühe auf dem Weg, um pünktlich seine neue Arbeitsstelle anzutreten. Welch ein Unterschied zu seinem bisherigen Leben! Als Schiffseigner war er einst sein eigener Herr und musste und durfte mit den Passagieren über den Fahrpreis verhandeln; obwohl es feste Tarife gab, versuchte doch fast jeder der Fahrgäste der Form halber, den Preis zu drücken. Anton Hündgen war angesehenes und gleichberechtigtes Mitglied seiner Schifferbeurt gewesen, ein selbständiger Unternehmer, wenn auch eingebunden in die festen Regeln der Genossenschaft seiner Kollegen. Aber nun, von diesem Tage an, war er nichts anderes als einer der vielen im Heer der Arbeitssklaven.

Der einstige Herr einer Wasserdiligence hatte diesen Ausdruck bei einer seiner Fahrten von einem gebildeten Passagier aufgeschnappt, der während der ganzen Zeit den Kapitän und die Fahrgäste mit lauten Vorträgen über die Entwicklung der menschlichen Gesellschaft unterhalten hatte. Das meiste davon hatte Anton Hündgen nicht verstanden und daher wieder vergessen. Aber das Wort vom »Heer der Arbeitssklaven« war in seinem Gedächtnis geblieben. Damals wäre er nie auf den Gedanken gekommen, dass er selbst einmal dazu gehören könne.

Die neue Mehlemsche Fabrik war seit gut einem Jahr Stadtgespräch in Bonn und weit darüber hinaus gewesen, seit nämlich das Gebäude dafür im Bau war. Die Gebrüder Paul Joseph und Franz Anton Mehlem hatten die Reste einer kleinen Fayencefabrik in Poppelsdorf aufgekauft, die der Konkurrenz der großen Wesselschen Fabrik dort nicht mehr standhalten konnte. Aber ein paar Brennmeister und Tonformer mit Berufserfahrung gab es dort noch. Die Herstellung von Feinkeramik im Dörfchen Poppelsdorf nahe dem hübschen Lustschloss Clemensruhe war vor fast einem Jahrhundert durch den berühmten Erzbischof und Kurfürsten Clemens August begründet worden, der dort eine Art Entsprechung zum Meißner Porzellan der sächsischen Könige aufbauen wollte. Nach anfänglichen Erfolgen war inzwischen nicht mehr allzu viel von dem einstigen Ruhm übrig geblieben.

Die Gebrüder Mehlem hatten erkannt, dass nur ein entschlossenes Abweichen von der Wesselschen Produktion ihrem Geschäft Zukunft verleihen konnte. Daher hatten sie ein größeres wildes Buschwerkgelände unmittelbar am Rhein dicht südlich der Stadt Bonn aufgekauft und dort ein neues stabiles Fabrikgebäude für Steingutwaren errichten lassen. Ihre Immobilien in Poppelsdorf hatten sie an den Unternehmer Ludwig Wessel verkauft.

Die neue Steingutfabrik hatte den Vorteil, dass die Frachtgutschiffe vor ihrer Hintertür anlegen konnten, die die Rohstoffe anlieferten: Kaolin und Feldspat aus Cornwall, fetten Ton aus Dorsetshire in England und die Feuersteine, die zu Quarzsand zerrieben werden mussten, aus

Nordfrankreich. Der Transport solcher schweren Grundstoffe über See und dann auf Flussschiffen den Rhein aufwärts war immer noch weit billiger, als sie über Land mit Pferdefuhrwerken aus der Eifel oder anderen nahe gelegenen Fundstätten heranzubringen.

Als Anton Hündgen an seinem ersten Tag in der Mehlemschen Fabrik seine Obliegenheiten zugewiesen erhielt, fand er sich am Rheinufer wieder. Dort lag ein am Abend vorher angekommener Frachtkahn, schwer mit Ton und anderen importierten Rohstoffen beladen. Mit einer Schaufel sollten er und fünf seiner künftigen Arbeitsgenossen hölzerne Schürreskarren damit beladen und diese dann über glitschige Holzplanken durch ein enges Tor in die ebenerdigen Lagerräume der Fabrik rollen. Das war eine Arbeit, die schon nach kurzer Zeit sämtliche Muskeln schmerzen ließ. Die schwer beladenen Schubkarren mussten auf nur wenigen Ruten Strecke über einen Höhenunterschied von mehr als einer Rute emporgeschoben werden.

So hatte Anton Hündgen sich seine Arbeit nicht vorgestellt. Gewiss, er war an der frischen Luft, und er sah ständig seinen geliebten Fluss vor sich, belebt von zahlreichen Frachtkähnen und Dampfschiffen mit munteren Passagieren. Aber die Sklaven, die einst in Ägypten die Pyramiden hatten bauen müssen – der Schiffer hatte auch davon früher den gelehrten Passagier erzählen hören –, die hatten gewiss besser gelebt als er, der einstige Schiffskapitän.

Abschied von einem verdienten Mann

»Das wird ein trauriges Weihnachtsfest für Bonn: dass wir auch gerade jetzt von einem so verdienten Mann Abschied nehmen müssen!« sagte jemand vor sich hin, und die um den großen runden Tisch beim Gastwirt Cappenberg vor dem Sternentor sitzenden Stadträte von Bonn nickten trübe. Gedankenverloren rührten sie in ihrem Glühwein und nippten daran, um sich aufzuwärmen. Eben hatten sie am Begräbnis des hochverehrten Oberbürgermeisters Martin Windeck auf dem Friedhof vor den Toren der Stadt teilgenommen.

Vor drei Tagen, am 21. Dezember 1839, war Windeck den Folgen eines Schlagflusses und einer Lungenlähmung erlegen, in Wahrheit jedoch dem Ärger und Kummer über die Geldstrafe, die er nicht hatte verwinden können. Einen Leichenschmaus hatte sich der Sterbende verbeten; durch die von der Regierung verfügte Rückzahlung von 715 Talern an die Stadtkasse seien er und seine künftige Witwe zu arm, um das bezahlen zu können. Den Stadträten war es ganz lieb, noch ganz ungezwungen unter sich sein und sich nach der eisigen Kälte auf dem Friedhof aufwärmen zu können.

»Wer wird nun wohl unser nächstes Stadtoberhaupt werden?«, fragte Stadt- und Justizrat Lamberz, ohne das Wort an ein bestimmtes Mitglied der Runde zu richten. Den hier versammelten Stadträten war ihre sehr begrenzte Kompetenz völlig klar. Sie waren es nicht anders gewöhnt, dennoch fiel es ihnen mitunter schwer, sich damit abzufinden.

Die Ordnung, nach der im Rheinland die Städte und Gemeinden regiert wurden, stammte noch aus der Zeit der Zugehörigkeit zu Frankreich. Eine neue Ordnung hatte die preußische Regierung wegen des hinhaltenden Widerstandes nahezu aller wichtigen Persönlichkeiten des Rheinlandes nicht einführen können, weil sie noch mehr von den gewohnten Verhältnissen im Rheinland abgewichen wäre. Sowohl die Stadt- und Gemeinderäte wie die Bürgermeister oder Oberbürgermeister wurden ausschließlich von der staatlichen Aufsichtsbehörde ernannt. Nur Köln als besonders große Stadt hatte das Privileg, dass dort die Stadträte von den reichsten Grundbesitzern gewählt werden durften. Für die Auswahl neuer Stadträte in Bonn, wenn durch Tod oder Rücktritt eine Vakanz eingetreten war, konnte zwar der Oberbürgermeister je zwei Vorschläge machen – und der Stadtrat konnte ihm solche Vorschläge nahe legen –, aber der preußische Regierungspräsident war nicht gehalten, sich nach einer solchen Vorschlagsliste zu richten. Falls das Amt des Oberbürgermeisters erledigt war, so wie jetzt, bestand nicht einmal dieses Recht.

Dennoch, so waren sich die Herren Stadträte am Tisch beim Gastwirt Cappenberg einig, wollten sie nichts unversucht lassen, bei der Neubesetzung des Postens ein Wort mitzusprechen. Der Plan entstand, in einem gemeinsamen, natürlich sehr höflichen und vorsichtig abgefassten Schreiben an den Herrn Landrat den preußischen Behörden zu erwägen zu geben, den Herrn Kreissekretär Eiler zum neuen Oberbürgermeister zu ernennen. Herr Eiler sei ein Sohn der Stadt Bonn und mit ihren Verhältnissen bestens vertraut.

Allmählich tauten die Stadträte etwas auf, der Glühwein tat seine Wirkung. Ein lebhafteres Gespräch fernab aller formellen Regeln kam in Gang, und vom Bankier Cahn bis zum Textilkaufmann Ruetz redete alles in der gemütlichen Bonner Mundart miteinander. Die wenigen aus dem Osten der preußischen Monarchie nach Bonn gekommenen und zu Stadträten ernannten Honoratioren, wie die Professoren Bethmann-Hollweg, v. Schlegel und Nitzsch, hatten es vorgezogen, sich an dieser informellen Runde nicht zu beteiligen.

»Ich will nur hoffen«, ließ sich der Posthalter und Stadtrat Theodor Alfter vernehmen, »dass unser künftiger Oberbürgermeister nicht so jeck auf das unsinnige Maschinenwesen ist wie unser Martin Windeck, Gott hab ihn selig! Damit muss jetzt endlich Schluss sein, denkt doch nur daran, wie viele brave und treue Steuerzahler dadurch zu Grunde gerichtet würden, alle Schiffer und Fuhrleute, Hauderer und Botenfrauen, von uns Postleuten gar nicht zu reden!«

Das blieb nicht unwidersprochen, denn eine ganze Reihe von Stadträten gehörten entweder dem Provisorischen Ausschuss der Bonn-Kölner Eisenbahn an, hatten sich sonst in früheren Jahren dafür engagiert oder wenigstens einige Aktien gezeichnet. Die Argumente flogen hin und her, doch die trübe Stimmung nach dem Begräbnis des Oberbürgermeisters und das bevorstehende Weihnachtsfest ließen keinen heftigen Streit aufkommen.

»Ihr werdet schon sehen«, beharrte Theodor Alfter eigensinnig auf seiner Meinung, mit schon ein wenig schwerer Zunge nach dem fünften Glas Glühwein. Er dachte an seine verschiedenen Unterhaltungen mit dem sächsischen Lotterieeinnehmer Amadeus Lange und dessen Versprechungen. »Ihr werdet schon sehen, die Eisenbahn kommt doch nicht nach Bonn. Ich weiß, was ich weiß, ich habe meine Beziehungen. Da wird nichts draus!«

Der Tumult auf dem Marktplatz

Es war Mittwoch und an diesem trüben, aber nicht besonders kalten Nachmittag im Januar 1840 wurde es früh dunkel. Für Albrecht von Ernsthausen wurde es Zeit, sich in Wichs zu werfen und sich auf die Ereignisse vorzubereiten, die ihn heute erwarteten. Biedere Bonner Bürger nannten das, was sich seit einigen Wochen jeden Mittwochabend auf dem Bonner Marktplatz abspielte, »ne jecke Krakeel«. Aber für ihn, Albrecht von Ernsthausen, den Studiosus der Rechtswissenschaften im vierten Semester aus Zerbst im Herzogtum Anhalt-Dessau, den Burschen und Chargierten des vornehmen Corps Borussia, war dieser Abend in der Woche etwas, das ihn zurzeit weit mehr erfüllte als die trockenen Vorlesungen über die Pandekten oder über das rheinische Güterrecht.

Zu seinem Verdruss hatte die Witwe Kessenich, diese »alte Hexe«, wie er sie bei sich nannte, beschlossen, ihn für den Lärm zu bestrafen, indem sie ihm einfach am Mittwoch kein Abendessen auf sein Zimmer trug. Tatsächlich war der Krach beträchtlich, wenn der junge Mieter spät in der Nacht zum Donnerstag sternhagelvoll die Treppe zu seinen beiden Zimmerchen in der Hospitalgasse emporstolperte, vorsichtig geschoben von seinem Wichsier Fridolin. Aber abends auf der Kneipe seines Corps am Baumschulwäldchen würde es wenigstens einige dicke Butterbrote und genügend Bier geben, da war das Hungern schon noch zu ertragen.

Wie es gekommen war, wusste niemand mehr so recht zu sagen. Aber seit kurzem versammelte sich jeden Mittwochabend die Aktivitas der sechs Bonner Studentencorps am alten kurfürstlichen Obelisken auf dem Marktplatz. In vollem studentischen Wichs, mit Band und Cerevis erschienen die Burschen, die im Rang bereits vollgültigen Corps-Studenten, mit ihren Leibfüchsen im Gefolge, oder mit ihren großen Hunden, manche auch mit ihren Wichsieren. Alle aber hatten entweder schwere Schläger umhängen oder lange Pfeifen mit schön geschnitzten Köpfen aus Buchsbaum oder Meerschaum in der Hand, die heutzutage als Abzeichen eines echten akademischen Bürgers galten.

Bei diesen Zusammenkünften der studentischen Corps an den Mittwochabenden machten die Bonner Handwerker oder Kaufleute, die so spät abends noch unterwegs waren, lieber einen Bogen um den Marktplatz. Denn der Lärm, den die Studenten vollführten, war den Bürgern nicht geheuer. Vorsichtshalber mieden auch die Nachtwächter an diesen Abenden den Platz, und Vertreter der städtischen Polizei ließen sich erst recht nicht sehen, obwohl ihr Dienstlokal nur wenige Schritte um die Ecke des Rathauses entfernt war. Die Studenten unterstanden nämlich im Allgemeinen nicht der Aufsicht der städtischen Polizei, sondern der der eigens dafür bestellten Universitäts-Pedellen. Doch auch die zogen es vor, die mittwöchlichen Tumulte auf dem Marktplatz zu ignorieren; es gab an diesen Abenden einfach zu viele der Studenten dort.

Lautstarke Diskussionen erfüllten den dreieckigen Marktplatz, der jetzt voller war als je tagsüber zur Marktzeit. Am lautesten war es dort, wo an der Marktfontaine die Chargierten der verschiedenen Corps sozusagen als Speerspitzen feindlicher Heerhaufen aufeinander stießen. Die Studenten waren zwar alle Zöglinge einer gemeinsamen Alma Mater, aber selbstverständlich dünkten sich die Burschen und Füchse jedes Corps weit erhaben über alle anderen. Die Borussen, die Rhenanen, die Guestphalen, die Saxonen, die Palatier und die Hanseaten hatten alle ihre besonderen Traditionen und Eigenarten und rümpften die Nase über die Studenten, die andersfarbige Bänder trugen.

Ein gemeinsames Thema der lebhaften Diskussion waren die neuen Straßenlaternen. Eine fortschrittliche Stadtverwaltung hatte sie vor einigen Monaten am Marktplatz aufstellen lassen, um wenigstens diesen Mittelpunkt der Stadt des Abends nicht in völligem Dunkel liegen zu lassen. Ein städtischer Laternenanzünder musste die Stearinkerzen in einem Glaszylinder mit einer langen Stange und komplizierten, oft fehlgehenden Verrichtungen in der Dämmerung entzünden und nachts wieder löschen, der Sparsamkeit halber. Nicht nur den Studenten, sondern auch manchen Bonnern Bürgern, vor allem der jüngeren Generation, waren die Laternen auf dem Marktplatz ein Dorn im Auge. »Die Dunkelheit ist der Liebenden Freund« war ein unter den jungen Bonnern in diesen Tagen oft zitierter Spruch.

Wer damit anfing, wusste später niemand, aber an diesem Mittwoch im Januar fand die allgemeine Diskussion über die Straßenlaternen darin einen Höhepunkt, dass jemand Steine auf die ungeliebten Lichtbringer warf. Bald erscholl auch ein Ruf: »Die Laternen müssen runter!« Das Steinewerfen nahm zu. Einige davon trafen auch bestimmungsgemäß die Glaszylinder und löschten die Lichter. Andere Steine aber flogen weiter. Ein dumpfes Klirren verriet, dass die Fensterscheiben eines Wohnhauses getroffen worden waren. Es war das erste Haus in der Sternenstraße an der Ecke zum Markt.

Der würdige Spezereihändler Degen, der dieses Haus bewohnte, machte seinem Ärger Luft. Den allwöchentlichen Lärm der Studenten hatte er wohl oder übel ertragen müssen, aber das ging zu weit, dass man ihm nun noch die Fenster einwarf! Empört schrie er durch die zerbrochene Scheibe nach der Polizei, doch ihm antwortete nur lautes Gelächter aus Hunderten von Studentenkehlen.

Für Albrecht von Ernsthausen waren das allerdings nur unwichtige Kindereien. Für ihn kam es heute darauf an, endlich einmal einem Burschen von einem der anderen Corps die Forderung zu einem Duell aussprechen zu können. Seine Mensur war irgendwie schon überfällig.

Schon seit einigen Jahren gehörte es zum guten Ton, ja

zum Comment der Corps-Studenten, wenigstens einmal während der Studentenzeit in einem Duell mit einem Säbel in der Hand seinen Mann gestanden zu haben. Diese studentischen »Paukereien« gingen nicht auf Leben und Tod, aber die Geschicklichkeit mit dem Säbel und vor allem der Mannesmut konnte bei einem solchen Waffengang sehr gut unter Beweis gestellt werden. Vor allem die »Schmisse« im Gesicht, die man dabei davontragen konnte, galten als untrüglicher Nachweis solchen Mutes. Der studentische Brauch wollte es aber, dass einem solchen Zweikampf eine »forderungswürdige Beleidigung« voranging, die notfalls mit allerlei Raffinesse herbeigeführt werden musste. So dienten zurzeit für viele der Bonner Corps-Studenten diese Zusammenkünfte auf dem Marktplatz dazu, einen Kommilitonen von einem der anderen Corps durch spöttische Bemerkungen so in Hitze zu bringen, dass ein »commentmäßiger Tusch« seinen Lippen entfuhr, eines der Schimpfwörter, die als »duellfähig« galten.

Albrecht von Ernsthausen hatte es heute vor allem auf einen schmächtigen Studenten der Philosophie abgesehen, der dem Corps Saxonia angehörte. Mit abfälligen Bemerkungen über dessen Wichs, über die Professoren, bei denen der junge Mann seine Vorlesungen hörte, sowie über das Corps Saxonia ließ der Chargierte der Borussen nicht locker. Schließlich brachte er es tatsächlich dahin, dass der durch Worte gequälte Student das so lange erwartete Stichwort ausstieß: »Wissen Sie, was Sie sind? Ein dummer Junge!«

Mit der größten Distanz in der Stimme, zu der er fähig war, beendete Albrecht von Ernsthausen den Disput mit den Worten: » Mein Herr, darf ich Sie um Ihren Namen und Ihre Wohnung ersuchen? Ich werde mir erlauben, Ihnen morgen meinen Sekundanten zu schicken. Sie haben mich soeben schwer beleidigt.«

Kölscher Klüngel

Fast jeden Abend, nachdem um 7 Uhr die Büros in der Kölner Festungskommandantur geschlossen wurden, kam der Konzipient Georg Hammelrath in den Gasthof Drei Kronen am Kleinen Griechenmarkt. Der Wirt war sein Schwager, und dieser Verwandtschaft hatte der Schreiber es zu verdanken, dass er täglich ein Glas Wein zu trinken bekam, ehe er den Weg in seine Wohnung in einem vierstöckigen Haus in der Thieboldsgasse antrat. Dem Wirt Leon Weber war der Besuch seines Schwagers das Geld für den Wein wert, denn der geschwätzige zivile Bedienstete der preußischen Festungskommandantur wusste immer wieder Neues von Bauplänen und ähnlichen Vorhaben der Militärs zu berichten. Mitunter war mit solchen Informationen Geld zu verdienen.

Was Schwager Hammelrath heute, am 8. Februar 1840, zu erzählen hatte, schien ein solcher Fall zu sein. Da hatte er Stücke eines größeren Gutachtens der Festungsingenieure ins Reine abschreiben müssen. Darin nahmen die Offiziere Stellung zum Wunsch einer Eisenbahngesellschaft aus Bonn, ein Schienengleis durch den Festungsring und die alte Stadtmauer in die Kölner Innenstadt zu leiten. Das ginge, so hatten die Ingenieure festgestellt, nur an einer Stelle, nämlich durch das alte, jetzt zugemauerte Pantaleonstor in die Waisenhausstraße hinein.

»Was ist das für ein jeckes Zeug«, gab der Schreiber seinen persönlichen Kommentar dazu, »eine Straße für die Dampfrösser in eine Stadt zu legen. Diese Viecher machen doch nur alles kaputt!« Georg Hammelrath war als gebürtiger Kölner trotz seinem Broterwerb bei einer preußischen Behörde nicht gut auf die neuen Herren des Landes zu sprechen und kritisierte sie, wo es nur ging.

Gastwirt Weber horchte auf. Die Gegend am Pantaleonstor kannte er gut, lag sie doch nur 10 Minuten von seinem Gasthof entfernt. Und er erinnerte sich, dass dicht vor dem seit langem unpassierbaren Tor ein heruntergekommener ehemaliger Adelssitz lag, die Trotzenburg. Wenn eine Eisenbahn durch das Pantaleonstor geleitet würde, das war dem klug rechnenden Wirt schlagartig klar, dann musste diese Trotzenburg dafür abgerissen werden. Das hieß, wem das Grundstück gehörte, der konnte ein gutes Geschäft machen. Der Eisenbahn konnte man einen weit überhöhten Preis abfordern; sie würde ihn zahlen müssen, weil es für sie keine andere Lösung gab.

Äußerlich gleichgültig, aber innerlich sehr aufgeregt, verabschiedete Leon Weber seinen Schwager, den er im Grunde seines Herzens für einen etwas dümmlichen, aber deswegen recht nützlichen Menschen hielt. Dann befragte er kurz seinen Kellner Ewald Mausbach nach der Wohnung von dessen Bruder. Irgendwie war in Webers Gedächtnis hängen geblieben, dass der Bäckermeister Hans Mausbach, Bruder seines Kellners, vor einigen Jahren dieses alte Gemäuer der Trotzenburg billig erworben hatte.

Trotz des fortgeschrittenen Winterabends entschloss sich der Gastwirt, noch heute den Bäckermeister aufzusuchen, der nur ein paar Gassen entfernt wohnte. »Man muss das Eisen schmieden, solange es heiß ist«, dieses alte Sprichwort ging ihm nicht aus dem Kopf. Den erstaunten Bäckermeister überraschte Leon Weber mit einem verlockenden Vorschlag: er solle das ihm gehörende Grundstück der Trotzenburg, das heute nicht viel wert sei, für einen sehr guten Preis an die Kölner Armenverwaltung verkaufen. »Sagen wir für 16 000 Taler!«, schlug Gastwirt Weber vor. Er, Weber, sei bereit, den Vermittler bei diesem Verkauf zu spielen, gegen eine mäßige Gebühr von nur 1000 Talern.

Der Bäckermeister werde dann immer noch ein sehr gutes Geschäft machen.

Mit flinkem Mundwerk erzählte der Gastwirt, was ihm zweckmäßig erschien. Die Armenverwaltung wolle das nahe gelegene Waisenhaus erweitern und sei daher an dem Grundstück der Trotzenburg interessiert. Er kenne gut den Leiter der Armenverwaltung, den Herrn Stadtrat von Wittgenstein, und er könne den Kauf mit ihm gerne arrangieren. Allerdings müsse sich der Bäckermeister sofort entschließen, denn die Armenverwaltung könne sonst noch auf ein anderes Grundstück ausweichen.

Der von so viel Gerede ganz verwirrte biedere Bäckermeister schüttete sich und seinem späten Besucher erst mal einen Schabau »auf den Schreck hin« ein. Er ließ es auch geschehen, dass der Gastwirt sich rasch auf einem Stück Papier die Verkaufsabsicht bestätigen ließ, und auf einem anderen Zettel natürlich auch das Versprechen, dem Herrn Leon Weber eine Provision von 1000 Talern zu zahlen, »nach Vollzug des Verkaufs«.

»Der erste Schritt war erfolgreich«, dachte Gastwirt Weber immer wieder, als er durch die Winternacht nach Hause wanderte. »Den zweiten Schritt werde ich auch noch schaffen.« Ihm war gleich beim Auftauchen der Idee klar geworden, dass er mit seinen zurzeit sehr beschränkten Geldmitteln niemals in der Lage sein werde, die Trotzenburg selbst zu kaufen. Aber die zwischengeschaltete Armenverwaltung war dafür finanzkräftig genug. Und eine gute Provision konnte er so von beiden Vertragspartnern kassieren.

Am anderen Morgen leitete Gastwirt Weber den nächsten Schritt seiner Geschäftsmanipulationen ein. Es gelang ihm, schon am frühen Vormittag beim Stadtrat von Wittgenstein vorgelassen zu werden. Ihm trug er den Vorschlag vor, das Grundstück der Trotzenburg zu kaufen. Zufällig wisse er, dass der Eigentümer es umständehalber billig abgeben wolle, für nur 16 000 Taler. Hier, beim Mitglied des Stadtrates und der Direktion der Rheinischen Eisenbahn, deutete er wahrheitsgemäß an, dass mit Sicherheit die Bonn-Kölner Eisenbahn dieses Grundstück werde kaufen wollen. »Für die Kölner Armenverwaltung müsste dabei ein hübsches Sümmchen als Gewinn herausspringen, wenn Euer Hochwohlgeboren nur hart genug verhandeln«, reizte er den Herrn von Wittgenstein.

Der erfahrene Jurist war Geschäftsmann genug, um das Verlockende des Vorschlags einzusehen. »Sie werden gewiss verstehen, Euer Hochwohlgeboren«, fügte der schlaue Gastwirt hinzu, »wenn ich für die Vermittlung dieses unfehlbar günstigen Geschäfts mir eine Provision von 1000 Talern erbitte.« Beruhigend winkte der hochmögende Herr Stadtrat, das werde sich schon arrangieren lassen.

Neue Schwierigkeiten

Diesmal kam der Freiherr bei der Sternenburg in Poppelsdorf vorgefahren. Gerhard von Carnap war in diesem März 1840 wieder einmal mehrere Wochen fern von Bornheim gewesen, teils in Familienangelegenheiten, teils um am Niederrhein bei der Gründung neuer Kreisvereine des Landwirtschaftlichen Vereins für Rheinpreußen zu präsidieren. Von seinem Sekretär Jellinghaus hatte er nach der Rückkehr erfahren, dass es einige Bewegung in der Eisenbahnangelegenheit gegeben habe, wenn auch meist nur negative. Nun wollte er sich doch direkt aus dem Munde des Ausschuss-Vorsitzenden Mülhens näher unterrichten lassen.

Christian Jellinghaus begleitete seinen Herrn. Der junge Mann wusste allmählich nicht mehr, ob er der Bedienstete des Herrn von Carnap, des Herrn Mülhens oder der noch gar nicht existierenden Eisenbahngesellschaft war, so oft hatte er inzwischen schon den Weg von Bornheim nach Poppelsdorf oder Bonn zurückgelegt. Es ging ihm wie den wenigen anderen von der Idee einer Eisenbahn von Bonn nach Köln wirklich gepackten Männern. Je länger die endgültige Genehmigung dafür ausblieb und je unwahrscheinlicher für alle übrigen Menschen ihre Ausführung erschien, desto verbissener verfolgten sie ihr Ziel, verhandelten, schrieben und planten sie. Und Christian Jellinghaus war ihnen bei den meisten dieser Tätigkeiten der interessierte und unentbehrliche Helfer.

Franz Mülhens empfing den Freiherrn von Carnap höflich an der Freitreppe der Sternenburg, von wo man durch die jetzt noch kahlen Bäume des Schlossparks das einstige kurfürstliche Schloss Clemensruhe sehen konnte, und geleitete den Gast und dessen Sekretär in ein kleines, inzwischen zum Eisenbahnbüro avanciertes Zimmer. Es war mit Plänen, Büchern, Zeitungen und Akten vollgestopft. Der Poppelsdorfer Gutsbesitzer empfand gegenüber dem nur gut anderthalb Jahre älteren Adligen eine seltsame Zurückhaltung. Neidete er dem Bornheimer Burgherren dessen Adelspatent und dessen in der unmittelbaren Umgebung des preußischen Kronprinzen Friedrich Wilhelm verbrachten Jahre als Offizier in der Armee? Oder gönnte er ihm nicht das Erstgeburtsrecht an der Idee der Eisenbahn, die der Poppelsdorfer nun, da er den Vorsitz im Provisorischen Ausschuss innehatte, immer mehr zu seiner eigenen machte?

Trotz dieser innerlich empfundenen Distanz berichtete Franz Mülhens ausführlich und offen über die Ereignisse der letzten Wochen. Sie waren teils erfreulicher, teils unangenehmer Art. Aus dem Büro des Regierungspräsidenten in Köln war das Gerücht gedrungen, dass ein die Bonn-Kölner Eisenbahnpläne positiv beurteilendes Gutachten für das preußische Finanzministerium unmittelbar vor der Fertigstellung stehe. Eine Fortsetzung der Bahn nach Süden sei allerdings nicht wünschenswert, werde das Gutachten besagen, da dies nur sinnvoll sei, wenn der Bau bis Koblenz durchgeführt werde. Dies sei aber wegen der Geländeschwierigkeiten und der Konkurrenz durch die Dampfschiffe zu teuer und unerwünscht und werde sicher auch keine Financiers finden.

Der Provisorische Ausschuss hatte immer wieder neue Unterlagen und Berechnungen dem Kölner Regierungspräsidenten nachliefern müssen. Dazu gehörten auch Pläne für eine Zweigbahn von rund 1400 Ruten Länge, die vor dem Festungsring von Köln abbiegen und bei Subbelrath nördlich von Köln in die Gleise der Rheinischen Eisenbahn nach Aachen und Antwerpen einmünden sollten. Dieses Stück sollte lediglich als Pferdebahn betrieben werden und eine bequeme Verbindung zwischen den beiden Bahnstrecken herstellen. Es war ein besonderes Anliegen der Herren von Carnap und des Grafen Beust gewesen, im Provisorischen Ausschuss wenigstens diesen Rest der alten Idee eines direkten Anschlusses an die internationale Schienenverbindung durchzusetzen.

Auf der anderen Seite der Waagschale stand eine sehr unangenehme Entwicklung in der Stadt Köln, erzählte Franz Mülhens weiter. Die genaue Prüfung durch die preußischen Festungsingenieure hatte ergeben, dass eine Einleitung der Bahn in den Festungsring um Köln und durch ein vorhandenes Stadttor nur an einer Stelle möglich sei, nämlich am Pantaleonstor; dieses sei zwar zugemauert, könne aber wieder geöffnet werden. Die Herren des Provisorischen Ausschusses hatten sich daraufhin sogleich bemüht, im Kölner Stadtgebiet das notwendige Grundstück für den dortigen Endbahnhof zu erwerben.

Doch merkwürdigerweise war das einzige in Frage kommende Gelände, die so genannte Trotzenburg am Anfang der Waisenhausstraße, gerade unmittelbar vorher von der Kölner Armenverwaltung für 16 000 Taler angekauft worden, zur Errichtung eines Hospitals, wie es hieß. Die Herren Franz Mülhens, Heinrich Stahl und Heinrich Degen hatten sich daraufhin mit dem Herrn Stadtrat von Wittgenstein in Köln in Verbindung gesetzt, dem Leiter der dortigen Armenverwaltung. Der sei auch nach einigem Widerstreben zum Weiterverkauf des Geländes bereit gewesen, aber als gerissener Geschäftsmann im Interesse der Armenverwaltung nur zum doppelten Preis: nicht weniger als 32 000 Taler sollte das knapp 7 Morgen große Grundstück nun kosten. Alle Beschwerden über den überhöhten Preis seien an dem Herrn abgeprallt: die Armen von Köln seien froh über jede Einnahme, und wer eine Eisenbahn baue, müsse mit hohen Kosten rechnen, habe er immer wieder erklärt. Franz Mülhens war immer noch über das Verhalten des Herrn von Wittgenstein empört; schließlich hätte er als Mitglied des Direktoriums der Rheinischen Eisenbahn etwas mehr Solidarität mit seinen Bonner Kollegen zeigen können.

Dem Bonner Provisorischen Ausschuss sei daher nichts anderes übrig geblieben, als zähneknirschend den Vertrag zu unterzeichnen und, da Herr von Wittgenstein auf sofortiger Zahlung bestanden habe, eine Umlage unter sich zu veranstalten, um die 32 000 Taler auf den Tisch legen zu können. Er selbst, Franz Mülhens, sowie die Herren Degen und Stahl hätten dabei den Löwenanteil zur Verfügung gestellt, in der Erwartung, dieses Geld in absehbarer Zukunft von der Bonn-Kölner Eisenbahn erstattet zu bekommen.

Gerhard von Carnap konnte diesen Maßnahmen nur nachträglich zustimmen. Er gab zu, dass die Herren nicht anders hätten handeln können, sollte nicht die Chance des Bahnbaus durch solche unerwarteten Hindernisse endgültig verbaut werden. »In absehbarer Zukunft erstattet...« wiederholte der Freiherr seufzend die Worte des Herrn Mülhens. »Wir können nur beten, dass es endlich – und bald – so weit kommt! Jetzt liegen schon vier Jahre Hoffen, Planen und Arbeiten für diese Eisenbahn hinter uns, und noch ist kein Fuß Schienen verlegt worden. Wie lange soll das noch weitergehen?«

4. Kapitel

Das Werk kann beginnen

Juni bis Dezember 1840

Hoffnung auf den neuen König

Freiherr Gerhard von Carnap empfing die Nachricht als Bürgermeister von Bornheim von einem reitenden Boten aus Bonn, der auf dampfendem Pferd gerade nur für 5 Minuten anhielt. Wenig später verließen einige Knechte die Burg Bornheim ebenfalls zu Pferde, um alle Pfarrer in der Bürgermeisterei zum Läuten der Glocken aufzufordern. So wunderten sich die Bauern in den Dörfern am Vorgebirge, dass an diesem Pfingstmontag die Kirchenglocken zu ungewohnter Zeit erklangen. Mit Windeseile verbreitete sich die Nachricht, dass Seine Majestät König Friedrich Wilhelm III. von Preußen am Pfingstsonntag, dem 7. Juni 1840, in Berlin verschieden und dass ihm sein gleichnamiger Sohn auf den preußischen Thron gefolgt sei.

Der optische Telegraph hatte diese Mitteilung in der für viele Menschen unbegreiflichen Geschwindigkeit von nur 12 Minuten aus Berlin bis Köln weitergegeben. Wenn es sein musste, konnten die Preußen sehr schnell handeln. Schon am Dienstag nach Pfingsten wurden in Köln, Bonn und Koblenz und überall in der preußischen Monarchie alle Truppen auf den neuen König vereidigt.

Wie viele Hoffnungen hatten sich auf diesen neuen Herrscher gerichtet! In den dreiundvierzig Jahren, während der sein Vorgänger auf dem preußischen Thron saß, hatten sich ungeheure Wandlungen vollzogen. Preußen war von Napoleon zutiefst erniedrigt worden und hatte schließlich doch im Verein mit Russland, Österreich und England über ihn gesiegt und dabei im Westen Deutschlands mit dem ganzen Westfalen und der Rheinprovinz zwei große reiche Provinzen neu gewonnen. Im Inneren des Staates waren tief greifende Reformen begonnen worden, aber nach kurzer Zeit stecken geblieben. Alle Regungen freier Geister waren seit über zwei Jahrzehnten hart unterdrückt worden. Unter dem alten, verknöchert wirkenden König war es als unmöglich erschienen, dass die geistigen Wandlungen unter der Bevölkerung irgendwie zu Änderungen im preußischen Staatsleben führen könnten.

Umso größer waren nun die Erwartungen, die seinem Nachfolger entgegengebracht wurden. Man wusste vom bisherigen preußischen Kronprinzen, dass er ein edel denkender, romantisch und künstlerisch veranlagter Mann sei, der die im Namen seines Vaters verhängten Unterdrückungsmaßnahmen gegen zahlreiche Professoren und andere weiter denkende Menschen in Preußen nicht billigte und sicher mehr Verständnis für die Bedürfnisse eines neuen Zeitalters haben würde. Ein im besten Mannesalter stehender Prinz, der nun endlich in die Lage versetzt wurde, seine eigenen Ideen von der Gestaltung des preußischen Staates durchzusetzen, ein solcher König konnte es doch nur besser machen als der alte. Denn der – auch wenn man das von Tilsit im Osten bis Trier im Westen nur hinter vorgehaltener Hand zu flüstern wagte – hatte wenigstens in den letzten fünfundzwanzig Jahren seiner Regierung wahrlich nicht mehr viel Gutes bewirkt.

Auf Burg Bornheim erregte die Nachricht von der Thronbesteigung des Kronprinzen Friedrich Wilhelm ganz besondere Anteilnahme. Denn Gerhard Freiherr von Carnap fühlte sich diesem aus mehr als einem Grunde eng verbunden. Anno 1814 war es gewesen, gerade als preußische Truppen das von Frankreich abhängige Großherzogtum Berg besetzt hatten, da hatte sich der junge reiche Gerhard von Carnap aus der bergischen Stadt Barmen begeistert für die Sache der Befreiung Deutschlands von der Fremdherrschaft der preußischen Armee als Offizier zur Verfügung gestellt. Das war etwas ganz Besonderes zu einer Zeit, als sich der ganze übrige rheinische Adel und das Bürgertum noch distanziert-abwartend gegenüber den neuen Herren des Landes verhielt.

Als einer der ganz wenigen Offiziere reformierter Konfession aus den neuen Landesteilen wurde Leutnant Gerhard von Carnap in den Stab des ihm gleichaltrigen Kronprinzen Friedrich Wilhelm kommandiert. Beide wurden Freunde. Vor allem ein Ereignis würde der Prinz seinem Adjutanten nie vergessen: Bei einer großen Truppenparade war Prinz Friedrich Wilhelm auf seinem Pferd ins Straucheln geraten. Nur ein geistesgegenwärtiger Griff des Leutnants von Carnap bewahrte den preußischen Thronerben vor einem schmerzhaften Sturz, vor allem aber vor einer ungeheuren Blamage im Angesicht der gesamten preußischen Generalität und fast aller Garderegimenter. Diese Tat war es insbesonders, die dem Leutnant von Carnap nach seinem Ausscheiden aus dem Militärdienst die Bestätigung seines nicht ganz zweifelsfreien Adelstitels und darüber hinaus das preußische Freiherrendiplom einbrachte.

Der von Carnapsche Sekretär Christian Jellinghaus war ungeheuer stolz, als sein Herr ihm bereits wenige Tage nach dem Regierungsantritt des neuen Königs befahl, das Diktat eines Briefes an den Souverän persönlich aufzunehmen. Besonders schwungvoll und sorgfältig kurvte die

Gänsefeder bei der traditionsgeheiligten Anrede über das Papier: »Allerdurchlauchtigster, großmächtigster König, allergnädigster König und Herr!«

In seinem Brief legte Gerhard Freiherr von Carnap dem König nach den schuldigen Glückwünschen zur Thronbesteigung ehrfürchtig die Sorge um den Plan der Bonner Eisenbahn zu Füßen. Selbst ein endgültig abschlägiger Bescheid sei für die Betreiber dieses Planes gegenwärtig ersehnter als das jahrelange bange Warten auf eine Entscheidung aus Berlin. In den Städten Bonn und Köln, in der ganzen preußischen Rheinprovinz und bei allen Menschen dort werde aber eine Zustimmung des Königs zu diesem Vorhaben jubelnde Freude über die väterliche Fürsorge des neuen Monarchen für seine treuen Untertanen jenseits des Rheins auslösen.

Als ein Knecht der Burg Bornheim mit der Reinschrift dieses Briefes auf schnellem Pferd fortgaloppierte, um ihn so rasch wie möglich dem Bonner Postamt zur Weiterbeförderung nach Berlin zu übergeben, da standen der Freiherr und sein Sekretär vor dem Tor und blickten dem Reiter nach. Bewegt reichte der Gutsherr seinem jungen Helfer die Hand. Die Zukunft der Eisenbahn, für die sie beide nun schon über vier Jahre so viel Zeit und Energie aufgewendet hatten, lag nun in Gottes und des Königs Hand.

Winzernot

»Ich geh nach Amerika«, schluchzte Franz Thoennes, »ich halt's hier nicht mehr aus!« Zusammengesunken und sein Gesicht in den Händen verborgen hockte der kräftige Mann am Tisch. Tränen tropften durch seine Finger. Wieder ein-

mal war vor dem alten Winzerhaus des Thoennes in Mayschoß alles für einen Leichenschmaus gerichtet. Nach der
Totenmesse und der Beerdigung auf dem kleinen Friedhof
trafen die Trauergäste ein, zum althergebrachten Abschluss
der traurigen Feier. Doch Franz Thoennes brachte es heute
nicht fertig, den aufmerksamen Gastgeber zu spielen.

Es war nicht nur der Tod seiner jungen Frau Martha, der
den Winzer so erschütterte. Sein ganzes Leben in der letzten Zeit war nichts als Armut, Hunger, Sorge und Not gewesen. Und dabei hatte er vor drei Jahren noch so hoffnungsvoll in die Zukunft geblickt, damals bei der letzten
Beerdigung, als sein Vater gestorben war.

Ein Jahr später waren er und die Martha von nebenan
Mann und Frau geworden, wie er es sich vorgenommen
hatte. Da im alten Haus der Thoennes schon jeder Winkel
von Geschwistern und deren Anhang besetzt war, musste
das junge Paar im Keller unterkriechen, zwischen gefüllten
und leeren Weinfässern. Dort war es kalt und feucht. Kein
Wunder, dass seine junge Frau bald das Reißen bekam und
ihre erste Schwangerschaft nur unter Ächzen und Stöhnen
ertrug. Der Verdienst des Franz Thoennes war immer weniger und weniger geworden, so wie das fast allen Winzern
im Dorf ging. Der Ahr-Bleichert, wie er hier gekeltert wurde,
ließ sich immer schlechter absetzen. Infolgedessen waren
auch des Franz Thoennes Künste als Fassbinder so gut wie
überhaupt nicht mehr gefragt. Und wenn er und seine Frau
nicht aus Reisig Besen gebunden und gelegentlich für drei
Pfennig in den Häusern des Dorfes hätten verkaufen können, dann wären sie beide schon vor einem Jahr verhungert.

Als ihr Kind, ein Junge, vor einem Jahr zur Welt gekommen war, da hatte es nur so lange gelebt, dass es eiligst
die Taufe vom Mayschosser Pfarrer erhalten konnte. Dann

hatten die Eltern es in einer kleinen Kiste den Weg zum Friedhof tragen müssen, wo schon so viele jung gestorbene Kinder in den letzten Jahren beerdigt worden waren. Und danach hatte seine Frau, die Martha, über all dem Hungern und der Kälte und Feuchte in ihrem Keller die Auszehrung und den blutigen Husten bekommen. Keines der althergebrachten Mittel des Kräuterweibleins hatte die Krankheit aufhalten können. Höchstens eine andere Wohnung und ein reichliches regelmäßiges Essen hätte das gekonnt, hatte Hochwürden, der Pfarrer, gesagt. Aber das herbeizuschaffen, stand weder in des Pfarrers noch in des Franz Thoennes Macht. Nun war die Martha gestorben, im sechsten Monat ihrer zweiten Schwangerschaft, und sie hatte ihr zweites Kind mit hinüber genommen in das schwarze Reich des Todes, wo aller Hunger und alle Entbehrung ein Ende hatten.

Leise und rücksichtsvoll kamen die Verwandten und Nachbarn und sagten dem völlig verzweifelten jungen Witwer ihr Beileid. Der eine oder andere legte schweigend einen Brotkanten oder ein Stückchen Speck auf den Tisch, als Trost und Hilfe. Sie hatten ja heutzutage selbst kaum noch etwas zu beißen. Hätte er doch noch vor acht Tagen das Brot und den Speck gehabt, dachte Franz Thoennes unter Schluchzen, vielleicht könnten dann seine Martha und das Kind in ihrem Leibe noch leben.

Langsam erwachte der Winzer aus seinem geistesabwesenden Sinnen und dankte mechanisch für die schlichten Beileidsworte der Trauergäste. Einen üppigen Leichenschmaus gab es diesmal nicht, aber jeder hatte dafür Verständnis. »Ich muss hier weg, ich geh nach Amerika«, murmelte Franz Thoennes ein um das andere Mal. »Wenn ich hier bleibe, geh ich auch noch zu Grunde an Hunger und Herzeleid.«

»Wenn das nur so einfach wär, Franz«, meinte der alte Onkel Anton aus Dernau, »es gehört viel Geld dazu, um nach Amerika zu gehen. Ich weiß es, der Kolb Tünnes aus Dernau hat's versucht. Bis Bremen ist er gekommen, dann musste er wieder umkehren. Denn ohne wenigstens hundert Taler im Sack nehmen die Schiffe nach Amerika selbst im allerbilligsten Zwischendeck niemanden mit. Nein, Franz, wenn du das Geld nicht hast, dann bleibt dir nichts anderes übrig, als in einer großen Stadt nach Arbeit und Verdienst zu suchen, in Koblenz etwa oder in Bonn.«

»Dann geh ich eben nach Bonn«, erklärte Franz Thoennes gleichgültig, »nur weg hier, wo ich immer noch die Martha vor mir sehe.« Nachdenklich sah der alte Onkel ihn an: »Vielleicht ist's wirklich das Beste, Franz. Jeder Esser im Dorf weniger ist auch ein Segen für die anderen. Die Not ist zu groß. Wenn die Familie zusammenlegt, kommen vielleicht ein paar Taler zusammen, um dir über die erste Zeit in der großen Stadt hinwegzuhelfen. Dort wirst du sicher etwas Verdienst finden, du bist kräftig und geschickt. Aber wenn du gehst, Franz, dann tu mir und der Familie den Gefallen, nimm den Vetter Scheng hier mit und sorge für ihn.«

Damit schob der Onkel Anton einen Mann mittleren Alters an den Tisch, der in der Familie nur als der »blöde Scheng« bekannt war. Seine Kleidung war zerrissen und verschmutzt, ein speckiger Hut saß auf seinen wenigen Haaren. In seinem Kopf war es nicht richtig, statt sprechen konnte er nur lallen. Aber essen konnte er für drei und arbeiten auch, wenn man es ihm sagte. Es war ein gutmütiges armes Wesen, das niemandem etwas zu Leide tat. Mit blödem Grinsen hörte er zu, was hier über ihn verhandelt wurde, ohne etwas zu verstehen. Bei allerlei Hilfsarbeiten wurde er gelegentlich herangezogen, und in den Häusern der weit verzweigten Verwandtschaft saß er immer reihum zum Essen mit am Tisch. Doch keine Hausgemeinschaft betrachtete ihn voll als zu sich gehörig. War das nicht eine günstige Gelegenheit, diesen armen Menschen auf gute Weise loszuwerden, mit dem man so recht nichts anfangen konnte?

In seiner gegenwärtigen Stimmung war Franz Thoennes alles gleichgültig, wenn er nur Mayschoß bald verlassen konnte. So beschloss denn der Thoennessche Familienrat an diesem Julitag des Jahres 1840, dass der Scheng Haag seinem Vetter Franz in Obhut gegeben werde sollte, wenn er in Bonn um Arbeit nachfragen werde. Die beiden hatten zusammen vier kräftige Arme, da würden sie schon genug Geld verdienen können, dort in der großen Stadt, wo es so viele reiche Leute gab. Und damit der Franz auch gut auf den Scheng aufpasste, sammelte die Verwandtschaft gleich ihre Silbergroschen und Pfennige, um den Franz damit fürstlich auszustatten. 12 Taler, 3 Silbergroschen und 9 Pfennige wurden es insgesamt. »Damit seid ihr erstmal reicher als viele hier im Dorf«, meinte Onkel Anton wohlwollend, »pass auf das viele Geld auf, Franz, dass es dir in der Fremde nicht gestohlen wird.«

Eine erfreuliche Nachricht

Ernst August Graf von Beust, königlich preußischer Geheimer Oberbergrat und Berghauptmann, stand am Fenster seines Büros im Bonner Oberbergamt und blickte auf die im Sonnenlicht dieses herrlichen Sommertages blitzende Wasserfläche des Rheins hinaus. Eben hatte eines der eleganten großen Dampfschiffe der Düsseldorfer Gesellschaft für den Mittel- und Niederrhein an der nahen Anlegestelle festgemacht, dicke Rauchwolken ausstoßend. Mehrere

Familien mit Kindern und Bediensteten, Kisten und Koffern gingen an Land und traten den Weg in die Stadt an.

Das ist doch immer noch die bequemste Art nach Bonn zu gelangen, wenn auch nicht die schnellste, ging es durch den Kopf des Grafen, dem dieser Anblick einen kleinen Stich gab. Wie schon so oft zog der Berghauptmann Vergleiche zwischen den beiden neuen Verkehrsmitteln, dem Dampfschiff und der Eisenbahn. Nicht, dass er etwas gegen die Dampfschiffe hatte, im Gegenteil. Aber er war überzeugt, dass nur ein rascher Ausbau eines umfangreichen Eisenbahnnetzes in Preußen für eine gute wirtschaftliche Entwicklung seines Vaterlandes sorgen könne, insbesondere auch für ein Florieren des Gewerbezweiges, dem er sein ganzes Berufsleben gewidmet hatte. Wie problemlos hatten sich diese großen und praktischen Schiffe auf dem Rhein durchgesetzt, dachte Graf Beust, und welchen geradezu unbegreiflichen Schwierigkeiten sahen sich alle Eisenbahnpläne ausgesetzt!

Zaghaft klopfte es an der Tür seines Büros. Der alte Amtsdiener des Oberbergamtes betrat den Raum mit einigen eben angekommenen Briefen. Einer davon trug Absender und Siegel Seiner Exzellenz, des preußischen Finanzministers Graf von Alvensleben in Berlin. Das war für den Berghauptmann nichts Ungewöhnliches, denn schließlich war der Minister sein oberster Dienstvorgesetzter. Das Departement für Berg-, Salinen- und Hüttenwesen, dessen wichtigste Außenstelle das Oberbergamt bildete, war nur eine Abteilung dieses Ministeriums. Seufzend wog der Graf den Brief in der Hand. Nach dem Blick aus dem Fenster und der Abschweifung seiner Gedanken hatte ihn der berufliche Alltag mit all seinen lästigen Kleinigkeiten wieder. »Wird wohl eine Weisung bezüglich der Alaungruben im Vorgebirge sein«, brummte er.

Ein wenig ächzend setzte sich der Graf in seinen Schreibtischsessel, er war schließlich nicht mehr der Jüngste, und schlitzte mit dem Federmesser den Umschlag auf. Doch als er einen Blick auf den Inhalt des Briefes geworfen hatte, ließ er den Bogen vor Erstaunen fast fallen. Herrisch erklang die Glocke, mit der er den Amtsdiener herbeizurufen pflegte. »Die Herren Oberbergräte, schnell, sofort!«, befahl der Berghauptmann fast atemlos. Kurze Zeit später drängten sich die würdigen Herren Räte durch die Tür, höchst betroffen über diesen ungewöhnlichen Befehl ihres sonst so höflichen Vorgesetzten.

»Meine Herren«, verkündete Graf Beust mit einem Stolz in der Stimme, als sei ihm soeben der Rote Adlerorden erster Klasse mit Stern und Schulterband verliehen worden, »meine Herren, Seine Majestät haben geruht, unserer Eisenbahngesellschaft die allerhöchste Genehmigung zu erteilen und ihr das Recht der Expropriation der nötigen Ländereien zu erteilen! Seine Exzellenz, der Herr Finanzminister, teilt mir das soeben mit.« Damit schwenkte der Berghauptmann triumphierend den Brief aus Berlin. »Das offizielle Schreiben wird über den Herrn Oberpräsidenten und Regierungspräsidenten an den Provisorischen Ausschuss gelangen, aber Seine Exzellenz wollte mich so schnell wie möglich unterrichten. Es ist wirklich schnell gegangen, heute haben wir den 27. Juli, und der Brief ist vom, lassen Sie mich sehen, vom 21. Juli.«

Der sonst im Dienst den sparsamen preußischen Beamten herauskehrende Graf – privat gehörte er zu den reichsten Bonner Bürgern – schickte den Amtsdiener in sein dem Oberbergamt gegenüberliegendes Wohnhaus, um aus dem gräflichen Keller eine Flasche Champagner zu holen. Auch wenn der Berghauptmann in den letzten Jahren nicht so aktiv an den Vorbereitungen der Bonn-Kölner Eisenbahn hatte teilnehmen können, wie er gerne gewollt hätte, so hatte er diese Arbeiten doch stets mit Interesse und Anteilnahme verfolgt. Auch seine Oberbergräte Noeggerath, von Oeynhausen und Mertins nahmen ehrlich an seiner Freude teil, denn auch sie hatten sich schon mehrfach dafür engagiert und wenn sie nur Aktien der Bahn gezeichnet hatten.

»Das müssen die anderen Herren vom Provisorischen Ausschuss sofort erfahren. Und ins Bonner Wochenblatt setzen wir es auch, meine Herren«, strahlte Graf Beust. »Nein, dass ich solche Freude mit der Eisenbahn noch erleben kann! Ich hatte schon fast gar nicht mehr daran geglaubt. Kaum ist Seine Majestät, unser gnädigster König, auf dem Thron, schon geht alles glatt und zum Jubel aller Wohlgesinnten! Denken Sie nur, wie froh ganz Bonn war, als vor zwei Wochen das königliche Patent hier eintraf, mit dem unser verehrter Professor Arndt nach zwanzigjähriger Suspendierung und Verdächtigung wieder in alle seine Rechte eingesetzt wurde! Und jetzt dies! Meine Herren, stoßen Sie mit mir an auf die Zukunft unserer Eisenbahn, die nun endlich im Begriff steht, nicht mehr nur Zukunft zu sein!«

Die Gründung

An diesem Abend rasten die Gedanken im Kopf des Carnapschen Sekretärs Christian Jellinghaus wie ein paar durchgehende Pferde. Obwohl er sich nach einem anstrengenden Tag müde in sein heimisches Bett in der Rentmeisterwohnung auf Burg Bornheim legen konnte, beruhigt, weil er seine Pflicht erfüllt hatte, ließen ihm die Erlebnisse dieser letzten Wochen und insbesondere dieses

Sonntags, des 27. September 1840, keine Ruhe. Unmutig warf er das Federbett zurück und setzte sich in einen Stuhl in seinem Kämmerchen, weil er doch nicht schlafen konnte.

Was war nicht alles heute und vor einer Woche und in den Wochen davor geschehen? Christian versuchte, ein wenig Ordnung in seine wirbelnden Erinnerungen und Gedanken zu bringen. Genau zwei Monate musste es wohl her sein, da war beim Grafen von Beust in Bonn die Nachricht von der königlichen Kabinetssordre über die Genehmigung der Eisenbahn eingetroffen. Seitdem waren Christian Jellinghaus, aber auch verschiedene Herren vom Provisorischen Ausschuss nur noch mit dem Wort Eisenbahn im Kopf morgens aufgestanden und abends zu Bett gegangen.

Zuerst war es darauf angekommen, eine Übersicht über die künftigen Aktionäre zu gewinnen. Die vor vier Jahren angelegten Listen stimmten in keiner Weise mehr, da inzwischen sehr viele der Bonner Geldgeber des Wartens überdrüssig geworden waren und ihre Verpflichtungsscheine verkauft hatten, wenn auch nur zu einem Bruchteil ihres Wertes. Wie sich herausgestellt hatte, waren die meisten von reichen Kölner Bürgern aufgekauft worden, sie hielten jetzt wohl die reichliche Hälfte des Aktienkapitals.

Jeder Aktionär in spe hatte sich beim Stadtsekretär Schulz in Bonn oder beim Kaufmann Heimann in Köln melden und seine Legitimation nachweisen müssen. Der Sekretär Jellinghaus hatte danach Eintrittskarten für die offizielle Generalversammlung und Stimmscheine ausstellen müssen, schön gestaffelt nach der Zahl der Verpflichtungsscheine. Wer sich zum Kauf von fünf bis zehn Aktien verpflichtet hatte, bekam nach den Statuten eine Stimme in der Generalversammlung, der Inhaber von bis zu 25 Aktien hatte zwei Stimmen, und so ging es weiter bis zu fünf Stimmen für Inhaber von hundert oder mehr Aktien.

Während der Sekretär Jellinghaus für Wochen in seinen Namens-und Stimmlisten fast erstickte, waren einige Herren des Provisorischen Ausschusses eifrig dabei, alle sonstigen Vorbereitungen zu treffen. Herr von Carnap konnte zu seinem Bedauern nicht viel dabei helfen, da er wieder für einige Zeit hatte verreisen müssen. Da galt es, eine genaue Kassenabrechnung zu erstellen und die Pläne einer nochmaligen genauen Durchsicht zu unterziehen.

Glücklicherweise hatte sich der Ausschuss schon vor einigen Monaten an den Herrn königlich bayerischen Regierungsrat Denis gewandt, den inzwischen berühmten Erbauer der Eisenbahn Nürnberg-Fürth und der Taunus-Eisenbahn zwischen Frankfurt und Wiesbaden. Ihn hatte man gebeten, die Bonner Pläne hinsichtlich der Kostenanschläge zu überprüfen. Das hatte der Herr Denis auch getan und die Auskunft gegeben, dass man die geplante Bahn für 860 000 Taler sehr solide bauen könne, allerdings ohne alle etwaigen Zweigbahnen. Dies bedeutete eine neue Erhöhung des Aktienkapitals; aber angesichts des neu erwachten Interesses an den Eisenbahnplänen und der vielen zusätzlichen Geldgeber aus Köln war man hoffnungsvoll, die weiteren gut 100 000 Taler leicht aufbringen zu können.

Gutsbesitzer Mülhens war für mehrere Tage nach Köln gereist und kam mit einem kompletten Entwurf der umgearbeiteten Statuten zurück; er brauchte nur noch in Druck gegeben zu werden, damit er den Aktionären in der Generalversammlung zur Diskussion und Verabschiedung vorgelegt werden konnte. Denn das 1838 veröffentlichte preußische Eisenbahngesetz machte neue Änderungen nötig, auch wollte man die praktischen Erfahrungen der Rheinischen Eisenbahn gerne nutzen.

Unter solch emsiger Tätigkeit rückte der Tag der Generalversammlung näher, der 21. September. Wenige Tage vorher stellte sich heraus, dass der Ratssaal im Bonner Rathaus für den Andrang nicht ausreichte. Man musste in den großen Festsaal des Ermekeil'schen Hotels vor dem Koblenzer Tor ausweichen, was den Vorteil hatte, dass dort gleich das geplante Festessen als Abschluss der Generalversammlung stattfinden konnte.

Und dann hatte endlich die offizielle Gründungsversammlung der Bonn-Kölner Eisenbahngesellschaft begonnen. Christian Jellinghaus war diesmal der Pflicht des Protokollschreibens enthoben, das machte angesichts der hochoffiziellen Gelegenheit gegen ein Honorar von 10 Talern der Herr Stadtsekretär Schulz. Jellinghaus hatte mit der Kontrolle der Eintrittskarten und anderen Hilfsdiensten und später mit den Zeichnungen neuer Aktienverpflichtungen zur Kapitalerhöhung genug zu tun.

Immerhin hatte Christian dadurch etwas mehr Zeit, den Vorträgen und Diskussionen frei von lästigen Schreibverpflichtungen zu folgen und sich seine Gedanken zu machen. Gutsbesitzer Mülhens machte seine Sache als Vorsitzender gut, fand er. Dieser war gleich zu Anfang in dieses Amt gewählt worden, auf Vorschlag einiger Bonner und Kölner Herren.

Knapp und übersichtlich trug Mülhens die Schwierigkeiten vor, denen sich in den vergangenen vier Jahren der Provisorische Ausschuss gegenübergesehen hatte, und was erfolgt sei, um ihnen zu begegnen. Nicht ohne eine zarte Erinnerung an das von privater Hand vorgestreckte Geld für das Bahnhofsgelände in Köln legte er dieses Grundstück in die Hände der noch zu wählenden definitiven Verwaltung der Gesellschaft, unter deren schützender Pflege das begonnene Werk rasch gedeihen und reiche Früchte tragen möge, damit zwei benachbarte Städte mit ihrer umgebenden schönen Natur durch ein harmonisches Band zu einem unzertrennlichen herrlichen Ganzen würden.

Dieser wahrhaft poetische Schluss seiner Ausführungen brachte Franz Mülhens den verdienten Beifall ein. An die folgende langwierige und oft sehr technische Diskussion über die einzelnen Paragraphen der neugefassten Statuten erinnerte sich Christian Jellinghaus nur noch undeutlich. Ihm war nur aufgefallen, dass Herr Mülhens etwas allzu glatt und schnell über den Einwand des Herrn Professor Böcking hinweggegangen war. Der hatte die Änderung des Paragraphen 3 bemängelt, der Vorschrift aus dem Statut von 1837, in dem die Streckenführung der Bahn festgelegt war.

»Die Bahn beginnt bei Bonn«, hatte Professor Böcking zitiert, «wo, steht jetzt nicht mehr dabei – nähert sich dem Vorgebirge bei Roisdorf, Bornheim und Brühl und geht von da in tunlichst gerader Richtung nach Köln, wo sie in der Stadt an einem Punkt einmündet, welcher nach den bisherigen Verhandlungen von der Staatsregierung festgelegt werden wird. Die Gesellschaft ist befugt, Zweigbahnen anzulegen, 1. zum Anschluss an die Rheinische Eisenbahn bei Köln, 2. zum Anschluss an den Rhein bei Bonn, 3. zur Ausdehnung der Bahnlinie bis an den Fuß des Siebengebirges.« Der streitbare Professor hatte beantragt, die alte Fassung dieses Paragraphen wiederherzustellen.

Doch unter großer Zustimmung vieler Aktionäre – wie es schien, hauptsächlich Kölner – hatte Herr Mülhens erklärt, diese etwas allgemeinere Fassung sei bewusst gewählt worden, um nicht bereits schon jetzt überhöhte Entschädigungsforderungen von Landbesitzern zu provozieren. Die Gesellschaft müsse noch die Möglichkeit haben, im Detail die beste Route zu prüfen und festzulegen.

All diese Beratungen und die Einzelzeichnungen zur Erhöhung des Aktienkapitals hatten an diesem 21. September so lange gedauert, dass man übereinkam, zur Wahl der Organe der Gesellschaft noch einmal eine Woche später, am 27. September, zusammenzukommen.

Und diese Wahlen waren nun am heutigen Sonntag vorgenommen worden. Beredt hatte der vor kurzem zum Präsidenten der Kölner Handelskammer gewählte Eisenbahnfachmann, der Kaufmann Ludolf Camphausen, namens seiner Kölner Mitbürger der Versammlung dargelegt, dass es nur recht und billig sei, an den Gremien der Eisenbahngesellschaft Bonner und Kölner Aktionäre gleichberechtigt zu beteiligen. Schließlich trügen ja auch sehr viele Kölner zum Entstehen der Eisenbahn für Bonn bei.

Er hatte da auch gleich eine Liste mit Namen zur Hand, in der drei Bonner und zwei Kölner Herren für die fünf Stellen der Direktoren benannt wurden: den Gutsbesitzer Mülhens aus Poppelsdorf, den Kaufmann Degen und den Herrn Rentner Stahl aus Bonn sowie die Herren Stadtrat von Wittgenstein und Kaufmannn Camphausen aus Köln.

Und so wurden die Herren von den rund einhundertfünfundzwanzig erschienenen Aktionären mit zusammen über fünfhundert Stimmen auch gewählt.

Manchen Bonner Aktionären wäre es lieb gewesen, wenn sie sich zu einem gemeinsamen Verhalten zur Abwehr allzu aufdringlicher Kölner Einwirkung auf ihre Bonner Gesellschaft hätten zusammenfinden können. Aber dazu war gar keine Zeit. Denn der Kölner Oberbürgermeister Steinberger – er war angesichts der Bedeutung des Tages persönlich nach Bonn gekommen – schlug schon die fünf stellvertretenden Direktoren vor: die Herren Kaufleute Jung und Heimann aus Bonn, die Kaufleute Paul Leven und Jean Maria Farina aus Köln sowie den Herrn Gerichtsreferendar Schramm von Köln, der der Direktion gewiss in allen Rechtsangelegenheiten von Nutzen sein könne. Den von solcher gut geplanten Vorsorge überraschten Aktionären blieb nichts anderes übrig, als auch diese Herren zu wählen.

Ähnlich ging es danach schließlich bei der Wahl der achtzehn Mitglieder des Verwaltungsrates zu. Acht Herren aus Bonn und acht aus Köln seien die angemessene Vertreterzahl für die beiden Städte, hatten die Kölner Aktionäre gemeint, dazu noch je ein Vertreter der dazwischen liegenden größeren Orte Bornheim und Brühl. Die Kölner Aktionäre seien gerne bereit, ihre Stimme für die Bonner Verwaltungsratsmitglieder abzugeben, wenn die Bonner auch für ihre Kölner Repräsentanten stimmten.

So war die Wahl denn auch im Wesentlichen verlaufen. Die Bonn-Kölner Eisenbahngesellschaft war damit endgültig konstituiert. Nun musste nur noch die Eisenbahn selbst gebaut werden. Aber war es denn noch eine Bahn von Bonn nach Köln, dachte Christian Jellinghaus. War nicht inzwischen so etwas wie eine Eisenbahn von Köln nach Bonn daraus geworden?

Wenig Mitgefühl

Neuigkeiten verbreiteten sich schnell in Bonn. Dafür sorgten die Marktfrauen und die Kaufleute aller Art, die nicht nur Waren feilzubieten hatten, sondern immer auch den neuesten Stadtklatsch. Nicht daran beteiligt war die Zeitung der Stadt, denn das »Bonner Wochenblatt« veröffentlichte nur Geschäftsanzeigen und Leserbriefe. Wer in Bonn etwas aus der weiten Welt erfahren wollte, der musste eine Zeitung aus Köln oder einer anderen großen Stadt abonnieren.

Auch die Postillione brachten nicht nur verschlossene Briefe oder Pakete in ihren Postsäcken sowie Personen in ihren Kutschen nach der Universitätsstadt am Rhein, sondern natürlich auch allerlei Neuigkeiten, die sie bei ihren Aufenthalten zum Umspannen der Pferde aufschnappten.

Postillion Peter Faßbender hatte wie alle daran interessierten Einwohner Bonns von der offiziellen Gründung der Bonn-Kölner Eisenbahngesellschaft gehört. Diese Berichte trafen ihn wie ein Schock. In den letzten Jahren hatte man praktisch nichts mehr von dem schändlichen Eisenbahn-Projekt vernommen, und fast alle Menschen hatten geglaubt, diese Pläne seien wie so viele andere im unergründlichen Magen des preußischen Amtsschimmels auf Nimmerwiedersehen verschwunden. Und nun diese plötzliche und offizielle Gründung!

Peter Faßbender hatte in seiner Postkutsche jüngst zahlreiche Kölner Aktionäre zu den Versammlungen der Gesellschaft nach Bonn und wieder zurück gefahren, und er hatte dabei viele Neuigkeiten gehört, die ihm sehr bedrohlich erschienen. Er war ein Mensch, der in einem solchen Fall sehr entschlossen und gezielt handeln konnte. Nur stillschweigend dem Schicksal seinen Lauf lassen, das lag dem Postillion Faßbender nicht.

Bereits zwei Tage nach den Wahlen für die Organe der Bonn-Kölner Eisenbahn sah der erfahrene Postkutscher seine Stunde gekommen. Der Dienstagnachmittag war die einzige Zeit in der Woche, in der er, außer dem Sonntag, frei hatte. Die Postkutsche nach Köln fuhr an diesem Nachmittag ein Aushilfspostillion, der sonst auch auf den anderen Linien bei Krankheit oder anderen Verhinderungen die dortigen Kutscher vertreten musste. Der Dienstagnachmittag war auch die Zeit, in der fast alle Kutschen des Posthalters Alfter in der Remise standen: Zeit für kleinere Reparaturen an Rädern, Wagen oder Zaumzeug, Zeit für die Postpferde, sich einmal gründlich auszuruhen und eine Extraportion Hafer zu fressen, Zeit für einen Schwatz der Postillione der verschiedenen Linien. Sonst sahen sich die Kollegen die ganze Woche nicht oder nur für flüchtige Minuten beim Umsteigen einzelner Passagiere.

Die Postkutschen waren schon eine nützliche Erfindung. Für jeden, der das Geld dafür aufbringen konnte, waren sie eine bequeme Möglichkeit, von einer größeren Stadt innerhalb der Staaten des Deutschen Bundes zur anderen zu kommen. Man mochte über die Preußen denken wie man wollte, aber man konnte nicht abstreiten, dass sie viel für die Verbesserung der Postkutschenkurse getan hatten, seit sie am Rhein die Herren waren. Bis vor wenigen Jahrzehnten waren selbst die wichtigsten Straßen in Deutschland im Grunde nichts anderes als unbefestigte Wege gewesen, im Winter voller Matsch, im Sommer staubig und voller Schlaglöcher. Systematisch hatten die Preußen zunächst die am meisten befahrenen Straßen mit festem Pflaster versehen lassen, sodass die Kutschen in erheblich größerer Geschwindigkeit darauf rollen konnten.

Heute war es möglich, von der preußischen Hauptstadt Berlin in nur sechs Tagen nach Köln zu gelangen, wenn man die teurere Schnellpost nahm. In weiteren zwei Tagen und mit entsprechenden Übernachtungen fuhr die Schnellpost mit vier Pferden und einem zwölfsitzigen Wagen von dort über Bonn und Breisig nach Koblenz. Dort hatte ja der Oberpräsident der ganzen preußischen Rheinprovinz seinen Sitz.

Die Stadt Bonn war auch Ausgangspunkt weiterer Postkutschenlinien. Eine Personenpost mit zwei Pferden und einer viersitzigen Kutsche führte viermal in der Woche über die Fliegende Brücke nach Beuel, Pützchen und weiter nach Siegburg, eine weitere über Meckenheim nach Altenahr und mit mehreren Zwischenstationen zweimal wöchentlich bis Wittlich in der Eifel. Und eine dritte Personenpostkutsche rollte alle drei Tage über Brühl nach Euskirchen mit Anschluss nach Prüm und Trier. Allerdings waren – man musste es zugeben – hier die Straßen teilweise noch in einem sehr schlechten Zustand.

Die Zentrale dieses umfangreichen Netzes lag in der Bonngasse im großen Hof des Posthalters Alfter. Hier trafen sich eben am Dienstagnachmittag die Postkutscher in der Kutscherstube, nachdem sie den Hufschmieden, den Sattlern und den Wagnern die nötigen Anweisungen für Reparaturen erteilt hatten.

Dies war die Gelegenheit, die Peter Faßbender sich so herbeigewünscht hatte. Er konnte gut reden, wenn es sein musste. Dramatisch schilderte er bei einer Tasse Warmbier seinen Kollegen, dass in Kürze eine eiserne Straße von Köln bis Bonn gelegt werde und dass darauf die Dampfrösser in unglaublicher Geschwindigkeit hinwegeilen würden. Die Postkutschen und ihre Pferde und Lenker würden dann überflüssig sein – wenn man nichts dagegen unternähme.

Mit gedämpfter Stimme wie ein Verschwörer beschwor er seine Kollegen, alle zusammen ein deutlich spürbares Zeichen zu setzen, dass es so nicht ginge. Sie sollten sich alle gemeinsam in der nächsten Woche weigern, ihre Postkutschen zu fahren. Das würde den Leuten klar machen, dass man so nicht mit dem wichtigsten Verkehrsmittel und dessen Menschen umgehen könne. »Wir müssen uns nur einig sein, Kollegen, und uns alle wie ein Mann weigern, auf den Kutschbock zu steigen!«

Doch die Antworten der anderen Postillione waren wenig ermutigend. »Was soll das, Peter«, meinte der Siegburger Postkutscher, »nach Siegburg wird das Dampfross nie laufen. Was soll ich mir da Ärger machen?« Und einer der beiden Kutscher, die auf der Linie nach Euskirchen fuhren, sagte bedenklich: »Was wird der Theo dazu sagen, unser Posthalter? Er wird uns keinen Lohn zahlen, und das kann ich mir nicht leisten.« Vergebens suchte Peter Faßbender zu erklären, dass Posthalter Alfter ganz auf ihrer Seite stehen würde, denn auch ihm würde die drohende Eisenbahn das Geschäft kaputt machen.

»Aber was werden die Preußen tun, Peter?«, fragte ein weiterer Postillion in der Runde. »Die sind so schnell bei der Hand, einen in de Blech zu stecken, da bin ich zu bang für! So schlimm wird's schon nicht werden mit deiner Eisenbahn, Peter. Und wenn sie kommt, dann geht's doch nur um den Kurs nach Köln. Nee, Peter, da machen wir nicht mit!«

»Sie sollen ihn nicht haben, den freien deutschen Rhein!«

Dem jungen Leutnant im 7. preußischen Ulanenregiment Otto von Kahlden aus Anklam in Pommern kam das Land, in das ihn seine Versetzung nach Bonn verschlagen hatte, wie ein Stück Frankreich vor. Ein pommerscher Landjunker betrachtete alles, was westlich der Elbe lag, schon mit Misstrauen, und gar Menschen und Orte westlich des Rheins mussten so etwas wie Ausländer sein, obwohl sie doch unbestreitbar zum Königreich Preußen gehörten.

Der Sekondeleutnant hatte noch wenig Gelegenheit gehabt, sich in seiner ersten Garnisonsstadt Bonn umzusehen. Die kargen Jahre in der Kadettenanstalt im westpreußischen Kulm und die glücklich bestandene Offiziersprüfung lagen erst kurz hinter ihm. Nun sollte er die 45 Soldaten der 2. Abteilung in der 4. Eskadron des Ulanenregiments bei ihrem unermüdlichen Exerzieren zu Pferde und zu Fuß auf dem Kasernenhof an der Welschnonnenstraße kommandieren. Noch war er schüchtern und hatte selbst im kleinen Offizierscorps des Regiments wenig Kontakt. Als zurzeit jüngster Sekondeleutnant hatte er in der festen Rangordnung ohnehin nichts zu sagen. Nur mit dem gleichaltrigen Sekondeleutnant Hellmuth von Carnap von der 1. Eskadron hatte er sich angefreundet, dem Sohn eines reichen rheinischen Gutsbesitzers aus der Umgebung Bonns, wie es hieß.

Ein wenig verloren stand Otto von Kahlden in großer Uniform am Fenster des festlich gedeckten Speisesaales im ersten Stock der Bonner Lese- und Erholungsgesellschaft gegenüber der Universität. Der Raum erstrahlte im Glanz zahlreicher Kerzen, und das Regimentsmusikcorps spielte auf der Straße vor dem Haus vaterländische Weisen zum Entzücken der Bonner Bürger und zahlreicher Kinder. Es war das erste Mal, dass man in Preußen an diesem 15. Oktober 1840 den Geburtstag des neuen Königs feierte. Aus diesem Anlass gaben die in Bonn ansässigen staatlichen und städtischen Behörden ein Festessen, zu dem auch die Offiziere des Ulanenregiments geladen waren. Oberst von Flotow hatte ausnahmsweise die Teilnahme gestattet, obwohl er sich sonst, wie die Bonner meinten, hochmütig von allen Rheinländern fern hielt und damit auch seine Offiziere zur Distanz zwang.

In dem großen Saal standen zahlreiche Zivilisten – Professoren, Stadträte, Beamte des Oberbergamtes und andere Mitglieder der guten Gesellschaft – und die etwa zwanzig Offiziere mit einem Glas Champagner in der Hand in Gesprächen beieinander und warteten auf den Toast auf Seine

Majestät. Erst nach diesem konnte das Essen beginnen. Ein älterer Herr in schwarzem Gehrock trat auf den einsamen Leutnant am Fenster zu: »Nun, Herr Leutnant, Sie sind gewiss neu hier und haben wohl ein wenig Heimweh?« Der Herr stellte sich als Justizrat Lamberz vom hiesigen Gericht vor und verwickelte den schüchternen jungen Offizier freundlich in ein Gespräch. Auch wenn der rheinische Tonfall des alten Herrn dem pommerschen Adligen ungewohnt war, taute Otto von Kahlden bald auf. Wissbegierig begann er seinen Gesprächspartner nach allen möglichen Dingen auszufragen, die er in seiner neuen Umgebung noch nicht verstand.

»Warum gibt es hier nur so wenig Militär in dieser illustren Versammlung, Herr Justizrat?«, wollte der Leutnant wissen. »Bei uns in Pommern sähe man bei einer solchen Veranstaltung mindestens die Hälfte der Herren in Uniform!« Der alte Herr nahm einen Schluck Champagner aus seinem Glas und überlegte einen Moment, um seine Antwort möglichst diplomatisch zu formulieren. »Bonn hat nur dieses eine Ulanenregiment in Garnison, Herr Leutnant. Da die Rheinlande gerade erst fünfundzwanzig Jahre zu Preußen gehören, kann es bei uns auch noch nicht so viele Reserveoffiziere geben wie in den altpreußischen Provinzen. Und die Herren unter uns, die es zu diesem Rang gebracht haben, ziehen es vor, in Zivil zu erscheinen. Wir Rheinländer wollen gute Preußen sein, Herr Leutnant, aber für uns gehört nicht unbedingt dazu, ständig in eine Militäruniform gekleidet zu sein.«

Dem pommerschen Junker versetzte das einen Stich. Heftiger als es seiner Jugend anstand, noch dazu dem so freundlichen alten Herrn gegenüber, entfuhr es ihm: »Sind denn die Rheinländer wirklich gute Deutsche und Preußen? Unter der französischen Herrschaft haben sie sich doch dem korsischen Eroberer gegenüber würdelos verhalten, habe ich in der Kadettenanstalt gelernt. Einen Andreas Hofer, einen Ferdinand von Schill hat es im Rheinland damals nicht gegeben!«

Ernst blickte der alte Justizrat den jungen Leutnant aus Pommern an: »Herr Leutnant, Seine Majestät der König von Preußen erwartet von uns Rheinländern, loyale Untertanen seiner weisen Regierung zu sein. Das sind wir – aber vor sechsundzwanzig Jahren und vor vierzig Jahren waren wir hier ebenso ungefragt Untertanen erst der französischen Republik und dann des französischen Kaiserreiches. Im eigenen Interesse hatten wir damals loyale Untertanen zu sein, es blieb uns ja nichts anderes übrig. Und Ihr Andreas Hofer und Major von Schill, die sich damals mit Waffen gegen Kaiser Napoleon stellten, galten seinerzeit in Österreich und Preußen als Landesverräter und Rebellen. Heute sind sie Volkshelden. So ändern sich die Zeiten, Herr Leutnant. Übrigens können Sie selbst gleich miterleben, was für gute preußische und deutsche Patrioten wir Rheinländer sind!«

Draußen auf der Straße nämlich hatte die Militärmusik das Vorspiel zu dem in diesen Tagen überall in den Rheinlanden beliebtesten Lied angestimmt, und sofort fielen die würdigen Honoratioren im Saal aus voller Kehle und begeistert mitdirigierend ein: »Sie sollen ihn nicht haben, den freien deutschen Rhein, ob sie wie gier'ge Raben sich heiser danach schrei'n!«

In diesem Herbst 1840 gab es bei Hoch und Niedrig im Rheinland und in ganz Preußen und auch in den anderen Staaten des Deutschen Bundes kaum ein anderes Thema als die frechen Forderungen des französischen Ministerpräsidenten Thiers nach der Rheingrenze für Frankreich. Dieser hatte sie in einer Rede in der Pariser Abgeordnetenkammer vor einigen Wochen erhoben, gewissermaßen als Kompensation für eine schwere diplomatische Niederlage, die England, Russland, Österreich und Preußen gemeinsam dem Königreich Frankreich in einem komplizierten Interessenspiel um die Türkei und Ägypten beigebracht hatten. Zum ersten Mal eigentlich waren da bei den Rheinländern patriotische Gefühle als Preußen und Deutsche und eine ungeheure Empörung gegen Frankreich erwacht. Deutlichster Ausdruck dieser Empfindungen war das eben angestimmte Lied. Es stammte sogar von einem gebürtigen Bonner, dem jetzt am Niederrhein lebenden jungen Juristen Nikolaus Becker.

Nachdem die Versammlung der Bonner Würdenträger die vielen Strophen des Liedes andächtig wie in der Kirche gesungen hatte – jeder kannte sie auswendig –, war es an der Zeit, dass das Hoch auf Seine Majestät Friedrich Wilhelm den Vierten, König von Preußen, ausgebracht wurde und man zum opulenten Festessen schreiten konnte. Nachdenklich ging Leutnant von Kahlden zu seinem Platz am untersten Ende des langen Tisches, wo die niederen Beamten und Sekondeleutnants rangierten. Er hatte in dieser letzten halben Stunde viel gelernt. In meinem aus Altpreußen mitgebrachten Weltbild ist doch wohl manches zu korrigieren, sagte er kopfschüttelnd zu sich selbst.

»Wie baut man eine Eisenbahn?«

»Ein schönes Schlösschen haben Sie hier, Herr Mülhens, wollen Sie sich nicht in den Provinziallandtag wählen lassen?« Ein wenig anzüglich bemerkte es Ludolf Camphausen, als ihn der Eigentümer der Sternenburg auf der kleinen Freitreppe begrüßte. Mit dem Kölner Kaufmann waren in dessen Pferdekutsche der Kaufmann Johann Leven aus Köln und der Referendar Schramm gekommen, um an diesem 20.Oktober 1840 an der ersten Sitzung des Direktoriums der Bonn-Kölner Eisenbahn teilzunehmen. In rascher Folge trafen auch die anderen Herren ein, die kürzlich in dieses Gremium gewählt worden waren.

Mit gespielter Bescheidenheit führte Franz Mülhens seine Gäste in den Salon. Große, an den Wänden drapierte Kartenrisse, das Ergebnis der bisherigen Vermessungen der Bahnlinie, hatten diesen Raum gewissermaßen zum provisorischen Tagungslokal der neuen Direktion befördert. Nachdem die Herren umständlich auf den zierlichen Rokokostühlen rund um den großen Tisch Platz genommen hatten, herrschte einige Augenblicke verlegenes Schweigen. Wer sollte nun als Erster das Wort nehmen?

Schließlich war es Ludolf Camphausen, der neue Präsident der Kölner Handelskammer, der die peinlich werdende Stille durchbrach. »Wer von uns ist der an Lebensjahren Älteste? Sie, Herr Stadtrat Jung? Dann seien Sie doch bitte so gut, die nach unserer Satzung nötige Wahl eines Präsidenten unseres Direktoriums zu leiten, damit unser Gremium handlungsfähig wird. Ich erlaube mir, unseren hochverehrten Gastgeber, Herrn Franz Mülhens, als ersten Präsidenten unserer Eisenbahngesellschaft vorzuschlagen. Er erhielt bei der Wahl durch die Generalversammlung die höchste Stimmenzahl, außerdem hat er sich durch seine jahrelange unermüdliche Tätigkeit bei der Vorbereitung unserer Gesellschaftsgründung als der beste Kenner und Sachwalter für die Bonn-Kölner Eisenbahn erwiesen, den wir uns wünschen können.«

Alle Anwesenden wussten, dass die Wahl von Franz Mülhens feststand, denn sie war in den letzten zwei Wochen zwischen den Kölnern und einigen Bonner Direktoriumsmitgliedern vertraulich ausgehandelt worden. Aber würdevoll und umständlich leitete Johann Christoph Jung die Wahlhandlung mittels Stimmzetteln und konnte dann die einstimmige Wahl des einzigen Kandidaten verkünden. Zum Vizepräsidenten wurde anschließend ebenso umständlich und ebenso vorhersehbar der Kölner Stadtrat von Wittgenstein gewählt.

Franz Mülhens spielte seine Rolle gut. Scheinbar verwirrt über die unverhoffte Ehre dankte er für das große ihm erwiesene Vertrauen. Zunächst konnte er verkünden, ihm sei noch als Präsident des Provisorischen Ausschusses mitgeteilt worden, dass Seine Majestät der König geruht habe, den vor einem Jahr ernannten neuen Kölner Regierungspräsidenten von Gerlach zum Staatskommissar und damit zum Vertreter der Interessen des Staates nach dem preußischen Eisenbahngesetz von 1838 bei der Bonn-Kölner Eisenbahngesellschaft zu ernennen. Danach bat der neugewählte Präsident die Herren Direktoren und stellvertretenden Direktoren um Wortmeldungen zur Erledigung der ersten Aufgaben der neuen Gesellschaft.

Wieder herrschte einige Augenblicke verlegenes Schweigen. Schließlich platzte Johann Jung mit einer Frage heraus, die ihn schon lange bewegt hatte. Der reiche Rentner und Gutsbesitzer aus Bonn gehörte zu den stellvertretenden Direktoren. »Meine Herren«, fragte er ganz offen, »wir sollen nun gemeinsam eine Eisenbahn bauen. Wie macht man das? Hat jemand von Ihnen Erfahrungen in diesem Geschäft? Ich bin bereit, nach meinen Kräften dazu beizutragen, aber ich gestehe ein, ein völliger Laie im Eisenbahnwesen zu sein!«

Mit entwaffnender Ehrlichkeit antwortete ihm Franz Mülhens: »Es ist richtig, Herr Jung, Erfahrungen bei der Planung und der Beaufsichtigung des tatsächlichen *Baues* einer Eisenbahn hat noch niemand von uns. Die wenigen Menschen in Europa, die das von sich behaupten können, passten wohl mühelos in den Saal des Bonner Rathauses. Wir werden, wie alle unsere Vorgänger in verschiedenen europäischen Staaten, aus der Praxis lernen müssen. Aber immerhin haben sich einige Herren hier schon jahrelang intensiv mit der *Vorbereitung* einer Eisenbahnstrecke befasst.« Präsident Mülhens wies darauf hin, dass die Herren von Wittgenstein und Camphausen aus Köln lange dem Direktorium der Rheinischen Eisenbahn angehört hätten, wenn sie dort auch vor Beginn der eigentlichen Bauarbeiten ausgeschieden seien. Und die Herren Stahl und Degen und auch er selbst hätten sich seit über vier Jahren in vielen Verhandlungen und Beratungen in Angelegenheiten der Bonn-Kölner Eisenbahn so kundig wie möglich gemacht.

»Was die Herren in Nürnberg, München, Augsburg, Leipzig und Dresden, in Berlin, Frankfurt, Köln, Aachen, in Düsseldorf und Elberfeld können«, so schloss der neugewählte Präsident selbstbewusst seine Ausführungen, »nämlich Eisenbahnen zu planen und schließlich auch erfolgreich zu bauen, das, meine Herren, sollte dem vereinigten Sachverstand und der Initiative der beiden Nachbarstädte Köln und Bonn doch wohl auch hier gelingen!«

Hier schaltete sich der neue Vizepräsident Heinrich von Wittgenstein in die Diskussion ein. Als langjähriger ehrenamtlicher Stadtrat seiner Vaterstadt Köln, als einer der Verwaltungsräte der Rheinischen Dampfschifffahrtsgesellschaft und als wenigstens zeitweiliges Mitglied des Direktoriums der Rheinischen Eisenbahn wusste er nur zu gut, dass es zwar auf kluge Köpfe in der Leitung komplizierter Unternehmungen ankam, dass die Köpfe aber ohne fleißig ausführende Hände nichts bewirken könnten. Daher schlug er als allererste Maßnahme vor, sich für die neue Bonn-Kölner Eisenbahngesellschaft zunächst einiger Hilfskräfte zu versichern, die die umfangreiche Schreibarbeit und andere Hilfsaufgaben erledigen könnten.

Franz Mülhens hatte hier, wie er mit verhaltenem Stolz in der Stimme verlauten ließ, bereits vorgearbeitet. Dank des Entgegenkommens des Freiherrn von Carnap in Bornheim sei es möglich, dessen Sekretär Christian Jellinghaus als Kanzlisten voll in die Dienste der neuen Gesellschaft zu übernehmen, wenn das Direktorium einverstanden sei. Alle Köpfe wandten sich dem jungen Mann zu, der wie immer bescheiden an einem Seitentischchen saß, mit der Gänsefeder in der Hand, um das Protokoll der ersten Direktoriumssitzung aufs Papier zu bannen. »Unser Christian Jellinghaus hat ja schon in all den vergangenen Jahren dem Werk der Eisenbahn von Bonn nach Köln treu gedient und kennt sich in der Materie bestens aus«, lobte ihn der neue Präsident.

So konnte der neue Kanzlist gleich die erste Entscheidung des Direktoriums protokollieren, die ihn für die Dauer des Bahnbaus in die Dienste der Gesellschaft nahm und ihm ein Jahresgehalt von 450 Talern bewilligte. Bis man einen hauptamtlichen Buchhalter gefunden habe, fuhr Mülhens fort, werde der Rendant Fuchs von der Sternenburg stundenweise einspringen, ebenso wie es für den Präsidenten des Direktoriums eine Ehre sei, zwei Räume in der Sternenburg in Poppelsdorf als vorläufiges Geschäftslokal der Eisenbahngesellschaft zur Verfügung zu stellen, bis geeignete Räume, am besten in Bonn, gefunden seien.

»Der Satzung nach kann unsere Gesellschaft einen besonderen Subdirektor zur Erledigung der Tagesgeschäfte und des normalen Schriftwechsels einstellen«, erläuterte Ludolf Camphausen. »Ich darf Ihnen, meine Herren, einen Vorschlag machen, der mit den Geldern unserer Aktionäre sparsamer umgeht. Hier, mein junger Freund, der Gerichtsreferendar Rudolf Schramm, der ja bereits als stellvertretender Direktor unserem Gremium angehört, wäre bereit, gegen eine sehr mäßige Aufwandsentschädigung die laufenden Geschäfte zu führen. Ihn interessiert das Eisenbahnwesen ungemein, und er würde es dafür auf sich nehmen, seine Referendarzeit für eine gewisse Spanne zu unterbrechen. Allerdings wäre das erst ab Anfang des nächsten Jahres möglich.« Lebhafter Beifall belohnte diesen Vorschlag, und erstmals wandte sich die Aufmerksamkeit der Herren dem jungen Mann zu, der bisher still und bescheiden am unteren Ende des Tisches gesessen hatte.

Wie gut, dachte mancher der würdigen Herren, dass sich jemand findet, der den Hauptteil der Arbeit übernimmt. Denn schließlich waren fast alle Mitglieder des Direktoriums mit ihren sonstigen Berufen voll ausgelastet und konnten nicht viel Zeit für die ehrenamtliche Beschäftigung mit der Eisenbahn erübrigen.

Im Laufe dieser langen ersten Sitzung streiften die Herren Direktoren zahlreiche andere Probleme: die vorgesehene Strecke der Bahn würde noch einmal und nun ganz genau vermessen werden müssen, wobei für verschiedene Abschnitte Varianten der Linienführung ins Auge gefasst werden sollten. Erst nach genauer Vermessung und möglichst präziser Kostenfeststellung sollte die endgültige Ausführung entschieden werden. Mehrere private Geometer aus Bonn und Köln sollten dazu herangezogen werden. Beim Bonner Ulanenregiment sowie bei der Kölner preußischen Garnison sollte angefragt werden, ob nicht der eine oder andere im Kartenzeichnen ausgebildete Leutnant für diese Aufgabe vorübergehend freigestellt werden könnte, weil es ja keine speziellen Fachleute für die Eisenbahnvermessung gab.

Ferner sollte dringend nach einem bauleitenden Ingenieur unter den Fachleuten gesucht werden, die bereits an einem Eisenbahnbau beteiligt gewesen seien. Denn nun seien so viele technische Details zu klären, dass nur noch ein dafür besonders Ausgebildeter diese Aufgabe leisten könne. Da müsse die Haltbarkeit des Bodens für den Schienenbau untersucht werden, ferner müsse die beste Art der Schienen und die geeignete Lieferfirma dafür ausgesucht werden, ebenso die bestmöglichen Lokomotiven und Eisenbahnwagen und ihre Lieferfirmen im In- und Ausland. Das alles müsse schon lange vor dem eigentlichen Beginn der Bauarbeiten für den Schienenweg in Angriff genommen werden, so erläuterten die Direktoren, die sich bereits als versierte Eisenbahnfachleute fühlten.

Zum Abschluss dieser entscheidenden Direktoriumssitzung ließ es sich Präsident Mülhens nicht nehmen, seine Herren Kollegen zu einem guten Abendessen auf der Sternenburg einzuladen. So kam es, dass die Herren aus Köln erst spät am Abend in ihre Kutschen steigen konnten, um den mehrstündigen Rückweg anzutreten. Ludolf Camphausen wusste es einzurichten, dass er diesmal mit seinem Schützling Schramm allein im Wagen saß.

»Sie wissen, lieber Schramm«, so vertraute der zehn Jahre ältere Camphausen seinem jungen Freund an, »dass es unumgänglich war, der Stadt Bonn den Sitz dieser Gesellschaft und in der Person des Herrn Mülhens auch die Präsidentschaft im Direktorium zu überlassen. So verlässlich mir auch der Herr Mülhens zu sein scheint, so wichtig ist es doch auch für unsere Kölner Interessen an dieser Eisenbahn, dass wir einen ständigen hauptamtlichen Vertreter im Direktorium haben. Das sollen Sie sein, lieber Schramm. Ich halte diese Bahnlinie für sehr wichtig, allerdings muss sehr darauf geachtet werden, dass sie in ihrer konkreten Ausführung den Kölner Interessen nicht schadet. Deshalb bin ich ja auch bereit, mich dafür zu engagieren, soweit ich es mit meinen übrigen Tätigkeiten vereinbaren kann. Ich möchte es aber nicht noch einmal erleben, dass ich hier verdrängt werde wie in der Rheinischen Eisenbahn von dem famosen Herrn Hansemann. Auch darum bitte ich Sie, lieber Schramm, Augen und Ohren offen zu halten, damit so etwas nicht wieder geschieht. Wir werden diese Eisenbahn bauen, Herr Schramm, davon bin ich überzeugt, und Sie, der Referendar Rudolf Schramm, werden ihr eigentlicher Erbauer sein können, auch wenn Sie nach außen hin nicht als solcher in Erscheinung treten dürfen. Reizt Sie diese Aufgabe nicht?«

Mehr als nur Piano-Unterricht

Etwas zögernd näherte sich Katharina Velten dem Haus in der Josephstraße, einem der größten und am besten erhaltenen in dieser schmalen Altstadtstraße, deren Gebäude sonst meist etwas heruntergekommen wirkten. Neben dem eigentlichen Haustor des Gymnasiallehrers Mockel gab es noch eine andere kleine Tür, an der auf einem Kärtchen in kräftiger Handschrift zu lesen war: »Johanna Mathieux, Piano-Lehrerin«.

Hier wohnte also die junge Frau, über die man sich in den besseren Kreisen Bonns seit mehr als einem Jahr den Mund zerriss, und die zur gleichen Zeit das heimliche Idol zahlreicher junger Mädchen aus gutem Hause war. Nach einem nochmaligen Zögern klopfte schließlich Katharina Velten mutig an die Tür. Ihr öffnete eine Frau von etwa dreißig Jahren, mit kräftigem, fast männlich wirkenden Gesicht und dunklem Teint, deren braune Augen prüfend und zugleich wohlwollend auf der Besucherin ruhten.

Leise, fast schüchtern, und doch mit einer unüberhörbaren Entschiedenheit in der Stimme brachte das junge Mädchen höflich ihr Anliegen vor. Ob wohl die verehrte Frau Mathieux bereit sei, ihr, der Katharina Velten, etwas Unterricht auf dem Piano zu erteilen? Ihr Vater, der Arzt Dr. Joseph Velten, habe ihr zu ihrem achtzehnten Geburtstag vor kurzem eine Freude bereiten wollen und ihr zum Geschenk gemacht, ihr Klavierstunden bei der besten Piano-Lehrerin der Rheinprovinz zu bezahlen, jede Woche zwei Stunden.

»Dann kommen Sie mal rein, liebe Katharina,« antwortete Frau Mathieux mit herzgewinnender Freundlichkeit, »drinnen lässt's sich besser reden als hier draußen vor der Tür.« Die zwei Zimmerchen, die Johanna Mathieux im Hause ihrer Eltern bewohnte, waren ihr eigenes Reich, einfach und doch geschmackvoll möbliert. Ein großes Piano bildete den unübersehbaren Mittelpunkt, und auf allen Schränken und Tischen lagen Stapel von Notenbüchern. Doch ein kleines Tischchen mit zwei zierlichen Stühlen war noch frei. Katharina Velten musste auf einem Platz nehmen, während sich ihre zukünftige Lehrerin ihr gegenübersetzte, um sie hinsichtlich ihrer musikalischen Vorkenntnisse und Vorlieben einem strengen Verhör zu unterziehen.

Katharina musste zugeben, Musik nur für den Hausgebrauch zu lieben, und mit ihren Fertigkeiten auf dem Piano sei es auch nicht besonders weit her. Sie habe auch nicht viel Zeit, sich dem Instrument zu widmen, denn sie müsse mit ihren gerade erst achtzehn Jahren ihrem seit zwei Jahren verwitweten Vater den Haushalt führen, mit der treuen Hilfe einer alten Dienstmagd, und an ihren beiden jüngeren Geschwistern, der Schwester Pauline und dem kleinen Bruder Karl, Mutterstelle vertreten. Doch sie würde voller Stolz bei der berühmten Frau Mathieux Piano-Unterricht

nehmen, um ihre Spieltechnik ein wenig zu vervollkommnen. Auch die neue Musik würde sie interessieren, die Frau
Mathieux, wie es hieß, bei ihren Musikstudien in Berlin
kennen gelernt habe.

Das junge Mädchen verschwieg den Hauptgrund ihres
Interesses, bei Frau Mathieux Klavierunterricht zu nehmen.
Die Musik war dabei gar nicht das Ausschlaggebende gewesen. Vielmehr hatten die vielfältigen in Bonn umlaufen-
den Berichte und Gerüchte über die Tochter des Gymnasiallehrers Mockel in ihr einen immer dringenderen Wunsch
erweckt. Sie wollte diese Frau persönlich kennen lernen
und, wenn möglich, von ihr lernen, wie man als junge Frau
selbständig und selbstsicher sein Leben in die eigene Hand
nehmen könne.

Was wurde nicht alles über Johanna Mathieux erzählt,
hinter vorgehaltener Hand und mit hochgezogenen Augenbrauen! Diese Frau sei schon nach halbjähriger Ehe
ihrem Mann, dem Kölner Buchhändler Mathieux, wegge-
laufen – nachdem der sie auf das Übelste seelisch und körperlich traktiert hatte, wussten andere zu berichten –, und
sie habe schließlich die Scheidung erzwungen, sie, eine gut
katholisch erzogene Frau! Sie habe dann in Berlin bei allen
möglichen musikalischen Koryphäen Musik studiert, bei
Mendelssohn-Bartoldy und bei Clara Wieck-Schumann
etwa, und sei eine der besten Pianistinnen Europas. Sie
verfasse Gedichte, vertone Lieder Goethes und schreibe
Artikel für Zeitschriften. Durfte eine Frau so etwas überhaupt?

Sie lebe allein in ihrer eigenen Wohnung, wenn auch
noch im Hause ihrer Eltern und sie sei eine »emanzipierte«
Frau – dieses Wort sprachen manche Bonner Bürger aus,
als sei es ein Schimpfwort – und sie könne ihren Lebensunterhalt ganz allein von den Einnahmen aus ihren Kla-

vierstunden bestreiten. Was die Mäuler der Bonner allerdings ganz besonders in Bewegung setzte, war ihre offenbar sehr enge Bekanntschaft mit einem evangelischen Privatdozenten der Bonner Universität, dem Doktor Gottfried Kinkel. So etwas gehöre sich doch nicht, waren die meisten Bonner Spießbürger überzeugt.

Die junge Katharina Velten war glücklich, als die Klavierlehrerin ihr bedeutete, sich einmal ans Piano zu setzen und Proben ihres bisherigen musikalischen Könnens hören zu lassen – »nur eine Viertelstunde, dann kommt meine nächste Schülerin!«

Es war nicht leicht für die viel beschäftigte Frau Mathieux, in ihrem Stundenplan zwei noch freie Stunden in der Woche für ihre neueste Schülerin festzulegen. Ob sie mit der musikalischen Begabung Katharinas wirklich zufrieden war, ließ sie sich nicht anmerken. Aber vielleicht spürte sie eine gewisse Seelenverwandtschaft mit dem zwölf Jahre jüngeren Mädchen.

Als Katharina das Haus in der Josephstraße verließ, empfand sie ein selten gekanntes Glücksgefühl. Diese Frau faszinierte sie, gar nicht so sehr als Klavierlehrerin, sondern durch ihre Reife, ihren hochfliegenden Geist, die Vermittlung von Mitgefühl in ihrer Stimme, durch ihre Bildung und ihre Selbstsicherheit in einer Umgebung, der selbständige Frauen suspekt waren. Das junge Mädchen spürte deutlich, die künftigen Stunden bei Johanna Mathieux würden ihr weit mehr bringen als nur Piano-Unterricht.

Handwerk in Not

Für Christian Jellinghaus kehrte die Zeit vor fast zehn Jahren zurück, indem er in die schmale Kommanderiestraße

mit ihren winzigen baufälligen Häusern in der Bonner Altstadt einbog. Damals hatte er hier als junger Bursche für
drei Jahre zur Miete und praktisch in der Familie des
Schlossermeisters Springborn gewohnt. Seine Zeit in der
kaufmännischen Privatschule des Herrn Direktors Kortegarn in der Koblenzer Straße war eine arbeitsreiche, aber
auch fröhliche und unbeschwerte Etappe seines Lebens
gewesen, an die er gerne zurückdachte. Die Großzügigkeit
seines Gönners Freiherr von Carnap hatte ihm diesen
Schulbesuch ermöglicht.

Nach dem Abschluss dieser Ausbildung war Christian
Jellinghaus nicht wieder in dieser Gegend der Stadt Bonn
gewesen, aber ihm schien, als sei hier die Zeit stehen
geblieben. Es gab noch das gleiche bröckelige Gemäuer,
den gleichen Schmutz in der aufgeweichten Gasse, in dem
die Schuhe stecken zu bleiben drohten, die gleiche stin-
kende Brühe, die in einem schmalen Rinnsal an den Häusern vorbeifloss und aus den Nachttöpfen und dem Wasch-
wasser zahlreicher Wohnungen gespeist wurde. Eine besonders erfreuliche Wohngegend Bonns war dies nicht,
aber man konnte hier billig ein Zimmerchen finden.

Das war es, was der gerade zum Kanzlisten der Bonn-
Kölner Eisenbahngesellschaft bestellte junge Sekretär jetzt
dringend brauchte. Denn nun musste er eine Unterkunft in
Bonn suchen, weil er unmöglich täglich zweimal den weiten Weg von Bornheim bis zu seiner neuen Arbeitsstätte in
Poppelsdorf laufen konnte. Die 450 Taler Jahresgehalt, die
man ihm bewilligt hatte, entsprachen dem üblichen Einkommen von Commis der größeren Handlungshäuser oder
der jüngeren Kanzlisten in den Behörden; es war erheblich
mehr als der normale Verdienst eines Tagelöhners auf dem
Lande. Aber große Sprünge konnte man damit nicht machen, vor allem dann nicht, wenn man davon ein paar

Bücher und anständige Kleidung anschaffen wollte und vielleicht auch gelegentlich ein Konzert oder eine Theateraufführung in der Universitätsstadt Bonn besuchen wollte, wie es sich der junge Mann in seinen Zukunftsträumen ausmalte. Da musste man eben an der Wohnung sparen.

Das Haus des Schlossermeisters Springborn sah womöglich noch schiefer und verfallener aus als damals. Zaghaft klopfte Christian Jellinghaus an die Tür. Endlich hörte er dahinter schlurfende Schritte. Das mürrische und misstrauische Gesicht des Hauseigentümers wandelte sich in ein freudig erstauntes, als er seinen ehemaligen Mieter erkannte.

»Komm herein, Christian«, begrüßte der Schlossermeister den jungen Mann, »das ist aber eine Freude, dich mal wieder zu sehen. Wie geht's dir denn so?« In der kleinen Wohnstube der Springborns war nicht viel Platz. Neben einem primitiven Ofen, auf dem die Meisterin auch kochen musste, nahmen ein paar schmale, mit Stroh gefüllte Kästen, die die Betten darstellten, und ein wurmstichiger Tisch mit einigen Hockern darum den ganzen Raum ein. Dennoch fühlte sich Christian Jellinghaus hier wie zu Hause. Wie oft hatte ihm damals die Meisterin von dem einfachen Essen für die große Familie und die zwei Lehrjungen noch etwas abgegeben!

Es tat dem jungen Kanzlisten wohl, dem Meister und der Meisterin von seinen Schicksalen in den letzten Jahren erzählen zu können. Voll Stolz berichtete er, dass er seit neuestem seine erste selbständige Stellung angetreten habe, als Kanzlist der neuen Eisenbahngesellschaft. »Und wie geht es euch, Herr Meister und Frau Meisterin?«

Das, was Christian Jellinghaus hier zu hören bekam, war allerdings nichts Erfreuliches. Mit den selbständigen Handwerkern in Bonn ging es immer mehr bergab, und

Schlossermeister Springborn war da keine Ausnahme. Wo er vor zehn Jahren noch zwei Lehrjungen beschäftigen konnte, reichten die Aufträge, die er heute erhielt, gerade nur, um ihn allein an einigen Tagen im Monat zu beschäftigen. Für den Rest der Zeit versuchte der Schlossermeister mühsam, sich durch allerlei Hilfsarbeiten, die gar nicht in sein Fach schlugen, ein paar zusätzliche Silbergroschen zu verdienen. Wenn er nicht die drei Kammern in seinem Haus hätte an junge Commis vermieten können, wäre er längst schon mit seiner Familie verhungert, klagte der Meister. Er würde ja gerne eine Kammer an seinen alten Hausgenossen Christian abgeben, aber leider seien sie im Augenblick alle besetzt.

»Woran liegt es denn nur, Meister, dass es euch Handwerkern so schlecht geht?«, wollte Christian Jellinghaus wissen. Die Absage wegen der Kammer traf ihn nicht so schwer, weil er sich sicher war, dann eben in der Nähe ein preiswertes Zimmerchen zu finden.

»Woran das liegt, Christian?«, meinte Meister Springborn, »an den Preußen natürlich! Seit wir die hier im Lande haben, ist alles schlechter geworden. Die haben die Gewerbefreiheit eingeführt ...« Christian berichtigte ihn, denn er hatte im Schulunterricht einst gut aufgepasst: »Das waren aber schon die Franzosen!« – »Nun gut, dann waren's die Franzosen, jedenfalls die Fremden, die hier nichts zu suchen haben.« Der Meister ließ sich in seiner Erbitterung durch solche Einwände nicht stören: »Seitdem kann jeder Hinz und Kunz ein Handwerk betreiben, ohne dass er es richtig gelernt hat und dann den Kunden jeden Schund abliefern. Als wir Handwerker noch in richtigen Zünften nach löblichem Schick und Brauch arbeiteten, so wie mein Vater – Gott hab ihn selig! – das noch kannte, da gab es nicht mehr Meister in jedem Gewerk, als die Stadt ernähren konnte, und jeder hatte mit seiner Familie, seinen Gesellen und Lehrjungen sein Auskommen. Aber heute, Christian? Heute gibt es einfach zu viele Bönhasen, und wir alten zünftigen Meister bleiben dabei auf der Strecke.«

Schlossermeister Springborn war im besten Alter, Ende vierzig, ein kluger und geschickter Mechaniker, der ebenso gut mit dem Schmiedehammer wie mit der Schlosserzange umgehen konnte, dessen Tür- und Kistenschlösser oder Wasserpumpen keinen Makel aufwiesen. Aber was nützte ihm das alles, wenn er kaum genug Aufträge für solche Werke erhielt, um sich über Wasser halten zu können. Er war auch intelligent genug, um zu erkennen, dass die heutige Not des Handwerks wohl auch noch andere Gründe haben musste. Im Kreis der zünftigen Meister hatte man oft darüber diskutiert. »Die Armut hier in der Stadt wird immer größer, das ist es, Christian, glaub es mir«, ergänzte der Meister seine Klage. »Es kommen immer mehr bettelarme Teufel von den Dörfern in die Stadt und bieten ihre Arbeit hier für einen Hungerlohn an, aber sie finden kaum ihr Brot dabei. Und reiche Leute hier in Bonn, die unsereinem Arbeit geben könnten – wie wenige sind das schon! Irgendwann, Christian, wird das mal ein böses Ende nehmen. Ich bin ein Mensch, der immer der Obrigkeit gehorcht hat und nie einem anderen was weggenommen hat. Aber wenn die Not immer mehr wächst, was dann, Christian? Not kennt kein Gebot, sagt man, dann gehorchen die Menschen auch nicht mehr Gottes Gebot und fangen an zu rauben und zu morden. Gebe Gott, dass du und ich das nicht mehr erleben müssen!«

Christian Jellinghaus schied tief bedrückt von seinem einstigen Vermieter, dem er hatte versprechen müssen, ihn öfter einmal zu besuchen, wenn er demnächst hier irgendwo in der Nähe ein Zimmerchen gefunden haben würde.

»So haben wir nicht gewettet!«

Das Hinterzimmer im Gasthof Ruland am Bonner Marktplatz gegenüber dem Rathaus beherbergte an jedem Don-
nerstagabend eine bunt gemischte Runde aus Professoren,
reichen Bonner Bürgern und Stadträten, die sich schon seit
Jahren mehr oder weniger regelmäßig trafen. Ursprünglich
waren es einmal die Initiatoren eines »Bonner Verschöne-
rungsvereins« gewesen, die mit ihren gut gemeinten Vorschlägen etwas zum Wohl ihrer Heimatstadt beitragen wollten. Aber an der Unbeweglichkeit der staatlichen
Behörden, der Uninteressiertheit des Großteils der Bewohner der alten Stadt am Rhein und am Geldmangel waren
die meisten ihrer Ideen gescheitert. Das Grüppchen würdiger Herren traf sich nur noch aus alter Gewohnheit, um bei
einem Schoppen Wein oder einem großen Humpen Bier
die wichtigen Bonner Tagesereignisse frei von allen Rücksichten auf die Obrigkeit zu diskutieren.

An diesem Donnerstag Anfang November 1840 war
natürlich immer noch die kurz zuvor erfolgte Ernennung
des Herrn Regierungsrates Karl Oppenhoff zum neuen
Oberbürgermeister von Bonn ein wichtiges Gesprächsthema. Wie es kaum anders erwartet worden war, hatten die
preußischen Behörden nicht den vom Stadtrat als neues
Stadtoberhaupt erbetenen Kreissekretär Eiler ernannt, sondern nach langem nervenaufreibenden Zögern den Regierungsrat Oppenhoff vom Trierer Regierungspräsidium. Wenigstens war dieser Herr ein gebürtiger Bonner und durch
seinen Vater, den langjährigen Universitätssekretär Caspar
Oppenhoff, der guten Bonner Gesellschaft auf vielfältige
Weise verbunden. Aber ob der neue Oberbürgermeister,
der als Günstling der Preußen galt und von Leuten, die ihn
näher kannten, als nüchterner, etwas steifer Mensch mit

wenig Humor geschildert wurde, die Zuneigung und das Vertrauen seiner neuen Untertanen gewinnen würde, das stand noch in den Sternen. Dass er ein erfahrener Verwaltungsfachmann war, konnte ihm jedoch niemand absprechen.

Bald aber ging das Gespräch im Kreis der etwa ein Dutzend Herren auf einen anderen Gegenstand über, der die Gemüter in Bonn gerade in den letzten Tagen immer mehr erregte. Die Stimmen wurden lauter, und allmählich stellte der Wirt Ruland mit Befremden fest, dass seine sonst so gesitteten Gäste im Hinterzimmer mehr Lärm erzeugten als ihn die studentischen Corps von sich zu geben pflegten, wenn sie im großen Saal ihre bierseligen Commerse abzogen.

»Nein, meine Herren«, rief gerade der sonst so zurückhaltende Jurist Professor Böcking aus, »so haben wir nicht gewettet! Der Bahnhof der Eisenbahn muss an den Rhein! Wir können doch nicht zulassen, dass diese Kölner Geldleute unser schönes Bonn restlos ruinieren, indem sie das Ende der Eisenbahn in den Süden irgendwo aufs freie Feld legen wollen.«

Der Oberbergrat und Professor Noeggerath bemühte sich, hochdeutsch zu sprechen, obwohl er seinen Bonner Dialekt nicht verleugnen konnte: »Woher wollen Sie das denn wissen, lieber Freund Böcking? Ich war auch bei der Generalversammlung neulich, aber davon steht kein Wort in der Satzung!«

»Das ist auch gar nicht nötig, Kollege Noeggerath,« stieß Eduard Böcking fast mit Abscheu hervor, »ich habe Ohren, um genau zu hören, was die Kölner Herren untereinander ausgemacht haben.« Sein sonst so freundliches Gelehrtengesicht mit der schmalen Nickelbrille zeigte rote Flecken vor Erregung. Die alt-römischen Juristen, in deren Schriften er unermüdlich forschte und die er zum Druck herausgegeben hatte, waren heute vergessen.

Mit eindringlichen Worten legte er dem Kreis seiner Stammtischkollegen dar, dass eine Eisenbahn ein Segen für jede Stadt sei, die von diesem neuartigen Verkehrsmittel berührt werde. Vor allem die Nähe eines Bahnhofs bringe dem Stadtviertel, in dem er liege, einen enormen Auftrieb an Handel und Wandel. In Bonn müsse dies unbedingt der nördliche Teil zwischen Kölntor und Rhein sein. Denn dort lägen die heruntergekommenen Häuschen der Altstadt, dort konzentriere sich die ärmere Bevölkerung, während südlich und westlich der alten Stadtmauer nach Kessenich und Poppelsdorf zu die Professoren und andere reiche Leute sich eine luxuriöse Villa nach der anderen bauten. Dort brauche man nichts für die Entwicklung der Stadt zu tun, aber die Gerechtigkeit und das wohlverstandene Interesse der ganzen Stadt Bonn verlange es, alle Möglichkeiten für eine Aufwärtsentwicklung im Norden der Stadt auszunutzen.

Doch es gab auch andere Meinungen in diesem Kreis und weil es sich um eine entscheidende Frage handelte, wurden die Stimmen eben immer erregter und lauter. Der Posthalter und Stadtrat Alfter ließ wie seit Jahren bei jeder passenden und unpassenden Gelegenheit die Ansicht hören, dass eine Eisenbahn ein höchst gefährliches Unternehmen sei, das darüber hinaus auch noch völlig überflüssig sei. Er gehe jede Wette ein, dass es letztlich doch nicht zum Bau eines solchen Monstrums kommen werde. Aber wie ebenfalls seit Jahren befand sich Theodor Alfter damit hoffnungslos in der Minderheit, wenigstens in diesem Kreis gebildeter und verantwortungsbewusster Herren.

Justizrat und Stadtrat Lamberz wagte es, dem erregten Professor Böcking direkt zu widersprechen. »Wenn man aber die Eisenbahn landeinwärts von Bonn etwa an der Poppelsdorfer Allee enden lässt, dann bestünde doch die Möglichkeit, eines Tages eine Verlängerung vielleicht bis Koblenz zu bauen. Wenn sie irgendwo im Norden am Rhein endet, dann wüsste ich nicht, wie man sie quer durch die vorhandenen Häuser weiter nach Süden fortführen könnte. Man kann doch nicht wegen der Eisenbahn alles abreißen! Aber der Bahnhof im Süden – und dann die Schienen bis Koblenz verlängert –, dann wäre unsere Eisenbahn nicht mehr ein rein lokales Unternehmen, sondern könnte die Handelsmetropole der Rheinprovinz, Köln, mit der Stadt der obersten Behörden unserer Provinz verbinden …«

»Und aller Verkehr und alle Einnahmemöglichkeiten daraus würden an Bonn vorbeifließen!«, unterbrach ihn verbittert der heute so streitbare Professor Böcking. »Außerdem würde es keinem Kölner Geldmann einfallen, eine Eisenbahn bis Koblenz zu bauen, was im Übrigen auch technisch völlig unmöglich ist. Vergegenwärtigen Sie sich doch, wie die Berge an vielen Stellen bis unmittelbar an den Rhein treten. Nein, wenn die Kölner die Eisenbahn weiterbauen würden, dann nur bis Mehlem, um bequem zu ihren Landgütern am Siebengebirge zu kommen. Und wir Bonner könnten dann in den Mond sehen, aber bestimmt keinen finanziellen Nutzen aus der Eisenbahn ziehen, weil alle Passagiere an unserer Stadt vorbeifahren würden.«

Um die vom vielen und lauten Reden trocken gewordenen Kehle anzufeuchten, stürzte Eduard Böcking das volle Weinglas auf einmal hinunter und rief dann wie ein Volksredner aus: »Nein, nein, meine Herren, ich weiß, dass sehr viele brave Bonner Bürger so denken und nur einen Bahnhof im Bonner Norden für nützlich für das Wohl unserer Stadt halten. Dafür müssen wir kämpfen. Ich habe schon eine Petition an den neuen Herrn Oberbürgermeister Oppenhoff verfasst. Sie kursiert zurzeit in vielen Häusern unserer guten Stadt. Vor so viel Einigkeit und Bürgersinn werden auch die Kölner Herren kapitulieren müssen. Der Bahnhof wird im Bonner Norden gebaut werden und nirgendwoanders!«

Das Haus in der Josephstraße

Stolz heftete Christian Jellinghaus einen Zettel an die Tür des alten Hauses Nr. 665 in der Bonner Joesphstraße: »Jellinghaus, Kanzlist«. Nun hatte er einen Beruf und eine eigene Wohnung und war damit auf dem Wege zu einem gemachten Mann. Gestern Abend war er zum vorläufig letzten Mal die gut 1 1/4 Meilen vom heimatlichen Bornheim nach Bonn gewandert, mit einem Bündel auf dem Rücken, das seine wenigen Habseligkeiten enthielt: einige Kleidungsstücke, etwas Leibwäsche und Bettzeug, mit dem ihn seine Mutter fürsorglich ausgerüstet hatte, sowie einigen, als kostbare Schätze gehüteten Büchern.

Im ersten Stock des Hauses des Pfeifendrechslers Joseph Goebel hatte der junge Kanzlist eine billige Unterkunft gefunden: 30 Taler sollte er im Jahr dafür zahlen. Für die Feuerung des alten eisernen Ofens mit Schrottgeriss würde er noch etwa 7 Taler und für billigste Talglichter zur gelegentlichen Erleuchtung des Zimmers im Winterhalbjahr weitere 5 oder 6 Taler ausgeben müssen – aber diesen Luxus glaubte er sich bei seinem Gehalt leisten zu können. Der Holzrahmen der alten Bettstelle war wurmstichig, doch kattunene Bettvorhänge in bunten Farben und ein dickes Federbett waren unbestreitbare Vorteile, ebenso wie die Tatsache, dass das Glas des kleinen Fensters nur einen unbedeutenden Sprung aufwies. Wenn er sich aus dem Fenster beugte, konnte er über die Stadtmauer hinweg den nahen Rhein erblicken. Ein alter Schrank, ein einfacher Tisch und zwei etwas wacklige Stühle vervollkommneten die Einrichtung seiner Wohnung.

Der Hausbesitzer hatte seinen jungen Mieter mit Stolz darauf hingewiesen, dass er das beste Zimmer bekommen habe. Neben ihm wohnte noch ein junger Hilfsschreiber vom Bankhaus Cahn in einer ähnlichen Kammer. Christian Jellinghaus war die Gegend wohl bekannt, denn das Haus lag nur einen Steinwurf weit von dem des Schlossermeisters Springborn in der Kommanderiestraße entfernt.

Im Erdgeschoss wohnte der alte Pfeifendrechsler selbst mit seiner Familie und betrieb dort auch sein Gewerbe. Aus kostbarem Elfenbein oder billigerem Horn, aus bestimmten Holzsorten und aus Meerschaum und anderen Materialien verfertigte der alte Mann seine künstlerischen Produkte. Tabakspfeifen mit drei bis vier Fuß langen Stielen und kunstvoll geschnitzten Köpfen waren vor allem bei den Studenten der Bonner Universität außerordentlich beliebt. Es gab kaum einen Beflissenen der edlen Wissenschaften, der nicht mehrere dieser langen Pfeifen sein Eigen nannte und sie bei jeder möglichen Gelegenheit als Abzeichen seiner akademischen Würde entzündete.

Diese Vorliebe der Studenten hatte für den Verfertiger solcher Kunstwerke allerdings die nachteilige Folge, dass er der Aufsicht der Bonner Universitätspedellen unterworfen war. Denn diese mussten in unregelmäßigen Abständen überprüfen, ob die Bonner Pfeifendrechsler nicht etwa in den geschnitzten oder gedrechselten Ornamenten geheime Zeichen der verbotenen akademischen Burschenschaften anbrachten. Der Bundesrat des Deutschen Bundes hatte nach dem furchtbaren Attentat eines Studenten auf den Dichter Kotzebue anno 1819 eine strenge Überwachung und Verfolgung aller demagogischen Umtriebe vor allem an den Universitäten beschlossen. Die studentischen Vereinigungen, die sich Burschenschaften nannten, galten als besonders verdächtig und waren daher auch streng verboten. In allen deutschen Staaten, besonders in Preußen, hielt man sich noch immer buchstabengetreu an die Überwachung.

Für Christian Jellinghaus war es eine große Erleichterung, nach seinem langen Arbeitstag im Bahnbüro in der Poppelsdorfer Sternenburg nicht mehr zwei Stunden, sondern nur noch eine knappe halbe Stunde durch die Spätherbstnacht nach Hause marschieren zu müssen. Wenig nach 6 Uhr morgens hatte er heute früh sein neues Zimmer in der Josephstraße verlassen, damit er pünktlich seine Schreibarbeit bei Kerzenlicht aufnehmen konnte, und jetzt schlug es von der Stiftskirche gerade neunmal, als er wiederum im Dunklen die Haustür aufschloss.

Unterwegs hatte er sich bei einem Bäcker einen großen Laib Brot gekauft, sowie etwas Quark und als Höhepunkt der Genüsse einen Hering und ein kleines Stückchen Wurst, um damit für die nächsten Tage sein Frühstück und sein Abendbrot zu bereiten. Ferner hatte er einige Pfund Kartoffeln und einen Kohlkopf in seinem Tuch, denn er musste ja nun jeweils abends auf dem Herd der Frau Meisterin Goebel ein einfaches Mittagessen kochen, das er sich in einem Blechgefäß zur Arbeit mitnehmen und in seiner einstündigen Mittagspause in der Sternenburg aufwärmen konnte. Diese Vorräte für etwa eine Woche hatten ihn knapp 15 Silbergroschen gekostet, fast einen halben Taler. Ein einfacher Arbeiter konnte sich nicht so hohe Ausgaben für das Essen leisten.

Zur Feier des Einzuges in seine erste Wohnung hatte der junge Kanzlist beschlossen, sich außerdem ein halbes Quart Bier zum Abendbrot zu gönnen. Als er mit einer Kanne in der Hand das Haus verließ, um das Getränk aus einer Schankwirtschaft schräg über der Straße zu holen, stieß er im dunklen Hausflur mit einigen Menschen zusammen, die sich stumm durch die Tür drängten. Höflich entschuldigte sich der junge Mann, doch er erhielt keine Antwort. Die im Dunklen nicht erkennbaren Menschen schlurften durch einen Hinterausgang auf den Hof, wo der neue Mieter ein kleines baufälliges Nebengebäude bemerkt hatte.

Christian Jellinghaus ließ es keine Ruhe, er wollte erfahren, um was für Mitbewohner seines Hauses es sich da handelte. Als er sich daher nach seinem kargen Abendessen noch einmal in die Wohnstube des Pfeifendrechslers begab, um sich seine Kartoffeln und seinen Kohl für den nächsten Tag zu kochen, wusste er das Gespräch auf die anderen Mieter des Hauses zu bringen.

Eine Familie Nettekoven war es, erzählte der alte Goebel bereitwillig. Alle vier Personen arbeiteten in der Baumwollmanufaktur des Herrn Friedrich Aus'm Weerth im alten Kapuzinerkloster. Aber es waren arme Teufel, die alle zusammen vielleicht gerade 25 Silbergroschen an jedem Werktag verdienen mochten, der Weber Franz Nettekoven, seine Frau Josepha als Spulerin, die sechzehnjährige Tochter Margarethe und der zehnjährige Sohn Anton; die beiden Kinder waren als Spinnergehilfen beschäftigt. Da war Schmalhans Küchenmeister, auch wenn die Familie im Schuppen auf dem Goebelschen Hinterhof billig wohnte und nur 15 Taler Miete im Jahr zahlen musste. Manchmal, so klagte der Pfeifenmacher, bekäme er diese Mieter wochenlang nicht zu sehen, weil sie sich schon morgens um

6 Uhr in der Fabrik zur Arbeit einfinden müssten und abends meist erst nach 8 Uhr zurückkehrten. Und sonntags seien die geplagten Menschen meist so erschöpft, dass sie selbst die Messe verschliefen. »Ja, es gibt viel Armut in der Stadt heutzutage«, schloss Joseph Goebel seinen Bericht mitleidig. »Dabei sind sie nicht einmal die Allerärmsten, denn sie haben immerhin ihren regelmäßigen Verdienst. Früher, unter unserem Kurfürsten, da war doch alles besser«, sinnierte der alte Mann, »da gab es in Bonn nicht so viele arme Leute!«

Neue Intrigen

An St. Katharinen war der Bonner Marktplatz immer besonders voll und besonders laut. Denn an jedem 25. und 26. November fand einer der fünf Jahrmärkte in Bonn statt. Neben dem Brot und der Butter, dem Gemüse, den Eiern, dem Fleisch und Fisch und anderen wichtigen Lebensmitteln, die normalerweise auf dem Wochenmarkt feilgehalten wurden, gab es jetzt auch einen umfangreichen Krammarkt. Kleinhändler und Hausierer boten auf kleinen Tischchen oder improvisierten Marktständen lautstark ihre Stoffe und Kleider, ihre billigen Schuhe, ihre Töpfe, Tiegel, Löffel, ihre Hämmer und Nägel und Gartengeräte an. Nahezu alles, was die Bürger und die Bauern der weiteren Umgebung für den Winter benötigten, war auf dem St. Katharinen-Markt zu bekommen.

Das war ein Tag, an dem es auch viele Männer auf dem Bonner Marktplatz gab. Der normale Wochenmarkt wurde ja vorwiegend nur von weiblichen Wesen beschickt und besucht. Allerdings sah man jetzt bei den Männern fast nur die Mützen der Bauern, der kleinen Handwerker oder der

Arbeiter. Wenn sich ein hoher Zylinderhut eines Angehörigen der höheren Klassen unter den Passanten bewegte,
war er nicht leicht zu übersehen.

Der Doktor Joseph Velten schritt wie üblich etwas
geistesabwesend auf dem Weg zu einem Patienten quer
über den Marktplatz in die Bonngasse, ohne sich um das
Marktgewimmel zu kümmern. Er wurde aus seinen tiefen
Gedanken gerissen, als ihn ein kleiner rundlicher Herr vor
dem Gebäude des Gymnasiums fast anrempelte und
entschuldigend den Zylinder lüftete. »Nichts für ungut,
wertester Herr«, tönte es in unverkennbarem Sächsisch. »Ei,
das ist doch der hochverehrte Herr Doktor Velten höchstpersönlich! Habe Sie lange nicht gesehen, mein bester Herr
Doktor, wie geht es denn der werten Gesundheit und was
machen die Geschäfte?« Herr Amadeus Lange, der Verkäufer von Losen der königlich sächsischen Klassenlotterie,
machte eine tiefe Verbeugung und blieb stehen, wie immer
bei einem früheren oder künftigen Kunden zu einem
kleinen Schwatz bereit.

»Ach, Sie sind's, Herr Lange«, erinnerte sich Doktor Velten mit etwas Anstrengung und verhielt seinerseits den
Schritt. »Sagen Sie doch, werter Herr, denken Sie noch
daran, was Sie mir vor langer Zeit hoch und heilig versprochen haben? Dass der König in Berlin niemals dem Bau
einer Eisenbahn in unserer Stadt zustimmen würde – nun,
und was ist jetzt? Sie sind ein Lügner, mein Herr, ein ab-
scheulicher Lügner! Ich verachte Sie ebenso wie alle diese
verblendeten Narren, die hinter dem Teufelsding von Eisenbahn herlaufen, als wäre es der Weg zur ewigen Seligkeit!«

Der kleine Sachse wand sich unter den strafenden Worten des erbosten Arztes; es war ihm offensichtlich höchst
unangenehm, gerade auf dieses Thema angesprochen zu

werden. »Ja, mei gutester Herr Doktor Velten, gegen den Willen eines Königs ist eben jeder Untertan machtlos. Der neue König von Preußen macht halt alles anders als der alte, er hat nun mal jetzt den Eisenbahnbau genehmigt, und uns Untertanen bleibt nichts anderes übrig als das hinzunehmen. Aber trotzdem, Herr Doktor, sollten wir Gegner der Eisenbahn den Mut noch nicht sinken lassen. Ich wüsste da schon noch ein Mittel, sich dagegen zu wehren.«

Wie ein Verschwörer zog der Lotterieeinnehmer aus Sachsen den Arzt am Knopf seines Mantels an eine Hausecke und senkte den Ton zu einem geheimnisvollen Flüstern. »Ich will Ihnen etwas verraten, Herr Doktor, wenn Sie mir versprechen, anderen gegenüber nichts darüber verlauten zu lassen, Vertrauen gegen Vertrauen!« Er stehe in Verhandlungen mit einigen Bauern in Buschdorf, berichtete der geschäftstüchtige Sachse leise und eifrig. Mit etwas Hilfe seitens der vielen Bonner Bürger, die einen Eisenbahnbau verhindern wollten, würde er in der Lage sein, ein größeres Landstück aufzukaufen, das genau im geplanten Weg der künftigen Schienenstraße liege, zwischen dem Tannenwäldchen nördlich Bonns und dem Dorf Buschdorf.

Wenn dieses Landstück in den Händen eines Mannes sei, der bereit und in der Lage sei, alle juristischen Möglichkeiten auszuschöpfen, um einen Verkauf an die Bahngesellschaft zu verhindern und der auch gegen eine mögliche zwangsweise Expropriation bis zur höchsten Gerichtsinstanz vorgehen werde, dann sei es gewiss, dass dem Bau dieser dreimal verfluchten Eisenbahn ein Riegel vorgeschoben werden könne. Die dummen Bauern würden sich von den Landaufkäufern der Eisenbahn doch nur übertölpeln lassen oder sich nicht mit ihren Rechten auskennen. Ihm aber, dem Lotterieeinnehmer Amadeus Lange aus Riesa in Sachsen, könne so etwas nicht passieren. Im Übrigen habe er einen guten Freund beim Kölner Appellationsgericht, der bei einem zu erwartenden Prozess gegen eine etwaige Enteignung unzweifelhaft zu seinen Gunsten entscheiden werde.

»Ich habe schon die Unterstützung einer ganzen Reihe von Interessenten, Herr Doktor, die wie Sie nichts mehr wünschen als diese Eisenbahn zu verhindern«, erläuterte Herr Amadeus Lange verschwörerisch flüsternd. »Das Ganze ist natürlich mit hohen Kosten verbunden, Herr Doktor, und Sie werden verstehen, dass ich den Kaufpreis für dieses große Landstück nicht allein aus meiner eigenen Tasche erlegen kann. Wenn der Herr Doktor daher bereit wäre, mir gewissermaßen als stiller Teilhaber 100 Taler für diesen guten Zweck zur Verfügung zu stellen, dann könnte ich zusammen mit den übrigen Beiträgen anderer Herren schon nächste Woche den Kaufvertrag perfekt machen!«

Am Gesichtsausdruck seines Gesprächspartners, der in den letzten 5 Minuten nicht mehr zu Wort gekommen war, erkannte der geschickte Psychologe aus Sachsen, dass seine Rede auf fruchtbaren Boden gefallen war. »Wenn der Herr Doktor gestatten, werde ich mir erlauben, morgen bei Ihnen zu Hause vorbeizuschauen und Ihren Beitrag zu diesem so verdienstvollen und wichtigen Werk abzuholen. Und, Herr Doktor Velten, Sie denken ja auch daran, mir wieder ein oder zwei Lose abzukaufen, denn ich brauche meinen kleinen Verdienst dabei, um die zu erwartenden Prozesskosten zu zahlen. Aber das Geld ist gut angelegt, Herr Doktor Velten, mein Wort als Ehrenmann darauf!«

Man wird prüfen

Wieder einmal saßen die drei Herren und die Dame um
den Teetisch auf Burg Bornheim und genossen das anregende Gespräch mit der Burgherrin. Professor Peter Kaufmann und Johannes von Noorden hätten sich selbst kaum
eingestanden, dass die seit Jahren zum guten Brauch gewordenen Arbeitssitzungen des Vorstandes des Landwirtschaftlichen Vereins für Rheinpreußen in der Wohnung seines Präsidenten von Carnap fast mehr dem Charme der
Emilie von Carnap als der ständigen freundlichen Einladung des Freiherrn selbst zu verdanken waren.

Tee gab es an diesen Sonntagnachmittagen auf Burg
Bornheim seit einigen Wochen allerdings nicht mehr, sondern köstlich duftenden, frisch gebrannten und frisch auf-
gebrühten Kaffee. Die Küchenmagd der Burg konnte ihn
jetzt sogar jede Woche in Bornheim selbst kaufen. Die im
Kaffeerösten so geschickte Witwe Zuntz aus der Judengasse
in Bonn und ihr geschäftstüchtiger Sohn hatten inzwischen
in Bonn bereits zwei und in Poppelsdorf eine Verkaufsstel-
le für ihren Kaffee eingerichtet und seit November auch
sogar in Bornheim. Dort konnte man stets garantiert frisch-
gebrannten Kaffee in jeder gewünschten Menge erwerben,
ohne dafür nach Bonn laufen zu müssen.

An diesem ersten Sonntag im Dezember 1840 drehte
sich das Gespräch des Vereinsvorstandes wie fast immer
zunächst noch einmal um die Punkte, die auf der vorher-
gehenden Arbeitssitzung der drei Herren eine Rolle gespielt hatten. Man hatte über die Fortschritte einer der Lieb-
lingsideen Professor Kaufmanns gesprochen, über die
Landwirtschaftlichen Kreditvereine. Durch diese sollten
unverschuldet in Not geratenen kleinen Landwirten und
Winzern billige und langfristige Kredite aus den Spargro-

schen ihrer Dorfgenossen gegeben werden. Diese segensreiche Einrichtung begann immer mehr im Rheinland Anklang zu finden und dem Zinswucher entgegenzuwirken, dem früher oft genug arme Bauern zum Opfer fielen, wenn sie in die Fänge skrupelloser Geldverleiher gerieten.

Dann aber schwenkte das lebhafte Gespräch zu viert, wie ebenfalls fast immer, zu wichtigen allgemeinen Ereignissen der jüngsten Zeit. »Darf ich auch Ihnen meine aufrichtigen Glückwünsche darbringen, gnädige Frau«, erklärte Professor Kaufmann höflich, »zur Wahl Ihres verehrten Gatten zum Präsidenten des Verwaltungsrats der Bonn-Kölner Eisenbahn. Niemand hat diese Ehre mehr verdient als der Freiherr von Carnap! Ich erinnere mich noch lebhaft an jenen Nachmittag im Jahr 1836, als Ihr Gatte hier an diesem Tisch die Idee einer Eisenbahn in unserer Gegend aufbrachte. Er ist doch der eigentliche Urheber gewesen. Und nun nimmt der damalige Gedankenblitz schon ganz konkrete Formen an!«

Bescheiden wehrte sich der so Gelobte: »Dass man mich am vorigen Sonntag zum Präsidenten des Verwaltungsrates gewählt hat, habe ich doch nur der überraschenden Versetzung des Grafen Beust nach Berlin als Oberberghauptmann zu verdanken. Sonst wäre er der gegebene Präsident dieses Gremiums gewesen.«

»Was hat es denn bei dieser ersten Verwaltungsratssitzung eigentlich an Entscheidungen gegeben?«, wollte Herr von Noorden wissen. »Ganz Bonn schwirrt ja neuerdings von Gerüchten und Disputen über die Frage, wo der Bahnhof in Bonn angelegt werden soll. Der Herr Professor Kaufmann und ich haben uns ja in den letzten Jahren von dem Eisenbahnwesen weitgehend zurückgezogen, weil wir mit der Sorge um die Landwirtschaft genug zu tun haben.«

Kurz und sachlich berichtete Freiherr von Carnap von dieser ersten gemeinsamen Sitzung des Verwaltungsrates und des Direktoriums der Bahngesellschaft, die eine Woche zuvor im Saal der Bonner Lesegesellschaft stattgefunden hatte. Zu seiner Freude sei der alte Justizrat Lamberz zum Vizepräsidenten des Verwaltungsrates gewählt worden, ein erfahrener praktischer Jurist, der mit beiden Beinen auf der Erde stehe.

Was die Auseinandersetzungen über den richtigen Endpunkt der Bahn in Bonn angehe, so habe das Direktorium richtigerweise den Standpunkt vertreten, dass man alle denkbaren Endpunkte genau auf ihre Vorzüge und Nachteile prüfen müsse, nicht zuletzt auch hinsichtlich der eventuellen Kosten. Man wolle die Grundeigentümer in den verschiedenen Bonner Stadtvierteln auffordern, konkrete Preisvorstellungen für das Gelände zu äußern, das die Bahngesellschaft für die Anlage eines Bahnhofes benötige. Dann werde man ja sehen, wo der Bau am günstigsten sei.

»Übrigens ist jetzt erneut ein genaues Nivellement für die Bahntrasse im Gange«, berichtete der Bornheimer Burgherr. »Es sind verschiedene junge Offiziere zur Hilfe herangezogen worden, die etwas vom Kartenzeichnen verstehen.« Ein wenig spöttisch meinte Emilie von Carnap, ihre Kaffeetasse zierlich in der Hand haltend: »Die Herren werden sich ja hoffentlich etwas besser zu wehren wissen als damals unser Christian Jellinghaus, wenn es wieder einmal Prügel für die Vermesser geben sollte! Wie macht sich übrigens unser guter Christian als neugebackener Kanzlist der Bahngesellschaft?«

»Oh, meine Liebe«, gab Gerhard von Carnap Auskunft, »ich habe ihn ja neulich wiedergesehen und gesprochen. Er ist wie eine Lokomotive: ganz Feuer und Flamme für die Eisenbahn. Wenn jemand der geborene Eisenbahnmensch ist, dann ist er es. Unser Christian wird schon seinen Weg dort machen.«

Unterschiedliche Erfahrungen

Leise fluchend bahnten sich einige Soldaten im Drillich-Arbeitsanzug ihren Weg durch den mit Gestrüpp bewachsenen morastigen Martinsgraben am Fuß der steilen Mauer der Clara-Bastei. Dicht jenseits der gewiss 3 Ruten hohen Befestigungsanlage erhob sich die Bonner Münsterkirche, doch konnte man von hier unten nicht einmal die Turmspitze sehen.

Einst hatte diese Stadtmauer die kurfürstliche Residenzstadt Bonn nach Westen hin verteidigen sollen. Doch heute hatte sie längst diese Funktion verloren und war nur noch ein langsam zerfallendes, inzwischen von Bäumen und Sträuchern überwuchertes Hindernis für die Ausdehnung der Stadt. Entlang dem Fuß der Stadtmauer und ihrer vorspringenden Basteien zog sich die feuchte Niederung, die man Gumme nannte und in der, wie es hieß, vor Jahrtausenden ein Arm des Rheinstroms geflossen war. Nach Westen hin schloss sich jenseits dieser breiten Senke die Ebene an, die den Namen Mühlheimer Feld trug und im Sommer mit Getreide bebaut war. Etwas weiter nach Westen konnte man die längst hoch gewachsenen Bäume der einstigen kurfürstlichen Baumschule, das Poppelsdorfer Schloss´und dahinter den Kreuzberg mit seiner berühmten Kapelle sehen, die eine Nachbildung der Heiligen Stiege zu Jerusalem enthielt.

Sekondeleutnant Otto von Kahlden stand über seinen Messtisch gebeugt und visierte genau durch den Theodoliten die bunte Messlatte an, die ein Ulan seiner Eskadron in einiger Entfernung in der Senkrechten hielt. Das endgültige Nivellement der zukünftigen Route der Eisenbahn war in vollem Gange.

Vor dem Einbruch des Winters wollte die Eisenbahngesellschaft möglichst große Teile der Strecke korrekt in den Plänen erfasst haben, die auch den hohen Ansprüchen des preußischen Regierungsbaumeisters bei der Bezirksregierung in Köln genügten, der sie begutachten musste. Glücklicherweise begünstigte das Wetter in diesem Dezember 1840 dieses Vorhaben, denn bisher hatte noch kein Frost eingesetzt, und es war in den letzten Wochen auch einigermaßen trocken geblieben.

Die Direktion der Bonn-Kölner Eisenbahngesellschaft hatte daher nicht nur sämtliche freiberuflichen Geometer in Bonn und Köln für diese Arbeit unter Vertrag genommen, sondern auch die jüngeren Offiziere der preußischen Garnisonen um Mithilfe gebeten. Das Kommando des 8. preußischen Corps in Koblenz hatte dieses Gesuch befürwortet und den Offizieren, die sich dafür melden würden, sogar vier Wochen Urlaub gewährt. Denn der kommandierende General war der Meinung, dass diese Arbeit eine gute Übung für die wenigen technisch ausgebildeten Offiziere und zugleich eine Vorarbeit für die allgemeine kartographische Landesaufnahme sei, die für die Rheinprovinz vorbereitet wurde.

Der junge Leutnant aus Pommern hatte sich für diese Aufgabe interessiert, weil er sein auf der Kadettenanstalt gepflegtes Steckenpferd des Zeichnens von Landkarten gerne vervollkommnen wollte. Außerdem konnten so er und einige Ulanen seiner Eskadron für eine Weile dem öden Drill auf dem Bonner Reiter-Exerzierplatz jenseits der Stadtmauer am Rhein – »In Gliedern rechts und links schwenkt – zur Attacke marsch – das Ganze Halt!« – entgehen.

Die Bahngesellschaft hatte ihm und seinen Soldaten einen Abschnitt in unmittelbarer Nähe der Stadt Bonn zur Vermessung zugewiesen. Er begann dort, wo die Poppelsdorfer Allee an der Bonner Stadtbefestigung endete; diese breite, mit Pappeln und Kastanien bestandene Allee verband die beiden einstigen kurfürstlichen Schlösser in Bonn und Poppelsdorf, die heute die Bonner Universität beherbergten. Nach Nordwesten hin reichte die vom Herrn von Kahlden aufzunehmende Strecke bis zum Tannenwäldchen, wo im Sommer das Bonner Ulanenregiment seine Manöver mit Reiterattacken und scharfen Schüssen abhielt.

Es sei wohl gut, hatten die Herren Direktoren in einer Vorbesprechung gemeint, wenn gerade hier, in der Nähe der Stadt Bonn, preußisches Militär bei der Vermessung in Erscheinung trete. Denn die Soldaten hätten gewiss keine Störungen durch aufgebrachte Grundeigentümer zu befürchten. Dabei sei, so hatte der Herr Präsident Mülhens von der Eisenbahngesellschaft betont, die von einigen schlecht informierten Eiferern in Bonn erregte Furcht völlig unbegründet. Die Bonn-Kölner Eisenbahngesellschaft müsse nur pflichtgemäß die praktische Eignung verschiedener Streckenvarianten in der Nähe Bonns genau feststellen. Erst nach dieser Vermessung und deren Überprüfung könne entschieden werden, ob das Stationshaus für das Ende der Bahn in Bonn in den Norden, den Westen oder den Südwesten der Stadt gelegt werden solle.

Otto von Kahlden hatte bei seiner Vermessungsarbeit auch bisher keine Belästigungen bemerkt, wenn man das neugierige Herumstehen vieler Bonner nicht als solche rechnete. Verschiedene Grundstückseigentümer waren zu ihm gekommen, um mit ihm über den Streckenverlauf der Eisenbahn zu sprechen.

Es fiel dem jungen Offizier auf, wie gegensätzlich die Anliegen waren, die man an ihn herantrug. Einige Grundeigentümer wollten um alles in der Welt verhindern, dass die künftige Eisenbahn über ihren Besitz lief. Sie kündigten schärfsten Protest und alle denkbaren rechtlichen Schritte dagegen an oder versuchten den Nachweis zu erbringen, ihr Grundstück sei für einen Eisenbahnbau völlig ungeeignet.

Andere Bauern oder Städter, denen Grundstücke auf dem Mühlheimer Feld gehörten, wollten den Herrn Offizier unbedingt überreden, die Richtungslinie doch ja über ihr Grundstück zu legen. Wahrscheinlich versprachen sie sich einen hohen Preis bei einem Verkauf ihrer, an sich recht wenig ertragreichen Getreidefelder an die Bahngesellschaft. Oder sie hofften auf eine erhebliche Wertsteigerung ihres längs der Bahnlinie oder in der Nähe des etwaigen Bahnhofs liegenden Eigentums.

Sekondeleutnant von Kahlden konnte nichts anderes tun, als alle diese Wünsche an die Direktoren oder Beauftragten der Eisenbahngesellschaft zu verweisen. Er sei dafür nicht zuständig, sondern habe nur die geradeste Linie zwischen zwei vorgegebenen Punkten abzustecken. Eine Eisenbahn könne schließlich nicht wie eine Pferdekutsche um die Ecke fahren, sondern bedürfe eines möglichst pfeilgeraden Weges für ihre Dampfrösser, belehrte er die aufdringlichen Rheinländer.

5. Kapitel

Die Eisenbahn spaltet Bonn

Januar bis November 1841

In Niedeckens Lesestube

Christan Jellinghaus konnte sich heute beim besten Willen nicht auf die Lektüre von »Leuchs Polytechnischer Zeitung« konzentrieren, obwohl ein Artikel über die Probleme beim Bau der Eisenbahn von München nach Augsburg darin stand. Unter anderen Umständen hätte er sich von diesem hochinteressanten Bericht einige Notizen gemacht, um sie am Montag im Bahnbüro achtungsvoll den Herren Direktoren vorzutragen.

Seit Jahresanfang 1841, also seit drei Wochen, war er Abonnent in Niedeckens Lesestube im Haus Nr. 39 am Hof gegenüber der Universität. Ein geschäftüchtiger Bonner hatte die Zeichen der Zeit erkannt, zahlreiche allgemein bildende, literarische und polytechnische Journale aus allen Staaten des Deutschen Bundes abonniert und sie zum Gebrauch des lesehungrigen Publikums der Stadt in zwei gemütlich eingerichteten Zimmern seiner Wohnung ausgelegt. Für das geringe Entgelt von 8 Silbergroschen im Monat durfte man in den neuesten Heften lesen, so viel man wollte. Wer allerdings wie der Kanzlist Jellinghaus in den polytechnischen Lesezirkel aufgenommen werden wollte, musste 4 Silbergroschen mehr bezahlen.

Die Lesestube von Georg Niedecken war damit eine Art

volkstümliches Gegenstück der »Lese- und Erholungsgesellschaft« einige Häuser daneben. Denn dieser exklusive Verein nahm nur die reichsten und vornehmsten Spitzen der Gesellschaft unter seine Mitglieder auf. Bei Niedecken war dagegen jedermann willkommen, der den kleinen Obolus bezahlte, sogar Frauen – und darüber wurde in den Wohnstuben der Bonner Familien immer wieder kopfschüttelnd geredet.

War es schon ungewöhnlich, dass Frauen allein ein öffentliches Lokal besuchten – obwohl bei Niedecken keine Getränke ausgeschenkt, sondern nur geistige Nahrung verabreicht wurde –, so war es fast unbegreiflich, dass da ein junges Mädchen von vielleicht achtzehn Jahren wie selbstverständlich auf einem Sofa saß und im »Polytechnischen Zentralblatt« einen längeren Aufsatz über die neuesten Entwicklungen im Eisenbahnwesen las. Christian Jellinghaus erkannte das genau, denn er hatte gerade vorher den gleichen Artikel mit Interesse zur Kenntnis genommen.

Während in der Ecke ein bullernder Eisenofen angenehme Wärme und einige Öllampen helles Licht verbreiteten, herrschte Stillschweigen in dem Stübchen. Christian Jellinghaus und das lesende junge Mädchen waren an diesem Sonntagnachmittag die einzigen Gäste darin. Christians Gedanken schweiften immer wieder ab und seine Augen wanderten zu seinem Gegenüber, das sich für eine Frau so ungewöhnlich verhielt.

Das Mädchen – oder war es schon eine junge Frau? – trug die blonden Locken nach der beliebten Mode der Zeit in sorgfältig gedrehten Ringeln, von denen einige das hübsche, ausdrucksvolle Gesicht einrahmten. Eine zierliche Nase und ein kleiner, aber energisch wirkender Mund mit wunderbaren roten Lippen zogen den Blick des jungen Mannes auf sich. Am meisten aber waren es die strahlenden blauen Augen, die Christian Jellinghaus auffielen. Offenbar ein eigenwilliges kleines Persönchen, aber höchst liebreizend, dachte der junge Mann, obwohl er keine Erfahrungen mit Frauen hatte.

Irgendwann schien das Mädchen zu spüren, dass es Gegenstand aufmerksamer Beobachtung war. Es ließ das Journal sinken, in dem es bisher gelesen hatte und blickte sein männliches Gegenüber an.

»Wenn Sie ›Leuchs Polytechnische Zeitung‹ ausgelesen haben, dürfte ich sie mir dann von Ihnen erbitten, mein Herr?«, fragte die junge Dame mit heller Stimme, als sei es ganz natürlich, dass eine Frau ihres Alters ein Journal lesen wollte, das ausschließlich über die neuesten Forschungen und Entwicklungen in Naturwissenschaft und Technik berichtete. »Ich würde gern wissen, ob auch in diesem Heft etwas über dieses neue Eisenbahnwesen steht.«

Die unerwartete Anrede ließ Christian Jellinghaus erröten, doch er fasste sich schnell. So höflich, als sei er ständiger Gast im Salon des Grafen Beust gewesen, fragte er zurück: »Interessieren gnädiges Fräulein sich für Eisenbahnen? Dann darf ich gnädiges Fräulein auf diesen Aufsatz über die Probleme des Gleisbaus im Haspelmoos auf der Strecke zwischen München und Augsburg hinweisen!« Damit reichte er ihr seine Zeitschrift hin, denn er konnte sich wirklich nicht vorstellen, wie ein Laie, und noch dazu eine junge Frau, an solchen Themen Gefallen finden konnte, die nur für hauptamtliche Eisenbahningenieure von Bedeutung waren. »Aber vielleicht könnten gnädiges Fräulein das Journal zurückgeben, wenn gnädiges Fräulein ausgelesen haben. Denn ich wollte mir ein paar Notizen über besagten Artikel machen.«

Jetzt blickte die junge Dame ihren Gesprächspartner erstaunt an. »Haben Sie denn etwas mit dem hiesigen Eisenbahnwesen zu tun, mein Herr, dass Sie sich so etwas aufschreiben wollen?«, fragte sie spontan. Mit einer kleinen Verbeugung im Sitzen antwortete der junge Mann: »Das ist richtig, mein Fräulein, ich bin Kanzlist der Bonn-Kölner Eisenbahngesellschaft. Mein Name ist Christian Jellinghaus.« Wieder traf ein Blick aus den großen blauen Augen den errötenden Mann: »Oh, das ist aufregend! Da sitze ich zum ersten Mal in meinem Leben im gleichen Raum mit einem Menschen, der persönlich bei einer Eisenbahn angestellt ist.«

Das Mädchen kam an diesem Tag nicht mehr dazu, den Artikel zu lesen. Denn nun entwickelte sich ein lebhaftes Gespräch zwischen den beiden Gästen in Niedeckens Lesetube. Christian Jellinghaus erzählte davon, wie er zur Eisenbahn gekommen war, höchst geehrt von dem Umstand, dass jemand anderes – und noch dazu ein so hübsches und intelligentes junges Mädchen – an seiner Person und seiner ungewöhnlichen Profession Anteil nahm.

Schließlich fasste er sich ein Herz und fragte geradeheraus: »Wie kommt es nur, dass gnädiges Fräulein sich einer für eine Dame so ungewöhnlichen Liebhaberei wie der Beschäftigung mit dem Eisenbahnwesen verschrieben haben?« Das Mädchen antwortete mit einem entzückenden kleinen Lachen in der Stimme: »Oh, das liegt an meinem Vater, der der größte Gegner der Eisenbahn in ganz Bonn ist. Wenn es nach ihm ginge, müssten alle Menschen geradewegs zur Hölle fahren, die solche Pläne verfolgen. Da möchte ich natürlich gerade ihm zum Trotz wissen, was es mit den Dampfrössern und ihren eisernen Straßen auf sich hat!«

Ohne Bedenken zu haben, sich einem ihr ganz fremden jungen Mann anzuvertrauen, erzählte sie, dass sie Katharina Velten heiße und die Tochter des Arztes Dr. Joseph Velten sei. Dieser habe es sich in den Kopf gesetzt, partout den Bau der Eisenbahn nach Bonn zu verhindern. Aber sie lasse sich nun einmal von ihrem Vater nicht vorschreiben, wofür sie sich zu interessieren und was sie zu verabscheuen habe.

Seit dem Tode ihrer Mutter vor gut zwei Jahren sei sie gezwungenermaßen selbständiger geworden als andere junge Mädchen ihres Alters. Sie erzählte, dass sie dem Vater den Haushalt führen und sich um die beiden jüngeren Geschwister kümmern müsse. Aber sie habe daneben auch Zeit gefunden, noch Privatunterricht in Französisch und Zeichnen zu nehmen, und Klavierunterricht bei der bekannten Frau Johanna Mathieux bekomme sie jetzt auch.

»Und weil ich wissen will, was es mit dem, von meinem Vater so bekämpften Eisenbahnwesen wirklich auf sich hat«, so berichtete sie ihrem Gesprächspartner, »habe ich hier bei Niedecken den polytechnischen Lesezirkel abonniert und lese seit einem halben Jahr alles, was ich über Eisenbahnen erreichen kann. Ich finde, mein Herr, dass dieses neue Verkehrsmittel – weit entfernt, das Verderben der Menschheit zu sein, wie mein Vater behauptet – vielleicht die wichtigste Erfindung unseres Jahrhunderts ist. Aber mein Vater darf natürlich nichts davon wissen, dass ich hier solche Aufsätze lese und mich so äußere, er würde mich wirklich und wahrhaftig totschlagen.«

Offenbar sah Christian Jellinghaus in den Augen der jungen Katharina Velten so Vertrauen erweckend aus, dass sie ihm ein so gefährliches Geständnis machen konnte. Draußen war die trübe Dämmerung des Januarnachmittags längst in tiefe Dunkelheit übergegangen, als Katharina Velten erschrocken aufhorchte. Vom Turm der nahen Münsterkirche schlug es 7 Uhr. »Ich muss nach Hause,« sagte sie wie aus einem Traum erwachend. »Mein Vater wird sonst misstrauisch.«

Höflich – oder war es schon mehr als Höflichkeit? – bot Christian Jellinghaus seiner hübschen Gesprächspartnerin an, sie selbstverständlich nach Hause zu begleiten. Weiter in ihr fesselndes Gespräch vertieft, schritten die beiden jungen Leute durch die schneebedeckten Straßen von Bonn, die nur hier und da durch eine einsame Laterne erleuchtet waren. Nach einigen Ecken, die sie über den Münsterplatz bis fast zum Sternentor geführt hatten, fragte Christian Jellinghaus plötzlich: »Wo wohnen gnädiges Fräulein eigentlich? Wir gehen und gehen, und ich weiß gar nicht, wohin ich Sie begleiten darf?« Da war es an Katharina Velten, zu erröten und lachend zu gestehen: »Wir sind schon viel zu weit gegangen, mein Herr. Ich wohne keine dreihundert Schritt von Niedecken entfernt, an der Ecke Remigiusstraße und Mauspfad. Aber ich danke meinem tapferen Ritter, dass er mich so weit durch die leeren Straßen begleitet hat, und ich würde mich freuen, wenn ich diesem Ritter gelegentlich wieder einmal begegnen könnte!«

Unerträgliche Beleidigung

Bei diesem Ball in der Bonner »Lese« war die jüngere Generation mehr oder weniger unter sich – unfreiwillig, aber keineswegs unerwünscht. Die Veranstaltung in diesem Februar war als »Karnevalsball« angekündigt, und das bedeutete für die aus dem Osten der preußischen Monarchie stammenden Professoren, höheren Offiziere und die von der Regierung abhängigen Beamten, sich besser vorsichtshalber davon fern zu halten. Andererseits wollte man nicht so kleinlich sein, der Jugend ihren Spaß zu verderben. So kam es, dass eine ganze Schar junger Professoren-, Offiziers- und Beamtentöchter im girlandengeschmückten Saal der »Lese« auf Tänzer wartete. Diese hatten sich in Gestalt jüngerer Offiziere und reicher Studenten auch in einigermaßen ausreichender Anzahl eingefunden.

Mit dem fortschreitenden Abend stieg die Stimmung. Die Kapelle spielte einen der heute so beliebten Walzer nach dem anderen, und die jungen Damen schwebten in den Armen ihrer Tänzer in höchster Seligkeit. In den Pausen tuschelten die Damen eifrig untereinander und verglichen die tänzerischen Künste ihrer ständig wechselnden Partner. Denn der Brauch wollte es, dass die Reihenfolge der Tänzer schon zu Beginn des Balles auf den Tanzkarten der Damen festgelegt wurde, und die Bevorzugung etwa eines bestimmten Herren galt schon als bedenkliche Vorstufe zu einer Verlobung.

An Champagner war bei dieser Veranstaltung kein Mangel. Die jungen Herren hatten davon im Laufe des Abends schon eine erstaunliche Menge getrunken. In den Pausen der Musik, wenn sich die Damen zum Frischmachen ihrer Garderobe zurückzogen, konnten sich die Herren ungezwungen unterhalten. Sonst gab es so gut wie nie die Gelegenheit, dass sich junge Offiziere und Studenten trafen, wo sie doch fast immer nur mit ihresgleichen verkehrten. An einem Tisch hatte der Zufall den Sekondeleutnant Otto von Kahlden, seinen Freund, den Leutnant Hellmuth Freiherr von Carnap und einige ältere Studenten der Jurisprudenz zusammengeführt. Diese trugen ebenfalls alle adlige Namen und gehörten dem vornehmen studentischen Corps Borussia an.

Leutnant von Kahlden fand zunehmend Freude an der rheinischen Lebensart – wie er glaubte. In Wahrheit stammte kaum eine der jungen Tänzerinnen in der »Lese« aus dem Rheinland, und bei den jungen Herren war es genauso. Auch sonst zeigte die als »Karnevals-Ball« angekündigte

Veranstaltung wenig vom rheinischen Humor. Die gebürtigen Rheinländer zogen sich in dieser Zeit vor dem Aschermittwoch in ihre alten verrauchten Gasthäuser zurück, wo humorbegabte Bonner Gedichte vortrugen, die wegen ihres rheinischen Dialekts ohnehin von keinem Auswärtigen verstanden worden wären.

Während einer der Tanzpausen, in der sich der Damenflor des Tisches wieder einmal zu geheimnisvollen Verrichtungen zurückgezogen hatte, flatterte das lebhafte Gespräch der jungen Herren ziellos hin und her, unterbrochen von häufigem lauten Gelächter. Die jungen Offiziere und Studenten erzählten sich despektierliche Erlebnisse mit ihren Vorgesetzten oder Professoren; jeder war froh, einmal das steife Gehabe im Offizierskasino oder in der Studentenkneipe ablegen zu können.

Otto von Kahlden berichtete arglos von einigen lustigen Vorfällen bei seiner kürzlich abgeschlossenen Aufgabe der Vermessung für die Bonn-Kölner Eisenbahn. Mit Arroganz in der Stimme meldete sich da plötzlich einer der Studenten zu Wort: »Gehen Sie mir weg mit dieser plebejischen Eisenbahn. Wer für dieses vermaledeite Instrument eine Hand rührt, weiß nicht, was er tut!« – »Na, hören Sie mal«, entgegnete der junge Leutnant erstaunt, »an allen möglichen Orten im Deutschen Bund und Europa werden heutzutage Eisenbahnen gebaut, warum denn nicht auch hier? Ich kann nichts Bedenkliches dabei finden!«

Beflügelt durch einige Gläser Champagner zu viel entgegnete der Jurastudent Albrecht von Ernsthausen in schärferem Ton, als er wohl in nüchternem Zustand gesprochen hätte: »Ich halte die Eisenbahn für die schlimmste Zerstörerin unserer hergebrachten Gesellschaftsordnung, für die doch gerade wir Adlige uns einsetzen sollten. Das Eisenbahnwesen ist ein Instrument der Gleichmacherei, es könnte für ein Ende der althergebrachten Rechte des Adelsstandes sorgen.«

Noch immer erstaunt und mit erzwungener Ruhe versuchte Otto von Kahlden die Harmlosigkeit der Eisenbahnen und ihren Nutzen für das Volksganze – soweit er davon wusste – zu verteidigen. «Schließlich hat der König selbst die Gründung dieser Eisenbahngesellschaft erlaubt, und hier mein Freund, der Leutnant Freiherr von Carnap, ist der Sohn des eigentlichen Gründers dieser Bahn! Was soll daran gefährlich sein?«

Doch Albrecht von Ernsthausen wurde immer aufgeregter und lauter und ließ sich auch durch die Rückkehr der jungen Damen an den Tisch nicht stören. »Ich höre mit Befremden, dass Sie, ein Offizier des preußischen Königs und ein Edelmann, sich dazu hergeben, diese volkszerstörerische Einrichtung zu verteidigen, ja zu ihrer Verwirklichung beitragen. Das kann ich mir nur so erklären, dass Sie durch den schnöden Mammon dieser Geldleute korrumpiert sind.«

Eine Minute herrschte erschrockenes Schweigen am Tisch. Bleich vor Zorn und mühsam unterdrückter Erregung war Leutnant von Kahlden aufgesprungen und blickte den etwa gleichaltrigen Studenten an. »Sie wissen«, sagte er endlich mit leiser und doch scharfer Stimme, »dass Sie mich soeben in unerträglicher Weise beleidigt haben. Das lässt sich unter Edelleuten nur auf eine Weise aus der Welt schaffen, nämlich durch ein Duell, wie Ihnen bekannt sein dürfte. Ich weiß zwar nicht, ob ein Student für einen preußischen Offizier satisfaktionsfähig ist, aber ich will Ihren adligen Namen berücksichtigen. Erwarten Sie morgen den Besuch meines Sekundanten, mein Herr!«

Die Ehre eines Offiziers

Schon früh am Morgen nach dem so verhängnisvollen Abend in der »Lese« war Sekondeleutnant von Kahlden in voller Ausgehuniform bei seinem Hauptmann, dem Chef der Eskadron, vorstellig geworden. Er erbat zwei Stunden Urlaub zur Erledigung einer dringenden persönlichen Angelegenheit in der Stadt und erhielt sie auch bewilligt. Kurze Zeit später stand er schon wieder in der Straße Am Hof, dicht neben dem Saal der »Lese«. Denn der Justizrat Lamberz wohnte dort, nur wenige Häuser vom Ballsaal entfernt.

Erstaunt empfing der alte Richter den Offizier, der höflich, aber dringend um ein Gespräch bat. »Ich möchte mir von einem erfahrenen Kenner des Rechts einen Rat in einer für mich wichtigen Angelegenheit erbitten, allerdings völlig inoffiziell und privat. Sie haben mich vor noch gar nicht so langer Zeit so freundlich in die hiesigen Verhältnisse eingeführt, dass ich vertrauensvoll zu Ihnen komme.«

Der Justizrat ermunterte freundlich seinen Gast, sich sein Problem frisch von der Leber zu reden. Otto von Kahlden berichtete offen von dem Wortwechsel beim gestrigen Ball und seinem ernsten Ende, der unumgänglichen Duellforderung. »Ich weiß, dass es meine Pflicht ist, meine Ehre mit einem Waffengang auf Tod oder Leben zu verteidigen«, sagte er, »davor darf ich mich als Soldat auch nicht fürchten. Aber es ist das erste Mal in meinem Leben, dass mir so etwas widerfährt. Daher würde ich mich eben gerne bei einem vertrauenswürdigen Sachverständigen erkundigen. Mir ist nämlich Verschiedenes unklar. Ist es mit der Ehre eines Offiziers vereinbar, sich mit einem Studenten zu duellieren? Und welche strafrechtlichen Folgen hat ein Duell hierzulande? Ich habe etwas davon gehört, dass hier anderes Recht gilt als im übrigen Preußen.«

Jacob Lamberz rief, ohne sofort eine Antwort zu geben, erst einmal seine Dienstmagd in den Salon und bat sie, seinem Gast und ihm selbst ein Glas Wein zu servieren. »Das ist keine gute Nachricht, lieber junger Mann, die müssen wir erst mal verdauen!« Dann, nach einer kleinen Pause und einem Schluck Wein aus seinem Glas, meinte er: »Nehmen Sie es einem alten bürgerlichen Juristen aus dem Rheinland nicht übel, dass er zur angeblichen Notwendigkeit von Duellen zur Wiederherstellung der persönlichen Ehre anders steht, als es wohl heute in Offiziers- und Adelskreisen üblich ist. Aber es hat ja keinen Zweck, Ihnen einen allgemeinen Vortrag über den Sinn oder Unsinn von Duellen zu halten. Sie möchten konkreten juristischen Rat, und den will ich Ihnen geben, so gut ich kann.«

Den Widersinn von Duellen, so erläuterte der Richter, könne man eigentlich leicht erkennen. Einerseits verlange ein strikter moralischer Zwang von Männern, allerdings nur aus den höchsten Gesellschaftsschichten, sich gegen Beleidigungen ihrer Ehre durch einen Waffengang auf Leben und Tod mit Pistolen oder Degen im Zweikampf mit dem Beleidiger zu wehren. Wer diesem moralischem Zwang nicht nachkomme – und auch, wer als Beleidiger sich dem geforderten Duell zu entziehen versuche –, der würde von den Standesgenossen mit völliger moralischer Ächtung und damit fast immer mit dem Verlust seiner Stellung und seines Ansehens bestraft. Dies sei für die meisten Betroffenen ein weit schwereres Übel als die Möglichkeit, in dem Duell das Leben zu verlieren oder erhebliche Verletzungen davonzutragen.

Auf der anderen Seite, dozierte Justizrat Lamberz weiter – und damit komme er zur juristischen Seite des Falles – erblicke jedenfalls in den alten Provinzen Preußens die Gesetzgebung in einem Duell in jedem Fall eine strafbare

Handlung. Die Selbstjustiz, nämlich die Wiederherstellung der eigenen Ehre durch einen Zweikampf statt durch ein Gerichtsurteil, greife in die Hoheitsrechte des Staates ein und sei daher strafbar.

»Aha«, meinte der Leutnant, der ernst und aufmerksam zugehört hatte, »da kommt die berühmte Festungsstrafe, die immer beiden Kontrahenten eines Duells drohen soll, wenn einer oder beide überlebt haben ...«

Der alte Herr unterbrach ihn: »... die aber auch in Altpreußen mehr auf dem Papier steht als dass sie tatsächlich verbüßt werden muss. Wenn es sich nämlich um Adlige oder Offiziere handelt – und fast ausschließlich in diesen Kreisen kommen ja Duelle nur vor –, dann hat es der König in der Hand, diese Strafe im Gnadenwege sehr zu ermäßigen oder gar ganz zu erlassen. Denn er ist ja seinerseits auch Offizier und Edelmann und kennt – und billigt! – den moralischen Zwang zum Duell. Ich weiß von einem Fall, in dem ein preußisches Gericht einen hohen Adligen wegen eines Duells zu 15 Jahren Festungshaft verurteilt hat. Doch nach einer Begnadigung durch den König war der Mann schon nach zwei Monaten wieder frei.«

Jacob Lamberz nahm erneut einen Schluck Wein, wie um anzudeuten, dass jetzt ein ganz anderes Kapitel seines kleinen Privatissimums über das Duellrecht an die Reihe komme. »Aber Sie haben Glück, Herr Leutnant, dass wir uns hier im Rheinland befinden, denn hier gilt anderes Recht.«

Dieses Recht, noch aus Franzosenzeiten her und bisher von der preußischen Regierung nicht geändert, sehe im Duell als solchem kein strafwürdiges Vergehen. Nur die Tötung oder Körperverletzung sei wie üblich strafbar. Doch das Antreten mit Waffen gegeneinander geschehe ja im gegenseitigen Einvernehmen der Duellanten. Wenn der

Waffengang daher ohne Blutvergießen ausgehe – und das komme ja durchaus häufig vor –, dann sei er eine private Handlung ohne jede Bedeutung für die Öffentlichkeit oder das Gericht.

»Wie ist es, Herr Leutnant«, fragte jetzt der Justizrat den jungen Offizier ganz direkt, »wollen Sie Ihren Kontrahenten unbedingt töten oder verletzen?« – »Meine Ehre muss ich wahren«, sagte Otto von Kahlden zögernd, »aber töten möchte ich den Lausebengel wirklich nicht.«

Der erfahrene Jurist nickte erfreut. »Ich sehe ein, dass Sie glauben, Ihre Ehre verteidigen zu müssen. Aber schließlich waren es doch nur einige im Rausch gesprochene Worte eines, wie mir scheint, recht unreifen jungen Mannes. Wenn Sie meinen Rat hören wollen, dann fordern Sie diesen Jurastudenten auf schwere Säbel in zwei Gängen zu drei Minuten. In dieser Waffengattung dürfte auch er geübt sein. Wenn Sie Glück haben und geschickt mit dem Säbel sind – als Ulanenoffizier müssten Sie das ja sein – dann überstehen Sie beide dieses Duell heil und unversehrt, aber Ihre Ehre ist vollauf wiederhergestellt, weil Sie sich mutig und ohne Zögern dem gefährlichen Kampf gestellt haben.«

Der Richter machte eine Pause. »Ach ja, Sie hatten mich ja gefragt, ob der Student von Ernsthausen für Sie als preußischer Offizier satisfaktionsfähig ist. Die Studenten, vor allem hier vom vornehmen Corps Borussia, fühlen sich in solchen Ehrensachen völlig den Offizieren ebenbürtig. Sie nicht für duellfähig zu erklären, könnte unangenehme Folgen für Sie selbst haben, Herr Leutnant, natürlich nur inoffiziell, da aber umso fühlbarer. Schicken Sie ihm also in Gottes Namen Ihren Sekundanten, aber stellen Sie ihm keine mörderischen Bedingungen. Dann glaube ich Ihnen versichern zu können, dass die Begegnung mit dem Säbel nicht nur körperlich ohne Folgen bleibt, sondern auch keine juristischen Folgen haben wird. Denn sowohl Ihre Vorgesetzten wie auch die Stellen der Universität sind sehr daran interessiert, solche Vorfälle möglichst zu vertuschen.«

Der Landkauf

In der niedrigen Wirtsstube des Haaß Jupp in Buschdorf bei Bonn saß eine Runde von Bauern um den großen Eichentisch. Vor sich hatten sie große Tonkrüge mit Bier stehen. Sie lauschten den Worten eines städtisch gekleideten Herren, der sich Mühe gab, von den Bauern verstanden zu werden. Aber mit seinem ausländischen Tonfall und seiner ungewohnten Aussprache blieb vieles von dem, was er sagte, den Bauern ein Rätsel.

Neben ihm saß der Bonner Hauderer Jacob Loewenich, den die Buschdorfer Bauern verstehen konnten, weil er Bönnsch sprach wie sie, und den sie auch kannten, weil er eine Frau aus ihrem Dorf geheiratet hatte. Aber er war schweigsamer als der redselige Fremde.

Was die beiden Besucher aus der Stadt allerdings von den Bauern wollten, war ihnen schon klar. Der Herr königlich sächsische Lotterieeinnehmer Amadeus Lange, der in Bonn ansässig war, sowie der Hauderer Loewenich hatten die Absicht, verschiedenen Landwirten aus Buschdorf einige Parzellen Ackerland abzukaufen. Sie lagen genau da, wo einmal der feurige Drachen der Eisenbahn entlangfliegen sollte. Die Herren aus der Stadt wussten Bescheid, was die Kapitalisten aus Bonn und Köln für finstere Pläne mit dieser schrecklichen Eisenbahn hatten, und sie wollten diese Pläne ebenso wenig wie die Buschdorfer Bauern.

Mit großer Beredsamkeit versuchte der sächsische Losverkäufer den Ackerern in diesem abgelegenen rheinischen Dorf klar zu machen, dass die Dampfrösser auf ihrer eisernen Straße, wenn diese erst gebaut wäre, alles Vieh rechts und links ihres Weges scheu machen und das Getreide in Brand setzen würde, dass die Kartoffeln eingehen und das Gemüse vergiftet würde von dem Höllenatem dieser Erfindung des Teufels. Wenn den Buschdorfer Bauern das egal sei, dann sollten sie nur auf die Landaufkäufer der Eisenbahn hereinfallen, die mit Sicherheit in Kürze zu ihnen kommen und ihnen etwas Geld für ihre Parzellen bieten würden. Denn die Eisenbahn brauche sie unbedingt für ihren eisernen Weg. Aber die Bauern würden damit zugleich ihre ewige Seligkeit an den Gottseibeiuns verkaufen.

Wenn sie dagegen die gleichen Grundstücke an ihre Freunde, den ehrenwerten Herrn Amadeus Lange und den Herrn Hauderer Loewenich, mit Brief und Siegel des Gerichts abträten, dann könnten sie sicher sein, dass die Eisenbahn nicht zu ihnen käme. »Ihr müsst wissen, Leute«, flüsterte Amadeus Lange seinen Gesprächspartnern geheimnisvoll zu, »*wir* würden diese Grundstücke niemals an die Eisenbahn verkaufen. Und wenn sie die nicht bekommt, dann können die Leute ihren ganzen Plan aufgeben. Denn die Eisenstraße muss entweder genau da vorbeilaufen, wo eure Parzellen liegen, dicht nördlich des Tannenwäldchens, oder gar nicht. Wir wissen besser als ihr, was man bei Gericht und bei der Regierung tun muss, und wir wollen euch die Mühe und den Ärger ersparen. Außerdem habe ich da verschiedene gute Bekannte beim Gericht und der Regierung, die uns helfen werden, den Bau der Eisenbahn zu verhindern, wenn uns die Parzellen erst gehören.«

Die Buschdorfer Bauern hatten da so ihre Einwände. »Wir brauchen aber das bisschen Land nötig, was wir noch haben,« meinte der Ackerer Kaspar Wohlmuth bedächtig, »wenn wir mit unseren Familien leben wollen, können wir keine Quadratrute missen!« Doch Herr Amadeus Lange wischte diese Bedenken überlegen hinweg. »Das ist gar kein Problem, Leute! Wenn die Grundstücke auf uns überschrieben sind, verpachten wir sie euch sofort zurück und ihr könnt sie genauso bestellen, als ob sie euer Eigentum wären. Den kleinen Pachtpreis von 10 Talern pro Morgen und Jahr können wir ja gleich vom Kaufpreis abziehen, den wir euch in blanken Talern auf den Tisch zählen werden, wenn wir auf dem Gericht alles klar gemacht haben!«

Amadeus Lange hatte sich gut informiert, und er besaß auch die notwendige Beredsamkeit, die von Natur aus misstrauischen Landwirte von der Notwendigkeit und dem Zweck dieses Landverkaufs zu überzeugen. Zwar wusste er sehr wohl, dass das letzte Stück der Eisenbahnstrecke von Köln in der unmittelbaren Nähe Bonns noch keineswegs feststand. Er kannte aber auch die ungeheuren Anstrengungen, die man in Bonn machte, um den Endbahnhof im Norden der Stadt festzulegen. Er wusste von den verschiedenen Petitionen mit den Unterschriften Hunderter angesehener Bürger, von den entsprechenden Beschlüssen des Bonner Stadtrates, der sich mit großer Mehrheit ihren Wünschen angeschlossen hatte, und von den die Wünsche befürwortenden Schreiben des neuen Oberbürgermeisters an die preußische Regierung. Weder die Eisenbahngesellschaft noch die staatlichen Behörden konnten an diesem überwältigenden Votum der Bonner Bevölkerung vorübergehen. Wenn aber der Bonner Bahnhof im Norden der Stadt liegen würde, dann konnte der Schienenweg von Roisdorf nur nördlich des Tannenwäldchens entlangführen, dort, wo nun er und Jacob Loewenich einige entscheidende Parzellen aufkaufen wollten.

Im Geheimen hoffte Amadeus Lange, er würde durch seine beharrliche Weigerung, die Grundstücke an die Bahn zu verkaufen, den von der Gesellschaft zu zahlenden Preis enorm in die Höhe treiben können und sah schon einen tüchtigen Profit voraus. Wenn es ihm andererseits gelingen sollte, tatsächlich eine Enteignung zu verhindern und damit auch eine Zahlung durch die Eisenbahn – nun, dann konnte er sich mit dem Gedanken trösten, dass alle die vielen schönen Taler, die er den Bauern für ihre Grundstücke zahlen musste, ja nicht aus seiner Tasche stammten, sondern von verschiedenen Eisenbahngegnern in Bonn. Dann musste sein Ansehen bei diesen Personen umso mehr steigen und er durfte bei ihnen auf guten Absatz seiner Lose hoffen.

Es wurde an diesem Abend spät in der Buschdorfer Wirtsstube. Aber einer der betroffenen Bauern nach dem anderen unterzeichnete schließlich krakelig und mit großer Anstrengung das von Herrn Amadeus Lange aufgesetzte Schriftstück, das sie verpflichtete, ihre im Zuge der Eisenbahntrasse liegenden Grundstücke an die Herren Lange und Loewenich aus Bonn zu verkaufen. Eine Runde Bier aus Herrn Langes Geldsack belohnte die Bauern für die ungewohnte Arbeit des Schreibens und für den wichtigen Dienst, den sie damit sich, ihren Familien und dem gesamten Dorf soeben geleistet hatten.

Das Duell

Es war noch stockdunkel an diesem kalten Februarmorgen. Nur die in der Nacht frisch gefallene dünne Schneedecke gab ein wenig Licht. Eben hatte es vom Turm der Münsterkirche 6 Uhr geschlagen, und auf den Straßen des Universitätsstädtchens Bonn waren erst ganz wenige Menschen unterwegs. Aber diese frühe Stunde war die vom Brauch vorgegebene Zeit für ein Duell, das nun einmal so weit wie irgend möglich unbemerkt von der Öffentlichkeit stattzufinden hatte.

Über das schneebedeckte Mühlheimer Feld bewegten sich zwei Menschengruppen getrennt voneinander auf das Baumschulwäldchen zu. Es waren die beiden Duellanten Otto von Kahlden und Albrecht von Ernsthausen mit ihrer Begleitung, und auch hier schrieb wieder der Brauch vor, dass die beiden Kontrahenten sich erst unmittelbar vor dem Duell wieder zu sehen bekamen. Drei Tage nach dem verhängnisvollen Ball in der »Lese« würde nun der Zwei-kampf zur Wiederherstellung der Ehre des Ulanenleutnants vor sich gehen. Auf der der Stadt abgewandten Seite des Baumschuldwäldchens gab es eine kleine Lichtung; sie wurde von Studenten und ähnlichen Kreisen mit Vorliebe zum Austragen von Duellen benutzt.

Otto von Kahlden war das Zeremoniell fremd, das sich jetzt vor Beginn des Zweikampfes entfaltete, aber verschie-dene seiner Begleiter hatten offenbar große Erfahrung darin und erledigten die verschiedenen Obliegenheiten leise und mit nüchterner Routine. Ein Major seines Regi-ments war von seiner Seite aus als Unparteiischer mitge-kommen und traf sich nun mit einem hochrangigen Vertre-ter des Corps Borussia, der auf Seiten des geforderten Studenten von Ernsthausen als Unparteiischer fungierte. Diese beiden Herren schritten in der Mitte der kleinen Lich-tung den vorgesehenen Kampfplatz ab und markierten ihn durch Striche im Boden, was im Schnee besonders leicht ging. Je zwei mitgebrachte Bediente von beiden Seiten ent-zündeten Fackeln und stellten sich an die vier Ecken des Kampfplatzes, um genügend Licht zu spenden. Zwei Ärzte – von jeder Seite einer – packten ihr medizinisches Besteck und ihre Binden aus, um damit im Notfall sofort zu einer Amputation oder einer anderen medizinischen Hilfeleistung bereit zu sein. Die beiden Sekundanten trugen außer ihren eigenen Degen die für den Zweikampf ausgewählten genau gleichen Waffen, die sie unmittelbar vor Beginn des Kampfes ihren Freunden übergeben würden.

Es dauerte nur wenige Minuten, bis alles zur Zufriedenheit der beiden Unparteiischen arrangiert war. Dann zogen die Duellanten trotz der Kälte ihre Röcke aus und reichten sie ihren Sekundanten, ebenso ihre Kopfbedeckungen. Nicht nur der Duellbrauch wollte es so, auch wären die Kämpfer beim Fechten durch die schweren Röcke behindert worden. In Hemdsärmeln und barhäuptig standen sich die beiden Duellanten in der vorschriftsmäßigen Entfernung gegenüber, nun mit ihren Kampfdegen in der Hand, die linke Hand auf dem Rücken. Da dies ein ernsthaftes Duell und keine studentische »Paukerei« war, fehlte den Kämpfern die bei Studentenmensuren übliche Verpackung des Kopfes – außer dem Gesicht –, des Halses und der Brust mit dick wattierten Schutzüberzügen.

Der Ulanenmajor als der älteste der beiden Unparteiischen zog seine Taschenuhr und sagte mit unbeteiligter Stimme: »Zwei Gänge über je drei Minuten mit drei Minuten Pause sind vereinbart. Ich gebe das Kommando zum Beginn mit den Worten ›Achtung – eins – zwei – drei – los‹. Die Sekundanten bilden mit ihren Degen die Schranke, die auf mein Kommando ›los‹ aufgehoben und nach den drei Minuten auf mein Kommando wieder eingelegt wird. Der Kampf endet entweder nach diesen beiden Gängen oder wenn einer der Kontrahenten kampfunfähig ist. Achtung: eins – zwei – drei – …«

Der Leutnant Otto von Kahlden hatte in den vergangenen drei Tagen wie hinter einem Schleier gelebt. Äußerlich verrichtete er seinen Dienst, exerzierte mit seiner Abteilung Ulanen, aß, trank und schlief in der Kaserne, innerlich aber war er wie abgestorben. Es war offenbar doch nichts Kleines, drei Tage lang dem möglichen Tod ins Auge schauen zu müssen. Der junge Offizier empfand keine Angst, doch seine Empfindungen schienen nicht mehr normal zu funktionieren. Jeder Offizier in der Kaserne wusste Bescheid über das bevorstehende Duell, doch jeder hütete sich, darüber zu sprechen. Der verabredete Zweikampf mit dem Degen war ganz offensichtlich etwas völlig anderes als die Fechtübungen, die Otto von Kahlden seit seinen Tagen in der Kadettenanstalt jede Woche hatte ausführen müssen. Ob es seinem Kontrahenten, dem Studenten von Ernsthausen, wohl ähnlich ging?

»…los!«, ertönte das Kommando des Majors. Degen hoch – Espadon schlagen – Parade – eine Winkelquart schlagen – Finte und sofort einen Zirkelhieb – die Hiebe fielen in Bruchteilen von Sekunden wie im Fechtunterricht. Nur dies hier war Ernst, es gab keinen Übungsgegner mit Helm auf dem Kopf und allen möglichen Bandagen an verletzlichen Körperteilen. Auf der anderen Seite stand ein junger Mann, wie er selbst ohne jeden Schutz und wahrscheinlich mit dem gleichen flauen Gefühl im Magen. Der Gegner wehrte sich geschickt, man merkte ihm an, dass auch er im Degenfechten viel Erfahrung hatte.

»Halt!«, klang laut die Stimme des Unparteiischen, »Ende des ersten Waffenganges!« Dankbar setzte sich Otto von Kahlden für eine Minute in den Schnee und ruhte den rechten Arm aus; von der kalten Luft spürte er jetzt nichts. Die Hälfte des Kampfes war bereits vorüber, ohne ernsthafte Blessur eines der beiden Kontrahenten. Doch schon kam die Aufforderung des befehlshabenden Unparteiischen, wieder Aufstellung zu nehmen: »Achtung – eins – zwei – drei – los!«

Erneut knallten die beiden Degen im Abstand von wenigen Sekunden hell aufeinander. Auf eine Finte von Ernsthausens antwortete Otto von Kahlden mit einer Traverse und dann einem Primhieb, doch immer blieb der Student dem Offizier nichts schuldig, parierte jeden Angriff, allerdings gelang es auch ihm nicht, die ständig rechtzeitige Deckung seines Gegners zu durchbrechen.

Eine Ewigkeit schien vergangen zu sein, als das erlösende Kommando kam: »Halt, Ende des zweiten Ganges!« Erschöpft und verwirrt ließen die beiden Kontrahenten die Degen sinken, schwer atmend von der Anstrengung der letzten Minuten. Sanft nahmen die beiderseitigen Sekundanten ihren Freunden die Waffen aus der Hand.

»Ich darf feststellen«, hörte man wieder die so unpersönlich klingende Stimme des befehlshabenden Unparteiischen, »dass die beiden vereinbarten Gänge dieses Treffens regelrecht abgewickelt wurden. Beide Kontrahenten haben sich nach dem Duell-Comment tadellos verhalten. Die Ehre des Herrn Sekondeleutnants von Kahlden ist damit ohne jeden Flecken wiederhergestellt. Verletzungen sind glücklicherweise nicht eingetreten. Ich fordere die Kontrahenten auf, sich die Hände zu reichen, zum Zeichen, dass der Anlass dieses Zweikampfes nunmehr der Vergangenheit angehört und in Zukunft nicht mehr erwähnt werden darf.«

Während sich Otto von Kahlden und Albrecht von Ernsthausen stumm und innerlich noch aufgewühlt die Hände reichten, begannen schon die Ärzte, ihre Taschen wieder zu packen und die Burschen ihre Fackeln zu löschen. Halb im Weggehen drehte sich der Major noch einmal um: »Ich brauche wohl nicht besonders zu betonen, dass alle hier Anwesenden bei ihrer Ehre verpflichtet sind, völliges Stillschweigen über diesen Zweikampf und seinen

Ausgang zu bewahren. Der Ehrenkodex der preußischen Offiziere und, wie ich annehme, der meisten studentischen Kreise verlangt es, derartige Ehrenhändel vor den Ohren Unberufener nicht zu offenbaren.«

Interne Beratungen

Der Dienstagnachmittag hatte sich für Christian Jellinghaus zu einer Art Ruhepunkt in einer Woche entwickelt, die mit Ausnahme des Sonntags vom frühesten Morgen bis zum späten Abend nur verbissene, hastig zu erledigende Arbeit brachte. Am Dienstagnachmittag pflegten die Herren Direktoren ihre wöchentliche Sitzung abzuhalten. Dann musste der Kanzlist zwar auch das Protokoll führen. Aber er brauchte in dieser Zeit wenigstens nicht wie sonst unentwegt Briefentwürfe ins Reine zu schreiben, Listen zu kopieren oder ähnliche stumpfsinnige, seine Schreibhand strapazierende Arbeiten von einem sich immer höher türmenden Berg unerledigter Arbeiten abzutragen.

Der junge Kanzlist hätte es nie gewagt, sich laut über das Übermaß an Arbeit zu beklagen, das ihm abverlangt wurde, je mehr die Vorbereitung des Bahnbaus Fortschritte machte. Selbst gelegentliche innere Unzufriedenheit verscheuchte er schnell, denn er sah, dass auch die vornehmen Herren in der Direktion sich nicht schonten und von morgens bis abends unermüdlich für das gemeinsame Ziel der Eisenbahn tätig waren.

Seit Anfang Januar hatte der Herr Referendar Schramm aus Köln seinen ständigen Dienst bei der Gesellschaft angetreten und sich im Haus des Medizinprofessors Hofrat Dr. Harleß vor dem Koblenzer Tor in Bonn zwei Zimmer gemietet. Die Gesellschaft zahlte ihm eine knickerige Aufwandsentschädigung von 700 Talern im Jahr. Da er aus einer sehr wohlhabenden Familie stammte und genügend Geld von seinem Vater für einen angemessenen Lebensunterhalt bekam, war Rudolf Schramm mit diesem, für seine Verantwortung äußerst knappen Salär zufrieden; darüber hinaus erhielt er monatlich für sein privat gestelltes Kutschpferd und die Kutsche ein »Pferdegeld« von 50 Talern.

Schon morgens von 7 Uhr an pflegte Schramm mit dem nur drei Jahre jüngeren Kanzlisten, der ihm in der praktischen Erfahrung im Eisenbahnwesen vorerst noch vieles voraus hatte, die eingegangene Post und die Aufgaben des kommenden Tages zu besprechen. Dann war der junge Jurist meist mit seinem kleinen einspännigen Pferdewagen unterwegs, um Grundeigentümer aufzusuchen, deren Parzellen in die geplante Trasse der Eisenbahn fielen. Es war notwendig, ihre Preisvorstellungen und ihre Verkaufsbereitschaft zu erkunden, bevor offizielle Verkaufsverhandlungen oder gar die Einleitung des Expropriationsverfahrens betrieben werden konnten. Die Herren Direktoren Degen und Stahl und gelegentlich auch der Präsident Mülhens beteiligten sich, wo es nur ging, an dieser Zeit raubenden Aufgabe.

Seit Mitte März 1841 hatte die Direktion ein eigenes Geschäftslokal mit drei Zimmern in der Stadt Bonn angemietet, im Haus des Kreissekretärs Eilers am Münsterplatz. Das war für die in Bonn wohnenden Mitarbeiter viel bequemer als die abgelegene Sternenburg, und die Kölner Direktoriumsmitglieder hatten nur wenige Schritte von der Endhaltestelle der Postkutsche zu gehen. Aber die Arbeit nahm immer mehr zu. Übermorgen, am 1. April, sollte als hauptamtlicher Buchhalter ein Herr Pröbsting aus Köln seine Arbeit aufnehmen; ihm war ein Jahresgehalt von 460 Talern versprochen worden. Auch ein junger Hilfsschreiber von neunzehn Jahren war zum gleichen Termin zur Entlastung des Kanzlisten eingestellt worden, mit 320 Talern Gehalt. Bisher aber bildeten der Herr Referendar Schramm und der Kanzlist Jellinghaus das gesamte bezahlte und nur für die Gesellschaft arbeitende Personal für die Vorbereitung des Baues einer neuen Eisenbahnstrecke.

Wenn Christian Jellinghaus mitunter beim routinemäßigen Kopieren langweiliger Briefe seine Gedanken schweifen lassen konnte, dann machte er sich klar, dass die Bonn-Kölner Eisenbahngesellschaft offenbar den Ehrgeiz hatte, mit dem geringsten Verwaltungsaufwand aller Eisenbahnen in Deutschland auszukommen. Denn nach seinem Wissen war der Bestand allein an nichttechnischem Personal überall größer als in Bonn.

An der heutigen Direktoriumssitzung nahmen wieder einmal alle Herren Direktoren teil, und auch von den stellvertretenden Direktoren waren die Herren Jung aus Bonn und Leven aus Köln gekommen. Natürlich saß auch Rudolf Schramm mit dabei, zurückhaltend, bescheiden, höflich, aber über alles stets gut informiert und seiner Sache sicher. In der kurzen Zeit seiner hauptamtlichen Tätigkeit hatte er bewiesen, dass die auf ihn gefallene Wahl richtig gewesen war. Christian Jellinghaus verspürte Hochachtung vor diesem Mann, der nicht wie ein unnahbarer Prinzipal mit dem Kanzlisten ohne höhere Schulbildung umging, sondern ihn als nahezu gleichberechtigten Fachmann und Mitarbeiter akzeptierte.

Präsident Mülhens konnte in der Sitzung mitteilen, er habe gerade die neueste Ausgabe der preußischen Gesetzessammlung im Druck erhalten. Darin sei das von Seiner Majestät dem König genehmigte Statut der Bonn-Kölner Eisenbahngesellschaft von September 1840 veröffentlicht worden. Der Arbeit der Gesellschaft stehe somit nun nichts mehr im Wege. Allerdings sei dem preußischen Finanzministerium in Berlin vorbehalten, erst nach besonderer Prüfung das Projekt der Anlage des Bahnhofs bei Bonn zu genehmigen.

Dies sei, so erläuterte Franz Mülhens etwas bitter, die Auswirkung der Bonner Agitation hinsichtlich der Lage des Bahnhofs in dieser Stadt. Die Eisenbahngesellschaft werde dadurch unter einen unerträglichen Druck gesetzt und könne nicht mehr frei entscheiden, wo nun unter technischen und geschäftlichen Gesichtspunkten die beste Stelle für diesen Endpunkt sei.

Direktor Camphausen erkundigte sich, ob denn wirklich die Bonner Bevölkerung nur einer Meinung wegen des Bahnhofs sei; er könne das jedenfalls nicht glauben. Die Direktoren aus Bonn konnten versichern, es gebe genug einflussreiche Bonner, die einen Bahnhof im Süden, etwa an der Poppelsdorfer Allee, für die weitaus bessere Lösung hielten. Aber bisher habe sich diese Meinung noch nicht deutlich artikulieren können.

»Dann wird es Zeit, dass dies endlich geschieht,« stellte Camphausen, der Kölner Handelskammerpräsident und inzwischen schon in politischen Dingen erfahrene Geschäftsmann, entschieden fest. »Es muss doch möglich sein, einige bekannte Professoren der Universität zu finden, die ebenso eindrucksvoll eine Petition für die südliche Lage des Bahnhofs verfassen können wie der Herr Böcking für die nördliche Position. Ich bin überzeugt, dass ein solches Schriftstück mindestens so viele Unterschriften erhält wie das andere; es muss nur erst geschrieben werden.«

Franz Mülhens nickte. »Ich wüsste schon, an wen ich mich wenden könnte. Ich glaube, das würde uns tatsächlich aus der Zwangslage befreien, in die wir geraten sind.« So konnte sich die Direktoriumssitzung endlich anderen, auf den Nägeln brennenden Problemen zuwenden. Nach der endgültigen Genehmigung des Statuts war es nunmehr möglich, die Aktionäre zur Einzahlung der ersten Rate von 10 Prozent ihres Aktienkapitals aufzufordern. Verschiedene Bankhäuser in Köln und Bonn, darunter das des Herrn Direktor Camphausen und das des Herrn Heinrich Cahn in Bonn, sollten das Geld für die Gesellschaft in Empfang nehmen. Die bereits vor Jahren eingezahlte Summe von drei Viertel Prozent für die ersten Vorbereitungen sollte darauf angerechnet werden. Fast feierlich unterschrieben die fünf Direktoren das entsprechende Schriftstück, das in den Bonner und Kölner Zeitungen abgedruckt werden sollte. Nun schien es wirklich unwiderruflich, dass die Bahn gebaut werden sollte.

Noch einen positiven Bescheid konnten Präsident Mülhens und Rudolf Schramm den übrigen Direktoren auf den Heimweg mitgeben. In Gesprächen mit der Rheinischen Eisenbahn hatten sie einen der Sektionsingenieure dieser Gesellschaft anwerben können. Herr Heinrich Exner habe verantwortlich den Bau eines wichtigen Streckenabschnitts in der Nähe von Aachen geleitet, der aber in Kürze fertig gestellt sein werde, sodass der Ingenieur dort entbehrlich werde. Am 1. August könne Herr Exner bei der Bonn-Kölner Eisenbahn antreten, wenn die übrige Direktion und der Verwaltungsrat einverstanden seien. Man habe sich mit ihm auf ein Gehalt von 2000 Talern im Jahr sowie eine Pauschale von 500 Talern für »Reise-Diäten« geeinigt.

In der Kaserne

Peter Hennes stand in Reih und Glied zusammen mit fünfzig anderen jungen Männern auf dem Hof der Welschnonnenkaserne des Ulanenregiments Nr.7 in Bonn und hörte den Belehrungen des Unteroffiziers zu. Nun hatte auch ihn das Schicksal ereilt, für drei Jahre beim preußischen Militär dienen zu müssen. Er trug es mit Fassung, denn er wusste, dass nur Kranke oder Männer dem Kommiss entgehen konnten, die der einzige Ernährer ihrer Familie waren. Nur wenn die Zahl der Dienstpflichtigen in einem Jahr die Zahl der aus den Regimentern Ausscheidenden überstieg, hatten einige der Gemusterten die Chance, bei der dann erfolgenden Auslosung ohne Wehrdienst davonzukommen.

Vor einigen Tagen hatten sich die Dienstpflichtigen des Geburtsjahrgangs 1820 in den Geschäftszimmern ihrer Bürgermeistereien versammeln müssen, um von der gestrengen Kreis-Ersatzkommission gemustert zu werden. Dabei wurden sie auch gleich den späteren Truppenteilen zugewiesen. Peter Hennes, der älteste Sohn des Bauern Michael Hennes aus Bornheim, war zu einem kräftigen und gesunden jungen Mann herangewachsen, bei dem der Militärarzt nichts auszusetzen hatte. Und da er von einem Bauernhof stammte, der zwei Pferde hielt und er daher mit diesen Tieren umgehen konnte, hatten die Herren von der Kommission ihn gleich zur Kavallerie eingeteilt. Drei Tage später war ihm dann vom Bornheimer Feldschützen, der gleichzeitig als Gemeindebote fungierte, der schriftliche Befehl zugestellt worden, sich am heutigen Montagfrüh in der Kaserne des Bonner Ulanenregiments zu stellen.

Peter fand, dass er damit noch Glück gehabt hatte, denn die Ulanen galten als ein sehr vornehmes Regiment, und außerdem lag dessen Garnison ja dicht bei Bornheim, sodass er hoffen konnte, im Verlauf seiner Dienstzeit und bei guter Führung auch gelegentlich für einen kurzen Urlaub nach Hause kommen zu können.

Zunächst war daran natürlich noch nicht zu denken. Jetzt musste die dritte Abteilung der 4. Eskadron, die üblicherweise die neu eingezogenen Rekruten enthielt, erst einmal eingekleidet werden. Einfache Drillichhosen, -jacken und -mützen für den Dienst im Stall und andere schmutzige Arbeiten, ein dunkelblaues Kollet oder Jacke mit roten Kragen sowie eine dunkelblaue Reithose und Stiefel für den Wachtdienst und die Parade und als Krönung des Ganzen ein Lederhelm mit einem merkwürdigen viereckigen, von unten nach oben breiter werdenden Aufsatz, den man Tschapka nannte, gehörten zu den vielen Ausrüstungsgegenständen. Diese fremdartige Uniform war natürlich längst nicht so prächtig wie die der einstigen Hatschiere oder Leibgardekürassiere, die einmal als kurfürstlich-kölnisches Militär die gleiche Kaserne bevölkert hatten. Das war nun allerdings schon fast ein halbes Jahrhundert her, aber die alten Bonner Einwohner erinnerten sich immer noch mit Wehmut daran. Die schönen Zeiten kamen nicht wieder, da Bonn die Residenz eines reichen Fürsten mit einer prunkvollen Hofhaltung war.

Die Waffen, mit denen die Rekruten erst später ausgerüstet werden sollten, flößten den jungen Leuten zunächst noch einen mächtigen Respekt ein: Pistolen, ein schwerer Säbel und eine lange Lanze mit einem weißschwarzen Fähnchen daran. Allerdings hofften alle Rekruten, diese Waffen nie im Ernst anwenden zu müssen, denn schließlich herrschte in Europa seit fünfundzwanzig Jahren Frieden, und es hatte nicht den Anschein, als ob die hohe Politik der Regierungen daran etwas ändern würde.

Doch ob Krieg oder Frieden, vor den Rekruten stand zunächst ein Jahr voll anstrengendem Drill zu Fuß und zu Pferde, denn bei den preußischen Soldaten musste jeder Uniformknopf, jeder Handgriff und jede Form des möglichen Einsatzes als Reiter der leichten Kavallerie sitzen. Wenn sie das erste Dienstjahr hinter sich hatten und nicht mehr als Rekruten galten, würde es leichter werden. Die schmucken Ulanen mit ihren eleganten Uniformen zogen, wenn sie einmal Ausgang in die Stadt bekamen, stets die bewundernden Blicke der Mädchen auf sich. Nach dem Ende ihrer drei Dienstjahre würden die jetzt zum Militärdienst Verpflichteten zur Landwehr gehören und alle Jahre eine kurze Übung mitmachen müssen. Aber bei dem hohen Ansehen, in dem bei den preußischen Herren des Landes alle Soldaten und ehemaligen Soldaten standen, wog dieser Prestigegewinn die Unannehmlichkeiten der jährlichen Übungen durchaus auf.

Als die neuen Rekruten sich am Abend todmüde auf ihre Strohsäcke legten, schwirrte ihnen der Kopf von den tausend neuen Eindrücken. Es waren zwiespältige Gefühle, mit denen Peter Hennes in den Schlaf sank: Heimweh nach dem Elternhaus und dem gemütlichen Dorf, Furcht vor den unbekannten Anforderungen und auch ein wenig Neugier auf das Leben als Soldat, das nach allem, was man wusste, keineswegs nur unangenehme Seiten hatte.

Bettlerleben

Jetzt, Ende Mai, fanden die ersten Sonnenstrahlen schon früh durch allerlei Ritzen ihren Weg in das Innere des windschiefen Schuppens. Staub tanzte in den scharfen Lichtkegeln. Zwei Gestalten rappelten sich stöhnend und fluchend hoch, die in einer Ecke auf fauligem Stroh hinter hohen Kohlenhaufen die Nacht verbracht hatten. In ihren schmutzigen Haaren hingen Strohreste, die vom Kohlenstaub geschwärzten Gesichter hätten besser zu Bergleuten unter Tage gepasst, und die zerlumpten Jacken und Hosen sahen aus, als hätten sie vorher Vogelscheuchen gehört. Ein dichter Stoppelbart bedeckte die Gesichter der beiden Männer.

Franz Thoennes und sein Vetter Scheng Haag waren schon seit längerer Zeit illegale, aber geduldete Schlafgäste dieses Kohlenschuppens am Schänzchen, dem verwahrlosten Nordostende der Stadt Bonn unmittelbar am Rhein. Hoch über ihnen, auf der vor sich hin bröckelnden Bastion der alten Stadtbefestigung, stand das Wahrzeichen dieses ärmlichen Stadtviertels, die fast hundertfünfzig Jahre alte Windmühle. Hier hatten einige der ärmsten Bettler der Stadt ihren nächtlichen Unterschlupf gefunden. Sie hatten selbst für das kümmerlichste Nachtquartier kein Geld, denn einige Taler im Jahr hätte auch dafür ein habgieriger Vermieter ihnen abgenommen.

Hier bei den Kohlenschuppen drückten die Kohlenhändler, denen sie gehörten, ein Auge zu, wenn die Bettler darin übernachteten. So hatten sie billige Hilfskräfte gleich bei der Hand, wenn wieder einmal ein Segelschiff mit Steinkohlengeriss von der Ruhr am Rheinufer angelegt hatte und entladen werden sollte. In Körben auf der Schulter oder auf dem Kopf trug dann eine Kette armseliger Gestalten, Männer und Frauen, die staubige Ladung vom Schiff in die Schuppen und kassierte ein paar Silbergroschen Lohn dafür. Vom nahen Bonner Schlachthaus zog hier ständig ein Gestank herüber, den nur sehr abgebrühte Menschen aushielten. Diesen Bettlern blieb nichts anderes übrig, als sich damit abzufinden.

Seit fast einem Jahr waren die beiden Männer aus dem Winzerdorf Mayschoß an der Ahr nun in Bonn. Aber von den sagenhaften Reichtümern, die man in den großen Städten verdienen konnte, wie es in den abgelegenen Dörfern an der Ahr allgemein hieß, hatten sie nichts zu sehen bekommen. Der kleine Bestand von Talern und Silbergroschen, mit denen fürsorgliche Verwandte den Winzer Franz einst ausgestattet hatte, damit er auf seinen blödsinnigen Vetter Scheng aufpasste, dieses Geld war längst verbraucht. Vergebens hatte Franz immer wieder bei Läden und Baumeistern um Arbeit nachgefragt, hatte den Bonner Weinhändlern seine kundigen Dienste als Fassbinder angeboten oder bei Schreinern jede Art von Hilfsarbeit, denn schließlich verstand er mit Holz umzugehen. Außer gelegentlichen Aushilfen als Tagelöhner mal hier, mal dort waren eine Arbeit und ein Verdienst nicht zu finden gewesen.

Oft stand das ungleiche Paar daher am Bonner Marktplatz herum und hielt wie ein Dutzend andere Bettler ihre schäbigen Hüte den Hausfrauen hin, die dort ihre Einkäufe machten. Aber nur wenige Pfennige fanden dabei ihren Weg zu den zerlumpten Gestalten. Immerhin durften sie auf dem Markt gelegentlich einen halbverfaulten Kohlkopf oder Eier mitnehmen, die Hausfrauen als zerbrochen zurückgewiesen hatten. Bei den Kindern der Stadt war das armselige Paar schon gut bekannt; sie liefen öfter hinter ihnen her und riefen: »Dat sinn de zwee Bekloppte!« Nur die Arbeit, die sie ab und zu einmal beim Entladen der Kohlenschiffe und beim Beladen der Eselskarren der Kohlenhändler fanden, und die paar Silbergroschen, die sie dafür erhielten, schützten die beiden Männer vor dem Verhungern.

So hatte sich Franz Thoennes das Leben in der großen Stadt wahrlich nicht vorgestellt. Aber nach Mayschoß zurückzukehren, hätte für sie auch keinen Zweck gehabt, das wusste er. Dort wäre die Not kaum geringer gewesen. Fast beneidete Franz seine Schicksalsgenossen, wenn sie ernstlich krank wurden. Dann nämlich wurden sie im städtischen Kranken-Armenspital aufgenommen, bekamen Medizin und wurden regelmäßig verpflegt. Einige der Bettler, die Franz inzwischen näher kennen gelernt hatte, verstanden es, ein Gebrechen oder eine Krankheit vorzutäuschen, um für eine Weile ins »Spidölche« zu kommen, auch wenn sie dort wie in einem Gefängnis gehalten wurden.

Aber dafür war Franz zu stolz. Er glaubte immer noch, es müsse ihm gelingen, mit seinen kräftigen und geschickten Händen und mit der Hilfe seines gutmütigen, leicht lenkbaren und kräftigen, wenn auch blöden Vetters Scheng durch ehrliche Arbeit ein ausreichendes Brot zu verdienen. Es ging das Gerücht, dass bald eine Eisenstraße von Bonn nach Köln gebaut werden sollte. Dort würden dann viele tausend kräftige Arbeiter gebraucht, und alle würden dabei gut verdienen. Franz Thoennes hoffte, dass es bald so weit wäre. Dann würden er und der arme Scheng schon noch zeigen, was in ihnen steckte.

Ein unglaubliches Erlebnis

Die Gefühle, die den Rheinschiffer Heinrich Hündgen und einige seiner Genossen von der Bonner Frachtschifferbeurt bei diesem Anblick bewegten, ließen sich nicht leicht beschreiben. Grenzenloses Staunen, Wut, Verzweiflung, Verachtung, hilflose Empörung – von allem war etwas dabei, als sie an diesem schönen Sommertag Ende Mai des Jahres 1841 an der Anlegestelle ihrer Frachtkähne in der Nähe der Bonner Windmühle standen. Mit eigenen Augen erblickten sie etwas auf dem Rhein, was sie nicht geglaubt hätten, wenn es ihnen ein Dritter erzählt hätte.

Mit hoher Geschwindigkeit zog da ein kleines Dampfschiff an ihnen stromaufwärts vorbei. Aus dem Schornstein quollen dunkle Rauchwolken, die beiden mächtigen Schaufelräder drehten sich schneller als ein Mühlrad und warfen weiße Schaumwellen auf. Das war für die Schiffer nichts Neues, sie hatten sich in den letzten Jahren schon wohl oder übel an diesen Anblick gewöhnen müssen bei den vielen Dampfschiffen mit Passagieren, die auf dem Rhein verkehrten.

Aber dies hier war etwas anderes. Es fuhren keine Passagiere auf dem Schiff mit, nur einen Kapitän und einen Steuermann konnte man sehen. Doch das Schiff zog mindestens viermal so schnell stromauf wie die üblichen Treidelkähne mit ihren Pferdegespannen – und es hatte drei, nein vier Frachtkähne im Schlepp, vollbeladen mit Steinkohle, Ton und anderer schwerer Last. Mühelos dampfte es am Bonner Ufer vorbei und war in kurzer Zeit hinter der nächsten Rheinbiegung in Richtung Koblenz verschwunden.

Gerüchte pflegen schnell zu laufen, schneller als jedes Reitpferd und jedes Dampfschiff. Das Gerücht, das diesen Schleppzug betraf, sagte, der Mühlheimer Unternehmer Stinnes habe erstmals ein Dampfschiff gemietet, um mit den angehängten Frachtkähnen große Mengen Steinkohle von der Ruhr schnell rheinaufwärts zu bringen.

Mathias Stinnes, das wussten die Rheinschiffer auch in Bonn, war bis vor kurzem noch ein Berufskollege von ihnen gewesen, ein Schiffer, der sein Geld mit dem Transport von Steinkohle die Ruhr hinab von Mühlheim bis Duisburg verdient hatte. Doch seit einigen Jahren war dieser Herr Stinnes nicht mehr mit diesem mühsamen Broterwerb zufrieden. Er hatte in Mühlheim einen Großhandel für Kohle aufgemacht und war dabei, die Verschiffung des neumodischen Feuerungsmaterials rheinaufwärts in die Städte am Ufer des Stromes in großem Stil zu organisieren.

Steinkohle war billig, sie wurde in immer größeren

Mengen in den Bergwerken an der Ruhr gefördert, und sie war weitaus wirksamer zum Antrieb der immer häufigeren Dampfmaschinen als die herkömmliche Holzkohle. Die war außerdem teuer und knapp geworden, seit der wachsende Feuerungsbedarf von Fabriken und Hausöfen in den letzten Jahrzehnten dafür gesorgt hatte, dass die großen Bergwälder im Westerwald, im Sauerland, in der Eifel und im Hunsrück inzwischen fast abgeholzt waren. Die dortigen Waldarbeiter und auch die Köhler, die Holz in ihren Meilern in Holzkohle verwandelten, hatten schon fast alle ihre Arbeit verloren.

Bei den Rheinschiffern war der Name Mathias Stinnes längst in aller Munde, denn er war seit einiger Zeit einer ihrer größten Auftraggeber. Gut die Hälfte aller Beurtschiffe auf dem Niederrhein bis hinauf nach Mainz beförderte fast auf jeder zweiten Fahrt Steinkohle im Auftrag dieses Unternehmers. Aber es hieß auch, dass Mathias Stinnes zunehmend erbost sei über die Langsamkeit dieser Fahrten, und noch mehr über das mehrmalige Umladen der schweren Fracht auf dem Weg bis Mainz.

Die beiden Fernschiffergilden, die für den Niederrhein von Holland bis Köln, und die für den Mittelrhein von Köln bis Mainz, ließen sich nämlich ihr mittelalterliches Privileg nicht nehmen, nur in ihren abwechselnden Beurtfahrten und nur in ihrem jeweiligen Zuständigkeitsbereich Fracht zu fahren. Kohlen für Mainz von der Ruhr mussten daher mindestens in Köln einmal in ein anderes Schiff umgeladen werden, und war eine Ladung für Andernach oder Koblenz bestimmt, dann musste in Bonn und in Andernach nochmals in Kähne der dortigen örtlichen Lastschiffgilden umgeladen werden. Bis die Kohle am Bestimmungsort angekommen war, dauerte es Wochen und kostete viele, viele überflüssige Taler.

Das alles war Mathias Stinnes leid. Nun hatte er offenbar ein Mittel gefunden, sowohl die Geschwindigkeit der Kohlenbeförderung mit den alten Treidelkähnen um ein Vielfaches zu übertreffen, wie auch sich über alle Regeln der Schiffergilden hinwegzusetzen.

Die empörten Bonner Lokalfrachtschiffer machten ihren Herzen lautstark Luft und schimpften, was das Zeug hielt, auf die verfluchten Preußen, die wieder einmal an allem Unheil schuld sein mussten. Der Lärm rief einen der Kohlenhändler auf den Plan, die ja ihre Lagerschuppen dicht neben dem Ankerplatz der Frachtschiffe hatten. Der bestätigte gemütlich und voller Unverständnis über die Erregung der Schiffer, dies sei eben ein Schleppzug des Kohlenhändlers Stinnes aus Duisburg gewesen. So weit er wisse, würde diese Fracht schon heute Abend in Koblenz sein. In zehn Tagen, wenn das Dampfschiff nach Duisburg zurückgekehrt sei und neue Frachtkähne stromaufwärts ziehe, dann würde auch er eine Ladung Steinkohlengeriss von dort erhalten.

Den Genossen der Bonner Frachtschifferbeurt war es, als habe man ihnen mit dem Hammer vor den Kopf geschlagen. Sie wussten sehr wohl, was dies für ihren Beruf, für ihren Broterwerb bedeuten würde. Dies war das Ende der gemütlichen, aber verlässlichen Frachtschifffahrt auf dem Rhein, vielleicht noch nicht heute, aber morgen oder spätestens im nächsten Jahr.

Als Heinrich Hündgen sich von seinen Genossen verabschiedet, mit der Fliegenden Brücke den Rhein überquert hatte und die kleinen Häuschen des Weilers Combahn ansteuerte, verhielt er unwillkürlich den Schritt am Haus seines Bruders Anton. Ihm wollte er von dem unglaublichen und umstürzenden Ereignis berichten, das er heute gesehen hatte. Erst im letzten Augenblick fiel ihm ein, dass Bruder Anton ja schon seit fast zwei Jahren in der Mehlemschen Steingutfabrik als Arbeiter schuftete. Ihm hatte als Erstem von der alten Schifferfamilie Hündgen der Dampf den ererbten und auskömmlichen Broterwerb genommen. Und nun würde es nicht mehr lange dauern, bis die verfluchten Dampfschiffe auch seinen eigenen Beruf zerstörten.

Tief verzweifelt betrat er sein eigenes Häuschen. Voller Erstaunen sah seine Frau zu, wie Heinrich Hündgen wortlos auf das Wandschränkchen zusteuerte, in dem die Tonkruke mit Schabau stand. Noch immer ohne ein Wort der Begrüßung oder Erklärung nahm der Mann einen großen Schluck aus der Flasche. Dann setzte er sich in eine Ecke und verbarg sein Gesicht in den Händen.

Eine bahnbrechende Erfindung?

Christian Jellinghaus hatte es sich angewöhnt, jeden Sonntagnachmittag Niedeckens Lesestube zu besuchen, die einzige Zeit in der Woche, die ihm dafür blieb. Es war merkwürdig, aber sehr erfreulich für ihn, dass er in der letzten Zeit immer regelmäßiger seine so anregende und reizende junge Gesprächspartnerin Katharina Velten dort traf. Die Lesestube war der einzige Ort, wo die beiden jungen Leute, die offensichtlich ihre Sympathie füreinander entdeckt hatten, sich sehen und sprechen konnten, ohne sich unziemlichem Gerede auszusetzen und ohne dass Doktor Joseph Velten Verdacht schöpfen konnte.

Schon längst redeten der Kanzlist der Eisenbahngesellschaft und die Arzttochter nicht mehr ausschließlich über technische Probleme der Eisenbahn. Die lebhafte Katharina erzählte oft von ihren Konzert- und Theaterbesuchen und dem jungen Christian eröffnete sich dabei eine neue Welt, zu der er als Bursche vom Lande bisher keinen Zugang gehabt hatte. Auch vom Klavierunterricht bei Madame Johanna Mathieux berichtete das junge Mädchen gerne, ohne sich und ihrem Gesprächspartner einzugestehen, dass es weniger die Fortschritte in Musiktechnik und -verständnis waren, die sie so beeindruckten, als vielmehr die Persönlichkeit der so selbständigen und selbstsicheren Frau.

Der Weg von Niedeckens Lesestube bis zu Dr. Veltens Wohnung, auf dem der junge Mann die Dame stets höflich und aufmerksam begleitete, dauerte erstaunlicherweise immer länger. Zur Vorsicht traten die beiden diesen Weg immer erst an, nachdem die Dunkelheit hereingebrochen war. Sie waren dankbar, dass die neumodische Erfindung der Straßenlampen nach einem ziemlich missglückten Versuch auf dem Marktplatz in Bonn noch keine Anwendung gefunden hatte, denn immer öfter kam es vor, dass die beiden jungen Leute Arm in Arm eingehakt den Weg durch die dunklen Straßen machten. Um alles in der Welt mussten sie verhindern, dass die Bonner Klatschmäuler ein Gerücht über ihr enggewordenes Verhältnis in die Welt setzten, das dann mit Sicherheit in Kürze den Weg zu Katharinas Vater gefunden hätte.

An diesem Sonntagnachmittag Anfang Juni hatte Katharina ihren Bekannten fast aufgeregt in Niedeckens Lesestube erwartet. »Sie müssen unbedingt diesen Aufsatz hier im ›Gewerbeblatt für Sachsen‹ lesen«, hatte sie ihn atemlos gedrängt, kaum dass sie einander begrüßt hatten. »Da steht, dass der Direktor einer Maschinenfabrik in Chemnitz in Sachsen, ich glaube, er heißt Preuß, eine bahnbrechende Erfindung gemacht hat. Er will den Elektromagnetismus für die Eisenbahn einsetzen und eine Lokomotive konstruieren, die mit einer elektrischen Batterie angetrieben werden kann. Ich weiß zwar nicht, was das ist. Aber was daraus folgt, scheint mir sehr nützlich zu sein.«

Voller Eifer suchte Katharina die entsprechende Stelle im Journal auf und las sie selbst vor: »Hier steht: ›Preuß hat erklärt, dass er innerhalb eines Jahres einen batteriegetriebenen Zug herzustellen in der Lage sei. Das Fahrzeug können pro Wagen 90 bis 100 Passagiere aufnehmen und diese mit jeder verlangten Geschwindigkeit transportieren. Dabei brauche die Lokomotive nur von einem einzelnen Mann bedient zu werden, und die Kosten für die Energie würden nur ein Drittel der Kosten betragen, die für die üblichen mit Kohle beheizten Dampflokomotiven aufgewandt werden müssten.‹ Was sagen Sie dazu, Herr Jellinghaus? Wäre das nicht eine wunderbare Sache, wenn sich Ihre Eisenbahngesellschaft diese Erfindung zu Nutze machen könnte?«

Christian Jellinghaus leuchtete sofort die wirtschaftliche Bedeutung ein, wenn sich diese Nachricht als Erfolg versprechend erweisen sollte. Gemeinsam vertieften sich der junge Mann und das Mädchen, auf dem Sofa in Niedeckens gemütlicher Stube eng nebeneinander sitzend, in die Lektüre des Zeitungsaufsatzes. »Oh, das ist hochbedeutsam!«, rief Christian plötzlich aus: »Die Direktionen der Rheinischen Eisenbahn und der belgischen Staatseisenbahn haben schon ihr großes Interesse an dieser Erfindung bekundet, heißt es hier. Beide Gesellschaften scheinen bereit zu sein, dem Herrn Preuß in Chemnitz mit einem finanziellen Beitrag unter die Arme zu greifen, damit er diese elektrische Lokomotive auch tatsächlich bauen und erproben könne. Sie versprechen sich davon eine wesentliche Verbilligung des künftigen Eisenbahnbetriebs.«

Der junge Kanzlist blickte Katharina in die Augen: »Das

wäre in der Tat ein außerordentlicher Fortschritt im Eisenbahnwesen. Ich bin gnädigem Fräulein zutiefst dankbar,
dass Sie mich auf diesen Aufsatz aufmerksam gemacht
haben. Den muss ich sofort wörtlich abschreiben, um ihn
morgen dem Herrn Schramm und am Dienstag dem
ganzen Direktorium vorzulegen.« Damit zog Christian ein
paar Bogen Papier aus der Tasche, die er vorsichtshalber
immer bei sich trug, um sich wichtige Stellen bei seiner
Lektüre der technischen Journale sogleich notieren zu können.

Bei der Direktoriumssitzung zwei Tage später griffen
auch die Verantwortlichen für die Bonn-Kölner Eisenbahngesellschaft die Idee mit höchstem Interesse auf. Rudolf
Schramm hatte davon berichtet und dabei nicht verschwie-
gen, dass er vom Kanzlisten Jellinghaus darauf aufmerksam
gemacht worden sei. Lobend hob Herr Schramm hervor,
mit welchem Eifer und Verständnis Jellinghaus um die
Angelegenheiten der Gesellschaft bemüht sei. Die Herren
Direktoren hatten dabei zustimmend genickt und ihren
Kanzlisten freundlich angeblickt.

Stolz nahm Christian das Diktat von Briefen an die Rheinische Eisenbahn, die Belgische Staatsbahn und an den
Herrn Direktor Preuß in Chemnitz auf, in denen die Bonn-
Kölner Eisenbahn ihre Bereitschaft bekundete, sich an den
Kosten für die Entwicklung der hochbedeutsamen Erfindung zu beteiligen, die sich dann somit für jede Gesellschaft nur noch auf ein Drittel stellen würde. Dafür erwarte sie, später bei einem Erfolg auch die so kostengünstigen
Lokomotiven auf ihrer Strecke einsetzen zu können.

Der Brief an das Direktorium der Rheinischen Eisenbahn enthielt allerdings noch einen wichtigen Zusatz.
Darin wurden die Herren in Köln, die ja bereits in Verbindung mit dem sächsischen Herrn Preuß getreten waren,

dringend ersucht, doch im Interesse der beteiligten Gesellschaften zunächst noch unabhängige und verlässliche Auskünfte über die Seriosität dieses sächsischen Erfinders einzuholen und ob seine Erfindung überhaupt technisch ausführbar sei.

Schüsse der Verzweiflung

Heinrich Hündgen war heute zu allem entschlossen. In den letzten Tagen hatte seine Verzweiflung über das bald kommende Ende seines Lebens als Frachtschiffer immer mehr zugenommen. Seit dem schrecklichen Anblick des von einem Dampfschiff gezogenen Schleppzuges auf dem Rhein hatte er Tag und Nacht diesen Gedanken nicht loswerden können. Er hatte mehr Schabau getrunken als ihm gut tat. Arbeit hätte ihn vielleicht auf andere Gedanken gebracht, aber er war noch lange nicht an der Reihe mit seiner nächsten Beurtfahrt mit Segel und Strömung stromabwärts nach Köln und dann wieder mit den langsamen Zugpferden bergwärts zurück nach Bonn.

Seine Genossen von der Lastschifferbeurt diskutierten ständig, aber ohne Ergebnis, ob dem Herrn Stinnes nicht durch eine Klage bei Gericht dieser Verstoß gegen die alten Schiffergerechtsame verboten werden könne. Doch Heinrich Hündgen hatte sich daran nicht beteiligt, sondern viel zu Haus gesessen, gegrübelt und Schnaps getrunken. Schließlich war er zu einem Ergebnis gekommen, von dem er aber niemandem ein Wort sagte, nicht einmal seiner Frau.

Bei einem Routinebesuch auf seinem Lastkahn am Bonner Ufer verstand er es, den Kohlenhändler Schmitz in ein unverfängliches Gespräch zu verwickeln. »Ja«, erzählte der triumphierend, »der Herr Stinnes hat mir durch einen Brief

ankündigen lassen, dass ich als Nächster eine halbe Kahn-
ladung Steinkohlengeriss bekommen soll, 600 preußische
Zentner. Nächsten Donnerstag oder Freitag soll der
Schleppzug ankommen. Der fährt dann weiter nach Königswinter, Breisig und Andernach und beliefert die dortigen Kohlenhändler. Das geht ja so viel schneller als mit
den langweiligen Leinpferden. Und billiger ist es für mich
auch!«

Der biedere Kohlenhändler ahnte nicht, was für eine
neue Gefühlsaufwallung er mit diesen Worten bei seinem
Gesprächspartner auslöste. Heinrich Hündgen murmelte
nur etwas von »auf dem Kahn noch zu tun« und ließ den
Händler stehen.

Noch am gleichen Tag machte der Schiffer seinem Petter einen Besuch, den er sich vorgenommen hatte, seit er
den, wie er meinte, erlösenden Entschluss gefasst hatte.
Der alte Franz Fischer wohnte in Vilich, nur eine knappe
halbe Stunde zu Fuß von Combahn entfernt, und hatte dort
das verantwortungsvolle Amt eines Feldschützen inne.

Nach dem üblichen belanglosen Hin und Her, nach den
Fragen nach dem Ergehen der Familien rückte Heinrich
Hündgen mit seinem Anliegen heraus. Ob der Herr Pate
ihm nicht einmal für zwei oder drei Tage sein Gewehr lei-
hen könnte. In seinem Haus seien so viele Ratten, dass er
sie nur mit ein paar gezielten Schüssen erschrecken und
vielleicht vertreiben könne.

Der alte Feldschütz hatte Bedenken, denn eigentlich sei
ihm verboten, die Waffe jemand anderem zu überlassen.
Aber weil der Heinrich nun einmal sein Patenkind sei,
könne er ihm ja nichts abschlagen. Er werde ja auch nichts
Unrechtes mit der Büchse anfangen. Ein wenig zu eifrig
bedankte sich der Schiffer für die Erlaubnis und beeilte
sich, damit wieder nach Combahn zurückzukehren. Das

verräterische Gewehr hatte er in einem alten Sack verborgen. Niemandem fiel er auf, als er auf der Fliegenden Brücke den Rhein überquerte, denn wie oft hatte Heinrich Hündgen auf seinem Lastkahn zu tun, der am Bonner Ufer vertäut lag. Auf seinem Schiff versteckte er vorläufig den Sack mit dem Gewehr.

Der nächste Tag war Donnerstag. Schon ganz früh am Morgen machte sich Schiffer Hündgen auf den Weg zu seinem Kahn. Dort habe er, wie er seiner Frau und seinen Kindern sagte, eine größere Reparatur auszuführen. Doch in Wirklichkeit setzte Hündgen seinen Weg auf dem linksrheinischen Leinpfad fort, stromabwärts in Richtung Köln. Dort kannte er bei Üdorf einen größeren Busch dicht am Wasser, wo das Fahrwasser des Rheins nahe ans Ufer trat.

Dieser Busch war für den ganzen Tag sein Versteck. Schiffer Hündgen hatte sich mit Brot und einer Kruke Schabau auf ein langes Warten eingestellt. Tatsächlich musste er bis zum Spätnachmittag Geduld haben, bis wieder einmal eine Rauchfahne am Horizont ein Dampfschiff ankündigte. War es wieder nur ein Passagierschiff oder die erwartete Reihe geschleppter Kähne mit der Kohlenladung für die rheinaufwärts gelegenen Orte?

Als das Dampfschiff näher kam, konnte der Schiffer erkennen, dass es tatsächlich der erwartete Schleppzug war. Er nahm noch einmal einen Schluck aus seiner Kruke, um sich Mut anzutrinken, und richtete dann die alte Büchse aus dem vorigen Jahrhundert auf den Punkt des Stromes, an dem das Dampfschiff dem Ufer am nächsten kommen musste. Wie oft hatte er sich schon vergewissert, dass eine Kugel in jedem der beiden Läufe steckte und dass genügend Pulver auf der Pfanne war, damit das Betätigen der Abzughähne die rächenden Kugeln zum Schiff schicken könne. Mit diesen Kugeln, so war er überzeugt, würde er den Leuten auf dem Dampfschiff schon das Vorhaben verleiden, den braven Rheinschiffern von Köln, Bonn und anderswo das Brot wegzunehmen.

Jetzt hörte Heinrich Hündgen schon das laute Schnaufen der Schaufelräder. Das Schiff warf von der schnellen Fahrt eine deutliche Bugwelle auf. Vier schwere Lastkähne, hoch mit Kohle beladen, waren an langen Seilen einer hinter den anderen gehängt.

»Verfluchtes Dampfschiff!«, stieß der Schiffer in seinem so lange aufgestauten Zorn hervor und drückte einmal ab. Ein lauter Knall, dann ein helles Klingen verriet, dass die Kugel den großen Schornstein aus Blech getroffen hatte und dann wohl abgeprallt und ins Wasser gefallen war. Noch ein zweites Mal drückte Heinrich Hündgen auf den Abzughahn für den zweiten Lauf. Es knallte erneut, und der Rückstoß der alten Büchse versetzte ihm einen gehörigen Schlag an die Backe. Doch ein Einschlag der Kugel war nicht zu beobachten. Sie war wohl ins Wasser geflogen, ohne Schaden anzurichten.

Der Steuermann am Ruder des Dampfschiffes blickte sich erstaunt um, konnte aber nichts Außergewöhnliches entdecken, was die Laute hervorgerufen haben könnte. Zwei Minuten später war schon der vierte der nachgeschleppten Kähne an Schiffer Hündgens Versteck vorbeigezogen und hinter den Bäumen der schmalen Rheininsel Herseler Werth verschwunden.

Bei den »Maikäfern«

In diesem Jahr 1841 fiel der »Peter-und Pauls-Tag«, der 29. Juni, auf einen Sonntag. Katharina Velten hatte schon ein paar Nächte vor Aufregung kaum schlafen können. Be-

reits am Sonntag zuvor hatte sie halb bedauernd, halb freu-
destrahlend ihrem lieben Bekannten Christian Jellinghaus
mitteilen müssen, dass sie leider an diesem Sonntag nicht
in Niedeckens Lesestube kommen könne. Denn zum Peter-
und Pauls-Tag habe sie von ihrer Klavierlehrerin Johanna
Mathieux eine Einladung zum Stiftungsfest eines Vereins
bekommen, der den seltsamen Namen »Maikäferbund«
führe.

Erwartungsvoll schritt das junge Mädchen gleich am
Morgen nach der Messe in der Jesuitenkirche dem Ort des
Festes entgegen, der Gartenwirtschaft des Roeden Jupp,
nahe dem Baumschulwäldchen. Sie trug dem hochsom-
merlichen Wetter angemessen ein reizendes Kleid aus
weißer Seide mit tiefem Ausschnitt und mit einer mächtigen Krinoline, wie es die Mode für junge Mädchen und
selbst würdige Damen aus besseren Kreisen gebieterisch
verlangte. Die Schnürbänder in ihrem Leibchen unter dem
Kleid waren mit Hilfe der alten Magd im Hause Velten so
straff angezogen, dass Katharina nie tief Atem holen konnte.
Aber ihre Taille war dadurch so eng geworden, dass sie
allen männlichen Kennern der Vorzüge des weiblichen
Körperbaus bewundernde Blicke entlockte. Ihre langen
Haarlöckchen rechts und links des Gesichts waren frisch
gedreht, auf dem Kopf trug sie einen großen Strohhut, mit
einem Band unter dem Kinn befestigt, und sie sah bezau-
bernd aus.

Das Gartenlokal am Baumschulwäldchen bot heute ein
anderes Bild als an manchen Abenden in der Woche, wenn
bierselige laute Gesänge aus rauen Männerkehlen die häufigen Kommerse verschiedener Studentencorps begleiteten,
oder wenn das harte Klingen von Metall auf Metall anzeigte,
dass hier wieder einmal studentische Übungsmensuren ausgefochten wurden. Heute schmückten Girlanden aus Efeu

und Rosen den sonst etwas düster wirkenden Raum; Türen und Fenster waren weit geöffnet und ließen Sonne und Wärme hinein.

Herzerfrischende Wärme ging aber vor allem von Johanna Mathieux aus, die – ebenfalls sommerlich weiß gekleidet – als Gastgeberin in der Mitte des Saales stand und die erwartungsvoll zusammenströmenden Gäste begrüßte. Sie trug einen Kranz von Efeu und frischen Blüten im Haar und setzte ebensolche Kränze auch allen Ankömmlingen auf, jungen Männern wie jungen Mädchen.

Neben ihr stand würdig mit einem wohlgestutzten schwarzen Vollbart der Herr Doktor Gottfried Kinkel, auch er mit einem Blumenkranz im Haar. Seine Brille passte nicht recht zu der kräftigen Männergestalt, aber im Ganzen bot der Herr Kinkel einen imponierenden Anblick. »Das ist also der gewisse Herr Kinkel«, dachte Katharina Velten bei sich, als sie den Mann erblickte. Sie hatte ihn noch nie persönlich gesehen, aber schon viel von ihm gehört. Denn in den besseren Kreisen Bonns, vor allem natürlich bei den Universitätsangehörigen und den wenigen Akademikern der Stadt zerriss man sich gründlich den Mund über diesen Mann.

Er war noch jung, erst sechsundzwanzig Jahre alt und stammte sogar aus der Gegend um Bonn. Allerdings hatte er den Makel, evangelischer Konfession zu sein, denn er war der Sohn des protestantischen Pfarrers von Oberkassel, halbwegs zwischen Beuel und Königswinter auf der anderen Rheinseite. Der Makel war dadurch gutgemacht, dass der junge Mann eine zunächst Erfolg versprechende Karriere als angehender Professor für Kirchengeschichte an der evangelisch-theologischen Fakultät der Universität Bonn eingeschlagen hatte. Daneben war er Religionslehrer an einer Bonner Mädchenschule und hatte zugleich eine Hilfspredigerstelle in einer protestantischen Gemeinde in Köln inne.

Doch alle diese Chancen beruflicher Art schien sich der junge Mann zunichte zu machen durch die in den Augen vieler Bonner Bürger höchst anstößige Liäson mit einer geschiedenen Frau, die noch dazu Katholikin war, mit Johanna Mathieux. Vor knapp zwei Jahren hatten die beiden sich kennen gelernt. Aus der Bekanntschaft war bald Sympathie und tiefe Liebe geworden, die beide auch nicht geheim zu halten bereit waren. Sehr bald gingen die abenteuerlichsten Gerüchte über die beiden in Bonn um. Lebten sie etwa schon wie Mann und Frau zusammen? Dabei durfte die geschiedene Frau Mathieux doch nach dem Gesetz erst drei Jahre nach der gerichtlichen Scheidung wieder heiraten. Das Datum der Scheidung der Frau Mathieux geborene Mockel – Mai 1840 – war in gewissen Bonner Salons besser bekannt als der Geburtstag des neuen Königs.

Das Gerede hatte nun auch seine Auswirkungen auf die beruflichen Chancen des Herrn Doktor Kinkel gehabt. Seine Stelle als Religionslehrer war ihm vor einigen Monaten entzogen worden, ebenso seine Hilfspredigerstelle in Köln. Und die Bonner Fakultät ließ den Privatdozenten wissen, dass an eine Berufung zum Professor unter diesen Umständen nicht zu denken sei. Doch der junge Herr Kinkel konnte von den Honoraren zahlreicher Artikel in deutschen Zeitungen und Journalen leben, und vielleicht auch von manchen Talern, die ihm seine gut an Klavier- und Gesangstunden verdienende Verlobte Johanna zusteckte.

Doch heute, am Stiftungsfest des »Maikäferbundes«, sollten alle diese Misslichkeiten und Gehässigkeiten keine Rolle spielen. Denn wer dem Bund angehörte oder auch nur, wie Katharina Velten, einmal im Jahr als Gast zum Stiftungsfest eingeladen war, der kannte nicht die Vorurteile spießbürgerlicher Philister.

Vor einem Jahr, Ende Juni 1840, hatten Johanna Mathieux

und Gottfried Kinkel einen kleinen literarischen Klub ins Leben gerufen, dem neben dem geistreichen und für den Bund so bestimmenden Paar nur wenige literaturbegeisterte junge Studenten angehörten. »Maikäferbund« hatten damals aus einer Laune heraus die Gründer diesen Klub genannt und gleich eine kleine handgeschriebene Zeitschrift als regelmäßiges Vereinsorgan geschaffen. Sie hieß »Maikäfer – Zeitschrift für Nichtphilister«. Jede Nummer bestand zunächst aus einigen leeren Folioblättern Papier, die binnen einer Woche von Klubmitglied zu Klubmitglied weitergegeben wurden und von ihnen mit einem kleinen selbst gefertigten Gedicht, einer netten Federzeichnung, der Fortsetzung einer selbst verfassten Novelle oder eines Schauspiels, einer Konzertkritik oder anderen geistigen Erzeugnissen gefüllt werden mussten.

Die Mitglieder des Klubs führten eigenartige Spitznamen, mit denen sie sich untereinander anredeten und auch ihre Beiträge in der Zeitschrift zeichneten. Katharina Velten musste leise kichern, als sie sich bemühte, die Namen auswendig zu lernen. »Direktix« hieß Johanna Mathieux, und es schwang ein wenig Ehrfurcht vor der überragenden Persönlichkeit dieser Frau darin mit. Der würdige Doktor Kinkel hieß »Ur-Mau«, was »Ur-Maikäfer« bedeuten sollte.

Ein junger Gymnasiast namens Andreas Simons hieß »Braunrücken«. Dann gab es einige Studenten der Philosophie und Kunstgeschichte, Ferdinand Freiligrath, Emanuel Geibel, Levin Schücking und Jacob Burckhardt, die aus Freundschaft zu ihrem Lehrer Kinkel und aus Begeisterung für die ungezwungene Literatur zu diesem Kreis gestoßen waren. Im Maikäferbund trugen sie so poetische Namen wie »Goldkäfer«, »Leierchen«, »Müllerknecht« und »Feinfühler«.

Zu ihrem Erstaunen traf Katharina Velten auch den Cousin ihrer verstorbenen Mutter, Karl Simrock, in diesem

Kreis. Er war einiges älter als alle anderen Anwesenden, doch er ließ sich den Unterschied nicht anmerken. Er war ein bekannter Gelehrter und Dichter und mit Gottfried Kinkel gut befreundet.

Da außer Johanna Mathieux keine Frau dem Maikäferbund angehörte, waren wenigstens zum ersten Jahresfest seiner Stiftung einige junge Mädchen als Gäste eingeladen, um das Fest heiter und harmonisch zu gestalten. Frau Mathieux hatte sie unter ihren vielen Schülerinnen mit Bedacht ausgewählt, damit sie auch in diesen Kreis passten. Katharina Velten fühlte sich außerordentlich geehrt, unter so viel Genie und Liebenswürdigkeit Gast sein zu dürfen. Ihr selbst war es nicht gegeben, Gedichte zu verfassen, aber ihre nach Selbständigkeit strebende Persönlichkeit zeigte doch viel Seelenverwandtschaft zu den anderen Teilnehmern.

Lauten- und Geigenspiel wechselte an diesem Festtag mit dem Vortrag selbst geschriebener Gedichte oder kurzer Erzählungen ab, und die fröhliche Runde durfte als Preisrichter die jeweiligen dichterischen Leistungen bewerten. Besonderen Beifall fand ein längeres Versepos »Otto der Schütz«, das Gottfried Kinkel eigens für diesen Anlass gedichtet hatte, und seine Freundin Johanna hatte verschiedene Stücke daraus als Lieder vertont und trug sie mit ihrer angenehmen Stimme vor. Zur Erfrischung gab es Schnittchen und guten Wein vom Rhein aus dem Weinberg des Onkel Simrock, den dieser irgendwo oben im Siebengebirge hatte.

Gegen Abend fand noch ein Höhepunkt des Stiftungsfestes statt. Extra zu diesem Tag war der Jurist Nikolaus Becker in seine Heimatstadt Bonn gekommen, um am Fest der Maikäfer teilzunehmen. Er war vor kurzem in ganz Deutschland als der Dichter des patriotischen Liedes »Sie sollen ihn nicht haben, den freien deutschen Rhein« berühmt geworden. Ihn ernannte der Maikäferbund feierlich zum Ehrenmitglied, da er als Richter am Friedensgericht in Wesel nicht an den regelmäßigen Dienstags-Sitzungen des literarischen Klubs teilnehmen konnte.

Als Katharina Velten spät am Abend nach Hause ging, von einem der »Maikäfer« höflich geleitet, dachte sie nur bedauernd, dass der schöne Tag schon vorbei sei. Wäre er nicht noch viel schöner gewesen, wenn sie ihn zusammen mit einem gewissen Christian hätte erleben können?

Ein misslungenes Schützenfest

Das Wetter hatte in diesem Sommer den Bonnern viel Sorgen bereitet. Ein regnerischer und kühler Juni ließ keine Hoffnungen auf eine gute Ernte in diesem Jahr aufkommen und hatte sogar die Verlegung des Schützenfestes erzwungen. Aber nun war seit mehr als einer Woche gutes Wetter eingetreten, und daher konnte das Schützenfest nun, am 6. Juli 1841, doch noch bei warmem Sonnenschein gefeiert werden.

Vor zwei Jahren war ein neues Schützenhaus am Schänzchen nördlich der Windmühle eingeweiht worden. Zugleich hatte die Bonner Schützengesellschaft ihren Festplatz auf dem kleinen Hügel unmittelbar am Rhein neu hergerichtet und bepflanzt. Zum Gedächtnis an diesen Fortschritt feierte man das diesjährige Fest. Schon am frühen Morgen waren die grünberockten Schützen unter dem Kommando ihres Hauptmanns Schugt mit klingendem Spiel durch die Stadt zum Festplatz marschiert und hatten danach das traditionelle Preisschießen mit Armbrüsten auf den hölzernen Adler begonnen. Peter Schugt war

außerhalb der Schützengesellschaft ein angesehener Gastwirt in der Sternenstraße und zugleich Mitglied des Bonner
Stadtrates. Als der letzte Holzsplitter des Adlers zu Boden
fiel, jubelte die große Menschenmenge dem neuen Schüt-
zenkönig Petazzi zu, dem reichen Weinhändler und Stadtrat vom Belderberg.

Danach konnte erst das richtige Volksfest beginnen.
Alle möglichen Buden mit Wahrsagern, Würfelspielen,
Gauklern und Kasperletheatern warteten auf Kunden und
fanden sie auch, denn beim Schützenfest war selbst der
knauserigste Bäckermeister oder Fischhändler bereit, einige
Pfennige oder sogar Silbergroschen springen zu lassen.
Davon profitierten auch die Bettler vom benachbarten
Kohlenschuppen, die sich struppig und zerlumpt unter die
festlich gekleideten Gäste mischten und almosenheischend
ihre Hüte aufhielten.

Während die halbwüchsigen Burschen wetteiferten, die
mit Seife bestrichene Holzstange zu erklettern, saß die
ältere Generation behäbig unter einem Zeltdach beim Wein
oder Bier. Das Schützenfest war ein Tag, der keine Stan-
desunterschiede kannte. Der wohlhabende Rentner oder
Professor saß da auf der Bank neben einem ärmlichen
Handwerksmeister oder Kleinhändler, der sich einmal im
Jahr stolz mit seinem grünen Schützenrock zeigen wollte.
Die Unterhaltung im vertrauten Bonner Platt tat ein Übriges
dazu, die Schranken des Alltags zu überwinden.

Dennoch war in diesem Jahr die Stimmung im Festzelt
gespannt und gereizt. Halb bewusst, halb unbewusst fanden sich an zwei verschiedenen Tischen Gruppen von
Bonner Bürgern zusammen, die untereinander lebhafteste
und vertrauteste Gespräche führten, die sich aber gegenseitig nur mit feindseligen Blicken oder gar abschätzigen
Worten bedachten. Das Hauptgesprächsthema war bei die-

sem Schützenfest wie schon in den Wochen und Monaten davor in Bonn die Eisenbahn, genauer gesagt die Frage, wohin der Endbahnhof gelegt werden sollte, in den Norden oder den Süden der Stadt. Diese Frage spaltete nun schon seit einem halben Jahr die Bewohner Bonns in zwei Parteien. Es gab im Augenblick kein anderes Problem, das so leidenschaftlich diskutiert wurde.

An einem Tisch führte der Reserveleutnant Böse das große Wort, der in einem neuen Haus an der Wilhelmstraße wohnte. Aber auch Professor Böcking gehörte dazu sowie zahlreiche andere prominente Geschäftsleute und Stadträte. Leise, nur manchmal vor Zorn etwas lauter werdend, beklagten sie den unweigerlich vorhersehbaren Niedergang der Stadt, wenn der Bahnhof nicht wie ursprünglich einmal geplant im Norden der Stadt gebaut würde, möglichst nahe am Rhein, etwa beim Kölntor. Es sei eine unverzeihliche Eigensucht der reichen Kölner und ihres willigen Anhangs aus der Südstadt, den Bahnhof nur so legen zu wollen, dass eine Verlängerung bis nach Mehlem möglich sei. Dahin wollten die Kölner Großkaufleute und Bankiers zu ihren Gütern fahren; die Besucher Bonns könnten dann ruhig auf dem freien Feld aus der Bahn ausgeladen werden und sehen, wie sie in die Stadt und an den Rhein kamen.

Unter der anderen Hälfte des Zeltdaches steckte die Partei der »Südländer« die Köpfe zusammen, wie man mittlerweile die Gruppe nannte, die sich ebenso vehement für den Bau des Bahnhofs an der Poppelsdorfer Allee einsetzte. Auch hier bildeten einige Stadträte die Prominenz, wie der Justizrat Lamberz und der Oberbergrat Noeggerath. Außerdem hatte sich aber auch eine große Zahl von Professoren der Bonner Universität dieser Richtung angeschlossen, sowie andere bekannte Bonner Bürger. Wer hätte versuchen wollen, die Größe der beiden gegnerischen Gruppen festzustellen, wäre wahrscheinlich auf eine ziemlich ausgewogene Zahl gekommen.

Unter den »Südländern« wurden die Arroganz und die Einschüchterung beklagt, mit der die »Nordländer« gegen alle vorgingen, die sich offen zum Bahnhof im Süden bekannt hätten. Wenn die Kölner Aktionäre den Bahnhof auf dem Mühlheimer Feld haben wollten, dann solle er doch in Gottes Namen dort gebaut werden; die Bonner Aktionäre allein brächten ja doch niemals das Geld für eine Bahn von Bonn nach Köln auf. Außerdem würde es für Reisende mit der Bahn nach Bonn ganz gleichgültig sein, wo der Bahnhof genau liege. Wer in die Stadt wolle, würde sich durch die paar Schritte mehr auch nicht abschrecken lassen. In Köln liege der Endbahnhof der Rheinischen Eisenbahn auch sehr weit ab vom Stadtzentrum. Schließlich müsse man doch auch an die mehreren Tausend Einwohner von Poppelsdorf, Endenich und Kessenich denken, viele reiche und prominente Bürger darunter, denen ebenfalls ein bequemer Zugang zum Bahnhof ermöglicht werden solle.

In umfänglichen Petitionen an die preußische Regierung, in zahllosen anonymen Zuschriften an das Bonner Wochenblatt, in extra gedruckten Flugschriften hatten die beiden Parteien inzwischen wohl jedes nur denkbare Argument für die eine und gegen die andere Position vorgebracht. Neues fiel keinem mehr ein, wenn man von den nicht ganz ernst gemeinten Vorschlägen absah, den Bahnhof doch in den ebenfalls vernachlässigten Stadtteil um die Sürst und die Butterweck nördlich des Münsters zu legen oder gleich zur Sternenburg nach Poppelsdorf, damit es der Bahnpräsident Mülhens bequem zum Einsteigen habe.

So hockten die Anhänger beider Parteien bei diesem Schützenfest, das sonst ganz Bonn im Frohsinn vereinte, griesgrämig untereinander und würdigten die andere Seite keines Wortes mehr; es wäre doch vergebens gewesen.

Die Herren Direktoren der Eisenbahngesellschaft, die in Bonn wohnten, hatten es vorgezogen, lieber gar nicht erst beim Schützenfest zu erscheinen. Sie wussten, dass sie mindestens von der Partei der »Nordländer« üble Beleidigungen hätten einstecken müssen, denn man beschuldigte sie alle in Bausch und Bogen, Anhänger des südlichen Bahnhofs zu sein.

An einem anderen Tisch außerhalb des Festzeltes hatte sich eine dritte Partei zusammengefunden. Mit Eingaben und Veröffentlichungen in der Zeitung war sie allerdings bisher nicht hervorgetreten, desto mehr aber mit einer intensiven Stimmungsmache gegen den Bahnbau überhaupt. Von den Rheinschiffern über die Botenfrauen bis zu den Postillionen und Hauderern war alles vertreten, was schwere wirtschaftliche Nachteile von dem neuen Verkehrsmittel befürchtete. Auch Doktor Velten saß natürlich dabei und steuerte seine naturwissenschaftlichen Argumente gegen die gesundheitsgefährliche Eisenbahn bei. Und doch war dieses Häufchen erheblich kleiner als jede der beiden anderen Parteien, die die Bahn für Bonn unbedingt haben wollten, nur eben mit dem Endpunkt an der richtigen Stelle.

Die gesitteten und vielfach hoch gebildeten Anhänger der »Nord«- und der »Süd-Partei« waren keine Bauernburschen vom Lande, die möglicherweise ihren Streit mit Fäusten und Knüppeln ausgetragen hätten. Sie benutzten lieber die Waffen des geschriebenen und gesprochenen Wortes. Aber die Stimmung war in diesem Jahr so ähnlich wie bei einer Dorfkirmes kurz vor Ausbruch der obligaten Bauernrauferei und keine Versöhnung schien in Sicht. Äußerlich ging das Fest der Bonner Schützengesellschaft an diesem Tag in althergebrachter Weise in Ruhe und Frieden zu Ende. Aber fast alle die würdigen Grünröcke stellten fest, als sie abends mit ihren Ehefrauen ihren Häusern zustrebten, dass das Fest diesmal gründlich misslungen gewesen wäre.

Im Bahnbüro

Wütend warf Heinrich Exner den Federkiel auf den Tisch. Die billige Gänsefeder hatte die Tinte nicht halten können und einen hässlichen Fleck auf seinem, mit Berechnungen vollgekritzelten Schreibpapier verursacht. »Peters, Sie Esel, beschaffen Sie mir endlich eine vernünftige Stahlfeder zum Schreiben!«, herrschte der neue Oberingenieur der Bonn-Kölner Eisenbahn ärgerlich den alten Bürogehilfen an, dass der aus seinem Dösen aufschreckte. Der alte Mann stand von seinem Schemel auf, öffnete den Mund, als ob er etwas sagen wollte, und schlurfte dann doch wortlos zum Buchhalter Pröbsting, um sich von ihm zwei Silbergroschen zum Einkauf einer dieser neumodischen Schreibfedern in einer Papierhandlung aushändigen zu lassen.

In den drei Räumen im ersten Stock des Eilers'schen Hauses am Bonner Münsterplatz ging es in letzter Zeit zu wie in einem Taubenschlag. Denn das Personal hatte sich stark vermehrt, und an jedem Tisch saß jemand in eine Schreiberei vertieft. Neben dem Herrn Buchhalter Pröbsting aus Köln und dem jungen Hilfsschreiber Weißkirchen hatten inzwischen der Oberingenieur Exner, ein Hilfsingenieur von Lasaulx und ein Bauzeichner seinen Dienst aufgenommen sowie der alte Bürodiener und Registrator Peters. Zusammen mit dem Referendar Schramm und dem Kanzlisten Jellinghaus waren das nun plötzlich acht Män-

275

ner, die sich von morgens bis abends bemühten, die immer mehr anwachsende Papierflut zu bändigen, die der Bau einer Eisenbahn mit sich brachte.

Außer diesen für die Dauer der Bauzeit angestellten Personen tauchten natürlich auch die Herren Direktoren und sogar die stellvertretenden Direktoren des Öfteren im Büro auf, um Briefe zu diktieren oder zu unterschreiben, Besprechungen zu führen oder auch nur, um sich über die neuesten Entwicklungen und Probleme auf dem Laufenden zu halten. Die wöchentlichen Versammlungen des Direktoriums boten dafür nicht Zeit genug. Wer in Bonn mit der Eisenbahn zu tun hatte, befand sich seit langem in höchster Anspannung und lebhaftester Geschäftstätigkeit.

Vor knapp einem Monat hatte die entscheidende Versammlung des Verwaltungsrates gemeinsam mit dem Direktorium stattgefunden, bei der nach ausführlicher Diskussion der genaue Streckenverlauf in den vier Sektionen festgelegt worden war, in die man die Gesamtstrecke eingeteilt hatte. Am meisten war natürlich über den letzten Streckenabschnitt in der unmittelbaren Nachbarschaft Bonns geredet worden, denn die Lage des Bonner Bahnhofs hing ja davon ab. Im Vergleich zu der erregten, ja feindseligen Stimmung unter der Bonner Bevölkerung war jedoch diese Debatte sachlich und ruhig vonstatten gegangen. Dank der eindeutigen Haltung der Kölner Mitglieder in beiden Organen der Gesellschaft und der schon längst feststehenden Entscheidung einiger Bonner Mitglieder hatten keine Zweifel über den Ausgang geherrscht. Vierzehn Mitglieder der Versammlung hatten für den Bahnhof an der Poppelsdorfer Allee gestimmt, sieben für einen Bahnhof im Norden, darunter auch der Präsident des Verwaltungsrates, der Freiherr von Carnap. Allen Verantwortlichen war aber klar gewesen, dass eine Mehrheitsentscheidung jetzt endlich fallen müsse und dass die Minderheit sich damit abfinden müsse. Denn sonst würde das so viele Jahre betriebene Projekt einer Eisenbahn von Bonn nach Köln womöglich noch im letzten Augenblick scheitern.

Heinrich Stahl hatte sich als Einziger aus dem Direktorium für die nördliche Lage des Bahnhofs ausgesprochen. Aber er zögerte keinen Augenblick, sich gleich danach wie die anderen Herren des Direktoriums an den Zeit raubenden Verhandlungen zu beteiligen, die mit den rund achthundert Grundstückseigentümern über den rechtsgültigen Verkauf der in die Bahntrasse fallenden Parzellen geführt werden mussten.

Eines war den Herren des Direktoriums schon in diesem Stadium klar geworden, da der Grundstückserwerb noch in vollem Gange war: der vor einem Jahr als Voranschlag im Budget der Bonn-Kölner Eisenbahn angesetzte Betrag von 120 000 Talern für diesen Zweck würde nicht annähernd ausreichen. Denn die sonst üblichen Grundstückspreise waren rapide in die Höhe gegangen, kaum dass die betroffenen Bauern erkannt hatten, dass es nun ernst würde mit dem Bahnbau.

Alle diese Aktivitäten verlangten auch vom Personal der Bahngesellschaft die angestrengteste Schreibarbeit, denn Hunderte von Briefen und Verträgen mussten versandt und verschiedene umfangreiche Listen wollten sorgfältig geführt werden. Christian Jellinghaus und seinem Gehilfen schmerzte längst ständig die rechte Hand, die tagsüber kaum je eine Ruhepause einlegen durfte. Dennoch war die Stimmung im Bahnbüro bisher immer gut gewesen. Denn so wie sich die Angestellten stets höflich und willig zeigten, so begegneten die Herren Direktoren dem Personal im Allgemeinen ohne Schroffheit und unziemliche Ungeduld.

Diese Stimmung hatte sich in den letzten vierzehn

Tagen allerdings verändert, seit der königliche Baukondukteur Exner als Oberingenieur der Bonn-Kölner Eisenbahngesellschaft seinen Einzug im Bahnbüro gehalten hatte. Dieser Herr war ein Deutsch-Böhme aus Prag. Aber von der Gemütlichkeit, die man den Böhmen nachsagte, war bei ihm nichts zu spüren. Er hatte an vielem herumzunörgeln und konnte gegenüber dem Verwaltungspersonal im Bahnbüro ebenso ausfallend werden wie gegenüber den Herren Direktoren, die doch seine Vorgesetzten waren. Doch da er eine anerkannte Kapazität im Bahnbau war, musste der schlecht bezahlte Bürodiener Peters ebenso seine Grobheiten schlucken wie der Präsident Mülhens.

Immerhin war unter seiner sachkundigen Beratung bereits eine wichtige Entscheidung vorbereitet worden, die den Herren Direktoren vorher großes Kopfzerbrechen bereitet hatte. Jeder, der sich für den Bau von Eisenbahnen interessierte, wusste um die Schwierigkeit der Beschaffung der richtigen Eisenschienen. Geschickte Erfinder empfahlen die verschiedensten Formen, doch es gab im ganzen Deutschen Bund keine Fabrik, die bisher in der Lage war, den immer größer werdenden Bedarf in der nötigen Menge, einer ausgezeichneten Qualität und zu einem erschwinglichen Preis zu decken. Daher waren fast alle Gesellschaften in Deutschland gezwungen gewesen, ihre Schienen bei den eingeführten englischen Fabriken zu bestellen. Aber auch da hatte es manche Enttäuschung gegeben. Daher waren einige deutsche Gesellschaften dazu übergegangen, eigene Inspektoren nach England zu entsenden, um ständig jede Partie für sie produzierter Schienen auf ihre genauen Maße und ihre Bruchfestigkeit zu überprüfen, ein teures und wenig befriedigendes Verfahren.

Der Ingenieur Exner konnte jedoch aus seiner Erfahrung die Direktoren in Bonn überzeugen, dass die englische

Firma Longridge, Starbuck&Company in Staffordshire inzwischen ihre Herstellungsverfahren erheblich vervollkommnet hatte. Ihre Eisenschienen hatten auf den jüngst fertig gestellten deutschen Strecken – der Rheinischen Eisenbahn von Köln nach Aachen, der Bahn von Düsseldorf nach Elberfeld und der von Berlin nach Anhalt – ohne jede Beanstandung verlegt werden können. Auch der von dieser Company geforderte Preis von 34 Talern 20 Silbergroschen pro 1000 Pfund preußisch war mäßig und lag unter den Kosten anderer Lieferanten.

Daher hatte der Kanzlist Jellinghaus gerade jetzt die Reinschrift eines Schreibens nach England fertig gestellt; es musste nur noch von den Herren Direktoren rechtsgültig unterschrieben werden. Damit würde sich die Bonn-Kölner Eisenbahn zur Abnahme von Schienen in der inzwischen üblich gewordenen Vignole-Form mit breiter Basis für eine einspurige Strecke von 7540 Ruten sowie zusätzlichen 460 Ruten für die notwendigen Ausweichungen, zusammen also 8000 Ruten, verpflichten. Der Gesamtpreis sollte 150000 preußische Taler franco Köln nicht überschreiten. Als Zeitpunkt der ersten Lieferung war der Mai 1843 vorgesehen; weitere Lieferungen sollten dann monatlich bis spätestens August 1843 erfolgen.

Christian Jellinghaus empfand dieses Schreiben als einen weiteren entscheidenden Schritt zur Vollendung der Eisenbahn, als er es noch einmal sorgfältig durchlas und dann aufatmend die Gänsefeder beiseite legen konnte.

Für eine neue Zeitung

»Die Rheinprovinz darf sich nicht in ultramontaner Manier von Preußen absondern, sondern muss sich immer enger mit ihm verschmelzen. Aber sie hat zugleich die historische Mission, die in ihr seit der Fremdherrschaft noch erhaltenen liberalen Errungenschaften den übrigen Provinzen zu überbringen und den kommerziellen und politischen Fortschritt zu befördern. Das ist unser Ziel, über das wir uns schon längst einig sind. Wir waren uns auch einig, dass wir dazu eines Pressorgans bedürfen, das diese Ziele ständig in eindrucksvoller Weise vertritt. Um die weiteren Schritte zu beraten, wie diese Zeitung ins Leben gerufen werden kann, sind wir heute hier versammelt.«

Der Sprecher war ein noch junger Mann, der in seiner Kleidung und Haartracht ein wenig stutzerhaft wirkte, aber dennoch nichts von dem oft blasierten Benehmen zeigte, das reichen Müßiggängern oft zu Eigen ist. Dagobert Oppenheim hatte wieder einmal seinen großen Freundeskreis in seiner elegant möblierten Wohnung am Kölner Neumarkt zu Gast. Guter Wein und französischer Champagner standen reichlich zur Verfügung. Der Gastgeber konnte sich solche kostspieligen Einladungen leisten, denn er war als jüngerer Bruder des reichen Kölner Bankiers Abraham Oppenheim nicht auf sein karges Gehalt als Assessor am Kölner Landgericht angewiesen.

Die Gäste in seinem Salon waren fast alles junge Akademiker, Juristen vom Kölner Gericht, Mediziner oder Literaten. Sie waren lebhaft, allem Neuen und vor allem dem Fortschritt im politischen und wirtschaftlichen Bereich aufgeschlossen.

Dazu zählte auch der junge Philosoph Moritz Hess. Wegen seiner entfernten Verwandtschaft mit den Kölner Oppenheims, aber auch infolge seiner lebhaften Anteilnahme an sozialen Fragen und seiner geschickten Feder hatte man ihn schon vor einiger Zeit gefragt, ob er sich an der Gründung einer neuen fortschrittlichen Zeitung beteiligen wolle, und er hatte sofort Ja gesagt. Sein erstes großes philosophisches Werk »Die heilige Geschichte der Menschheit« war noch während seines Studiums an der Universität Bonn anonym erschienen, hatte aber keinen rechten Widerhall gefunden. Im Grunde war der junge Moritz Hess auch viel mehr politischer Literat als philosophischer Theoretiker. Hier in der künftigen Zeitung hoffte er, ein geeignetes Verbreitungsmedium für seine reformerischen Gedanken zu finden.

Auch Gustav Mevissen aus Dülken im Rheinland kam aus den Kreisen der Akademiker und reichen Kaufmannsfamilien. Der erst Sechsundzwanzigjährige war ein guter Freund des Kölner Handelskammerpräsidenten Camphausen. Er fasste für die Freundesgruppe noch einmal zusammen, was der Hausherr vielleicht zu sehr als bekannt vorausgesetzt hatte:

»Wir haben ja schon vor einiger Zeit beschlossen, der allzu gut katholischen ›Kölnischen Zeitung‹ des Herrn Joseph DuMont eine Konkurrenz an die Seite zu stellen und sie ›Rheinische Zeitung für Politik, Handel und Gewerbe‹ zu nennen. Wir wissen, dass Seine Majestät, der König von Preußen, ernsthaft erwägt, die längst nicht mehr in die moderne Zeit passenden Zensurbestimmungen für periodische Druckschriften zu lockern. Wir wissen auch, dass es den Staatsbehörden gar nicht so übel passen würde, wenn unsere geplante neue Zeitung ohne Schwanken für die Einheit Preußens eintritt und alle ultramontanen Absonderungen ablehnt. Was wir allerdings mit ihr erreichen wollen, ist eine lebendige Mitarbeit aller Bürger am Staat, ist ein Geist volkstümlicher Reformen, wie er in Preußen herrschte, als es vor dreißig Jahren die Kraft fand, abgelebte Einrichtungen zu überwinden und als der Freiherr vom Stein und der Staatskanzler von Hardenberg auf allen Gebieten ihre Reformen einführten, die aus Untertanen Bürger Preußens machen wollten. Wir wollen bewusst Preußen sein, aber liberale Preußen, Preußen des Fortschritts, nicht der junkerlichen Reaktion!«

Lebhafter Beifall belohnte diese kleine Rede, die auf der Rednertribüne des jüngst zu Ende gegangenen rheinischen Provinziallandtages gewiss ebenfalls die Zustimmung zahlreicher seiner Abgeordneten gefunden hätte. Ob sie allerdings in den Ohren der verknöcherten Bürokraten aus ostelbischen Junkergeschlechtern ebenso gut geklungen hätten, das war mehr als fraglich; diese jedoch bildeten gegenwärtig den Kern der preußischen Staatsregierung im fernen Berlin.

Noch ein junger Jurist meldete sich nun im Salon des Assessors Oppenheim zu Wort, der Referendar Rudolf Schramm. Er gehörte seit längerem ebenfalls zu diesem Freundeskreis und ließ es sich trotz seiner vorübergehenden Tätigkeit in Bonn nicht nehmen, regelmäßig mit seiner Kutsche nach Köln zu fahren, wenn die Gruppe tagte. Meistens konnte er einen ohnehin nötigen Besuch in der rheinischen Metropole in Angelegenheiten der Eisenbahn damit verbinden. Rudolf Schramm wies in seiner sachlichen, stets freundliche Art auf die nächsten wichtigen Schritte hin, die noch zu tun seien:

»Die Grundsatzbeschlüsse haben wir ja bereits gefasst, werte Freunde. Jetzt kommt es nach meiner Meinung auf zwei Dinge an. Wir müssen erstens die richtige juristische Form für unsere Zeitungsgründung finden, gegen die keine Behörde etwas einwenden kann. Das könnte die Bildung einer Kommandit-Aktiengesellschaft sein. Dabei würden zwei Kommanditisten – ich denke an die Herren Oppenheim und Georg Jung – nach außen hin die verlegerische und finanzielle Verantwortung übernehmen, ein weiterer

Kreis von Aktionären aber« – der Sprecher bezog hier mit einer Handbewegung alle Freunde im Salon mit ein – »die Hauptmenge des Kapitals aufbringen. Wir sollten alle notwendigen Schritte unternehmen, um so rasch wie möglich zur offiziellen Gründung einer solchen Gesellschaft zu kommen.«

Rudolf Schramm machte eine kurze Pause, in der beifälliges Murmeln die Zustimmung zu seinem Vorschlag signalisierte. Dann fuhr er fort: »Zweitens ist da die Frage, wer soll die Redaktion unserer Zeitung leiten? Wir müssen den geeigneten Mann bald finden, wenn unser Organ zum 1. Januar des kommenden Jahres seine Tätigkeit beginnen soll. Der Chefredakteur muss eine Persönlichkeit sein, deren Name in fortschrittlichen Kreisen unseres Vaterlandes einen guten Klang hat, der aber auch nicht von unserer Obrigkeit zu den von ihr verabscheuten so genannten ›Demokraten‹ gerechnet werden kann. Wie wäre es da mit dem Herrn Professor Friedrich List in Augsburg, dem unermüdlichen Vorkämpfer des deutschen Zollvereins und der wirtschaftlichen Entwicklung Deutschlands, dem Rufer nach einem deutschen Eisenbahnnetz? Wenn ihr damit einverstanden seid, würden Freund Dagobert und ich es übernehmen, an ihn zu schreiben und ihn um die Übernahme der Chefredakteurstelle zu bitten.«

Wieder zeigte Beifall an, dass der junge Jurist mit seinen Vorschlägen die Zustimmung seiner Freunde gefunden hatte. Ihnen allen war klar, dass ihr Unternehmen mehr sein würde als nur ein weiteres Exemplar im deutschen Blätterwald. Die »Rheinische Zeitung« würde ein Meilenstein im Pressewesen werden.

6. Kapitel

Immer neue Schwierigkeiten

Dezember 1841 bis April 1842

»Wenigstens am Teufelswerk verdienen ...«

Wieder einmal war die Eisenbahn im Dorf Bornheim in aller Munde. Vor Jahren – wie lange war das nun schon her? – hatte man überall davon geredet und geglaubt, der feurige Drache werde schon morgen durch die Felder des Dorfes schnauben und sie verbrennen. Die Angst war groß gewesen, doch dann hatte man nichts mehr davon gehört. Kaum ein Mensch in Bornheim erinnerte sich noch an das Wort Eisenbahn. Nur die Leute auf der Burg wussten davon und auch von den Fortschritten in der Vorbereitung des Eisenbahnbaus. Aber die gehörten als Protestanten sowieso nicht richtig zum Dorf und fielen als Verbreiter von Gerüchten oder Neuigkeiten beim abendlichen Schwatz in der Wirtschaft oder nach der Sonntagsmesse mehr oder weniger aus. Vielleicht wollten sie auch nicht darüber reden.

Es traf die Bauern von Bornheim daher ziemlich unvorbereitet, als in diesen letzten Wochen des Jahres 1841 Herren von einer Bonn-Kölner Eisenbahngesellschaft im Dorf auftauchten und sich nach den üblichen Grundstückspreisen erkundigten, sowie nach den Preisvorstellungen bestimmter Bauern, von denen die Bahngesellschaft Grundstücke aufkaufen wollte.

Hochwürden Elkemann, der Pfarrvikar der Bornheimer Kirche, fühlte wieder den Zorn auf die neumodische Erfindung des Teufels aufsteigen, gegen die er einst eine so wirkungsvolle Ermahnung an seine Gemeinde gehalten hatte. Allerdings war ihm als realistischem und wohlinformiertem Mann auch klar, dass es in der heutigen Situation wohl nicht genügen würde, nur allgemein vor den Gefahren einer Eisenbahn für Leib und Seele der Menschen zu warnen.

Hochwürden war nämlich neben dem Burgherren und Bürgermeister, dem Freiherrn von Carnap, der einzige Mensch im Dorf, der sich täglich mit der Post eine Zeitung aus Köln schicken ließ. Es war die gut katholische »Kölnische Zeitung« des Herrn DuMont. Neben allerlei vorsichtig verpackten Anspielungen auf die Feindseligkeit der herrschenden Preußen gegen die allein selig machende katholische Kirche enthielt diese Zeitung immer häufiger auch Hinweise auf neu in Dienst gestellte Eisenbahnstrecken in Deutschland und Europa. Von den Schäden an Pflanzen, Tieren und Menschen rechts und links der Schienenwege, die man einst so drastisch prophezeit hatte, stand nichts dabei. »Die Schäden an der Seele, die die Menschen dabei nehmen«, dachte der fromme Seelenhirte öfter bei sich, »kann man nicht sehen. Darum können die Zeitungsleute auch nichts davon schreiben.«

Hermannjosef Elkemann hatte sich zurechtgelegt, wie es wohl möglich sein könnte, das Teufelswerk wenigstens in seiner Pfarrgemeinde noch zu verhindern. Daher hatte er für den heutigen Abend Anfang Dezember die vier Kirchenältesten seiner Gemeinde zu sich ins alte Vikarienhaus bestellt. So saßen nun vier Bornheimer Großbauern in ihrer Festtagskleidung etwas unbehaglich um den großen Tisch in Hochwürden Elkemanns Studierstube mit den vielen Büchern. Mit leicht verwirrter Bescheidenheit – »das ist doch nicht nötig!« – nahmen sie das Glas Wein an, das der Pfarrvikar seinen Gästen spendierte.

Der Bornheimer Priester besprach zunächst einige Routinefragen, für die die Kirchenältesten als Vertreter der Gemeindemitglieder zuständig waren. Am alten Kirchengebäude waren einige kleinere Reparaturen nötig geworden, und wie üblich stritten die Bauern über die Kosten, die ihnen dafür aufgebürdet werden sollten. Nach ihrer Ansicht waren die Reparaturen keineswegs so dringend und so umfangreich, wie Hochwürden das berichtete. Doch am Ende gelang es dem Pfarrer, geschickt im Umgang mit seinen Bauern, wie immer, die volle Zustimmung der Kirchenältesten zu seinen Wünschen zu erlangen.

Dann kam Hochwürden Elkemann auf die Emissäre der Eisenbahn zu sprechen, die, wie er höre, neuerdings Grundstücke für das Teufelswerk aufkaufen wollten. »Ihr wisst ja, dass für die Kirche dieses Vorhaben einen Verstoß gegen Gottes Heilsplan bedeutet, vor dem ich euch nur warnen kann, meine Kinder!« Für den erst vierzigjährigen Pfarrvikar waren auch die mehrere Jahrzehnte älteren Kirchenältesten seine »Pfarrkinder«, vor allem dann, wenn er ihnen Vorhaltungen im Hinblick auf ihre Moral machen musste.

Bauer und Kirchenältester Michael Hennes berichtete, ja, bei ihm sei schon ein Herr von der Eisenbahn gewesen. Der habe höflich angefragt, ob er bereit sei, einen schmalen Streifen von nur 3 Ruten Breite aus seinen Grundstücken zu verkaufen. Ja, drüben am Eichenkamp habe er ein paar Grundstücksparzellen, davon könne er wohl etwas abgeben, habe er erwidert. Doch der Herr von der Eisenbahn habe ihm auf einer Landkarte gezeigt, dass es um ein ganz anderes Grundstück ging. Dort und nur dort müsse die Schienenstraße vorbei führen, und nur dieses Grundstück wolle die Bahngesellschaft kaufen. Da habe er, der Michel Hennes, gesagt, das müsse er sich noch überlegen und habe den Eisenbahnmann weggeschickt.

»Das hast du gut gemacht«, meinte Hochwürden Elkemann, und er wusste gleich einen guten Rat. »Wenn da wieder einer von der Eisenbahn kommt, musst du einen Preis für das Stück fordern, der so hoch ist, dass die ihn nicht zahlen können. Und ihr müsst auch allen anderen Bauern sagen, dass sie es genauso machen sollen. Denn damit könnt ihr verhindern, dass dieses Teufelswerk zu uns nach Bornheim kommt. Dann müssen die Eisenbahnleute ihren Plan ganz aufgeben oder ihren Weg woanders hin legen, wo sie weniger zahlen müssen, vielleicht nach Hersel, und unser Bornheim bleibt davon verschont. Dann kann wenigstens uns hier die Eisenbahn nicht die Seelen verderben. Aber ihr müsst das auch allen anderen Bauern einbläuen, dass sie unmögliche Preise für ihre Grundstücke fordern, hört ihr, sonst wird da nichts draus!«

Als die Bauern am späten Abend sich von ihrem Pfarrherrn verabschiedet hatten und noch einige Augenblicke vor der Tür der Vikarie zusammenstanden, da fasste Michael Hennes die Gedanken auch der anderen in Worte: »Es kann ja sein, dass so eine Eisenbahn Teufelswerk ist, wie Hochwürden gesagt hat. Aber wenn das wahr ist, dass die Eisenbahnfritzen viel Geld für ein Stückchen Land zahlen, viel mehr, als es sonst wert ist, dann sehe ich nicht ein, dass wir nicht tüchtig daran verdienen sollen!«

Im Dienst der Gegenseite

Es war der erste Dienstag im neuen Jahr 1842. Wieder einmal saßen die Postillione der Alfterschen Posthalterei in der Kutscherstube beisammen. Der bullernde Kachelofen verbreitete angenehme Wärme. Das Warmbier, von dem sich die Postillione und sonstigen Bediensteten an diesem Tag ganz nach Belieben aus der Küche der Frau Posthalterin holen durften, tat ein Übriges, um die Stimmung zu lockern. Wie üblich schwatzten die Kutscher lautstark durcheinander. Sattler, Hufschmiede und anderes untergeordnetes Personal hatte gefälligst schweigend zuzuhören, wenn sich die Herren Postillione unterhielten, sofern sie an diesem Nachmittag überhaupt Zeit dazu hatten.

Es war nicht üblich, dass der Posthalter Theodor Alfter an diesem freien Nachmittag seiner Postillione mit in der Kutscherstube saß. Er kam nur gelegentlich einmal kurz herein, um irgendwelche Anordnungen betreffend die Postkurse der nächsten Woche bekannt zu geben. So erregte es schon etwas Aufsehen, als an diesem Tag der Prinzipal mit einem Zeitungsblatt in der Hand den Raum betrat und den Postillion Bläser zu sich in sein Kontor gebot.

Etwas erschrocken folgte der dieser, in barschem Ton vorgebrachten Aufforderung. Vergebens zermarterte er sich den Kopf, ob ihm irgendein schwer wiegendes Malheur passiert sei, dass der Prinzipal ihn in so ungewöhnlicher Weise anfuhr. Doch im kleinen Kontorstübchen forderte Posthalter Alfter seinen Postillion ganz freundlich auf, auf dem Hocker Platz zu nehmen, der neben dem mit Zetteln und Listen überfüllten Schreibsekretär stand.

»Tünnes«, fragte völlig überraschend Theodor Alfter seinen Postfahrer, »hast du nicht Lust, bei mir auszuscheiden und als Kutscher bei der Eisenbahn anzufangen?« Anton Bläser war völlig verblüfft und verstand die Welt nicht mehr. »Als Kutscher bei der Eisenbahn?«, fragte er. »Aber ich versteh doch gar nichts von Dampfrössern!« – »Nein, nein, Tünnes«, beruhigte ihn sein Prinzipal leise lachend. »Mit

Dampfrössern wirst du auch nichts zu tun haben, nur mit richtigen Rössern.«

Und dann begann der Posthalter seinem Postillion leise und sorgfältig zu erklären, um was es ging. In der ersten Nummer des Bonner Wochenblatts dieses Jahres hatte die Bonn-Kölner Eisenbahngesellschaft eine Anzeige aufgegeben. Gesucht wurde ein erfahrener Kutscher für die Herren der Direktion. Er sollte auch in der Lage sein, die für die Kutschfahrten im Dienst der Eisenbahn gekauften Pferde im Mietstall des Franz Kessel in der Maargasse zu betreuen und nach Bedarf einzuschirren. Eine gute Kenntnis der Straßen bis Köln sei von Vorteil. Als Gehalt wurden 210 Taler im Jahr in Aussicht gestellt. Bewerber sollten sich im Büro der Gesellschaft im Haus Eilers auf dem Münsterplatz melden.

Auch nach dieser Erklärung machte Postillion Bläser ein verständnisloses Gesicht. »Ich soll für die Eisenbahnfritzen kutschieren?«, fragte er ungläubig. »Ich bin doch nicht verrückt!« – »Doch«, bestätigte Posthalter Alfter, »weißt du, Tünnes, ich brauche dort jemanden, der bei diesen Eisenbahnleuten die Ohren und Augen offen hält und mir von Zeit zu Zeit erzählt, was es dort Neues gibt. Das muss schon jemand sein, der nicht auf den Kopf gefallen ist, und ich weiß, Tünnes, dass du dir nicht die Butter vom Brot nehmen lässt. Vielleicht kannst du auch unter der Hand, ohne dass es jemand von denen merkt, manches tun, was den Eisenbahnbau aufhält.«

Theodor Alfter sah seinen Postillion prüfend an. »Weißt du, Tünnes«, sagte er schließlich, »ich fürchte, diese Eisenbahn bringt uns auf die Dauer noch alle um unser Brot, euch Postillione und auch mich als Posthalter. Deswegen sollten wir zusammenhalten und denen schaden, wo es nur geht. Natürlich darf das nie rauskommen. Ich weiß, Tünnes, du kannst ganz gewitzt sein, wenn du willst. Möchtest du nicht 20 Taler mehr verdienen als bisher auf deiner Postkutsche von Bonn nach Siegburg? Ich bin sicher, auch bei den Eisenbahnleuten gibt es ab und zu Trinkgelder zu kassieren…«

Wieder machte Alfter eine Pause und musterte seinen Posthalter, dessen Gesichtsausdruck sich inzwischen von völliger Verständnislosigkeit zu pfiffigem Verstehen gewandelt hatte. »Und weil du mir ja über die Vorhaben der Eisenbahnfritzen berichten sollst und, wie ich hoffe, es schaffst, denen ein paar dicke Knüppel vor die Räder zu schmeißen, da bin ich bereit, Tünnes, dir Monat für Monat 10 Taler Sonder-Salär zu zahlen, natürlich nur ganz unter uns. Was hältst du davon?«

Jetzt strahlte das Gesicht des Postkutschers in vollem Einverständnis. So viel Geld war ihm noch nie für seine Dienste geboten worden, noch dazu 10 blanke Taler monatlich, von denen er nicht einmal seiner Frau etwas zu erzählen brauchte. Die beiden Männer reichten sich die Hände. »Kein Wort darüber, vor allem nicht zu deinen Kollegen!«, mahnte Posthalter Alfter. »Lass uns so tun, als ob ich dir im Streit den Laufpass gegeben hätte.«

Appell an den König

Zur Abfahrt der Nachmittags-Postkutsche nach Köln hatten sich an diesem unfreundlichen Januartag des Jahres 1842 besonders viele Personen beim Postamt auf dem Münsterplatz eingefunden. Doch die Freude des Postillions Faßbender auf ein reichliches Trinkgeld war etwas verfrüht. Denn bei der Kontrolle der Fahrbillets stellte sich heraus, dass nur drei Fahrgäste sich der schaukelnden Diligence nach Köln anvertrauen wollten: ein schmächtiger Reisender in Trikotagen mit einem großen Musterkoffer, eine würdige Matrone, gegen die Kälte in zwei Mäntel gehüllt, die jedermann ausführlich erzählte, dass sie die Tortur der Postkutschenfahrt auf sich nehmen müsse, um ihrer Tochter in Köln in ihrer schweren Stunde beizustehen, sowie ein vornehmer Herr, dessen Billet bis Berlin lautete. Postillion Faßbender ließ einen bewundernden Pfiff hören, denn Passagiere bis in die ferne preußische Residenz beförderte er nur höchst selten.

Professor Eduard Böcking hatte sich auf Drängen zahlreicher Bonner Bürger entschlossen, auf eigene Kosten nach Berlin zu reisen, um des Königs erlauchter Person eine neue Bittschrift in Angelegenheiten des Bonner Bahnhofs untertänigst zu Füßen zu legen. Viele seiner guten Bekannten waren trotz des nasskalten Wetters erschienen, um ihm eine gute Reise und vor allem einen guten Erfolg seiner so wichtigen Mission zu wünschen. Da kamen der Herr Leutnant der Reserve Böse, der Weinhändler Petazzi nebst einigen Stadträten. Sogar der Herr Professor von Schlegel hatte sich herabgelassen, seinem guten Freund und Vertrauten Böcking Lebewohl für die lange Reise zu sagen. Wie er es gewohnt war, wurde er von einem Diener begleitet, der ihm den Regenschirm über den Kopf halten musste. Seine Studenten machten heimlich Witze über die stadtbekannte Eitelkeit des gealterten Herrn Professor.

August Wilhelm von Schlegels Unterschrift stand sogar als erste unter der ausführlichen Petition, die Eduard Böcking wohl verwahrt in seinem Reisepompadur mit sich führte. Der berühmte Gelehrte hatte das Schriftstück seines Freundes unterschrieben, obwohl ihm dessen Inhalt ziemlich gleichgültig war. Schlegels Gedanken waren ganz seinen altindischen Forschungen und der Vorbereitung des Drucks seiner vielen französisch geschriebenen Werke gewidmet. Aber am Königshof in Berlin, wo der Polyhistor besonders viel gelten sollte, wie Herr von Schlegel immer wieder verbreitete, war diese Unterschrift möglicherweise Gold wert.

Eduard Böcking hatte sich bei der Abfassung dieser neuen Petition – die wievielte mochte es inzwischen schon sein? – besonders viel Mühe gegeben. Noch einmal hatte er alle Argumente aufgezählt, die für die Anlage des Bahnhofs im Bonner Norden sprachen. Was bedeutete es schon, dass der Verwaltungsrat der Bonn-Kölner Eisenbahn sich vor einem halben Jahr mit großer Mehrheit für den Bahnhof im Süden ausgesprochen hatte? Schließlich habe ja des Königs Majestät in seiner weisen Voraussicht die endgültige Entscheidung in dieser Frage der königlichen Staatsregierung vorbehalten, und die treuen Untertanen Seiner Majestät in Bonn blickten voll kindlichem Vertrauen nach Berlin, wo man schließlich nicht gegen das Interesse der alten Universitätsstadt am Rhein entscheiden werde.

Das von den Kölner Geschäftsleuten vorgeschobene Argument, man könne vom Bahnhof im Süden Bonns die Bahnstrecke später einmal bis Koblenz verlängern, sei nichts als Heuchelei. Bis Mehlem könne man die Strecke wohl weiterbauen, damit die Kölner kapitalkräftigen Kreise ihre Landgüter gut erreichen könnten, auf denen sie – ohne Erfolg natürlich – den Lebensstil des Adels nachzuahmen versuchten. Aber über Mehlem hinaus biete die Natur mit ihren verschiedenen, bis dicht an den Rhein tretenden Zügen hoher Basaltfelsen einer Fortsetzung der Eisenbahn bis Koblenz fast unübersteigbare Hindernisse. Auf diesen äußerst geringen Grad der Wahrscheinlichkeit der Streckenverlängerung hin könne des Königs Majestät jedoch nicht seine geliebten Landeskinder in Bonn ins Unglück stürzen.

Mit diesem, von weit über hundert prominenten Bonnern unterzeichneten Schriftstück im Gepäck war Professor Böcking sicher, die Geschicke der Bonn-Kölner Eisenbahn endlich zum Besten wenden zu können. Hätte der Postillion Faßbender gewusst, welchen Passagier er heute zu befördern hatte, vielleicht hätte er irgendetwas angestellt, um mit seiner Postkutsche ausnahmsweise einmal nicht heil in Köln anzukommen. Doch so rollte der gelbe Wagen ohne jeden Zwischenfall über die Staatschaussee nach Köln. Der Schneefall der letzten Tage war nicht so stark gewesen, dass er den Verkehr ernstlich hinderte.

Der Reisende nach Berlin musste heute noch in einem Kölner Hotel übernachten, um am nächsten Morgen mit der Schnellpost nach Magdeburg abzufahren. Drei Tage und zwei Nächte würde Professor Böcking sich mit jeweils nur ganz kurzen Umspannpausen durchrütteln lassen müssen, um dann in der aufstrebenden Großstadt an der Elbe in die neue Eisenbahn nach Leipzig einsteigen zu können. Unter Inkaufnahme eines großen Umweges nach Süden würde er in Bitterfeld im Herzogtum Anhalt-Dessau in die preußische Eisenbahnstrecke nach Berlin überwechseln können. Nach mehr als hundert Stunden in Kutschen und Eisenbahnwagen würde er endlich die preußische Hauptstadt erreichen. Doch Professor Böcking war fest davon überzeugt, dass diese ungeheure Anstrengung sich lohnen würde, wenn es ihm gelänge, vom preußischen König nur für fünf Minuten eine persönliche Audienz gewährt zu bekommen.

Das schwierige Geschäft mit dem Grundstückskauf

Aloys Leyendecker, der Wirt Zur Krone im Dorf Bornheim, hatte keine Veranlassung mehr, auf die Eisenbahn zu schimpfen. Ihm jedenfalls bescherte diese neumodische Erfindung schon seit einigen Tagen ein ungewohnt gutes Geschäft, längst bevor ihr Schienenweg durch die Gemarkung des Dorfes gelegt worden war.

Um diesen Schienenweg ging es nämlich heute in seiner niedrigen verräucherten Gaststube. In Gruppen von acht bis zwölf Bauern waren die Eigentümer von Parzellen an mehreren Tagen hintereinander in die Krone eingeladen worden, damit die Verkaufsakten für die Grundstücke gerichtsfertig gemacht werden konnten, die sie an die Eisenbahngesellschaft verkaufen wollten.

In den letzten Monaten waren fast alle Bediensteten der Bonn-Kölner Eisenbahngesellschaft nahezu pausenlos mit dem mühsamen Geschäft des Grundstückskaufs beschäftigt gewesen. Christian Jellinghaus, sein Hilfskanzlist und der Bauzeichner hatten zuerst viele Tage lang im Katasterbüro des Bonner Landratsamtes zu tun gehabt, um die Grundstücke und ihre Eigentümer zu ermitteln, die von der nunmehr festliegenden Eisenbahntrasse berührt wurden. Nach Abschluss dieser Arbeit in Bonn waren sie für weitere Wochen nach Brühl und schließlich nach Köln gereist, um in den dortigen Katasterbüros für deren Bezirke entsprechende Listen und Pläne zu erstellen.

Es war unglaublich, wie schwierig das war. Denn das bäuerliche Erbrecht im Rheinland hatte seit Jahrhunderten dafür gesorgt, dass jeder Bauernsohn beim Tod seines Vaters dessen sämtliche Grundstücke mit seinen Brüdern teilen musste. Dadurch waren im Laufe der Zeit immer kleinere Parzellen entstanden, die, obwohl unmittelbar benachbart, ganz verschiedenen Eigentümern gehörten. So kam es, dass die Eisenbahngesellschaft auf ihrer projektierten Strecke von gut 7000 Ruten es mit über 800 Grundstücksbesitzern zu tun hatte, also im Durchschnitt alle neun

Ruten mit einem anderen. Sie alle mussten zunächst genau mit ihren Namen und Wohnsitzen sowie der Größe und genauen Ortsbezeichnung ihrer in die Eisenbahntrasse fallenden Parzellen erfasst werden.

Sobald erste Teile dieser Listen und Pläne fertig waren, konnten nun die Herren der Direktion tätig werden. Wer von den Herren es zeitlich einrichten konnte, reiste täglich über die Dörfer, um die betreffenden Landwirte ausfindig zu machen, ihre Verkaufsabsicht zu erkunden und nach ihren Preisvorstellungen zu fragen. Der größte Teil dieser Arbeit blieb allerdings auf Rudolf Schramm und Präsident Mülhens hängen. Die aus Köln stammenden Direktoren und stellvertretenden Direktoren hatten immer wieder triftige Gründe, sich nicht an diesen Ausflügen aufs Land zu beteiligen.

In einer der Direktoriumssitzungen schon im Herbst des Vorjahres hatte man sich verständigt, mit den Grundstückseigentümern nicht um jeden Silbergroschen zu feilschen. Lieber wollte man selbst überhöhte Preise zahlen, als die Bauern halsstarrig machen und dazu zu bringen, jeden freiwilligen Verkauf abzulehnen. Denn das dann folgende Verfahren der zwangsweisen Expropriation war schwierig und vor allem langwierig.

Im Allgemeinen hatten die Direktoren Mülhens und Schramm – auch die Herren Stahl und Degen beteiligten sich gelegentlich daran – mit ihrer Strategie Erfolg, lieber mit blanken Talern zu locken als mit der Strenge des preußischen Eisenbahngesetzes zu drohen. Dieses sah zum Zwecke des Baus solcher Verkehrswege die Zwangsenteignung von Grundstücken vor. Vielleicht hatten die Bauern inzwischen ein wenig von ihrer Angst vor den Dampfrössern auf ihren Feldern verloren. Vielleicht aber war für sie auch die Hoffnung Antrieb, für eine ohnehin kaum sinnvoll zu bearbeitende Kleinstparzelle gutes Geld zu erhalten.

Dennoch waren die Vorverhandlungen mit den Bauern oft noch schwierig genug. Manche verlangten wirklich exorbitante Preise. Sie konnten meist erst etwas heruntergehandelt werden, wenn sich der Vertreter der Eisenbahndirektion sehr gut über die normalen Preise vergleichbarer Grundstücke informiert zeigte. Vor allem der Nachweis half oft, dass mehrere daneben liegende Parzellen von gleicher Bodenbeschaffenheit, die nicht vom Bahnbau betroffen waren, vielleicht nur ein Zehntel des geforderten Preises wert waren. Doch trotz des großen Verhandlungsgeschicks, das sich die Direktoren im Laufe der Zeit aneigneten, waren ganz erhebliche Preisunterschiede nicht zu verhindern. Zwischen 50 Pfennigen und 5 bis 6 Talern pro Quadratrute schwankten die Summen, die schließlich in den Verkaufsprotokollen festgelegt wurden.

Die Preise waren nicht das einzige Hindernis für den raschen Abschluss der Verkaufsverhandlungen. Was passierte mit den Restgrundstücken eines Eigentümers, dem die Bahntrasse mitten durch seine Parzelle ging und rechts und links unbrauchbare kleine Flurstücke hinterlassen hätte? Die Eisenbahngesellschaft war daher oft gezwungen, auch solche Grundstücksteile mit zu kaufen, die sie eigentlich nicht benötigte. Manche solcher Stücke, so hatte Ingenieur Exner gemeint, konnte man später mit den Häuschen für die Bahnwärter bebauen, die man ohnehin brauchen würde. Aber das galt nur für einen kleinen Teil des zusätzlich gekauften Landes.

Ein ganz großes Problem sahen die praktisch denkenden Bauern auch darin, wie sie künftig mit ihren Ochsen- oder Pferdegespannen auf ihre Felder kommen konnten, die auf der anderen Seite der Bahngleise lagen.

Geduldig mussten die Verhandlungsführer der Eisenbahn jedem ihrer Gesprächspartner einzeln erklären, dass sie die Bahngleise, wenn sie denn erst einmal gebaut waren, nicht an jeder beliebigen Stelle mit Wagen oder Pflügen überqueren könnten. Ein kleiner Damm aus Erde müsse aufgeschüttet werden, mit Wasserabflussgräben an beiden Seiten, darauf komme eine dicke Schicht Steinschotter, darauf wieder große, quer liegende Holzbohlen und erst darauf die eisernen Schienen, auf denen die Dampfrösser laufen müssten. Jeder Ochse würde sich die Beine brechen und jeder Wagen stecken bleiben, der es versuche, an nicht dafür vorgesehenen Stellen die Straße für die Eisenbahn zu kreuzen. Ganz abgesehen davon sei es für die Bauern wie für die Eisenbahn viel zu gefährlich, wenn man dies erlauben würde. Wie schnell komme so eine Lokomotive mit den von ihr gezogenen Wagen herangebraust und könne dann alles zermalmen, was sich auf den Schienen befände. Die Bauern nickten dann trübe und verstehend und verlangten gleich einen nochmals höheren Preis für ihr Grundstück.

Die Folge dieses zunächst gar nicht als solches erkannten Problems für die Bahngesellschaft war, dass sie an allen möglichen Stellen, nicht nur an den wenigen Straßen, Überquerungen des Bahndamms in Schienenhöhe für die vielen Bauernwege vorsehen musste, mit Bahnschranken, die von Bahnwärtern rechtzeitig vor jedem herannahenden Zug geschlossen werden mussten.

Jetzt aber, im Februar des Jahres 1842, waren diese Fragen im Wesentlichen geregelt, wenigstens für die Stücke der Bahnlinien, die schon endgültig entschieden waren. Das waren vor allem die Strecken auf dem platten Land zwischen Bornheim und Brühl sowie zwischen dem nördlichen Ende des Brühler Schlossparks und dem preußischen Festungsgürtel um Köln. Manchmal, so dachten die Herren der Direktion fast erleichtert, sei es doch gut, dass noch nicht alle Streckenteile endgültig festlagen. So konnte man sich zunächst auf die unumstrittenen Stücke konzentrieren und die viele damit verbundene Arbeit vorab erledigen.

Im alten Wirtshaus Zur Krone in Bornheim herrschte eine eigenartige Stimmung. Etwa zwei Dutzend Menschen drängten sich um die groben Eichentische. Ein Teil davon war in ununterbrochener emsiger Beschäftigung, andere saßen müßig herum vor einem Krug frischen Bieres. Das waren die zu diesem Termin bestellten Bauern und Grundstückseigentümer, die darauf warteten, aufgerufen zu werden und ihre Unterschrift unter den Verkaufsakt leisten zu müssen. Die Bonner-Kölner Eisenbahngesellschaft durfte sich nicht lumpen lassen und spendierte allen Beteiligten an diesem Tag Freibier. Das war der Grund, warum der Wirt Leyendecker von der Krone die Eisenbahn gerne in gutem Angedenken behalten wollte.

Neben den wartenden Bauern aus der Gemarkung Bornheim waren noch drei Direktoren der Eisenbahn, die Herren Mülhens, Schramm und Stahl, anwesend, sowie der Kanzlist Jellinghaus und sein Hilfsschreiber, beide pausenlos mit Schreibarbeiten beschäftigt. Auch der Buchhalter Pröbsting saß vor einem besonderen Tisch mit einem großen Blechkasten voller blanker Taler, Silbergroschen und Pfennige. Auch der neue Kutscher der Gesellschaft, Bläser, musste allerlei Hilfsdienste in der Gaststube leisten, ehe er die Herrschaften aus Bonn am späten Abend wieder nach Hause kutschieren konnte.

An einem eigenen Tisch in der Mitte des Raumes thronte der Herr Notar Scheibeler aus Bonn mit einem eigenen Schreiber und verlas zum inzwischen achten Mal an diesem Tag mit monotoner Stimme ein vorgedrucktes Formular, in dem jeweils nur der Name des verkaufswilligen Bauern und die Größe und die Nummern der zu verkaufenden Flurstücke sowie der von der Bonn-Kölner Eisenbahngesellschaft dafür zu entrichtende Preis handschriftlich ausgefüllt werden mussten. Auch der Satz von der »Auflassung« war darin bereits vorgedruckt, dass nämlich Verkäufer und Erwerber des Grundstücks bei gleichzeitiger Anwesenheit vor dem Notar ihr Einverständnis mit der Übertragung des Eigentums erklärten.

Als Abschluss dieser Verlesung unterschrieben dann der Landwirt, zwei Direktoren der Eisenbahngesellschaft und als Zeuge dieses wichtigen Vorgangs der Notar feierlich den Akt. Der Notar heftete sodann die einzelnen Papierblätter mit einem schwarz-weißen Band zusammen, das er mit einem großen Flecken Siegellack, vorher an einer Kerze zum Tropfen gebracht, an den Papieren festklebte. In den noch weichen Siegellack drückte er dann mit gewichtiger Amtsmiene ein großes Siegel, das bescheinigte, hier habe ein königlich-preußischer Notar eine wichtige Amtshandlung beurkundet.

Die Verkäufer beäugten staunend diesen ihnen unbekannten Vorgang, aber es zog sie schon mächtig zum nächsten Tisch. Denn dort zahlte ihnen nach der anstrengenden Arbeit des Unterschreibens der Buchhalter Pröbsting den vereinbarten Kaufpreis in blanken Talern und Silbergroschen aus. »Für 32 Quadratruten Land 22 Taler, 4 Silbergroschen und 6 Pfennige – bitte hier noch einmal als Quittung unterschreiben.«

Mit diesem notariellen Akt waren für die Verkäufer und Käufer der Eisenbahn-Grundstücke die nötigen Formalien vollbracht. Nun mussten die gesammelten Akten an die Grundbuchrichter bei den Friedensgerichten in Bonn,

Brühl und Köln gehen. Diese und ihre Schreiber würden in den nächsten Wochen so viel zu tun erhalten, um die Grundbücher auf den neuen Stand zu bringen, wie in den ganzen vorangegangenen fünf Jahren nicht. Aber, dachte Christian Jellinghaus etwas boshaft, warum sollen nicht auch diese Schreiber sich einmal die rechten Hände wundschreiben?

Als der Letzte der zwölf Bauern an diesem Abend seine Unterschrift geleistet hatte und glücklich verabschiedet war, warteten die Herren von der Eisenbahn aus Bonn noch ein paar Minuten darauf, dass ihr Kutscher Bläser die Pferde anspannte, um sie wieder nach Bonn zu bringen. »Ich möchte nur wissen«, sinnierte der stellvertretende Direktor Schramm laut vor sich hin, »warum gerade hier in Bornheim die Bauern so hartnäckig auf besonders hohen Grundstückspreisen bestehen. In Sechtem und Kalscheuren waren die Bauern durchaus bescheidener. Wissen Sie etwas darüber, Jellinghaus? Sie stammen doch aus Bornheim!« Doch der Kanzlist konnte nur die Schultern zucken. Auch ihm waren die hier zu zahlenden, besonders hohen Preise ein Rätsel.

Zahltag

Die Aus'm Weerthsche Textilfabrik in Bonn sah äußerlich immer noch so aus wie vor siebzig Jahren, als die Gebäude ein Kapuzinerkloster beherbergten. Ein spitzes Türmchen mit einer kleinen Glocke darin zeigte an, dass sich hier ein der Frömmigkeit geweihtes Haus befunden hatte. Doch wie viel hatte sich im Inneren dieser Mauern verändert! Heute war es nicht mehr ein Ort stillen Betens, sondern stillen Leidens und der unterdrückten Flüche von

Männern, Frauen und Kindern, die darin für einen Hungerlohn den lieben langen Tag lang schuften mussten.

Sehnsüchtiger als an anderen Wochentagen erwarteten die Arbeiter der Baumwollmanufaktur Aus'm Weerth am Samstag den Feierabend. Denn wenn dann das Glöckchen im Turm achtmal schlug, dann war nicht nur der arbeitsfreie Sonntag nahe, sondern, was noch wichtiger war, der Prinzipal und sein Buchhalter zahlten den Wochenlohn aus. Weil dies in der althergebrachten Reihenfolge und Umständlichkeit erfolgte, dauerte es an den Samstagabenden stets besonders lange, bis die etwa 170 Arbeiter und Arbeiterinnen den Heimweg antreten konnten. Denn der Fabrikherr achtete selbstverständlich streng darauf, dass die Lohnauszahlung keine Minute vor 8 Uhr abends, dem Ende der üblichen Arbeitszeit, begann.

An diesem Samstagabend im März 1842 beobachtete nicht nur der Herr Kommerzienrat Friedrich Aus'm Weerth, wie die Männer, Frauen und Kinder aus den einzelnen Abteilungen seiner Fabrik ihren Wochenlohn erhielten. Neben ihm stand ein noch junger Mann mit intelligenten Gesichtszügen und einer kleinen Nickelbrille, der mit einer Mischung aus Faszination, Mitleid und Entsetzen die Gestalten musterte, die da nacheinander vor die Schranke traten, mit der das Kontor in einen Teil für das gewöhnliche Volk und einen Teil für die Kontoroffizianten geschieden war.

Georg Weerth war der Neffe des Prinzipals, ein junger Kaufmannsgehilfe aus Detmold im Fürstentum Lippe, den sein Onkel zu sich geholt hatte, um ihm hier in Bonn die Gelegenheit zu geben, sich in allen Künsten eines Kaufmanns zu vervollkommnen. Einem so nahen Verwandten gestattete der sonst streng auf die Arbeitszeit achtende Prinzipal sogar die Extravaganz, einige Vorlesungen berühmter Professoren an der Bonner Universität hören zu dürfen. Georg Weerth war literarisch interessiert, schrieb gelegentlich Gedichte, die er aber vorerst noch ängstlich in einem Album vor fremden Augen hütete, und verfügte über einen guten Briefstil. Darüber hinaus war er ein scharfer Beobachter, dem vieles auffiel, was andere für selbstverständlich hielten und übersahen.

Für ihn waren die Männer und Frauen da in der Schlange vor dem Kassierer, die geduldig auf ihre paar Silbergroschen oder Taler warteten, nicht bloße Arbeitskräfte, denen man möglichst noch für irgendwelche Fehler in ihrer Produktion einige Pfennige oder Groschen abzog, sondern Menschen. Stumm beobachtete Georg Weerth die Männer, die als Weber Tag für Tag hinter ihren Webstühlen stets die gleichen Bewegungen ausführen mussten, wie sie gebückt und hustend dahergeschlichen kamen. Ihre Gesichter waren bleich, ihre Augen trüb und gerötet, da sie den ganzen Winter über den größten Teil des Tages beim schlechten Licht der Rübölfunzeln in den ungelüfteten, von Staub erfüllten Räumen auszuhalten hatten.

Er sah in den Spinnerinnen Frauen und Mädchen, die man in die Fabrik gesperrt hatte, ehe sie überhaupt Zeit gehabt hatten, sich einmal im Leben zu freuen oder sich als freie Menschen zu fühlen. Stattdessen waren sie schon nach wenigen Jahren der Arbeit unter diesen ungesunden Verhältnissen hässlich, krank, heruntergekommen und gleichgültig geworden. Hochschwangere Frauen und Mütter waren darunter, deren im Vorjahr geborene Säuglinge zu Hause den ganzen Tag auf die Brust der Mutter warten mussten.

Kinder kamen dann in der Reihe der Wartenden, Jungen und Mädchen von sieben oder acht Jahren aufwärts, dürre, hohlwangige Geschöpfe mit müden Augen und von rachitischem Körperwuchs. Als Spinnereigehilfen mussten sie im ständig vom Baumwollstaub erfüllten Spinnersaale wie die Wiesel von einer schnurrenden Spindel zur anderen springen, um den Spinnerinnen für ihre gelenkigen Finger neuen Vorrat an rohen Baumwollfasern anzureichen oder fertige Garnspindeln ins Lager zu bringen. Was war das für eine Jugend, dachte Georg Weerth bitter, die doch eigentlich dazu da sein sollte, in kindlichem, ungezwungenen Spiel in frischer Luft die Anlagen und Kräfte eines Menschen zu entwickeln!

Da sein Onkel nach einiger Zeit stummer Beobachtung des üblichen Zeremoniells zum Wochenschluss den Raum verlassen hatte, fasste sich der junge Mann endlich ein Herz und sprach einen der geduldig wartenden Männer an. Ebenso geduldig und in sein Schicksal ergeben beantwortete dieser die vielen an ihn gestellten Fragen, deren Sinn er nicht zu verstehen schien. Er heiße Franz Nettekoven und sei Weber, und er wohne in der Bonner Josephstraße, gar nicht weit von der hiesigen Fabrik und in der Nähe des Rheins. Seine Frau, die Josepha – »dort hinten bei den Spinnerinnen steht sie« – und seine beiden Kinder Margarethe und Anton arbeiteten ebenfalls hier bei dem Herrn Aus'm Weerth, als Spinnereigehilfen.

»Ja, es muss sein, Herr,« meinte Franz Nettekoven ruhig, »wenn wir nicht alle mitarbeiten und Geld verdienen, wovon sollten wir die Miete für unser Zimmer, die Kohlen für den Herd und das Essen bezahlen? Einen neuen Mantel und eine neue Hose oder ein Kleid für die Kinder und uns Eltern braucht man ja auch alle paar Jahre mal.«

»Wie viel verdient ihr denn als Familie in der Woche?«, fragte Georg Weerth interessiert. »Das kommt darauf an, ob wir viele Abzüge wegen Fehlern haben«, war die bedächtige Antwort. »Wenn mal wirklich alles in Ordnung ist, dann haben wir vier in der Woche zusammen 5 Taler verdient.

Allerdings, 15 Silbergroschen davon schreibt uns der Herr Buchhalter ins Buch der einbehaltenen Gelder.«

Der junge Mann runzelte die Stirn. »Was ist denn das, das Buch der einbehaltenen Gelder?«, fragte er erstaunt.

»Das kann ich Ihnen sagen, junger Herr«, mischte sich der Buchhalter Lenz von jenseits der Holzschranke in das halblaute Gespräch ein, von seinen Listen und der Geldkasse mit den vielen Silbergroschen und Pfennigen aufschauend. »Diese ungebildeten Leute sind ja viel zu ungeschickt und sorglos, um Vorsorge für die Tage ihrer Krankheit oder ihres Alters zu treffen. Da hat der Herr Prinzipal, Ihr Herr Onkel, die segensreiche Einrichtung eingeführt, dass für jeden bei ihm Beschäftigten jede Woche ein wenig Geld einbehalten und ihm gutgeschrieben wird. So sammelt sich im Laufe der Zeit ein hübsches Sümmchen an, was die Leute in Notzeiten abheben und gut gebrauchen können.«

Durch Georg Weerths Kopf ging blitzartig der Gedanke, dass in der Zwischenzeit bis zur Auszahlung dieser zwangsweise gesparten Summen von 170 Bediensteten sein Onkel über ein recht ansehnliches zusätzliches Kapital verfügen könne, zinslos selbstverständlich, und die vom Bankier Cahn gezahlten Zinsen für das bei ihm deponierte Kapital könne er auch noch einstecken.

Doch der junge Mann kam nicht dazu, diese Überlegungen weiterzuführen. Denn nicht ohne eine deutliche Spur von Missbilligung und Schärfe in der Stimme mahnte der alte Buchhalter: »Sie müssen sich aber nicht mit den Leuten gemein machen, junger Herr, indem sie die Arbeiter hier ausfragen. Das schickt sich nicht. Jeder Stand hat sich nun mal hübsch in seinen Grenzen zu halten, das ist so ein guter Brauch seit eh und je. Außerdem halten Sie nur die Auszahlung der Löhne auf!«

Zwischen allen Stühlen

Vor dem Haus des Justizrats Lamberz Am Hof gegenüber dem Universitätsgebäude hielt eine elegante Kutsche mit dem Wappen des Freiherrn von Carnap. Ein Kutscher saß auf dem Bock und döste vor sich hin, dass ihm fast sein Zylinder vom Kopf fiel, während die beiden Rappen gemächlich ihre Haferration aus den umgebundenen Futtersäckchen mahlten.

Der Hausherr hatte den unerwarteten Gast höflich, aber auch etwas erstaunt in seinen Salon geführt. Nach der alten Regel, dass man bei einem wichtigen Gespräch nicht mit der Tür ins Haus fallen sollte, hatte der Bornheimer Gutsbesitzer den alten Herrn Lamberz gefragt, ob er sich durch das neue Pflaster auf seiner Straße nicht gestört fühle, wenn ständig die Wagen darüber rollten und die Pferdehufe darauf klapperten. »Das ist schon manchmal ein wenig laut«, erwiderte Jacob Lamberz, fügte aber lachend hinzu: »Aber immer noch besser als bei jedem Regenwetter im Schlamm stecken zu bleiben oder im Dunkeln in ein Loch zu tappen, wie wir es bis vor kurzem gewöhnt waren!«

Dann rückte Gerhard von Carnap mit seinem eigentlichen Anliegen heraus. Es ging natürlich um die Eisenbahnangelegenheiten, wie das bei einem Treffen des Präsidenten und des Vizepräsidenten des Verwaltungsrates der Bonn-Kölner Eisenbahngesellschaft kaum anders zu erwarten war. »Herr Justizrat«, schüttete der Adlige sein Herz aus, »ich bin in einer schwierigen Lage, ich sitze zwischen allen Stühlen in diesem schrecklichen, unerträglichen Streit zwischen Nord- und Südländern wegen des Bonner Bahnhofes!«

Er habe ja vor einem Dreivierteljahr im Verwaltungsrat für den Bahnhof im Bonner Norden gestimmt, erklärte der

Freiherr, obwohl ihm diese Frage nie so besonders wichtig erschienen sei. Das habe ihm aber, wie er sicher wisse, eine ziemlich entschlossene Gegnerschaft vor allem vieler reicher Kölner Aktionäre eingetragen. Und einige der Aktionäre aus Bonn, die immer noch geradezu verbissen mit anonymen Zeitungsartikeln, Petitionen und Briefen an die Behörden für den Bahnhof im Norden kämpften, hätten ihm übel genommen, dass er als Präsident des Verwaltungsrates nicht energischer für deren Standpunkt eingetreten sei. Sie machten nun Stimmung gegen ihn.

»Ja, Herr von Carnap«, meinte der alte Justizrat, »die Herren von der Nordpartei sind schon ein ganz besonders widerborstiges Völkchen. Ich kann auch ein Lied davon singen, weil ich, wie Sie wissen, für den Bahnhof an der Poppelsdorfer Allee bin. Denn mir ist klar, dass die Eisenbahn, um die Sie und ich und viele andere so lange gekämpft haben, eher überhaupt nicht gebaut werden wird als gegen den Willen der Kölner Aktionäre mit einem Bahnhof in Bonn irgendwo am Rhein. Die Kölner Kapitalisten haben nun einmal die Mehrheit der Aktien unserer Gesellschaft aufgekauft. Mir ist es wichtiger, dass die Eisenbahn überhaupt kommt, als wo sie ihren Bahnhof hat. Die Anschuldigungen der Nordpartei gegen unseren Direktionspräsidenten Mülhens, die vor den absurdesten Vorwürfen nicht zurückschreckt, hatten ihn ja auch veranlasst, kürzlich seinen Rücktritt zu erklären. Erst die einmütige Bitte der Herren aus Direktion und Verwaltungsrat konnte ihn bewegen, seinen Schritt noch einmal zurückzunehmen.«

Freiherr von Carnap bedankte sich bei seinem Gastgeber, dass er ihn in den beiden letzten Verwaltungsratssitzungen im Februar und jetzt vor acht Tagen am 23. März als Vizepräsident dieses Gremiums vertreten habe. Er sei beide Male durch dringende Reisen für seinen landwirtschaftlichen Verein verhindert gewesen, wie er überhaupt mehr und mehr von diesem Ehrenamt in Anspruch genommen werde. Auch seine Tätigkeit als Abgeordneter im Rheinischen Provinziallandtag im Sommer des vergangenen Jahres habe fast ausschließlich der Sorge für die Landwirtschaft gegolten. Aber er habe immerhin mit Freude gehört, dass trotz aller Schwierigkeiten der Bahnbau bald tatsächlich beginnen werde.

Eifrig erklärte Justizrat Lamberz die Fortschritte, die es inzwischen gegeben habe. So habe der Oberingenieur Exner die genauen Pläne für die Abtragung von Erdreich und Anschüttung von Dämmen zur Erzielung einer möglichst geraden Fläche für die Schienenverlegung vorgelegt. Glücklicherweise bedürfe es nur relativ weniger Erdbewegungen, weil die ganze Strecke ja ohnehin ziemlich eben sei. Die Lieferung von eichenen Schwellen für die ganze Strecke sowie von Ziegelsteinen für die Bauten von kleineren Brücken und Bahnsteigen seien öffentlich ausgeschrieben, und es hätten sich auch leistungsfähige heimische Lieferanten dafür zu annehmbaren Preisen gemeldet. Die Schachtarbeiten zwischen Bornheim und dem Schlösschen Falkenlust bei Brühl könnten schon in aller Kürze aufgenommen werden, weil dort der Streckenverlauf klar und unumstritten sei und auch alle Grundstücke für das Bahngelände im Wege des freiwilligen Verkaufs erworben werden konnten.

»Leider gilt das nicht für die schwierigsten Sektionen«, fuhr Jacob Lamberz in seinem Bericht fort, »noch immer ist der genaue Verlauf der Einmündung in die Stadt Köln unklar, und erst recht natürlich das letzte Stück von Roisdorf nach Bonn. Und weil da wegen der heillosen Streiterei bei uns die Staatsbehörden noch nicht entscheiden können oder wollen, fehlt es auch an der Genehmigung zur Enteignung der Streckenteile, die nicht freiwillig verkauft werden.«

»Was soll ich tun, Herr Lamberz?« fragte Gerhard von Carnap den erfahrenen alten Herren geradeheraus. »Der Losentscheid in der letzten Verwaltungsratssitzung hat ja mich wie auch Sie selbst und vier andere Verwaltungsratsmitglieder getroffen, aus diesem Gremium auszuscheiden. Denn nach den Statuten unserer Gesellschaft soll ja jedes Jahr ein Drittel des Verwaltungsrates ausgewechselt werden, aber man kann sich natürlich zur Wiederwahl stellen. Soll ich das in meinem Fall tun, Herr Justizrat? Ich gebe offen zu, angesichts des verheerenden Streits hier in Bonn allmählich die Lust an den Eisenbahnangelegenheiten zu verlieren. Ich werde auf keinen Fall an der nächsten Generalversammlung der Aktionäre in der nächsten Woche teilnehmen, die die Neuwahl vorzunehmen hat.«

Der alte Jurist legte behutsam die Fingerspitzen zusammen und blickte seinem Gast voll in die Augen. »Die Bonn-Kölner Eisenbahn ohne den Freiherrn von Carnap kann ich mir nicht vorstellen. Sie waren es doch, der einst – mein Gott, wie viele Jahre ist das inzwischen schon her! – überhaupt die Idee aufgebracht und die ersten Schritte unternommen hat. Ich meine, Sie sollten sich um dieser Idee willen zur Wiederwahl stellen. Ich kann Ihnen aber nicht verhehlen, dass auch ich Ihre Chancen nicht für besonders groß halte, mit einer ausreichenden Mehrheit gewählt zu werden. Doch kampflos aufzugeben, das ist, so glaube ich, eines einstigen preußischen Offiziers und Politikers nicht würdig!«

Ein guter Rat?

Wenn Anton Bläser über seine Arbeit nachdachte, wusste er nicht recht, ob er seinen Wechsel von dem angesehenen, aber etwas eintönigen Kurs als Postillion zwischen Bonn und Siegburg zur Eisenbahngesellschaft bedauern sollte. Denn heute war sein Arbeitstag viel länger, waren die Trinkgelder sparsamer, aber die Fahrten dafür abwechslungsreicher. Vor allem seine Frau konnte sich nicht darüber beruhigen, dass er jetzt viel später abends nach Hause kam als früher. Vergebens versuchte er ihr klar zu machen, dass er bei der Eisenbahn mehr verdiene als bisher, und dass er eben vom Posthalter Alfter hatte weggehen müssen, weil er Streit mit ihm hatte.

In den letzten Tagen dieses Monats März 1843 hatte er mehrfach den Präsidenten Mülhens mit der kleinen einspännigen Kutsche nach Kalscheuren, Klettenberg und Weißenhaus in der Nähe von Köln fahren müssen. Dort fehlten noch einige Grundstücke im Besitz der Bahngesellschaft. An sich war auch dort die Strecke klar, und man hätte in dieser Sektion bereits mit den Erdarbeiten beginnen können, wenn eben sämtliche Parzellen bereits amtlich in das Eigentum der Eisenbahn überschrieben worden wären.

Das war der Grund, warum der Kutscher Bläser auch heute seinen Prinzipal im kleinen Dorf Klettenberg in einem Bauernhaus hatte absetzen müssen, damit der Herr Direktionspräsident dort die bisher versäumten Verkaufsverhandlungen nachholen konnte. Nachher stand noch ein anderer Bauer ein paar Häuser weiter auf der Besuchsliste. Auf dieser Tatsache und dem Wissen, dass ein Besuch des Herrn Mülhens aus solchem Anlass mindestens eine Stunde dauern würde, baute Anton Bläser seinen Plan. Schließlich war er nicht zu seinem Vergnügen – und zum Geld-verdienen! – Kutscher bei der Bahngesellschaft geworden. Sondern er hatte auch eine Aufgabe, die er seinem alten Prinzipal Alfter versprochen hatte, und für die er Monat für Monat 10 Taler zusätzlich verdiente, heimlich natürlich. Jetzt bot sich eine Gelegenheit, etwas zur Ausführung seines Versprechens zu tun.

Statt wie für einen Kutscher üblich, sich um sein Pferd zu kümmern und im Übrigen auf dem Kutschbock zu sitzen und zu dösen, schlich er sich zum Haus des Bauern Rademacher. Jetzt, an einem unfreundlichen Vormittag, an dem leichter Nieselregen vom grauen Himmel perlte, waren in dem kleinen Dörfchen Klettenberg keine Menschen auf der Straße, die ihn beobachten konnten. Er hatte Glück; bei diesem Wetter war auch der Bauer nicht auf dem Feld, sondern in seinem Stall beschäftigt. Das war dem Kutscher sehr lieb, denn dort gab es sicher keine unerwünschten Zuhörer. Er begann, den Hausherrn in ein zunächst unverfängliches Gespräch zu verwickeln. Im gemütlichen rheinischen Dialekt unterhielten sich die beiden, und Anton Bläser ließ den Bauern merken, dass er selbst aus einer Bauernfamilie stammte, auch wenn er dazu bis zu seinem Großvater mütterlicherseits zurückgehen musste.

Nachdem der Kutscher den Besuch seines Prinzipals noch an diesem Vormittag angekündigt hatte, rückte er vorsichtig mit seinem eigentlichen Anliegen heraus. Geheimnisvoll flüsternd vertraute er dem Bauern an: »Weißt du, Peter, eigentlich sollte ich es dir ja nicht sagen, aber ich will dich doch warnen. Der Herr Präsident Mülhens, der gleich zu dir kommt, will dir ein Stück Land für seine Eisenbahn abkaufen und wird dir viel Geld dafür bieten. Aber lass dich ja nicht darauf ein, denn Geld wirst du dafür nie sehen!«

Und nun erzählte Anton Bläser dem biederen Klettenberger Bauern eine haarsträubende Geschichte, die er sich in seinen vielen einsamen Stunden auf dem Kutschbock ausgedacht hatte. Die Eisenbahnleute bräuchten unbedingt bestimmte Grundstücksparzellen, auf denen sie den Weg für ihre Eisenbahn verlegen wollten. Aber in letzter Zeit könnten sie nicht mehr für solche Grundstücke bar bezahlen, wie sie das früher getan hätten. Die Gesellschaft sei eigentlich Pleite, nur dürfe das noch niemand wissen. Die Angeschmierten seien dabei die Bauern, die jetzt noch arglos ihre Grundstücke an die Geldleute aus Bonn verkaufen würden. Statt blanker Taler bekämen sie bloß ein Papier, auf dem ein Versprechen stände, irgendwann den Kaufpreis an die Verkäufer auszuzahlen. Aber die dummen Bauern könnten dann bis zum Sankt-Nimmerleins-Tag auf ihr Geld warten.

»Ich rate dir gut, Peter, lass dich nicht auf einen Verkauf ein!« Das vertraute der Kutscher dem Bauern Rademacher in geheimnisvoll-wohlmeinendem Ton an. Lieber solle er sich bis zum Letzten weigern, sein Grundstück zu verkaufen, auch wenn man ihm androhen sollte, die zwangsweise Enteignung zu betreiben. Wenn nämlich die Eisenbahn die letzten paar Grundstücke nicht bekäme, dann würde deren ganzer Plan ins Wasser fallen. Dann müßten die Geldleute aus Bonn den Bau aufgeben, der Bankrott würde allgemein bekannt, und viele Leute würden dabei arm werden. Aber wenigstens der Bauer Rademacher wäre dann von dem Ruin nicht betroffen.

Der Klettenberger Landwirt verstand nicht viel von dem, was ihm der mit dem Mund recht gewandte Kutscher da alles erzählte. Aber so viel merkte er sich doch, dass er nämlich auf keinen Fall bereit sein dürfe, dem vornehmen Herren, der nachher kommen werde, sein Grundstück zu verkaufen, auch wenn der noch so viel Geld bieten werde. Und er dürfe sich auch nicht weich machen lassen, wenn ihm mit der zwangsweisen Enteignung des Grundstücks gedroht werde. Denn das bekämen die Eisenbahnleute doch nicht bei den Behörden durch.

»Aber eins sag' ich dir, Peter, auf gar keinen Fall darfst du verraten, dass ich dir diesen guten Rat gegeben habe.« Das erklärte zum Schluss der so bedeutsamen geheimen Unterredung der Kutscher mit Nachdruck. »Du musst einfach so tun, als wüsstest du gar nichts von dem Gerede der Leute über die drohende Pleite der Eisenbahnfritzen. Du sagst einfach: Nein, ich verkaufe nicht, ums Verrecken nicht! Und vor allem darfst du niemandem sagen, dass *ich* dich gewarnt habe.«

Prüfend sah Anton Bläser seinen Gesprächspartner im Stall an: »Hast du ein Kruzifix im Haus? Dann hol es schnell und schwör mir auf dem Kreuz bei der heiligen Dreifaltigkeit, dass du keinem Menschen verraten wirst, dass ich heute bei dir war!« Noch geheimnisvoller und mit einer nicht zu überhörenden Drohung in der Stimme fügte der Kutscher hinzu: »Wenn du diesen Eid brichst, dann kannst du dich darauf verlassen, dass der Teufel über dir sein wird, ehe du auch nur meinen Namen ganz ausgesprochen haben wirst!«

»Ein schwarzer Tag für Bonn!«

Im Ermekeilschen Saal an der Koblenzer Straße zu Bonn herrschte ein Summen wie in einem Bienenschwarm. In dem Raum, der sonst schon so viele frohe Feste und erhebende Konzerte erlebt hatte, standen kleine Grüppchen würdiger Herren in heftigen Diskussionen zusammen.

Gleich würde die für den heutigen Montag, den 4. April 1842, einberufene Generalversammlung der Aktionäre der Bonn-Kölner Eisenbahngesellschaft eröffnet werden. Nach den Statuten hätte dies schon im vorigen Herbst, ein Jahr nach der Gründungsversammlung, geschehen sollen. Doch hatten verschiedene Umstände dies verzögert. Beide sich so heftig befehdende Parteien versprachen sich wichtige Entscheidungen von der Tagesordnung dieses höchsten Gremiums; da war es unbedingt erforderlich, vorher noch rasch das beste taktische Verhalten und die Stimmabgabe bei den zu erwartenden Abstimmungen und Wahlen abzusprechen.

Nur mühsam konnte die Glocke des Präsidenten die notwendige Ruhe herstellen, dann übernahm der würdige Justizrat Lamberz den Vorsitz, da der eigentliche Präsident, der Freiherr von Carnap, aus beruflichen Gründen nicht anwesend sein konnte.

Die Präliminarien zogen sich zum Ärger der Hitzköpfe beider Seiten viel zu lange hin: die Bestellung des Kölner Stadtrates und Direktoriumsmitglieds von Wittgenstein zum Protokollführer und die Verlesung ausführlicher Berichte des Oberingenieurs Exner und des Direktoriumspräsidenten Mülhens über die Vorarbeiten für den Bahnbau. Auch ein gerade in Bonn angekommenes Reskript der königlichen Regierung vom März dieses Jahres kam zur Sprache. Es erlaubte den sofortigen Baubeginn, mit Ausnahme der immer noch umstrittenen Strecke von Dransdorf nach Bonn, sowie der Streckenteile, bei denen die Bahn noch nicht vollständig das Eigentum an den betroffenen Grundstücken erworben hatte.

Rund 150 Aktionäre waren bei dieser Versammlung anwesend; sie vertraten zusammen über fünfhundert Stimmen. Einigen davon schien von der ganzen Tagesordnung nur der Punkt wichtig zu sein, bei dem die beiden »Parteien« ihre Kräfte mittels Abstimmung messen konnten. In knapp und formvollendet formulierter Frage begehrte der anerkannte Wortführer der »Nordländer«, Professor Eduard Böcking, von der Direktion Aufklärung über die Gründe, welche sie und den Verwaltungsrat bewogen hätten, sich für die Lage des Bahnhofs an der Poppelsdorfer Allee zu entscheiden und gegen den Norden Bonns. Die Aktionäre seien darüber offensichtlich ebenso wenig im Einzelnen unterrichtet wie die königlichen Behörden, die doch letztlich zu entscheiden hätten. Ein anderer Vertreter der »Nordpartei« verlangte eine Abstimmung der Generalversammlung über diese so überaus wichtige Frage.

Die »Südpartei« hatte diesen taktischen Zug wohl schon erwartet. Denn schleunigst meldete sich Peter Joseph Mülhens aus Köln zu Wort und erklärte eine solche Abstimmung für unzulässig, da dies nach den Statuten ausschließlich Sache der Direktion und des Verwaltungsrates sei. War es ein Zufall, dass es gerade Herr Mülhens war, der dazu sprach, der reiche Fabrikant von Kölnisch Wasser und zugleich Vetter des Bonner Direktionspräsidenten, und dass er in den umfänglichen Statuten gleich den einschlägigen Paragraphen verlesen konnte?

Schon in den nur als Vorgeplänkel empfundenen Abstimmungen zur Geschäftsordnung, die diesem Wortgefecht folgten, zeigte sich, dass hier in der Versammlung der Aktionäre die »Südpartei« eindeutig die Oberhand hatte. Auch die heftigsten Proteste des rechtskundigen Professor Böcking konnten nicht verhindern, dass schließlich Stimmzettel über einen Antrag des Kölner Zeitungsverlegers Joseph DuMont ausgefüllt werden mussten, nach dem die Generalversammlung die Staatsbehörden bitten sollte, so rasch wie möglich den Entscheidungen von Direktion und

Verwaltungsrat ihre Zustimmung zu geben. Die »Südpartei« ging dabei großzügig darüber hinweg, dass ja eben erst der Kölner Herr Mülhens die Unzulässigkeit einer solchen Abstimmung nachgewiesen hatte; denn der Kölner Antrag enthielt ja indirekt eine Zustimmung zur Lage des Bahnhofs in Bonn.

Nachdem die würdigen Herren Skrutatoren in ihren hölzernen Wahlurnen die Stimmzettel eingesammelt und sich zur Auszählung zurückgezogen hatten, trat eine spannungsgeladene Pause ein. Unauffällig winkte der Bankier Deichmann aus Köln einige seiner Kölner Mitaktionäre in eine Ecke. Mit gedämpfter Stimme unterrichtete er seine Freunde über etwas, was die störrischen Vertreter der »Nordpartei« nicht unbedingt zu erfahren brauchten.

»Sie wissen, meine Herren, dass unser bisheriger Oberpräsident der Rheinprovinz in Koblenz, der Herr von Bodelschwingh, vom König zum neuen Finanzminister ernannt worden ist. Bevor er nach Berlin abreiste, habe ich ihn kürzlich noch in Koblenz aufgesucht. Dabei habe ich ihm unmissverständlich klar gemacht, was er als demnächst für die letzte Entscheidung kompetenter preußischer Minister wissen sollte. Wir Kölner Aktionäre wollten den Bahnhof im Bonner Süden, damit von dort aus die Strecke einmal verlängert werden könne. Wenn dies nicht möglich sei, würden wir unsere Unterstützung für einen Bahnbau überhaupt zurückziehen. Dann könnten die Bonner Professoren und Ladenbesitzer, die sich immer noch für diesen hirnverbrannten Plan eines Bahnhofs im Norden stark machten, sehen, wie sie mit ihren paar Talern den Bahnbau allein finanziert bekämen. Ich glaube, meine Herren, Exzellenz von Bodelschwingh hat begriffen, um was es geht. Sie brauchen sich um die Entscheidung aus Berlin keine Sorgen zu machen!«

Kurze Zeit später betraten die Stimmenzähler feierlichen Schritts wieder den Saal und gaben das Ergebnis der Abstimmung bekannt, die von allen zu Recht als endgültige Machtprobe angesehen worden war. 325 Stimmen waren für den Antrag abgegeben worden, nur 128 Stimmen standen dagegen. So sahen also heutzutage die wahren Stärkeverhältnisse aus!

Dass dies nicht ein Zufallserfolg war, mussten gleich anschließend die Herren aus Bonn bei den Ergänzungswahlen zum Verwaltungsrat erkennen. Denn einige Wortführer der »Nordpartei« hatten sich als Kandidaten dafür vorschlagen lassen. Doch während dabei der Justizrat Lamberz mit großer Mehrheit wiedergewählt wurde, ähnlich wie einige Herren aus Köln, mussten die Kandidaten der »Nordpartei« eine schmähliche Niederlage einstecken. Die Herren Riegeler, Burkart und Böcking bekamen offensichtlich nicht einmal alle Stimmen ihrer eigenen Gruppierung. Nur der Freiherr von Carnap schnitt noch schlechter ab. Mit nur 90 für ihn abgegebenen Stimmen entfiel von allen Kandidaten der niedrigste Anteil auf ihn.

Verbittert verkündete Professor Eduard Böcking im Hinausgehen nach dieser denkwürdigen Versammlung seinen Freunden: »Dies ist ein schwarzer Tag für Bonn, merken Sie sich ihn, meine Herren!«

Dann eben Expropriation

»Schramm, Sie müssen unbedingt so schnell wie möglich nach Klettenberg«, hatte Präsident Mülhens noch während der Generalversammlung der Aktionäre gemeint. »Dort gibt es einen Bauern Rademacher, der weigert sich hartnäckig, uns sein Land zu verkaufen. Ich weiß nicht, was ihn dazu treibt.«

In einer Pause zwischen den Verhandlungen der Aktionäre gab Franz Mülhens seinem jungen, inzwischen schon so kompetent gewordenen Mit-Direktor einen kurzen Bericht von seinem Besuch in dem kleinen Dörfchen dicht vor Köln und seiner Erfolglosigkeit ausgerechnet bei diesem Bauern. Er, Mülhens, habe dem starrköpfigen Mann sogar einen Preis von 150 blanken Talern für seine noch nicht einmal 50 Quadratruten Ackerland geboten, als ob es sich um ein Hausgrundstück in der Mitte Kölns handele. Aber selbst dann habe der Mann beharrlich abgelehnt. Hier müsse ein rechtskundiger Mann dem Bauern klar machen, dass sein Grundstück zwangsweise zu Gunsten der Eisenbahn enteignet werden müsse, wenn er nicht zum freiwilligen Verkauf bereit sei.

So kam es, dass der beurlaubte Rechtsreferendar und stellvertretende Direktor der Bonn-Kölner Eisenbahn Rudolf Schramm bereits zwei Tage nach der Generalversammlung wieder einmal nach Köln fuhr. Er nahm wie schon so oft seinen privaten kleinen einspännigen Kutschwagen und lenkte das Pferd selbst, denn der von der Gesellschaft angestellte Kutscher war mit dem Oberingenieur Exner unterwegs.

Angesichts der vielen Personen, die in letzter Zeit ständig in Sachen der Eisenbahn zwischen Bonn und Köln unterwegs sein mussten, entstanden zusätzliche neue Probleme mit den verschiedenen Kutschen, den Pferden und ihren Lenkern, die dafür gebraucht wurden. Die Miete im Stall des Franz Kessel in der Maargasse für zwei Kutschwagen – eine viersitzige Chaise und einen zweisitzigen Phaeton, der vom Passagier selbst gelenkt werden musste – sowie für sechs Pferde und deren Versorgung schlug unter den Verwaltungsausgaben der Eisenbahngesellschaft bereits fühlbar zu Buche. Und jede einzelne Fahrt bis Köln dauerte je nach der benutzten Straße und den Ruhepausen, die man um der Pferde willen einlegen musste, zwischen drei und vier Stunden. »Es wird höchste Zeit, dass unsere Eisenbahn endlich wirklich fährt«, dachte Rudolf Schramm des Öfteren während seiner langen einsamen Fahrten. »Verschenkte Zeit, in diesen Stunden könnte man so viel Nützlicheres tun!«

Die Fahrt nach Köln am Mittwochmittag war für Rudolf Schramm schon zu einer gewissen Gewohnheit geworden. Auf der Staatschaussee über Wesseling erreichte er die Domstadt am schnellsten. Besprechungen mit den in Köln wohnhaften Direktoren Camphausen und von Wittgenstein, aber auch mit dem für die Prüfung der Eisenbahnbauten zuständigen Regierungsbaurat Hetzeroth vom königlichen Regierungspräsidium bildeten üblicherweise den offiziellen Anlass für die Reise. Doch die eigentliche Triebfeder für diese regelmäßigen Besuche des geschäftsführenden Direktors in Köln war das »Mittwochskränzchen« am Abend im Hotel Laacher Hof. Im Nebenzimmer dieses Hotels fand sich in letzter Zeit regelmäßig ein kleiner Kreis von politisch interessierten Männern zusammen, zur ungezwungenen Diskussion der neuesten wirtschaftlichen, sozialen oder politischen Ideen, ungehindert von den sonst so gerne lauschenden Ohren der preußischen Zensur.

Auch an diesem Mittwochabend hatte Rudolf Schramm an der anregenden Gesprächsrunde teilgenommen und der Einfachheit halber im gleichen Hotel übernachtet. Schon früh am Morgen des nächsten Tages – es war der Gründonnerstag vor Ostern – fuhr der junge Jurist zunächst nach Klettenberg, um den Bauern Rademacher aufzusuchen. Das Dorf lag ja dicht jenseits des Kölner Festungsgürtels, dessen Silhouetten nach Norden zu deutlich sichtbar waren.

Es war für den Abgesandten der Eisenbahngesellschaft nicht einfach, in dem Dörfchen den Bauern aufzutreiben. Der war heute nicht in seinem kleinen Haus und auch nicht im Stall zu finden, sondern auf der Ackerflur, wo er mit seinem einen Ochsen das dritte seiner sieben kleinen Grundstücke pflügte. Selbst der Stadtmensch Schramm wusste, dass es so ziemlich die ungünstigste Zeit ist, einem Bauern mit einem Anliegen zu kommen, wenn man ihn bei einer Arbeit auf dem Acker stört. Aber was blieb ihm anderes übrig? Das Gespräch duldete nun einmal keinen Aufschub mehr.

Wie Rudolf Schramm schon befürchtet hatte, verlief die Verhandlung auf dem nassen und lehmigen Acker ziemlich unerfreulich. Der Bauer Rademacher zeigte sich misstrauisch und verschlossen. Selbst die sprachliche Verständigung war schwierig, denn das Hochdeutsch des Referendars war für den Bauern fast wie eine Fremdsprache. Da nützte auch die Beimischung von bergischem Dialekt nichts, den der Unterhändler mühsam aus seinen Kindheitstagen in Elberfeld hervorkramte. Und umgekehrt war das Kölsche Platt, das der Bauer ausschließlich benutzte, für den Herrn Schramm nur schwer verständlich.

Nur so viel wurde dem geschäftsführenden Direktor der Eisenbahngesellschaft klar: diesem Bauern war weder durch Freundlichkeit noch durch ein hohes Geldangebot beizukommen. Er war einfach nicht bereit, die in die Eisenbahntrasse fallende Parzelle zu verkaufen. »Ik gloof üch Stadtlüt keen Wort«, damit wies er immer wieder alle Versprechungen zurück.

»Dann bleibt uns nichts anderes übrig als die Expropriation gegen Euch einzuleiten, die zwangsweise Enteignung«, schloss Rudolf Schramm resigniert sein Gespräch mit dem Bauern ab. »Dann wird Euch das Stück Land durch behördliche Verfügung weggenommen. Geld bekommt Ihr dafür auch, aber bestimmt nicht so viel wie die Gesellschaft bis jetzt freiwillig bietet. Ihr habt es Euch selbst und Eurer Starrköpfigkeit zuzuschreiben, wenn Ihr dabei schlechter fahrt als beim freiwilligen Verkauf.«

Und wir auch, dachte der junge Direktor, aber er hütete sich, das laut zu sagen. Denn die Einleitung der zwangsweisen Enteignung setzte einen Rattenschwanz von Schreiben an Behörden, Terminen von Sachverständigen und anderen bürokratischen Hindernissen in Gang. Der Beginn der Bauarbeiten an dieser Sektion der Bahntrasse, der sonst schon in wenigen Wochen möglich gewesen wäre, würde sich dadurch bis in eine völlig ungewisse Zukunft verzögern.

Als Rudolf Schramm an diesem Mittag des Gründonnerstag endlich im Bahnbüro in Bonn angekommen war, bat er seinen vertrauten Kanzlisten Jellinghaus in das Direktionszimmer. Niedergeschlagen, aber dennoch entschlossen begann er zu diktieren:

»An eine königliche hochlöbliche Regierung zu Köln – über den Herrn königlichen Landrat zu Köln«, so begann das lange Schreiben. »Betreffend eine Parzelle des Landwirts Peter Rademacher zu Klettenberg beantragen wir, gemäß § 8 des Preußischen Eisenbahngesetzes vom 3. November 1838 und gemäß dem unserer Gesellschaft durch königliche Kabinettsordre vom 6. Juni 1840 beigelegten Recht, auf diese Bestimmung des Eisenbahngesetzes zu rekurrieren, die zwangsweise Expropriation besagter Parzelle... Den Kaufpreis in Höhe des durchschnittlichen Wertes der Parzelle in der Größe von 48½ Quadratruten hinterlegen wir bei der Kasse des königlichen Landratsamtes zu Köln zu treuen Händen bis zur endgültigen Entscheidung über die Höhe der Entschädigung durch einen königlichen hochlöblichen Bezirksausschuss. Falls besagter Ausschuss eine höhere Entschädigung für angemessen erachten sollte, verpflichten wir uns, die Differenz unverzüglich nachzuentrichten...«

Zwei gescheiterte Gelehrte

Der Ostersonntag des Jahres 1842, der 10. April, versprach ein wunderbarer Frühlingstag zu werden, eine Entschädigung für das anhaltend unfreundliche Wetter der letzten Wochen. War es ein Wunder, dass viele Menschen in Bonn dies als Ansporn nahmen, mit der Familie oder mit Freunden einen Sonntagsausflug zu unternehmen? Eines der beliebtesten Ziele für einen solchen Ausflug war das Dörfchen Godesberg dicht südlich von Bonn, für jedermann in einem noch nicht einmal zweistündigen Fußmarsch zu erreichen. Vor allem die alte Ruine der Godesburg hatte es den Ausflüglern angetan. Von dort oben, hoch auf dem in die Rheinebene hineinragenden Basaltfelsen, hatte man eine berauschende Aussicht auf den romantischsten Teil des Rheinlandes, vom Siebengebirge über das Städtchen Bonn bis hin nach Köln in dunstiger Ferne.

So kam es, dass an diesem Tag mehrere Dutzend Personen im Dorf Godesberg die verschiedenen Vermieter von Eseln belagerten, auf denen Kinder und gehfaule Erwachsene die Höhe der Godesburg zu ersteigen pflegten. Auch oben an der Mauerbrüstung mit dem Blick zum Rhein herrschte lebhaftes Treiben. Eine kleine Gruppe junger Männer im Studentenwichs, mit Band, Cerevis und Schlägern ausgerüstet, erregte bei den ebenfalls aufgestiegenen Bürgern Ärger wegen ihr lautstarken Unterhaltungen. Reichlicher Weingenuss schon am zeitigen Mittag hatte dieses eigentlich nicht angemessene Betragen hervorgerufen. Doch den jungen Herren vom Corps Borussia musste man vieles nachsehen, sammelten sich doch in dieser Studentenverbindung Söhne hoher und allerhöchster Familien aus den vielen Monarchien im Deutschen Bund.

In einiger Entfernung von den ausgelassenen Studenten hockten zwei ebenfalls noch junge Männer auf der Mauerbrüstung und prosteten sich alle paar Minuten gegenseitig mit großen Bechern zu. Vier leere Weinflaschen hinter ihnen auf dem Boden zeigten, dass sie mit dem Weinkonsum der Studenten nebenan sehr wohl mithalten konnten. Die Studenten vom Corps Borussia hatten die beiden Männer erkannt. Da man heute nicht auf Krawall mit Kommilitonen aus war, ließ man sie nach einigen kritischen Blicken ihren Wein trinken, ohne mit ihnen Händel zu suchen. »Das sind der Privatdozent Bauer von der theologischen Fakultät und sein Freund Dr. Marx aus Berlin«, wusste einer der Studenten und teilte es seinen Freunden flüsternd mit. »Lassen wir sie in Ruhe, die spinnen ein bisschen!«

Die beiden Männer, die so von den Studenten gekennzeichnet worden waren, hatten allen Grund, sich am Ostersonntagmittag gründlich einen Rausch anzutrinken. Seit einigen Tagen wussten sie beide definitiv, dass ihre akademische Karriere an der Universität Bonn, von der sie sich so viel erhofft hatten, endgültig zu Ende war. Heute war ihr letzter gemeinsamer Tag in Bonn, und sie wollten Abschied feiern.

Bruno Bauer, der ältere der beiden, hatte vor kurzem den bereits erwarteten endgültigen schriftlichen Bescheid von seinem Dekan erhalten. »Dem Herrn Lizentiaten Bruno Bauer ist laut Beschluss der Fakultät die Lehrerlaubnis im Fach Kirchengeschichte an der Evangelisch-theologischen

Fakultät der Universität Bonn entzogen worden«, hieß es darin. Denn seine Ansichten zur Theologie und zur Evangelischen Kirche überhaupt seien »durchaus unvereinbar mit der Stellung eines Lehrers der Theologie«.

Jahrelange Querelen waren dem vorangegangen. Einst war der evangelische Theologe Bruno Bauer aus dem Herzogtum Sachsen-Altenburg so etwas wie ein Günstling des preußischen Kultusministers von Altenstein gewesen, der ihn für den Lehrstuhl für Kirchengeschichte in Bonn empfohlen hatte. Doch inzwischen hatte sich der Gelehrte mit mehreren Büchern, die sich mit der Geschichte der Evangelien im Neuen Testament beschäftigten, bei seinen Kollegen und auch bei der Staatsaufsicht unmöglich gemacht. Darin bestritt er doch schlicht und einfach die historische Existenz der Person Jesu und machte die Philosophie der frühen römischen Kaiserzeit für die Aussagen der christlichen Evangelien verantwortlich.

Unter dem neuen, seit gut einem Jahr amtierenden preußischen Kultusminister Eichhorn mit seiner ganz allgemein reaktionären Haltung war auch nicht zu erwarten, dass der Privatdozent Bauer aus der Hauptstadt Rückendeckung erhielt, eher im Gegenteil. Von der Freiheit der Forschung und der Lehre an den deutschen Universitäten, von der einige ungestüme Nachwuchsakademiker träumten, war heutzutage weniger zu spüren als noch vor zwei oder drei Jahren.

Nein, Bruno Bauer, dem fünfunddreißigjährigen Gelehrten, war klar, dass seine akademische Karriere als Professor im preußischen Staatsdienst unwiderruflich versperrt war, die er so lange und mit viel Herzblut angestrebt hatte. Gewiss, auch als Schriftsteller und als Journalist für größere Zeitungen konnte man heutzutage so viel Geld verdienen, dass man anständig davon leben konnte. Aber die

Sicherheit einer beamteten Professoren-Laufbahn war jedenfalls dahin.

Ganz ähnlich trübe Gedanken gingen auch Bruno Bauers neun Jahre jüngerem Freund durch den Kopf. Im vorigen Herbst erst hatte der vierundzwanzigjährige Karl Marx aus Trier an der Universität Jena sein Doktordiplom erworben, nach dem Studium der Rechtswissenschaften und der Philosophie in Bonn und Berlin. Nun strebte er mit Macht nach einer akademischen Lehrtätigkeit an der philosophischen Fakultät der Bonner Universität. Sein dort schon seit einigen Jahren lehrender Freund Bauer hatte ihn noch im vorigen Sommer animiert, sich unbedingt um eine Habilitation in Bonn zu bemühen.

»Kommst du nach Bonn, so wird dieses Nest vielleicht bald der Gegenstand allgemeiner Aufmerksamkeit werden, und wir können hier die Krisis in ihren wichtigsten Momenten herbeiführen«, so hatte Bruno Bauer ihm geschrieben. Gegen die religiöse Orthodoxie und die politische Reaktion wollten sie beide gemeinsam von ihren erhofften akademischen Lehrstühlen aus zu Felde ziehen. Doch das war vor einem Jahr gewesen, und inzwischen war Bruno Bauer, der Theologe, bei seinen akademischen und staatlichen Vorgesetzten in Ungnade gefallen.

Als der junge Dr. Marx vor einiger Zeit in Bonn eingetroffen war, um sich bei den zuständigen Würdenträgern der Universität um die Schritte zur Aufnahme einer akademischen Lehrtätigkeit zu bemühen, da bekam er zu spüren, dass seine Freundschaft und geistige Verwandtschaft mit dem »ausgemachten Atheisten« Bauer seinen Wünschen sehr im Wege stand. Auch seine eigene, mit Schroffheit und ohne jede Konzilianz vorgetragenen Ideen eines »Links-Hegelianers«, die demokratisch-liberalen bis sozialistischen Ideen, wie sie sich bei Anhängern dieser modernen philosophischen Richtung in den allerletzten Jahren entwickelt hatten, machten ihm in Bonn keine Freunde.

Spätestens seit dem Eintreffen des offiziellen Entlassungsschreibens an seinen Freund Bauer war dem jungen Gelehrten Dr. Marx klar geworden, dass auch er an der Bonner Universität keinerlei Chance mehr hatte. Nicht nur in Bonn, auch an allen anderen Universitäten in Preußen, ja wahrscheinlich im ganzen Deutschen Bund, hatte er unter den derzeitigen politischen Verhältnissen keine Aussicht, einmal Professor zu werden.

Auch Dr. Marx hatte sich bereits entschieden, in Zukunft seinen Lebensunterhalt im Schreiben für Zeitungen und Zeitschriften zu suchen. Geschliffen formulierte Artikel wurden recht gut honoriert, wenn man Beziehungen zu den richtigen Pressorganen hatte, die der eigenen Denkrichtung nahe standen. Solch eine Zeitung hatte sich, wie Dr. Marx festgestellt hatte, vor einem guten Vierteljahr in Köln etabliert, die von Dagobert Oppenheim und anderen wohlhabenden rheinischen Liberalen herausgegebene »Rheinische Zeitung«.

Gleich in der nächsten Woche wollte er endgültig den »geistigen Stinktieren« den Rücken kehren, wie er die Professoren der Bonner Universität nannte. Doch zuvor hatte er mit seinem Freund Bruno Bauer Abschied von einer Phase in ihrer beider Leben feiern wollen, die nun vorbei war. So hatten sie sich heute, am Ostersonntag, zu ihrem Ausflug nach Godesberg getroffen; sie hatten auf der Mauer der Godesburg gesessen, eine Flasche Wein nach der anderen getrunken, sie hatten philosophiert, geschimpft und zunehmend mehr Unsinn geredet. In ihrer Stimmung mischten sich Wehmut, Trotz, Verachtung und Überheblichkeit.

Als sie endlich mit wackligen Beinen von der Mauer kletterten und sich auf ihre gemieteten Esel schwangen, die geduldig stundenlang auf sie gewartet hatten, da gab sein alkoholgeschwängerter Geist Bruno Bauer eine verrückte Idee ein. »Wir sind schon die richtigen Bürgerschrecken, Karl, lass es uns ihnen auch zeigen!«, rief er lachend seinem Freund zu und schlug die Beine derart in den Bauch des Esels, dass dieser laut schreiend den Serpentinenweg von der Godesburg herabgaloppierte. Der junge Marx folgte ihm, ebenfalls laut schreiend. Manch ein braver Familienvater auf seinem Osterspaziergang blickte sich empört nach den verrückten Studenten um.

7. Kapitel

Baubeginn im Ungewissen

April bis September 1842

Das Schachten beginnt

Erwartungsvoll stand Franz Thoennes mit einer Schaufel in der Hand auf einem Feld in der Nähe von Bornheim, über das ein Aprilschauer wieder einmal wirbelnde Schneeflocken jagte. Es war der erste Arbeitstag nach dem Osterfest, und das Wetter war wieder einmal umgeschlagen. Sein blöder Vetter Scheng stützte sich mit seinen kräftigen Fäusten auf eine Hacke, verständnislos grinsend. Zusammen mit mehreren Dutzend Männern warteten die beiden darauf, zur Arbeit bei der Eisenbahn angenommen zu werden.

Auf das erste Gerücht hin, dass bei Bornheim der Bau der Eisenbahn beginnen sollte, hatte der ehemalige Winzer aus Mayschoß an der Ahr seinen Vetter bei der Hand genommen und war von Bonn dem Vorgebirge entlang bis Bornheim gewandert. Den Winter über hatten sich die beiden Bettler in ihrem Kohlenschuppen irgendwie durchgeschlagen und dabei mehr gehungert und gefroren, als ein Mensch eigentlich aushalten konnte. Aber sie hatten überlebt, und nun sollte alles besser werden.

Franz Thoennes war heilfroh gewesen, dass er unter seinen Schicksalsgefährten am Bonner Kohlenlager einen Mann getroffen hatte, der schon einmal an einer Eisenbahnstrecke gearbeitet hatte, damals hinter Düren auf Aachen zu. Der

Mann hatte sich dabei den Fuß verletzt und war nun unfähig, sich weiter mit dieser schweren Arbeit Geld zu verdienen. Von dem hatte Franz alles gehört, worauf man aufpassen musste, wenn man bei der Eisenbahn arbeiten wollte.

Eine Schaufel musste man haben und einen Pass von der Heimatbehörde – und einige gesparte Silbergroschen für den Anfang. Denn die ersten Tage würden den Arbeiter nur Geld kosten statt ihm etwas einzubringen. Das hatte Franz Thoennes zwar nicht verstanden, aber er hatte Zeit gehabt, vorzusorgen und ein paar erbettelte und beim Kohlenschleppen verdiente Silbergroschen in sein Schnupftuch knüpfen können. Eine gebrauchte Spitzhacke für den Scheng hatte er in Bonn für wenig Geld bekommen können, die Schaufel hatte er im Kohlenlager »gefunden«, und seinen einst vom Bürgermeister in Mayschoß ausgestellten und in Bonn neu mit einem Stempel versehenen Pass hatte er stets sorgfältig bei sich getragen, wie es sich für einen preußischen Untertanen gehörte.

Nun standen sie in einer langen Reihe von Menschen, und ein Mann, der sich Schachtmeister Jütten nannte, ging von einem zum anderen, besah sich sorgfältig den Körperbau jedes Arbeiters und seine Legitimationspapiere und sagte in den meisten Fällen nur knapp »Gut«. Dann erhielt der Betreffende eine vorgedruckte Arbeitskarte, in die jeder seine Personalien hineinschreiben sollte. Wer nicht schreiben konnte, durfte sich dabei helfen lassen. Den Pass, so hieß es, müsste der Bauunternehmer für alle Angenommenen bei der Bürgermeisterei Bornheim abgeben; die Arbeiter würden ihn erst zurückerhalten, wenn sie beim Eisenbahnbau ausschieden. Die anderen, die der Schachtmeister nicht für gut befunden hatte, waren entlassen und konnten sehen, ob sie anderswo einen Verdienst fanden.

Dann hielt der Schachtmeister eine Rede. Die Hälfte

von den über sechzig Männern bildete nun seinen Schacht, die andere den des Schachtmeisters Hennekäuser. Jeder Schacht müsste eine Strecke von etwa 225 Ruten für das Verlegen der Schienen vorbereiten und bekäme dafür eine bestimmte Gesamtsumme vom Bauunternehmer Schmitz in Brühl, der für dieses Baulos den Zuschlag von der Eisenbahngesellschaft erhalten habe. Abschläge auf diese Summe würden alle vierzehn Tage an die Arbeiter jedes Schachtes ausgezahlt; nach Fertigstellung ihres Streckenstückes vielleicht auch noch eine Nachzahlung nach der genauen Zahl der tatsächlich bewegten Schachtruten. Der Unternehmer würde auch pro Schacht 15 hölzerne Schubkarren stellen, mit denen das Erdreich befördert werden könne. Wer morgens um 6 Uhr beim Verlesen der Namen zu Arbeitsbeginn und abends um 8 Uhr zum Arbeitsschluss nicht zur Stelle sei, bekomme für diesen Tag kein Geld, wer beim Mittagsaufruf fehle, erhalte nur einen halben Tageslohn. Schlafen könnten sie in den Scheunen einiger Bauern in Bornheim, wofür sie den Bauern pro Nacht einen Silbergroschen zu zahlen hätten.

Glücklicherweise hatte Franz Thoennes für sich und seinen Vetter ein großes Stück Brot mitgenommen, das er für 8 Pfennig noch in Bonn gekauft hatte. Denn schon führte Schachtmeister Jütten seine Leute zu dem ihm zugewiesenen Streckenstück. Niemanden schien zu interessieren, ob die Arbeiter etwas zu essen hatten.

Einige der älteren und die ganz jungen, noch nicht so kräftigen Männer wurden abgeteilt; sie sollten im festen Tagelohn von 10 Silbergroschen die Aufgaben erledigen, für die man keine Akkordleistungen festlegen konnte. Zunächst mussten sie mit einigen, vom Unternehmer gestellten Äxten und Sägen den im Wege stehenden Bäumen und Sträuchern zu Leibe rücken.

Für alle anderen galt es als Erstes, auf einem 24 Fuß breiten, mit Pflöcken abgesteckten Streifen mit Hacke und Schaufel die zähe Grasnarbe in Stücke zu zerteilen, abzuheben und in gebührender Entfernung in Haufen aufzuschichten. Ferner war der Mutterboden einen Fuß tief auszuschachten und ebenfalls seitwärts des Schienenweges aufzuschütten. Das sei noch einfach, hatte der Schachtmeister gesagt, denn hier müssten die Karren nur ein paar Ruten weit geschoben werden. Später, wenn von einer Stelle etwa 200 Ruten weiter überschüssige Erde abgetragen und hier zu einem Damm aufgeschüttet werden müsse, sei die Arbeit härter.

Da hieß es, die Schaufeln und Hacken zu schwingen und die Muskeln anzustrengen, ohne Rast und Ruhe, kaum dass man einmal für ein paar Atemzüge den krummgebeugten Rücken gerade richten konnte. Schnell bildeten sich Zweiergruppen, die jede eine Schubkarre zugeteilt erhielt. Während der eine Mann den Boden locker hackte, warf der andere mit seiner Schaufel, so schnell es eben ging, das Erdreich in die Schubkarre. Und kaum war diese gefüllt, schob sie der Kräftigere bis zu dem Haufen, auf den der gute Mutterboden zunächst geschüttet werden sollte.

Denn wenn die Akkordarbeiter auf einen Tagesverdienst von etwa 15 Silbergroschen kommen wollten, musste jeder im Schacht, der im Akkordlohn arbeitete, am Tag etwa $1\frac{1}{2}$ Schachtruten Erdreich schaufeln und an Ort und Stelle schaffen. Wenn der Schachtmeister die Langsamen nicht antrieb, dann taten es bestimmt die anderen Arbeiter des Schachts, die keine Lust hatten, durch die Faulheit einzelner ihrer Kameraden am Ende einen geringeren Lohn ausgezahlt zu bekommen.

Die Sonne war inzwischen durchgekommen und ließ die ihre Schaufeln und Hacken schwingenden Arbeiter schwitzen. Wie sollte es erst im Hochsommer werden? Da war es eine hochwillkommene kurze Pause, als der Schachtmeister im Laufe des Nachmittags nacheinander zu den Zweiergruppen trat, ihnen einen Augenblick bei der Arbeit zusah und ihnen aus einer Steinkruke ein Gläschen Schnaps anbot. »Das gehört zur Verpflegung, das bekommt ihr jeden Tag«, sagte er, aber er forderte gleichzeitig von jedem 5 Pfennige für die Erfrischung. So fängt das Bezahlenmüssen an, ehe das Geldverdienen begonnen hat, dachte Franz Thoennes bei sich, hütete sich aber, den Gedanken auszusprechen.

»Heute arbeitet ihr noch auf Probe«, fuhr Schachtmeister Jütten mit seinen Eröffnungen fort. »Wenn ihr alles richtig macht, könnt ihr ab morgen Akkordlohn verdienen. Davon bekomme ich als Schachtmeister jeden Tag einen halben Silbergroschen und noch 3 Pfennige dafür, dass ich euch die Schubkarren repariere und die Räder schmiere. Das wird bei der Auszahlung in vierzehn Tagen gleich abgezogen. Im Übrigen ist es üblich, dass mir jeder neu eingestellte Arbeiter ein Geschenk von 5 Silbergroschen macht, dafür dass ich euch hier angenommen habe, und ihr auf ehrliche Weise Geld verdienen könnt. Ihr habt doch hoffentlich so viel Geld dabei?«

Während Franz Thoennes seufzend sein Schnupftuch mit den wie ein Schatz gehüteten wenigen Silbermünzen hervorzog, dachte er: Jetzt geht das Bezahlenmüssen weiter. Sorgenvoll überschlug er, ob er und sein Vetter wohl bis zur ersten Auszahlung des Lohnes in zwei Wochen noch genügend gespartes Geld zurückbehielten, um ein Brot zu kaufen und das Nachtlager zu zahlen, das man ihnen in Aussicht gestellt hatte.

Nichts als Fragezeichen

Es war noch früher Morgen, als die beiden Ingenieure das Bahnbüro am Münsterplatz verließen, bepackt mit einer großen Mappe voller Streckenpläne, Zeichnungen und Berechnungen. Kurz darauf rollte ihr kleiner zweirädriger Phaeton, gezogen von einem munteren Braunen, durch das Neutor an der Medizinischen Klinik der Universität vorbei auf die Poppelsdorfer Allee.

Der Oberingenieur Heinrich Exner hielt sich vor Abscheu die Nase zu, als der Wagen die hier gelegenen großen Gruben passierte, in die die Abwassergräben vieler Straßen um das Münster und die Universität mündeten. Nicht nur die ausgeschütteten Küchenabwässer sammelten sich dort. Viel deutlicher war der Geruch nach menschlichen Exkrementen, der bei Westwind jede empfindliche Nase im ganzen westlichen Stadtteil beleidigte. Das war kein Wunder, denn eine Reihe armer Leute in Bonn verdiente sich ihren Lebensunterhalt damit, in den Nachtstunden mit einem auf Rädern gesetzten Fass durch die Straßen zu ziehen und die häuslichen Abtritte in gewissen Abständen gegen eine geringe Gebühr leer zu schöpfen und den Fassinhalt dann in die Kloakengruben am Anfang der Poppelsdorfer Allee zu schütten. Verschiedene einflussreiche Bonner Einwohner und Ärzte bemühten sich seit Jahren, die Stadtverwaltung davon zu überzeugen, dass zur Beseitigung dieses gesundheitsgefährlichen Ärgernisses eine unterirdische Ableitung zum Rhein gebaut werden müsse, bisher jedoch vergebens.

»Wenn unsere Eisenbahnpassagiere dereinst diesen Gestank hier ertragen müssen, wenn sie in die Stadt wollen, dann wird wohl kaum einer ein zweites Mal nach Bonn kommen«, bemerkte Oberingenieur Exner sarkastisch zu seinem Kollegen von Lasaulx, der mit ihm in der Kutsche saß und die Zügel führte. »Aber wer weiß, wo wirklich einmal der Bahnhof gebaut werden wird, hier an der Poppelsdorfer Allee oder sonst irgendwo außerhalb der Stadtmauer. Diese Bonner sind doch ein beschränktes Völkchen. Aber auch die hohen Herren von der Regierung in Berlin lassen uns ewig und drei Tage im Ungewissen, wo der Bahnhof nun endlich hinkommen soll. Was geht das die eigentlich an? Die verstehen doch von moderner Technik nicht die Bohne. Gerade jetzt wieder haben sie uns wissen lassen, auf die verschiedenen Eingaben an den König hin, wir müssten noch einmal mit der Stadt wegen eines Platzes für den Bahnhof verhandeln, dabei aber auch Rücksicht nehmen auf eine eventuelle Fortsetzung der Strecke nach Koblenz. Was soll das? Wasch mir den Pelz, aber mach mich nicht nass!«

Heinrich Exner war auf die kleinstädtische Mentalität der Bonner nicht gut zu sprechen. Ebenso wenig hielt er allerdings von der Weitsicht der preußischen Behörden, deren junkerliche Beschränktheit er gründlich verachtete. Er stammte aus Prag, der »Goldenen Stadt«, und war von seiner Heimat ein großzügigeres Denken gewohnt.

Ingenieur Exner empfand sich als einen Menschen des Fortschritts, und er hasste nichts so sehr wie geistige und praktische Rückständigkeit. Er bildete sich nicht wenig darauf ein, in seiner Heimatstadt Prag die erste technische Hochschule Deutschlands besucht zu haben, obwohl er aus einfachen Handwerkerkreisen stammte und zunächst eine Maurerlehre absolviert hatte. Nach seiner theoretischen Ausbildung hatte er auf vielen großen Baustellen in Böhmen, Sachsen und Preußen praktische Erfahrungen sammeln können. In technischer Hinsicht konnte ihm niemand etwas vormachen.

Heute war Oberingenieur Exner mit dem Hilfsingenieur Johann Claudius von Lasaulx unterwegs, um wieder einmal all die kritischen Punkte der geplanten Bahnlinie zu inspizieren.

»Nichts als Fragezeichen gibt es bei dieser Eisenbahn«, brummte Heinrich Exner in seiner üblichen schlechten Laune, als die Kutsche schon nach 50 Ruten von der Poppelsdorfer Allee abbog und dicht unterhalb der St. Clara-Bastei anhielt, dem hohen vorspringenden Teil der Stadtmauer aus dem 17. Jahrhundert, dort, wo nach den Plänen der Eisenbahngesellschaft der vorläufige Endbahnhof angelegt werden sollte. »Dass die Bonner immer noch nicht auf die Idee gekommen sind, diese mittelalterlichen Mauern zu beseitigen, die nur jede Ausdehnung der Stadt stören! In anderen Städten ist man längst dabei!«

Hier suchten die beiden Ingenieure die ersten Pläne aus ihrer Mappe, um noch einmal einige Einzelheiten in der Natur nachzuprüfen. Doch schon kurz danach waren sie mit ihrer Kutsche wieder unterwegs. Ihr Tagesprogramm sah noch mehrere wichtige Stationen vor.

Die nächste war die Baustelle zwischen Bornheim und Brühl. Langsam fuhren die beiden Herren an den hackenden und schaufelnden, schwitzenden und fluchenden Männern vorbei, die wie die Ameisen mit ihren Schubkarren hin- und herpendelten. »Dass ja die zum Damm aufgeschüttete Erde gut festgestampft wird«, mahnte Ingenieur Exner immer wieder die Schachtmeister. Allerdings waren an den meisten Stellen der Strecke die Arbeiten noch nicht so weit fortgeschritten, dass bereits die zur Ausgleichung von Geländeunebenheiten vorgesehen Dammanschüttungen begonnen werden konnten.

Im Großen und Ganzen schien hier alles nach Plan zu verlaufen. Die vier Bauunternehmer aus Brühl und Köln, die die Herstellung des Schienenunterbaus in dieser ersten baureifen Sektion zwischen Bornheim und Schloss Falkenlust gegen feste Summen übernommen hatten, waren selbst aufs Höchste daran interessiert, ihre Aufgabe schnell und korrekt zu erfüllen. Denn jede Zeitüberschreitung und jeder von den Bahningenieuren festgestellte Baumangel hätte sie eine erhebliche Vertragsstrafe gekostet.

Die Taschenuhr des Herrn von Lasaulx zeigte schon nach 1 Uhr mittags, als die Kutsche über die Falkenluster Allee in den Park des alten kurfürstlichen Schlosses Augustusburg bei Brühl hineinfuhr. Das Schlösschen Falkenlust war einst nach französischem Muster eine kleine Dependence des großen Brühler Schlosses gewesen. Schon zur Zeit der französischen Herrschaft waren aber Gut und Haus Falkenlust in Privathand geraten und gehörten heute dem reichen Gutsbesitzer und Bierbrauer William Frederick Giesler, der auch Mitglied des Verwaltungsrates der Bonn-Kölner Eisenbahn war.

»Das ist auch so ein Stück aus dem Tollhaus«, bemerkte Heinrich Exner zu seinem fünf Jahre jüngeren Kollegen, während dieser die Kutsche an der Auffahrt zum Schloss Augustusburg zum Stehen brachte. »Seit vier Jahren oder mehr geht das Gezerre um die Lage des Bahnhofs in Brühl nun schon. Die Eisenbahngesellschaft und auch der königlich preußische Schlosshauptmann möchten den Bahnhof hier in unmittelbarer Nähe des Schlosses, damit fürstliche Gäste, die dort logieren wollen, nur einen kurzen Weg haben. Aber dafür muss die Bahnlinie ja durch ein Stückchen des Schlossparks geführt werden. Der Schlossgärtner läuft seit Jahren dagegen Sturm, damit keine seiner geliebten Pflanzen und kein Baum dem Fortschritt geopfert werden müssen. Er hat sich damit in Widerspruch zum Willen seines direkten Vorgesetzten, des Schlosshauptmanns, und auch der höheren staatlichen Instanzen gesetzt, aber er hat erreicht, dass bis jetzt die genaue Lage des Bahnhofs hier in Brühl immer noch in der Schwebe ist. Immerhin heißt es jetzt aus der königlichen Regierung in Köln, dass die endgültige Genehmigung der von uns projektierten Linienführung endlich unmittelbar bevorsteht.«

Der Braune hatte sich nach dem Aufenthalt in Brühl und einer tüchtigen Haferportion wieder so weit erholt, dass er den Kutschwagen in flottem Trab das letzte Stück bis Köln ziehen konnte. Schon tauchten die grasbewachsenen Böschungen des preußischen Forts Nr. IV., genannt Fort Paul, auf, das die Einmündung der uralten Straße von der Eifel in die Stadt Köln decken sollte.

Hier begann für die abgesteckte Bahntrasse das schwierigste Stück, denn sie musste die tiefgestaffelten Anlagen der preußischen Festung Köln und die beiden Stadtmauern aus dem 17. und aus dem 13. Jahrhundert durchqueren. Zwar hatten die Direktoren der Bonn-Kölner Eisenbahngesellschaft auf dringenden Rat des Oberingenieurs Exner ein neues Immediatgesuch an die königliche Staatsregierung in Berlin eingereicht, um entgegen den Wünschen der Kölner Festungskommandantur einen festen Damm über den Stadtgraben zwischen den beiden Mauern aufzuschütten zu dürfen. Das Gesuch wies die hohen zusätzlichen Kosten nach, die eine von den Militärs geforderte hölzerne und gar noch schnell abbaubare Brückenkonstruktion erfordern würde. Aber wie auch in den anderen Zweifelsfragen der Streckenführung ruhte dieses Gesuch seit Monaten in Berlin, ohne dass eine endgültige Antwort bisher erfolgt war. Auch sollte es der Eisenbahn nicht gestattet werden, einen besonderen Durchbruch durch die innere, noch aus dem Mittelalter stammende Stadtmauer herstellen zu dürfen. Das Eisenbahngleis sollte sich nach den Vorstellungen der preußischen Offiziere durch das enge Pantaleonstor zwängen, das seit langen Jahren unbenutzt und daher zugemauert war.

Innerhalb der Stadtmauer hatte die Gesellschaft zwar schon vor Jahren ein größeres Grundstück am Beginn der Waisenhausstraße gekauft, das zur Anlage des Bahnhofs dienen sollte. Aber zwischen diesem Grundstück und dem Pantaleonstor stand noch ein größeres Gebäude, der Geyershof. Es war den Herren von der Direktion bisher immer noch nicht gelungen, dem Eigentümer dieses Haus abzukaufen, und auch der Drohung mit der zwangsweisen Enteignung wusste er sich bisher zu entziehen mit dem Hinweis auf die ungeklärte Einleitung der Eisenbahn in die Kölner Innenstadt.

»Nichts als Fragezeichen bei dieser Bahn«, wiederholte Oberingenieur Exner seinen skeptischen Ausspruch, als die beiden Techniker an diesem Haus vorbeifuhren. »Wie soll man denn bloß eine Eisenbahn bauen können, wenn sich rechthaberische Kleingeister überall dem Fortschritt entgegenstellen?«

Das Wohltätigkeitskonzert

Zu diesem Konzert ging »tout Bonn«, selbst wer so unmusikalisch war, dass er eine Flöte nicht von einer Posaune unterscheiden konnte. Und jeder zahlte gerne den horrenden Eintrittspreis von einem vollen Taler, denn der Erlös dieses Konzertes sollte ja den armen Abgebrannten von Hamburg zugute kommen.

Wie ein Lauffeuer hatte sich in unvorstellbar kurzer Zeit die Nachricht von dem Unglück in allen Teilen Deutschlands herumgesprochen, längst ehe die Zeitungen davon schreiben konnten. Am 8. Mai 1842 war die Stadt Hamburg durch ein Feuer fast zu einem Drittel vernichtet worden. Mehr als fünfzig Tote waren zu beklagen, und Tausende hatten ihr Hab und Gut und ihr Obdach verloren. Das weckte das Mitleid und die Hilfsbereitschaft ungezählter Menschen in allen Teilen des deutschen Vaterlandes. In Bonn hatte sich ein Komitee konstituiert, das die Spenden aus der Universitätsstadt sammeln und nach Hamburg weiterleiten sollte. Neben dem Oberbürgermeister Oppenhoff, dem Beigeordneten Gerhards und dem Bankier Cahn gehörten ihm auch in einträchtiger Gemeinsamkeit der katholische Oberpfarrer der Münsterkirche van Wahnem und der evangelische Gemeindeprediger Professor Nitzsch an.

Den hochherzigen Spendern sollte für ihr Geldopfer auch ein Kunstgenuss geboten werden, daher erklärten sich mehrere der Musik verschriebene Künstler spontan bereit, ein Wohltätigkeitskonzert zu geben. Es sollte im Kasinosaal der »Lese- und Erholungsgesellschaft« Am Hof stattfinden. Als dann der Abend des Konzerts herankam, zeigte sich, dass dieser Saal zu klein war. Viele nicht rechtzeitig gekommene Besucher mussten auf Behelfsstühlen vorlieb nehmen oder an den Wänden stehen. Der Universitätsprofessor saß da neben dem Ladenbesitzer oder der Frau eines kleinen Handwerkers, und niemand nahm Anstoß daran.

Es fiel auch keinem Menschen auf, dass neben der charmanten Tochter des Arztes Dr. Joseph Velten der Kanzlist Jellinghaus von der Bonn-Kölner Eisenbahn saß. Niemand merkte auch, dass sich die beiden jungen Leute immer wieder einmal tief in die Augen blickten oder heimlich die Hand des anderen für ein paar Sekunden berührten. Katharinas Vater hatte an diesem Konzert nicht teilnehmen können und so musste das Paar auch keine unerwünschte Beobachtung fürchten.

Eben hatte eine Künstlerin von etwa dreißig Jahren ein Stück des zurzeit in Bonn besonders populären Komponisten Franz Liszt vorgetragen, vom Publikum mit viel Beifall bedacht. Dieser berühmte Ungar hatte persönlich im vorigen Jahr in Bonn ein Konzert gegeben und den größten Teil des Erlöses dem Komitee gestiftet, das Gelder für ein Denkmal Beethovens sammelte, des berühmtesten Sohnes der Stadt Bonn. Erst diese großherzige Spende erweckte bei den Bonnern nachhaltiges Interesse für dieses patriotische Vorhaben.

»Das ist Johanna Mathieux«, flüsterte Katharina Velten ihrem Bekannten zu, als der Beifall abebbte, »von der ich Ihnen schon so viel erzählt habe. Sie gibt mir Klavierunterricht, aber ich werde nie so gut spielen wie sie. Sie ist eine bemerkenswerte Person, Sie sollten sie einmal kennen lernen, Herr Christian!«

Die Bekanntschaft der beiden jungen Leute war inzwischen schon so weit fortgeschritten, dass sie sich beim Vornamen nannten, wenn sie auch sonst das achtungsvolle »Sie« beibehielten. Zwischen älteren Ehepaaren war das »Sie« auch nach langjähriger Ehe immer noch üblich, aber die jüngeren Leute von heute fanden das altmodisch und unpassend und gebrauchten untereinander das vertrauliche »Du«, zumindest von dem Zeitpunkt ihrer offiziellen Verlobung an.

Einige Orchesterstücke folgten unter der Stabführung des bekannten Komponisten Mendelssohn-Bartholdy, dann war das Wohltätigkeitskonzert vorüber. Doch wie immer nach solchen Konzerten fanden sich die Künstler, ihre Bekannten oder Bewunderer danach noch in fröhlicher Runde bei einem Glas Wein zusammen, während sich die Masse der Besucher verlief. Wieder fiel es bei dieser lebhaften Unterhaltung vieler Menschen in einem Nebenraum des Kasinos niemandem auf, dass neben Katharina Velten auch ein höflicher junger Mann teilnahm, der bisher noch nicht zu den ständigen Freunden des Bonner Musiklebens gehört hatte.

Eifrig stellte Katharina ihren Bekannten Jellinghaus ihrer bewunderten Klavierlehrerin und älteren Freundin Johanna Mathieux vor. Freundlich musterte diese den jungen Mann, der achtungsvoll seinen Diener vor ihr machte. Christian schien es, als dringe der Blick der Dame prüfend in sein Inneres, und ihm blitzte die Idee auf, als wisse diese Frau Mathieux weitaus mehr von ihm als jetzt nur seinen Namen. Sollte Katharina geplaudert haben?

Umgekehrt war sich Christian Jellinghaus sicher, bisher noch nichts von der bemerkenswerten Frau Mathieux und den Gerüchten gehört zu haben, die sie umschwirrten, außer von seiner lieben Bekannten Katharina. Er selbst verkehrte nicht in den Kreisen des Städtchens Bonn, in denen man hinter vorgehaltener Hand über »das skandalöse Verhalten dieser gewissen Mathieux« und ihre unschickliche Beziehung zu einem Universitätsdozenten der anderen Konfession flüsterte. Christian hätte auch nie die Zeit gehabt, müßige Abende in den Salons zu verbringen, wo solche Gespräche die Hauptsache waren.

Auch dem Herrn Privatdozenten Kinkel wurde Christian vorgestellt, dem Freund und Verlobten der Frau Mathieux. Wie es hieß, mussten die beiden noch ein Jahr mit der Hochzeit warten, um die gesetzliche Frist nach der Scheidung der Frau Mathieux einzuhalten.

»Mit ihren Kirchengeschichtlern hat die Theologische Fakultät hier aber wirklich Pech«, hörte Christian Jellinghaus jemanden, den er nicht kannte, neben sich sagen. »Erst musste sie den Herrn Kinkel entlassen, und jetzt vor kurzem auch seinen Nachfolger, den Privatdozenten Bauer, wenn auch aus ganz anderen Gründen.« Dem Kanzlisten der Eisenbahn sagten diese Worte nicht viel, nur dass auch der Dr. Kinkel, dieser sympathische Herr und Freund der von Katharina so bewunderten Frau Mathieux, berufliche Schwierigkeiten zu haben schien.

Schließlich zog Katharina ihren lieben Christian auch noch zu einem würdigen Herrn mittleren Alters, um ihn auch diesem vorzustellen. Er hieß Karl Simrock und war weithin berühmt als Germanist und Übersetzer des Nibelungenliedes und anderer früher Dichtungen in modernes Deutsch. Er bewegte sich in diesem fröhlichen Künstlervölkchen völlig ungezwungen, kannte alle und jeder kannte ihn.

Herr Simrock hatte einen jungen Mann in diese Gesellschaft mitgebracht, den er den anderen mit den Worten vorstellte: »Dies ist Herr Georg Weerth, ein hoffnungsvoller Kaufmann und noch hoffnungsvollerer Dichter, den ich Ihrer Bekanntschaft nur empfehlen kann. Er ist ein Neffe unseres verehrungswürdigen Kommerzienrats Friedrich Aus'm Weerth, aber trotzdem ein anständiger Mensch.« In das aufkommende Gelächter stimmte der Gelehrte herzhaft mit ein. Katharina Velten kannte auch ihn sehr gut, wie sie Christian zuflüsterte, denn ihre verstorbene Mutter war eine Verwandte der aus Bonn stammenden Simrocks gewesen.

Christian Jellinghaus verhielt sich in diesem Kreis erlauchter Künstler, Professoren und anderer Geistesgrößen schüchtern und zurückhaltend. In den letzten Jahren war er zwar auch mit vielen bedeutenden und reichen Leuten aus der Geschäftswelt in Berührung gekommen, hatte ihren Gesprächen lauschen dürfen und sie oft genug protokollieren müssen. Aber dies hier war ein völlig anderer Menschenschlag, den er bisher noch nicht kennen gelernt hatte. Dem jungen Kanzlisten schien, als öffnete sich ihm der Spalt eines Vorhangs zum Blick in eine ganz neue Welt, von der er nichts verstand und die ihn dennoch faszinierte.

Waren es die aufregenden Erfahrungen dieses Abends oder war es die laue Maiennacht mit einem runden Vollmond am Himmel, in der Christian Jellinghaus seine liebe Bekannte Katharina mit einigen vorsichtigen Umwegen nach Hause brachte? Zum ersten Mal in ihrer Bekanntschaft wagte er es an diesem Abend, sie im Schatten eines Hauses in die Arme zu nehmen und sie auf den vollen roten Mund zu küssen. Und sie duldete diese zärtliche Berührung nicht nur, sondern erwiderte sie voller Innigkeit.

Mit dem Zottel über der Schulter

Im Schacht des Meisters Jütten gab es einige Männer, die bereits Erfahrungen mit der Arbeit bei der Eisenbahn hatten. Sie kamen aus Schlesien und sprachen einen ganz seltsamen Dialekt, den die Rheinländer nur schwer verstehen konnten. Dort im fernen Schlesien herrschte eine Not unter den Bauern, die noch viel schlimmer sein musste als hier zu Lande. Viele Männer aus Schlesien waren daher schon seit Jahren auf Wanderschaft und zogen den Baustellen der Eisenbahnen hinterher, kreuz und quer durch Deutschland, wo es gerade Bedarf an Erdarbeitern gab. Reich waren sie dabei nicht geworden, aber sie konnten wenigstens leben.

Von diesen Schlesiern hatten die anderen Arbeiter gelernt, wie sie sich die Last der mit Erde beladenen Schubkarren erleichtern konnten. Sie mussten sich aus Stricken ein breites Band knüpfen; mit diesem Band über der Schulter war das Anheben der schweren Karren längst nicht mehr so anstrengend. »Zottel« nannten die Schlesier ein solches Band, und bald hatte jeder Schachtarbeiter bei Bornheim einen eigenen Zottel.

Franz Thoennes hatte mit seinem Vetter Scheng und etwa zwanzig Kameraden vom Jüttenschen Schacht eine Unterkunft in der Scheune des Bauern Michael Hennes in Bornheim gefunden. Jeden Abend erschien der Bauer schweren Schritts in seiner Scheune und kassierte von den Arbeitern seinen einen Silbergroschen dafür, dass sie bei ihm auf einer Schütte Stroh schlafen durften.

Seit kurzem gehörten auch einige Frauen zum Schacht des Meisters Jütten. Ein paar der Erdarbeiter kamen mit ihnen an und behaupteten, mit ihnen verheiratet zu sein. Auch der Schachtmeister Jütten schlief des Nachts in einer abgeteilten Ecke der Scheune mit einer Frau im Stroh. Die anderen Arbeiter interessierte das nicht weiter, wenn sie nach einem vierzehnstündigen harten Arbeitstag spätabends todmüde ins Stroh sanken.

Diese Frauen waren im Übrigen eine willkommene Hilfe für die Männer des Schachts. Tagsüber waren sie – gegen einen Tagelohn von allerdings nur 8 Silbergroschen – beim Graben, Beladen der Schubkarren, beim Wegräumen von Steinen und ähnlichen Hilfsarbeiten behilflich. Anders als die Männer durften die Frauen schon um 6 Uhr abends ins Dorf Bornheim zurückkehren, um von den Bauern Gemüse und Kartoffeln zu kaufen. Auf dem Hof des Bauern Hennes hatten sie sich einen primitiven Herd aus Feldsteinen bauen dürfen und darauf kochten die Frauen dann abends die dünne Suppe, die Hauptmahlzeit der Schachtarbeiter. Dazu aßen sie alle ein wenig Brot, das die Bäcker aus Bornheim lieferten, und tranken Brunnenwasser, das in einem großen Kessel bereitstand. Von einem Stück Fleisch in der Suppe wagte niemand von den Arbeitern auch nur zu träumen.

Harte Arbeit waren alle die Männer gewöhnt, denn das Leben eines Bauern oder Winzers bestand auch nur aus einer endlosen Folge anstrengender körperlicher Tätigkeiten, und Bauern waren sie früher einmal fast alle gewesen. Aber da war doch ein Unterschied. In ihrem heimatlichen Dorf hatten die Männer inmitten ihrer Familien gelebt, zusammen mit guten Nachbarn und mit all den kleinen Feiern und Vergnügungen, die das bäuerliche Jahr auch immer wieder mit sich brachte. Und die Arbeit der Bauern oder Winzer wechselte von Woche zu Woche, sie bestand nicht wie hier aus immer dem gleichen Hacken, Schaufeln und Karrenschieben, sodass die Muskeln von der ständigen Überanstrengung schmerzten.

Manch einer hielt das Schachten nicht durch und musste schon nach einer oder zwei Wochen sich seinen Pass von der Polizeibehörde abholen und von dannen ziehen. Einige andere waren noch unglücklicher daran, wenn sie anfingen, Blut zu spucken oder sich ernsthaft verletzt hatten. Es hieß unter den Eisenbahnarbeitern, bei manchen Gesellschaften habe man eingeführt, täglich 1 Silbergroschen vom Lohn abzuziehen und aus dem so gebildeten Fonds krank gewordene Arbeiter zu pflegen. Aber hier bei der Bonner Eisenbahn war davon keine Rede.

Es waren traurige Abende, die Franz Thoennes zusammen mit seinem blöden Vetter Scheng auf dem Hof des Bauern Hennes verbrachte. In den ersten Tagen waren beide so erschöpft gewesen, dass sie sich zwingen mussten, wenigstens etwas Brot zu essen, ehe sie todmüde auf ihr Strohlager sanken. Inzwischen hatten sich ihre Körper etwas besser auf die Arbeit eingestellt und sie konnten noch eine Stunde nach der Rückkehr ins Quartier ihre warme Suppe löffeln und noch ein wenig mit ihren Kameraden schwatzen. Einer hatte eine Quetschkommode mitgebracht und entlockte ihr manchmal schwermütige Lieder. Aber das machte die Arbeiter nur noch trauriger, denn sie mussten dabei an die fröhlichen Dorffeste denken, die sie fast alle noch aus ihrer Jugend kannten. Wo waren ihre Familien, und wie mochte es ihnen gehen?

Immerhin, dachte Franz Thoennes, sie hatten Arbeit und einen regelmäßigen Verdienst, und sie hofften, am Ende des Sommers einige Taler übrig zu haben, wenn sie sparsam waren. Doch zum langen Sinnen war keine Zeit. Morgen würde sie der Schachtmeister Jütten schon wieder in aller Herrgottsfrühe aus dem Stroh und an die Arbeit treiben. Da hieß es, wenigstens die Nacht zum Schlafen auszunutzen.

Drüben im Bauernhaus dachte Bauer Hennes ganz anders über die Arbeit an der Eisenbahn. Er und einige andere wohlhabende Bauern verdienten gut an der plötzlichen Einquartierung. Auch die beiden Bäcker des Dorfes und die Wirte kamen kaum nach, die stets hungrigen und durstigen Arbeiter mit Brot, Bier und Schnaps zu versorgen. So kam auf einmal ein unerwarteter Geldsegen in das kleine Dorf am Vorgebirge.

Michael Hennes erinnerte sich gelegentlich noch daran, wie er und vor allem Hochwürden Elkemann dieses ganze moderne Teufelszeug in die Hölle gewünscht hatten. Inzwischen hatte es ihm einen Haufen blanker Taler eingebracht, und es sollte noch eine ganze Weile Früchte tragen. Wenn er es recht bedachte, war der Viertelmorgen Land, der aus seinem Eigentum an die Bahn gefallen war, so ziemlich das unfruchtbarste Stück gewesen. Die Leute von der Eisenbahn hatten ihm erheblich mehr gezahlt als das Gelände wert war. Der Rat des Bornheimer Pfarrers, einen sehr hohen Preis zu verlangen, war schon gut gewesen, wenn der sich auch das Ende dieses Handels gewiss anders vorgestellt hatte. Und die Einnahmen aus der Vermietung der Scheune und dem Verkauf von Lebensmitteln an so viele Menschen waren auch nicht zu verachten. Von ihm aus, dachte Bauer Hennes zufrieden, konnte die Arbeit an der Eisenbahn noch Jahre weitergehen.

Ein Zeichen Gottes?

Für Doktor Joseph Velten aus der Bonner Remigiusstraße hatte der 8. Mai 1842 eine ganz andere Bedeutung als für die meisten Bonner. Wenn sich diese an das Datum erinnerten, dann an den großen Brand in Hamburg, für dessen Opfer sie so viel Geld gespendet hatten, mehr als in jeder anderen Stadt dieser Größe. Auch Doktor Velten dachte an ein Unglück, das sich am gleichen Tag in der Ferne ereignet hatte. Obwohl es wie der Hamburger Brand über fünfzig Menschen das Leben gekostet hatte, erschien es ihm viel verhängnisvoller. Hätte man doch nur rechtzeitig auf seine Warnungen gehört!

Mit einem Gefühl, gepaart aus Entsetzen und dem Bewusstsein, Recht behalten zu haben, hatte Doktor Velten in der Rheinischen Zeitung, die er neuerdings von Köln bezog, einen Bericht über ein schweres Eisenbahnunglück in der Nähe von Versailles in Frankreich gelesen. Dort war an dem besagten 8. Mai ein Zug der französischen Westbahn entgleist. Die hölzernen Wagen hatten sich dabei auf die umgestürzte Lokomotive geschoben und Feuer gefangen, das von den glühenden Kohlen ausgegangen war. Nicht nur durch das Umstürzen der Wagen waren Menschen umgekommen, sondern viele waren in diesen Wagen bei lebendigem Leibe verbrannt. Denn wie überall auf den Eisenbahnlinien waren vor der Abfahrt an der letzten Station die Türen der Abteile sorgfältig von den Schaffnern verschlossen worden. Diese Maßnahme sollte der besseren Kontrolle der Passagiere dienen. Doch sie hatte sich nun als eine schauerliche Todesfalle erwiesen.

Der Zeitungsbericht hatte darauf hingewiesen, dass dies das erste schwere Unglück mit diesem neuen Verkehrsmittel auf der ganzen Welt gewesen sei, obwohl es doch schon seit mehr als fünfzehn Jahren in Benutzung sei und jedes Jahr in Europa und Amerika Hunderte von Meilen neuer Strecken hinzukämen.

Seit dem Tag, als er diesen erschütternden Artikel in der Zeitung gelesen hatte, saß Doktor Velten in jeder freien Minute an seinem Schreibpult und arbeitete an einer Denkschrift über die Gefahren der Eisenbahn. Sie müsse schleunigst überall verboten und wieder abgeschafft werden, war ihre Schlussfolgerung. Seine Tochter musste in diesen Tagen nicht befürchten, dass er ihr bei ihren Abendspaziergängen mit einem gewissen jungen Mann zufällig begegnen würde.

Vier Tage nach dem großen Wohltätigkeitskonzert in Bonn für die Hamburger Brandopfer ereignete sich auch in Bonn etwas, was alle Menschen erschreckte. Am 25. Mai begannen abends plötzlich die Gebäude zu schwanken und die Möbel in den Häusern hin und her zu rutschen. Ein solches Erdbeben hatte man in Bonn seit Menschengedenken nicht erlebt. Aufgeregt liefen die Menschen auf die Straßen, doch waren außer einigen Rissen in manchen Häusern keine ernsten Schäden zu beklagen. Allmählich beruhigten sich die Einwohner Bonns wieder – bis auf Doktor Velten.

Denn nun hatte er einen Punkt gefunden, mit dem er sowohl überzeugte Christen wie auch Gottesleugner, Wundergläubige ebenso wie solche Menschen dazu bringen konnte, seiner These zu folgen, die nur strenge naturwissenschaftliche Abläufe gelten ließen: Das Erdbeben in Bonn war ein Zeichen Gottes, das vor den Eisenbahnen warnte; und es musste zugleich jedem denkenden Menschen klar machen, dass Eisenbahngleise und -züge bei einem solchen Naturereignis beschädigt würden und mit Sicherheit zusätzliches Unheil hervorrufen würden. Wie leicht könne sich ein solches Erdbeben wiederholen!

Die Denkschrift erhielt den Titel »Ein Zeichen Gottes«. Die Buchdruckerei Neusser musste die kleine Broschüre drucken, wofür Doktor Velten nicht weniger als 12 Taler zu zahlen hatte. Aber diese Ausgabe war dem eifernden Arzt die Sache wert.

Unruhig wartete der kleine Doktor in den nächsten Tagen auf eine Reaktion, denn er hatte die gesamte Prominenz der Stadt mit Exemplaren dieses Heftchens versorgt. Doch niemand äußerte sich. Hatten die Empfänger diese Schrift, von der das Heil der Welt abhing, etwa nicht gelesen?

In diesem Juni 1842 beherrschten ganz andere Dinge die Gedanken der städtischen Behörden und der guten Gesellschaft von Bonn. Für fünf Tage kam der neue Koadjutor des Kölner Erzbischofs nach Bonn, um nach Jahren religiöser Entbehrungen die Firmung zu erteilen und dem katholischen Teil der Bevölkerung zu zeigen, dass das Erzbistum wieder einen Hirten hatte.

Vor fünf Jahren hatten ja die preußischen Behörden den Kölner Erzbischof Freiherr Droste zu Vischering verhaften lassen. Sie hatten damit nicht nur ernsthafte Spannungen zur fremdgläubigen Herrschaft im Rheinland hervorgerufen, sondern auch die Erzdiözese lange Jahre ohne Oberhaupt gelassen. Denn wenn auch der Erzbischof bald wieder freigelassen worden war, so musste er doch im Exil in Münster leben und durfte nicht wieder nach Köln zurückkehren. Erst 1841 war es gelungen, eine Kompromisslösung zu finden. Der Bischof von Speyer, Johann von Geißel, ein liberaler Mann, der auf ein gutes Verhältnis zu den staatlichen Behörden bedacht war, konnte zum Koadjutor des Erzbischofs von Köln mit dem Recht der Nachfolge ernannt werden. In diesem Amt durfte er in der Zeit der Verhinderung seines Erzbischofs in dessen Diözese als sein rechtmäßiger Vertreter handeln.

Dieser Oberhirte kam nun nach Bonn, um die Rechte auszuüben, die nur einem rechtmäßig geweihten Bischof zustehen. Der Münsterplatz stand voller Menschenmassen, als ihm zu Ehren am zweiten Abend seines Aufenthaltes in der Universitätsstadt ein Feuerwerk veranstaltet wurde. Wer nahe dem Fürstenbergschen Palais stand, konnte den Kirchenfürsten dort auf dem Balkon sehen, wie er, umgeben von hohen Geistlichen und dem Gastgeber Graf Fürstenberg, die pyrotechnischen Darbietungen bewunderte.

Einige besonders in der Nähe stehende Bonner schworen hinterher, sie hätten für eine kurze Zeit auf diesem Balkon auch den Bonner Arzt Doktor Joseph Velten gesehen, der auf den Bischof eingeredet und versucht habe, ihm ein Papier zuzustecken. Doch man habe auch beobachten können, dass der Würdenträger sehr ärgerlich abgewinkt habe und dass zwei Fürstenbergsche Diener den Doktor Velten ziemlich unsanft vom Balkon wieder ins Haus gedrängt hätten. Dem Doktor Velten selbst war allerdings über diesen Vorfall auch später nie ein Wort zu entlocken.

Himmelschreiende Sittenlosigkeit

Die Arbeiter im Schacht des Meisters Jütten, die jetzt zur Zeit der kürzesten Nächte des Jahres spätabends auf ihre Stohbunde in der Scheune des Bauern Hennes in Bornheim sanken, wussten nicht recht, woran sie waren. Mehrere der Arbeiter behaupteten steif und fest, sie hätten mehrmals beim Einbruch der Nacht einen schwarzberockten Pfaffen um die Scheune streifen sehen. Gierige Blicke habe er durch die Ritzen im Gebälk des morschen Bauwerks geworfen, aber drinnen natürlich nichts erkennen können, denn dort sei es ja dunkel gewesen. War das ein um seine Gemeindeschäflein besorgter guter Hirte – oder war es nicht etwa ein reißender Wolf, der am liebsten einige der abgeirrten Schafe zerrissen hätte?

Wären die Eisenbahnarbeiter am nächsten Sonntagmorgen in das alte Bornheimer Kirchlein zur Messe gegangen, dann hätten sie wohl verstanden, was der Pfaffe bei ihnen gewollt hatte. Eigentlich bestand eine Anordnung des Bauunternehmers Schmitz aus Brühl, der die beiden Schachtmeister Jütten und Hennekäuser und deren Leute unter Vertrag hatte, diesen Arbeitern am Sonntagmorgen die Gelegenheit zu geben, an der Messe in der nächstgelegenen Kirche teilzunehmen. Doch da die Erdarbeiten etwas in Rückstand geraten waren, drängten die Schachtmeister, auch am Sonntag zu graben. Die Arbeiter protestierten nicht, wussten sie doch, dass sie letztlich nach den abtransportierten Schachtruten Erde bezahlt wurden. Es kam also darauf an, möglichst viele davon zu schaffen – Sonntag hin, heilige Messe her. So versäumten die Bahnarbeiter schon seit einigen Wochen, pflichtschuldigst bei Hochwürden Elkemann zur Messe zu gehen.

In der kurzen Predigt, die das Messformular den Priestern vor der heiligen Wandlung und dem Opfer in der normalen Messe anempfahl, nahm Pfarrvikar Elkemann kein Blatt vor den Mund. »Was sind das für gottlose Kreaturen, die da draußen am Teufelswerk der Eisenbahn arbeiten!«, rief er emphatisch aus. »Selbst am heiligen Sonntag wagen sie es, den Geboten unserer allein selig machenden Kirche zu trotzen, sie wagen es, frech das dritte Gebot zu übertreten: ›Du sollst den Feiertag heiligen‹, indem sie der Darbringung des heiligsten Sakraments böswillig fernbleiben! Pfui über diese Abtrünnigen und ihr teuflisches Werk!«

Diese wilden Bestien seien jedoch noch weit schlimmere Sünder als nur Verächter der Sonntagsheiligung und des kirchlichen Gebots, am Tag des Herrn die Messe zu besuchen, schimpfte der Pfarrer in seiner Predigt weiter. Sie trieben die allergrässlichste Unzucht in der Scheune, in der sie nächtigten, indem sie mit unverheirateten Frauenspersonen ihre Lagerstätte teilten. Dies lasse sogar ein leibhaftiger Kirchenältester der Pfarrgemeinde Bornheim zu, der sich nicht schäme, für diese Duldung der Unzucht auch noch Geld zu nehmen.

Der Bauer Michael Hennes, der wie jeden Sonntag auf der für ihn reservierten Kirchenbank saß, tat, als habe er diese deutliche Anspielung nicht gehört; und auch die anderen Großbauern aus Bornheim, denen diese Strafpredigt galt, verzogen keine Miene. Sie wussten nicht, dass einst ein römischer Kaiser erklärt hatte: »Geld stinkt nicht«, aber sie dachten auch ohne klassische Bildung genauso.

Am Nachmittag dieses denkwürdigen Sonntags zog es Hochwürden Elkemann nicht wie sonst meist nach getanen Amtsgeschäften des Sonntags und einem guten Mittagsmahl zu einem Spaziergang durch Gottes heilige Natur. Vielmehr trieb ihn der heilige Zorn, den er heute empfand, an sein Schreibpult. Mit fliegender Gänsefeder brachte er einen Brief zu Papier, in dem er seiner ganzen, seit Wochen aufgestauten Empörung Luft machte.

»An die Direktion der Bonn-Kölner Eisenbahngesellschaft zu Bonn«, schrieb er hastig. »Es ist mir ein Bedürfnis, flammenden Protest zu erheben gegen die himmelschreiende Sittenlosigkeit, die unter Ihren Eisenbahnarbeitern in der Gemarkung Bornheim Platz greift. Nicht nur, dass sie die Heiligung des von Gott gebotenen Ruhetags, des Sonntags, sträflich vernachlässigen, indem sie wie die gottlosen Heiden genauso wie an Werktagen ihr schändliches und der Allgemeinheit schädigendes Werk vollbringen, nicht nur, dass sie es sogar versäumen, ihre Pflicht gegenüber Gott und der heiligen Kirche zu erfüllen, indem sie in boshafter Art versäumen, der heiligen Messe in der Bornheimer Kirche beizuwohnen, nicht nur…«

Der aufgeregte Geistliche schien zu spüren, dass er sich im Überschwang seiner Empörung in der Satzkonstruktion verirrt hatte. Daher begann er ohne Rücksicht auf das vorher Geschriebene einen neuen Satz: »Darüber hinaus muss ich Ihnen mit äußerster Missbilligung mitteilen, dass mit Duldung Ihrer Gesellschaft in den Unterkünften die schändlichste Unzucht herrscht.« Kraft seiner pfarramtlichen Autorität habe er, der Pfarrvikar Hermannjosef Elkemann, schon vor geraumer Zeit den Schachtmeister Jütten nachdrücklich aufgefordert, die offensichtlich unzüchtige Verbindung mit einer Weibsperson aufzugeben, mit der er nachts in der Scheune zusammen schlafe. Auf die Behauptung des p.p. Jütten, er sei mit dieser Frau verheiratet, habe er den p.p. Jütten aufgefordert, einen Trauschein vorzulegen, doch das sei trotz mehrfacher Ermahnung nicht geschehen.

»Wo bleibt die von Gott gebotene Achtung vor den selbstverständlichen Moralvorstellungen aller Christen«, schrieb Pfarrer Elkemann in unveränderter Hast weiter, nun schon das dritte Papierblatt verwendend, »wo bleibt die Ehrfurcht vor der Autorität der allein selig machenden katholischen Kirche und ihren Dienern, wenn die von der Eisenbahn angelockte Hefe des Volkes alle Gebote schändlich missachten darf…«

Eine Woche später hielt der Hilfskanzlist Weißkirchen im Bonner Bahnbüro den langen Beschwerdebrief des Pfarrvikars Elkemann an die Direktion hilflos in der Hand. »Ablegen« hatte der Herr Direktor Schramm darauf nur lakonisch verfügt. »Herr Jellinghaus«, fragte der junge Mann verzweifelt, »können Sie mir helfen? Wohin soll ich denn diesen Brief nur ablegen?«

Der erste Kanzlist Jellinghaus nahm den Brief in die Hand und erinnerte sich nach kurzem Blick auf das umfangreiche Schriftstück, es vor ein paar Tagen schon einmal gelesen zu haben. Nach kurzem Nachdenken gab er seinem jungen Mitarbeiter den Rat: »Legen Sie es in den Aktenband ›Uneinbringliche Forderungen‹, Weißkirchen!«

Ingenieur Exner verlässt die Bahn

»Was ist denn hier los?«, herrschte Oberingenieur Exner die Arbeiter an, die in einem dichten Haufen zusammenstanden. »Warum wird hier nicht gearbeitet?« Die vorher lebhaft durcheinander redenden Männer verstummten und gaben dem Kontrolleur den Blick frei auf einen der ihren. Er lag stöhnend auf dem Boden und blickte entgeistert auf seinen linken Fuß, der nur noch eine blutige zerquetschte Masse bildete.

»Ein Unfall«, mischte sich Schachtmeister Jütten ein, »der da hat nicht aufgepasst. Schafft ihn nach Bornheim und verbindet ihn, die anderen gehen wieder an ihre Arbeit!« Doch diesmal folgten die Männer seines Schachtes nicht widerspruchslos den Worten ihres Vorgesetzten. Murmeln erhob sich, Rufe wurden laut: »Der kann aber nichts dafür, das war nicht seine Schuld! Sag du's ihm!«

Einer der Arbeiter trat vor, halb von den anderen geschoben, und zog höflich seine Mütze. Es war Franz Thoennes. Seine Kameraden hatten ihn als einen vernünftigen und ruhigen Mann kennen gelernt und betrachteten ihn in Disputen mit dem Schachtmeister als ihren Sprecher. »Halten zu Gnaden, Herr«, sagte er, »der Peter hat schon aufgepasst. Aber diese Ramme hier ist nicht in Ordnung. Daran hat's gelegen, dass ihm das Gewicht auf den Fuß gefallen ist. Ich mein, er müsst Geld dafür bekommen von der Eisenbahn, weil er nun nicht mehr arbeiten kann. Und zu einem Arzt muss er, das soll auch die Eisenbahn bezahlen.«

Oberingenieur Exner konnte zwar leicht aus der Haut fahren und sich und seine Umgebung ärgern. Aber er besaß auch ein ausgesprochenes Gerechtigkeitsgefühl. So zwang er sich dazu, durch geduldiges Nachfragen zu ergründen, bei wem denn nun die Schuld für den Unfall gelegen habe.

Die Schachtarbeiter hatten zum Verdichten der zu einem Damm aufgeschütteten Erde eine der üblichen Rammen benutzt. Diese waren sehr einfach konstruiert. Ein Dreibein aus gut einer Rute langen Balken trug oben, wo die Balken fest miteinander verbunden waren, eine bewegliche Querstange. Am kürzeren Ende hing an einem Seil ein großes, mit Erde gefülltes Fass, am längeren Ende konnten Arbeiter mit zwei Seilen die Querstange nach unten und das Fass nach oben ziehen, um dann die Halteseile loszulassen, sodass das Gewicht des Fasses die lockere Erde zusammenpressen konnte. So weit entsprach die Ramme den höchst einfachen Geräten, wie sie zu Dutzenden an der Eisenbahnbaustelle in Gebrauch waren.

Bei dieser ganz neuen Ramme aber, so erklärte Schachtmeister Jütten, war nach einer von der Eisenbahngesellschaft gelieferten Konstruktionszeichnung von einem

354

Schlosser in Brühl ein Gelenk geschmiedet worden, das ein beliebiges Drehen des Querbalkens in jede Richtung erlauben sollte, eine Verbesserung des Gerätes, wie es hieß. Oberingenieur Exner ließ sich die Konstruktionszeichnung zeigen, er selbst hatte sie noch nie gesehen. Sie war, wie er feststellte, der Direktion von der Verwaltung der Berlin-Stettiner Eisenbahn im preußischen Osten zugeschickt worden. Dem kundigen Auge eines erfahrenen Technikers fiel es sofort auf, dass diese Zeichnung einen Fehler enthielt, der das ständige Verhaken des Querbalkens zur Folge haben musste. Und wer dann versuchte, den klemmenden Balken zu lösen, musste fast automatisch von dem fallenden Gewicht getroffen werden.

Für Heinrich Exner stand es demnach fest, dass an diesem Unfall weder eine Unachtsamkeit des verunglückten Arbeiters schuld war noch der Bauunternehmer, sein Schachtmeister oder der Schlosser in Brühl, sondern die Eisenbahngesellschaft. Denn sie hatte ja ungeprüft die verhängnisvolle Zeichnung weitergegeben. Im Allgemeinen ging die Eisenbahngesellschaften nichts an, was den Arbeitern beim Bau ihrer Strecke passierte. Es war allein Sache der zwischengeschalteten Bauunternehmer, sich mit verunglückten oder krank gewordenen Arbeitern auseinander zu setzen. Hier lag ein Ausnahmefall vor.

Präsident Franz Mülhens war da allerdings völlig anderer Meinung, als Oberingenieur Exner ihm noch am Nachmittag des gleichen Tages im Büro der Gesellschaft in Bonn davon berichtete. »So was wollen wir gar nicht erst anfangen, Herr Exner«, meinte der Besitzer der Sternenburg. »Wo käme denn die Bonn-Kölner Eisenbahn hin, wenn sie jeden Arbeiter entschädigen wollte, der dabei durch eigene Dummheit zu Schaden kommt?«

Das wollte der Ingenieur aus Prag nun nicht gelten lassen. In seiner cholerischen Art fing er an zu poltern und zu schimpfen. Sein Hilfsingenieur von Lasaulx war mit im Raum und versuchte vermittelnd einzugreifen. Doch auch er erntete nur immer gröbere Worte seines Vorgesetzten, der Widerspruch ebenso wenig vertragen konnte wie Begriffsstutzigkeit, rückschrittliches Denken und technische Schlamperei.

Auch der sonst meist sehr höfliche und verbindliche Präsident Mülhens verlor bei diesem Streit allmählich die Fassung und wurde laut und lauter. Mit angehaltenem Atem horchten Kanzlist und Buchhalter, Hilfsschreiber und Bauzeichner und was inzwischen alles sonst noch als Büropersonal vorübergehend Arbeit im Bahnbüro gefunden hatte, auf den Disput, von dem trotz geschlossener Tür jedes Wort zu verstehen war. Christian Jellinghaus wusste nicht recht, wem er hätte zustimmen sollen, wäre er um seine Meinung gefragt worden – woran allerdings niemand dachte. Auch ihm erschien es in diesem Falle als gerecht, dem verunglückten Arbeiter eine Entschädigung zu gewähren. Aber Oberingenieur Exner hatte sich seit dem ersten Tag seiner Arbeit für die Bonn-Kölner Eisenbahn durch sein nörglerisches und unfreundliches Wesen beim gesamten Personal so unbeliebt gemacht, dass jeder allein deshalb geneigt war, dem Präsidenten Mülhens Recht zu geben.

Plötzlich öffnete sich die Tür des Zimmers, das als Arbeitsraum der Ingenieure und der Direktoriumsmitglieder diente. Mit hochrotem Kopf stürmte Heinrich Exner hinaus, ohne noch ein Wort zu verlieren. Nach wenigen Augenblicken folgte ihm Präsident Mülhens, auch er rot im Gesicht und sichtlich erregt, in seinem Gefolge Ingenieur von Lasaulx.

Franz Mülhens bemühte sich aber, ganz ruhig zu spre-

chen, als er den Bürooffizianten verkündete: »Herr Oberingenieur Exner hat mit dem heutigen Tage, dem 22. Juli
1842, seine Tätigkeit für die Bonn-Kölner Eisenbahn nie-
dergelegt. Obwohl eine fristlose Kündigung dem technischen Personal nicht zusteht, habe ich der Niederlegung
seines Amtes zugestimmt. Das gesamte Direktorium wird
allerdings auf seiner nächsten Sitzung dieser Entscheidung
noch zustimmen müssen. Bis zu einem anderweitigen Beschluss des Direktoriums nimmt Herr Johann Claudius von
Lasaulx die Aufgaben eines Oberingenieurs wahr.«

Ein Kind kann nicht mehr

Als am Montagmittag das Glöckchen auf dem Dach der
Weerthschen Baumwollmanufaktur zur kurzen Mittagspause rief, trat Franz Nettekoven aus seinem Webstuhl heraus.
Den ganzen Vormittag hatte er ebenso mechanisch wie
sein Weberschiffchen alle notwendigen Bewegungen ausgeführt und sich bemüht, an nichts anderes als an seine
Arbeit zu denken. Jetzt kamen die Gedanken wieder mit
Macht, die ihn den ganzen gestrigen Sonntag und die
schlaflose Nacht über gequält hatten. Tränen traten in seine
Augen, während er in sich zusammengesunken zum Kontor des Herrn Aus'm Weerth hinüberschlurfte.
    Hinter der Holzschranke des Geschäftszimmers war zu
dieser Stunde nur der Neffe des Prinzipals anwesend, der
junge Herr Georg Weerth, weil er eine eilige Schreiberei zu
vollenden hatte. Demütig zog Franz Nettekoven die Mütze
und bat, zugleich für seine Frau und für seine Tochter, um
eine Verlängerung der Mittagspause für ein oder zwei Stunden.
    Der junge Herr Weerth blickte geistesabwesend von sei-

nem Geschäftsbrief auf. »Tut, was ihr nicht lassen könnt«, brummte er, »ihr wisst, dass euch die Zeit vom Lohn abgezogen wird. Was habt ihr denn so Wichtiges, dass ihr es in der Arbeitszeit erledigen müsst?«

Tonlos antwortete der Weber: »Unseren Sohn unter die Erde bringen. Er hat – er hat …« Franz Nettekoven brachte es nicht über sich, das furchtbare Wort auszusprechen. Er schlug die Hände vor das Gesicht und wandte sich ab. Georg Weerth war jetzt aufmerksam geworden. Er stand auf, öffnete den Durchgang in der Holzschranke und legte dem Weber mitfühlend die Hand auf die Schulter. »Was ist mit eurem Sohn? Sagen Sie es mir, Herr Nettekoven, mir können Sie es anvertrauen!«

Unter dem Einfluss der freundlichen Stimme überwand sich der schluchzende Mann, einem anderen von seiner Schande und von seiner Trauer zu berichten. »Gestern, am Sonntag, war ich mit der Josepha, was meine Frau ist, und mit unserer Margarethe in der Messe. Unseren Sohn Anton haben wir noch schlafen lassen, weil er sonntags immer so müde war. Nach der Messe muss er ja immer zur Fabrikschule, die sie jetzt in der Armen-Freischule in der Wilhelmstraße halten. Als wir aus der Messe wiederkamen, war der Anton weg, zur Schule, dachten wir. Aber er kam bis zum Abend nicht wieder, und da fingen wir an, ihn zu suchen. Am Ende haben wir ihn gefunden, in einer Ecke im Hof hinter dem Schuppen, in dem wir wohnen. Er hing an einem Strick …«

»Holen Sie Ihre Frau und Ihre Tochter, Herr Nettekoven«, sagte Georg Weerth entschlossen und langte nach seinem Zylinderhut. »Ich komme mit und begleite euch.« Auf dem kurzen Weg zur Wohnung der Nettekovens in der Josephstraße gelang es dem jungen Kaufmann, dem Weber etwas Näheres zu entlocken.

Der zehnjährige Sohn Anton war immer ein wenig kränklich gewesen, blass und müde. Er hätte sich in frischer Luft mit Spielkameraden lebhaft bewegen müssen, wie es Kindern dieses Alters zukommt, und er hätte viel besser ernährt werden müssen, als es der kärgliche Lohn der Nettekovens erlaubte. Stattdessen musste er, um mit Geld zu verdienen, in der Weerthschen Fabrik im staubigen Spinnersaal auf und ab springen, vom Meister mit bösen Worten traktiert, wenn er vor Müdigkeit nicht bemerkte, dass eine Spinnerin keinen Vorrat an Rohbaumwolle mehr hatte. Wie freute sich das Kind auf den Sonntag, wo es wenigstens einmal schlafen und sich ausruhen konnte und am Nachmittag für ein paar Stunden am Rheinufer still für sich mit einigen Kieseln spielen durfte.

Aber selbst dieses unschuldige Vergnügen war ihm seit einiger Zeit nicht mehr vergönnt. In wohlmeinender Absicht hatte die Stadt Bonn im Jahr 1841 eine Fabrikschule eingeführt, damit die Kinder, die in Fabriken arbeiteten, nicht jeglichen Schulunterricht entbehren mussten. Sehr zum Unwillen der Fabrikherren hatte der Stadtrat diese gezwungen, den Kindern von neun Jahren an am Mittwoch- und am Samstagnachmittag freizugeben, damit sie in dieser Fabrikschule wenigstens die Anfangsgründe des Lesens, Schreibens und Rechnens beigebracht bekämen. Es waren die Zeiten, zu denen die anderen Kinder, die regelmäßig zur Schule gingen, ihre goldene Freiheit genießen durften und zu denen das Klassenzimmer daher leer stand und die Lehrer frei hatten. Weil der Unterricht für die Fabrikkinder an nur zwei Nachmittagen in der Woche dem Stadtrat allzu dürftig erschien, hatte er verordnet, dass die Fabrikkinder auch noch am Sonntagvormittag nach der Messe und am Sonntagnachmittag religiösen Unterricht erhalten sollten.

Wenn der kleine Anton seinen Eltern überhaupt etwas

gesagt hatte, dann nur, dass er so müde sei und immerfort schlafen wolle. Er war in letzter Zeit noch blasser und schmaler geworden, und er wollte nicht mehr in diese Schule gehen, wo er zum Aufpassen viel zu müde sei; nur schlafen, schlafen wolle er.

»Jetzt kann er immer schlafen«, sagte der Weber Franz Nettekoven sanft, als er den ausgemergelten Körper seines toten Sohnes auf die Arme nahm, um ihn zum Friedhof zu tragen. Aber nicht einmal dort würde er die rechte letzte Ruhe finden, brach endlich etwas wie Zorn aus dem Vater heraus. Denn sein Anton habe ja Hand an sich selbst gelegt und Selbstmördern verweigere die Kirche das Ruhen in geweihter Erde auf dem Friedhof und den letzten Segen des Priesters.

Hinter der Mauer des Bonner Friedhofs jenseits des Sterntores gab es eine Stelle, wo Selbstmörder oder durch Henkers Hand Gestorbene vergraben werden konnten. Dies mussten die Angehörigen selbst besorgen, denn weder Pfarrer noch Totengräber standen hierfür zur Verfügung. Während der Weber Nettekoven sich schwer atmend mit der ungewohnten Arbeit des Grabens und Hackens abmühte, hielt Mutter Nettekoven ihr totes Kind im Arm, bis das Grab tief genug war. Der junge Kaufmann Georg Weerth stand dabei, stumm und bewegt von dem Leid, das er hier miterleben musste.

Als dann der kleine Körper ohne Sarg in das Erdloch gebettet wurde und der Weber gerade mit versteinertem Gesicht die ersten Erdschollen über ihn werfen wollte, trat Georg Weerth vor. Als Sohn eines reformierten Pfarrers war ihm das Begräbniszeremoniell wohl vertraut, aber er hatte selbst schon lange nicht mehr gebetet. Es scherte ihn nicht, dass weder seine eigene Kirche noch die katholische der Nettekovens seine Amtsanmaßung gutgeheißen hätten, und dass sie auch in gleicher Weise Selbstmördern den letzten Segen verweigerten. Das Gebet, das Georg Weerth hier sprach, stand in keiner Agende und in keinem Messbuch, aber es kam aus einem erschütterten Herzen: »Herrgott im Himmel, gib diesem armen Kind wenigstens in Deiner Wohnung die Ruhe und den himmlischen Frieden, den die Menschen auf der Erde ihm verweigert haben!«

Bauunternehmer Sarter

Die Eisenbahntrasse zwischen Bornheim und Brühl war bis auf das Verlegen der Schwellen und Schienen fertig gestellt; der Herr Ingenieur der Bonn-Kölner Eisenbahngesellschaft hatte nach sorgfältiger Prüfung aller Böschungen und Dämme, aller gemauerten Durchlässe für Bäche und Feldwege sowie des dicken Kiesbettes für die spätere Schienenverlegung die Arbeit in Ordnung befunden. Den Arbeitern hatten die Schachtmeister noch einige Taler ausgezahlt, als Differenz zwischen den Akkordlohnabschlägen in den letzten Monaten und ihren tatsächlichen Leistungen, wie sie jetzt bei der endgültigen Abrechnung hatte ermittelt werden können. Dann hatte man den Schachtarbeitern ihre Pässe zurückgegeben und sie entlassen.

Dennoch hofften die meisten von ihnen, auch in den nächsten Monaten nicht ohne Verdienst dazustehen. Denn schon wurden wieder Arbeiter für die anschließend in Angriff zu nehmenden Strecken von Brühl bis Kalscheuren und von Bornheim bis Dransdorf bei Bonn gesucht. Es war Anfang September, als Franz Thoennes mit seinem blödsinnigen Vetter Scheng Haag und einer Reihe seiner Kameraden aus dem Jüttenschen Schacht nach Roisdorf wanderte, das nur noch eine knappe Meile von Bonn entfernt lag.

Dort würde ein Bauunternehmer Sarter tüchtige Schachtarbeiter einstellen, so hatte es geheißen. Im Sack trug Franz einen kleinen Schatz von an die 20 ersparten Talern und etlichen Silbergroschen; seine Muskeln und die seines Vetters waren von der Arbeit hart und kräftig geworden. Endlich hatte er das Gefühl, dass die größte Not seines Lebens hinter ihm lag, und er war frohen Mutes.

Bauunternehmer Sarter aus Bonn hatte sich im Roisdorfer Dorfgasthaus des Heinrich Stüsser einquartiert und daraus so etwas wie ein provisorisches Baubüro gemacht. Vor dieser Wirtschaft hatte er einen Tisch aufstellen lassen und musterte persönlich die Schachtarbeiter, ehe er sie einstellte. Franz Thoennes kannte das Zeremoniell nun schon, aber er wunderte sich, dass einige seiner Kameraden weggeschickt wurden, obwohl sie kräftig genug für die Arbeit waren. Der Herr Sarter schien seine eigenen Maßstäbe für die Brauchbarkeit zu haben, aber er gab keine Erklärungen dazu ab.

Franz Thoennes und seine Kameraden hatten gehört, ihr Schachtmeister Jütten habe sich in der gleichen Eigenschaft beim Unternehmer Sarter beworben, sei aber abgelehnt worden. Das tat den Schachtarbeitern Leid. August Jütten war ein tüchtiger und erfahrener Mann gewesen, auch wenn er wie alle Schachtmeister darauf sah, dass er zu seinem eigenen Verdienst kam. Er kannte die Aufgaben beim Bahnbau genau, und seine Arbeiter hatten nicht das Gefühl gehabt, dass er sie bei der Berechnung der Tagesleistungen betrogen habe. Das war mehr, als man von vielen Schachtmeistern sagen konnte, wie Franz Thoennes inzwischen von seinen Kameraden wusste. Wen würden sie an seiner Stelle bekommen?

Die Arbeiter wussten nicht, dass Bauunternehmer Sarter in harter Preiskonkurrenz einen anderen Bonner Baumeister erheblich unterboten hatte, um von der Eisenbahngesellschaft den Zuschlag für diesen Streckenabschnitt zu erhalten. Für nur 9150 Taler wollte er die rund 8000 Schachtruten Erdbewegung zwischen Roisdorf und dem Dransdorfer Bach durchführen lassen. Wenn er dabei noch auf einen ausreichenden Verdienst kommen wollte, konnte das nur auf Kosten der Arbeiter gehen. Peter Sarter hatte sich jedoch gut erkundigt, wie das zu machen sei. Als erste Maßnahme hatte er nur solche Arbeiter eingestellt, die ihm nicht zur Aufsässigkeit zu neigen schienen.

Die zweite Maßnahme verkündete er selbst den Leuten, die mit Schaufeln und Hacken auf den Beginn der Arbeit warteten. Er werde ein neues Lohnsystem einführen, wie es sich in Amerika sehr bewährt habe. Damit die Arbeiter nicht mehr gezwungen seien, ihre Lebensmittel und andere Bedürfnisse von hiesigen Bauern und Händlern zu kaufen, werde er selbst ihnen für einen Teil des Lohnes solche Waren liefern. In Amerika nenne man dieses moderne Verfahren Trucksystem, und er gedenke, diesen Vorteil für die Arbeiter auch hier einzuführen. Zugleich stellte er den neuen Schachtmeister vor, den Karl Scheifgen, dem die Leute ebenso zu gehorchen hätten wie ihm selbst.

Karl Scheifgen war ein kleiner Mann mit stechenden Augen und einem spitzen Gesicht, das ihm schnell den Beinamen »der Ratz« unter den Arbeitern einbrachte. Aber nicht nur das Gesicht erinnerte an das unangenehme Nagetier, sondern auch sein Verhalten. Das wurde den Arbeitern bald klar.

Unternehmer Sarter hatte eine Menge der im Sommer zwischen Bornheim und Brühl benutzten hölzernen Schubkarren billig aufgekauft, die Arbeit konnte also genauso vonstatten gehen wie in den Monaten zuvor. Aber früher hatten die Arbeiter, wenn sie eine volle Schubkarre auf die dafür bestimmte Stelle leerten, vom Schachtmeister oder einem seiner Beauftragten ein Pappkärtchen bekommen, und nach der Zahl der täglichen Kärtchen wurde der Akkordlohn berechnet. Jetzt gab es keine Pappkärtchen mehr, sondern Schachtmeister Scheifgen machte entsprechende Striche hinter dem Namen auf der Namensliste.

Als aber die erste Lohnauszahlung beim neuen Unternehmer fällig war, erlebten die Schachtarbeiter ihr blaues Wunder. Sie standen am Tisch vor der Gastwirtschaft Stüsser und ließen sich vom Schachtmeister Scheifgen ihren Lohn auszahlen. Statt der im Durchschnitt gut 5 Taler, die jeder Akkordarbeiter früher alle vierzehn Tage einkassieren konnte, und dabei waren die Abzüge für den Schachtmeister schon berücksichtigt, waren es jetzt höchstens noch 2 Taler.

Von den Kameraden wurde wieder Franz Thoennes vorgeschickt. »Na ja«, bekam er vom »Ratz« zu hören, »ihr habt vierzehn Tage lang Brot und Bier, Kartoffeln und Erbsen und Gemüse, Schnaps und auch eine Wurst am Sonntag bekommen, alles auf Kosten des Herrn Sarter. Das macht pro Tag 5 Silbergroschen, die euch gleich abgezogen werden.«

Franz war nicht auf den Kopf gefallen und konnte solche einfachen Rechnungen selbst ausführen. »Das sind dann aber nur 70 Silbergroschen oder 2 Taler und 10 Silbergroschen für vierzehn Tage. Beim Unternehmer Schmitz in Brühl hätten wir dann immerhin noch mehr als 3 Taler ausgezahlt bekommen. Und jetzt kriegen die meisten weniger als 2 Taler.«

Der »Ratz« antwortete überlegen: »Ihr braucht euch ja bloß mehr anzustrengen. Wer mehr Schubkarren am Tag transportiert, bekommt auch mehr Geld!« Immer noch ruhig, seine Mütze in der Hand drehend, antwortete Franz

Thoennes, den seine Kameraden schweigend umstanden: »Wir haben aber gewiss so viele Karren voll geleistet wie früher auch! Habt Ihr auch richtig notiert auf Eurem Zettel, Schachtmeister?«

Diese ruhig vorgebrachte Frage schien den Schachtmeister Scheifgen an einem wunden Punkt getroffen zu haben: »Kannst selber die Striche nachzählen, Saukerl, wenn du so gut rechnen kannst!«, brüllte er Franz an. »Im Übrigen, wenn dir's nicht passt, kannst du auf der Stelle aufhören. Es gibt genug Arbeiter, die auf deine Stelle warten. Wie ist's?«

Eine Minute lang stand Franz Thoennes vor dem Schachtmeister. Seine Zähne knirschten hörbar, aber er sagte kein Wort. In den Gesichtern seiner Kameraden las er, was sie dachten. Dann drehte er sich um und stapfte schwerfällig mit seinen lehmverkrusteten Stiefeln zur Scheune des Bauern Pütz, in der er jetzt sein Nachtquartier hatte.

8. Kapitel

Hoffnung auf bessere Zeiten

September 1842 bis März 1843

»Vivat Seiner Majestät!«

Katharina Velten konnte kaum die Pause im Konzert der Tiroler Sänger und Zitherspieler erwarten. Ein milder Spätsommerabend hatte an diesem 16. September 1842 sehr viele Bonner in den Ermekeil'schen Garten an der Koblenzer Straße gelockt. Die armen Künstler konnten nichts dafür, dass ihre Alpenlieder diesmal nicht die ungeteilte Aufmerksamkeit fanden, die das kunstbegeisterte Bonner Publikum sonst für Konzerte aller Art aufbrachte. Dazu war in den letzten Tagen zu viel Wichtiges in der Stadt passiert, das haarklein beredet werden musste, vor allem vom weiblichen Teil der Bevölkerung.

Zur Pause hatte sich schon willkommene Dunkelheit über den Garten gesenkt; manch ein Liebespaar nutzte die Gelegenheit zu einem unauffälligen Spaziergang unter den Bäumen des Ermekeil'schen Parks. »Nein, es ist jammerschade, dass Sie dies nicht miterleben konnten, Herr Christian«, erzählte Katharina eifrig ihrem guten Bekannten, der sich für dieses Konzert ein wenig früher als sonst aus seinem Eisenbahnbüro hatte frei machen können. Arm in Arm promenierten die beiden auf den Parkwegen auf und ab und waren froh, dass diesmal kein Mond schien, der ihre traute Zweisamkeit unberufenen Zuschauern hätte entdecken können.

»Was war es aufregend, den König von Preußen in der offenen Kutsche durch die Straßen fahren zu sehen!«, sprudelte es aus der jungen Dame heraus; sie war noch ganz erfüllt von diesem Erlebnis. »War das wirklich erst vorgestern? Mit meinen eigenen Augen habe ich zum ersten Mal in meinem Leben einen richtigen König gesehen. Und ich habe ganz laut ›Vivat Seine Majestät!‹ gerufen, wie alle die anderen Leute auch.«

Der erstmalige Besuch eines preußischen Königs in seiner Universitätsstadt am Rhein hatte aus den Bonnern über Nacht begeisterte Anhänger des Herrscherhauses im fernen Berlin gemacht. Auch wenn der Besuch in Bonn selbst, wenn man es genau rechnete, nur drei Stunden gedauert hatte, so war er doch ein Ereignis, das die Klatschmäuler nicht so schnell verstummen ließ. Immerhin hatte der König fast drei Wochen in Köln und seiner näheren Umgebung verbracht.

Der Hauptanlass für diesen Besuch war ein doppelter gewesen: das friedliche nationale Fest der Grundsteinlegung für den Weiterbau des Kölner Domes und das militärisch-prächtige Schauspiel der großen Herbstmanöver aller Truppen des in der Rheinprovinz stationierten 8. preußischen Armeecorps vor dem König und zahlreichen Ehrengästen auf der Ebene bei Lommersum zwischen Köln und Euskirchen. Weder Katharina Velten noch Christian Jellinghaus waren persönlich bei diesen Anlässen dabei gewesen, aber sie wussten aus verschiedenen Quellen darüber gut Bescheid und konnten sich gegenseitig davon erzählen.

Am Sonntag, dem 4. September, war es gewesen, als Seine Majestät König Friedrich Wilhelm der Vierte von Preußen in Köln auf dem Platz vor der ungeheuren Bauruine des Mittelalters die traditionellen drei Hammerschläge vornahm und damit das äußere Zeichen zum Beginn der

Bauarbeiten für die Vollendung des Doms zu Köln gab. Der Referendar Rudolf Schramm hatte, voll von diesem Erlebnis, dem Kanzlisten Jellinghaus im Bahnbüro davon erzählt, denn der junge Jurist war persönlich dabei gewesen und hatte ganz in der Nähe des Königs gestanden.

Schon vor Jahren hatte sich in Köln ein Dombauverein gebildet, der sich zur Aufgabe gemacht hatte, Spenden zu sammeln, um das unvollendete Vermächtnis des Mittelalters fertig zu bauen und es damit zum Symbol für eine neue, bessere Zeit zu machen. Rudolf Schramm, der Protestant reformierten Bekenntnisses, gehörte dem Vorstand dieses Dombauvereins an, wie auch viele prominente Kölner und bedeutende Gelehrte und Künstler in ganz Deutschland dieses nationale Vorhaben begeistert unterstützten. Nach jahrzehntelangen fruchtlosen Diskussionen war mit der Thronbesteigung König Friedrich Wilhelms des Vierten neuer Schwung in das Projekt gekommen, denn dieser edle, für die Kunst und das Mittelalter schwärmende Fürst war von seinen Jugendjahren an ein höchst interessierter Förder dieser Idee gewesen.

»Meine Herren von Köln«, hatte der König bei der Grundsteinlegung gesagt, und Rudolf Schramm hatte es sich genau gemerkt und seinem Kanzlisten weitererzählt, »es begibt sich Großes unter Ihnen. Hier, wo der Grundstein liegt, sollen sich die schönsten Türme der ganzen Welt erheben. Deutschland baut sie – so mögen sie für Deutschland durch Gottes Gnade Tore einer neuen besseren Welt werden!«

Über die mehrtägigen Militärmanöver bei Euskirchen, die sich an dieses Fest anschlossen, wusste Katharina Velten zu berichten. Von den vielen ausländischen Offizieren – Engländern, Kurhessen, Hannoveraner, Franzosen, Oldenburger, Russen und Angehörige anderer Nationen –, die als

Manöverbeobachter daran teilnahmen, lagen etliche auch in Bonn in Quartier, da die Hotels für den großen Ansturm nicht ausreichten. Doktor Joseph Velten hatte einem hannöverschen Premierleutnant für einige Tage Unterkunft geboten, und dieser hatte anschaulich davon geplaudert. Für Katharina war es allerdings schwierig, die vielen militärischen Fachausdrücke richtig wiederzugeben. Sie kam daher lieber schnell auf den anschließenden Aufenthalt des preußischen Königs in Godesberg und Bonn zu sprechen.

In der alten kurfürstlichen Redoute zu Godesberg hatten die rheinischen Rittergutsbesitzer dem König und seinem Gefolge ein Fest gegeben, das durch ein prächtiges Feuerwerk von den Höhen des Siebengebirges und der Ruine der Godesburg seinen krönenden Abschluss fand.

Am folgenden Tage war dann der König morgens von Godesberg nach Bonn gekommen und hatte in der »Vinea Domini« mit dem Großherzog von Mecklenburg gefrühstückt. Dieses kleine, idyllisch am Rheinufer dicht oberhalb Bonns gelegene Lustschlösschen hatte sich einst ein Kurfürst erbauen lassen; jetzt diente es gelegentlich hohen fürstlichen Persönlichkeiten als standesgemäße Unterkunft. Katharina hatte wie Hunderte von Bonnern die Anfahrt des Königs mit seinem Gefolge erwartet und geduldig ausgeharrt, bis der Landesherr zu einer kurzen Rundfahrt durch Bonn und zu den einstigen kurfürstlichen Schlössern in Poppelsdorf und in der Stadt aufbrach.

Peinlich berührt berichtete das junge Mädchen von dem Vorfall, den sie, in der jubelnden Menge eingekeilt, am Schluss dieses Besuches miterlebt hatte. Sie hatte sich an der Abfahrtstelle der Rheindampfer aufgestellt, weil der König schon am Mittag nach Koblenz weiterfahren sollte. Als die Majestät dann dort aus der offenen Kutsche stieg, um sich an Bord des Dampfschiffes zu begeben, war Doktor Joseph Velten auf den König zugestürzt und hatte versucht, ihm seine Brandschrift gegen die Eisenbahn mit dem Titel »Ein Zeichen des Himmels« zu überreichen. Katharina hatte jedoch genau beobachtet, dass der König nach einem Blick auf das Schriftstück es dem Verfasser mit einer abweisenden Handbewegung zurückgegeben hatte.

»Mein Vater macht sich in dieser Sache noch zum Narren und zum Gespött der ganzen Stadt«, klagte das junge Mädchen, »aber je länger es geht, desto mehr verrennt er sich in diese Idee. Man darf bei uns zu Haus das Wort Eisenbahn überhaupt nicht mehr erwähnen.« Christian Jellinghaus drückte im Dunklen vertraulich den Arm seiner geliebten Begleiterin und meinte nur: »Ich bin so froh, liebes Fräulein Katharina, dass Sie nicht so denken!«

Stephenson oder Sharp Roberts?

Wieder einmal saß Christian Jellinghaus an seinen üblichen Seitentischchen im Bahnbüro am Bonner Münsterplatz mit gespitzter Gänsefeder bereit, um das Protokoll der wöchentlichen Sitzung des Direktoriums auf das Papier zu bannen. Das war inzwischen für ihn zur Routine geworden. Er hatte sich daran gewöhnt, dass zwar jeweils eine Fülle von Fragen zu bereden, zu entscheiden und von ihm zu protokollieren waren, dass aber die sichtbaren Fortschritte bei diesem Eisenbahnbau eher dem Marsch einer Schnecke glichen. Immerhin, es ging vorwärts.

Auch dass sich Präsident Mülhens in letzter Zeit spürbar von den Geschäften der Bonn-Kölner Eisenbahn zurückgezogen hatte, konnte daran nichts ändern. Unter den Mitdirektoren und auch unter den Offizianten im Bahnbüro war es ein offenes Geheimnis, dass Franz Mülhens infolge der pausenlosen gehässigen Angriffe der »Nordländer« in Bonn gegen ihn persönlich allmählich die Lust verlor. Doch ruhig und ohne nach außen hin viel davon herzumachen, vertrat ihn gewissenhaft der Rentner Stahl, der vor einem halben Jahr an Stelle des von diesem Posten zurückgetretenen Herrn von Wittgenstein aus Köln zum Vizepräsidenten des Direktoriums gewählt worden war.

Auch an diesem 13. September 1842 fehlte Franz Mülhens, sonst aber war das Direktorium ziemlich vollständig vertreten, denn heute sollten einige sehr wichtige und weit reichende Beschlüsse fallen. Heinrich Stahl trug sachlich und überlegt vor, um was es ging.

»Meine Herren, wir müssen heute über die Bestellung der Lokomotiven und die Erstausstattung mit Personen- und Güterwagen Beschluss fassen, wenn wir unseren Plan wahrmachen wollen, im Herbst nächsten Jahres die Bahnstrecke zu eröffnen. Diese Beschlüsse sind notwendig wegen der langen Lieferzeit dieser Betriebsmittel, auch wenn hinsichtlich der Streckenführung bei Köln und Bonn ja leider immer noch die bekannten bedauerlichen Unklarheiten bestehen.«

Heinrich Stahl blätterte in seinen umfangreichen Unterlagen. Sie bestanden vorwiegend aus dem Briefwechsel der Direktion mit verschiedenen bekannten Lieferfirmen für Lokomotiven sowie anderen Eisenbahngesellschaften in Deutschland, die man nach ihren Erfahrungen mit den Erzeugnissen dieser Firmen gefragt hatte.

»Wir hätten gerne unsere Lokomotiven von einer Fabrik in Deutschland bezogen, speziell innerhalb des Zollvereins, um die hohen Transport- und Zollkosten zu sparen«, fuhr der Vizepräsident fort. »Doch die zwei oder drei Lieferanten, die es hier zu Lande erst dafür gibt, sind noch zu wenig leistungsfähig und unerprobt. Wir können uns nicht zum Experimentierfeld für noch unausgereifte Produkte machen. Sie erinnern sich, meine Herren, dass die vor einiger Zeit versprochene Entwicklung von Lokomotiven unter Verwendung der modernen Antriebskraft der so genannten Elektrizität sich als Windei erwiesen hat. So bleibt uns nichts anderes übrig, als auf die bei vielen Eisenbahnstrecken auf dem europäischen Kontinent bewährten englischen Lokomotiven zurückzugreifen.«

Wieder suchte Heinrich Stahl in seinem Aktenkonvolut nach einem bestimmten Blatt und las einige Zahlen ab: »Die bekannte Firma der Herren Stephenson and Company hat ganz kürzlich eine Patentlokomotive mit 14-zölligem Zylinder und 18 Zoll Hub auf den Markt gebracht, die angeblich eine Brennstoffersparnis von 25 Prozent gegenüber den früheren Lokomotiven erbringen soll. In größerem Umfang erprobt ist diese neue Maschine allerdings nicht. Sie soll 1550 englische Pfund Sterling kosten. Der schärfste Konkurrent der Herren Stephenson ist bekanntlich die Firma Sharp, Roberts and Company in Manchester. Sie bietet ebenfalls eine neue Konstruktion an, die elf englische Tons wiegt, einen Zylinder von 12 Zoll und einen Hub von 18 Zoll aufweist, gerade Achsen und zwei Triebräder von 5 Fuß Durchmesser und vier Vorder- und Hinterräder von 3 Fuß 6 Zoll hat sowie einen inneren Rahmen, der die Folgen eines Achsbruchs fast aufheben soll. Sie soll 1400 englische Pfund kosten.«

Der biedere Rentner Stahl las diese technischen Angaben so fließend vom Blatt und die anderen Herren des Direktoriums machten sich so sachverständig Notizen, als hätten sie alle eine mehrjährige Ausbildung zum Eisenbahningenieur hinter sich. Die häufige Lektüre der verschiedenen technischen Fachzeitschriften, die immer wieder über solche Details berichteten, machte selbst diese Bonner und

Kölner Herren notgedrungen zu Sachverständigen auf diesem Gebiet.

Vizepräsident Stahl erteilte danach dem Herrn Maschinenmeister Gribel das Wort. Er gehörte dem hauptamtlichen Personal der Gesellschaft erst seit dem 1. September dieses Jahres an. Matthias Gribel hatte sich für diese Tätigkeit beworben, nachdem er zwei Jahre lang als Vertreter des Maschinenmeisters der Magdeburg-Leipziger Eisenbahn unschätzbare praktische Erfahrungen mit den Dampfrössern hatte sammeln können.

In ungewohntem sächsischen Tonfall, aber sehr sachlich und wohlinformiert, setzte er den Herren des Direktoriums auseinander, dass er die Anschaffung von Lokomotiven der Firma Sharp, Roberts and Company empfehle. Sie seien bei der Magdeburg-Leipziger Eisenbahn und zahlreichen anderen Strecken in Deutschland seit längerem mit großem Erfolg in Gebrauch, arbeiteten kräftig und sparsam und seien in allen Details mit großer Sorgfalt und aus bestem Material gearbeitet. Vor allem kenne er sich mit dieser Konstruktion auf das Beste aus und könne künftige Lokomotivführer und ihre Gehilfen sofort dafür ausbilden, während er bisher keine praktischen Erfahrungen mit Lokomotiven von Stephenson besitze.

Bedeutungsvoll blickten sich die Herren des Direktoriums untereinander an. Das alles und auch der billigere Preis sprach so für Sharp, Roberts and Company, dass kaum noch eine weitere Diskussion nötig war.

»Jellinghaus, schreiben Sie«, konnte Heinrich Stahl unter nachdrücklichem Kopfnicken seiner Mitdirektoren verkünden: »Wir bestellen bei Sharp, Roberts and Company in Manchester vier Lokomotiven mit Tendern und allem, was sonst dazu gehört. Die Lieferung per Schiff nach Bonn muss spätestens bis August 1843 erfolgen. Eine Lokomotive kostet 1400 englische Pfund Sterling, ein Tender 350 Pfund, das sind für vier Bestellungen zusammen 7000 Pfund oder 44 800 Taler. Dazu kommt noch die See- und Flussfracht bis Bonn von 600 Talern sowie der Eingangszoll des Deutschen Zollvereins von 1600 Talern je Maschine. Insgesamt schlagen also die vier Lokomotiven mit 53 600 Talern zu Buche. Wir bleiben damit aber im Rahmen des Voranschlages, den wir vor nunmehr fast zwei Jahren aufgestellt haben.«

Auch hinsichtlich der Eisenbahnwaggons habe sich die Gesellschaft bei verschiedenen Wagenbauern und anderen Eisenbahnen erkundigt, leitete Vizepräsident Stahl zum nächsten Tagesordnungspunkt über. Eine sehr leistungsfähige Fabrik seien die Herren Reiffert und Compagnie in Bockenheim bei Frankfurt; sie stellten schöne, den vornehmen Diligencen nachempfundene Personenwagen für Eisenbahnen her, luxuriös für die 1. Klasse, ordentlich und preiswert für die 2. und 3. Klasse, wobei die letztere hauptsächlich als billigere Fahrgelegenheit für die Bauern gedacht sei. Sie entspräche auch den neuesten Vorschriften der königlichen Behörden aus Anlass des furchtbaren Eisenbahnunglücks in Frankreich, dass Personenwagen drei Achsen aufweisen müssten.

»Hier möchten wir zwei Wagen 1. Klasse, vier Wagen 1. und 2. Klasse gemischt, neun Wagen 3. Klasse und vier Güterwagen bestellen. Die letzteren werden von Reiffert & Co. mit Vorrichtungen geliefert, um sie auch als Stehwagen oder Wagen 4. Klasse zu besonders billigem Tarif verwenden zu können. Das scheint uns sehr praktisch zu sein. Daneben benötigen wir noch vier Güterwagen von der Firma Pauwels und Talbot in Aachen, drei Chaisenwagen für die Beförderung von Pferdekutschen vornehmer Passagiere sowie drei Gepäckwagen mit Abteil für die königliche Post, die die Höchster Waggonfabrik liefern kann. All diese Wagen zusammen sollen 71 984 Taler kosten. Sind Sie damit einverstanden, meine Herren?«

Ergeben und ein wenig berauscht von den vielen Zahlen nickten die übrigen Herren des Direktoriums ihre Zustimmung. Sie konnten sich darauf verlassen, dass der getreue Heinrich Stahl, der kundige Referendar Schramm und der gewissenhafte Kanzlist Jellinghaus schon alles richtig ermittelt und errechnet hatten.

Im Mittwochskränzchen

Am Mittwochmittag verließ die Chaise der Eisenbahndirektion mit zwei Pferden davor wieder einmal ihren gewöhnlichen Stellplatz vor dem Bahnbüro im Haus Eilers auf dem Bonner Münsterplatz, um nach Köln zu fahren. Kutscher Bläser saß auf seinem Bock, mit dem Zylinderhut als Abzeichen seiner Würde als herrschaftlicher Kutscher, und die Peitsche steil aufgerichtet. Diesmal fuhren zwei Direktoren mit, der stellvertretende Präsident Stahl und der hauptamtliche Direktor Schramm, wie üblich zu Besprechungen mit technischen Beamten der Bezirksregierung. Gegen die feucht-kalte Witterung, die jetzt, Ende November, schon sehr unangenehm war, hatten sich beide Herren bis zum Hals in Wolldecken eingewickelt, denn in der halb offenen Chaise waren die Passagiere allen Unbilden des Wetters praktisch schutzlos ausgesetzt, und die Fahrt dauerte nun einmal auch in einem privaten Fuhrwerk mindestens zwei Stunden.

Rudolf Schramm suchte am Abend, wie schon so oft in den letzten Monaten, wieder einmal sein geliebtes »Mittwochskränzchen« im Laacher Hof zu Köln auf, wo sich seine Freunde regelmäßig einmal in der Woche zur ungezwungenen Aussprache trafen. Als Kommanditisten oder Aktionäre – wie Rudolf Schramm es war –, als gelegentliche Mitarbeiter oder fest angestellte Redakteure der »Rheinischen Zeitung für Politik, Handel und Gewerbe« waren sie alle irgendwie mit dem Schicksal dieses Pressorgans verbunden. Es hatte sich in der kurzen Zeit seines Bestehens zur bedeutendsten Zeitung liberaler Richtung im ganzen Deutschen Bund entwickelt.

Die »Rheinische Zeitung« war unbestreitbar ein Erfolg, auch in geschäftlicher Hinsicht, aber sie brachte den Verantwortlichen dafür auch zunehmend Ärger mit den preußischen Zensurbehörden ein. Bedauerlicherweise hatte der Professor List, den man als Chefredakteur hatte gewinnen wollen, wegen anderweitiger Inanspruchnahme diesen ehrenvollen Ruf ablehnen müssen. Der Herr Gustav Höffken, den die Initiatoren dann als ersten Chefredakteur gewonnen hatten, war schon nach wenigen Wochen wieder ausgeschieden, weil er dem Aufsichtsrat nicht entschlossen genug die liberalen Grundsätze durchsetzte, die dieses Organ vertreten sollte. Sein Nachfolger Dr. Rutenberg aus Berlin bot zwar hierin den Kölner Geldgebern keinen Grund zur Klage, desto mehr aber dem preußischen Minister für Kultus und Unterricht Eichhorn, der höchsten Instanz der preußischen Zensur. Er hatte eine Entlassung dieses Herrn Rutenberg durchgesetzt und vom Geschick des neuen Leiters der Redaktion würde nun das Schicksal dieser Zeitung abhängen.

Doktor Karl Marx aus Berlin wirkte seit September 1842 als Chefredakteur, also seit nunmehr fast drei Monaten. Schon vorher war er einer der angestellten Journalisten des Blattes gewesen. Die Sprache des Blattes hatte sich seitdem allerdings nicht gemäßigt, im Gegenteil. Die liberale und geradezu demagogische Haltung war noch deutlicher geworden; die Zeitung scheute sich nicht, offensichtliche Übergriffe von Behörden der Lächerlichkeit oder der Verachtung preiszugeben. Der gekonnte Stil des Blattes mit ironischen Andeutungen machten dem Ministerialsekretär von St. Paul schwer zu schaffen, der von der preußischen Regierung in Berlin eigens als Zensor für diese Zeitung nach Köln entsandt worden war. Täglich hatte er sich mit den ihm vorgelegten Manuskripten abzumühen und musste doch trotz mancher Streichungen immer noch genügend Anstößiges im gedruckten Blatt entdecken.

Der Herr Marx führte seit seinen Bonner Studententagen den Beinamen »Mohr« wegen seiner schwarzen Haare und seines schwarzen Bartes, auf den er sehr stolz war. Im Kreis der durchweg relativ jungen Leute, die sich im »Mittwochskränzchen« zu treffen pflegten, war er einer der Jüngsten, aber auch Wortgewaltigsten. Es hieß, dass er bald seine Verlobte Jenny von Westphalen zu heiraten gedenke, die Tochter einer alten Adelsfamilie, eine junge Frau, die nichts dabei zu finden schien, einen in ständigem Kampf mit den Behörden stehenden Literaten ohne festen Beruf und jüdischer Abkunft zu ehelichen.

An diesem Mittwochabend Ende November 1842 bildete natürlich das unrühmliche Ende des ersten preußischen Verfassungsexperimentes in der Ära des neuen Königs Friedrich Wilhelm des Vierten das Hauptthema des angeregten Gesprächs der Kölner Herren. Rudolf Schramm und Doktor Marx waren aus unterschiedlichen Gründen besonders interessiert daran.

Für Mitte Oktober dieses Jahres hatte der König die ständigen Ausschüsse der acht preußischen Provinziallandtage erstmals als »Vereinigte Ausschüsse« zu einer gemeinsamen Sitzungsperiode nach Berlin einberufen. So hatte der König das Dilemma umgehen wollen, das immer mehr die Handlungsfähigkeit der preußischen Regierung einengte. Es hing – Zeichen einer neuen Zeit! – einerseits mit dem neuen Eisenbahnwesen zusammen, dessen Bedeutung man in Berlin allmählich zu erkennen begann, andererseits mit dem Fehlen einer allgemeinen Repräsentanz für die preußische Monarchie.

Im Osten Preußens waren Pläne zum Bau einer größeren Eisenbahnstrecke zur Verbindung der Hauptstadt mit dem fernen Ostpreußen aufgetaucht. Man hielt sie für die wirtschaftliche Entwicklung der armen Landschaften östlich der Oder für ebenso wichtig wie für die militärische Verteidigung. Aber anders als in der reichen Rheinprovinz mangelte es dort an Kapitalgebern, die die hohen Kosten für einen selbst auf längere Sicht wenig Gewinn versprechenden Eisenbahnbau aufzubringen bereit waren. Nur mit starker Finanzhilfe des preußischen Staates wäre der Bau finanzierbar geworden. Dafür hätte die Regierung in Berlin eine Staatsanleihe aufnehmen müssen, denn aus den laufenden Staatseinnahmen aus Steuern wäre die Aufbringung der notwendigen Summe unmöglich gewesen. Doch eine Staatsanleihe aufnehmen, wie das andere Staaten machten, konnte der preußische Staat auch nicht. König Friedrich Wilhelm der Dritte war einst nach den Befreiungskriegen gegen Napoleon im Jahr 1820 so unvorsichtig gewesen, in einem »Staatsschuldenedikt« einen Beschluss darüber an die Zustimmung einer preußischen Nationalrepäsentation zu knüpfen.

Bald danach jedoch hatte sich die Anschauung des alternden Königs geändert. Er war nun nicht mehr bereit, die gefährliche Idee einer allgemeinen repräsentativen Vertretung der Untertanen für die gesamte preußische Monarchie einzuführen, ja das Verlangen nach einem für ganz Preußen zuständigen Landtag galt inzwischen als ebenso umstürzlerisch wie das nach einer schriftlichen Verfassung für Preußen, einer Konstitution. Doch das einmal schriftlich niedergelegte Versprechen im Staatsschuldenedikt war nicht zurückzunehmen, denn an einem Königswort sollte man bekanntlich nicht drehen noch deuten.

So sehr des alten Königs Sohn, der neue Herrscher Friedrich Wilhelm IV, sich in vielem von seinem vor zwei Jahren verstorbenen Vater unterschied – in dieser Frage dachte er genauso: die Einführung eines allgemeinen Landtages für Preußen kam für ihn nicht in Frage. Aber das war eben das Dilemma: Ohne Landtag kein Geld, ohne Geld keine Eisenbahn!

Daher war der König in Berlin – oder waren es nicht vielmehr seine Berater gewesen? – auf den Ausweg verfallen, wenigstens die bereits vorhandenen ständigen Ausschüsse der Acht Provinziallandtage gemeinsam einzuberufen, um sich von diesen 96 Deputierten den Staatskredit bewilligen zu lassen. Doch nach heftigen Debatten, bei denen sich der Kölner Handelskammerpräsident und Direktor der Bonn-Kölner Eisenbahn Ludolf Camphausen rühmlich hervorgetan hatte, war das Verlangen des Königs von diesen Vertretern des Adels, der Gutsbesitzer und der Städte glatt zurückgewiesen worden. Sie, die »Vereinigten Ausschüsse«, seien keineswegs die preußische Nationalrepäsentation, die solche Finanzmaßnahmen bewilligen müsse! Ziemlich ungnädig hatte der König die Versammlung schon nach kurzer Tagungsdauer wieder aufgelöst und nach Hause geschickt.

»Hier zeigt sich die Dialektik des ökonomischen Fortschritts im Kampf mit den patriarchalischen Vorrechten der Junkerklasse Preußens«, dozierte der aus der Schule des Philosophen Hegel hervorgegangene Doktor Marx mit seiner scharfen, jeden Widerspruch ausschließenden Stimme. »Die ökonomischen Verhältnisse haben sich gewandelt, nicht aber die Vorstellungen der herrschenden Klassen, die noch am mittelalterlichen Ständestaat festhalten. Der ideologische Überbau, das heißt hier die Staatsverfassung, stimmt nicht mehr mit der faktischen Wirklichkeit überein. Aus der These – den junkerlichen Vorstellungen über die isolierte Vertretung örtlich und klassenmäßig gebundener Ständeinteressen – und ihrer Antithese – den gewandelten ökonomischen Verhältnissen – muss naturnotwendig irgendwann die Synthese einer allgemeinen Repräsentation des Volkes gegenüber den Herrschenden entstehen, wenn notwendig mit Gewalt. Das ist die unumstößliche Lehre der Dialektik!«

»Das ist mir alles etwas zu philosophisch gedacht, lieber Doktor Marx«, antwortete ihm Rudolf Schramm lachend, »mir tun einfach die Initiatoren der preußischen Ostbahn Leid, die nun keine staatlichen Zuschüsse für ihren Bahnbau bekommen können. Bei meiner Eisenbahngesellschaft haben wir Gott sei Dank diese Finanzprobleme nicht. Aber in der Forderung nach einer allgemeinen und für alle Klassen des preußischen Volkes geltenden Nationalrepräsentation stimme ich voll mit Ihnen, Herr Doktor, und mit der Mehrheit der Vereinigten Ausschüsse überein: sie muss kommen, sonst gibt es keinen Fortschritt in Preußen. Aber Sie wissen ja auch, lieber Herr Doktor Marx, dass diese Forderung niemals so direkt in unserer ›Rheinischen Zeitung‹ veröffentlicht werden darf. Sonst wird sie bereits am nächsten Tag verboten. Wir haben schon Schwierigkeiten genug mit der Zensur!«

Bis zur höchsten Instanz

Kutscher Anton Bläser hatte es sich in der Gaststube »für gewöhnliche Gäste« im Hotel Laacher Hof bequem gemacht. Der Abend in Köln war für ihn schon zu einer angenehmen Gewohnheit geworden. Direktor Schramm zeigte sich als großzügiger Passagier, denn er steckte seinem Kutscher jedes Mal 20 Silbergroschen zu, wenn er sich nach Köln fahren ließ, um dort zu übernachten. Mit dem Geld sollte Bläser sich ein ordentliches Abendessen und einige Biere gönnen und die Übernachtung im Strohlager für Kutscher und Dienstboten der Hotelgäste auf dem Dachboden des Hotels bezahlen.

Es schien wieder einer dieser langweiligen Abende zu werden, aber immerhin fühlte Anton Bläser sich angenehm gesättigt, er saß im Warmen und Trocknen und hatte noch ein paar Groschen übrig. Diese Aufwärmung nach der langen nasskalten Fahrt hierher nach Köln war schon sehr erfreulich. Am Nebentisch führten einige Kölner ein lautstarkes Gespräch, wie es sich nach einigen Runden Bier zu entwickeln pflegt. Der Kutscher aus Bonn wurde hellhörig, als einer der Diskutierenden mehrmals das Wort Bonn-Kölner Eisenbahn fallen ließ. Er schien auf diese Gesellschaft nicht gut zu sprechen zu sein, denn er schimpfte gehörig auf die »Eisenbahnfritzen aus Bonn«, die ihm sein Hab und Gut nehmen wollten.

Anton Bläser traf es gut; nach und nach verabschiedeten sich die anderen Trinker am Nebentisch und ließen den, der so über die Eisenbahn schimpfte, allein bei seinem Bier sitzen. Der Kutscher fasste die Gelegenheit beim Schopfe, nahm sein Bierglas und setzte sich kurzentschlossen an den anderen Tisch. »Ich hab gehört, wie du auf die Eisenbahn geschimpft hast«, redete er den Unbekannten in seinem Bonner Dialekt an, »da dacht ich, setz ich mich zu dir, geteilter Ärger ist halber Ärger.«

Jetzt zeigte sich, dass Posthalter Alfter vor einem Jahr sehr geschickt war, gerade seinen Postillion Anton Bläser als seinen Vertrauten und unerkannten Sachwalter in das Personal der Bonn-Kölner Eisenbahn zu entsenden. Denn dieser Kutscher konnte gut mit seinem Verstand und seinem Mundwerk umgehen, und auf die Wahrheit seiner Erzählungen kam es ihm dabei nicht an. So erzählte er jetzt am Wirtshaustisch im Laacher Hof in Köln seinem Tischnachbarn eine haarsträubende Geschichte über die Rücksichtslosigkeit und Gerissenheit der Leute von der Eisenbahn, die auch ihn schwer geschädigt hätten. Er verriet mit keinem Wort, dass er selbst im Dienst dieser Eisenbahnmenschen stand und nicht schlecht an ihnen verdiente, noch weniger allerdings, dass er sich eigentlich für den schärfsten Widersacher dieser Eisenbahn einsetzte.

Nach diesem Einstand, begleitet von einigen Gläsern Bier, die Anton Bläser seinem Gesprächspartner aus seiner schwarzen Kasse spendierte, begann auch der Kölner Bürger zu erzählen. Er sei der Stoffhändler Hubert Reintgen, und ihm gehöre durch eine Erbschaft das alte große Gebäude am Pantaleonstor, der Geyershof. Den wolle die Eisenbahngesellschaft unbedingt kaufen, seit mehr als einem Jahr schon. Aber er habe sich standhaft geweigert zu verkaufen. Denn dieses Grundstück sei ihm sehr wertvoll, sein einziger Grundbesitz in der Stadt Köln, wenn auch nur über eine Erbschaft seiner Frau von einem kinderlos verstorbenen alten Onkel in seinen Besitz gekommen.

»Ja, und?«, fragte der Bonner Kutscher neugierig und teilnahmsvoll. »Haben die denn nicht versucht, das Grundstück zwangsweise enteignen zu lassen?« Doch, bestätigte der Kölner Tuchhändler, es habe bereits eine Expropriationsverfügung des Kölner Oberbürgermeisters gegen ihn gegeben. Aber dagegen habe er beim Kölner Friedensgericht geklagt, nachdem ein Schwager ihm das geraten habe, der der Bruder eines Justizrats an diesem Gericht sei.

Noch sei dieses Verfahren nicht abgeschlossen, erzählte Hubert Reintgen eifrig weiter, froh, einen interessierten Zuhörer gefunden zu haben. Er habe jedoch bereits läuten hören, dass das Gericht die Enteignung vorläufig aufheben werde. Es heiße, für die Eisenbahn läge in der Stadt Köln noch kein rechtskräftiger Bauplan vor, weil der Weg für die Schienen durch die preußischen Befestigungsanlagen hindurch und über den Stadtgraben noch umstritten sei. Und weil der Bauplan noch nicht rechtskräftig sei, könne darauf auch keine rechtskräftige Enteignung gestützt werden.

Kutscher Bläser hatte in den letzten Jahren und vor allem, seit er für die Direktoren der Bonn-Kölner Eisenbahngesellschaft auf dem Kutschbock saß, allerlei aufgeschnappt. Gewiss war er dadurch kein Rechtsexperte geworden, aber von den verschiedenen Instanzen der preußischen Gerichtsbarkeit kannte er wenigstens die Namen; die brachte er jetzt erfolgreich an: »Und wenn die Fritzen von der Eisenbahn dagegen Widerspruch einlegen, dann kommt die Sache vor das Landgericht und eventuell sogar noch an den Appellationsgerichtshof hier in Köln. Und bis da ein endgültiges Urteil kommt, haben unsere Kinder schon Enkel, habe ich mir sagen lassen.«

»Bleib nur ja hart, Hubert«, riet er in vertraulichem Ton seinem neuen Bekannten, »und geh bis zur letzten Instanz, wenn's sein muss, bis Berlin. Wenn die Eisenbahn dein Grundstück nicht kriegt, dann kann sie mit ihrem ganzen Vorhaben einpacken, dann geht sie Pleite. Und dann bekommst du nicht mal die paar Silbergroschen Entschädigung für dein Grundstück, die sie dir dafür zahlen müssen, wenn es wirklich enteignet wird.«

Der Tuchhändler Hubert Reintgen nickte eifrig. Seinem nicht mehr ganz nüchternen Kopf wurde nicht klar, dass sich das Argument seines Ratgebers selbst widersprach. »Ja, ja, das werd ich auch tun«, murmelte er voller Entschlossenheit, »ich kenn auch am Landgericht jemanden, einen Schreiber, der wird das schon richten, dass ich gewinne. Und notfalls gehe ich wirklich bis zur letzten Instanz!«

Die Teufelsmaschine

Der Novemberregen prasselte gegen die kleinen Fensterscheiben der Stube, die der Rentmeister Heinrich Jellinghaus im großen Eingangsgebäude über dem Tor von Burg Bornheim mit seiner Frau bewohnte. Es war das Wetter, bei dem man an einem Sonntagnachmittag nichts Besseres tun konnte als einen Brief zu schreiben.

Heinrich Jellinghaus saß am Tisch bei einer Talgkerze und mühte sich mit der Gänsefeder ab, während seine Frau mit einem Strickstrumpf am Fenster das letzte Tageslicht ausnützte. »Lieber Christian«, schrieb der von Carnapsche Gutsverwalter, »weil du uns in letzter Zeit so selten besuchen kommst, muss ich dir schreiben, was es bei uns Neues gibt. Die Olga, was die rotscheckige Kuh des Herrn Barons ist, hat doch noch einmal gekalbt, und auch unsere Katze hat Junge bekommen.«

Als Rentmeister eines großen Gutes musste Heinrich Jellinghaus mit Feder und Papier umgehen können, und wenn er einmal ins Schreiben kam, dann erzählte er gerne darauf los, auch wenn das, was er dem Papier anvertraute, meist wie Kraut und Rüben durcheinander ging. So berichtete er seinem Sohn in Bonn von den großen und kleinen Ereignissen, die sich auf dem Gut und im Dorf Bornheim in letzter Zeit zugetragen hatten.

»Unser Herr Baron ist oft verreist in letzter Zeit, denn er hat viel Arbeit mit seinem landwirtschaftlichen Verein. Das haben wir von der gnädigen Frau Baronin gehört. Er will zusammen mit dem Herrn Professor Kaufmann eine landwirtschaftliche Schule in Poppelsdorf gründen, da muss er viel schreiben deswegen. Du fehlst ihm sehr dabei, Christian, hat er mir erst neulich gesagt, aber er wünscht dir mehr Glück bei der Eisenbahn als er gehabt hat.«

Bedächtig tauchte der alte Gutsverwalter die Feder in das Tintenfass und überlegte, was er seinem Sohn noch alles schreiben konnte. »Die Straße für die Eisenbahn läuft nun dicht vor unserer Burg vorbei, aber ein Dampfross habe ich noch nicht laufen sehen. Der Herr Baron hat gesagt, es dauert noch ein Jahr, bis es kommt. Aber der Kies ist da, auf den die Eisenschienen gelegt werden sollen. Der Herr Baron ist nicht mehr bei der Eisenbahn, sie wollen ihn da nicht mehr haben, hat er gesagt und war ganz traurig. Aber das weißt du ja auch, mein lieber Sohn. Jetzt sollen mal die anderen was tun für die Eisenbahn, hat er gesagt. Wenn im Frühjahr die Eisenschienen für die Dampfrösser gelegt werden, will ich mir das mal ansehen. Wie nahe darf man herangehen, damit einem nichts passiert? Du musst das doch wissen.«

»Vom Fenster her meldete sich Mutter Jellinghaus: »Hast du unserem Christian auch schon vom Wichtigsten erzählt, Vater? Von der Teufelsmaschine, die wir bald bekommen sollen?« Überrascht blickte Heinrich Jellinghaus auf. »Das hätte ich beinahe vergessen, Mutter. Gut, dass du mich daran erinnert hast!«

Und eifrig beugte sich der alte Mann wieder über seinen Brief: »Denk nur, Christian, wir sollen im nächsten Monat so eine Teufelsmaschine hier ins Haus bekommen, eine Dampfmaschine nennen sie's. Unser Herr Baron hat sie bestellt, und er ist ganz stolz, weil es die erste sein wird im ganzen Kreis und in der Stadt Bonn, hat er gesagt. Die Knechte und Mägde hier auf der Burg haben erst schreckliche Angst gehabt, dass der Teufel mit seinem Höllenfeuer hierher auf die Burg kommt. Viele Bauern im Dorf haben auch ein Gesuch unterschrieben, dass keine Dampfmaschine auf die Burg kommen soll, weil sie vom Teufel ist. Der katholische Pfarrer in Bornheim hat das gepredigt.«

Rentmeister Jellinghaus musste leise lachen, als er daran dachte, was den dummen Katholiken im Dorf eingeredet worden war. »Unser Herr Baron hat neulich zu mir gesagt, wir reformierten Christen sind doch besser daran, uns predigt kein Pfarrer solchen Unsinn! Und den Leuten vom Dorf hat er gesagt, der Teufel wird sich wohl sehr hüten, seinen Bocksfuß in eine Dampfmaschine zu stecken, denn das Feuer darin würde ihm kräftig das Fell verbrennen. Aber das Feuer kann aus der Maschine nicht heraus, hat der Herr Baron gesagt, weil es ganz fest eingeschlossen ist.«

Heinrich Jellinghaus war stolz darauf, genau wie der Freiherr von Carnap aus Barmen zu stammen und reformierter Konfession zu sei, wie es dort die meisten Leute waren. Schon sein Vater war Rentmeister des Vaters des Herrn Barons gewesen, und als der junge Herr anno 1826 Burg Bornheim erworben hatte und nach dort übersiedelte, war es für Heinrich Jellinghaus selbstverständlich gewesen, seinen erheblich jüngeren Herrn zu begleiten und ihm bei der Verwaltung seines großen Gutes zu helfen.

Der Gutsverwalter machte eine Pause und stärkte sich mit einem großen Schluck Bier aus dem vor ihm stehenden Krug. Dann schrieb er weiter: »Der Herr Baron braucht die

Dampfmaschine nötig, weil er hier auf Burg Bornheim Schnaps brennen lassen will, damit die Bauern auch was verdienen können, wenn der Weizenpreis mal sehr niedrig ist. Als die Bauern das hörten, waren sie auf einmal sehr für die Teufelsmaschine. Geld stinkt nicht, hat der Herr Baron gesagt, aber das habe ich nicht verstanden, weil ich noch nie gerochen habe, dass Geld stinkt, nur wenn man einen Groschen in der Jauchegrube verloren hat und man hat ihn wieder herausgeholt. Es ist schade, mein Sohn, dass du so viel zu tun hast und deine alten Eltern so gar nicht mehr besuchen kommst. Ich kann gar nicht verstehen, was die Eisenbahn für viele Arbeit macht, wo sie doch noch nicht einmal läuft. Lerne nur nichts Schlechtes in der großen Stadt! Herzlich grüßen dich Vater und Mutter und die Katze, die Junge gekriegt hat.«

Endlich eine Entscheidung

Postillion Peter Faßbender konnte nicht ahnen, welch auch für ihn wichtiges amtliches Schreiben er im ledernen Postsack mit der letzten Abendkutsche am Samstag, dem 2. Dezember 1842 von Köln nach Bonn mitbrachte. Auch Postamtsdirektor Necker war ahnungslos, als er einen Brief des königlich preußischen Finanzministers von Bodelschwingh, adressiert »an eine hochlöbliche Direktion der Bonn-Kölner Eisenbahngesellschaft, Bonn« aus dem Postsack holte. Dies war sicher kein Schreiben, das er entsprechend den allgemeinen, aber streng geheimen Anweisungen des königlich preußischen Generalpostmeisters hätte heimlich öffnen, lesen und wieder verschließen müssen, weil der Verdacht umstürzlerischer oder sonst staatsgefährdender Korrespondenz des Absenders mit dem Empfänger bestand.

Nur der Postbote Peter Krämer hatte offenbar die richtige Nase. Er pflegte am Sonntagvormittag nach der Messe im Postamt auf dem Münsterplatz vorbeizuschauen, ob wohl Sendungen angekommen waren, deren Zustellung schon am Sonntag ihm ein Extratrinkgeld einbringen konnten. Dieser Brief, so hatte er gemeint, sei wohl so wichtig, dass er ihn selbst am Sonntagvormittag dem Herrn Rentner Stahl in dessen Wohnung an der Koblenzer Straße tragen sollte. Tatsächlich brachte ihm dieser Weg ein Trinkgeld von sage und schreibe einem vollen Taler ein. Der sonst als knauserig bekannte Rentner Stahl war dem Postboten extra nachgelaufen und hatte ihm auf der Straße das funkelnde Silberstück in die Hand gedrückt, kaum dass er den Brief geöffnet und den Inhalt überflogen hatte.

Heinrich Stahl lebte als eingefleischter Junggeselle in einem geschmackvoll eingerichteten Haus vor dem Koblenzer Tor, wo sich inzwischen schon mehrere reiche Bonner ihre Villen hatten errichten lassen. Nur ein alter Diener und eine Köchin teilten die selbstgewählte Einsamkeit des stillen Hauswesens. Der Sonntag war nach den in letzter Zeit immer so betriebsamen Werktagen in Angelegenheiten der Eisenbahn für gewöhnlich dem intensiven Studium der Kurszettel in den Zeitungen und dem Schreiben von Aufträgen für verschiedene Bankiers gewidmet, denn irgendwann musste der reiche Rentner Stahl sich ja auch um die Erhaltung und Vermehrung seines beträchtlichen, vom Vater ererbten Vermögens kümmern.

Doch an diesem Sonntag konnte davon keine Rede sein. Nach kurzer Überlegung schickte Heinrich Stahl seinen alten Diener erst zum Kanzlisten Jellinghaus in der Josephstraße und dann zum Referendar Schramm, der nur wenige Häuser entfernt an der Koblenzer Straße wohnte. Sie sollten sich so rasch wie möglich im Eisenbahnbüro am

Münsterplatz einfinden; eine wichtige Nachricht in Sachen Eisenbahn erwarte sie dort.

Es war fast ein Zufall, dass der Stahlsche Diener die beiden jungen Herren tatsächlich zu Hause antraf. Denn eigentlich hatten sie beide an diesem einzigen freien Tag in der Woche anderes vorgehabt, als sich um die Eisenbahn zu kümmern. Doch wenn der amtierende Präsident des Direktoriums der Bonn-Kölner Eisenbahn sie an einem Sonntagvormittag rufen ließ, musste es sich wirklich um etwas ganz Besonderes handeln.

»Meine Herren«, eröffnete Heinrich Stahl voll Freude den beiden Männern, kaum dass sie im Bahnbüro eingetroffen waren, »Seine Majestät der König von Preußen hat endgültig entschieden, dass der Bahnhof in Bonn auf dem Mühlheimer Feld am Anfang der Poppelsdorfer Allee errichtet werden soll! Die größte Ungewissheit ist beseitigt!« Begeistert schwenkte der Rentner den Brief, in dem der Finanzminister von Bodelschwingh unter dem 26. November diese Mitteilung machte.

»Der Herr Finanzminister schreibt hier«, zitierte Herr Stahl aus dem amtlichen Schreiben, »es habe sich nach den verschiedenen Verhandlungen der Bonn-Kölner Eisenbahngesellschaft mit den städtischen Behörden ergeben, dass eine Fortführung der Bahn bei einem Bahnhof an den von der Stadt gewünschten Stellen teils in technischer Hinsicht bedenklich, teils mit bedeutenden Mehrkosten verbunden sein würde, dass aber die Stadt jeden Zuschuss dafür abgelehnt habe. Ein von der Bahndirektion eventuell vorgeschlagener Platz an der Meckenheimer Straße sei von der Stadt als noch weniger den städtischen Interessen zusagend bezeichnet worden. Daher habe der König nun über die Angelegenheit endgültig zu entscheiden geruht.«

»Gott sei Dank«, stieß Rudolf Schramm erleichtert hervor, »endlich eine Entscheidung! Wir wussten ja zuletzt kaum noch, wo wir zur Vorbereitung des Bahnbaus sinnvoll weiterarbeiten sollten. Jetzt können wir endlich hier auf der Bonner Seite alles zu Ende planen und im Frühjahr sofort mit den Bauarbeiten beginnen. Und es ist der Platz, von wo eine Verlängerung der Bahn ohne weiteres möglich ist! Es scheint in Berlin doch noch Menschen zu geben, die einen etwas größeren Weitblick haben. Nur für den Kölner Bahnhof müssen wir wohl immer noch auf die letzten Entscheidungen warten. Ob sie wohl noch rechtzeitig eintreffen, bevor die Strecke eröffnet werden soll?«

Bescheiden und diensteifrig meldete sich der Kanzlist Jellinghaus zu Wort: »Soll ich einige Abschriften des Schreibens nehmen, Herr Präsident? Es wird wohl gut sein, gleich heute noch eine zum Bonner Wochenblatt zu bringen, damit das Schreiben als Bekanntmachung an die Aktionäre dort eingerückt werden kann. Und die anderen Herren Direktoren müssen ja auch sofort benachrichtigt werden.«

»Ja, tun Sie das, Jellinghaus«, meinte Heinrich Stahl freundlich, »gut, dass wir Sie als treuen Beamten unserer Gesellschaft haben!«

Die Qualität genügt nicht

Der ehrbare Nagelschmiedemeister Gustav Schnaase war wütend. Über den Sonntag hinweg war sein Zorn nicht etwa verraucht, sondern hatte sich noch gesteigert. Und als am heutigen Montag seine drei Gesellen nicht pünktlich zur Arbeit erschienen, da war seine Wut so heiß, dass er darin seine Nägel hätte zum Weißglühen bringen können.

Da war doch am Samstagnachmittag ein Beauftragter der Bonn-Kölner Eisenbahngesellschaft bei ihm erschienen, der sich als Maschinenmeister Gribel vorgestellt hatte. In fremder, wohl sächsischer Sprache – was wollte eigentlich ein Sachse im rheinischen Bonn? – hatte der darauf bestanden, die Qualität der ersten, in seiner kleinen Schmiede hergestellten Schienennägel zu überprüfen.

Der Nagelschmiedemeister Schnaase in der Welschnonnenstraße in Bonn hatte sich vor einigen Wochen auf eine Anzeige im Bonner Wochenblatt hin beworben, der Bonn-Kölner Eisenbahn bis zum 1. April 1843 einen Posten von 8000 Schienennägeln zu liefern. Es handelte sich dabei um eines von zehn Losen, denn der Gesamtbedarf an Schienennägeln war auf 80 000 Stück berechnet worden. In einem harten Konkurrenzkampf mit einigen anderen Nagelschmieden aus Bonn und Umgebung war Meister Schnaase schließlich mit einem Gesamtpreis von 300 Talern einverstanden gewesen. Die Eisenbahn hatte genaue Anweisungen über Qualität und Abmessungen der Nägel in den schriftlich fixierten Vertrag aufgenommen.

Auf diesen Vertrag pochte Maschinenmeister Gribel, als er vorgestern zur Prüfung der Arbeitsergebnisse erschienen war. Kritisch hatte er die Nägel betrachtet, die in den ersten zwei Wochen der Arbeit des Meisters für die Eisenbahn fertig geworden waren. Es waren erst etwa 1800 Stück, denn die handwerkliche Herstellung solch großer, massiver Nägel war ein schweres Stück Arbeit, anders als das Zurechthämmern kleiner Schuhzwecken. Der Mann von der Eisenbahn hatte einige Muster sorgfältig mit einem Zollstock gemessen – 5 Zoll mussten sie lang sein, einen halben Zoll dick, mit einem 1 Zoll im Durchmesser breiten Nagelkopf, unten zugespitzt und aus vierkantigem Walzeisen. Diese Prüfung lief für Meister Schnaase ja noch gut ab.

Doch dann stellte der Maschinenmeister Gribel einige der Nägel in das dafür vorgesehene Loch im Amboss, das er zuvor unten mit etwas Werg ausgestopft hatte, damit die Nägel höher herausstanden als für das Zurechtklopfen der Köpfe nötig war. Dann hatte er den schwersten Schmiedehammer mit aller Kraft horizontal gegen die hervorstehenden Nagelköpfe geschlagen. Und siehe da: von fünf Nägeln bogen sich vier bedenklich krumm oder brachen gar ganz ab.

Sehr temperamentvoll hatte der Herr Gribel in seinem penetranten Sächsisch geschimpft: »Was ist das für eine Sauarbeit! Meister, diese Qualität genügt nicht! Die bisher gearbeiteten Nägel nehmen wir nicht ab, das kann ich Ihnen garantieren!« Auf intensives Fragen musste Meister Schnaase zugeben, dass das vom Rasselsteiner Eisenwalzwerk per Flussfracht gelieferte Halbzeug – quadratische Eisenstäbe von 6 Fuß Länge – aus Zeitgründen und zur Arbeitserleichterung nicht wie vertraglich vorgeschrieben zunächst noch einmal im Schmiedefeuer weiß glühend gemacht und von allen Seiten gehämmert worden sei. Damit sollte die Härte und Bruchfestigkeit des Materials erhöht werden.

»Schienennägel sind nu mal geene Zimmermannsnägel, mei Gutester!«, hatte der Herr Gribel zornig in seiner sächsischen Sprache gerufen, »da wirken Kräfte drauf, die können Sie sich nicht gar nicht vorstellen. Da kann man nicht mal Fünfe gerade sein lassen. Schließlich wollen wir nicht an einem Gleisbruch und an einem schweren Eisenbahnunglück schuld sein, mit Toten und Verletzten, und alles nur, weil ein fauler Nagelschmiedemeister geschlampt hat!«

Den Einwand des Meisters Schnaase, in der verbleibenden Zeit von nur wenig mehr als sechs Wochen könne das ganze Los von 8000 Nägeln unmöglich pünktlich nach dem vorgeschriebenen Verfahren fertig gestellt werden, wischte der Mann von der Eisenbahn souverän vom Tisch. »Dann macht ihr eben nur die Hälfte und zahlt für die fehlenden 4000 Stück die vereinbarte Vertragsstrafe von 150 Talern. Wir müssen dann noch Lieferanten für den Rest finden, doch da gibt es genug Bewerber!«

Diesen Ärger hatte der Schmiedemeister den ganzen arbeitsfreien Sonntag über mit sich selbst und seiner verängstigten Frau abmachen müssen, ohne ihn an seine Nagelschmiedegesellen weitergeben zu können. Und an diesem Montagmorgen erschienen diese mal wieder erst viel zu spät zur Arbeit.

Halb und halb hatte Meister Schnaase das schon befürchtet. Denn gestern war der letzte Sonntag vor dem Karnevalswochenende gewesen, und wer in Bonn etwas auf sich hielt und es sich leisten konnte, der war am Sonntagabend in einer der verschiedenen Komiteesitzungen gewesen. Bei diesen Sitzungen wurden die Beiträge des jeweiligen Komitees zum kommenden Rosenmontagszug vorbereitet. Das heißt, die Arbeit des Herstellens der großen Figuren aus Pappmaché und das Schmücken der Bierkutschen waren nur der Vorwand für einen lustigen, langen Abend bei Musik, dem Vortrag komischer Gedichte in Bonner Mundart und viel, viel Schabau und Bier. Und die Folge war wie in jedem Jahr, dass Gustav Schnaases Gesellen bis zum Montagmittag »blau machten« und nicht zur Arbeit erschienen. Denn die gut verdienenden Nagelschmiedegesellen waren sich ihres hohen Ranges in der Gesellschaft der Bonner Handwerker wohl bewusst und versäumten gewiss keine Komiteesitzung.

Und als Meister Schnaase sie alle endlich beisammen hatte, einschließlich des Lehrjungen, der den ganzen Tag hauptsächlich den Blasebalg für das Schmiedefeuer bedienen musste, da besaß doch der älteste Geselle die Frechheit, dem Meister kühl zu entgegnen: »Wenn Ihr mit unserer Arbeit nicht zufrieden seid, Meister, dann können wir ja woanders hin gehen. Der Meister Hofmann in der Maargasse nimmt uns gerne, der hat auch einen Auftrag für Schienennägel von der Eisenbahn, und er hat Schwierigkeiten, mit seiner Arbeit pünktlich fertig zu werden. Wegen schlechter Arbeit anschnauzen lassen wir uns nicht, Meister!«

Wieder Karneval in Bonn

Bis zur letzten Minute hatte bange Ungewissheit unter den Schreibern und Bauzeichnern und dem sonstigen, inzwischen so zahlreichen Personal im Bahnbüro geherrscht, ob der amtierende Präsident wohl sein als Gerücht verbreitetes Versprechen wahrmachen würde, den Offizianten an diesem Nachmittag freizugeben. Tatsächlich erschien der würdige Herr Rentner Stahl am Mittag um Schlag halb eins im Büro und verkündete, angesichts der erstmaligen Feier eines Fastnachts-Maskenumzuges in Bonn wolle auch die Bonn-Kölner Eisenbahn zur allgemeinen Festfreude beitragen und gebe denjenigen Offizianten für heute Nachmittag frei, die dem Ereignis auf dem Marktplatz beiwohnen wollten. Noch nie war das Büro so schnell leer geworden wie an diesem Tag.

Christian Jellinghaus hastete nach Hause in die Josephstraße und schlüpfte in das Gewand des Ritters Georg, der den Drachen bezwingt. Seine liebe Bekannte Katharina hatte es ihm, der doch so viel mit dem feurigen Drachen der Eisenbahn zu tun habe, beziehungsreich ausgesucht und in den letzten Wochen heimlich geschneidert. Der Ritterhelm aus Pappe mit einem herunterklappbaren Visier verbarg sein Gesicht so, dass er keine Bedenken haben musste, sich mit der als verschleiertes Burgfräulein verkleideten Katharina Arm in Arm zu zeigen. Eine große Volksmenge drängte sich in ähnlich phantasievollen Kostümen auf dem Marktplatz vor dem Rathaus und in den angrenzenden Straßen.

Ganz Bonn war heute in ausgelassener Stimmung. Nur einige aus dem Osten Preußens zugezogene Professoren hockten an diesem Tag in ihren Studierstuben. Sonst gab es wohl keinen Bürger, Studenten oder einfachen Handwerker, keine Bürgersfrau und keine Dienstmagd, die nicht in bester Laune bereit war, den Karneval zu feiern. Bonn hatte auch allen Grund dazu. Im vorigen Jahr hatte der gute König in Berlin endlich das engstirnige Verbot öffentlicher Maskenumzüge in der Universitätsstadt aufgehoben. Zahlreiche feuchtfröhliche Komiteesitzungen waren in den vergangenen Wochen der Vorbereitung dieses ersten Karnevalsumzuges seit vierzehn Jahren gewidmet gewesen. Heute, am Rosenmontag des Jahres 1843, war es endlich so weit.

Während Christian und Katharina in ihren Maskenanzügen eng umschlungen vor dem Gasthof zum Stern auf dem Marktplatz auf den Beginn des Umzuges warteten, vertraute das junge Mädchen ihrem ritterlichen Beschützer flüsternd und kichernd an, sie sei von ihrer guten Freundin Johanna Mathieux als Mitglied des Bonner Damenkomitees geworben worden. Und dieses Damenkomitee habe am vergangenen Donnerstag, den man ja auch Weiberfastnacht nenne, im Schauspielhaus am Viereckplatz ein Divertissementchen aufgeführt, der Text sei von Johanna gedichtet worden.

»Wissen Sie, Christian«, erzählte Katharina eifrig, »es ging um die Frage, ob wir Frauen für Mündlichkeit und Öffentlichkeit seien. Beim letzten Provinziallandtag soll man ja schwer darüber gestritten haben, ob für die Gerichte das mündliche und öffentliche Verfahren eingeführt werden soll; nach Ansicht der Preußen soll das ja ein unnötiges Entgegenkommen für Demagogen und Demokraten sein. Aber wir Frauen halten viel von Mündlichkeit«, – dabei öffnete Katharina rasch ihrem Ritter das Pappvisier und hauchte ihm einen Kuss auf den Mund – »nur von Öffentlichkeit dabei halten wir gar nichts. Heute ist das eine Ausnahme, heute am Rosenmontag gibt jeder in Bonn Bützchen!«

Aus der Sternenstraße hörte man jetzt den Klang einer Kapelle, die ein frisches Marschlied spielte. »Alaaf«-Rufe wurden laut und schon bogen die ersten Wagen des Festzuges auf den Marktplatz ein. Sie fanden kaum Platz auf dem von Seilen freigehaltenen Stück. Festlich herausgeputzte Pferde zogen große Wagen, denen man nicht ansah, dass auf ihnen im Alltag Bierfässer befördert wurden. Auf dem ersten Wagen geleiteten zwei goldene Greifen die Göttin der Freude Laetitia. Dabei handelte es sich um eine, aus buntbemaltem Pappmaché modellierte große Frauenfigur in alt-römischer Toga. Ein anderer Wagen war der Thron der »guten Stadt Bonn«; sie blickte als große Pappfigur mit freundlicher Miene auf ihre jubelnden Bürger herab.

Der größte Beifall, vor allem der alten Leute, galt der, neugebildeten Truppe der »Bonner Stadtsoldaten«. Ihre blauweißen Uniformen, ihre Hüte und ihre weißgepuderten Perücken erinnerten lebhaft an die kurfürstliche Infanterie aus der schönen, aber leider vergangenen Zeit des Kurfürsten Max Franz. Die Stadtsoldaten eskortierten einen Wagen mit einer riesigen Champagnerflasche aus Pappe; einige Zauberer klopften geheimnisvoll mit Zauberstäben auf ihr herum. Vor den Augen des Herrn Landrats, des

Herrn Oberbürgermeister und zahlreicher anderer Honoratioren, die von der Rathaustreppe dem Schauspiel zusahen, öffnete sich plötzlich die Flasche mit einem mächtigen Knall und der vierzehn Jahre lang eingesperrte Hanswurst trat aus ihr hervor. Jeder Bonner wusste, was damit gemeint war.

Das Liebespaar fand es herrlich und aufregend, an diesem Tage ohne Gefahr einer Entdeckung durch den strengen Doktor Velten einander nahe sein zu können, durch die lachenden und singenden Menschengruppen zu streifen und sich von der allgemeinen Fröhlichkeit anstecken zu lassen. Christian Jellinghaus hatte sich nicht getraut, für 2 Taler eine »Freuden-Aktie« als Eintrittskarte für zwei Personen für den großen Maskenball im Schauspielhaus zu kaufen. Damit hatte das Festkomitee die inzwischen in Bonn so populären Aktien der Bonn-Kölner Eisenbahn parodieren wollen. Christian hätte es gereizt, wenigstens auf diese Weise Aktionär zu werden, wenn er schon mit seinen paar ersparten Talern nicht an den Kauf einer Eisenbahnaktie denken konnte. Allerdings wäre es ihm wohl auch im anderen Fall zurzeit unmöglich gewesen, eine echte Eisenbahnaktie zu erwerben. Der Handel mit diesen Aktien war inzwischen ganz zum Erliegen gekommen, denn kein Aktionär dachte jetzt daran, sich von einem solchen Wertpapier zu trennen, das nun in absehbarer Zeit gute Dividenden abzuwerfen versprach.

Der junge Kanzlist Jellinghaus hatte dann doch Abstand von dem Traum genommen, mit seiner Katharina im Schauspielhaus mitzufeiern. Die Bonner Honoratioren wollten auch im Karneval lieber unter sich sein. Dass es dabei genügend Anspielungen auf das wichtigste Bonner Lokalereignis des letzten Jahres in Form von Liedern, Gedichten und Büttenreden geben würde, auf den Bau der Eisenbahn und den Streit zwischen »Nord-und Südländern« darüber, verstand sich von selbst.

Doch auch im Hotel Ermekeil gab es einen Maskenball, und hier waren die nicht so vornehmen Bonner in gleicher Weise willkommen. Christian kam sich an diesem Abend wie im siebenten Himmel vor, als er Arm in Arm mit seiner angebeteten Freundin Katharina die ersten Schritte einer Polka wagte.

Ärger mit der Universität

Am Morgen des Aschermittwoch nach den rauschenden Karnevalsfesten erschienen die meisten Offizianten der Bonn-Kölner Eisenbahn etwas verkatert und erst ein wenig später als sonst im Bahnbüro am Münsterplatz. Zur Frühmesse im gegenüberliegenden Bonner Münster waren diesmal so viele Menschen erschienen, dass die Priester nicht so schnell nachkamen, allen diesen Gläubigen das übliche Kreuz aus Asche auf die Stirn zu zeichnen.

Hatten sie alle so viele Sünden zu bereuen und abzubüßen, fragten sich der Herr Direktor Schramm, der Kanzlist Jellinghaus und der Maschinenmeister Gribel, die einzigen Protestanten unter der inzwischen so groß gewordenen Schar der Mitarbeiter. Laut sagten sie allerdings kein Wort dazu, denn im gut katholischen Bonn war es ein ungeschriebenes Gesetz, dass alle Söhne und Töchter der heiligen Kirche am Aschermittwoch in die Frühmesse gingen und ihr Aschenkreuz mit nach Hause oder zur Arbeit nahmen. Gegen einen verspäteten Arbeitsantritt aus diesem Grund wagte selbst ein so rigoroser Fabrikherr wie der Kommerzienrat Aus'm Weerth nichts zu sagen.

»Dieser Brief hier passt zur Stimmung des Aschermittwoch«, meinte Direktor Schramm düster, als er den Kanzlisten Jellinghaus zum Diktat eines Briefes in sein Zimmer rief. »Jetzt fangen auch noch die Professoren der Universität an, sich über unsere Eisenbahn aufzuregen, die noch nicht einmal gebaut ist. Ich wette, da steckt der unsägliche Herr Böcking dahinter, dass sein Bahnhof im Bonner Norden nun doch nicht gebaut werden wird.«

Rudolf Schramm erläuterte seinem wichtigsten Mitarbeiter den Brief, der soeben durch einen Pedell der Universität im Bahnbüro abgegeben worden war. Er kam von Seiner Magnifizenz, dem Herrn Rektor persönlich, und er enthielt eine formelle Beschwerde gegen den Bau des Bahnhofs. Dieser sollte ja nunmehr nach der endgültigen Genehmigung aus Berlin in der Nähe des stadtseitigen Endes der Poppelsdorfer Allee gebaut werden.

Einst, bei der Gründung der Bonner Universität, hatte der preußische Staat wichtige Teile seiner »Erbschaft« aus alten Zeiten an die neue Universität abgetreten, um diese gleich von vornherein ausreichend auszustatten. Das waren im Wesentlichen die beiden kurfürstlichen Schlösser, nämlich in der Stadt Bonn das ehemalige Residenzschloss sowie das kleinere Lustschloss Clemensruhe in Poppelsdorf, knapp ⅙ Meile vom Stadtschloss entfernt. Aus eigentlich unerfindlichen Gründen war der Universität auch das Verbindungsstück dazwischen mit übereignet worden, die jetzt Poppelsdorfer Allee genannte breite Promenade.

Der Rektor magnificus fühlte sich daher als Grundherr dieser Straße, wozu allerdings auch – wenn man es mit klaren Worten bezeichnete – das Schlamm- und Fäkalienloch in unmittelbarer Nähe des Universitäts-Hauptgebäudes gehörte. Angeblich gab es ein Privileg für die Professoren der Universität, auf den weiten Wiesen der beiderseits von Bäumen begrenzten Allee »ihre Ziegen grasen zu lassen«.

Aber noch nie hatte jemand eine professorale Ziege dort weiden sehen.

Doch auch ohne Ziegen bestand der Rektor als Sachwalter der Hochschule auf seinem Eigentumsrecht und verlangte von der Eisenbahn, dafür zu sorgen, dass der zu erwartende starke Verkehr vom Bahnhof zur Stadt und umgekehrt nicht durch das Neutor unmittelbar am Westende des Universitätsgebäudes geführt werde. Der ständige Lärm der Frachtfuhrwerke würde die Konzentration der Studenten in den Hörsälen zutiefst beeinträchtigen. Die Eisenbahngesellschaft habe dafür zu sorgen, dass der Verkehr rund um den ebenfalls der Universität gehörenden ehemaligen Hofgarten – eine große, von Bäumen umrandete Wiese mit hübschen Blumenrabatten und kleinen Gehölzen – geführt und durch das Koblenzer Tor in der Nähe des Rheins geleitet werde.

»Der Mann ist wohl nicht bei Troste! So was von mir zu verlangen!«, rief Rudolf Schramm lauter, als es sonst seine zurückhaltende Art war. »Schreiben Sie, Jellinghaus, der Kerl soll eine Antwort kriegen, die sich gewaschen hat.«

»An den hochwohlgeborenen Herrn Rektor magnificus der Universität Bonn, ehrwürdige Magnifizenz«, so hatte der Brief nach den seit Jahrzehnten gebräuchlichen »Regeln für die Anrede in Briefen an höchststehenden und vornehmen Personen« zu beginnen. »Den Empfang Ihres Schreibens vom 2. curr. erlaube ich mir untertänigst zu bestätigen«, diktierte Rudolf Schramm. Dann wies er knapp darauf hin, dass die im Schreiben des Rektors erwähnten Straßen, Grundstücke und Stadttore bekanntlich nicht im Eigentum der Bonn-Kölner Eisenbahngesellschaft stünden. Diese sei daher außer Stande, irgendwelche Einwirkungen auf den möglicherweise in Zukunft dort stattfindenden Verkehr auszuüben. Für derartige Anordnungen wäre die Universität selbst, »mithin Eure Magnifizenz höchstpersönlich«, zuständig, oder aber eine hochlöbliche Stadtverwaltung der Stadt Bonn. »Ich darf Euer Magnifizenz ergebenst anheim stellen, sich in der angezogenen Frage an sich selbst oder an den Herrn Oberbürgermeister der Stadt Bonn zu adressieren. Mit vorzüglicher Hochachtung, Rudolf Schramm, für die Direktion der Bonn-Kölner Eisenbahngesellschaft.«

Ein Scharlatan in Nöten

Dem Herrn Amadeus Lange aus Riesa im Königreich Sachsen stand der Schweiß in großen Tropfen auf der Stirn. Immer wieder wischte er sie mit einem rotgeblümten Schnupftuch ab. Noch nie war sein kleines Stübchen in der Bonner Sternenstraße so von Menschen überfüllt gewesen, und noch nie hatte sich der Herr königlich sächsische Lotterieeinnehmer in einer so gefährlichen Situation befunden. Die Bauern, die da mit drohender Miene bei ihm hereingeschneit waren, hatten zwar offenbar nicht vor, ihn körperlich zu malträtieren. Aber sie waren auf viel Schlimmeres aus.

»Meine Herren, liebe Leute, mei Guteste ...« flehte Amadeus Lange in breitestem Sächsisch, in das er in seiner Angst verfiel, obwohl er sich nach so vielen Jahren seines Aufenthaltes im Rheinland sonst schon ganz passabel in einem Deutsch ausdrücken konnte, das man hier zu Lande verstand.

Es war auch zu schrecklich, was die Buschdorfer Bauern von ihm verlangten: »Wir wollen unser Land zurück – kostenlos, versteht sich, Herr, oder aber Ihr zahlt den Preis, den die Eisenbahngesellschaft den Grundeigentümern in Roisdorf und Dransdorf zahlt, und das ist fast doppelt so viel, wie Ihr uns vor zwei Jahren gegeben habt!« Das hatte der robuste Sprecher der Buschdorfer Bauern, der Ökonom Schmitz, klipp und klar verlangt. Da sollte einem nicht der Angstschweiß von der Stirn tropfen!

Wie hatte Herr Amadeus Lange auch ahnen können, dass der König in Berlin jetzt kürzlich so völlig anders über den Bonner Bahnhof entscheiden würde, als es in den ganzen letzten zwei Jahren ausgesehen hatte? Und was war bloß in die sonst so unbedarften Bauern in Buschdorf gefahren, plötzlich ihm, dem Herrn Lange, auf den Pelz zu rücken und Geld zu verlangen? Dabei hatte er doch geglaubt, alles ganz geschickt eingerichtet zu haben. Er war zwar nun dem Grundbuch nach Eigentümer einer Reihe von Parzellen in Buschdorf, dicht nördlich des Tannenwäldchens, die er nicht verwerten konnte. Einige weitere Grundstücke gehörten dem Bonner Hauderer Loewenich. Doch immerhin konnte er eine Jahrespacht von den Bauern kassieren, die einst Eigentümer dieser Grundstücke gewesen waren und sie immer noch bearbeiteten. Aber wenigstens hatte er den Kaufpreis nicht aus eigener Tasche bezahlt, sondern von den eingesammelten Beiträgen einiger besonders engagierter Gegner des Eisenbahnbaus in Bonn.

»Was habe ich euch versprochen, liebe Leute?«, versuchte sich Amadeus Lange zu verteidigen. »Dass die Eisenbahn nicht zu euch auf eure Grundstücke kommt, das habe ich euch versprochen. Und soll sie nun zu euch kommen? Nein, sie kommt nicht, und das wisst ihr auch. Wer hat euch also geholfen? Ich, der Herr königlich sächsische Lotterieeinnehmer Amadeus Lange. Warum macht ihr mir jetzt Vorwürfe? Und jetzt wollt ihr eure Grundstücke zurück haben? Gut, gut, meine Lieben, die sollt ihr haben. Aber natürlich will ich dann meinen Kaufpreis erstattet bekommen, das ist doch sonnenklar!«

»Nein, da denken wir gar nicht dran!«, beharrte in barschem Ton der Ökonom Schmitz. »Ihr habt uns durch Euer Reden ganz jeck gemacht damals, Herr, und wir haben Euch Pacht für Land bezahlt, das wir nie hätten verkaufen müssen. Ihr habt uns an der Nase herumgeführt, Herr. Da ist es nur recht und billig, wenn Ihr uns die Grundstücke umsonst zurückgebt!«

Diese Leute, dachte Amadeus Lange verzweifelt, sind auch nicht mehr die dummen Bauern von früher. Sie hatten sich offenbar genau umgehört und wussten Bescheid, dass überall da, wo die Eisenbahngesellschaft Grundstücke aufkaufte, die Preise schlagartig in die Höhe gegangen waren. Die Gesellschaft war daher gezwungen gewesen, den freiwillig zum Verkauf bereiten Eigentümern einen erheblichen Mehrpreis zu zahlen.

»Die Bauern in Roisdorf und Dransdorf profitieren ganz tüchtig von den Grundstücken, die in die Bahn fallen«, wusste Ökonom Schmitz unter dem zustimmenden Murmeln seiner Nachbarn zu verkünden. »Wir hätten uns nie dumm machen lassen sollen von Euch, Herr, gegen die Eisenbahn zu protestieren. Wäre sie doch zu uns gekommen, dann hätten *wir* das schöne Geld kassiert. Daran seid Ihr schuld, Herr, und das sollt Ihr uns jetzt vergelten! Zahlt Ihr uns den Unterschied zu den Preisen nach, den die Landwirte in Dransdorf bekommen haben, dann könnt Ihr das Land von uns aus behalten.«

»Wie käme ich dazu, Leute?«, zeterte Herr Lange. »Ihr seid wohl nicht bei Troste? Das ist ja eben kein Bauland und ich bin auch nicht die Eisenbahn. Ihr gehört ja ins Tollhaus!«

Drohend näherte der bullige Ökonom Schmitz sein Gesicht dem kleinen Sachsen. »Hört, Herr, entweder Ihr zahlt den Aufpreis oder gebt ohne Rückzahlung die Grundstücke zurück. Wollt Ihr, Herr, dass wir hier überall in der Stadt erzählen, dass Ihr nicht nur uns, sondern auch die Leute in Bonn an der Nase herumgeführt habt? Denn Ihr habt doch denen, die gegen die Eisenbahn waren, Geld abgenommen und damit für unsere Äcker bezahlt. Ihr seht, wir wissen alles!«

Wie der Racheengel am Tor zum Paradies, aus dem er Adam und Eva vertrieben hatte, stand Ökonom Schmitz vor dem Herrn Amadeus Lange und zog ein Papier aus der Tasche: »Unser Herr Pfarrer hat es aufgesetzt. Ihr braucht bloß zu unterschreiben. Damit können wir zum Gericht gehen, wenn Ihr in vier Wochen nicht gehandelt habt: entweder die Grundstücke zurück oder mehr Geld. Wenn Ihr sofort unterschreibt, Herr, halten wir den Mund. Sonst stehen wir für nichts!«

Wie im Fieber blickte der kleine Lotterieeinnehmer umher, als ob er Hilfe suche. Aber überall in seinem Stübchen standen grobe Bauern mit drohenden Gesichtern. Zögernd griff seine Hand nach der Gänsefeder und nach dem verhängnisvollen Papier, das der Bauer ihm unter die Nase hielt. Noch einmal sah er sich mit todtraurigen Augen um, ehe er sich daran machte, seinen Namen zu kitzeln. Dicke Tropfen fielen auf das Blatt. War es der Angstschweiß oder waren es Tränen?

9. Kapitel

Eiskaltes Recht

März bis Juni 1843

Arbeit bei der Bahn

Verlegen stand Schlossermeister Anton Springborn in der Tür, die Mütze höflich in der Hand, und blickte unschlüssig auf die vielen Männer, die da in einigen nebeneinander liegenden Zimmern an Stehpulten standen oder an großen papierbedeckten Tischen arbeiteten. Die Offizianten des Eisenbahnbüros ließen sich durch einen Menschen nicht bei der Arbeit stören, der offensichtlich als Bittsteller bei ihnen eingetreten war. Niemand richtete ein Wort an ihn.

Schließlich hellte sich das Gesicht des Meisters auf: An einem Tisch in der Nähe des Fensters hatte er seinen ehemaligen jungen Mieter, den jetzigen Herrn Kanzlisten Christian Jellinghaus, erkannt. Zögernd ging er auf ihn zu und wünschte leise einen guten Tag. Christian blickte geistesabwesend von seiner Schreiberei auf; er hatte den Eintritt seines alten Hauswirts gar nicht bemerkt. Voll Freude sprang er auf und begrüßte Meister Springborn herzlich.

Als Ranghöchster der Offizianten im Bahnbüro konnte Christian Jellinghaus es sich erlauben, auch schon einmal ein kurzes Privatgespräch zu führen und überhaupt sich seine Arbeit so einzuteilen, wie er es für richtig hielt. Er geleitete Meister Springborn in eine Ecke, wo zwei Stühle für Besucher bereitstanden. »Das ist aber eine Freude, Sie wiederzusehen, Meister! Wie geht es Ihnen und der Frau Meisterin?«

»Nicht besonders gut«, musste Anton Springborn bekennen, »gesund sind wir ja gottlob noch, aber der Verdienst wird weniger und weniger. Viele von uns selbständigen Meistern wissen nicht mehr ein noch aus. Ich muss in Kürze mein altes Haus verkaufen, wenn nicht bald von irgendwoher Arbeit und Geld kommt. Und weil du – weil Sie doch bei der Eisenbahn sind, Christian, da wollte ich nur mal fragen…« Dem selbständigen Schlossermeister wollte es nicht über die Lippen, was ihn hierher getrieben hatte. Sein Stolz ließ es nicht zu, um Arbeit zu betteln.

»Sie wollen Arbeit bei der Eisenbahn?«, nahm ihm der junge Kanzlist die heikle Frage ab. Anton Springborn nickte stumm und meinte dann leise: »Ich bin zu allem bereit. Jetzt wird doch bald auch hier in Bonn der Bahndamm gebaut, heißt es. Könnte ich nicht da…?«

»Damit haben wir von der Eisenbahngesellschaft nichts direkt zu tun, Meister Springborn«, klärte ihn Christian auf. »Die Einstellung von Erdarbeitern ist allein Sache der Bauunternehmer, die auf die Herstellung eines bestimmten Streckenabschnittes unter Vertrag genommen werden. Aber dafür sind Sie auch viel zu schade, lieber Meister! Warten Sie einen Augenblick, mir kommt da ein Gedanke!«

»Der Kanzlist ging ins Nebenzimmer, wo der für den Streckenbau zuständige Oberingenieur von Lasaulx, der Maschinenmeister Gribel und der Herr Direktor Schramm ihre Arbeitstische hatten. Matthias Gribel brütete über einer umfangreichen Liste des notwendigen Inventars einer Reparaturwerkstatt für Lokomotiven und Eisenbahnwagen, die man bisher bei den Plänen für den Bonner Endbahnhof ganz vergessen hatte. Auf seinen dringenden Rat hin waren aber erst kürzlich Bau und Einrichtung einer solchen Werkstatt noch nachträglich vom Direktorium beschlossen und vom Verwaltungsrat gebilligt worden. »Könnten Sie einmal nach vorn kommen, Herr Maschinenmeister?«, fragte Christian Jellinghaus höflich. »Vielleicht ist da ein Mann, den Sie als Gehilfen gebrauchen können.«

»So, so, Schlossermeister sind Sie?«, fragte Herr Gribel den Besucher aus. »Keine schlechte Voraussetzung für eine Tätigkeit im technischen Dienst unserer Eisenbahn. Wir brauchen sehr bald technisch versierte Leute, die wir zu Lokomotivführern ausbilden können. Hätten Sie Lust dazu?«

Doch, bestätigte Meister Springborn, wenn ihm auch ein wenig bänglich zu Mute werde, dass er einmal eine solche Teufelsmaschine selbst dirigieren solle. Aber er habe überhaupt keine Erfahrungen mit den neumodischen Dampfmaschinen, weil es hier zu Lande bisher keine einzige gebe. »Nun, es wird auch bei uns noch mindestens bis zum Sommer dauern, bis wir unsere erste Lokomotive geliefert bekommen«, meinte der Maschinenmeister beruhigend. »Aber vorher ist eine andere Arbeit ganz dringend. Dabei brauche ich einen Gehilfen, der technisch exakt zu arbeiten versteht und auch Leute richtig einsetzen kann. Ab Mai dieses Jahres müssen die Schienen auf unserem Bahndamm verlegt werden. Das kann man den Bauunternehmern nicht überlassen, das muss die Gesellschaft selbst unter direkter Aufsicht haben. Ich verstehe zwar etwas davon, aber ich kann nicht überall zugleich sein.«

Noch einmal blickte Matthias Gribel den Bonner Schlossermeister prüfend an. Er schien ein guter Handwerker von altem Schrot und Korn zu sein, aber noch jung und wendig genug, um Neues zu lernen. Meister Gribel musste an seine eigene Vergangenheit denken; auch er war einst auf ganz ähnliche Weise zur Eisenbahn gekommen und hatte sich zum Fachmann emporgearbeitet. »Ich kenne Herrn Springborn schon lange«, half Christian Jellinghaus diskret nach, »er ist ein vorzüglicher Schlosser, bei dem jedes Schräubchen und jedes Gewinde ganz exakt sitzen muss. So hat er früher seine Lehrlinge getriezt.«

»Nun gut«, entschied Maschinenmeister Gribel, »wenn Sie einverstanden sind, werde ich Sie der Direktion zunächst als Aufsicht für das Schienenlegen vorschlagen. Das ist aber nur eine Arbeit von einem guten Vierteljahr, von Mai bis Juli oder August. Dafür zahlt die Gesellschaft eine Pauschale von 150 Talern. Danach bilden wir Sie zum Lokomotivführer aus, Sie können mir dann zunächst helfen, die per Schiffsfracht angelieferten Lokomotiven zusammenzubauen und zu erproben.«

»Aber ich verstehe doch gar nichts vom Schienenlegen!«, wandte Meister Springborn bescheiden ein. »Natürlich nicht, woher auch?«, brummte Herr Gribel. »Die Direktion muss eben zusätzlich noch 50 Taler herausrücken, dafür müssen Sie vier Wochen nach Aachen reisen und sich bei der Rheinischen Eisenbahn auf der letzten Strecke, die dort gebaut wird, von Burtscheid bis zur belgischen Grenze bei Herbesthal, praktisch in das Schienenlegen einweisen lassen. Sie sollen auch eine Empfehlung der Direktion dafür bekommen. Eine Woche lang sollten Sie bei der Schienenrotte praktisch mitarbeiten, damit Sie wissen, was das für eine Knochenarbeit ist. In der übrigen Zeit soll der dortige Aufseher Ihnen zeigen, wie das genaue Vermessen der Schienen gehandhabt wird. Wenn Sie gut aufpassen, werden Sie's schon lernen.«

Meister Gribel überlegte einen Augenblick und rechnete im Stillen nach. »Jetzt haben wir Mitte März; wenn Sie gleich nächste Woche nach Aachen gehen können, haben wir Sie Anfang Mai als ausgebildeter Aufseher für das

Schienenlegen wieder hier, gerade rechtzeitig für unseren Arbeitsbeginn. Wir bei der Eisenbahn sind alles ›Self-made-men‹, wie man in England sagt, wir müssen alles selbst bei der Arbeit lernen. Wenn Sie das wollen, sind Sie bei uns an der richtigen Stelle!«

Dankbar über die plötzliche Wende in seiner beruflichen Not schüttelte Anton Springborn seinem einige Jahre jüngeren künftigen Vorgesetzten und Lehrmeister Gribel die Hand. »Ich hätte nie gedacht, dass die Eisenbahn mal für mich die Rettung aus höchster Not sein könnte«, bekannte er noch ganz benommen. »Wenn ich ehrlich bin, muss ich sagen, dass ich die Eisenbahn bisher für irgendeine Art Teufelsspuk gehalten habe. Aber es steckt doch wohl mehr dahinter, als ich dachte.«

»Wenn Sie noch einige technisch gut versierte Schlossermeister oder -gesellen kennen, die demnächst Lokomotivführer werden wollen oder auch deren Gehilfen, dann sagen Sie's mir«, bemerkte Maschinenmeister Gribel trocken. »Ich suche dringend nach solchen Leuten.«

Was die Sterne mit der Eisenbahn zu tun haben

Der Herr Professor Friedrich Wilhelm August Argelander war stolz und zufrieden. Endlich war sein Wunschtraum auf dem richtigen Weg, sich in Wirklichkeit zu verwandeln. Jahrelang hatte er, der seit sechs Jahren den Lehrstuhl für Astronomie an der Universität Bonn bekleidete, den Plan verfolgt, eine moderne Sternwarte nahe der Stadt Bonn zu errichten. Das Verfassen von Plänen, Berechnungen und Eingaben an das preußische Kultusministerium in Berlin hatten ihn immer wieder von seinen Sternbeobachtungen abgehalten. Nun aber hatte gestern die feierliche Grundsteinlegung seiner Sternwarte stattgefunden, mit vielen Ehrengästen und wohltönenden Reden.

Der preußische König – der Professor war stolz, die gleichen Vornamen zu tragen – hatte persönlich aus seiner Privatschatulle einen kleinen Zuschuss für den Bau der Sternwarte anweisen lassen. Die hierfür im Haushalt der Universität Bonn vom Kulturministerium bewilligten Mittel waren wie in Preußen üblich sehr knauserig ausgefallen. Der König hatte auch veranlasst, dass der berühmte preußische Regierungsbaumeister Schinkel die von dem Kölner Architekten Peter Joseph Leydel angefertigten Baupläne überprüft und einige Änderungen angebracht hatte, die den Bau noch würdiger, noch repräsentativer aussehen lassen sollten.

In dieser Sternwarte, wenn sie denn erst fertig sein würde, könnte der Professor Argelander mit seinen wenigen, für das Fach Astronomie begeisterten Studenten seinen großen Plan in Angriff nehmen. Mit Hilfe eines neuen achromatischen Refraktors, der extra für ihn gebaut werden sollte, und zwar nach der von Herrn Fraunhofer vor einigen Jahren erfundenen Methode verbessert, wollten die Astronomen der Universität Bonn eine sorgfältige Bestandsaufnahme sämtliche auf der nördlichen Erdhalbkugel sichtbaren Fixsterne durchführen, ihren scheinbaren Standort am Firmament bestimmen und einen möglichst vollständigen Himmelsatlas entwerfen.

Nur ein Bedenken störte die Zuversicht des tatkräftigen Professors. Jeder Fachmann wusste, dass eine Grundvoraussetzung für einwandfreie Messungen der Standorte ferner Sterne der absolut sichere, schwingungsfreie Stand der großen Himmelsfernrohre war. Hier war es dem Professor Argelander gelungen, einen Bauplatz mit ausreichend festem Untergrund ganz in der Nähe des Poppelsdorfer

Schlösschens zu finden. Der Herr Kollege Noeggerath war ihm dabei sehr behilflich gewesen, der Geologieprofessor und nebenbei Oberbergrat am Bonner Oberbergamt war. Herr Noeggerath hatte im Poppelsdorfer Schloss, dem Sitz der naturwissenschaftlichen Lehrstühle an der Universität, im Nebenraum zu Professor Argelanders Arbeitszimmer seine umfangreiche Mineraliensammlung aufgebaut.

Aber es hieß, gar nicht weit von dieser nun entstehenden Sternwarte solle ein Bahnhof für eine neue Eisenbahn nach Köln entstehen. Mit der Technik dieses modernen Verkehrsmittels hatte sich Professor Argelander nicht befasst, sein Geist weilte mehr bei den Fixsternen wie Alpha Centauri. Aber dass die Dampfrösser nicht nur höllischen Lärm machten, sondern auch schädliche Rußpartikel mit ihrem Rauch ausstießen und beim Vorbeifahren auf ihren eisernen Schienen erhebliche Erschütterungen des Erdreichs auslösten, das wusste der Astronom wie jeder Gebildete. Erst gestern im zwanglosen Gespräch der Ehrengäste nach der feierlichen Grundsteinlegung hatten ihn verschiedene Kollegen von anderen Fakultäten der Universität warnend auf die Gefahren hingewiesen, die seiner Sternwarte in dieser Hinsicht von der Eisenbahn drohen würden.

Der Herr Professor Argelander sah sich daher bereits einen Tag nach der Grundsteinlegung seiner Sternwarte gezwungen, in einem ausführlichen Protestschreiben an die Bonn-Kölner Eisenbahn Einspruch gegen den Bau des Bahnhofs an der vorgesehenen Stelle zu erheben. Mit einigem Stolz wies er auf die Einmaligkeit seines astronomischen Vorhabens hin, das durch solche banalen Dinge wie eine Eisenbahn nicht gestört werden dürfe.

Erstaunt erhob sich Professor Argelander vom Stuhl in seinem Arbeitszimmer im Poppelsdorfer Schloss, als ihm nur drei Tage nach der Absendung dieses Briefes der Institutsdiener einen Herrn Direktor Schramm von der Bonn-Kölner Eisenbahngesellschaft anmeldete. Dieser Herr zeigte sich als ein jüngerer, höflicher, aber auch durchaus selbstbewusster Mann, dem es offenbar nichts ausmachte, mit einem berühmten Astronomen zu argumentieren. »Es geht um Ihre Beschwerde wegen der Lage des Bahnhofs, Herr Professor«, hatte er den Grund seines Besuches erklärt. »Ich dachte, in diesen Fall ist es einfacher, die Probleme in einem persönlichen Gespräch zu klären als in einem umfänglichen Schriftwechsel einige Ries Papier zu füllen.«

Der Herr Direktor Schramm war offenbar kein verständnisloser Mensch, denn zu Eingang dieses Gesprächs lobte er die besondere Bedeutung der Pläne des Herrn Professor, Argelander zur Sternenbeobachtung und ihren hohen Rang unter den an der Universität Bonn betriebenen wissenschaftlichen Forschungen. Hinsichtlich der etwaigen Belästigung durch den künftigen Eisenbahnverkehr könne er den Herrn Professor allerdings völlig beruhigen. Der projektierte Bahnhof werde mehr als 130 Ruten in Luftlinie von der Sternwarte entfernt liegen, viel weiter, als im Normalfall der Lärm der fahrenden Züge dringen könne. Auch etwaige Rußpartikel aus den Schornsteinen der Lokomotiven würden sich längst unterwegs auf den Wiesen an der breiten Poppelsdorfer Allee abgesetzt haben.

»Es geht mir aber vorrangig um die Vermeidung jeglicher Erderschütterung für mein sehr empfindliches Refraktor-Teleskop, Herr Direktor«, wandte Professor Argelander ein. »Auch da kann ich Sie beruhigen, Herr Professor«, konnte Rudolf Schramm entgegnen. »Bei allen bisherigen Messungen an Eisenbahnen, die sich in Betrieb befinden, haben sich im Abstand von mehr als 3 bis 5 Ruten seitwärts der Gleise noch nie irgendwelche Erderschütterungen durch vorbeifahrende Züge feststellen lassen. Und selbst

412

wenn sehr schwache Schwingungen sich noch etwas weiter im Erdreich fortsetzen sollten, dann wird Sie hoffentlich das folgende Argument überzeugen, Herr Professor Argelander: So weit ich als Laie weiß, können Astronomen für ihre Sternenbeobachtungen nur nachts arbeiten. Und nachts, das kann ich Ihnen versichern, Herr Professor, wird in absehbarer Zeit auf unserer Strecke keine Eisenbahn fahren! Ich darf daher annehmen, dass wir Ihren Beschwerdebrief als gegenstandslos betrachten dürfen.«

Der Streik

Das Schaufeln und Schwitzen hatte wieder begonnen. In der Nähe des Dorfes Dransdorf nordwestlich von Bonn ließ der Bauunternehmer Sarter seine Arbeiter tüchtig schuften. Der Streckenabschnitt von Roisdorf bis zum Dransdorfer Bach war im vorigen Herbst wegen des frühen Einsetzens der schlechten Witterung nicht mehr rechtzeitig fertig geworden. Jetzt sollte er bis zum 1. Mai beendet werden. Die Zeit drängte. Gleich anschließend sollten die Arbeiter des Schachtmeisters Scheifgen die nächste Strecke vom Dransdorfer Bach bis zur Alten Heerstraße kurz vor dem künftigen Bonner Bahnhof in Angriff nehmen. Peter Sarter hatte dafür ebenfalls das niedrigste Gebot bei der Eisenbahngesellschaft abgegeben und den Zuschlag erhalten.

Franz Thoennes und sein blöder Vetter Scheng Haag waren schon Mitte März aus ihrem Winterquartier in einem der Kohlenschuppen an der Bonner Windmühle hervorgekrochen. Den Winter hatten sie irgendwie überstanden, gebettelt, gefroren und gehungert und sich mit Kohlenschleppen immer wieder ein paar Silbergroschen verdient.

Denn von dem Lohn beim Eisenbahnbau war kaum etwas übrig geblieben, er war im Schacht des Meisters Scheifgen auch allzu dürftig ausgefallen.

Immerhin, in diesem Frühjahr 1843 ging es mit der Arbeit weiter, und der einstige Winzer aus Mayschoß durfte sich noch glücklich schätzen, vom Herrn Baumeister Sarter wieder zur Arbeit angenommen worden zu sein. Viele seiner alten Kameraden vom vorigen Jahr waren nicht wiedergekommen, doch Peter Sarter hatte mehr als genug Arbeitswillige gefunden, um die Lücken zu füllen.

Schon im Herbst war die Stimmung im Scheifgenschen Schacht nicht gut gewesen, wegen der merkwürdigen Berechnungsmethoden des »Ratz« und wegen der Abzüge für die gelieferte und ausgesprochen schlechte Verpflegung. Franz Thoennes hatte geglaubt, schlimmer könne es nicht mehr werden, aber er hatte sich gründlich geirrt.

Am Samstag vor Ostern war die erste der alle vierzehn Tage üblichen Lohnzahlungen fällig gewesen. Bauunternehmer Sarter war dazu persönlich erschienen und hatte verkündet, im Interesse seiner Arbeiter werde er das bei ihm eingeführte amerikanische Trucksystem noch verbessern. An Stelle der Hälfte des nach den Abzügen noch auszuzahlenden Lohnes sollten die Arbeiter Waren geliefert bekommen. Wenn sie geschickt und eifrig seien, könnten sie beim Verkauf dieser Waren an die Bauern von Dransdorf oder Leute aus der nahen Stadt viel mehr Geld erlösen, als ihnen nach ihrem Akkordlohn zustünde.

Das klang gut, aber dann hatte es lange Gesichter gegeben. Denn die Waren, die der »Ratz« den Arbeitern als Entgelt für ihre vierzehntägige Schufterei über den Zahltisch schob, bestanden aus Stücken billigen Kattuns sowie aus einer großen Anzahl von Knöpfen. Was sollten die Bahnarbeiter damit, und wie sollten sie diese Dinge zu Geld machen? Sie konnten nicht wissen, dass der geschäftstüchtige Bauunternehmer einen großen Posten dieses Schneiderzubehörs aus einem Fallissement in Bonn ganz billig hatte aufkaufen können und es seinen Arbeitern zum Normalpreis in Rechnung stellte.

Dennoch machte sich Franz, wie immer mit seinem armen Vetter Scheng im Gefolge, am Nachmittag des arbeitsfreien Ostersonntags auf, um bei den Bauern in Dransdorf, wo die Bauern nun im Scheunenquartier lagen, seinen Stoff möglichst teuer zu verkaufen. Seine Schicksalsgefährten versuchten ebenfalls ihr Glück, denn anderes blieb ihnen ja nicht übrig. Doch kaum eine Bauersfrau war bereit, ein Stück minderwertigen Kattuns oder Knöpfe zu kaufen, für die sie überhaupt keine Verwendung hatte. Nur einem der Arbeiter war es gelungen, sein Stoffstück wenigstens für 12 Silbergroschen an die Frau zu bringen, und für 30 Silbergroschen oder einen vollen Taler Akkordlohn war dieses Stück vom »Ratz« berechnet worden.

Als sich am Ostersonntagabend die Eisenbahnarbeiter vor ihren Scheunen zusammenfanden, war die Stimmung mehr als gereizt. »Das ist kein Hungerlohn mehr, das ist Betrug!«, schrie einer der Leute aus dem Schacht wutentbrannt und drückte damit aus, was alle dachten. Die Arbeiter konnten an diesem Tag lange nicht einschlafen, so sehr hatte sie das Verhalten ihres Prinzipals empört und so aufgeregt diskutierten sie untereinander, was sie unternehmen könnten, um zu ihrem Recht zu kommen.

Am frühen Morgen des folgenden Arbeitstages standen die Arbeiter wie immer in einer langen Reihe dort, wo die Erdarbeiten am Bahndamm im Gange waren, und antworteten auf den Aufruf ihrer Namen, doch danach rührte sich keine Hand! »Was ist los?«, schrie Schachtmeister Scheifgen, der »Ratz«. »Wollt ihr heute nicht schachten?«

Franz Thoennes trat vor die Arbeiter, die sich zu einem drohenden Kreis zusammenschlossen. »Du musst's ihm sagen!«, riefen sie aufmunternd dem Mann von der Ahr zu. »Der Franz soll sprechen, wir haben ihn dazu gewählt!«

In aller Ruhe und Beherrschtheit wandte sich Franz Thoennes an den Vorgesetzten. »Schachtmeister, das mit dem Stoff und den Knöpfen als Lohn, das ist nicht richtig. Das Zeug ist nicht zu verkaufen, und wir können nicht umsonst arbeiten. Sag dem Herrn Baumeister, dass wir richtiges Geld für unsere gute Arbeit haben wollen. Er zieht uns schon täglich 5 Silbergroschen vom Lohn ab für einen Fraß, den kann man nur beim größten Hunger hinunter bekommen, aber eigentlich ist's nur für die Schweine. Und jetzt gibt er uns für den Rest unseres Lohns Stoff und Knöpfe. Wir sind doch keine Schneider! Eh's nicht anders wird mit unserem Lohn, arbeiten wir nicht mehr. Sag das dem Herrn Sarter!«

Stumm vor Staunen hatte Karl Scheifgen den Worten des Sprechers der Arbeiter zugehört, dabei lief sein Gesicht vor Zorn rot an. »Was fällt euch ein, ihr faulen Kerls, die Arbeit zu verweigern?«, schrie er dann los. »Seid ihr alle jeck geworden? Bildet ihr euch ein, ihr wäret in England, wo die Arbeiter einen Streik gemacht haben gegen ihren Unternehmer? Das kommt hier im ordentlichen Preußen nicht in Frage!«

Aus dem Kreis der Arbeiter klangen Drohrufe und wütende Schreie auf. Schachtmeister Scheifgen schien immer noch nicht die gefährliche Situation zu bemerken und schimpfte kräftig weiter. Plötzlich flog ein dicker Erdklumpen dicht an seinem Kopf vorbei. Schaufeln und Hacken wurden drohend erhoben. Mit einem Satz rettete sich der »Ratz« aus dem Haufen der Arbeiter und fing an zu laufen, auf die rettenden Häuser von Dransdorf zu. Jetzt prasselte eine ganze Salve von Erdbrocken auf den so verhassten Schachtmeister, der stolpernd und schreiend flüchtete. Niemand folgte ihm.

Schwer atmend blickten sich die Arbeiter gegenseitig an. Franz Thoennes wusste als Erster Rat; nicht umsonst hatten ihn die Kameraden zu ihrem Sprecher gewählt. »Wir bleiben hier auf der Arbeitsstelle, aber keiner fasst eine Schaufel an! Der Herr Sarter wird schon kommen, dann sagen wir ihm noch einmal, was wir wollen!«

Die Stunden verstrichen, doch kein Bauunternehmer Sarter ließ sich sehen. Es war schon fast Mittag, als ein leichter Kutschwagen von Bonn her an der abgesteckten und zum Teil schon bearbeiteten Bahnlinie entlang gefahren kam. Es war die Kutsche, in der Ingenieur von Lasaulx seine Inspektionsfahrten zu unternehmen pflegte.

Überrascht zügelte der Oberingenieur das Pferd und stieg aus. Die Arbeiter drängten sich aufgeregt um ihn und schoben wieder Franz Thoennes nach vorn. Dieser hatte inzwischen seine Rolle als Sprecher akzeptiert und berichtete dem Herrn von der Eisenbahngesellschaft in seiner ruhigen Art vom Grund der Arbeitsverweigerung. Er könne doch sicher den Herrn Sarter veranlassen, hierher zu kommen und den Lohn in richtigem Geld anstatt wertlosem Plunder auszuzahlen.

Johann Claudius von Lasaulx hob die Schultern. »Das kann ich nicht, Leute«, sagte er in seinem Koblenzer Moselfränkisch. »Wie der Herr Sarter sein Streckenstück baut, und was er den Arbeitern bezahlt, ist ausschließlich seine Sache. Da kann sich die Eisenbahngesellschaft nicht einmischen. Ihr müsst eure Beschwerden schon dem Herrn Sarter selbst vorbringen. Aber wehe euch und dem Herrn Sarter, wenn nicht hier sofort weitergearbeitet wird. Der Streckenbau ist hier an dieser Stelle schon eine Woche im Verzug!«

»Wir wollen nur unser Recht!«

Für die Erdarbeiter des Scheifgenschen Schachts war es eine ungewohnte Situation. Seit zwei Tagen zogen sie morgens mit ihren Schaufeln, Hacken und Schubkarren von Dransdorf zur Arbeitsstelle am Bahndamm. Aber der Schachtmeister erschien nicht, um ihre Namen aufzurufen und abzuhaken und um ihre transportierten Schubkarren mit Erde zu zählen. Und die Arbeit ruhte auch, denn immer noch hatten die Arbeiter nichts von ihrem Prinzipal gesehen. Dass der Herr Sarter etwas von ihrer Arbeitsniederlegung gehört haben musste, merkten sie nur daran, dass die kümmerlichen Lebensmittel ausblieben, die sonst jeden Abend zu ihren Unterkünften geschickt wurden. Um nicht zu verhungern, mussten die Arbeiter jetzt wieder von ihren letzten Silbergroschen Brot und Gemüse von den Bauern kaufen.

Dennoch schien sich herumgesprochen zu haben, dass an der Bahnlinie etwas nicht in Ordnung war. Im Auftrag des Dransdorfer Bürgermeisters von Groote erschien der Feldschütz des Dorfes. In den Gerüchten, die durchs Land schwirrten, hatte es geheißen, die Arbeiter am Bahndamm hätten den Schachtmeister fast ermordet und seien außer Rand und Band. Der gute Mann wagte es daher nicht, seine ohnehin nur sehr begrenzte Autorität als Vertreter der öffentlichen Ordnung auszuspielen und riet den Leuten ganz gemütlich: »Fangt man bloß wieder an zu schachten, Leute, sonst bekommt ihr Ärger. Und was der Herr Sarter ist, und was ihr von dem wollt, das geht mich nichts an. Das müsst ihr mit ihm selber abmachen.« Damit verschwand der alte Feldschütz, froh, seinen Auftrag ohne nachteilige Folgen für sich selbst erledigt zu haben.

Auch in der nahen Stadt Bonn hatte man offenbar bereits etwas von den Vorgängen in Dransdorf gehört. Einige besonders todesmutige und über die Maßen neugierige Bürger tauchten auf, um aus gebührender Entfernung sich den unerhörten Vorfall anzusehen und die Leute, die, wie es hieß, zwei Schachtmeister zu Tode gesteinigt hätten. Aber außer einer Zahl am Bahndamm hockender und miteinander diskutierender Männer konnten die biederen Bonner Bürger nichts Außergewöhnliches entdecken.

Einer der Bonner Bürger kam jedoch auf die Arbeiter zu und grüßte sie freundlich. Den Bonner Posthalter Alfter hatte das in Bonn umlaufende Gerücht elektrisiert, die Bahnarbeiter seien in hellem Aufruhr und hätten den Bahndamm bei Dransdorf bereits total zerstört. Sollte hier noch in letzter Minute eine Wende im Schicksal der unerwünschten Konkurrenz Eisenbahn eintreten? Theodor Alfter hatte beschlossen, nach Möglichkeit das Seinige dazu zu tun.

Franz Thoennes freute sich, dass sich endlich einmal jemand freundlich und interessiert nach den Beschwerden erkundigte, die die Arbeiter vorzutragen hatten. Ausführlich erzählte er von den Abzügen, die ihnen der Herr Sarter gemacht hätte, von dem miserablen Essen, das er dafür liefere, von der willkürlichen und ungerechten Zählung der Tagesleistungen der Akkordarbeiter und von dem letzten Streich des Herrn Sarter, ihnen statt blanker Taler oder Silbergroschen nutzlosen Kattun und Knöpfe zu liefern. »Das kann doch nicht recht sein, Herr, sagt selbst? Wir wollen ja gerne arbeiten, denn wir brauchen das Geld nötig. Aber erst wollen wir unser gutes Recht!«

Der Bonner Postmeister hörte sich die Klagen aufmerksam an. In Wirklichkeit ließ es ihn kalt, was hier die Bauarbeiter mit ihrem Unternehmer auszumachen hatten. Aber er war hierher gekommen, um nach Möglichkeit den Weiterbau der Eisenbahn zu verhindern. Er kannte den Bauunternehmer Sarter gut und hatte gar nichts gegen ihn, dessen Onkel war sogar wie der Postmeister Alfter selbst Mitglied des Bonner Stadtrats. Hier aber hielt Theodor Alfter den Arbeitern eine Rede, in der er die Berechtigung der Klagen immer wieder hervorhob und zugleich den Herrn Sarter als einen hartherzigen und absolut unnachgiebigen Mann hinstellte. »Lasst es euch sagen, Leute«, versuchte der Postmeister die Gemüter der aufgebrachten Eisenbahnarbeiter in die für ihn günstigste Richtung zu lenken: »Glaubt mir, den Herrn Sarter werdet ihr nicht umstimmen. Der ist hart wie Eisen. Da hilft nur eines, Leute, gebt diese gottverdammte Arbeit auf, noch heute, die bringt euch doch nur Not und Ärger statt einem guten Verdient ein. Lasst Hacken und Schaufeln liegen und sucht euch anderswo Arbeit, weit weg von hier, da werdet ihr bestimmt mehr Glück haben als bei der Eisenbahn. Und sagt allen Leuten, die ihr trefft, wie schlecht man beim Eisenbahnbau behandelt wird. Da liegt Gottes Segen nicht drauf. Wenn der Herr Sarter keine Arbeiter mehr findet, kann er den Bahndamm auch nicht fertig bauen. Da wird er schon am eigenen Leibe spüren, wie schlecht er euch gegenüber war!«

Vielen der Arbeiter machte es Eindruck, was der fremde, städtisch gekleidete Herr ihnen sagte. Doch Franz Thoennes hatte das richtige Gefühl: »Das nützt uns alles nichts, Herr. Wir wollen doch nur unser Recht und unser Geld, das uns zusteht, mehr nicht. Wenn wir das haben, wollen wir gerne wieder arbeiten!«

Pressfreiheit ade

Niedergeschlagen und enttäuscht saß Rudolf Schramm am Donnerstag nach Ostern in einer dunklen Ecke der Weinstube Zum Raben in der Bonner Sternenstraße und nippte an seinem Glas Kessenicher Kreszenz. Er wollte mit sich und seinen Gedanken allein sein. In den letzten Wochen hatte es zu viele Aufregungen und Ärger für ihn gegeben; nun kam die Abspannung nach. Die tägliche Arbeit im Eisenbahnbüro war auch nicht gerade dazu angetan, ihn aufzumuntern und abzulenken; die ewige Schreiberei an die königliche Bezirksregierung zum Beispiel mit der untertänigsten Bitte, die Straßengräben der Staatschaussee Köln-Trier dort ausfüllen zu dürfen, wo die Eisenbahnlinie diese bei Brühl überquerte ...

Zum Teufel mit diesem untertänigen Getue, dachte der junge Referendar, wo mir und so vielen anderen überhaupt nicht untertänig zu Mute ist! Aber es waren nicht die Eisenbahnangelegenheiten, die Rudolf Schramm bedrückten.

In lebhaftem Gespräch betrat eine kleine Gruppe Herren in Zylindern und Überröcken die Weinwirtschaft und ließ sich nach einem knappen Blick auf den einsam hinter seinem Weinglas hockenden Zecher an einem großen runden Tisch in der Nähe nieder. Einige davon kannte Rudolf Schramm. Es waren der noch jugendlich wirkende Germanist Simrock und ein Kreis literarisch interessierter älterer Studenten und anderer junger Leute aus der guten Bonner Gesellschaft.

Ihr Gespräch betraf den außerordentlichen Zulauf, den die Vorlesung des seit diesem Wintersemester in Bonn lehrenden Historikers Dahlmann über die englische Revolution im 17. Jahrhundert gefunden hatte. Friedrich Dahlmann war der Wortführer jener berühmten »Göttinger Sieben« gewesen, der hannöverschen Professoren, die 1837 gegen die Aufhebung der Verfassung durch ihren König protestiert hatten und deswegen des Landes verwiesen worden waren. Der preußische König Friedrich Wilhelm IV.

hatte Dahlmann jüngst als Geschichtsprofessor an die Universität Bonn berufen, zur Rehabilitierung des verdienten Mannes und um seine eigene liberale Haltung zu beweisen.

Wie reimt sich das zusammen, dachte Rudolf Schramm bitter: Hier dieser effekthaschende Versuch, Liberalität zu zeigen und in der Angelegenheit der liberalen »Rheinischen Zeitung« ein Rückfall in den finstersten Despotismus... Preußen will ein Rechtsstaat sein, aber wo bleiben das Recht und die Gerechtigkeit, wenn dieser König kurz nach seiner Thronbesteigung feierlich verspricht, der Presse eine größere Bewegungsfreiheit zu gewähren? Aber zwei Jahre später lässt er eine Zeitung rücksichtslos verbieten, die gewagt hat, bestehende Zustände vorsichtig zu kritisieren. Die Dame Justitia war wohl doch nicht blind und damit unparteiisch, wie sie von Bildhauern dargestellt wurde.

Der Referendar kam nicht dazu, diesen Gedanken länger nachzuhängen, denn Karl Simrock trat mit einem Weinglas in der Hand an seinen Tisch. Er schien das Gefühl zu haben, den jungen Mann trösten zu müssen. »Ich sehe, Sie suchen die Einsamkeit, Herr Schramm«, sagte der Dichter mitfühlend, »aber erlauben Sie mir, Ihnen zu sagen, dass alle gut gesinnten und liberalen Menschen in Bonn das Verbot der »Rheinischen Zeitung« als einen Schlag gegen sich selbst empfinden!«

Wenn Karl Simrock so etwas sagte, wog das schwer. Jedermann in Bonn wusste, dass er ein liberal denkender Mann war, der einst vom preußischen König brüsk aus dem Staatsdienst entlassen worden war, weil er Anno 1830 die französische Julirevolution in einem Gedicht gelobt hatte. Simrock wäre gern in seiner Heimatstadt Professor geworden und hätte auch das Zeug dazu gehabt, aber daran war unter der Herrschaft des alten Königs und selbst unter der des neuen, angeblich so liberalen Monarchen nicht zu denken. Doch seine in ganz Deutschland verbreiteten Bücher mit Übersetzungen des Nibelungenliedes, des Parzival und der Schöpfungen des Walther von der Vogelweide in die neuhochdeutsche Sprache, seine Gedichte und seine Sammlungen deutscher Volkssagen und Volkserzählungen brachten ihm so gute Einkünfte, dass er als wohlhabender Mann auch ohne das Professorengehalt auskommen konnte.

»Danke«, sagte Rudolf Schramm schlicht, »nehmen Sie doch Platz! Es freut mich zu hören, dass man in Bonn offenbar genauso denkt wie in den meisten Städten der Rheinprovinz. Man hat ja von überall her Petitionen zu Gunsten der Pressfreiheit nach Berlin geschickt; völlig nutzlos natürlich. Ja, Sie haben Recht, lieber Herr Simrock, das Schicksal der »Rheinischen Zeitung« geht mir sehr ans Herz. Schließlich war ich einer der Mitgründer und wichtigsten Aktionäre. Auch wenn ich selbst mich darin nicht schreibend betätigt habe, so habe ich doch ratend und helfend nicht wenig für dieses Pressorgan getan, und ich habe mit vollem Herzen hinter diesem ersten Versuch gestanden, Preußen und die liberale Idee miteinander zu versöhnen.«

»Wie ist es denn nur zu diesem empörenden Verbot gekommen?«, erkundigte sich der Gelehrte im offensichtlichen Bestreben, seinen Gesprächspartner aus dessen melancholischer Stimmung zu reißen. »Wir haben hier in Bonn ja nur Ungenaues darüber gehört.«

Eigentlich, so berichtete Rudolf Schramm, hätte die preußische Regierung die Ziele dieses Blattes voll unterstützen müssen, denn es vertrat ja von Anfang an den Gedanken, dass Preußen zur politischen Führerschaft in Deutschland berufen sei. Aber die unbeugsame liberale Haltung, die offene Diskussion von sozialen und politischen Missständen in Preußen und anderen Staaten, das ironische Aufspießen behördlicher Torheiten hätten offenbar die für die Pressezensur in Berlin zuständigen Minister immer mehr verärgert. Die scharfe, allzu deutliche Sprache, die der letzte Chefredakteur des Blattes, der Doktor Karl Marx, in der kurzen Zeit seines Wirkens in seine Spalten gebracht hatte, sei dann wohl der Anlass gewesen, die Zeitung zum 31. März dieses Jahres 1843 ganz zu verbieten.

Sarkastisch meinte Referendar Schramm: »Dabei hatte sich der Zensor Herr von St. Paul alle Mühe gegeben, vorher schon alles Anstößige zu streichen. Manchmal bekam die Redaktion ein Viertel ihrer der Zensur eingereichten Beiträge als gestrichen wieder zurück. Aber offenbar hat das nichts genützt. Der Herr Minister Eichhorn in Berlin hat dennoch in dieser Zeitung den schlimmsten Feind der bestehenden Ordnung entdeckt.«

Der junge Mann zog ein Papier aus seiner Brusttasche und las daraus vor: »Hier, hören Sie, Herr Simrock: ›Seit dem Schluss des Jahres 1842 hat sich das Blatt einer Zügellosigkeit des Ausdrucks und der Gesinnung hingegeben, welche seine frühere Weise womöglich noch überbietet. Seine Absicht, das Bestehende in Staat und Kirche zu untergraben und allgemeines Missvergnügen mit der Staatsverwaltung zu erwecken, ist unverkennbar.‹ Das ließ der Minister Eichhörnchen, ich meine Eichhorn, schreiben. Diese Zeitung war nicht gegen den Staat und gegen Preußen, Herr Simrock, das können Sie mir glauben. Im Gegenteil. Wohl aber gegen derartig eingebildete Staatsdiener, die jedes Wort der Kritik an ihren Handlungen für eine Majestätsbeleidigung halten.«

Mit einem Zug trank jetzt Rudolf Schramm sein Weinglas aus: »Was soll man zum Beispiel von einem so würdigen Vertreter des preußischen Staates wie dem eigens als Zensor unserer Zeitung aus Berlin nach Köln geschickten Ministerialsekretär von St. Paul halten? Stellen Sie sich vor, Herr Simrock, dieser Mann erschien doch tatsächlich zu einem Abschiedsessen – wir nannten es ›Totenmahl für die Pressfreiheit in Preußen‹ –, das wir Kommanditisten, Aktionäre und Redakteure der »Rheinischen Zeitung« unmittelbar nach dem Inkrafttreten des Verbots veranstalteten. Dieser Herr hatte wohl schon mehr als eine Flasche Wein getrunken, denn er ließ sich nicht nur blöde lachend gefallen, dass wir in unseren Reden die preußische Zensur lächerlich machten, sondern ich konnte ihm auch noch eine Locke abschneiden, damit wir ein Andenken an den dümmsten Zensor im preußischen Staate hätten.«

Der Referendar konnte in der Erinnerung an diesen Abend das Lachen nicht verbeißen. »Und denken Sie, Herr Simrock, was dieser Herr in seiner Volltrunkenheit danach tat: er begab sich in ein für seine willigen Mädchen bekanntes öffentliches Etablissement in Köln und randalierte dort so, dass die Inhaberin die Polizei holen ließ, die den Herrn Ministerialsekretär und Zensor für eine Nacht mit auf die Wache nehmen musste. Ganz Köln hat natürlich davon erfahren, auch wenn es nicht mehr in unserer Zeitung stehen konnte, weil sie schon verboten und eingestellt war und unser letzter Chefredakteur Doktor Marx schon vierzehn Tage vorher im Exil in Paris war. Armes Preußen, du tust mir Leid …«

»Zur Attacke, marsch!«

Der Weckruf in der Ulanenkaserne an der Welschnonnenstraße war an diesem Morgen irgendwie anders als sonst:

dringender, ernster, Gefahr drohender. Bereits das erste Brüllen der Unteroffiziere durch die Stubentüren zeigte an, dass heute etwas von der üblichen Routine abwich: »Paradeuniform, volle Bewaffnung!«

Für gewöhnlich freute sich der Ulan Peter Hennes aus Bornheim, wenn es einmal eine Abwechslung im sonst recht eintönigen Dienst gab. Er war nicht ungern Soldat; das zweite Dienstjahr hatte er schon fast herum, und dank seiner Anstelligkeit und prompten Ausführung aller Befehle hatte er vor kurzem die Knöpfe eines Gefreiten erhalten. Heute aber empfand er unbewusst Furcht, als seine zweite Abteilung zusammen mit den beiden anderen Abteilungen der 2. Eskadron auf dem Kasernenhof antrat, die geschirrten und gesattelten Pferde an der kurzen Kandare haltend. Auch der Eskadronschef, Rittmeister von der Lancken, und der Leutnant seiner Abteilung, der Herr von Kahlden, machten einen aufgeregten Eindruck.

Dass etwas Besonderes im Gange war, machten gleich die ersten Worte des Rittmeisters deutlich: »Ulanen, unsere Eskadron hat den Auftrag erhalten, freche Empörer zu züchtigen, die den Eisenbahnbau bei Dransdorf stören, und dort die Ruhe und Ordnung wiederherzustellen, da die Polizeikräfte dafür nicht ausreichen. Der Herr Landrat von Hymmen hat auf Antrag der Eisenbahngesellschaft und des Bauunternehmers Sarter unseren neuen Regimentskommandeur, Oberstleutnant Giese, um Amtshilfe ersucht. Ich erwarte, dass jeder Ulan unserer Eskadron die Befehle, die er erhalten wird, rücksichtslos und ohne Zögern ausführt. Da wir uns im Einsatz unter Waffen befinden, wird jeder noch so geringe Verstoß nach Kriegsrecht bestraft. Die öffentliche Ruhe und Ordnung ist ein so hohes Gut in der preußischen Monarchie, dass auch schärfste Maßnahmen zu ihrer Aufrechterhaltung gerechtfertigt sind. Eskadron – aufgesessen!«

Das Bild einer in Paradeuniform zum Manöver aus der Stadt reitenden Ulaneneskadron war für die Bonner Bevölkerung ein gewöhnlicher Anblick. Heute aber sorgte das Gerücht, dass es gegen die Aufrührer am Bahndamm ginge, für zahlreiche Gaffer am Straßenrand. Die 150 im Sattelschuh senkrecht aufgestellten langen Lanzen mit den schwarzweißen Fähnchen wirkten wie ein kleiner Wald, das Klappern der Pferdehufe und der Säbelscheiden erzeugten ein martialisches Geräusch, und jedermann wusste, dass es diesmal ernst war.

Gefreiter Peter Hennes wusste ebenso wenig wie alle seine Kameraden aus der 2. Eskadron, was die Leute verbrochen hatten, gegen die es heute gehen sollte. Wenn er sich aber vorstellte, dass er bald möglicherweise mit zur Attacke eingelegter Lanze auf Menschen losreiten sollte, die schließlich bestimmt keine feindlichen Soldaten waren, wenn er sich ausmalte, dass er im Ernst mit seinem schweren Säbel auf Zivilisten einhauen sollte, so wie es die Ulanen im Manöver mit Puppen geübt hatten, dann wurde ihm flau im Magen. Er musste krampfhaft ein Würgen unterdrücken.

Auch dem Leutnant Otto von Kahlden, der an der Spitze seiner Abteilung ritt, ging es kaum anders. Er hatte ja schon vor Jahren Vermessungen für die Eisenbahn durchgeführt und sogar einmal ein Duell mit einem eingebildeten Studenten zur Verteidigung seiner eigenen Ehre und der Ehre der Eisenbahn ausgefochten; insofern war er wohl von allen seinen Kameraden am meisten an den Angelegenheiten der Eisenbahn interessiert. Dass er nun aber gegen angebliche Empörer und Aufrührer gegen die Eisenbahn zu Felde ziehen sollte, das hätte er sich nicht träumen lassen. Das ist eben der Nachteil, dachte Leutnant von Kahlden, wenn jetzt schon fast dreißig Jahre Frieden herrscht. Dann ist man den echten Einsatz als Soldat nicht gewöhnt. Aber Befehl ist eben Befehl, daran gab es kein Deuteln.

Der Weg zum Tannenwäldchen war den Ulanen gut bekannt, weil dort mehrmals im Jahr Manöver mit Scharfschießen und Evolutionen der berittenen Abteilungen und Eskadronen stattfanden. Heute ging es etwas weiter als bis zum Tannenwäldchen, und es handelte sich nicht um ein Manöver.

Schon tauchte die abgesteckte Bahnlinie auf, und dort, neben einigen die Sicht behindernden Buschgruppen, sah man in der Ferne auch eine größere Zahl von Männern am Bahndamm hocken. Rittmeister von der Lancken hielt seine Eskadron an und gab letzte Anweisungen: »Die erste Abteilung umgeht die Empörer rechts, die zweite Abteilung von links, die dritte bleibt bei mir. Auf das Trompetensignal ›Zur Attacke, marsch‹ rücken wir im Schritt konzentrisch mit eingelegten Lanzen vor. Wer von den Aufrührern zwischen unseren Reihen zu entfliehen versucht, wird verfolgt und ohne Rücksicht gezwungen, sich der Verhaftung zu stellen. Erste und zweite Abteilung in Reihe rechts und links schwenkt marsch!«

Binnen weniger Minuten hatte sich der Kreis der Soldaten um die Arbeiter am Bahndamm geschlossen. Diese waren aufgestanden und diskutierten offenbar aufgeregt miteinander. Wie die Ulanen deutlich beobachten konnten, packten ein paar der Leute ihre Schaufeln und Hacken, als das schmetternde Trompetensignal erklang: »Zur Attacke, marsch!« Doch dann legten sie unter den beschwörenden Gesten einiger anderer Arbeiter ihre Geräte wieder weg.

Eine Mauer scharfgeschliffener Lanzenspitzen umgab plötzlich die Eisenbahnarbeiter, die schwarzweißen Wimpel daran wirkten wie eine unruhige Wasserfläche, über der sich unheildrohend die stampfenden und schnaubenden Pferde aufbauten, und darüber die ausdruckslosen Gesichter der Ulanen. Einen Augenblick lang standen sich der Kreis der Ulanen und der ungeordnete Haufen der Arbeiter in ihrer Mitte schweigend gegenüber. Bis jetzt war kein Schuss gefallen, kein Säbel war gezückt, kein Tropfen Blut vergossen worden. Würde es so bleiben?

Laut ertönte die Stimme des Rittmeisters von der Lancken: »Im Namen Seiner Majestät des Königs von Preußen! Ich habe Auftrag, euch als Aufrührer und wegen des Vergehens gegen Recht und Ordnung zur Raison zu bringen. Wer sich freiwillig fügt, dem wird von uns kein Haar gekrümmt werden!«

Jetzt wurden auch Rufe der Bahnarbeiter laut: »Wir haben nichts Unrechtes getan, wir warten nur auf unseren Bauunternehmer, der soll uns den Lohn zahlen!« Wieder einmal trat Franz Thoennes vor, grüßte militärisch, wie er es einst in der Garnison in Koblenz gelernt hatte, und meldete: »Halten zu Gnaden, Herr Rittmeister! Wir sind keine Aufrührer oder Empörer, wir wollen nur unser Recht. Man hat uns um unseren Lohn betrogen!«

Dem Rittmeister war es sichtlich unangenehm, mit dem dreckigen und zerlumpten Arbeiter dort unten im Kreis diskutieren zu müssen. »Was euer Recht ist, weiß ich nicht und geht mich auch nichts an. Ich vertrete das Recht des preußischen Staates auf Ruhe und Ordnung unter seinen Untertanen und habe strikte Befehle auszuführen und die lauten: Wer von euch Arbeitern sofort mit der Arbeit wieder beginnt, kann hier bleiben. Wenn ihr von eurem Unternehmer etwas zu fordern habt, tut das vor Gericht, aber nicht mit Unruhe und Arbeitsverweigerung. Wer in einer Minute« – der Eskadronschef zog mit einiger Mühe eine goldene Uhr aus seiner engen Hosentasche – »nicht mit Schaufel und Hacke an der Arbeit ist, den werden meine Ulanen gebunden zunächst ins Bonner Arresthaus bringen, bis weiter über ihn befunden wird. Im Übrigen habe ich den Befehl, als Rädelsführer und Aufwiegler einen gewissen Thoennes, Franz, aus Mayschoß festzunehmen und nach Bonn bringen zu lassen, damit er vor Gericht gestellt wird. Bist du das etwa selbst?«

Es entstand Bewegung im Kreis. Mit verkniffenen Gesichtern schulterten die meisten Arbeiter ihre Schaufeln und Hacken, ergriffen ihre Schubkarren und zogen mit scheuen Blicken auf den drohenden Kreis der Soldaten den Stellen am Bahndamm zu, wo sie am Ostersonnabend die Arbeit unterbrochen hatten. Einige besonders Renitente warteten fast bis zum Ablauf der Minute, schlossen sich dann aber doch ihren einsichtigeren Kameraden an.

»Die 2. Abteilung unter Leutnant von Kahlden bleibt bis heute Abend hier zur Wache, ob auch weitergearbeitet wird. Weitere Befehle erfolgen noch. Der Festgenommene Thoennes Franz vortreten!« So ließ sich Rittmeister von der Lancken wieder vernehmen. Die Erleichterung über den glimpflichen Ausgang seines Auftrages war ihm deutlich anzumerken.

Ehe er sich versah, wurde Franz Thoennes von zwei rasch abgesessenen Ulanen gepackt. Sie fesselten seine Hände mit einem Strick zusammen und banden das andere Ende an den Sattelgut eines Pferde. »Erste und dritte Abteilung, in Gliedern antreten!«, befahl der Rittmeister.

Doch ganz ohne Zwischenfall sollte die Niederschlagung dieser Rebellion nicht ablaufen. Denn als die Pferde der Ulanen sich in Bewegung setzten und den daran gefesselten Franz Thoennes mit sich nahmen, stürzte sich mit einem unartikulierten Schrei sein blöder Vetter Scheng Haag auf ihn und versuchte, ihn loszureißen. »Der Mann ist nicht richtig im Kopf! Vorsicht!«, schrien einige Arbeiter. Das sah auch der Rittmeister, denn mit Schaum vor dem

Mund schlug der zerlumpte Kerl auf das Pferd ein, das seinen Vetter fortschleppen sollte. Das Pferd bäumte sich auf und schlug mit den Hufen aus, es gab einen ganz unmilitärischen Tumult.

»Bindet auch den da und legt ihn über ein Pferd!«, befahl der Eskadronchef kurz. »Das ist ein Fall für's Tollhaus. Trompeter, blas das Signal: Abmarsch zur Kaserne!«

Vom Saulus zum Paulus

Im Hause des Spezereihändlers Heinrich Degen in der Bonner Sternenstraße klingelte am Freitagabend die Türglocke, gerade als sich der Hausherr mit seiner Ehegattin zu einem solennen Abendessen niederlassen wollte. Erbost rief er vom ersten Stock über die Treppe dem Diener, Ladenverkäufer und Hausfaktotum Franz zu: »Wenn das jemand ist, der nur schnell ein halbes Lot Pfeffer haben will, dann schick ihn weg, er soll morgen wieder kommen!« Doch der Herr, den der Diener unter entschuldigenden Gesten in den Salon führte, hatte kein Interesse an Gewürzen, sondern bat höflich, den Herrn Direktor der Bonn-Kölner Eisenbahngesellschaft Degen sprechen zu dürfen. Da ließ es sich wohl nicht vermeiden, den Besucher zu empfangen, hatte doch Heinrich Degen noch nie bei sich zu Hause Besprechungen in Sachen Eisenbahn gehabt.

Der Kaufmann war vor Jahren irgendwie in das Eisenbahnwesen hineingeraten, weil er glaubte, damit gutes Geld verdienen zu können und weil man besser selbst nach dem Rechten sieht, was mit dem eigenen eingezahlten Geld getan wird. In das Direktorium der Eisenbahngesellschaft hatte er sich eigentlich nur wählen lassen, um seine damaligen geschäftlichen Pläne zu fördern, in Dransdorf eine große moderne Mehlmühle mit Dampfmaschinenbetrieb zu errichten. Dafür wäre ein Haltepunkt der Bahn bei Dransdorf sehr förderlich gewesen und hierfür zu sorgen, war das Hauptmotiv Heinrich Degens dabei gewesen. Aber inzwischen hatte sich das Mühlenprojekt zerschlagen. Man hatte ihm auch nachgewiesen, dass es unwirtschaftlich sei, die Haltepunkte einer Eisenbahn zu dicht zusammenzulegen; das würde den Betriebsaufwand der Bahn beträchtlich erhöhen und somit den Ertrag mindern. So war das Interesse des Spezereihändlers an Dransdorf und damit indirekt an der Eisenbahn wieder erloschen.

Dennoch nahm Heinrich Degen, wenn es seine sonstigen Geschäfte erlaubten, an den Sitzungen des Direktoriums teil, um seine Kollegen dort nicht zu enttäuschen, und er unterzeichnete treu und ergeben die offiziellen Schreiben, für die die Unterschrift aller fünf Direktoren nötig waren. Aber einen besonderen Eifer für den Bau der Eisenbahn hatte er noch nie an den Tag gelegt. Deshalb war er neugierig und als guter Geschäftsmann zunächst auch etwas misstrauisch, was sein später Besucher in Sachen Eisenbahn wohl von ihm wollte.

Der Fuhrunternehmer Jacob Loewenich hatte sich auf dieses Gespräch unter vier Augen gut vorbereitet. Noch vor einem Jahr war ihm die Eisenbahn als eine teuflische Erfindung erschienen, die einem biederen Betreiber von Pferdefuhrwerken eine tödliche Konkurrenz bedeuten werde.

Zu seinem Unglück hatte er sich von dem sächsischen Lotterieeinnehmer Lange beschwatzen lassen, mit ihm zusammen einige Grundstücksparzellen in Buschdorf zu erwerben, um den Bau der Eisenbahn zu einem Bahnhof im Norden Bonns zu vereiteln. Aber das war, Jacob Loewenich musste sich das eingestehen, eine hirnverbrannnte

Idee gewesen, bei der er viel Geld eingebüßt hatte. Denn die Buschdorfer Bauern hatten ihn dazu erpresst, ihnen die Grundstücke kostenlos wieder zurückzugeben. Dieser Herr Amadeus Lange, dachte der Hauderer Loewenich böse, wenn der mir noch einmal über den Weg läuft, dann kann er was erleben. Aber der Lotterieeinnehmer schien es vorgezogen zu haben, heimlich seinen Wohnsitz aus Bonn zu verlegen.

Inzwischen hatte der Fuhrunternehmer etwas mehr über diese neumodische Eisenbahn gelernt. Er war in Köln gewesen, hatte sich dort mit allen möglichen Leuten von der Eisenbahn unterhalten und war sogar der Neugier halber persönlich auf der kürzlich eröffneten Strecke bis Aachen und zurück gefahren und hatte dabei seine Augen und Ohren offen gehalten. Diese Eisenbahn musste keineswegs der Ruin der Fuhrunternehmen sein, man musste sich nur geschickt auf die neuen Umstände einstellen!

Um dies zu tun, machte Jacob Loewenich heute beim Direktor Degen seinen Besuch. Offenbar hatte er von seinem einstigen Freund und heutigen Feind Amadeus Lange einiges gelernt, denn er leitete sein Gespräch nicht schlecht ein.

»Ich komme gerade zu Ihnen, Herr Direktor Degen«, begann der Hauderer höflich, »weil Sie einer der wichtigsten Herren in diesem modernen Unternehmen sind. Ihr Anteil an der Planung und an den bisherigen Baufortschritten kann gar nicht überschätzt werden.« Heinrich Degen machte eine abwehrende Bewegung, aber in Wirklichkeit hörte er das Lob mit Behagen. Es sei ja so vieles dabei zu bedenken, fuhr Jacob Loewenich fort, zum Beispiel jetzt der Transport der Schienen, die aus England per Schiff an der Rheinwerft in Bonn ankommen sollten, zu der jeweiligen Stelle des Eisenbahndammes, wo sie verlegt werden sollten.

Der Fuhrunternehmer zog die jüngste Ausgabe des Bonner Wochenblattes vom 25. Mai 1843 aus der Tasche. Darin hatte die Direktion eine Ausschreibung für diese Transporte mittels Pferdewagen einrücken lassen. »Für diesen Auftrag möchte ich mich bewerben, Herr Direktor Degen«, bekannte Herr Loewenich, »aber darüber hinaus noch für mehr.«

Der Sprecher machte eine Pause und blickte Heinrich Degen bedeutungsvoll an. »Hier in Bonn wird es ja nicht so einfach sein, die Kohle für die Lokomotiven vom Schiff zur Bahn zu befördern wie in Köln, wo der Sicherheitshafen für die Rheinschiffe unmittelbar neben dem Bahnhof liegt. Hier bei uns wird die Kohle quer durch die ganze Stadt geschafft werden müssen, und zwar pünktlich und zuverlässig, schnell und in größerer Menge, jedes Mal wenn ein Schiff mit einer Kohlenlieferung angekommen ist. Das kann nur ein großes leistungsfähiges Transportunternehmen schaffen, wie ich eines habe, Herr Direktor Degen!«

Der Spezereikaufmann hatte von diesem, noch in der Zukunft liegenden Problem noch nie etwas gehört; er wusste auch nicht, ob sich die Fachleute im Eisenbahnbüro, wie der Herr Gribel, darüber schon Gedanken gemacht hatten. Aber er gab sich nun ganz sachverständig: »Das ist richtig, mein Herr, hier wird eine größere zuverlässige Hauderei nötig sein, die mit der Eisenbahngesellschaft zusammenarbeitet. Wir werden auch dafür eine Ausschreibung machen müssen.«

»Ja, sehen Sie, Herr Direktor...« – dem Hauderer Loewenich war es wohl doch ein wenig peinlich, mit seinem Anliegen herauszurücken – »wenn ich den Auftrag auf mehrere Jahre fest bekäme, ohne die Unsicherheit, die bei einer Ausschreibung durch die Konkurrenz für mich auftritt, dann könnte ich jetzt schon Vorkehrungen treffen,

Wagen anschaffen und Leute einstellen und ich wüsste, wo ich daran wäre. Wenn Sie, Herr Direktor, dafür sorgen könnten, dass ich diesen langfristigen Transportvertrag ohne öffentliche Ausschreibung bekomme, würde ich Sie gerne mit drei Prozent des Gewinns an diesem Geschäft beteiligen. Das sollte natürlich unter uns bleiben.«

Kaufmann Degen schwieg lange. Insgeheim überschlug er, was wohl ein solches Geschäft einbringen könnte und kam dabei auf eine zwar kleine, aber langfristig sichere Nebeneinnahme. Endlich reichte er dem Fuhrunternehmer die Hand: »Einverstanden, Herr Loewenich, ich werde sehen, was ich für Sie tun kann.«

»So ergeht es Aufrührern!«

Bauunternehmer Sarter pfiff ein fröhliches Liedchen vor sich hin, während er vorsichtig seinen leichten Einspänner an den Erdhügeln und -löchern vorbeisteuerte, die den künftigen Weg des Gleises für die Eisenbahn dicht bei Bonn schon ahnen ließen. Die Sonne war bereits untergegangen, aber noch immer waren die Arbeiten auf dem letzten Bauabschnitt vom Dransdorfer Bach bis zum Mühlheimer Feld in vollem Gange. Jetzt, an den längsten Tagen des Jahres, wurde fast bis 9 Uhr abends gearbeitet, um jede Minute des Tageslichts auszunutzen. Überall sah man schwitzende Gestalten mit Erde vollgehäufte Schubkarren schieben.

Auf diesem Streckenabschnitt hatte Unternehmer Sarter auch einige Pferdekarren eingesetzt. Für die Anlage des Bahnhofs in der Nähe der Poppelsdorfer Allee musste ein Teil der Gumme genannten Bodensenke aufgefüllt werden. Das Erdreich dazu war über mehrere Hundert Ruten zu transportieren, und das war mit den Schubkarren allein nicht zu schaffen. Außerdem drängten die von der Eisenbahngesellschaft gesetzten Termine.

Spätestens Ende Juni sollte mit dem Bau der verschiedenen Gebäude im Bahnhofsbereich begonnen werden. Der Bauunternehmer Sarter würde aus seiner in Kessenich neu angelegten Ziegelei auch die für die Bahnhofsbauten benötigten Ziegel liefern. Die Ausführung der Bauten selbst war allerdings Sarters Konkurrenten Adolf Quantius übertragen worden.

Peter Sarter war mit einem schweren Geldkasten unterwegs, denn es war wieder einmal Zeit für die alle zwei Wochen erfolgende Lohnauszahlung. Er wollte heute selbst dabei sein, obwohl er sich befriedigt sagen konnte, dass Schachtmeister Scheifgen seine Leute wieder fest an der Kandare hatte.

Der Versuch der Eisenbahnarbeiter kurz nach Ostern gegen ihren Prinzipal aufzumucken, war gottlob kläglich zusammengebrochen. Das Auftreten der Bonner Ulanen an der Baustelle hatte den Arbeitern nur allzu deutlich gezeigt, dass es in einem ordentlichen Staat wie Preußen keinen Zweck hatte, sich gegen ihre Arbeits- und Lohnbedingungen aufzulehnen. Einige von den Arbeitsmännern hatten kurz nach dem Ende der Arbeitsverweigerung ihre Entlassung gewünscht und auch sofort erhalten. So wurde der Unternehmer Sarter ganz von selbst die möglicherweise unruhigen Elemente los und konnte die freien Stellen mit den Jammergestalten füllen, die täglich zu Dutzenden bei ihm um Arbeit nachfragten. Sie waren bereit, auch für einen Hungerlohn zu schachten, wenn sie nur überhaupt etwas Geld bekamen.

Mit den Waren, die der Unternehmer Sarter an Stelle eines Teiles des Lohnes seinen Arbeitern austeilte, war er allerdings etwas vorsichtiger geworden. Er gab jetzt nur noch solche Waren aus, bei denen die Arbeiter die Aussicht hatten, sie auch bei den Bauern der nahe liegenden Dörfer abzusetzen. Allerdings mussten sie sich dafür an ihren arbeitsfreien Sonntagen mächtig anstrengen, wenn sie einigermaßen auf ihre Kosten kommen wollten. Ein Beauftragter Sarters kaufte überall in Köln und Bonn und anderen Städten bei jeder Zwangsversteigerung nach dem Bankrott von Ladengeschäften geeignete Dinge billig auf. So kam der Baumeister doch noch zu einem annehmbaren Verdienst.

Bei der Lohnauszahlung am späten Abend dieses Samstages nahmen die Arbeiter des Scheifgenschen Schachtes ihre paar Silbergroschen und Pfennige und ihre als Lohnersatz geltenden Waren still entgegen, ohne erkennbare Regung. Es gab keine Proteste, weil jeder wusste, dass sie doch zwecklos gewesen wären. Auf die Idee, die einmal aufgekommen war, den Herrn Sarter auf Zahlung des Lohnes in Geld vor dem Gericht zu verklagen, war nach dem Schreckenstag mit den Ulanen niemand mehr zurückgekommen. Dennoch spürte der Unternehmer deutlich, dass die Stimmung schlecht war. Soll sie doch, dachte Peter Sarter, während er mit kritischem Blick der immer gleichen Zeremonie des Hinzählens einiger Geldstücke durch Schachtmeister Scheifgen folgte, sollen die Leute ruhig mit den Zähnen knirschen, wenn sie nur tüchtig ihre Arbeit tun. In einem Vierteljahr ist hier alles fertig.

Mit knappen Worten forderte der Bauunternehmer die Leute auf, nach der Auszahlung noch einen Augenblick zu warten, er habe nachher noch etwas zu sagen. Dadurch erreichte er eine gespannte Aufmerksamkeit und darauf war es ihm angekommen. Dann konnte er verkünden, was er schon seit einigen Tagen wusste:

»Ihr erinnert euch an die abscheulichen Vorfälle vor einigen Wochen, wo die Ulanen aus Bonn kommen mussten, um ein paar Unruhestifter zur Räson zu bringen. Der Anführer dieser verblendeten Menschen, ein gewisser Franz Thoennes aus Mayschoß, ist ja seinerzeit verhaftet worden. Er ist jetzt vom königlichen Inquisitoriat in Köln wegen Aufwiegelung zum Aufruhr und zum Widerstand gegen die Staatsgewalt zu einem Jahr Zuchthaus verurteilt worden. Es gibt eben noch ein Recht in Preußen, das sorgt dafür, dass die öffentliche Ruhe und Ordnung nicht durch verderbliche Elemente gestört wird. Der blödsinnige Vetter dieses Thoennes ist tobsüchtig geworden und musste mit einer Zwangsjacke in das Bonner Arresthaus eingeliefert werden.«

Peter Sarter schwieg einen Augenblick. Dann schloss er fast triumphierend seine kleine Ansprache: »So geht es Aufrührern, merkt euch das, Leute!«

Infame Sabotage

Es war schon fast Mitternacht, als die letzten Besucher das Dampfschiff »Stadt Bonn« verließen. Diese neue Perle der Kölner Dampfschifffahrtsgesellschaft hatte am frühen Mittag des 25. Juni 1843, nach einer kurzen Fahrt von Köln stromaufwärts, an der Anlegestelle dieser Gesellschaft am Bonner Rheinufer festgemacht. Den ganzen Mittag und Nachmittag dieses schönen Sommertages über waren Hunderte von neugierigen Bonnern auf das Schiff geströmt, um es zu besichtigen. Und am Abend hatte ein festliches Diner für zahlreiche Ehrengäste aus der Stadt, deren Namen das neue Schiff trug, in der geräumigen, überdeckten Halle des Dampfers stattgefunden.

Die Kölner Dampfschifffahrtsgesellschaft hatte sich nicht lumpen lassen und bei der Küche des nahe der Anlegestelle gelegenen Ermekeil'schen Hotels Royal ein mehrgängiges Essen bestellt, das auf das Schiff gebracht und von Lohndienern serviert wurde. Der Direktor dieser Gesellschaft für Passagierschiffe, Heinrich Merkens, und der Bonner Oberbürgermeister Oppenhoff hatten feierliche Reden gehalten und das Band des den Städten Köln, Bonn, Koblenz und Mainz gemeinsamen deutschen Rheinstromes gepriesen, der nun immer mehr zu einer Verkehrsader ersten Ranges zwischen dem Norden und dem Süden des deutschen Vaterlandes zu werden versprach.

Das neu in Dienst gestellte Passagier-Dampfschiff war nun schon das vierte der Kölner Gesellschaft, wie alle vorigen noch auf einer Schiffswerft in England gebaut und über die Nordsee und den Rhein bis in seinen Heimathafen Köln überführt. Künftig sollte es regelmäßig den Rhein zwischen Köln und Mainz befahren. Die aufwändige Einweihungsfeier diente auch dazu, die böse Konkurrenz in den Augen der Bonner auszustechen. Denn die Düsseldorfer Dampfschifffahrtsgesellschaft befuhr mit ihren Schiffen dieselbe Strecke auf dem Rhein und lieferte den Kölner Schiffen in den Fahrpreisen, der Ausstattung der Schiffe und der dort gebotenen Bequemlichkeit für die wohlhabenden Passagiere einen harten, ja fast mörderischen Wettbewerb. Doch darüber schwieg man vornehm an jenem Abend des 25. Juni.

Für die Nacht sollte das Schiff »Stadt Bonn« gut vertäut am Bonner Ufer liegen bleiben, um dann am nächsten Morgen nach Koblenz aufzubrechen, wo für den kommenden Abend ähnliche Veranstaltungen wie in Bonn vorgesehen waren. Erst in der übernächsten Woche würde dann die »Stadt Bonn« im regulären Passagierverkehr rheinaufwärts eingesetzt werden, der frühmorgens Köln verließ und nach einigen kurzen Zwischenhalten am späten Abend Mainz erreichte. Für die meisten Menschen war das immer noch eine Staunen erregende technische Leistung, denn selbst die schnellsten Segel- und Treidelschiffe alter Art brauchten für die Strecke stromauf mindestens vier Tage.

Der Kapitän des Rheindampfers, sein Steuermann, der Maschinenmeister und drei Heizer oder Matrosen hatten sich in ihren winzigen Schlafkojen tief im Bauch des Schiffes zur Ruhe begeben. Sie hatten zwar heute keine lange Fahrt hinter sich, dennoch war der Tag mit den vielen Besuchern und neugierigen Fragen auch für sie anstrengend gewesen. So gab es niemanden von der Schiffsbesatzung, der etwas davon merkte, dass sich im Dunkel der Nacht einige vermummte Gestalten an den Leinen zu schaffen machten, mit denen das Schiff am Ufer vertäut war. Leise wurden die Leinen gelöst, sodass das Schiff binnen kurzem mit der Strömung abtreiben musste.

Der ehemalige Schiffer einer »Wasser-Diligence«, Anton Hündgen, hatte sich mit zwei ehemaligen Genossen aus der Bonner Personenschifferbeurt zu diesem Streich verabredet. Wie er selbst waren sie schon vor Jahren gezwungen gewesen, ihre kleinen Schiffe und damit ihren ererbten und traditionellen Beruf aufzugeben. Auch wenn sie sich in letzter Zeit durch allerlei anderen Broterwerb über Wasser halten konnten, schwelten doch immer noch dunkle Gedanken des Hasses in den Köpfen der ehemaligen Rheinschiffer. Die lange im Voraus angekündigte Ankunft des neuen Dampfschiffes »Stadt Bonn« war der Anlass zu der Idee gewesen, zum Schaden der Kölner Dampfschifffahrtsgesellschaft einen derben Schabernack auszuführen.

Sie hatten sich mit dunklen Tüchern die Gesichter verhüllt, damit sie niemand erkennen könnte, falls doch ein anderer Mensch an der Rheinfront des mitternächtlichen Bonn unterwegs sein sollte. Und sie hatten ihren Frauen zu Hause erzählt, dass sie jeweils beim anderen zu einer ausgiebigen Geburtstagsfeier eingeladen seien und, da nachts die Fliegende Brücke über den Rhein ja nicht verkehrte, nicht nach Hause kommen würden. Doch die drei Attentäter hatten Glück. Ungesehen konnten sie sich an das stillliegende Dampfschiff heranschleichen und die Taue lösen, ungesehen kamen sie auch wieder in die Wohnung des ehemaligen Rheinschiffers Michael Fuchs zurück, der in der Engeltalstraße ganz nahe am Rheintor wohnte.

Der Rheindampfer »Stadt Bonn« begann langsam von der Landungsbrücke abzutreiben, doch die Strömung drückte den Bug unsanft an deren Holz, es gab einen ganz ungewohnten Ruck, und davon wurde der Kapitän wach. Er horchte und sprang dann entsetzt aus seiner kleinen Koje, als er gewahr wurde, dass sein Schiff offenbar im Strom trieb. Im Dunkeln lief er aufs Deck, und obwohl kein Mond schien, gaben die Sterne so viel Licht, dass der besorgte Mann dort seine schlimme Vermutung bestätigt fand.

Der Kapitän zeigte aber, dass er nicht zu Unrecht mit der verantwortungsvollen Aufgabe betraut worden war, das große Dampfschiff zu regieren. Sofort weckte er brüllend seine kleine Besatzung und dieser gelang es rasch, einen Anker auszubringen und in den Stromgrund zu werfen. So kam das Schiff schon nach wenigen 100 Ruten des Abtreibens zum Stehen, ohne erkennbare Schäden. Am nächsten Morgen, kaum dass es hell geworden war, konnte die »Stadt Bonn« wieder ihren Anlegeplatz erreichen, nachdem die Dampfmaschine wieder in Betrieb gesetzt worden war.

Der Bonner Oberbürgermeister Oppenhoff staunte nicht schlecht, als er bereits um 8 Uhr morgens einen Besucher in seinem Amtszimmer im Bonner Rathaus vorfand. Es war der Direktor Merkens von der Dampfschifffahrtsgesellschaft, der die infame Sabotage gegen sein Schiff zur Anzeige brachte. Energisch bestand er darauf, dass die gesamte Polizeistreitmacht der Stadt Bonn – sechs Konstabler, zwei Polizeisergeanten und ein Polizeikommissar – unverzüglich ausschwärmen sollte, um die gefährlichen Übeltäter zu suchen. Ergeben schickte das Stadtoberhaupt seinen Bürodiener in das neben dem Rathaus gelegene Wachlokal der Polizei und ordnete die Fahndung an. Denn einem so einflussreichen Mann wie dem Herrn Direktor Merkens einen Wunsch abzuschlagen, hätte dem Oberbürgermeister womöglich Unannehmlichkeiten eingebracht.

Allerdings musste Polizeikommissar Fecken nach zweitägiger intensiver Fahndung seinem Vorgesetzten kleinlaut berichten, dass niemand einen konkreten Hinweis auf einen oder mehrere Täter gefunden habe, die die Leinen des Rheindampfers gelöst haben müssten.

10. Kapitel

Sichtbare Fortschritte

Juli bis Dezember 1843

Mit Hochdruck voran

Auf dem Mühlheimer Feld unterhalb der alten buschüberwachsenen Anna-Bastei herrschte ein lebhaftes Treiben. Seit der letzten Belagerung Bonns im Spanischen Erbfolgekrieg anno 1703 vor fast anderthalb Jahrhunderten hatten sich gewiss nicht so viele Menschen gleichzeitig dort aufgehalten. Unaufhörlich scholl Hämmern und Klopfen hinüber bis zum alten Münster. Die Bauarbeiten am Bonner Bahnhof waren in vollem Gange.

Die Zimmerleute fügten aus großen Balken die Fachwerkgebäude zusammen, die in Kürze als Lokomotiv- und Wagenschuppen, als Kohlenschuppen und als Reparaturwerkstätte dienen sollten. Dort, wo das Fachwerk schon stand, waren Maurer dabei, die Gefache mit roten Ziegelsteinen auszufüllen, und die Dachdecker waren mit den Dächern beschäftigt. Auch das zweistöckige Stationshaus, einfach, aber gediegen im Stil einer der vielen Villen, wie sie jetzt zu Dutzenden außerhalb der alten Stadtmauern Bonns standen, war im Entstehen.

Im Augenblick musste kein Bonner, der eine Schaufel schwingen oder eine Last tragen konnte, betteln gehen. Denn auch zahlreiche Tagelöhner hatten vorübergehend hier Arbeit und Lohn gefunden, sie wurden für alle möglichen Hilfsarbeiten benötigt. Manche Skeptiker waren bereit zuzugeben, dass die Eisenbahn, was ihre rein wirtschaftliche Bedeutung anging, sich schon segensreich auf Bonn auswirkte, sogar ehe das erste Dampfross seinen eisernen Weg befahren hatte.

Inmitten dieses Ameisenhaufens arbeitender Menschen schien Oberingenieur von Lasaulx überall zugleich zu sein. Bald brauchte der Zimmermann seinen Rat, bald wurde der Techniker geholt, um Kontrollmessungen bei den letzten Erdaufschüttungen vorzunehmen. Einem Außenstehenden wären die vielen gleichzeitig ausgeführten Arbeiten als ein großes Chaos erschienen, aber Johann Claudius von Lasaulx konnte sich immer wieder befriedigt sagen, dass alles nach Plan verlief und die verschiedenen Gewerke sich im Allgemeinen gut ergänzten.

Hier zeigte es sich fast von Vorteil, dass sich die Ausführung des Bahnhofs in Bonn so lange verzögert hatte. So war genügend Zeit geblieben, die nötigen Arbeiten und ihr Ineinandergreifen exakt vorauszuplanen. Jetzt ging alles mit Hochdruck voran. Aber das war auch nötig, wenn die Eisenbahnlinie, wie geplant, im Herbst dieses Jahres eröffnet werden sollte. Geld zur Bezahlung der vielen beteiligten Unternehmer war ausreichend vorhanden. Inzwischen hatten die Aktionäre schon ihre achte Einzahlung von je einem Zehntel ihres Aktienkapitals leisten müssen. Die Bestimmung im Statut der Gesellschaft, dass diese Einzahlungen bei Bedarf im Abstand von zwei Monaten einander folgen sollten, sorgte dafür, dass die Kasse des Buchhalters Pröbsting stets flüssig war und gleichzeitig die Aktionäre Zeit hatten, sich das nötige Bargeld zu beschaffen.

Johann Claudius von Lasaulx war in diesen Wochen von morgens um 8 bis abends um 9 Uhr auf den Beinen, beobachtend, messend, Auskunft gebend, kritisierend und lobend, immer unter höchster Anspannung der Sinne. Manchmal vertraute er seinem Kollegen, dem Maschinenmeister Gribel, stöhnend an, das sehe dieser geizigen Eisenbahngesellschaft ähnlich, nur einen einzigen ausgebildeten Ingenieur für den Strecken- und Hochbau einzustellen. Nur ein paar Bauzeichner, einen Kutscher und zwei Jungen, die die Geräte und Mappen mit Plänen tragen mussten, hatte er als Hilfskräfte.

Aber in Wahrheit war der Fünfunddreißigjährige stolz, alleinverantwortlich für den Bau einer ganzen Eisenbahnlinie zu sein. Seine nur einjährige Lehrzeit als spezieller Eisenbahningenieur unter dem Oberingenieur Exner hatte er gut genutzt. Er fühlte sich allen Problemen gewachsen, die an dieser relativ einfachen Strecke auftauchen könnten. Der Vater, der alte königliche Baukondukteur in Koblenz, ermunterte den begabten Sohn, der als einziges seiner sechs Kinder das Interesse für die Technik geerbt hatte, und gab ihm gute Ratschläge, wenn sich die beiden, selten genug, einmal sahen.

Anders als sein Vorgänger und früherer Vorgesetzter Exner war Ingenieur von Lasaulx überall beliebt, bei der Direktion, bei den Offizianten im Eisenbahnbüro, und sogar bei den Zimmerern und Maurern, die an den Bahnhofsgebäuden beschäftigt waren. In seiner gemütlichen moselfränkischen Mundart hatte er immer einen Scherz oder eine Aufmunterung für seinen Gesprächspartner auf den Lippen. Trotzdem wussten alle, dass er in technischen Dingen keine Schlamperei duldete. Man arbeitete gerne für ihn und unter seiner Aufsicht.

Wenn Johann Claudius von Lasaulx einmal dazu kam, über die pausenlos neu auftauchenden Probleme beim Bau des Bonner Bahnhofs hinwegzudenken, dann lag ihm das unfertige Stück am Kölner Pantaleonstor im Magen. Immer noch fehlte die letzte Genehmigung der preußischen Festungskommandantur für die Detailpläne der Eisenbahngesellschaft. Referendar Schramm war eigens deswegen nach Berlin gereist, in der Hoffnung, im preußischen Kriegsministerium etwas weiterblickende Offiziere anzutreffen, die bereit wären, die Aufschüttung eines festen Dammes für das Eisenbahngleis quer über den Festungsgraben zu gestatten. Aber es gab auch dort offenbar nur Kommissköpfe, die sich einen Krieg nur in der Strategie des Mittelalters vorstellen konnten. Eine Festung musste Mauern und Graben haben – und war Köln etwa keine preußische Festung? Und im Übrigen komme es nicht in Frage, die Instanzen der Kölner Festungskommandantur und des Generalkommandos der 8. preußischen Armee in Koblenz zu übergehen. Rudolf Schramm war ergebnislos und kochend vor Zorn über die preußische Bürokratie aus Berlin zurückgekommen.

Wenigstens war es so im Augenblick möglich, dass sich der verantwortliche Ingenieur ganz und gar auf die Fertigstellung des Bonner Bahnhofs konzentrieren konnte. Die Kölner Probleme mussten eben später gelöst werden, man hatte ja inzwischen wahrlich gelernt, ständig zu improvisieren. Es war eine große Erleichterung für Ingenieur von Lasaulx, dass er sich nicht auch noch um den Entwurf und den Bau des von den königlichen Behörden gewünschten kleinen, aber repräsentativen Bahnhofs in Brühl kümmern musste. Diese Aufgabe hatte der sehr angesehene Kölner Stadtbaumeister Weyer übernommen, der auch als einer der Kölner Vertreter zum Verwaltungsrat der Bahngesellschaft gehörte. Auch in Brühl waren die Arbeiten am Bahnhof in der unmittelbaren Nähe des Schlosses Augustusburg in vollem Gange.

Eine unglaubliche Enthüllung

Der Juliabend war warm und schwül. Alle Fenster der Wohnung des Kommerzienrats Friedrich Aus'm Weerth am Vierecksplatz waren daher weit geöffnet. Aus ihnen drang Gelächter, lebhaftes Stimmengewirr und das Klingen von Champagnergläsern auf die Straße. Drüben im alten Kapuzinerkloster, nur wenige hundert Schritte von hier entfernt, warteten in der großen stauberfüllten Halle der Weerth'schen Baumwollmanufaktur einige Dutzend Weber, Spinnerinnen und jugendliche Hilfsarbeiter erschöpft von ihrem vierzehnstündigen Arbeitstag auf das Glöckchen, das bald ihren Feierabend ankündigen musste.

Georg Weerth stand am offenen Fenster im Hause seines Onkels und blickte geistesabwesend hinüber in die andere Welt, die da drüben in der Fabrikhalle so nah und doch scheinbar so unendlich weit entfernt lag. Ob wohl irgendeiner der Gäste seines Onkels diesen Widerspruch empfinden würde? Der junge Kaufmann überlegte insgeheim, wie er diesen festlichen Abend seines Onkels irgendwie in den Roman einflechten könnte, an dem er seit kurzem schrieb. Sein Onkel würde allerdings um nichts in der Welt von diesem Werk je erfahren dürfen, denn Georg Weerth hatte ihn und seine Geschäftspraktiken kaum verhüllt zum negativen »Helden« seines literarischen Versuchs gemacht.

Die Gäste des Kommerzienrats waren tatsächlich an ganz anderen Dingen interessiert. Ihr Gastgeber erzählte ausführlich von seinem mehrwöchigen Aufenthalt in Koblenz, von dem er erst wenige Tage vorher zurückgekehrt war. Mit wohlgesetzten Worten, deren rheinischer Tonfall seine Selbstzufriedenheit nicht verbergen konnte, berichtete Friedrich Aus'm Weerth von den aufregenden Erlebnissen beim Rheinischen Provinziallandtag und von den verschiedenen Adressen dieses Gremiums an Seine Majestät den König, die er unterstützt oder aber auch abgelehnt hatte.

Die rund dreihundert wahlberechtigten reichsten Bürger der Städte Bonn, Münstereifel, Euskirchen und Zülpich, die einen Wahlbezirk bildeten, hatten ihm im Frühjahr dieses Jahres die Ehre erwiesen, ihn als ihren Deputierten in den »Stand der Städte« des Provinziallandtages zu entsenden. Nun war es an ihm, seinen Wählern in Bonn, mit anderen Worten der politisch interessierten guten Gesellschaft seiner Heimatstadt, Rechenschaft über sein Verhalten als Abgeordneter abzulegen. Da es den Zeitungen verboten war, über die ohnehin streng von der Öffentlichkeit abgeschirmten Beratungen des Landtages zu berichten, war dies die einzige Gelegenheit für die wahlberechtigten Bonner, davon etwas zu erfahren, und für den gewählten Abgeordneten, seine politische Reife und Erfahrung für die nächste Wahl in zwei Jahren herauszustreichen.

Von den reichen Bonner Grundbesitzern, die allein zur Wahl eines Deputierten berechtigt waren, nahmen allerdings nur recht wenige an dieser Zusammenkunft im Hause Aus'm Weerth teil. Wer von ihnen interessierte sich schon für politische Fragen? Das konnte doch immer nur zu leicht als Kritik an den Maßnahmen der preußischen Regierung ausgelegt werden! Dafür waren jedoch zahlreiche Professoren der Bonner Universität erschienen. Sie hatten zwar meist keinen Grundbesitz und waren daher nicht wahlberechtigt, aber gerade bei ihnen war das Interesse an den öffentlichen Angelegenheiten besonders groß.

Neben dem Abgeordneten Kommerzienrat Aus'm Weerth war auch der zweite der drei Deputierten aus dem Landkreis Bonn zu diesem Bericht gekommen, Freiherr Gerhard von Carnap auf Burg Bornheim. Als adliger Rittergutsbesitzer gehörte er zwar zum Stand der Ritterschaft, der – wie die Städte und die Landgemeinden der Provinz – je 25 Vertreter zum Landtag entsenden durfte. Dies hatte jedoch nur Einfluss auf den Wahlmodus, nicht aber auf die Stellung und Rechte des Abgeordneten. Gerhard von Carnap hielt es für selbstverständlich, den politisch interessierten Bürgern Bonns und seiner Umgebung Rechenschaft über sein Handeln auf dem Landtag abzulegen.

Der dritte Deputierte aus Bonn dachte allerdings nicht so und ließ sich nicht herab, zu dieser Zusammenkunft zu erscheinen. Das hatte wohl auch kaum jemand vom hochwohlgeborenen königlich-preußischen Geheimen Regierungsrat, Landrat von Bonn und Besitzer des Rittergutes Endenich bei Bonn, Eberhard von Hymmen, erwartet. Im Gegenteil, man fühlte sich wohler und freier in Abwesenheit dieses stocksteifen und als engstirnig verrufenen preußischen Beamten.

Als Friedrich Aus'm Weerth seinen einleitenden Bericht beendet hatte, konnte Freiherr von Carnap noch einiges hinzufügen, was aus seiner Sicht erwähnenswert war. Vor allem hatte ihm das Projekt am Herzen gelegen, in Bonn eine landwirtschaftliche Schule ins Leben zu rufen. Auf ihr sollten lernbereite und intelligente junge Bauern mit den neuesten Erkenntnissen der Naturwissenschaft und Volkswirtschaft vertraut gemacht werden, die sie für ihre landwirtschaftlichen Betriebe praktisch verwerten könnten. Hier war der Präsident des Landwirtschaftlichen Vereins für Rheinpreußen stolz, von erheblichen Fortschritten berichten zu können. Nach jahrelanger Zurückhaltung schienen die Stände des Provinziallandtages und die preußischen Staatsbehörden jetzt diesem Plan ausgesprochen positiv gegenüberzustehen. Nur der Ort der Errichtung der Schule war noch umstritten, die Städte Cleve, Düsseldorf und

Bonn bewarben sich darum. Aber Freiherr von Carnap war zuversichtlich, dass Bonn das Rennen machen würde, wo die Nähe der Universität und die Verfügbarkeit von Grundstücken nahe dem Poppelsdorfer Schloss sehr positiv zu Buche schlug.

Einige der Anwesenden vermissten allerdings gerade die Themen in den Berichten der beiden Abgeordneten, die für sie von besonderer Bedeutung waren. Der vor kurzem offiziell zum Präsidenten des Eisenbahndirektoriums gewählte Heinrich Stahl meldete sich zu Wort, um seine Frage loszuwerden, die ihm schon lange auf der Zunge lag: »Hat man auf dem Landtag über das Problem der Eisenbahnen gesprochen?« Hier mussten die beiden Abgeordneten bedauernd zugeben, dies sei nicht der Fall gewesen. Offenbar sei in der Rheinprovinz das Bedürfnis nicht so groß wie im Osten der preußischen Monarchie, dass die Staatsbehörden hier mit neuen grundsätzlichen Regelungen eingriffen.

Den Referendar Rudolf Schramm interessierte eine andere Frage: »Hat der Landtag sich zu einer Adresse an den König hinsichtlich der Pressfreiheit durchringen können, Herr Kommerzienrat?« Den meisten Anwesenden war bewusst, dass zahlreiche gebildete Bonner Bürger und Professoren kurz vor Beginn der Sitzungsperiode des Landtages ihrem Abgeordneten eine Petition übergeben hatten, in der eben dies gefordert worden war; das Verbot der »Rheinischen Zeitung« wenige Wochen zuvor war der unausgesprochene Anlass dazu gewesen.

Auch hier mussten die Herren Aus'm Weerth und von Carnap hilflos mit der Schulter zucken. Es habe viele Deputierte gegeben, die sich für eine solche Adresse in den internen Vorgesprächen unter den Mitglieder des Landtages eingesetzt hätten, berichtete der Kommerzienrat mit

Pathos in der Stimme, darunter vor allem er selbst. Aber angesichts der grundsätzlich ablehnenden Haltung der staatlichen Behörden habe die Mehrheit des Landtages sich keinen Erfolg von einer solchen Adresse versprochen und daher von vornherein darauf verzichtet. »Aber eine Adresse an Seine Majestät haben wir verabschiedet, in der die Vollendung der bürgerlichen Gleichstellung der Juden untertänigst erbeten wird«, fügte der Fabrikant stolz hinzu. »Auch hier hatte ich ja eine von vielen prominenten Bonnern unterschriebene Petition in meinem Gepäck.«

»Ist es nicht ein höchst bemerkenswertes Verhalten unseres hochverehrten Oberbürgermeisters Oppenhoff«, fragte der angesehene Dichter Karl Simrock in den Kreis hinein, »diese von Ihnen, Herr Kommerzienrat, soeben erwähnte Petitionen an prominenter Stelle mit unterschrieben zu haben und gleichzeitig Sie, Herr Aus'm Weerth, in einem Brief zu bitten, Ihren Einfluss im Landtag *gegen* beide Anliegen, das der Pressfreiheit und das der Gleichstellung der Juden, geltend zu machen? Denn der Herr Oberbürgermeister scheint der Meinung zu sein, beides sei in der heutigen Situation des preußischen Staates inopportun.«

Atemlose Stille herrschte nach dieser unglaublichen Enthüllung, die der Gelehrte da im Gesprächston vorgebracht hatte, und alle Augen richteten sich auf den angesprochenen Oberbürgermeister Oppenhoff, der bisher mit einem Champagnerglas schweigend in einer Ecke des Aus'm Weerth'schen Salons gesessen hatte. Tiefe Röte überzog sein Gesicht, als er sich langsam erhob, sein Glas auf einen Tisch stellte und mit den Worten den Raum verließ: »Solche Insinuation muss ich mir hier wohl nicht gefallen lassen!«

In das aufkommende Gemurmel bemühte sich der Hausherr, sich Gehör zu verschaffen: »Meine Herren, meine

Herren, beruhigen Sie sich doch, es muss sich hier um ein furchtbares Missverständnis handeln, das mir außerordentlich peinlich ist und das sich sicher in aller Kürze zu aller Zufriedenheit aufklären wird!« Geschickt verstand es der rundliche Fabrikant, das Gespräch wieder auf weniger verfängliche Themen zu bringen, aber jeder, der ihn näher kannte, spürte die Verlegenheit und die innere Gespanntheit des Kommerzienrates.

Mit größter Anteilnahme war Georg Weerth von seinem Beobachtungsplatz am Fenster aus diesen Vorgängen gefolgt, und ihm wurde flau im Magen, als sein Onkel ihn zu sich in sein Comptoir winkte, kaum dass die letzten Gäste das Haus verlassen hatten. Doch tapfer gestand er seinen Anteil an diesem Skandal ein, der gewiss die Klatschmäuler von ganz Bonn für Wochen in Atem halten würde: »Ja, Herr Onkel, es stimmt, ich habe den Mund nicht halten können, als ich diese unglaublichen Äußerungen unseres Oberbürgermeisters in dem Brief an Sie las, den Sie mir vor einigen Tagen zum Ablegen übergeben hatten. Ich habe dies meinem guten Freund Karl Simrock erzählt, ihn allerdings bei seinem Ehrenwort beschworen, keinem Menschen davon zu berichten. Dass er dieses Ehrenwort gebrochen hat, noch dazu in so provozierender Form, und dass er Sie in eine schreckliche Lage gegenüber dem Oberbürgermeister gebracht hat, tut mir aufrichtig Leid!«

Lange blickte Friedrich Aus'm Weerth seinen jungen Verwandten an, abwägend, wie er sich am besten aus der Affäre ziehen könnte. »Nun gut, ich will dir glauben, dass es sich so verhielt, dann ist der Hauptschuldige eigentlich dieser penetrante Simrock. Aber wenn irgendwie Gras über das Ganze wachsen soll, dann musst du hier aus Bonn verschwinden, je eher, desto besser. Ich werde nach Bradford in England an einen Geschäftsfreund schreiben, damit du dort eine Stelle in seinem Comptoir als Korrespondent bekommst. Hier in Bonn kannst du dich nicht mehr sehen lassen!«

Ein Verräter wird entlarvt

Die Handakte »Geyershof« im Bonner Eisenbahnbüro hatte schon einen beachtlichen Umfang erreicht, so viele Schreiben waren in den scheinbar endlosen Prozessen vor den Gerichten in Köln hin und her gegangen und im Original oder in Form einer handschriftlichen Kopie wie üblich mit Nadel und Zwirnsfaden eingeheftet worden. Wieder einmal war im Büro am Münsterplatz ein Schreiben des Kölner Advokaten Dr. Emanuel Schumacher eingetroffen, der die Interessen der Bonn-Kölner Eisenbahngesellschaft im Prozess gegen Hubert Reintgen, den Eigentümer des Geyershofes, vertrat.

Rudolf Schramms Vorrecht – in Wirklichkeit ungeliebte Pflicht – war es, als erste Arbeit am frühen Morgen jeden Werktages die eingegangene Post zu lesen. Viel davon konnte er schon nach flüchtigem Blick auf die Papiere an die eigentlichen Adressaten, etwa den Ingenieur v. Lasaulx, den Maschinenmeister oder den Buchhalter, weitergeben oder mit kurzen Bemerkungen am Rand eine Antwort veranlassen. Den Brief des Advokaten Dr. Schumacher las er jedoch aufmerksam zweimal und schüttelte dabei den Kopf.

Einerseits teilte der Prozessvertreter in diesem Schreiben nichts Neues mit. Der inzwischen vor dem Appellationsgerichtshof in Köln schwebende Prozess um die Rechtmäßigkeit der Enteignung des bewussten Grundstücks war auch jetzt noch nicht entschieden. Denn noch immer fehlte es an einem rechtsgültigen Bauplan für die letzten 200 Ruten des Eisenbahngleises durch die preußischen Festungsanlagen bis zum vorgesehenen Endbahnhof, dessen Grundstück ja schon lange im Eigentum der Eisenbahngesellschaft stand. Grund für die mangelnde Rechtsgültigkeit war die bisher immer noch nicht ergangene endgültige Entscheidung über die Einleitung des Bahngleises in die Stadt – über einen Damm oder über eine hölzerne, nach Bedarf kurzfristig zu zerstörende Brücke.

Aber immerhin hatte der Kölner Rechtsanwalt eine relativ tröstliche Übereinkunft mit den Militärbehörden, der für den Bauplan zuständigen Stadtverwaltung sowie dem mit dem Prozess befassten Richter am Appellationsgerichtshof treffen können. Die im Prinzip ja unstreitig zulässige Enteignung des Grundstücks des Geyershofes hing lediglich von der Formalie der Inkraftsetzung des städtischen Bauplanes ab, der bereits fertig in der Schublade lag. Und diese Inkraftsetzung wiederum wartete lediglich auf die Formalie der längst erwarteten endgültigen Verfügung der preußischen Festungskommandantur. Damit es für die Eisenbahn nicht noch weitere unzumutbare Verzögerungen geben möge, hatten Stadtverwaltung und Richter zugesichert, sofort nach Eingang der Entscheidung des Militärs ihrerseits tätig zu werden. Dann konnte mit dem Bau der letzten Gleisstrecke in wenigen Tagen begonnen werden.

Über die Höhe der Entschädigung, die die Eisenbahn für das enteignete Grundstück würde zahlen müssen, wurde ja ganz gesondert entschieden. Ein eventueller Rechtsstreit darüber konnte sich noch lange hinziehen, musste aber den Bau des Schienenweges nicht zusätzlich aufhalten.

Doch was der Advokat Dr. Schumacher außerdem schrieb, brachte den Direktor Schramm in Erregung. In einer Eingabe an den königlichen Appellationsgerichtshof hatte nämlich der Prozessgegner Reintgen beiläufig erwähnt, ein

Bonner Bürger namens Anton Bläser habe ihm vor einem Dreivierteljahr dringend geraten, notfalls bis zur letzten Instanz, dem Preußischen Kammergericht in Berlin, gegen die Eisenbahngesellschaft zu klagen. Der Rechtsanwalt hatte sich von diesem Schreiben eine Abschrift machen dürfen.

»Bläser, Anton Bläser – ich kenne nur unseren Kutscher hier mit diesem Namen«, murmelte Rudolf Schramm halblaut vor sich hin. Dann stand er entschlossen auf und bat den Kanzlisten Jellinghaus in das Zimmer für das höhere Personal der Eisenbahn.

»Jellinghaus, kennen Sie hier in Bonn einen Anton Bläser?«, fragte der Direktor seinen engsten Mitarbeiter. »Ja, natürlich, unseren Kutscher«, war die rasche Antwort. »Ja, aber wenn es der nicht ist«, forschte Schramm weiter, »gibt es dann noch einen anderen oder gar mehrere Anton Bläser in Bonn?«

Das konnte Christian Jellinghaus nicht sagen. Schramm bat ihn, sich dringend, aber unauffällig danach zu erkundigen. »Ich habe einen gewissen Verdacht«, bekannte er, »aber noch kann ich ihn nicht beweisen, und ich möchte vor allem nicht, dass er öffentlich oder der Polizei bekannt wird.«

Zwei Tage später konnte der Kanzlist seinem Direktor von seinen diskreten Nachforschungen berichten. Der alte Briefträger Peter Krämer hatte arglos die Fragen des Bahn-Offizianten beantwortet. Außer dem bei der Eisenbahngesellschaft selbst angestellten Anton Bläser gab es nur noch einen Mann dieses Namens in Bonn, und das war ein über siebzigjähriger Invalide aus der Josephstraße. Von ihm konnte man nicht annehmen, dass er sich im Herbst letzten Jahres in Köln aufgehalten hatte. So blieb nur der Schluss übrig, wie Rudolf Schramm und Christian Jellinghaus in ihrem vertraulichen Gespräch feststellten, dass der Agitator gegen die Bahn ihr eigener Kutscher Bläser gewesen war –

falls der Mensch in Köln nicht einen falschen Namen benutzt hatte.

Seufzend gebot Direktor Schramm seinem Kanzlisten, den Kutscher Bläser sofort zu ihm zu schicken, sobald er von seiner Fahrt mit dem Ingenieur v. Lasaulx zurückgekommen sei. »Wir werden es bald wissen, Jellinghaus. Aber bitte, kein Wort darüber zu irgendjemand. Und benachrichtigen Sie unseren Präsidenten Stahl, er möge doch bitte sogleich ins Bahnbüro kommen, es sei sehr dringend.«

Der beurlaubte Referendar Schramm fühlte sich an seine Ausbildung beim Inquisitoriat des Landgerichts Saarbrücken erinnert, als er den Kutscher Bläser in seinem Dienstzimmer in Anwesenheit des Präsidenten Stahl verhörte. Die anderen Mitbenutzer des »Chefzimmers« – Ingenieur und Maschinenmeister – waren während dieser Zeit ausquartiert worden. Überraschenderweise gab Anton Bläser nach kurzem Leugnen zu, damals im November mit dem Textilhändler Reintgen gesprochen zu haben.

Vielleicht war der einstige Postillion doch nicht ein so verstockter und konsequenter Verbrecher, vielleicht drückte ihn auch sein Gewissen. Denn auf intensives Bohren des jungen Juristen Schramm kam schließlich noch mehr auf den Tisch: dass Kutscher Bläser mehrere Landwirte in ähnlicher Weise zum Widerstand gegen den freiwilligen Verkauf ihrer Grundstücke an die Eisenbahn aufgehetzt hatte und dass er dies alles im Interesse des Posthalters Alfter getan habe. Dem habe er auch regelmäßig über wichtige Informationen berichtet, die er auf seinem Kutschbock aufgeschnappt hatte.

»Was machen wir mit diesem Verbrecher?«, brach es wütend aus dem Präsidenten Stahl heraus, als Kutscher Bläser – unter diskreter Bewachung durch Christian Jellinghaus – ins Vorzimmer geschickt worden war. »Ich verlange, dass er schwer bestraft wird!«

»Lieber Herr Präsident«, meinte Rudolf Schramm ruhig, »erwarten Sie nicht zu viel von unserem Recht. Ob das Strafgesetz nun von den Franzosen kommt, wie unser hier im Rheinland immer noch geltender Code Penal Napoleons, oder von den Preußen wie dem Allgemeinen Landrecht im übrigen Teil Preußens – nirgends ist das, was unser Kutscher getan hat, als Verbrechen zu fassen. Er hat nach dem Buchstaben des Gesetzes weder Betrug noch Untreue gegen unsere Gesellschaft begangen, wenn man den Wortlaut der Strafbestimmungen genau betrachtet. Glauben Sie einem studierten Juristen, lieber Herr Stahl, wir können ihn nicht packen. Selbstverständlich müssen wir ihn auf der Stelle aus unserem Dienst entlassen. Aber das ist auch schon alles, was wir gegen ihn unternehmen können!«

Fast der letzte Nagel

Die Augustsonne meinte es gut. Das Korn auf den Feldern war meist schon geerntet und auch das Sommergemüse in den Bauerngärten hatte genügend Wärme in sich aufgefangen. Die Bauern, die überall am Vorgebirge und bis hin zu den alten Stadtmauern Bonns mit allen Kräften beim Einbringen der Ernte beschäftigt waren, blickten kaum noch auf, wenn sie auf dem schnurgeraden Weg für die künftige Eisenbahn Gruppen schwitzender Männer sahen, die in all der Hitze klopften und hämmerten, dass es weithin ins Land schallte. Die Bauern fluchten höchstens über die neumodischen Erfindungen der Stadtleute, wenn ihre vollbeladenen Erntewagen nicht mehr die gewohnten Abkürzungen über die Felder ins heimische Dorf nehmen durften, sondern Umwege über die wenigen, von den Eisenbahnleuten hergestellten Fahrwege über das künftige Gleis machen mussten.

Die Schienenlegerkolonnen waren unterwegs. Meister Springborn ließ seinen annähernd dreißig Männern keine Ruhe. Denn wie nahezu alle Arbeiten an dieser Eisenbahn hatte sich auch das Verlegen von Schienen durch alle möglichen unvorhergesehenen Umstände erheblich verzögert: statt Anfang Mai konnte das erste Schienenstück erst Anfang Juni auf die Schwellen gelegt und befestigt werden.

Die damit beschäftigten Arbeiter waren die kräftigsten und geschicktesten, die aus den ehemaligen Erdarbeitern für den Bahndamm übrig geblieben waren. Im Gegensatz zum Bau des Bahndammes nahm die Bonn-Kölner Eisenbahngesellschaft die Herstellung des Oberbaus, vor allem die Verlegung der Schienen, in ihre eigene Regie. Denn hier musste ja auch alles auf die halbe Linie genau stimmen. Zwei Kolonnen unter der Aufsicht des Maschinenmeisters Gribel und des Schlossermeisters Springborn arbeiteten sich von ihren Endpunkten Köln und Bonn aus den Bahndamm entlang. An jedem Arbeitstag musste jede Kolonne etwa 50 Ruten fertig stellen, wenn der Zeitplan eingehalten werden sollte.

Das Arbeitstempo war mörderisch, aber niemand in der Kolonne nahm das dem Meister Springborn übel. Der ehemalige Schlossermeister hatte von seiner Lehrzeit bei der Rheinischen Eisenbahn bei Aachen einige wichtige Erkenntnisse mitgebracht, die die Leistungen der beiden Kolonnen der Bonn-Kölner Eisenbahn erheblich steigern sollten.

Erstens wurden beide Kolonnen nach der genauen Anzahl der täglich fertig gestellten Ruten Schienenstrecke bezahlt und diese Summe gleichmäßig auf alle beteiligten Arbeiter verteilt. Der Schlossermeister hatte auch für einen gerechten Ausgleich und Wechsel zwischen den verschiedenen anstrengenden Teilaufgaben in seiner Kolonne gesorgt, die wie die Zahnräder eines Uhrwerks störungsfrei ineinander greifen mussten, wenn es keinen Aufenthalt geben sollte. So war jeder am Schienenstrang darauf bedacht, täglich so viel wie möglich zu schaffen. Dass damit die relativ gut bezahlte, aber äußerst anstrengende Arbeit umso schneller zu Ende gehen würde, machte sich niemand klar, außer dem Meister, und der hielt den Mund.

Zweitens hatte Anton Springborn veranlasst, dass ihm von Aachen vier eiserne Radgestelle von einem, beim Transport für die Rheinische Eisenbahn verunglückten und dort nicht mehr verwendbaren Güterwagen der Firma Talbot und Pauwels nach Bonn nachgesandt wurden. Der geschickte Schlosser befestigte einige Eisenstangen zwischen den Achsen jeweils zweier Räderpaare. So hatte jede Schienenkolonne einen einfachen Transportwagen zur Verfügung, der auf dem bereits fertig gestellten Schienenstück hin- und hergezogen werden konnte. Niemand brauchte mehr die schweren Holzschwellen und die noch schwereren Eisenschienen über lange Entfernungen von den Lagerstellen zum Platz der tatsächlichen Verlegung zu schleppen. Verschiedene Fuhrunternehmer hatten in den letzten Wochen diese Materialien an bestimmten Stellen im Abstand von etwa 400 Ruten entlang dem Bahndamm abgeladen oder waren noch dabei. Ein Pferd reichte als Bespannung dieser primitiven Schienenwagen aus und bewies allen Schaulustigen, dass man tatsächlich auf Eisenschienen ein Vielfaches des Gewichts mit viel geringerem Kraftaufwand als auf der Straße transportieren konnte.

Die Arbeiter wussten, dass sie diese große Erleichterung ihrem Meister Springborn zu verdanken hatten, und sie waren ihm daher nicht böse, wenn er sie immer wieder zur Eile antrieb oder wenn er beim wiederholten genauen

Nachmessen der Spurbreite, der horizontalen Lage der Schienen, der notwendigen Lücken zwischen den Eisenschienen und anderen Feinheiten immer noch nicht zufrieden war und Nachbesserung verlangte, ohne Rücksicht darauf, wie erschöpft seine Leute waren.

Knochenbrechend war diese Arbeit wirklich. Die dicke Kiesaufschüttung, die die Erdarbeiter als letzte Zurichtung hinterlassen hatten, musste geglättet, festgestampft und an den Stellen vorsichtig wieder aufgehackt werden, wo die hölzernen Querschwellen im Abstand von knapp 3 Fuß eingelassen werden sollten. Nach dem Einlegen der Schwellen war ihre Lage mit Maßband und Wasserwaage genauestens zu prüfen und durch Unterstopfen oder Wegkratzen von Kies zu korrigieren. Dann mussten die eisernen Schienenstühle aufgelegt und ausgerichtet werden, die von der englischen Herstellerfirma der Schienen mitgeliefert worden waren. Sie dienten dazu, die Schienen unverrückbar an den Holzschwellen zu befestigen.

Das wiederum geschah durch die Schienennägel, mit deren handwerklicher Herstellung der Nagelschmiedemeister Schnaase in Bonn und auch andere Schmiede der Umgebung sich so schwer getan hatten, die aber dank der Verzögerung beim Schienenlegen gerade noch rechtzeitig fertig geworden waren. Die Schienennägel mussten durch vorgebohrte Löcher in den Schienenstühlen in die Holzschwellen gehämmert werden. Ein seitlich neben dem Schienenhals in jeden Stuhl getriebener Holzkeil diente dazu, die Eisenschienen in der genauen senkrechten Stellung zu halten, ein ganz klein wenig nach innen geneigt, um sich genau der Form der eisernen Räder der Lokomotiven und Wagen anzupassen. Dann begann die schwere und doch verantwortungsvolle Arbeit des Stopfens: der zuvor zum Teil ausgehobene Kies musste mit besonderen

Hacken unter und neben den Holzschwellen so fest geklopft werden, dass diese auch bei den größten über sie hinweg rollenden Gewichten sich später nicht verschieben konnten.

Die größte Sorgfalt galt es für die Arbeitskolonnen dort anzuwenden, wo zwei Schienen zusammenstießen. Die Fachleute wussten längst, dass hier ein kleiner Spalt von vielleicht einer Linie bleiben musste, denn bei großer Hitze dehnten sich die Schienen aus und hätten sich ohne diesen Spalt verzogen. Mit kräftigen gusseisernen Laschen, Schrauben und Muttern wurden die Schienenenden fest und dennoch elastisch miteinander verbunden und mit zwei eng nebeneinander liegenden Holzschwellen unterstützt.

So schwer die Arbeit war, so war sie der Kolonne des Meisters Springborn inzwischen zur Routine geworden, und jeden Morgen zog das geduldige Pferd die auf dem Transportkarren hockenden Arbeiter einen längeren Weg von Bonn bis zum vorläufigen Ende des Schienenstranges.

Heute, am 25. August 1843, war die von Bonn aus vorrückende Kolonne bereits bis hinter Sechtem gekommen, und jenseits der kleinen Brücke über den Gelderbach sah man schon die Kolonne des Meisters Gribel, die sich von Köln aus so weit vorgearbeitet hatte. Die Vereinigung der beiden Schienenstücke und damit die Vollendung der Arbeit schien bis heute Abend möglich.

Unter diesen Umständen war es für die beiden Meister nicht mehr nötig, ihre Leute anzutreiben. Sie arbeiteten ganz freiwillig, was das Zeug hielt: Schwellen legen, Schienenstühle auflegen, die schweren Schienen erst rechts, dann links darauf gewuchtet und eingepasst. Laut klangen die Hämmer, die mit wuchtigem Schlag die Eisennägel in das Holz trieben, und das harte Klacken der Stopfhacken, mit denen der Kies zwischen den Schwellen festgestampft wurde. In Rekordtempo näherten sich die beiden Kolonnen einander, und jede versuchte, noch ein paar Schienenstücke mehr als die andere, die man nun schon nahe beobachten konnte, zu verlegen.

Tatsächlich hatte die Uhr des Sechtemer Kirchturms noch nicht siebenmal geschlagen, als das letzte noch fehlende Schienenpaar verlegt und der letzte Nagel eingehämmert war. Aufatmend reichten sich die beiden Meister Springborn und Gribel die Hand, angefeuert vom Geschrei ihrer Arbeiterkolonnen.

Zur Feier des Tages war die Prominenz der Bonn-Kölner Eisenbahngesellschaft persönlich an den Bahndamm gekommen: fast alle Direktoren sowie der Chefingenieur von Lasaulx, auch der Kanzlist Jellinghaus war dazu eingeladen worden. Der sonst so sparsame Präsident Stahl hatte eigens ein großes Fass Bier mitgebracht. Begeistert brachten die Arbeiter und alle sonstigen Beteiligten ein dreifaches Hoch auf die Bonn-Kölner Eisenbahn aus. Eine der wichtigsten Etappen dieses Vorhabens war geschafft.

Ein bitterer Wermutstropfen trübte allerdings die Festfreude. Auf den letzten 200 Ruten der Strecke innerhalb des Kölner Festungs- und Mauerrings hatte der Bau noch nicht einmal begonnen. Hier stand ja noch immer der Geyershof im Weg, dessen Enteignung erst durch ein immer noch nicht endgültig entschiedenes Gerichtsverfahren erkämpft werden musste. Jetzt wusste das Direktorium, wer ihnen diese Verzögerung eingebrockt hatte, aber alle still oder laut geäußerten Flüche auf den widerlichen Verräter Bläser – den eigenen Kutscher der Gesellschaft! – konnten das Hindernis nicht beseitigen.

Dennoch reichte Präsident Stahl, trotz der Hitze korrekt in schwarzem Gehrock und Zylinder gekleidet, gerührt den Mitdirektoren, dem Ingenieur und den beiden Meistern die Hand. Sogar den Arbeitern schenkte er ein freundliches Kopfnicken. »Wir haben etwas geschafft, meine Herren«, meinte Heinrich Stahl in seiner ruhigen Art, »was viele nicht für möglich gehalten hätten. Wir werden auch das letzte Stück der Schienenstrecke in Köln noch rechtzeitig fertig stellen. Da habe ich keinen Zweifel!«

Der einundzwanzigste Geburtstag

Christian Jellinghaus lebte in diesen Tagen wie im Fieber. Bei jedem Brief, den der Postbote ins Bahnbüro brachte, studierte er erst sorgfältig die Handschrift des Absenders, ehe er ihn seufzend öffnete und an Direktor Schramm weiterleitete, wie dies zu seinen ständigen Aufgaben gehörte. Seit drei Tagen war er ohne Nachricht von seiner lieben Freundin Katharina. Was konnte, was musste in dieser Zeit alles an Schlimmem passiert sein? Die Unruhe des jungen Kanzlisten wuchs von Stunde zu Stunde.

Endlich traf das erwartete Briefchen mit der zierlichen Handschrift ein. Unauffällig drückte Christian das Papier an seine Lippen, bevor er es mit zittrigen Händen und mit Hilfe eines Federmessers öffnete. »Bitte komme so schnell wie möglich in die Wohnung von Herrn Simrock in der Acherstraße!« – das war alles. Keine Anrede, keine Unterschrift. Was hatte das zu bedeuten? Entschlossen klopfte der Kanzlist an die Tür zum Zimmer seines Vorgesetzten Schramm und bat diesen um zwei Stunden Urlaub – gegen das Versprechen, die liegen gebliebene Schreibarbeit am Abend nachzuholen. Verständnisvoll gewährte Schramm die Bitte.

5 Minuten später betätigte Christian voller Herzklopfen die Türglocke am Haus des Dichters. Eine junge Magd öff-

nete ihm. Als er seinen Namen nannte, meinte sie: »Sie werden schon erwartet, kommen Sie bitte mit!« Im Salon der Familie Simrock verschwamm alles vor Christians Augen. Nur schattenhaft nahm er seine Umgebung wahr, für ihn gab es nur seine Katharina, die in der Mitte des Salons stand, mit vom Weinen geröteten Augen, aber sonst die alte – nein, die junge, reizende Katharina! Ohne Rücksicht auf Etikette und den guten Ruf sanken sich die beiden Liebenden in die Arme.

Erst das diskrete Hüsteln eines Mannes ließ die beiden gewahr werden, dass sie nicht allein waren. Karl Simrock und seine noch junge Frau nötigten das junge Paar, auf einem Sofa Platz zu nehmen, die Magd brachte aus der Küche einen Napfkuchen und frisch gebrühten Kaffee zum Vorschein, und endlich konnte Christian aus dem Munde seiner Katharina erfahren, was sich alles an Aufregendem ereignet hatte.

Vor drei Tagen, am 10. September, hatte das Mädchen seinen einundzwanzigsten Geburtstag feiern können. Nach altem Familienbrauch bei Doktor Velten sollte dieser Tag mit einer Kaffeetafel im Kreise der mutterlosen Familie sowie mit einigen Onkel und Tanten aus Bonn als Gästen begangen werden. Katharina Velten hatte sich vorgenommen, an diesem Tag der Erreichung ihrer Volljährigkeit ihrem Vater die Eröffnung zu machen, dass sie vorhabe, sich zu verloben, und dass ihr zukünftiger Ehemann gerne bei seinem Schwiegervater in spe um die Hand seiner Tochter anhalten wollte, wie es sich vor einer ordentlichen Verlobung gehöre.

Doktor Joseph Velten schien von dieser Eröffnung zunächst durchaus erfreut zu sein. Schon mehrfach hatte er seine längst heiratsfähige Tochter diskret auf den oder jenen Bonner Kaufmannssohn hingewiesen, der doch eine so gute Partie sei. Dass seine Katharina sich lieber selbst ihren künftigen Ehemann aussuchen wollte als sich, wie die meisten Töchter aus gutem Haus, von den Eltern an einen nahezu Unbekannten verkuppeln zu lassen, war dem Arzt bei seiner so selbständig denkenden Tochter nicht einmal eine Überraschung.

Doch als der Arzt durch Nachfragen erfuhr, dass der Auserwählte ein einfacher Kanzlist und noch dazu Protestant sei, ließ seine freundliche Stimmung rapide nach. »Jellinghaus – Jellinghaus…« überlegte er laut, »ist das nicht einer, der bei der Eisenbahngesellschaft arbeitet?« Zaghaft musste Katharina das zugeben. Und dann passierte das, was die beiden Liebenden sich schon mit Schrecken ausgemalt hatten, als sie kurz vor dem Geburtstag gemeinsam den Plan fassten, Vater Velten schonend auf die geplante Verlobung vorzubereiten.

»Du wagst es, einen Mann in mein Haus bringen zu wollen, der mit der Eisenbahn zu tun hat, mit diesem Teufelswerk und Verderben der Erde?«, explodierte der alte Arzt. Er sprang auf, lockerte seine Halsbinde, als sei er in Gefahr zu ersticken, und brüllte im Angesicht seiner anderen Kinder und Verwandten seine Tochter an: »So etwas wagst du mir anzutun, du verachtungswürdige Schlampe? Kanzlist, nun ja, warum nicht, aus dem jungen Mann könnte ja noch was werden. Dass er Protestant ist, sollte mich auch nicht weiter stören. Mischehen kommen ja heutzutage tatsächlich vor. Aber einen Mann von der Eisenbahn – das ist zu viel, das ist ein Stück aus dem Tollhaus, das bringt mich um! Ich verbiete dir ganz strikt, diesen Mann je wieder zu sehen, geschweige denn, ihn zu heiraten, hast du verstanden?«

Mit zitternder Stimme, aber trotzdem voller Entschiedenheit hatte Katharina geantwortet: »Sie können mir nichts mehr verbieten, Herr Vater, ab heute bin ich volljährig! Christian und ich, wir werden heiraten, ob Sie dem zustimmen oder nicht!«

»Widersetzlichkeit!«, rief Doktor Velten fast erstickend aus. »Widersetzlichkeit meiner eigenen Tochter in meinem eigenen Haus! Du hast wohl vergessen, dass du bis zu deinem vierundzwanzigsten Lebensjahr die Einwilligung des Vaters zu deiner Heirat brauchst, nach den preußischen Gesetzen? Volljährig magst du jetzt sein, aber nicht mehr meine Hausgenossin! Scher dich aus dem Haus und aus meinen Augen, sofort und auf der Stelle, nichtswürdiges Weib! Ich enterbe dich, ich verstoße dich, aber meine Einwilligung zur Heirat mit diesem Mann bekommst du nie!«

Alle Versuche von Katharinas Tanten und Onkeln, sich bei dem vor Wut ganz außer sich geratenen Doktor ins Mittel zu legen, alle Tränen der Tochter hatten nichts geholfen. Katharina musste, so wie sie war, auf der Stelle das Haus in der Remigiusstraße verlassen.

In ihrer Not hatte sie sich an den Verwandten ihrer Mutter, den Dichter Simrock erinnert, der ganz in ihrer Nähe wohnte. Dieser und seine Frau hatten sie sofort freundlich und voller Verständnis aufgenommen und die verzweifelte Katharina getröstet. Um sie erst einmal zu beruhigen, hatte Frau Simrock ihr ein Schlafmittel gegeben und sie im Gästezimmer ihres Hauses ins Bett gesteckt.

Am nächsten Tag hatte das hilfsbereite Ehepaar mit ihrem Schützling ganz sachlich überlegt, was denn nun werden sollte. Tatsächlich schien Doktor Velten im Recht zu sein: bis zum vierundzwanzigsten Lebensjahr war jede Tochter von der Einwilligung ihres Vaters zur Heirat abhängig. Wenn der erboste Arzt ihr jeden Unterhalt verweigerte und sie auch nicht mehr im Haus aufnehmen wollte, weil sie sich seinen Wünschen widersetzte, saß er auch damit am stärkeren Hebelarm. Ob eine gerichtliche Klage

Katharinas hier etwas geholfen hätte, war fraglich, und gegen seinen eigenen Vater vor Gericht ziehen, das wollte das junge Mädchen auf keinen Fall. Sie war entschlossen, eben die drei Jahre mit der Heirat zu warten, bis sie auch von dieser Fessel frei sein würde. Hatte ihre bewunderte Klavierlehrerin und ihr heimliches Vorbild Johanna Mathieux nicht ebenfalls drei Jahre nach ihrer Scheidung warten müssen? Im letzten Mai hatte sie endlich ihren geliebten Professor Gottfried Kinkel heiraten und mit ihm zusammen eine kleine Dienstwohnung für Professoren im Poppelsdorfer Schloss beziehen können; das Getuschel der angeblich so feinen Gesellschaft Bonns hatte ihr während dieser langen Zeit nichts ausgemacht.

Was aber sollte in der Zwischenzeit geschehen? Fürs Erste versicherte das Ehepaar Simrock tröstend, könne Katharina bei ihnen im Haus leben, wie eine Tochter. Dies sei selbstverständliche Pflicht eines Mitmenschen und Christen. Dankbar nahm Katharina das Angebot an. Aber auf die Dauer wollte das junge Mädchen unbedingt etwas tun, um auf eigenen Füßen zu stehen. Das war allerdings leichter gesagt als getan.

Für Frauen der einfachen Stände war es nicht so schwer, Arbeit und eigenen Verdienst zu finden, als Spinnerin in der Weerth'schen Fabrik, als Näherin oder Magd, als Wäscherin oder mit einem eigenen kleinen Laden. Aber all das verbot sich von selbst für junge Frauen aus den höheren Ständen. Es hätte für sie einen Skandal bedeutet, hätten sie sich auf eine solche Stufe herabgelassen.

Eine unverheiratete gebildete junge Frau aus gutem Haus konnte vielleicht Gouvernante bei den Kindern einer reichen Familie werden, oder – dem gar nicht so weltfremden Karl Simrock schien plötzlich eine rettende Idee einzufallen. Eifrig fragte er Katharina nach ihrer Schulbildung und ihren sonstigen Kenntnissen und Fähigkeiten aus. Sie könne recht gut Französisch, erzählte das Mädchen, sie spiele auch ein wenig Klavier, aber da sei sie nur ein Stümper. Doch Zeichnen habe ihr immer Freude gemacht, und unter der Anleitung des akademischen Zeichenlehrers Hohe in Bonn habe sie früher manche hübsche Skizze zu Wege gebracht.

»Das ist doch wunderbar«, hatte ihr Verwandter Simrock ausgerufen, als er dies gehört hatte. »Es gibt doch neuerdings hier in Bonn die Lehranstalt der Frau Marie Klotz aus Koblenz für katholische Töchter aus höheren Ständen. Da müsste doch für dich eine Tätigkeit als Lehrerin für Französisch und Zeichnen zu finden sein!« Kurz entschlossen, wie es Herrn Simrocks Art war, hatte dieser am gleichen Tag Frau Klotz aufgesucht und ihr Fräulein Katharina Velten angelegentlich als Lehrerin empfohlen. Und heute hatte er einen Brief der Schulleiterin erhalten, worin diese der Einstellung der jungen Frau vorerst als Zeichenlehrerin mit einem Jahresgehalt von 150 Talern zustimmte. Es bestehe im nächsten Jahr vielleicht auch Aussicht, ihr einen Teil des Französisch-Unterrichts zu übertragen, dann könne auch das Gehalt steigen.

»Fräulein Katharina Velten bleibt vorerst hier bei uns als unser lieber Gast«, berichtete Karl Simrock dem Verlobten seines Schützlings, nachdem Katharina und der Professor abwechselnd von den Ereignissen der letzten Tage erzählt hatten. Christian Jellinghaus standen Freudentränen in den Augen, als er dem Wohltäter stumm die Hand schüttelte. »Ihr jungen Leute werdet zwar nun tatsächlich mit der Hochzeit noch drei Jahre warten müssen«, fügte der Gelehrte hinzu. »Aber gerade ihrem Rabenvater zum Trotz solltet ihr recht bald eure Verlobung öffentlich feiern. Was haltet ihr davon?«

Nach all den überstandenen Schrecken strahlten nun die Gesichter des jungen Paares wieder. »Sobald unsere Eisenbahn fertig ist«, rief Christian spontan aus, »das ist der richtige Zeitpunkt, es kann nur noch wenige Wochen dauern!«

Erwünschte Verzögerung

Das neue zweistöckige Stationsgebäude auf dem Mühlheimer Feld unterhalb der Clara-Bastei roch nach frischem Holz, Mörtel und Farbe. Vieles machte noch den Eindruck des Unfertigen. Handwerker huschten immer wieder durch die Räume, um letzte Arbeiten zu vollenden. Dennoch herrschte schon emsige Geschäftigkeit in den Räumen, die demnächst die Wartezimmer für die Eisenbahnpassagiere der verschiedenen Klassen, den Aufenthaltsraum des Stationsvorstehers, die kleine Bahnverwaltung und verschiedene Nebengelasse darstellen sollten. Denn bereits Mitte September waren alle derzeitigen hauptamtlichen Mitarbeiter der Bonn-Kölner Eisenbahn auf das eigene Grundstück umgezogen. Dort hatten sie für die letzte Phase des Bahnbaus mehr Platz, und die Gesellschaft konnte überdies die Miete im Haus des Kreissekretärs Eiler am Münsterplatz sparen.

Im Raum, den sich die beiden Bahningenieure teilten, herrschte dicke Luft. Johann Claudius von Lasaulx hatte sich eine seiner langen Tabakspfeifen angezündet und entlockte ihr dicke Rauchschwaden. Aber nicht das erregte den Ärger seines Kollegen Gribel. Sondern es war die Meinung, die der für den Streckenbau verantwortliche Ingenieur beharrlich vertrat: »Seien Sie doch froh, Herr Gribel, über die Verzögerung. Was nützen uns die Lokomotiven, wenn sie doch nicht fahren können, weil die Strecke noch nicht fertig ist?«

Maschineningenieur Matthias Gribel hatte heute einen Brief aus England erhalten, der ihn vor Wut fast platzen ließ. Vor vier Wochen hatte er empört bei der Firma Sharp, Roberts & Company angefragt, wo denn die für August 1843 zugesagte Lieferung von vier Lokomotiven bliebe. Mit von Tag zu Tag wachsender Ungeduld hatte er auf das Schiff mit den in Kisten verpackten Einzelteilen der Maschinen aus England gewartet. Heute endlich waren zwar nicht die Lokomotiven angekommen, aber wenigstens eine Nachricht. Die Herren Sharp und Roberts teilten lakonisch mit, infolge unvorhergesehener Umstände könne die für August vorgesehene Lieferung der bestellten vier Lokomotiven erst etwa drei Monate später, also im November, erfolgen.

»Was denken sich die Herren in Manchester eigentlich?«, schimpfte der sonst so gemütliche Sachse. »Es dauert fast vier Wochen, bis die Lokomotiven von uns zusammengesetzt und fahrbereit gemacht sind. Dann haben wir Ende Dezember, wenn alles gut geht! Wann wollen Sie die Bahn eröffnen?«

»Ja, eben, bestimmt nicht vor Dezember«, meinte Ingenieur von Lasaulx ruhig und zog an seiner Pfeife. »Bis jetzt endet die Strecke kurz vor dem Kölner Festungsring eingleisig, sozusagen auf freiem Feld. Wir könnten nicht einmal eine Lokomotive – wenn wir sie jetzt schon hätten – Probefahrten über das fertige Gleis machen lassen, weil vor Köln keine Wendemöglichkeit für sie besteht. Sie glauben doch nicht, dass wir für die Zeit von vielleicht nur zwei Monaten irgendwo vor dem Pantaleonstor eine teure Drehscheibe für die Lokomotiven bauen?«

Der Chefingenieur stand von seinem Schreibtisch auf und trat seufzend an den großen Streckenplan an der

Wand. »Sie wissen schließlich genauso gut wie ich, Kollege Gribel, wie es aussieht: Vor drei Tagen kam zwar nun endlich die endgültige Genehmigung der Kölner Festungskommandantur für unsere Strecke durch den Rayon der Festung. Genehmigung hört sich gut an, aber in Wahrheit ist es doch nichts anderes als das offizielle Siegel unter das Diktat, von dem wir längst wussten und das unsere Gesellschaft so lange abzuwenden bemüht war. Die Pläne für die beiden Holzbrücken über die Festungsgräben und den langen hölzernen Viadukt über das Glacis sind zwar in Erwartung dieses Ergebnisses längst fertig, wir können dort jetzt sofort mit den Zimmerarbeiten beginnen, so teuer das auch wird. Aber das dauert halt seine Zeit, und dann ist da noch der Geyershof, der noch nicht mal uns gehört, auch wenn das jetzt wohl bald klar sein wird. Dann müssen erst noch die Schienen für das ganze Stück gelegt werden. Gedulden Sie sich, Herr Gribel, und lassen Sie in der Zwischenzeit Ihre künftigen Lokomotivführer bei der Rheinischen Eisenbahn in Köln ordentlich in die Lehre gehen!«

Brummend vertiefte sich Matthias Gribel in seine Unterlagen; im Grunde sah er ein, dass sein Kollege Recht hatte. Gab es denn bei dieser Eisenbahn nichts, was rechtzeitig klappte?

Während dieses Streits der beiden Eisenbahningenieure war aus dem Nebenraum, dem späteren Warteraum für Passagiere der 3. Klasse, ein ständiges Stimmengemurmel zu hören gewesen. Dort hatte der ehemalige königlich preußische Unteroffizier Brünker für einige Zeit sein Hauptquartier aufgeschlagen. Der kräftige Mann mit seinem dunklen Schnauzbart war vor wenigen Tagen nach Beendigung seiner zwölfjährigen Dienstzeit beim Bonner Ulanenregiment auf Vermittlung des Regimentskommandeurs als Bahnmeister angestellt worden.

Jetzt, wo das Eisenbahngleis im Wesentlichen fertig gebaut war, entstand für die Gesellschaft sofort die Notwendigkeit, die kostbare Einrichtung zu sichern. Das sollte die Aufgabe des Bahnmeisters sein, der dazu drei Dutzend Bahnwärter einstellen durfte. Die Direktion hatte bei dieser nicht geringen Belastung ihres Etats die Erfahrungen anderer Eisenbahnstrecken in Deutschland berücksichtigt. Denn vor allem die Bauern konnten nicht verstehen, dass sie die eisernen Gleise des neuen Verkehrsmittels nicht mehr an jeder Stelle überqueren durften. Beschädigungen der Gleise und damit hohe Reparaturkosten und sogar die Gefahr der Entgleisung von Zügen waren die Folgen dieses häufigen gesetzwidrigen Verhaltens gewesen, bis die Eisenbahngesellschaften sich generell zu einer ständigen Bewachung ihrer Strecken entschlossen hatten. Die Bahnwärter, in kleinen Hütten am Schienenstrang untergebracht, etwa je acht auf die Meile, sollten diesem entgegenwirken.

Wie ein Lauffeuer hatte es sich in Bonn und in den Dörfern längs des Gleises bis Köln herumgesprochen, dass es bei der Eisenbahn Arbeit gebe – nicht nur einen vorübergehenden Tagelohn, sondern dauernde Stellungen. Bahnmeister Brünker hatte die vielen Bewerber, die schon bei ihm vorgesprochen hatten, allesamt für heute bestellt, damit er die am besten für diese Aufgabe geeigneten Männer heraussuchen konnte und seine allgemeinen Erläuterungen nur einmal zu geben brauchte.

Als alter Militär ließ Heinrich Brünker die über vierzig Männer in drei Reihen antreten, befahl ihnen »Stillgestanden – Richt' euch – Rührt euch!« und hielt ihnen mit einer Stimme eine Rede, als ob er auf dem Kasernenhof vor seinen Rekruten stünde. Schon nach wenigen Sätzen steckte Ingenieur von Lasaulx den Kopf durch die Tür und mahnte: »Etwas leiser bitte!«

Nun etwas gedämpfter unterrichtete der Bahnmeister die Bewerber, dass sie so etwas wie Hilfspolizisten, wie die Feldhüter sein würden und ihm, dem Bahnmeister sowie der Bahngesellschaft und den Gesetzen strikten Gehorsam schuldeten. Sie würden in kleinen Hütten am Bahndamm wohnen können und ein zwar nicht sehr hohes Jahresgehalt von 120 Talern erhalten, aber nebenher auf bahneigenem Grundstück Gemüse bauen und verkaufen dürfen. Außerdem müssten sie in der ersten Zeit Holzzäune herstellen, mit denen das Eisenbahngleis an besonders gefährdeten Stellen gegen unbefugtes Überqueren geschützt werden sollte.

Der Weber Franz Nettekoven aus der Josephstraße stand unter den vierzig Kandidaten. Sein Herz flatterte vor Aufregung: würde er angenommen werden? Der Posten als Bahnwärter schien ihm die einzige Möglichkeit zu sein, seinem bisherigen elenden Leben zu entkommen. Wenn er noch länger leben und vielleicht wieder gesund werden wollte, musste er einen Verdienst an der frischen Luft finden, der keine großen körperlichen Anstrengungen verlangte. Sein freundlicher Hausgenosse aus der Josephstraße, der Herr Kanzlist Jellinghaus, hatte ihm dringend dazu geraten und gesagt, er werde ein empfehlendes Wort für ihn einlegen.

Als Bahnwärter würde Franz Nettekoven zwar noch weniger verdienen als bis jetzt seine Frau und er zusammen in der Weerth'schen Fabrik. Seine Tochter hatte glücklicherweise eine Stelle als Magd gefunden und war ihm vor der Tasche. Aber er würde wenigstens mietfrei wohnen können. Etwas Gemüse und Kartoffeln könnten sie ziehen und mit dem Verkauf eines Teils davon noch Geld hinzuverdienen, ein paar Hühner würden sie sich halten und die Eier oder die Hühner verkaufen. Vielleicht reichte es sogar zu einer Ziege…

Der Weber kam ins Träumen, doch jäh wurde er daraus geweckt. »Und wie heißt du, und was bist du von Beruf?«, herrschte ihn der gestrenge Herr Bahnmeister an. »So, der Nettekoven Franz? Hab schon von dir gehört vom Herrn Kanzlisten. Scheinst ja ganz brauchbar zu sein! Bei Roisdorf hab ich noch eine Stelle frei, die kannst du haben!«

Der Weber Franz Nettekoven nahm sich vor, noch heute Abend im Bonner Münster einen Rosenkranz für seinen Wohltäter Jellinghaus zu beten und der Eisenbahn eine Kerze zu stiften.

Die erstaunliche Chance für Heinrich Hündgen

Leise glitt der Frachtkahn am Rheinufer entlang. Die langsame Fahrt ließ nur eine winzig kleine Bugwelle entstehen. Weit voraus auf dem zertrampelten Leinpfad zogen die sechzehn Treidelpferde wie immer an langer Leine den schweren Kahn stromaufwärts, aufgemuntert durch das eintönige »Hohi hohi« und gelegentliches Peitschenknallen des Rheinhalfen.

Alles ist wie immer, dachte der Frachtschiffer Heinrich Hündgen, eigentlich verwundert, während er automatisch das Steuerruder in der richtigen Stellung festhielt und im Übrigen seine Gedanken auf Traumreise schickte. Alles ist wie immer und dabei hatte er doch noch vor zwei Jahren verzweifelt das Ende seines Berufs erwartet. Voll schlechtem Gewissen musste er an den Streich denken, den er sich einst mit den Schüssen auf den Dampfschlepper geleistet hatte, jedes Mal, wenn er an den paar Häusern von Üdorf vorbeikam und den Busch erblickte, hinter dem er sich damals versteckt hatte. Gottlob war niemals herausgekommen, wer damals auf das Schiff geschossen hatte.

Tatsächlich waren die Geschäfte der Genossen von der regionalen Bonner Frachtschifferbeurt wirklich längere Zeit schlecht gegangen. Der Mülheimer Kohlenschiffer und Reeder Stinnes hatte ihnen einen wesentlichen Teil ihrer Fracht weggenommen, indem er für den Transport von Steinkohle von der Ruhr den Rhein aufwärts Schleppdampfer einsetzte, die drei bis fünf Frachtkähne auf einmal unglaublich rasch zu Berg ziehen konnten.

Doch glücklicherweise war die Bonner lokale Beurt nicht allein auf den Transport von Ruhrkohle angewiesen; und bisher gab es nur für diese Art Ladung die unerwünschte Konkurrenz. Von Köln aus waren immer vielerlei Waren nach Bonn und weiter stromauf bis Koblenz zu transportieren. Häufig handelte es sich um schwere Eisenwaren, die über See aus dem wichtigsten Industrieland Europas, aus England, nach Holland und von dort mit den Schiffen der niederrheinischen Fernschifferbeurt bis Köln gebracht wurden. Der Weitertransport bis Bonn und Koblenz war dann Sache der Bonner und Koblenzer regionalen Frachtschiffervereinigung.

Gerade im letzten Jahr hatte dieses Geschäft wieder mächtig zugenommen. Schiffer Hündgen dachte inzwischen anders über die Eisenbahn als noch vor einigen Jahren. Denn erstaunlicherweise war es gerade die Eisenbahn, die ihm und seinen Beurtgenossen jetzt die Chance zu weitaus mehr Fahrten im Jahr als früher bot. Und nicht nur die Schiffer hatten die Chance, gutes Geld zu verdienen.

Im zeitigen Frühjahr hatte es bereits angefangen, als die großen Niederrhein-Kähne im Kölner Sicherheitshafen lange und schwere eiserne Stangen ausluden, von denen der größte Teil nach Bonn weiterverschifft werden musste. Das waren die künftigen Schienen für die Bonn-Kölner Eisenbahn. Dazu kamen zahllose Säcke mit schweren Gusseisenstücken darin; in den Frachtpapieren wurden sie Schienenstühle genannt.

Die zahlreichen Bettler und herumlungernden Tagelöhner, die es am Kölner Hafen genauso gab wie in den Kohlenschuppen am Bonner Rheinufer, bekamen reichlich zu tun. Denn natürlich musste jedes schwere Gleisstück und jeder Sack von Hand aus den Niederrhein-Kähnen ausgeladen, auf dem Kai zwischengelagert und dann wieder von Hand sorgfältig in den kleineren Frachtkähnen für den Transport nach Bonn verstaut werden. Und in Bonn waren dann wieder zahlreiche kräftige Hände nötig, die Schienen aus England erneut auszuladen, zwischenzulagern und dann auf die Pferdewagen der Bonner Fuhrwerksbesitzer zu wuchten.

Hier in Bonn hatte vor allem der Hauderer Jacob Loewenich einen Großteil der im »Bonner Wochenblatt« ausgeschriebenen Fuhrleistungen zu einem günstigen Preis übernommen. Pausenlos waren seine zwei oder drei flachen Transportkarren mit je vier stämmigen Pferden davor unterwegs gewesen, um die schweren Schienenladungen an die verschiedenen, genau vorgeschriebenen Stellen entlang des Bahndamms zu transportieren, von wo die Gleisbaukolonnen ihr Material abholen konnten. Auch beim Abladen der Schienen von den Pferdewagen waren kräftige Tagelöhner vonnöten gewesen. Man konnte sagen, dass die von den Aktionären der Eisenbahngesellschaft eingezahlten Taler sich wenigstens zu einem kleinen Teil in Form segensreicher Silbergroschen über eine Vielzahl von Männern in Köln und Bonn verteilten, die jeden Zusatzverdienst dringend nötig hatten.

Jetzt, seit Sommer dieses Jahres 1843, war die Lieferung von Schienen für die Eisenbahn versiegt. Aber dafür mussten Schiffer Heinrich Hündgen und seine Kollegen nun schon mehrmals ihre Kähne voll guter englischer Kokskohle von Köln nach Bonn bringen. Es ging das Gerücht, dass bald auch noch zahlreiche Kisten mit den in Teilen zerlegten Lokomotiven aus England per Flussfracht angeliefert werden würden. Die Rheinschiffer machten sich keine Gedanken darüber, dass die Ruhrkohle, ihre frühere Hauptfracht, jetzt von Dampfschleppern gezogen wurde, die englische Kohle jedoch nicht.

Wohl aber hatte diese Frage die Direktion der Bonn-Kölner Eisenbahngesellschaft in mehreren Sitzungen beschäftigt. Die erheblich billigeren Frachtgebühren hatten für die Ruhrkohle gesprochen, nicht aber die Qualität. Maschinenmeister Gribel hatte durch Umfragen bei verschiedenen Eisenbahngesellschaften im Norden Deutschlands herausgefunden, dass die bisherigen Versuche, die aus England gelieferten Lokomotiven mit heimischer Kohle von der Ruhr zu heizen, wenig erfolgreich verlaufen waren.

Die Bergwerksbesitzer an der Ruhr versicherten zwar auf Beschwerdebriefe hin, man werde sich bemühen, in Kürze bessere Qualität zu liefern. Aber bisher war der »Schrottgeriss«, den die Frachtkähne von Mathias Stinnes in Düsseldorf, Köln, Bonn und anderen Rheinstädten anlieferten, wohl für das Heizen von Stubenöfen und Küchenherden geeignet, nicht aber für die Dampferzeugung in modernen Dampfmaschinen.

So musste die Eisenbahngesellschaft in den sauren Apfel beißen, nicht nur die Schienen und die Lokomotiven in Europas Eisenschmiede, in England, zu bestellen, sondern selbst die gute Kokskohle. Die hohen Kosten des mehrfachen Umladens hatte man eben in Kauf zu nehmen. Allerdings hofften die Direktoren, dass sich bald entweder die Qualität der Kohle von der Ruhr verbesserte oder billigere Transportmöglichkeiten auch für die englische Kohle gefunden werden könnten.

Heinrich Hündgen ahnte von diesen Überlegungen allerdings nichts. Dank sei der Eisenbahn, dachte er, als sein Frachtkahn sich den Kohlenschuppen im Bonner Norden näherte. Und in seiner gegenwärtigen frohen Stimmung dachte er sogar dabei auch an die Tagelöhner, die wie immer wie eine Meute Hunde heranstürzten, wenn ein Frachtkahn mit Kohle anlegte, und ihre Dienste anboten, um ein paar Silbergroschen zu verdienen.

Studentenulk

Der große Saal der Gartenwirtschaft des Roeden Jupp an der alten kurfürstlichen Baumschule hallte wider von »Hochs«, »Vivats« und »Schmollis«. Etliche Runden Kessenicher Weins, spendiert vom heutigen Geburtstagskind, hatten ihre Wirkung getan. Das Bonner studentische Corps »Borussia« feierte in seinem Stammlokal heute, am 15. Oktober, den dreiundzwanzigsten Geburtstag eines seiner prominenten Mitglieder, und das war wieder einmal ein Anlass für die Herren Studenten, eine ausgelassene Kneipe abzuziehen.

Gerötete Gesichter, gelockerte Halsbinden um die hohen Vatermörder und dicke Rauchschwaden aus den langen Tabakspfeifen zeigten an, dass die gut zwei Dutzend Studenten auf dem Höhepunkt ihrer Stimmung waren. Jetzt stieg der Gefeierte auf einen Stuhl, um sich für die guten Wünsche zu bedanken und um einen besonderen Spaß anzukündigen, wie es der studentische Brauch in dieser Verbindung wollte. Seine Königliche Hoheit Prinz Ernst Otto von Sachsen-Meiningen, jüngerer Bruder des Erbherzogs und künftigen Souveräns eines der 38 deutschen Bundesstaaten, trug in seiner Verbindung den etwas despektierlichen Spitznamen »Bambus«, weil er so lang und dünn war. Das Corps der Borussen nahm nur adlige Mitglieder auf, hatte aber keine Nachwuchssorgen, weil die Bonner Universität sich immer größerer Beliebtheit bei deutschen Fürstenhäusern und reichen Adelsgeschlechtern als Studienort für ihre heranwachsenden Söhne erfreute.

»Silentium, Kommilitonen!«, rief »Bambus« aus. »Ich weiß einen tollen Spaß! Wenn wir in die Stadt zurückgehen, kommen wir doch jetzt immer an der neuen Eisenbahnstation vorbei. Da steht ein einfacher Wagen; nur ein paar Räder mit Stangen dazwischen. Wenn wir uns den schnappen, mit ein paar Laternen schmücken und im Dunkeln über die Schienen schieben – was meint ihr: die dummen Handwerker und Bauern werden glauben, da läuft ein Gespenst auf der Eisenbahn!«

Riesiger Beifall belohnte den Vorschlag, und sofort fingen die Herren Prinz von Hohenlohe, die Grafen Kalnein oder Wildenburg, der Freiherr von Nordeck und alle die anderen »Burschen« und »Füchse« eifrig an, dafür vorzubereiten, was ihnen nötig schien, als ob sie vierzehnjährige Schuljungen seien. Einige Kürbisse waren schnell beschafft, ausgehöhlt und mit Löchern versehen, damit man Laternen hineinstellen konnte, Decken, Stöcke und Schnüre vervollständigten die Ausrüstung der »Expedition«. Dann machte sich der ganze ausgelassene Haufen in Verschwörerart flüsternd und kichernd auf den kurzen Weg zum Bahnhof. Vom Bonner Münster schlug es eben zehnmal; es war dunkel genug für das Vorhaben, aber noch nicht zu spät in der Nacht, weil das Ganze ja nur Spaß machte, wenn noch einige Nachtschwärmer den tollen Mummenschanz sehen würden.

Der Semesterchargierte Prinz von Hohenlohe, im Corps nur »Bock« genannt, wusste noch einen sachdienlichen Rat: »Einer von uns muss vorangehen, über den Zaun am Bahnhof klettern und Lärm machen, damit der Bahnmeister, der dort schläft, aufwacht und den vermeintlichen Übeltäter verfolgt. Der muss den Kerl dann so weit wie möglich vom Bahnhof fortlocken. Inzwischen haben wir Zeit, den Wagen aufzuputzen und fortzuschieben!«

Wie zu erwarten, bekam der jüngste »Fuchs«, ein Prinz von Sayn-Wittgenstein, als Mutprobe den Auftrag, den Bahnmeister zur Verfolgung zu provozieren. Er löste seine Aufgabe auch vorzüglich. Schnaubend und prustend trabte der gewichtige Heinrich Brünker unermüdlich hinter dem nächtlichen Störenfried her, der da im Dunklen auf den Schienen in Richtung Tannenwäldchen flüchtete.

Wie der »Bambus« vorhergesagt hatte, fanden die Borussen auf dem nun menschenleeren Bahngelände den einst von Meister Springborn zusammengebauten Transportwagen für die Schienen und errichteten auf ihm im Handumdrehen aus Stöcken, Decken und mit Laternen erleuchteten Kürbissen ein eindrucksvolles Gebilde. Dann mussten die kräftigsten Burschen den Wagen schiebend in Bewegung setzen, die anderen sprangen auf das Gestänge auf und ab ging die Fahrt auf dem Schienenstrang aus dem Bahnhof heraus. Laute und unheimliche Pfiffe sollten nächtliche Passanten auf das Schauspiel aufmerksam machen.

Der Spaß gelang den Studenten über die Maßen gut. Aus der Gaststätte Zum Heideweg des Wirtes Harzheim im Dörfchen Endenich, einer anderen beliebten Studentenkneipe, strebte gerade ein größerer Trupp angeheiterter akademischer Bürger der Stadt zu, als das unheimliche Gefährt mit lautem Räderrattern, heftigem Pfeifen und dicken Köpfen, aus denen glühende Augen leuchteten, an ihnen vorüberrollte.

Etwas weiter, dort, wo die Alte Heerstraße das Bahngleis überquerte, stapfte der Bahnmeister Brünker auf den Holzschwellen wieder zurück zu Bahnhof, wütend über seine vergebliche Verfolgung. Er konnte gerade noch entsetzt von den Schienen springen, als die Gespenstererscheinung auf ihn zurollte. Er, der als ehemaliger Unteroffizier doch keine Furcht zeigen sollte, schlug zitternd drei Kreuze, ermannte sich aber bald und rannte so schnell wie noch nie in seinem Leben am Friedhof vorbei durch das glücklicherweise noch nicht verschlossene Sternentor in die Stadt bis zum Polizeibüro in der Neugasse. Keuchend und atemlos berichtete er dort, was ihm soeben widerfahren war.

Am nächsten Morgen schwirrte ganz Bonn von Gerüchten. Auch bis in die Dörfchen Dransdorf, Buschdorf und Roisdorf hatte sich die Nachricht verbreitet, dass ein Geist mit vielen Köpfen und glühenden Augen auf den Eisenbahnschienen hin- und hergeflogen sei. Das könne nur der Teufel höchstpersönlich gewesen sein, versicherten sich die Bauersfrauen in den Dörfern, als sie sich angstvoll tuschelnd die grausige Kunde weitererzählten und jede noch ein Stückchen aus eigener Phantasie hinzufügte.

Nüchterner und realitätsbezogener begann allerdings der Bonner Polizeikommissar Fecken die Untersuchung des Vorfalls. Er glaubte nicht an Teufelsspuk und Geistererscheinungen, sondern vermutete sofort Menschenwerk dahinter. Bei einer umständlichen Untersuchung des Bahnhofsgeländes konnte er mit Hilfe des vollständig versammelten Eisenbahnpersonals feststellen, dass der einfache Schienentransportwagen fehlte. Kaum hatte Inspektor Fecken dies in sein Protokoll eingetragen, als auch schon einer der neuen Bahnwärter eintraf, der am Tannenwäldchen seine Hütte und sein Aufsichtsrevier hatte. Dort hatte er den vermissten Wagen auf dem Gleis verlassen aufgefunden, mit Kürbissen und Decken phantastisch ausstaffiert. Das Rätsel war somit schon halb gelöst.

Nähere Erkundigungen des erfahrenen Polizeibeamten ergaben, dass am Abend zuvor eine Gruppe von Studenten im Gasthof Roeden am Baumschulwäldchen gefeiert und kurz vor dem Auftauchen der unheimlichen Erscheinung das Lokal verlassen hatte. Einiges von den Plänen seiner vornehmen Gäste hatte der Wirt beim Einschenken einer Abschiedsrunde auch mit angehört. Man habe den Geburtstag Seiner Königlichen Hoheit, des Prinzen Ernst Otto von Sachsen-Meiningen gefeiert.

Die Nennung dieses Namens ließ den Kommissar Fecken beim Niederschreiben seines Protokolls stocken. Nach einer nachdrücklichen Ermahnung an den Wirt Roeden, bis auf weitere amtliche Mitteilung gegenüber jedermann von den Gästen dieses Abends zu schweigen, begab sich der Polizeiobere zu einer streng vertraulichen Unterredung mit seinem Vorgesetzten, dem Oberbürgermeister Oppenhoff.

»Vieles, ja alles deutet darauf hin«, trug Anton Fecken vor, »dass Seine Königliche Hoheit und seine Gäste vom Corps »Borussia« den Schabernack angestellt haben. Vielleicht waren sogar Höchstdieselben die Anstifter...« Sorgenvoll setzte das Stadtoberhaupt den Gedankengang fort: »Wenn das weiter verfolgt und bekannt wird, könnte das diplomatische Verwicklungen mit einem Staat des Deutschen Bundes geben und darüber hinaus die hochherrschaftlichen Familien veranlassen, ihre Söhne nicht mehr so bereitwillig zum Studium nach Bonn zu schicken.«

An sich war man in der Universitätsstadt Bonn an studentischen Ulk und an Störungen der öffentlichen Ruhe und Ordnung durch die Musensöhne gewöhnt und sah über manches hinweg. Andererseits waren die Zwischenfälle in den letzten Jahren so angestiegen, dass der Stadtrat deswegen seufzend eine Aufstockung des städtischen Polizeicorps um zwei auf sechs Konstabler hatte bewilligen müssen. Wer von den akademischen Bürgern es allzu derb trieb, musste damit rechnen, einige Tage im städtischen Arresthaus oder im Universitätskarzer zubringen zu müssen, je nachdem, ob die städtische Polizei oder die Universitätspedellen den Übeltäter erwischten, aber natürlich nur, wenn es sich um Studenten bürgerlicher Abkunft handelte. Fast immer gab es dann ärgerlichen Schriftwechsel zwischen der Stadtverwaltung und der Universität, denn beide Behörden beharrten auf jeweils *ihrer* Kompetenz.

Doch in diesem Fall, wo höchstgestellte Persönlichkeiten darin verwickelt waren, musste man doch wohl etwas anders verfahren. Ohne viele Worte stimmten der Oberbürgermeister und der Polizeikommissar darin überein, den Fall an den Universitätsrichter abzugeben. Sollte der doch sehen, sich und die Universität aus der Affäre zu ziehen…

In Bonn und in den benachbarten Dörfern hielt sich noch jahrelang die Überzeugung, der Teufel selbst sei am 15. Oktober auf der Eisenbahn gefahren, ein deutlicher Fingerzeig, dass es sich bei dem Ganzen um ein teuflisches Werk handele.

Nötige Übung

Der Lokomotivschuppen am Bonner Endbahnhof stand vorläufig noch leer, sehr zum Ärger des Maschinenmeisters Gribel. Doch Bahnmeister Brünker hatte es mit dem Organisationstalent des alten Soldaten fertig gebracht, den Schuppen für die nächsten zwei Wochen als Schulsaal für seine Bahnwärter zu nutzen. Aus überzähligen Eichenholzschwellen und Schienen waren primitive Bänke eingerichtet worden. Auf ihnen musste ein gutes Dutzend der neuen Eisenbahnbediensteten Platz nehmen, um in ihre künftigen Pflichten und Aufgaben eingewiesen zu werden.

Es handelte sich nur um einen Teil des gesamten Bahnwärter-Corps der Bonn-Kölner Eisenbahn, nur um die, deren Zuständigkeitsbereiche zwischen Bonn und jenseits Bornheim lagen. Dort entstanden zurzeit dicht am Bahndamm ihre winzigen Häuschen, je etwa eine Zehntel Meile voneinander entfernt. Ein weiteres Drittel der Bahnwärter würde Bahnmeister Brünker bald im neuen Brühler Bahnhof unterrichten, das letzte Drittel schließlich demnächst in Köln. Das hatte den Vorteil, dass die Gruppen nur klein waren und dass die Bahnwärter keine allzu weiten Anmarschwege zu ihrem täglichen Unterricht hatten.

Bahnmeister Brünker hatte in seiner zwölfjährigen Dienstzeit als Unteroffizier im Bonner Ulanenregiment gelernt, wie man Bauernburschen, die ja oft recht begriffsstutzig waren, militärische Ordnung und Disziplin einbläuen konnte. Das ging nur sehr bedingt mit gebrüllten Befehlen und Strafexerzieren, sondern oft viel besser durch immer wiederholte praktische Vorführung und viel, viel Geduld.

Disziplin und Ordnung hatten auch für die künftigen Bahnwärter der Inbegriff ihrer Pflichten zu sein, und das war Zivilisten schwer begreiflich zu machen. Wo kam es schon sonst im bürgerlichen Leben auf die Minute genau darauf an, einen bestimmten Handgriff zu machen oder sonst eine bestimmte Aufgabe zu erfüllen? Hier bei der Eisenbahn konnte aber ein Versäumnis von nur einer Minute möglicherweise einen schrecklichen Unfall zur Folge haben, der Tote und Verletzte forderte.

In der jüngsten Sitzung der Direktion hatte der Wunsch des Bahnmeisters Kopfschütteln, ja sogar Heiterkeit erregt, auf Kosten der Eisenbahngesellschaft jedem Bahnwärter eine zuverlässige Taschenuhr als dienstliche Ausrüstung zur Verfügung zu stellen. Doch Heinrich Brünker hatte überzeugende Argumente auf seiner Seite, und er konnte die guten Erfahrungen der Rheinischen Eisenbahn mit einer solchen Maßnahme anführen. Der Bahnmeister hatte sich in den letzten vier Wochen intensiv bei der benachbarten Eisenbahn in den noch so neuen Aufgabenbereich einführen lassen und viel dabei gelernt.

Woher zum Beispiel sollte ein Bahnwärter, der sein Häuschen weit außerhalb der nächsten Ortschaft hatte und weder die Kirchturmuhr sehen noch deren Glockenschlag hören konnte, wissen, dass es jetzt 10 Uhr und 11 Minuten und daher der Zug aus Köln zu erwarten war, der um 10 Uhr 12 an seinem Häuschen vorbeifahren musste, wenn alles planmäßig verlief? So war der erste Tag des Unterrichts für die künftigen Bahnwärter bereits damit ausgefüllt, ihnen den kostbaren Besitz der Taschenuhren zu übergeben, mit ihnen das genaue Ablesen der Uhrzeit zu üben und ihnen einzubläuen, dass die Uhren höchst vorsichtig behandelt und jeden Tag aufgezogen werden müssten.

Die Bahnwärter waren sehr stolz, aber sie staunten nicht schlecht, als ihnen klar wurde, wie umfangreich ihre Aufgaben sein würden, die sie – meist mit der Uhr in der Hand – einst würden erfüllen müssen. Vielleicht wurde doch dem einen oder anderen etwas schwül unter der Mütze: so hatten sich wohl die meisten ihre künftigen Pflichten nicht vorgestellt!

Die kleinen Bahnwärterhäuschen waren meist dort errichtet worden, wo Straßen oder größere Bauernwege den Schienenstrang überquerten. Und an diesen Stellen hatten die Wärter rechtzeitig vor Ankunft jedes Zuges die einfachen Holzschranken zu schließen, die Fußgänger, Pferdewagen und Vieh vor dem unbedachten Betreten des Weges für das Dampfross abhalten sollten. Dem Lokomotivführer jedes Zuges war dann beim Vorüberfahren durch eine hochgehaltene rote Fahne anzuzeigen, dass der Streckenabschnitt bis zum nächsten Bahnhof frei von Störungen war.

Doch auch zwischen den Zugfahrten – vorerst, so hieß es, würden nur vier Zugpaare täglich zwischen Bonn und Köln verkehren – hatten die Streckenwärter reichlich zu tun. Mehrmals täglich musste der Streckenabschnitt bis zur Zuständigkeitsgrenze des benachbarten Kollegen abgegangen werden. Waren die Schienen noch fest und sicher auf ihren Schwellen? Hatten etwa mutwillige Bauernburschen Steine oder große Hölzer auf den Schienenweg gelegt, weil sie sehen wollten, wie ein Zug entgleist? War ein Bauer etwa mit seinem Ochsengespann und Pflug beim Überqueren der Schienen an einer eigentlich nicht dafür vorgesehenen Stelle stecken geblieben und kam nicht wieder aus dem Weg der Lokomotiven heraus? Und vor allem mussten natürlich in Zukunft solche beschämenden Vorfälle wie der vor acht Tagen verhindert werden; leider war es der Polizei immer noch nicht gelungen, diesen offensichtlichen Studentenstreich aufzuklären.

In solchen Fällen mussten die Bahnwärter kräftig zugreifen und das Hindernis beseitigen oder, wenn sie selbst nicht dazu im Stande waren, eiligst Hilfe herbeiholen. Es dauerte Tage, bis auch der letzte Schüler des Bahnmeisters Brünker begriffen hatte, wann er mit einem lauten Hornsignal und einer Glocke den Kollegen von nebenan ein Zeichen geben musste, dass am Schienenstrang *nicht* alles in Ordnung sei und was zu veranlassen war. Diesen Männern, die einst Schneidergesellen oder Weber, Kaufmannsgehilfen oder Tagelöhner gewesen waren, schwirrte der Kopf von dem so völlig neuen Lehrstoff und der Verantwortung, die sie bei ihrer neuen Arbeit tragen würden. Ihr Vorgesetzter wurde nicht müde, sie immer wieder darauf hinzuweisen.

Immerhin, die Dümmsten durften diese Bahnwärter nicht sein. Schon zur Einstellung hatte der Nachweis gehört, dass sie einigermaßen fließend lesen und sogar schreiben könnten. Denn sie mussten im Stande sein, die umfangreichen Anordnungen und den Fahrplan zu lesen, die für ihren Dienst in ihren Häuschen ausgehängt waren, und sie mussten eventuell sogar schriftliche Berichte für die Direktion verfassen, wenn sie außergewöhnliche Vorkommnisse in ihrem Streckenbereich zu melden hatten.

Das schwierigste Problem war, ganz schnell Nachrichten an dem langen Gleis entlang weiterzugeben. Die Häuschen der Bahnwärter standen im Allgemeinen so weit auseinander, dass die menschliche Stimme gewiss nicht und selbst Signale mit einem Tutehorn oder einer großen Glocke nur mit Mühe vom Nachbarn zu hören waren. Dabei sollten diese Signale nur den Kollegen von nebenan darauf aufmerksam machen, dass ein Flaggensignal mit einer bestimmten Bedeutung zu übermitteln war. Oft musste dann der Bahnwärter ein Stück am Gleis entlang laufen, nachdem er ein solches Signal gehört hatte, um in der Ferne seinen Kameraden vom Nachbarabschnitt klar zu sehen, wie er verschiedenfarbige Fahnen mit allen möglichen Bedeutungen hochhielt: »Ist das Gleis frei?« – »Der nächste Zug kommt planmäßig« – »Hilfe ist nötig« und manches andere mehr. In der Dunkelheit mussten Laternen mit verschiedenfarbigen Gläsern die Fahnen ersetzen. Und wenn schlechte Witterung die schnelle Übermittlung solcher optischer Signale verhinderte, dann mussten die Bahnwärter so schnell wie möglich zu ihrem Nachbarn laufen, um die Nachricht weiterzugeben.

Der einstige Weber und künftige Streckenwärter der Bonn-Kölner Eisenbahn Franz Nettekoven freute sich auf sein Häuschen am Bahndamm bei Roisdorf. Am letzten Sonntag hatte er es schon im Bau gesehen. Auf mitgekauftem Bahngelände neben dem Gleis war auch noch genügend Platz für einen schönen Gemüsegarten und für einen kleinen Auslauf für Hühner. Doch wann sollte er sich wohl um dieses Gärtchen kümmern, dachte er während des Unterrichts durch Bahnmeister Brünker manchmal besorgt. Es gab ja offenbar von frühmorgens bis spätabends keinen Augenblick Muße für die Bahnwärter! Doch immerhin, er war in der frischen Luft und musste nicht mehr den schweren Webbaum in seinem Webstuhl in der Weerth'schen Baumwollfabrik bedienen. Seine Frau würde eben für die Hühner und den Garten sorgen müssen, wenn er selbst keine Zeit hatte. Mit heimlichem Stolz dachte Franz Nettekoven daran, dass auch von ihm künftig der sichere Eisenbahnverkehr auf dem neuen Gleis abhängen würde.

Wettlauf um die verlorene Zeit

Wieder einmal waren die Herren von der Direktion der Bonn-Kölner Eisenbahn nach Köln unterwegs – »immer noch mit Pferd und Wagen und nicht mit der Eisenbahn, wie es uns zukommen würde«, wie Präsident Stahl bedauernd zu seinem jungen Kollegen Schramm bemerkte. Gedankenverloren schwiegen beide Herren wieder eine Weile. Währenddessen hatte die Kalesche der Gesellschaft das Dörfchen Godorf auf der Staatsstraße kurz vor Köln schon hinter sich gelassen und musste bald die »Am toten Juden« genannte Stelle erreichen, wo der ausgefahrene Weg abbog, der die Rückfronten der preußischen Forts und

Lunetten rund um Köln miteinander verband. Auf dem Kutschbock saß ein neuer Kutscher, den die Direktion als Ersatz für den Verräter Anton Bläser gefunden hatte; vorsichtshalber hatte man über ihn Erkundigungen bei seinem früheren Prinzipal eingezogen, die empfehlend klangen.

Endlich sprach Heinrich Stahl die trüben Gedanken aus, die beide Eisenbahndirektoren so bewegten: »Erinnern Sie sich, Herr Schramm, wie wir tatsächlich froh waren, als wir im September das Schreiben der Kölner Festungsbehörde bezüglich der Streckenführung durch den Festungsrayon bekamen. Wir hatten zwar diese Entscheidung bedauert und sind durch alle Instanzen dagegen angegangen; das hat uns gut ein Jahr Zeit gekostet. Aber zu ändern war ja doch nichts mehr, da waren wir schließlich schon zufrieden, wenigstens diese Genehmigung zu erhalten. Nun fehlt uns nichts mehr an amtlichen Papieren, hatten wir gedacht. Doch weit gefehlt; die zwar in Aussicht gestellte Genehmigung zur Öffnung des Pantaleonstores in Köln war darin immer noch nicht enthalten, die dürfen wir uns endlich heute, am 29. November, bei der Festungskommandantur persönlich abholen.«

Bitter setzte Rudolf Schramm hinzu: »Die schriftliche Genehmigung wird nur verabfolgt gegen Erstattung der Räumungskosten des St. Pantaleonsturmes in Höhe von 830 Talern, in bar oder einer von einem Bankier beglaubigten Anweisung, zahlbar an die königlich preußische Garnisonskasse in Köln.« Er zitierte wörtlich aus dem amtlichen Schreiben der preußischen Militärverwaltung und ergänzte: »Zusätzlich zu den gut 13 000 Talern, die die Festungsbauverwaltung als Beitrag für den Umbau ihrer Anlagen schon gefordert hat und zusätzlich zu den enormen Mehrkosten für die Holzkonstruktion hier im Festungsbereich!« Sarkastisch pfiff der Referendar die ersten Takte des bekannten Liedes »Ich bin ein Preuße, kennt ihr meine Farben?«

Der Wagen hatte inzwischen die Rückseiten der Forts Nummer II und III passiert und das Fort Nummer IV erreicht, das auch Fort Paul genannt wurde. Dicht jenseits davon begann die zurzeit größte Baustelle Kölns mit Ausnahme des Doms. Die Herren Stahl und Schramm stiegen aus ihrer Kalesche aus und bahnten sich vorsichtig ihren Weg zwischen Pfützen, Erdhaufen und Stapeln riesiger Balken. Der lang gezogene Platz wimmelte von Menschen. Nicht weniger als sechs Zimmermeister aus Köln mit ihren Gesellen und Lehrjungen sowie zahlreiche, für einige Wochen hinzugezogene Tagelöhner waren dabei, nach den Plänen des Ingenieurs von Lasaulx die Brückenkonstruktionen zusammenzufügen, die die Festungsverwaltung verlangt hatte. Ununterbrochen erklangen die Sägen und Hämmer der Zimmerleute.

Mitten in diesem scheinbaren Chaos stand Johann Claudius von Lasaulx unter einem großen Schirm an einem Tisch, den er sich auf freiem Feld hatte aufstellen lassen und auf dem er seine riesigen Baupläne befestigt hatte. Seit einigen Wochen wohnte der Bauleiter nun bereits in Köln und war wieder einmal von der Morgendämmerung bis lange nach Sonnenuntergang ständig auf den Beinen. Er nahm sich kaum die Zeit, den Zylinderhut zu ziehen, als seine beiden Vorgesetzten zu ihm traten. »Dort der Stützpfeiler muss noch besser mit Steinen verkeilt werden!«, wies er gerade einen Zimmermeister an. Fast in gleichem Atemzuge meinte er zu den Herren Stahl und Schramm: »Beten wir gemeinsam, meine Herren, dass das Wetter sich so hält, noch einige Wochen lang!«

Der November war grau und trübe gewesen, aber wenigstens hatte es nicht allzu viel geregnet, und von Frost

war noch nichts zu spüren. Noch stand eine Zeit ange-
strengtester Arbeit auf dem letzten Streckenstück bevor.
Eine frühe Frost- oder Schneeperiode würde eine nicht
wieder einzuholende Verzögerung bedeuten.

»Sind Sie für eine Stunde hier abkömmlich, Herr von
Lasaulx?«, fragte Präsident Stahl. »Wir sind auf dem Wege zur
Festungskommandantur, um uns die endgültige Genehmigung zur Öffnung des Pantaleonstores abzuholen. Aber
unterwegs wollten wir uns doch gerne unter Ihrer sachkundigen Führung die Arbeiten zum Abriss des Geyershofes und am Bahnhof ansehen.«

Der Ingenieur stieg zu den Herren in die Kalesche, der
Kutscher ließ die Pferde antraben, und mit einem beträchtlichen Umweg über das Luxemburger Tor und die Weyer-
straße rollte der Wagen zur zweiten derzeitigen Baustelle
der Bonn-Kölner Eisenbahn in Köln, stadteinwärts des bisher immer noch zugemauerten Pantaleonstores.

Erst am 17. November war das rechtskräftige Urteil des
Kölner Appellationsgerichtshofes gegen den Eigentümer
des Geyershofes ergangen, das Grundstück wurde zu Gunsten des Eisenbahnbaues enteignet. Über die Höhe der
Entschädigung war ein zweites Verfahren anhängig, aber
das störte die Eisenbahngesellschaft nicht, wenn sie nur
endlich hier das alte Gemäuer abreißen konnte. Seit Tagen
schon waren mehrere Maurerkolonnen mit dem Abriss beschäftigt. Außer dem Pantaleonstor war es ja das letzte Hindernis auf der Bahnstrecke gewesen.

Als die Herren aus Bonn das Pantaleonstor innerhalb
des mittelalterlichen Mauerrings erreichten, waren von dem
alten Geyershof nur noch einige wirre Haufen von Balken,
Hölzern und Ziegeltrümmern zu sehen. Ein langer Zug von
Lastwagen mit je zwei Pferden davor wartete geduldig, bis
ein Wagen durch die etwa vierzig Tagelöhner mit viel »Hau-

ruck« und Schaufelarbeit voll beladen war und der nächste an die Reihe kam. »In zwei Wochen ist hier alles abgeräumt«, erläuterte Ingenieur von Lasaulx, »dann können wir auch hier den Unterbau für die Schienen legen und sofort danach mit dem Oberbau und der Schienenverlegung anfangen.«

Knapp hundert Schritte weiter stadteinwärts begann bereits das Bahnhofsgelände. Das Stationshaus, der Lokomotiv- und der Wagenschuppen sowie der Koksschuppen und die Wasserpumpe standen schon. Nur im Inneren der Gebäude waren noch einige Arbeiten zu vollenden. Zwei Schmiedemeister und zwei Zimmermeister mit ihren Gehilfen gaben nach den genauen, von der Rheinischen Eisenbahn gelieferten Plänen den beiden Drehscheiben von 30 und 15 Fuß Durchmesser den letzten Schliff. Auf ihnen sollten in Kürze die Lokomotiven zur Rückfahrt nach Bonn herumgedreht werden.

Präsident Stahl äußerte sich sehr lobend über den Eifer, den er auf allen drei Baustellen hier in Köln beobachten konnte. Ingenieur von Lasaulx nahm das Lob mit heimlichem Stolz auf, war aber gerecht genug zu sagen: »Ohne die bereitwillige und tüchtige Arbeit der Kölner Handwerker wären wir noch lange nicht so weit.«

Rudolf Schramm stieß einen Seufzer der Erleichterung aus: »Was wir hier an Fortschritten sehen, macht mich glauben, dass wir doch noch den Wettlauf mit der Zeit gewinnen und vor der Frostperiode die Strecke fertig stellen. Die Lokomotiven sind ja inzwischen in Bonn eingetroffen, in zwei oder drei Wochen werden sie betriebsbereit sein. Werden wir noch vor Weihnachten die erste Probefahrt machen können, Herr von Lasaulx?«

Der Ingenieur warf noch einmal einen prüfenden Blick auf die vielen emsig arbeitenden Menschen auf der ganzen

Strecke bis zum Pantaleonstor und sagte dann gelassen: »Wenn das Wetter hält, kann ich das garantieren, Herr Direktor Schramm!«

Das erste Dampfross ist da

Das Wetter war kalt, obwohl noch kaum Schnee gefallen war. Anfang Dezember gab es häufig solches Wetter in Bonn. Aber den Männern, die da im Lokomotivschuppen des Bonner Bahnhofs schufteten, lief der Schweiß in Strömen über das Gesicht. Einige wuchteten mit Hilfe von großen Stemmeisen den Deckel von der letzten der 19 großen Holzkisten und hoben mit vereinten Kräften den Inhalt heraus. »Brakes« las einer der Arbeiter mühsam die Schrift auf dem Deckel ab, die dort mit schwarzer Farbe und mit Hilfe einer Schablone aufgemalt worden war, und es klang wie »Bratwurst«, als er das vorlas.

Maschinenmeister Gribel versuchte, in dem Durcheinander den Überblick zu behalten, doch das war schwierig genug. Vor zwei Tagen waren endlich mit zwei unmittelbar hintereinander fahrenden Frachtkähnen die 19 sperrigen Holzkisten am Bonner Rheinufer angekommen, die die in Einzelteile zerlegte erste Lokomotive enthielten. Die Firma Sharp, Roberts & Company hatte nun schließlich doch noch geliefert und im mitgeschickten kurzen Brief versichert, die restlichen drei Maschinen würden nur eine Woche später als die erste auf den Weg geschickt.

Es war eine schwere Arbeit für die vielen Gelegenheitsarbeiter am Rheinufer gewesen, die unheimlich schweren Kisten aus den Kähnen ans Ufer und von dort auf die Pritschenwagen des Hauderers Loewenich zu heben, die sie quer durch die Stadt zum Bahnhof beförderten. Dort mussten sie auch wieder mit viel »Hauruck« und »Zugleich« abgeladen werden. Ohne die zwanzig zusätzlichen Arme der Tagelöhner wäre das nicht so schnell gegangen. Diese steckten mit Freude die zehn Silbergroschen ein, die Buchhalter Pröpsting jedem für eine nur dreistündige, aber dafür sehr schwere Arbeit auszahlte.

Nun stand die kleine Mannschaft von Meister Gribel vor der schwierigen Aufgabe, die Kisten auszupacken und aus den zahllosen Einzelteilen eine funktionierende Lokomotive zusammenzubauen. Das größte Problem bestand darin, dass zwar eine große und offenbar sehr genaue Konstruktionszeichnung und eine gedruckte Zusammenbau-Anleitung einer der Kisten beigelegen hatte – aber in Englisch. Und das verstand niemand von den inzwischen so zahlreich gewordenen Mitarbeitern der Bonn-Kölner Eisenbahn.

Der bisherige Geschäftsbriefwechsel mit der Lieferfirma hatte sich, wie in ganz Europa im internationalen Verkehr üblich, in französischer Sprache abgespielt, von der jeder gebildete Deutsche wenigstens die Anfangsgründe beherrschte. Aber Englisch??

Christian Jellinghaus, der von allen Bahnleuten am längsten in Bonn lebte, wusste einen guten Rat. Seit einigen Jahren unterhielt ein Mister Wenborne eine kleine Privatschule in Bonn, in einer Villa in der Koblenzer Straße außerhalb der Stadtmauer. Dort konnten die Kinder der zahlreichen vornehmen Engländer, die auf ihrer Reise entlang dem »romantic Rhine« für einige Wochen in Bonn Station machten, wenigstens einen Teil des sonst ausfallenden privaten Unterrichts nachholen. Mister Wenborne brachte aber auch den wenigen deutschen Kindern in Bonn, deren Eltern Wert darauf legten, die Sprache John Bulls bei.

Der Kanzlist kam auf die Idee, diesen Herrn zu bitten,

die Bauanleitung ins Deutsche zu übersetzen oder ihn bis zum fertigen Zusammenbau der ersten Lokomotive für täglich einige Stunden als Berater zu engagieren, gegen ein angemessenes Honorar selbstverständlich. Mister Wenborne hatte sich gerne zur Hilfe bereit erklärt, denn er war stolz, dass diese vorzügliche moderne Technik der Railways aus seinem Heimatland kam.

Doch auch mit der Übersetzungshilfe des Engländers war das Zusammenbauen der Lokomotive wirklich eine Herausforderung für die kleine Gruppe von Männern, die sich seit Sommer unter der Leitung von Maschinenmeister Gribel zusammengefunden hatte. Der erste seiner Helfer war der Schlossermeister Springborn gewesen. Im Sommer hatte der sich als Leiter eines der beiden Schienenleger-trupps bewährt, danach war er bei der Rheinischen Eisenbahn in Köln in die Lehre als Lokomotivführer gegangen. Vereinbarungsgemäß hatte er zunächst einige Wochen als Heizer auf den zwischen Köln und Aachen verkehrenden Lokomotiven gearbeitet, dann als Hilfslokomotivführer, und er hatte im Kölner Reparaturschuppen stets mit Hand anlegen dürfen, wenn es dort etwas zu tun gab.

Ihm waren im Laufe des Sommers und Herbstes sechs andere Mitglieder der Bonner und Kölner Schlossergilde gefolgt, die Meister Springborn für die Eisenbahn angeworben hatte. Das war ihm angesichts der derzeitigen schlechten Verdienstmöglichkeiten für Schlosser nicht schwer gefallen. Vor allem aber zog das unvorstellbar hohe Jahresgehalt von 900 Talern. Die Direktion war sich, genau wie die Leitungen der anderen Eisenbahnen in Deutschland, darüber klar gewesen, dass nur sehr großzügige Gehälter diese Experten bei der Stange halten könnten, wenn sie einmal gelernt hätten, die Dampfrösser zu bändigen. Sonst hätte sehr schnell eine andere Eisenbahngesellschaft diese Fachleute mit einem höheren Gehalt weglocken können. Gleichzeitig hatte sich damit ganz inoffiziell, aber sehr wirksam ein einheitlicher, allerdings ungewöhnlich hoher Gehaltstarif für ausgebildete Lokomotivführer in fast ganz Deutschland herausgebildet.

Auch diese Bonner Nachwuchskräfte waren bei der Nachbargesellschaft in die Lehre gegangen. Der Rheinischen Eisenbahn war diese Rolle als Ausbilder gar nicht so unlieb. Denn somit hatte sie jeweils für mehrere Monate eine oder mehrere Arbeitskräfte zusätzlich zur Verfügung, die sie keinen Taler kosteten. Denn selbstverständlich hatte die entsendende Gesellschaft den Lohn der Lehrlinge zu zahlen, wenn er auch jetzt noch längst nicht die fürstliche Entlohnung der geprüften und erfahrenen Lokomotivführer erreichte.

Jetzt, in den ersten Dezembertagen des Jahres 1843, waren alle diese bereits ausgebildeten oder noch in der Lehre befindlichen Lokomotivführer im Bonner Lokomotivschuppen versammelt. Auch die als Heizer und Schaffner vorgesehenen und bereits angestellten Leute waren mit zu dieser Arbeit herangezogen worden.

Allmählich entstand aus den bereits zusammengeschraubten und geschweißten Teilen des Tragrahmens, der Achsen und der Räder schon so etwas wie ein Torso des künftigen Fahrzeugs. Im Lokomotivschuppen war vorsorglich ein kräftiger Flaschenzug mit stabiler Kette eingebaut worden, der jetzt segensreich war, als man den schweren zylinderförmigen Dampfkessel aus einer Kiste hob und auf die vorgesehene Stelle des Rahmens setzte. In diesen Kessel hinein war der rechteckige Kasten der Feuerbuchse zu befestigen, mit den Schrauben F, G und H…

Manchmal wussten die gelernten Schlosser auch nicht recht weiter, doch ihr Eifer war groß und die Ideen kamen von allen Seiten, wie ein technisches Problem zu lösen sei. Dies war eine Arbeit, zu der niemand mit bösen Worten getrieben werden musste, sondern eine Herausforderung, die alle Männer im Lokomotivschuppen vom Maschinenmeister bis zum jüngsten Heizerlehrling im Stolz auf das gemeinsam Geleistete einte. Das erste Dampfross war in Bonn, und sie, die Leute des Meisters Gribel, würden es aus einer wirren Masse von Eisenteilen in eine funktionierende Maschine verwandeln, in ein Zeichen des Anbruchs einer neuen Zeit. Nur noch wenige Tage oder Wochen, dann würde dieses Dampfross über seine Schienen laufen – wartet es nur ab!

Ein feierlicher Augenblick

»Ach, Sie haben sich sogar von Köln aufgemacht, um zuzusehen, Herr Camphausen?« Erstaunt blickte Präsident Stahl auf die geräumige Kutsche des Bankiers, Handelskammerpräsidenten und Mitdirektors, die schon morgens um halb 9 Uhr vor dem Bonner Bahnhofsgelände vorfuhr. Eben wurde es an diesem Wintertag erst hell. »Sie müssen ja mitten in der Nacht aus Köln abgefahren sein!«

»Das sind wir auch, bester Herr Stahl«, erwiderte Ludolf Camphausen fröhlich, »das ist man doch wohl unserer Gesellschaft schuldig, wenn ein so wichtiges Ereignis bevorsteht!« Der Kutsche entstiegen nicht weniger als vier weitere Direktoren oder stellvertretende Direktoren aus Köln, sowie der Kanzler von Groote, seit anderthalb Jahren Präsident des Verwaltungsrates der Bonn-Kölner Eisenbahn. Alle Herren waren gegen die Kälte in dicke Mäntel gehüllt.

Hilflos hob Heinrich Stahl die Arme: »Aber wir haben ja überhaupt nicht dazu eingeladen, wir wissen ja gar nicht, ob unser Experiment heute erfolgreich verläuft!« In bester Laune blickte Direktor Camphausen sich um: »Es hat sich auch so herumgesprochen, was unser tüchtiger Maschinen-ingenieur Gribel mit seinen Hilfstruppen sogar über Weihnachten geleistet hat. Wie ich sehe, sind ja auch fast alle Herren aus Bonn hier versammelt. Da können wir ja nachher eine außerordentliche Direktoriums- und Verwaltungsratssitzung abhalten, Herrn Präsident! Wann geht es denn los?«

Tatsächlich waren die meisten Mitglieder des Direktoriums und sogar des Verwaltungsrates der Bonn-Kölner Eisenbahn an diesem frühen Wintermorgen zum Bonner Bahnhof gekommen, viel mehr als zu den regulären Sitzungen der letzten Zeit. Die Neugier war eben auch diesen hohen Herren nicht fremd. Aber auch sämtliche Offizianten des Bahnbüros unter Anführung von Christian Jellinghaus, der jetzt den stolzen Titel »Erster Sekretär« trug, hatten sich die Freiheit genommen, für eine Viertelstunde auf dem Bahnsteig zu erscheinen, um den feierlichen Augenblick nicht zu verpassen.

Es war ein klarer, aber frostiger Tag, dieser Mittwoch, der 29. Dezember 1843. Wie Puderzucker bedeckte eine dünne Schneeschicht das Land. Um die Füße zu erwärmen, trampelten die Herren auf dem Bahnsteig ungeduldig hin und her.

Alle Augen richteten sich auf den Lokomotivschuppen, der nicht weit vom Stationsgebäude neben dem Hauptgleis stand und durch dessen jetzt noch geschlossenes Tor ein Nebengleis führte. Viel versprechende Dampfwolken bahnten sich ihren Weg durch die Ritzen des Tores und durch ein Abzugsloch im Dach. Plötzlich ertönte ein lautes, durchdringendes Pfeifen, zwei Männer schoben die Flügel des Tores auf, und kurz danach hörte man ein Rasseln,

Stampfen und Schnauben, das den klassisch gebildeten Herrn von Wittgenstein zu dem Vergleich veranlasste: »Es ist, als ob Alexanders Schlachtross Bukephalos zum Kampf antritt!«

Aber kein Streitross verließ den Schuppen, wohl aber ein Dampfross, wie Literaten und Journalisten neuerdings gerne poetisch die Gefährte der neuen Zeit, die Lokomotiven, benannten. Die Maschine hatte einen hohen Schornstein und sechs Räder, an der vorderen und hinteren Achse kleiner, an der mittleren besonders groß. »Sie sieht tatsächlich so aus wie die Lokomotive auf der Titelvignette unseres ›Bonner Wochenblattes‹«, meinte Justizrat Lamberz erstaunt. Die Bonner Zeitung hatte sich aus Anlass ihrer Umstellung auf tägliches Erscheinen vor einem halben Jahr mit einem Titelbildchen geschmückt, das als Zeichen des Fortschritts eine Eisenbahn und ein Dampfschiff zeigte.

Auf dem Führerstand beobachteten Maschineningenieur Gribel und sein wichtigster Gehilfe Springborn gespannt die vielen Hebel und Instrumente, während die Lokomotive langsam, langsam an das Stationsgebäude heranrollte und davor mit quietschenden Rädern anhielt. Immer wieder drangen unheimliche, zischende Geräusche aus ihrem Bauch.

Lauter Beifall und freudige Rufe klangen bei den wartenden Herren auf dem Bahnsteig auf. War es nicht ein Anlass zu wirklicher Freude, zuzusehen, wie die erste Lokomotive der Bonn-Kölner Eisenbahn ihre allererste Fahrt aus eigener Kraft zurücklegte, wenn es im Augenblick auch nur erst ein paar Schritte gewesen waren?

»Erinnern Sie sich, meine Herren, wie lange es her ist, als wir gemeinsam die ersten Ideen für diese Eisenbahn zu Papier brachten?«, fragte Franz Mülhens in die Runde. Er war zwar froh gewesen, vom beschwerlichen Amt des Präsidenten des Direktoriums entlastet zu werden, hielt aber der Eisenbahn, seinem Lebenswerk, immer noch die Treue. »Für diesen Anblick nach fast acht Jahren vergeblichen Planens, Hoffens und Mühens lohnt es sich schon einmal früh aufzustehen, nicht wahr, meine Herren aus Köln?«

Begeistert drängten sich die Herren Direktoren und Verwaltungsräte heran, schüttelten den beiden Bändigern der Maschine überschwänglich die Hände und betrachteten voller Neugier die ihnen unverständlichen Gestänge und Apparaturen.

Hinter sich her zog das Dampfross einen mit Kohle aus England voll beladenen Wagen. Als Eisenbahnfachleute wussten alle anwesenden Herren, dass er in der Fachsprache Tender hieß.

Ingenieur Gribel lüftete von seinem hohen Führerstand herab dankend den Zylinder und verkündete strahlend, dieses erste Experiment, die sorgfältig zusammengesetzte Lokomotive zum Fahren zu bringen, sei glänzend gelungen. Man wolle nun noch bis zum südlichen Ende des Gleises fahren, auf der dort befindlichen Drehscheibe die Maschine in Richtung Köln umdrehen und dann, allerdings noch mit sehr gedrosselter Fahrt, über den neuen, endlich fertigen Schienenweg bis Köln dampfen. Damit solle sowohl die Leistungsfähigkeit des Dampfrosses wie die Haltbarkeit des Gleises erprobt werden.

Der Ingenieur konnte es nicht lassen, den Herren noch ein wenig fachliches Wissen zu vermitteln. Im Tender sei genügend Kohlenvorrat für die Fahrt bis Köln und zurück. Nach den Angaben der englischen Lieferfirma sei bei der später üblichen schnellen Fahrt und unter voller Belastung mit mehreren Wagen ein Kohlenverbrauch von 100 Pfund je Meile normal, also grob gerechnet 800 Pfund Koks für die

Fahrt bis Köln und zurück. Diese langsamen Probefahrten würden noch einige Tage fortgesetzt werden müssen, um alle Eigenheiten der Lokomotiven – dieser und der anderen drei, die man gerade dabei sei zusammenzusetzen – kennen zu lernen, und natürlich auch die Besonderheiten der Strecke. Die Probefahrten dienten auch dazu, die bei der Rheinischen Eisenbahn ausgebildeten neuen Lokomotivführer mit diesen Maschinen vertraut zu machen. Später könne man dann das Tempo steigern und auch bereits Wagen anhängen.

Als die Maschine in erstaunlich kurzer Zeit gewendet worden war und nun langsam, dichte Rauchwolken ausstoßend, den Bahnhof verließ und auf dem schnurgeraden Gleis immer kleiner wurde, schüttelte Ludolf Camphausen seinen Kollegen aus dem Direktorium bewegt die Hand. Ihm standen Tränen in den Augen. »Sie wissen, meine Herren«, meinte er, dabei seine innersten Gedanken preisgebend, »Sie wissen, dass ich vor Jahren mit all meiner Kraft den Bau der Rheinischen Eisenbahn nach der belgischen Grenze betrieben habe. Sie ist ja vor wenigen Wochen fertig gestellt worden, aber ohne meine Mitwirkung. Das war mir immer schmerzlich. Doch hier, bei der Bonn-Kölner Eisenbahn, ist es mir vergönnt, die Vollendung zu erleben, und ich bin unbescheiden genug zu sagen, dass ich nicht wenig dazu getan habe. Das entschädigt mich für vieles, was ich erlitten habe. Darf ich die Herrschaften – und ich meine heute auch die treuen Offizianten, die ich dort hinten sehe – zu einem Glas Champagner einladen?«

11. Kapitel

Unerwarteter Erfolg

Januar bis April 1844

Proteste gegen das höllische Pfeifen

Die erste volle Arbeitswoche im neuen Jahr 1844 war nun schon wieder vorüber. Für den Ersten Sekretär Christian Jellinghaus war sie wie alle anderen vorher wie im Flug vergangen unter dem Ansturm immer neuer Aufgaben. Doch als er am Sonnabend, dem 8. Januar, um 7 Uhr abends auf seinem Arbeitstisch im Bahnhofsgebäude seine Papiere ordnete und die Gänsefedern beiseite legte, um das Wochenende zu beginnen, zogen ihm doch unwillkürlich die Eindrücke und Erlebnisse der letzten paar Tage durch den Kopf.

Angefangen hatte die Woche für Christian mit dem Besuch des lutherischen Neujahrsgottesdienstes in der Schlosskirche im Gebäude der Bonner Universität. Für ihn als einen in der reformierten Konfession erzogenen Menschen war das eigentlich etwas Ungewöhnliches. Doch in Preußen waren ja seit 1817 durch einen Erlass des Königs Friedrich Wilhelm III. die Lutherische Kirche und die Reformierte Kirche zu einer formalen Einheit, der »Unierten Evangelischen Kirche in Preußen« zusammengeschlossen worden. Den einzelnen Gemeinden war dabei freigestellt worden, nach ihrem alten Glaubensbekenntnis weiter Gottesdienst zu halten.

Die zahlreichen Streitigkeiten aufgebrachter lutherischer und reformierter Theologen über diese Zwangseinheit interessierten Christian Jellinghaus nicht, ebenso wenig wie die meisten seiner Glaubensgenossen. Hier im katholischen Rheinland waren sie ohnehin nur eine winzige Minderheit. Für die Reformierten in Bonn und Umgebung war der Besuch des lutherischen Gottesdienstes in der Bonner Schlosskirche die einzige Möglichkeit, überhaupt je in eine Kirche ihrer Konfession zu gehen.

Christian Jellinghaus nahm an dem Neujahrsgottesdienst mehr aus Gewohnheit als aus Bedürfnis teil. Wenn er Glück hatte, traf er bei seinen seltenen Kirchenbesuchen – etwa alle Vierteljahre einmal – sogar seine Eltern. Diese kamen ebenfalls nur in größeren Abständen mit ihrem gleichfalls dem reformierten Glauben angehörenden Gutsherrn, dem Freiherrn von Carnap, mit der freiherrlichen Kutsche vom Bornheim nach Bonn zur Kirche.

Viel wichtiger war Christian Jellinghaus, was er nach dem Gottesdienst tun konnte: er durfte seine liebe Freundin Katharina aus ihrer provisorischen Wohnung beim Dichter Simrock abholen und mit ihr durch die Straßen Bonns promenieren. Nun musste das nicht mehr heimlich geschehen, da Vater Velten ja ohnehin von ihrer Verbindung wusste. Er und Katharina waren entschlossen, in allen Ehren die dreijährige Wartezeit zu überstehen, ohne sich vor ihrem Gewissen und vor Gott »fleischlicher Verfehlungen« schuldig zu machen, wie die Geistlichen zu sagen pflegten. Aber ungeachtet dessen hatten sie sich vorgenommen, so oft wie möglich zusammen zu sein, soweit das möglich war, ohne sich allzu penetrantem Gerede auszusetzen. Doch jetzt im Winter konnte das praktisch nur am Sonntag geschehen. In diesem Jahr hatte die glückliche Fügung des Kalenders dem Liebespaar zwei freie Tage hintereinander beschert, denn dem Neujahrs-Feiertag folgte gleich ein Sonntag.

In seiner Arbeit im Bahnbüro hatte sich im letzten Jahr unendlich viel verändert; Christian Jellinghaus konnte manchmal nur verwundert den Kopf schütteln, wenn er sich das klar machte. Inzwischen war der Erste Sekretär so etwas wie der Meister für das nichttechnische Personal der Eisenbahngesellschaft geworden. Denn in erstaunlicher Anzahl mussten nun, da der tatsächliche Betrieb der Linie in greifbare Nähe gerückt war, Hilfskräfte für alle möglichen Aufgaben eingestellt werden.

Das fing an bei den Stationsvorstehern für die Bahnhöfe in Bonn, Köln, Brühl und auch die verschiedenen kleinen Zwischenstationen. Diese Männer sollten für den ordnungsmäßigen Zugverkehr und die Ordnung auf den Bahnhöfen verantwortlich sein. Dazu kamen Fahrkartenverkäufer, Stationsarbeiter und Weichensteller, Männer, die für die Kohlenschuppen und die Wasserversorgung der Lokomotiven zuständig sein sollten, sowie Handwerker für Reparaturen sowohl in Köln wie in Bonn. Auch mehrere Nachtwächter sollten in den beiden Endbahnhöfen Dienst tun, um solche Vorfälle wie den Schabernack der Studenten für die Zukunft auszuschließen.

Christian Jellinghaus hatte wochenlang hauptsächlich damit zu tun gehabt, die zahlreichen Bewerber zu registrieren, eingehend zu befragen und bei den Männern für die einfacheren Arbeiten zu entscheiden, ob sie eingestellt werden sollten. Zeitweise hatte er für solche Prüfungs- und Einstellungsgespräche mit der bahneigenen Pferdekutsche für einige Tage nach Köln fahren müssen.

Wie ein Lauffeuer hatte es sich in Bonn und auch in Köln herumgesprochen, dass die neue Eisenbahn Arbeitsplätze zu vergeben habe. Zahlreiche Menschen begannen, ihre vorgefasste schlechte Meinung über das »höllische Dampfross« zu ändern. War sie nicht in den heutigen schlechten Zeiten doch so etwas wie ein Engel vom Himmel, der vielen Männern ganz unerwartet Arbeit und Brot verhieß?

Angesichts der großen Armut gerade in Handwerkerkreisen gab es reichlich Bewerber für jede Stelle. Die Eisenbahnverwaltung konnte daher hohe Ansprüche an die Intelligenz, den Fleiß, die Zuverlässigkeit und die handwerkliche Geschicklichkeit der neuen Hilfskräfte stellen. Und bei allen war es der Erste Sekretär der Eisenbahngesellschaft, der nach sorgfältiger Prüfung sein Ja zur Einstellung zu geben hatte.

Verschiedene der neuen Arbeiter waren für kürzere oder längere Zeit ebenfalls nach Köln zu schicken, um dort bei der Rheinischen Eisenbahn in die verschiedenen Funktionen eingewiesen zu werden, die sie künftig auszuführen oder sogar zu überwachen hatten. Das alles zog zusätzliche Ausgaben nach sich, an die vor einigen Jahren niemand gedacht hatte, als die ersten Kalkulationen für den Eisenbahnbau aufgestellt wurden. Doch die Direktion bewilligte sie ohne Murren, weil jedermann einsah, dass ohne diese Einübung der künftige Betrieb nicht funktionieren könne.

Christian Jellinghaus musste schmunzeln über die Aufregung, die die Anlieferung des ersten Güterwagens aus Aachen in Köln ausgelöst hatte. Er war an diesem Tag – kurz vor Weihnachten war es gewesen – zusammen mit Direktor Schramm selbst in der Kutsche nach Köln gefahren, um bei der Organisation des Transports mitzuhelfen.

Die Waggonbaufirma Pauwels & Talbot in Aachen hatte sich das Bestehen der neuen Eisenbahn zwischen Aachen und Köln zu Nutze gemacht. Seit Oktober 1843 konnte man auf ihr nun endlich von der Domstadt bis zur belgischen Grenze fahren. So musste die Waggonbaufirma jeden fertigen Güterwagen nur noch wenige 100 Ruten von ihrem Fabrikgelände zum Aachener Bahnhof transportieren. Dafür musste das fertige Stück auf einen extra für diese Zwecke gebauten stabilen niedrigen Pritschenwagen gehievt und festgebunden und von sechs kräftigen Rössern bis zum Bahnhof gezogen werden. Dort wurde der Wagen mit großer Vorsicht abgeladen und auf ein Nebengleis gesetzt. Den Weitertransport nach Köln übernahm dann ein Zug der Rheinischen Eisenbahn, dem er einfach angehängt wurde, natürlich gegen eine saftige Rechnung für die Nachbargesellschaft.

Doch das eigentliche Problem entstand nun in Köln, denn der Endbahnhof der Rheinischen Eisenbahn lag ja am Nordende der Stadt am Thürmchenswall, während der Bahnhof der Bonn-Kölner Eisenbahn weitab davon im Südwesten hinter dem Pantaleonstor lag. Es blieb kein anderer Ausweg, als in Köln einen geeigneten Pritschenwagen mit Pferden anzumieten, dort den Waggon wieder aufzuladen und die gute halbe Meile quer durch die oft recht engen Stadtstraßen Kölns bis zum Endpunkt der anderen Eisenbahn zu kutschieren. Für die schaulustigen Kölner war das ein Ereignis, das gleich nach dem dortigen Karnevalsumzug kam. Dieses Schauspiel hatten die Kölner sogar noch öfter, denn vertragsgemäß lieferte die Firma Pauwels & Talbot jetzt zwei fertige Waggons je Woche. Sie sollten, soweit sie auf dem Ausgangsbahnhof Bonn eingesetzt werden sollten, von der ersten fertigen Lokomotive auf ihren Probefahrten in Köln abgeholt werden.

Ähnlich umständlich vollzog sich der Transport der bei der anderen Waggonbaufirma Reiffert & Co. in Bockenheim bei Frankfurt bestellten Personenwagen. Diese war einst die führende Lieferantin neuer Postkutschen gewesen und so sahen ihre Eisenbahnwaggons auch noch aus. Allerdings konnten diese Wagen auf Mainkähnen von Frankfurt nach Mainz und von dort auf größeren Rheinschiffen verladen werden. Stromabwärts dauerte die Reise von Frankfurt bis Bonn nur fünf Tage. Glücklicherweise führten der Main und der Rhein in diesem Winter bisher noch kein Eis, sodass der Flusstransport sogar in der Winterzeit ungehindert durchgeführt werden konnte, bei deutlichem Murren der Rheinschiffer und einer unvorhergesehenen Zuzahlung zu den Frachtkosten »wegen der großen Kälte«.

Am Bonner Rheinufer entstand dann wieder das Problem des Transports der Waggons bis zum Bahnhof. Doch die Pferdewagen des Hauderers Loewenich, die für die Eisenbahn immer unentbehrlicher wurden, erledigten auch diese Aufgabe, wiederum unter kräftiger Mithilfe zahlreicher Tagelöhner, die am Bonner Rheinufer und inzwischen auch am Bahnhof stets auf Arbeit warteten.

Geradezu lachen musste der Erste Sekretär Jellinghaus über den Protestbrief, der heute Morgen in der Post gewesen war. Er kam von der Medizinischen Fakultät der Universität und beklagte sich lebhaft über das »höllische Pfeifen der Lokomotiven«. Dies würde die Patienten »zu Tode erschrecken oder wenigstens ihre Heilung verzögern«, die in den Krankenzimmern im Westflügel des Universitätsgebäudes lägen, mit den Fenstern zur Poppelsdorfer Allee.

Als Christian Jellinghaus diesen Brief gelesen hatte, musste er unwillkürlich an seinen zukünftigen Schwiegervater denken. Ob der Eisenbahnhasser Dr. Joseph Velten wohl schon die Professoren der Medizinischen Fakultät mit seinen Hirngespinsten angesteckt hatte? Der Erste Sekretär war inzwischen bereits so selbstbewusst und erfahren, dass er, ohne eine Weisung oder ein Diktat eines Direktoriumsmitgliedes abzuwarten, sich hingesetzt und selbst einen Antwortbrief entworfen hatte, der nur noch der Unterschrift durch Präsident Stahl harrte.

In diesem Brief wurde Seine Spektabilität, der Herr Dekan der Medizinischen Fakultät, höflichst darauf aufmerksam gemacht, dass laut behördlicher Vorschrift eine Eisenbahn-Lokomotive laut ihre Dampfpfeife zu betätigen habe, wenn sie in einen Bahnhof einfahre oder sich einem unbeschrankten Bahnübergang nähere. Dies sei zur Warnung etwaiger Passanten unerlässlich und solle schwere Unfälle verhindern, ein Anliegen, das doch wohl gerade den Herren Professoren und Doctores der Medizinischen Fakultät besonders am Herzen liegen müsse.

Die Entschädigungskommission

»Habt ihr auch eine Vorladung?«, fragte Bauer Peter Rademacher misstrauisch, als er den Flur des Bürgermeisterhauses in Kalscheuren betrat und dort schon drei Landwirte aus Kalscheuren und Weißenhaus wartend vorfand. Im Gespräch mit den ihm flüchtig bekannten Bauern stellte sich schnell heraus, dass sie offenbar Schicksalsgefährten waren. Sie fühlten sich keineswegs mehr so frohgemut wie vor anderthalb Jahren; denn heute sollte ihnen eine Entscheidung in ihrem Rechtsstreit mit der neuen Eisenbahn verkündet werden.

Der Flur des Bürgermeisterhauses war nicht geheizt. Das Gemeindeoberhaupt schien der Meinung zu sein, es genüge, wenn seine Amtsstube von einem Ofen erwärmt würde. Wer draußen zu warten hatte, der mochte ruhig frieren. Dies bedeutete jetzt, am 20. Januar des Jahres 1844, wo es draußen frisch geschneit hatte, beachtliche Kälte im Flur. Einer der Vorgeladenen hatte vorsorglich in einer großen Tonkruke Schabau mitgebracht, die mehrfach ihre Runde bei den vier wartenden Bauern machte. Ein bisschen wärmte das den Magen, aber die Stimmung der vier hob sich dadurch nicht.

Je länger die vier Bauern warten mussten, desto deutlicher fanden sie heraus, dass sie sich offenbar alle auf den Rat eines Kutschers aus Bonn hin auf ein Abenteuer eingelassen hatten, das sie jetzt längst schon bereuten. Bei allen vier lief der Schienenweg für die neue Eisenbahn inzwischen schnurgerade und schwarz mitten durch ihre Grundstücke, obwohl sie einst standhaft alle Angebote der Eisenbahndirektion abgelehnt hatten. Dabei war diese bereit gewesen, ihnen einen guten Preis für den Viertelmorgen Land zu zahlen, den sie für den Gleisbau benötigte.

Auf der ganzen Strecke der Eisenbahn, soweit sie das Gebiet des Landkreises Köln berührte, waren sie die einzigen Grundstückseigentümer, die nicht zum freiwilligen Verkauf ihrer Parzellen bereit gewesen waren. Alle waren sie damit auf das Gerede des Kutschers Bläser hereingefallen, der sie angeblich wohlmeinend gewarnt hatte, an die Eisenbahn zu verkaufen. Diese Geldleute, so hatte der Kerl damals behauptet, seien in Wirklichkeit schon bankrott, und die Grundeigentümer, die ihnen Land zum Bau der Eisenbahn verkauften, würden nie ihr Geld sehen.

Geld hatten die vier Bauern tatsächlich bisher nicht gesehen, denn sie hatten ja keinen Kaufvertrag unterschrieben. Aber sie wussten inzwischen genau, dass ihre Nachbarn, die einst nicht so schlau gewesen waren – wie sie damals geglaubt hatten –, längst einige blanke Taler für die paar verkauften Quadratruten Land hatten einstreichen können.

Bereits im Spätsommer des vorigen Jahres hatte der königliche Landrat des Kreises Köln – der Landkreis umgab die Mauern und das Festungsareal der selbständigen Stadt Köln wie ein halber Ring in die Kölner Bucht hinein – eine Expropriations-Verfügung unterzeichnet. Die in sorgfältiger Handschrift geschriebene Urkunde war ihnen damals vom Feldschütz ihres Dorfes amtlich zugestellt worden. Allerdings hatten die Bauern sie nicht entziffern können, denn viel weiter als bis zum Schreiben und Lesen ihres eigenen Namens reichte ihre Gelehrsamkeit nicht. Aber so viel hatten sie verstanden, denn Hochwürden, der Herr Pfarrer, hatte es ihnen vorgelesen: das Land, auf dem ganz kurze Zeit später ein paar Dutzend Arbeiter den Schienenweg gebaut hatten, gehörte ihnen nicht mehr. Seine Majestät der König habe, so hieß es in der landrätlichen Verfügung, der Eisenbahngesellschaft das Recht der zwangsweisen Expropriation zugestanden, obwohl sie ein privates und kein staatliches Unternehmen sei. Und der preußische Staat wäre eingeschritten, wenn die einstigen Grundstückseigentümer versucht hätten, dagegen mit Gewalt vorzugehen.

Über die finanzielle Entschädigung für die von der Eisenbahn in Anspruch genommenen Quadratruten Land sei durch diese Enteignungsverfügung noch nicht entschieden, hatte es damals in der amtlichen Urkunde noch geheißen. Dies würde zu gegebener Zeit durch die vom Landrat berufene Entschädigungskommission für den Landkreis Köln geschehen.

Und diese Entschädigungskommision tagte nun drin in der warmen Amtsstube des Bürgermeisters von Kalscheuren, der an sich mit der Verhandlung nichts zu tun, sondern nur sein Amtszimmer zur Verfügung gestellt hatte. Die fünf angesehenen und wohlhabenden Bauern, die dieser Kommission angehörten, kamen aus verschiedenen Gemeinden des Landkreises, weitab von jedem Eisenbahnbau. Sie waren zumeist mit einem eigenen Pferdeschlitten zu dieser Sitzung nach Kalscheuren angereist, bei der sie eine unparteiische Behörde des preußischen Staates zu bilden hatten.

Offenbar hatten sie viel Spaß bei ihrer internen Beratung, denn die draußen auf dem kalten Flur wartenden Bauern hörten öfter lautes Gelächter durch die geschlossene Tür.

Die Mitglieder der Entschädigungskommission hatten keinerlei persönliche oder sachliche Beziehungen zu den »Entschädigung begehrenden Petenten«. So hieß es im preußischen Gesetz. Und sie waren sich einig darin, die Männer, die da draußen warteten, für dumm zu halten. Dumm, weil sie nicht auf die Kaufangebote der Eisenbahn eingegangen waren, die teilweise weit über dem Verkehrswert gleichwertiger Grundstücke liegende Preise angeboten hatte. Und dumm vor allem, weil sie ihnen, den Mitgliedern der amtlichen Entschädigungskommission, mit ihrer Weigerung nur unnötige Arbeit machten.

Das Lachen der würdigen Landwirte von der Kommission war immer dann erschollen, wenn sie beim Wälzen der Steuermatrikel der betreffenden Gemeinde und der von der Eisenbahndirektion zur Verfügung gestellten Listen über die von ihr freiwillig gezahlten Kaufpreise immer wieder erstaunliche Unterschiede feststellten.

Endlich wurden die vier wartenden Bauern zur Verkündung der Entscheidung der Entschädigungskommission in die Amtsstube hineingerufen. Der Kreissekretär Frings vom Kölner Landratsamt, der den Vorsitz und gleichzeitig das Protokoll geführt hatte, verlas das Urteil zwar mit echt kölschem Tonfall, aber in einem solchen Beamtendeutsch, dass den Bauern die Ohren schwirrten.

Nur so viel wurde ihnen klar: die Entschädigungssumme für die Quadratrute enteigneten Landes, die die Eisenbahn ihnen würde zahlen müssen, entsprach genau dem Grundstückswert, der einst als Basis für ihre Grundsteuerzahlung – damals natürlich möglichst niedrig – angenommen worden war, keinen Pfennig mehr. Und die Eisenbahngesellschaft brauchte auch exakt nur die Quadratruten zu bezahlen, die tatsächlich für den Bahndamm in Anspruch genommen worden waren. Kein noch so kleiner darüber hinausgehender Zipfel eines Grundstücks fiel in die Entschädigungspflicht. Dagegen hatte die Eisenbahngesellschaft den Landwirten, die freiwillig verkauft hatten, meist recht großzügig sonst nicht mehr nutzbare Grundstücksteile mit abgekauft.

Als Bauer Rademacher nach dieser so enttäuschenden Urteilsverkündung mit seinen drei Schicksalsgenossen wieder vor dem Haus des Bürgermeisters stand und in den früh hereinbrechenden Winterabend blickte, brach ein Stoßseufzer aus ihm heraus. Die anderen drei Bauern hatten wohl gerade dasselbe gedacht: »Hätte ich diesen Kutscher Bläser hier, den würde ich mit der Mistforke in meinem Stall annageln!«

»Wegen Überfüllung geschlossen«

Diesen 25. Januar würde der Polizeisergeant Hoffmann so schnell nicht vergessen. Es war kalt und es wehte ein unangenehmer, schneidender Wind. Dennoch hatten sich an diesem Dienstagmorgen schon so viele Menschen vor dem Stationsgebäude des Bonner Bahnhofs versammelt, wie sonst nur im Karneval, bei einer Prozession oder einem Schützenfest, und das an einem gewöhnlichen Arbeitstag.

512

Den Bonnern schien der Tag alles drei zugleich zu sein. Sie drängelten und schubsten sich so, dass die Direktion der Eisenbahn mit einem dringenden Briefchen an den Oberbürgermeister Polizeischutz erbeten hatte. Nun war er hier, der Polizeisergeant Hoffmann, machte sein grimmigstes Gesicht, klapperte ab und zu mit seinem schweren Säbel und rief immer wieder: »Nit drängele, leev Lück, et kütt jeder dran!« Dennoch gelang es ihm nicht, die Leute zu preußischer Ruhe und Ordnung zu bringen.

Das Chaos vor dem eben neu eingerichteten Billetschalter des Bonner Bahnhofs hatte seinen guten Grund. Denn wie ein Lauffeuer hatte sich gestern in der kleinen Stadt herumgesprochen, dass heute eine erste Probefahrt des neuen Dampfrosses nach Köln stattfinden werde, mit einem normalen Wagenzug und vollbesetzt mit Passagieren; jedermann dürfe diesmal kostenlos mitfahren, solange die Plätze reichten. Diese Gelegenheit wollten sich die guten Bonner natürlich nicht entgehen lassen.

So war es kein Wunder, dass der Billetverkäufer, der als erste Amtshandlung hinter seinem Schalterfensterchen heute gratis die nummerierten Berechtigungszettel ausgab, schon bald mit aller Kraft rufen musste: »Et jitt keene Billete mih, wegen Überfüllung geschlossen, jeht noh Hus, Lück!«

Etwas gesetzter ging es im Warteraum 1. Klasse zu. Dort hatten sich die Herrschaften des Direktoriums und des Verwaltungsrates mit ihren Familien versammelt. Sie mussten nicht um ihre Fahrberechtigung kämpfen, sondern hatten alle persönliche Einladungen für diese Probefahrt erhalten, für sich und ihre nächsten Angehörigen. Dennoch konnten die Frauen und die halberwachsenen Kinder ihre Aufregung nicht verbergen.

»Stimmt es, Herr Papa« bedrängte der sechzehnjährige Heinrich Mülhens von der Poppelsdorfer Sternenburg sei-

513

nen Vater, »dass man irrsinnig wird, wenn man bei der ungeheuren Geschwindigkeit eines Eisenbahnzuges zu sehr aus dem Fenster sieht, weil die Augen das nicht aushalten?« Unwirsch wies Direktor Franz Mülhens seinen naseweisen Sprössling zurecht: »Das ist doch ausgemachter Unsinn, Sohn! Wo weißt du das denn her?« Der junge Herr verteidigte sich beleidigt: »Ich hab's gedruckt gelesen, in einer Schrift, die hieß ›Ein Zeichen des Himmels‹. Einer aus meiner Klasse im Gymnasium hat sie mir gegeben!«

»Ach, du meinst sicher diesen verrückten Doktor Velten hier aus Bonn!«, lachte der Gutsbesitzer seinen Sohn aus. »Nein, du brauchst wirklich keine Angst zu haben, Heinrich, was der schreibt, ist nichts als die Ausgeburt einer kranken Phantasie!«

Draußen auf der zugigen Bühne für die Eisenbahnpassagiere war inzwischen der Zug vorgefahren. Einige Schaffner in schmucken, neuen dunkelblauen Uniformen mit Schirmmützen schlossen die Türen der Waggons auf und geleiteten die Herrschaften der 1. Klasse in ihre reservierten Abteile, nicht ohne sorgfältig bei allen die Berechtigungsscheine zu prüfen.

Wie bei komfortablen Pferdekutschen waren die Fenster verglast und die Sitze in den Abteilen, in die je acht Personen hineinpassten, waren mit Leder gepolstert. Sonst waren diese Abteile dezent mit silbergrauem Tuch dekoriert. Auch von außen machten die Waggons einen höchst vornehmen Eindruck in ihrer nagelneuen dunkelbraunen Lackierung mit den bunten Stadtwappen von Bonn und Köln, die auf jeder der vielen Abteiltüren prangten.

Der Hauderer Jacob Loewenich gehörte nicht zu den Privilegierten, die eine Einladung erhalten hatten. Aber er meinte, es sich als dem wichtigsten Kohlenspediteur für die Eisenbahn schuldig zu sein, diese erste Probefahrt mitzumachen. Mit viel Glück hatte er ein Billet erobert, das ihn zur Mitfahrt in einem Wagen dritter Klasse berechtigte. Naserümpfend sah er sich in dem Waggon um, in den ihn ein Schaffner gewiesen hatte. Genau genommen bestand dieser Wagen aus nichts als einer, auf Räder gestellten Plattform mit einer festen Holzwand in knapp 4 Fuß Höhe darum herum. Auf diesem Rechteck hatte die Wagenbaufirma eine möglichst große Anzahl roher hölzerner Bänke befestigt. Der einzige Komfort bestand darin, dass diese Bänke hölzerne Rückenlehnen hatte. Ein Dach war den Wagenbauern für diese Klasse als überflüssig erschienen.

»Meine Mietkutschen sind aber viel bequemer, vor allem zieht's da nicht so!«, meinte der Fuhrunternehmer zu den Mitreisenden ganz allgemein. »Dafür kosten sie auch ein paar Taler, und diese hier gibt's heute umsonst und später für vielleicht 5 Silbergroschen, Herr Loewenich«, erwiderte ihm in gemütlichem Bonner Tonfall ein älterer Herr mit einem kleinen Spitzbart.

»Ach, Sie sind's, Herr Kneisel!« Es gab kaum jemanden in Bonn, der den Gymnasiallehrer Carl Moritz Kneisel nicht kannte, den beliebten Schöpfer zahlreicher Gelegenheitsgedichte für jeden Karneval, jedes Schützenfest und jedes größere kulturelle Ereignis in Bonn. »Ich denke, Sie haben heute Schule zu halten, Herr Kneisel?«, fragte Jacob Loewenich etwas anzüglich.

»Ich hab mir für heute freigenommen«, erklärte der beliebte Lehrer seelenruhig. »Schule ist jeden Tag, aber kostenlos mit der Eisenbahn fahren gibt's nur einmal. Ich muss doch Eindrücke sammeln für mein Gedicht zur offiziellen Eröffnung!«

Inzwischen hatte die Lokomotive mehrmals durchdringend gepfiffen, die Schaffner liefen aufgeregt an den Wagen vorbei, schlossen die letzten Türen und schwangen sich selbst als Letzte in die Waggons. Ein Ruck ging durch die lange Wagenreihe, und langsam begann der Zug zu rollen. Die Passagiere in den offenen Wagen drückten ihre Hüte fester auf den Kopf und schlugen die Kragen ihrer Mäntel hoch. Es war schon gehörig kalt in der frischen Luft, und der Windzug der immer schneller werdenden Fahrt erhöhte die Kälte noch. Aber keiner der Mitreisenden bemerkte das heute, dafür war das Erlebnis der ersten Fahrt mit der neuen Eisenbahn viel zu aufregend.

Das Tannenwäldchen, die Dörfer Roisdorf, Bornheim und Sechtem flogen vorbei. Heute hielt der Zug noch nirgends zwischendurch, weil die Bahnsteige auf den vorgesehenen Haltepunkten Roisdorf, Sechtem, Brühl und Kalscheuren noch nicht fertig waren. Den Passagieren schien es, es seien erst ein paar Minuten vergangen, als ein lautes Pfeifen der Lokomotive und ein ohrenbetäubendes Quietschen der Bremsen das baldige Ende der Fahrt ankündigte. Im Schneckentempo durchfuhr der Zug die Holzbrücken im Kölner Festungsrayon und das Pantaleonstor.

Gymnasialprofessor Kneisel zog umständlich seine Uhr. »Denkt nur«, stellte er erstaunt fest, »in 45 Minuten von Bonn nach Köln – das hat es heute zum ersten Mal seit zweitausend Jahren gegeben! Mit der Postkutsche braucht man drei Stunden. Ja, ja, der Fortschritt ist nicht mehr aufzuhalten. Aber wenn ihr mich fragt, Leid tut's mir doch um die gute alte Gemütlichkeit!«

Doppelte Feier

Mit lauten Tönen der Dampfpfeifen ratterte der Zug langsam in den Bahnhof Bonn hinein. Zwei Lokomotiven, zur Verstärkung hintereinander gespannt, zogen sämtliche, bis zu diesem Tag angelieferten sieben Personenwagen der 1. und 2. Klasse. Tannengrün und kleine Fähnchen schmückten Lokomotiven und Wagen. Der Zug konnte kaum die vielen Aktionäre und ihre Frauen fassen, die an diesem Festtage aus Köln abgeholt worden waren. Auf die Minute pünktlich eine Viertelstunde vor 10 Uhr vormittags kamen die Lokomotiven zum Stehen, die Dampfpfeifen schwiegen, und die auf der Einsteigebühne postierte Kapelle des 7. Ulanenregiments intonierte einen flotten Marsch. Auch das Stationsgebäude war mit festlichem Tannengrün und preußischen schwarzweißen Fähnchen ausstaffiert.

An diesem Sonntag, dem 13. Februar 1844, schien jeder Einwohner der Stadt Bonn am Bahnhof auf dem Mühlheimer Feld versammelt zu sein. Wer nicht als Aktionär eine Einladung erhalten und daher die Berechtigung hatte, sich auf dem Bahnhofsgelände aufzuhalten, stand wenigstens zu beiden Seiten der Gleise dicht an den hölzernen Absperrungen rund um das Stationsgebäude, um sich nichts von den aufregenden Ereignissen entgehen zu lassen.

Leutnant Otto von Kahlden hielt seinen feurigen Braunen fest am Zügel, damit das Pferd bei dem Menschengewimmel und den unheimlichen Geräuschen nicht scheute. Seine 2. Eskadron, in der er eine Abteilung kommandierte, hatte die ehrenvolle Aufgabe, hoch zu Ross vor dem Bahnhofsgebäude Spalier zu bilden und die Ehrengäste aus Köln mit militärischen Ehren zu empfangen. In großer Paradeuniform salutierte er mit dem Säbel vor Seiner Exzellenz General von der Lundt, Kommandeur der Kölner Garnison, und den Herren seines Stabes, sowie dem Herrn Regierungspräsidenten von Gerlach und seinen Begleitern. Die Herren Direktoren der Eisenbahngesellschaft und die vielen Aktionäre, die dem Zug ebenfalls entstiegen, waren nur Zivilisten und daher nicht berechtigt, die Ehrenbezeugung eines Militärs zu empfangen.

Währenddessen gingen die Gedanken des Leutnants zu den Zeiten zurück, in denen auch er seinen bescheidenen Anteil zum Entstehen dieser Eisenbahn geleistet hatte. War es schon vier Jahre her, seit gerade er dieses Gebiet um den Bonner Bahnhof für die topographische Aufnahme vermessen hatte? Der Leutnant aus Pommern musste auch an die andere Szene denken, die erst ein knappes Jahr zurücklag und die sich ihm tief ins Gedächtnis eingeprägt hatte. Damals war er zur Festnahme von Eisenbahnarbeitern kommandiert worden, die die Arbeit verweigert hatten. Auf welcher Seite hatte damals wohl das Recht gelegen? Und zwischendurch hatte er sogar wegen der Eisenbahn sein erstes Duell ausgefochten, gottlob war es unblutig zu Ende gegangen.

Die Ehrengäste zogen mit gemessenem Schritt das letzte Stück der Poppelsdorfer Allee entlang, deren Schlammlöcher heute durch barmherziges Tannengrün etwas verdeckt worden waren. Der Zug bog durch das Neutor in den alten Mauerring der Stadt Bonn ein und verteilte sich dann auf die beiden Kirchen, in denen heute aus Anlass dieses Ehrentages für Bonn Festgottesdienste stattfinden sollten. Ein großer Strom von Menschen ergoss sich in das Bonner Münster; dort zelebrierte der katholische Oberpfarrer van Wahnem ein feierliches Hochamt. Erheblich kleiner war die Zahl der Männer und Frauen, die am Universitätsgebäude entlang zur ehemaligen Schlosskapelle zogen; diese hatte einst König Friedrich Wilhelm III. der jungen protestantischen Gemeinde zu Bonn als Kirche zur Verfügung gestellt. Doch zu den Teilnehmern am protestantischen Gottesdienst zählten viele gerade der prominentesten Gäste aus Köln einschließlich fast aller von dort angereisten Offiziere der preußischen Garnison.

Bunt geschmückt war auch der große Casinosaal der »Lese- und Erholungsgesellschaft« gegenüber dem Universitätsgebäude. Denn hier fanden sich nach den Gottesdiensten alle Ehrengäste und Aktionäre wieder zusammen, zum Festessen anlässlich der Eröffnung der neuesten Eisenbahnstrecke in der preußischen Monarchie.

Bei der Kontrolle der Einladungen am Eingang standen Professor Eduard Böcking und der Bankier Heinrich Cahn für einige Augenblicke hintereinander in der Menschenschlange, die sich dort gebildet hatte. »Nun, Herr Professor Böcking«, fragte Bankier Cahn seinen Mit-Aktionär jovial, »ist es nicht herrlich zu erleben, wie unsere Eisenbahn ist fertig geworden noch zu guter Zeit? Jetzt kann beginnen für uns Aktionäre die Zahlung von Dividenden auf unsere Kapitalien, die wir haben aufgebracht für den Fortschritt in unserem Lande!«

»Fortschritt ja, Herr Bankier Cahn«, erwiderte Professor Böcking distanziert, »aber an der falschen Stelle! Sie wissen, ich war immer für den Bahnhof im Norden Bonns und bin es noch heute. Der Kölner Klüngel hat es anders gewollt und sich durchgesetzt, da waren wir Bonner machtlos. Aber zum Segen unserer Stadt wird das nicht gereichen, dessen bin ich gewiss. Ich und viele andere haben genug gewarnt. Warten Sie nur ab!« Hoheitsvoll reichte Eduard Böcking dem Türsteher seine Einladungskarte hin und schritt zu seinem Platz an der langen Festtafel. Bei allen Vorbehalten gegen die Direktion der Bonn-Kölner Eisenbahngesellschaft wollte der streitbare Professor doch nicht auf das Festessen für die Aktionäre verzichten.

Auch im großen Saal des Ermekeil'schen Hotels an der Koblenzer Straße, dicht beim Alten Zoll, waren zwei lange

Tafeln zu einem Festessen gedeckt. Denn die Frauen der Aktionäre sowie zahlreiche Bonner Honoratioren, die keine Aktien gezeichnet hatten, wären im Casinosaal nicht auch noch untergekommen. Auch dieses Essen wurde aus Zinserträgen der Bonn-Kölner Eisenbahn finanziert.

Christian Jellinghaus kam sich vor wie ein regierender Fürst, als er diesen Saal betrat, seine geliebte Katharina am Arm, gefolgt vom Ehepaar Simrock und seinen alten Eltern, dem Rentmeisterehepaar von der Bornheimer Burg. Gewiss, er war nur einer unter gut einhundertfünfzig Gästen hier. Aber er konnte sich mit Stolz sagen, dass wohl keiner davon so viel Anteil an der glücklichen Fertigstellung der Eisenbahnstrecke hatte wie er selbst. Denn die Herren Direktoren und Verwaltungsräte und Aktionäre, deren Verdienst er neidlos anerkannte, feierten ja gleichzeitig im Casinosaal.

Zum ersten Mal in seiner ganzen Amtszeit im Dienst der Eisenbahn hatte er seine gehobene Stellung als Erster Sekretär ausgenützt, um seiner Katharina, ihren Beschützern, dem Herrn Simrock und Frau, sowie seinen Eltern Einladungen zu diesem Festessen zu verschaffen, obwohl sie ja eigentlich mit der Eisenbahn nichts zu tun hatten. Auch Katharinas einstige Klavierlehrerin und heimlich als Vorbild bewunderte ältere Freundin Johanna Kinkel und ihr Mann Gottfried Kinkel zählten zu den gewissermaßen privaten Gästen dieser Veranstaltung.

Denn Christian Jellinghaus war mit Katharina übereingekommen, dieses Fest als den passenden Rahmen ihrer eigenen, immer wieder verschobenen öffentlichen Verlobung zu betrachten. Wann hätten sie, die doch beide heutzutage mit jedem Silbergroschen rechnen mussten, sonst je ein Festessen und guten Wein umsonst bekommen?

Am Schluss des Festmenüs brachte Stadtsekretär Schulz im Namen des Herrn Oberbürgermeisters ein Hoch auf die endlich fertig gestellte Bonn-Kölner Eisenbahn aus. Und Gymnasialprofessor Kneisel trug mit geübtem Pathos sein langes Festgedicht vor, das alle Anwesenden schon erwartet hatten:

»Vollendet ist das Werk, das langersehnte,
und aller Wunsch gestillt:
Die Kluft, die zwischen Bonn und Köln sich dehnte,
ist siegreich ausgefüllt.

Vollendet ist die Bahn, die Zauberkette,
die Raum und Zeit bezwingt,
und zwei bis jetzt geschied'ne Nachbarstädte
zu *einer* Stadt verschlingt...«

So ging es noch viele Strophen weiter, und manch einem Zuhörer sank der Kopf müde nach vorn, was aber sicher mehr dem genossenen Wein als der Qualität des Gedichts zuzuschreiben war. Der Beifall, den der Bonner Lokaldichter nach seinem Vortrag erhielt, war jedenfalls begeistert und ehrlich gemeint. In seiner freudigen Stimmung bezog Christian Jellinghaus das darin der Eisenbahn ausgesprochene Lob auch auf sich selbst, zumal ihm seine Katharina immer wieder vertraulich die Hand drückte.

Als die Festgäste sich danach mit einem Glas Wein in der Hand von der Tafel erhoben und sich zu zwanglosen Gesprächen fanden, war der Augenblick gekommen, da Karl Simrock die wenigen Teilnehmer der privaten Familienfeier innerhalb des großen Festes unauffällig um sich scharen konnte. Zu Christians großer Überraschung und stolzer Freude war auch der Herr Direktor Schramm dazugestoßen. Er hatte sich von der Feier im Casinosaal davongestohlen, um auf die Verlobung seines so tüchtigen und geschätzten Untergebenen Jellinghaus mit anzustoßen.

Karl Simrock, der Dichter und Kenner der mittelalterlichen Literatur, ließ es sich nicht nehmen, den Toast auf die öffentliche Verlobung von Herrn Christian Jellinghaus und Fräulein Katharina Velten auszubringen. »Dies ist eine ungewöhnliche Verlobung. Wir wissen alle, welche Umstände dazu führten, dass sie nicht im gewohnten Familienkreise stattfinden kann. Die hier Anwesenden haben sich vorgenommen, in Liebe und Freundschaft unserer guten Katharina die Familie zu ersetzen, die heute nicht mitfeiert. Unser Brautpaar wird auch noch zweieinhalb Jahre mit der Hochzeit warten müssen. Das Schicksal unseres Brautpaares ist ja mit dem der neuen Eisenbahn auf das Innigste verknüpft. So wie der Schienenweg für Bonn nach vielen Verzögerungen und Schwierigkeiten nun doch endlich fertiggeworden ist, so können wir hoffen, dass auch für unser liebes Brautpaar sich der Himmel bald freundlich zeigen und unserem Christian und unserer Katharina eine glückliche und sorgenfreie Ehe nach Jahren des Wartens bescheren wird. Unser Brautpaar – es lebe hoch!«

Die letzte Postkutsche

Wieder einmal bog die hohe gelbe Postkutsche ratternd von der schmalen Vivatsgasse auf den Münsterplatz ein, um vor dem königlichen Postamt anzuhalten. Der Postillion Peter Faßbender saß auf dem Bock, in seinen dicken Mantel gehüllt. Aber heute blies er nicht fröhlich in sein Horn, als Zeichen für den Postamtsdirektor für die Ankunft der Abendkutsche aus Köln. Was Peter Faßbender zustandebrachte, klang eher wie ein heiseres Krächzen.

Wie viele tausendmal bin ich so in die Stadt eingefahren, dachte der Kutscher: ein königlicher Postillion, ein Herr über Wagen und Rosse. Und jetzt ist dies die letzte Fahrt, ging es ihm zum hundertsten Mal durch den Kopf. Wie sollte er da anders als wehmütig und verbittert gestimmt sein!

Heute saßen noch drei Kaufleute in seinem Wagen, die trotz der langen Fahrt und des teuren Fahrpreises nicht auf den morgigen Tag hatten warten wollen. Denn morgen, am 15. Februar 1844, würde diese Erfindung des Teufels, die verdammte Eisenbahn, erstmals ihre regelmäßigen Fahrten zwischen Bonn und Köln aufnehmen, nach dem im »Bonner Wochenblatt« veröffentlichten Fahrplan, zwei Züge nach Köln und zwei zurück an jedem Tag. Schon eine Woche später sollten es schon drei Züge täglich in jeder Richtung sein, wenn der Bedarf sich dafür gezeigt haben sollte. Zwei ganze Züge mit vier oder fünf großen Wagen – in jeden Zug mochten gut und gerne über 150 Personen hineinpassen, rechnete Peter Faßbender nach. Und seine Postkutsche faßte, wenn selbst die Plätze auf dem Dach besetzt waren, gerade zwölf Reisende!

Als die Kutsche vor der Poststation zum Stehen gekommen war, schnallte der Postillion wie gewohnt den ledernen Postsack los. Aber statt ihn wie sonst höflich, ja feierlich dem Herrn Postamtsdirektor Necker zu überreichen, erlaubte sich Peter Faßbender heute einen ungeheuren Affront. Mit einer Gebärde des Abscheus warf er ihn dem würdigen Postvorsteher vor die Füße: »Hier haben Sie Ihren Plunder, machen Sie damit, was Sie wollen!«, rief er dabei mit Verachtung in der Stimme.

Er, Peter Faßbender, hatte der königlich preußischen

Post über so viele Jahre die Treue gehalten. Aber galt diese Treue auch umgekehrt? Nichts hatte den Postillion mehr erbost als die dürre Ankündigung des Postamtsdirektors, die auf einem Zettel am Postgebäude zu lesen war. Ab morgen, hieß es da, dem 15. Februar, mit der Aufnahme der regelmäßigen Zugfahrten, würden die Fahrten der Pferdepostkutsche zwischen Bonn und Köln eingestellt, und auch Briefe und Pakete würden nunmehr auf dieser Strecke von der Eisenbahn befördert werden.

Diese Ankündigung der Postbehörde ärgerte ihn noch mehr als das Verhalten seines bisherigen Prinzipals, des Posthalters Alfter, der doch einst der größte Gegner der Eisenbahn gewesen war und nun flugs sein Mäntelchen nach dem Wind gehängt hatte. Man hatte dem Postillion Faßbender angeboten, in Zukunft auf einer anderen Postkutschenstrecke zu fahren, etwa nach Siegburg, Rheinbach oder sogar auf der besser bezahlten Expressstrecke nach Koblenz. Denn diese Kurse mussten ja von der Post weitergeführt werden. Aber Peter Faßbender hatte seinen Stolz. Nein, mit dieser preußischen Post wollte er ab sofort nichts mehr zu tun haben.

So wie er sich das während der ganzen kalten, zugigen letzten Fahrt ausgemalt hatte, so handelte der Postillion jetzt in stiller Wut. Er zog seinen Zylinderhut vom Kopf, das Abzeichen der Würde eines königlichen Postillions, und warf ihn dem Postsack hinterher in den Schneematsch. Das stets blankgeputzte Posthorn folgte. »Sie können das da aufheben, Herr Postamtsdirektor, als Andenken an einen Mann, der der Post so lange die Treue gehalten hat; aber der Peter Faßbender hat noch Ehre im Leib und lässt nicht alles mit sich machen! Gehaben Sie sich wohl, Herr Postamtsdirektor!«

Damit knallte Peter Faßbender mit der Peitsche und ließ

den Wagen wieder anrollen, zur letzten kurzen Fahrt bis zum Stall in der Posthalterei im alten Gudenauer Hof in der Bonngasse. Für ihn war dieser Teil seines Lebens beendet. Er würde zwar nun ohne das Gehalt eines königlichen Postillions auskommen müssen und ohne die so erfreulichen Trinkgelder. Aber er hatte sich für das Alter etwas Geld zurücklegen können und vor allem unterhielt ja seine Frau in ihrer Kellerwohnung in der Hospitalgasse eine kleine Handlung mit Fischen, die gar nicht so schlecht Geld einbrachte. Dort konnte er sich künftig nützlich machen und vielleicht das Geschäft etwas erweitern.

»Nein«, sagte Peter Faßbender halblaut auf seinem Kutschbock vor sich hin, »ich hab' auch meinen Stolz. Mit Post und Fuhrwesen will ich nichts mehr zu tun haben. Diese verdammte Eisenbahn hat alles auf den Kopf gestellt!«

Eine zweckmäßige Einrichtung

Bequem in das Lederpolster eines Erster-Klasse-Coupés gelehnt, beobachtete Justizrat Lamberz aufmerksam die vorüberfliegende Landschaft, während der Eisenbahnzug auf seiner eisernen Spur am Vorgebirge entlangratterte und rheinwärts schon die Höhen des Siebengebirges in der Ferne sichtbar wurden. Die vermutlich letzten Schneereste dieses Winters bedeckten jetzt, Ende Februar, noch die fruchtbare Gegend um Roisdorf. Der alte Herr kehrte vom Besuch bei einer Kusine in Köln zurück.

Schon jahrelang hatte Jacob Lamberz diese Reise vorgehabt, doch er hatte sie immer wieder aufgeschoben, weil er die unbequeme und langwierige Postkutschenfahrt scheute. Nun, nach der Eröffnung der Eisenbahnstrecke und in den ruhigen Tagen nach Karneval hatte er endlich den Plan ausgeführt. Heutzutage war das Reisen ja viel angenehmer und schneller geworden.

Der Justizrat war auch ehrlich genug, sich einzugestehen, dass er mit diesem Besuch wohl auch deshalb so lange gewartet hatte, weil die kostenlose Fahrt in einem 1 Klasse-Wagen, die ihm als Verwaltungsratsmitglied zustand, seinem sparsamen Naturell viel mehr entgegenkam als die 42 Silbergroschen, die er für eine Hin- und Rückfahrt mit der Postkutsche hätte bezahlen müssen.

Als voll zahlender Passagier der 1 Klasse hätte der Justizrat nur noch 15 Silbergroschen für jede Fahrt zu erlegen, also einen Taler zusammen. Schon das wäre eine beachtliche Einsparung gewesen, ganz abgesehen von der viel kürzeren Zeit, die das Reisen nun nur noch in Anspruch nahm. Einfache Bauern, die mit einem Stehplatz in einem Wagen vierter Klasse zufrieden waren, konnten sich nun durchaus die 10 Silbergroschen für eine Fahrt von Bonn nach Köln und zurück leisten. Soweit Justizrat Lamberz wusste, waren die vorläufig für die Bonn-Kölner Eisenbahn festgesetzten Beförderungstarife die billigsten bei allen Eisenbahnen weit und breit. Gerade das aber würde ihre Benutzung sicher erheblich steigern.

Vor Antritt der Reise hatte Jacob Lamberz sich bei der Bonner Buchhandlung Henry & Cohen am Markt ein kleines Heftchen »Begleiter auf der Bonn-Kölner Eisenbahn« für 7 Silbergroschen und 6 Pfennige gekauft. Darin wurden in blumigen Worten dem Eisenbahnreisenden allerlei technische Einzelheiten dieses Wunderwerks des Fortschritts und die landschaftlichen Schönheiten der Strecke beschrieben. Der geschäftstüchtige Buchhändler hatte das Heft gleichzeitig mit der Eröffnung der Strecke zum Verkauf gebracht.

Der Bonner Justizrat hatte das Heft mehr der Kuriosität

halber erworben, denn er kannte die Gegend und auch die technischen Probleme der Eisenbahn viel zu gut, als dass er eine Belehrung nötig gehabt hätte. Jedoch betrachtete er mit fachmännischem Interesse jede Bahnwärterhütte, an der der Zug vorüberglitt, jeden für das Gleis hergestellten Einschnitt in der Landschaft und jede Kreuzung mit einem Feldweg. In regelmäßigen Abständen warteten die Bahnwärter am Gleis, ihre Signalflagge in der Hand, mit der sie das Zeichen »Freie Fahrt« dem Lokomotivführer weitergegeben hatten.

Mit lautem Pfeifen zeigte das unermüdlich schnaufende Dampfross an der Spitze des Wagenzuges an, dass die Endstation im Bahnhof Bonn gleich erreicht sei. Seine Reisetasche in der Hand, stieg der alte Herr vorsichtig aus dem Coupé, nachdem der Zug gehalten hatte, von einem Schaffner aufmerksam unterstützt. Vor dem Stationsgebäude war ein kleiner Platz entstanden, der mit seinen tief in den Schneematsch eingeprägten Spuren von Pferdewagen und menschlichen Füßen allerdings keineswegs zum Überqueren verlockte. Etwas zögernd überlegte Jacob Lamberz, wie er am besten den Schlamm umgehen könnte. Dies hier, dachte er, ist kein angenehmer Empfang in der Stadt Bonn für fremde Eisenbahnreisende.

»Oh, Herr Justizrat«, hörte er plötzlich eine Stimme neben sich, die ihm bekannt vorkam, »darf ich Ihnen einen Platz in meinem Omnibus anbieten?« Der Stadtrat und Posthalter Theodor Alfter wies diensteifrig auf eine große zweispännige Pferdekutsche mit vielen Plätzen, die neben dem Eingang des Stationsgebäudes auf Passagiere zu warten schien. Mit ihren vornehmen Glasfenstern und einem großen Platz für Gepäck auf dem Dach machte sie einen imposanten Eindruck. Der frisch lackierte Wagen trug in großen Lettern die stolze Aufschrift »Bonn-Kölner Eisenbahn« und darunter in kaum kleineren Buchstaben den Hinweis »Omnibus-Unternehmer Th. Alfter – regelmäßiger Verkehr von der Stadt zum Bahnhof und zurück – pro Person 3 Silbergroschen«.

Mit einem höflichen Ziehen des Zylinderhutes und einem freundlichen Kopfnicken begrüßte Justizrat Lamberz seinen Kollegen aus dem Bonner Stadtrat. »Nanu, Herr Posthalter, was haben Sie denn plötzlich mit der Eisenbahn zu tun?«, fragte der Jurist etwas erstaunt. »Sie waren doch bisher immer der größte Gegner dieser Art von Fortschritt!«

Etwas verlegen lächelnd meinte Theodor Alfter: »Nun ja, Herr Justizrat, man muss halt mit der Zeit gehen, es hat keinen Sinn, sich gegen den Fortschritt zu stemmen. Sie müssen doch zugeben, dass mein Omnibusverkehr vom Bahnhof zur Stadt eine zweckmäßige, ja notwendige Einrichtung ist! So wie Sie soeben werden sich alle vornehmen Herrschaften nach einer Möglichkeit umsehen, sauberen Fußes und ohne ihr Gepäck schleppen zu müssen, von diesem Eisenbahnhof in die Stadt zu kommen. Meine bequemen Kutschen lösen das Problem. Nebenbei gesagt, kommt man so auch unbelästigt an den stinkenden Abfallgruben an der Poppelsdorfer Allee zwischen hier und dem Neutor vorbei.«

»Sie sind aber doch Posthalter, Herr Alfter«, erkundigte sich Jacob Lamberz, »wer kümmert sich dann um die Postkutschen, wenn Sie hier am Bahnhof Ihr Geschäft machen?« Mit einer abwertenden Handbewegung deutete Theodor Alfter an, dass seine Zeit als Posthalter im Auftrag der königlich preußischen Post vorüber sei.

»Wissen Sie, Herr Justizrat«, vertraute er seinem Stadtratskollegen an, »die Posthalterei habe ich vor einer Woche an meinen bisherigen Hufschmied Klotz verkauft. Er betreibt jetzt die übrig gebliebenen Postkutschen nach

Godesberg, Koblenz, Siegburg und Rheinbach. Ich habe mich ganz auf den neuen Geschäftszweig geworfen, der sehr viel mehr Gewinn einbringen wird als die knauserige preußische Post zahlt. Hier der Kutschenverkehr vom und nach dem Bahnhof, das hat Zukunft, das bringt regelmäßige gute Einnahmen. Bald im Frühjahr werde ich zusätzlich Omnibusse von hier nach Godesberg und weiter bis nach Mehlem fahren lassen. Das wird die reichen Herrschaften aus Köln damit versöhnen, dass es ihnen bis jetzt noch nicht gelungen ist, die Eisenbahnstrecke bis dorthin bauen zu lassen, wo sie ihre Landgüter haben. Die paar Silbergroschen, die mein Omnibus kostet, zahlen die gern. Steigen Sie ein, Herr Justizrat, Sie befördere ich heute kostenlos!«

Sturm auf Eisenbahnaktien

Ein wenig wehmütig war allen fünf Personen schon zu Mute, die am Sonntagnachmittag bei Kaffee und Kuchen um den runden Esstisch in der Wohnung von Karl Simrock in der Acherstraße saßen. Abschiedsstimmung lag in der Luft, Abschied zwischen Menschen, die sich über die Kluft der Stände hinweg schätzen gelernt hatten.

Der Spezialdirektor der Bonn-Kölner Eisenbahn Rudolf Schramm war noch einmal kurz nach Bonn gekommen, ehe er bei der Generalversammlung der Aktionäre morgen seinen Rücktritt aus dem Direktorium bekannt geben würde. Seit Anfang März hatte er bereits wieder in Köln gewohnt, um die baldige Wiederaufnahme seines Referendardienstes beim dortigen Regierungspräsidium vorzubereiten. Im kommenden Jahr wollte er in Berlin sein Assessorexamen ablegen.

Rudolf Schramm hatte mit dem elf Jahre älteren Gelehrten Simrock Freundschaft geschlossen, und so galt sein heutiger Abschiedsbesuch diesem Freund. Bei Karl Simrock, genauer bei Katharina Velten, die immer noch bei dem hilfsbereiten Ehepaar wohnte, fand sich auch immer häufiger der Erste Sekretär der Bonn-Kölner Eisenbahn ein, den wiederum mit seinem unmittelbaren Vorgesetzten Rudolf Schramm in den letzten Monaten ein freundschaftliches Verhältnis verband.

Christian Jellinghaus war immer noch der bescheidene und höfliche junge Mann, als der er vor nunmehr acht Jahren in das Eisenbahnwesen hineingezogen worden war. Aber er hatte in dieser langen Zeit nicht nur an Alter zugenommen, sondern auch an Erfahrung und Selbstbewusstsein. Da fast alle Schriftstücke durch seine Hände gegangen oder von ihm konzipiert worden waren, gab es praktisch nichts, worüber er nicht Bescheid wusste. Rudolf Schramm und auch Direktionspräsident Stahl gaben offen zu, ohne Christian Jellinghaus und seinen unermüdlichen Einsatz hätte die Bonner Eisenbahn nicht zu guter Letzt noch so schnell gebaut werden können.

Auch am Tisch im Hause Simrock bildete dieses Verkehrsmittel heute das Hauptgesprächsthema. Christian war in den letzten Tagen zusammen mit Buchhalter Pröbsting von frühmorgens bis spätabends pausenlos beschäftigt gewesen, den umfangreichen Abschlussbericht zusammenzustellen, den Präsident Stahl bei der Generalversammlung am kommenden Tag vorzutragen hatte. Daher hatte er kaum aufnehmen können, was in der letzten Woche das Stadtgespräch von Bonn gewesen war.

Karl Simrock schilderte lebhaft den Tumult, den es am letzten Dienstag im und vor dem Bonner Rathaus gegeben hatte. Jeder, der auch nur 100 Taler erübrigen konnte, war an diesem 2. April 1844 zum Rathaus geströmt, um Aktien einer neu zu gründenden Bonn-Koblenzer Eisenbahngesellschaft zu zeichnen. So groß war der Andrang im Büro des Stadtsekretärs Schulz gewesen, dass die künftigen Finanziers bis auf die große Freitreppe und auf den Marktplatz gestanden hatten, bis sie zum Unterschreiben an die Reihe kamen. Bonn hatte so etwas noch nicht erlebt und so waren denn auch mindestens noch einmal so viele Müßiggänger auf dem Marktplatz erschienen, um dem Schauspiel zuzusehen.

Der Gelehrte, der sich mehr für die mittelhochdeutsche Dichtung interessierte als für die Aussicht, mit Eisenbahnaktien mühelos Geld zu verdienen, fragte seine Freunde erstaunt, was denn nur in die Menschen in Bonn gefahren sei.

Rudolf Schramm musste lachen: »Bester Freund Simrock, Sie scheinen wirklich zu den paar Troglodyten zu gehören, die gegen das Eisenbahnfieber immun geblieben sind. Nicht nur hier in Bonn ist gegenwärtig ein solches Fieber ausgebrochen. Hier allerdings hat es den Grad erreicht, dass in knapp einem Tag statt der als notwendig errechneten 3½ Millionen Taler nicht weniger als 17 Millionen gezeichnet wurden. Gezeichnet, lieber Simrock, noch nicht bezahlt! Wir wollen einmal abwarten, wie es um die Bereitschaft der Bonner Kapitalgeber steht, wenn es in geraumer Zeit ernsthaft an das Einzahlen der Gelder geht!«

Direktor Schramm war wohlinformiert, aber man spürte, dass er in diesen Fragen etwas über den Dingen stand. »Was Sie vermutlich nicht wissen werden, meine Freunde, das ist, dass vorgestern, am 5. April, auch in Köln ein vorbereitendes Komitee zur Zeichnung von Aktien für den Bau einer Eisenbahn von Bonn nach Koblenz aufgerufen hat, also für die gleiche Strecke, und in Köln wurden noch einmal fast 17 Millionen Taler gezeichnet. Man könnte also, was das zur Verfügung gestellte Geld anlangt, diese Eisenbahn zehngleisig bauen – wenn man dürfte!«

Die Verblüffung bei Karl Simrock, seiner Frau und bei Christians Braut Katharina war perfekt. »Nun verstehe ich überhaupt nichts mehr«, gestand der Gelehrte ehrlich ein.

»Das glaube ich gerne«, lachte Rudolf Schramm wieder. »Man könnte auch an ein Stück aus dem Tollhaus denken, wenn sich nicht handfeste Geldinteressen dahinter verbergen würden. Wie ich schon sagte, grassiert das Eisenbahnfieber in den letzten Wochen plötzlich überall in der preußischen Monarchie. Denn es gibt seit kurzem ein neues Gesetz über Aktiengesellschaften, das ihre Gründung gegenüber früher außerordentlich erleichtert. Und Aktien sind heutzutage eine sehr beliebte Möglichkeit, auch kleinere ersparte Geldsummen Gewinn bringend anzulegen. Wenn man das Geld wieder zurückhaben möchte, kann man jederzeit die Aktien wieder verkaufen und zwar, wenn ihr Kurs gestiegen ist, sogar mit erheblichem Gewinn. Eisenbahnen sind, das haben die meisten Kapitalisten und reichen Rentiers inzwischen längst erkannt, zurzeit die lukrativste Geldanlage in Aktien, eine wahre Goldgrube, wenigstens hier im Westen Preußens.«

»Sie essen ja gar keinen Kuchen«, unterbrach die fürsorgliche Hausfrau ihren Gast und schenkte ihm kurzerhand noch eine Tasse Kaffee ein. »Das Eisenbahnfieber soll meine Gäste nicht zum Hungern und Dürsten verführen!«

Artig bedankte sich Direktor Schramm: »Sie haben Recht, liebe Frau Simrock, Ihr fabelhafter Kuchen ist wichtiger als jede Eisenbahn! Dennoch ist es faszinierend zu erleben, was sich hier tut. Unsere Bonn-Kölner Eisenbahn hat schon im ersten Monat nach ihrer Fertigstellung eine Einnahme von weit über 6000 Talern erbracht, fast 38000 Personen fuhren in ihren Zügen, weit mehr, als man sich selbst in den kühnsten Träumen vorgestellt hatte. Sie haben es vielleicht im »Bonner Wochenblatt« gelesen. Das war natürlich Wasser auf die Mühlen vieler Leute hier in Bonn, die auch gerne so lukrative Eisenbahnaktien hätten. Aber die der Bonn-Kölner Bahn sind in festen Händen, keiner trennt sich gerne von einem so gewinnträchtigen Papier. Daher muss eben eine neue Eisenbahngesellschaft gegründet werden, und die Verlängerung der Strecke am Rhein zunächst bis Koblenz bietet sich dafür an.«

»Aber wozu ist dann in Köln für die gleiche Strecke eine andere Gesellschaft gegründet worden?«, fragte Karl Simrock. »Weil man auch in Köln an Eisenbahnaktien Geld verdienen möchte«, erklärte Rudolf Schramm trocken. »Mich lässt das Ganze kalt, ich gehöre zwar in gewisser Weise auch zu den Eisenbahnfanatikern, aber mir ging es stets um die technische und praktische Seite des Bauens, nicht um den finanziellen Gewinn dabei. Die Schwierigkeiten, die wir zu überwinden hatten – unser Freund Jellinghaus weiß ein Lied davon zu singen! – waren für mich eine Herausforderung, und mir genügt das Bewusstsein, diese Herausforderung bestanden zu haben.«

Christian Jellinghaus wollte auch etwas Aufklärendes beitragen: »Zum vorbereitenden Komitee hier in Bonn gehören nur angesehene Herren aus unserer Stadt, aus dem Direktorium der Bonn-Kölner Bahn die Herren Stahl, Degen, Jung und Mülhens, aber auch der Oberbürgermeister Oppenhoff, der Fabrikant Mehlem, der Universitätskurator Professor von Bethmann-Hollweg und als Vorsitzender der Berghauptmann von Dechen. Sie wollen, wie ich vermute, mit dem Projekt die Bonner Wirtschaft fördern.«

»Ganz richtig, lieber Jellinghaus«, ergänzte Rudolf Schramm, »und die Kölner Herren sehen nicht ein, dass nur

Bonner Kapitalisten an einer Bahn verdienen sollen, die nach ihrer Meinung die größte Stadt der Rheinprovinz, eben Köln, mit der Provinzhauptstadt Koblenz verbinden soll. Mein Freund Gustav Mevissen, seit kurzem Präsident der Rheinischen Eisenbahn, steckt hinter dem Kölner Projekt. Die wichtigsten Kölner Herren aus dem Direktorium der Bonn-Kölner Bahn, Herr Camphausen und Herr von Wittgenstein, haben sich übrigens nicht für diese heikle Unternehmung hergegeben. Denn es wird nun wohl einen schrecklichen Konkurrenzkampf um die behördliche Konzession geben, weil natürlich nur *eine* Gesellschaft die Strecke letztlich wird bauen können. Ich fürchte, es wird noch viel Wasser den Rhein herunterfließen, ehe es so weit ist. Und es wird wenig schöne Intrigen geben zwischen den beiden projektierten Gesellschaften. Der Kampf um den Nord- oder Südbahnhof in Bonn dürfte harmlos dagegen gewesen sein.«

»Ich habe vor Jahren einmal eine Petition zu Gunsten des Nordbahnhofs in Bonn unterschrieben«, gab Karl Simrock reumütig zu, »weil ich damals überhaupt nicht verstand, was das zu bedeuten hatte. Heute leuchtet mir ein, dass die Lage des Bahnhofs in Bonn, so wie er jetzt dasteht, die richtige ist. Denn ohne diese Lage wäre die Strecke weiter nach Koblenz wohl gar nicht zu bauen.«

»Man hat früher geglaubt, diese Strecke sei technisch nicht zu bewältigen«, erläuterte Rudolf Schramm. »Aber das ist gar nicht der Fall. Ich habe vor anderthalb Jahren, als hier bei unserer Bonner Bahn alles stockte, zusammen mit Herrn von Lasaulx die technischen Möglichkeiten des Bahnbaus bis Koblenz untersucht und festgestellt, dass er durchaus auszuführen ist, wenn auch nicht ganz so billig wie zwischen Köln und Bonn.«

Rudolf Schramm hob seine Kaffeetasse wie ein Champagnerglas. »Nun ja, ich werde davon vielleicht in den Zeitungen lesen, denn jetzt muss ich erst einmal meine Referendarausbildung abschließen. Aber Sie, lieber Freund Simrock, und meine Damen, vor allem aber Sie, lieber Jellinghaus, werden sicher erleben, wie Züge von Köln über Bonn bis nach Koblenz und Mainz dampfen – ohne den Rheinschiffen Konkurrenz zu machen. Darauf möchte ich mit dem vorzüglichen, von Frau Simrock gebrauten Kaffee mit Ihnen allen anstoßen!«

Stolze Bilanz

Gerhard von Carnap betrat den großen Saal des Ermekeil'-schen Hotels diesmal so unbeschwert, wie er sich in den letzten Jahren nie mehr gefühlt hatte, wenn er an das Eisenbahnwesen dachte. Es war ihm damals nicht leicht gefallen, die Niederlage zu verwinden, die er bei seiner Kandidatur zur Wiederwahl in den Verwaltungsrat der Bonn-Kölner Eisenbahn erlitten hatte. Doch heute war er darüber hinweg. Zur diesjährigen Generalversammlung konnte er als Inhaber von vierzig Aktien und damit laut dem Gesellschaftsstatut mit drei Stimmen erscheinen, ohne noch für irgendetwas die Verantwortung zu tragen und dennoch im stolzen Bewusstsein, dass es vor acht Jahren seine Idee gewesen war, die das heute so erfreulich vollendete Werk in Gang gesetzt hatte.

Achtungsvoll grüßte er die vielen ihm bekannten Gesichter, und er selbst wurde achtungsvoll wieder gegrüßt. Der Zeitablauf hatte dazu beigetragen, dass die Ressentiments, die es einmal zwischen den führenden Personen im Bonner Eisenbahnwesen gegeben hatte, inzwischen fast vergessen waren. Mit ehrlicher Freude schüttelte er dem

Ersten Sekretär Jellinghaus die Hand und erinnerte ihn lächelnd daran, wie er einst als schüchterner junger Mann die ersten Briefe in Sachen des neuen Verkehrsmittels geschrieben hatte.

Freiherr von Carnap war ein feinfühliger Beobachter. Er versuchte, die Stimmung unter den weit über zweihundert Aktionären zu analysieren, die den Saal vor Beginn der Verhandlungen mit halblautem Murmeln erfüllten. Bei den Generalversammlungen der früheren Jahre war stets eine gereizte Spannung zu spüren gewesen, wegen der Streitigkeiten um den Bonner Bahnhof oder wegen der Sorge vieler Aktionäre, dass sich ihre eingezahlten Gelder infolge der dauernden Verzögerungen nie amortisieren würden. Diese Sorgen bestanden nun wahrlich nicht mehr. Und dennoch knisterte etwas von einer anderen Spannung im Saal. Denn wohl nahezu alle hier anwesenden Aktienbesitzer hatten sich bei den beiden konkurrierenden Gesellschaften für den Bau der Strecke bis Koblenz engagiert, die Bonner bei der Bonner Gesellschaft, die Kölner Geschäftsleute bei der ihrigen.

Doch von diesem noch in der Zukunft liegenden Auseinandersetzungen war in dem nüchternen Geschäftsbericht, den Präsident Heinrich Stahl den Aktionären vortrug, mit keinem Wort die Rede. Wie üblich zurückhaltend im Ausdruck und etwas langatmig verkündete der Rentier Stahl mit ruhiger Stimme die erfreuliche Bilanz des Baues der Eisenbahn von Bonn nach Köln.

Nüchtern verglich der Bahnpräsident die Voranschläge aus dem Jahr 1840 mit den tatsächlichen Kosten in den drei großen Ausgabengruppen des Grunderwerbs, des Bahnbaus und der Beschaffung der Betriebsmittel wie Lokomotiven und Wagen. Dabei musste er feststellen, dass zwar die Ausgaben für den Grunderwerb, die vor fast vier Jahren mit 120 000 Talern angesetzt worden waren, um rund 95 000 Taler überschritten werden würden – noch waren nicht alle Käufe abgeschlossen. Auch die mit ebenfalls 120 000 Talern veranschlagten Kosten für Betriebsmittel waren um 85 000 Taler höher ausgefallen. Dafür aber konnte der eigentliche Bahnbau, die Herstellung des Unterbaus und die Schienenverlegung für das eine Gleis, um mehr als 100 000 Taler billiger ausgeführt werden als im Voranschlag vorgesehen worden war. Mit verhaltenem Stolz in der Stimme erklärte Präsident Stahl, und jeder konnte selbst die Schlussfolgerung daraus ziehen: »Die Erfahrungen aller fertigen Bahnen haben herausgestellt, dass Überschreitungen derartiger Voranschläge die Regel, die Ausführung innerhalb der gestellten Grenzen die Ausnahme bildet.«

Insgesamt, so lautete die Endrechnung, habe die Eisenbahn 91 000 Taler mehr als das verfügbare Aktienkapital von 876 000 Talern gekostet. Doch seien eine ganze Anzahl von Rechnungen ohnehin erst im laufenden Rechnungsjahr 1844 oder noch später zu bezahlen; sie könnten nach der erfreulichen Geschäftsentwicklung des Eisenbahnbetriebs zu einem großen Teil aus den laufenden Betriebseinnahmen beglichen werden. Und zudem sei die Gesellschaft gezwungen gewesen, zahlreiche Grundstücksparzellen mitzukaufen, die für den eigentlichen Gleisbau nicht benötigt worden seien, die aber wertvolles Bauland darstellten, vor allem in der unmittelbaren Nähe der Bahnhöfe zu Köln und Bonn. Dies sei nun aber ein Kapital in der Hand der Gesellschaft, dessen Wert in Kürze noch erheblich steigen werde.

Als überaus erfreuliches Zeichen verkündete Präsident Stahl, dass die Personenbeförderungstarife die billigsten aller bekannten Eisenbahnen seien, dass aber andererseits der Andrang ungeheuer groß sei. Daher müssten dringend neue Wagen und vor allem neue Lokomotiven beschafft werden. »Glücklich die Gesellschaft, die aus solchen Gründen den Voranschlag überschreiten muss!«, rief der sonst so zurückhaltende Rentier aus.

Den Aktionären schwirrte von den vielen vorgetragenen Zahlen und Fakten der Kopf. Die meisten hätten es begrüßt, wenn dieser so umfangreiche Bericht ihnen gedruckt vorgelegt worden wäre. Aber dazu war wohl keine Zeit gewesen, oder die Direktion war zu sparsam gewesen.

Nach diesem erfreulichen, aber ermüdenden Bericht wünschten sich die Aktionäre nur noch ein baldiges Ende der Versammlung. Daher nahmen sie die Veränderungen im Direktorium ohne Erregung zur Kenntnis: Die Herren Direktoren Stahl, Camphausen und von Wittgenstein und der stellvertretende Direktor Schramm erklärten ihren Austritt aus dem geschäftsleitenden Organ der Gesellschaft. Alle vier glaubten nun, nach der glücklichen Fertigstellung des Bahnbaus es ihren sonstigen beruflichen oder privaten Aufgaben schuldig zu sein, sich diesen wieder stärker als bisher zuzuwenden.

Wie viele der Aktionäre merkten wohl, dass sie mit der erforderlichen Nachwahl erneut den Interessengegensatz zwischen den beiden Nachbarstädten Köln und Bonn im Schoß des Direktoriums installierten? Denn der Verleger der Kölnischen Zeitung, Josef DuMont, der als ordentlicher Direktor nachgewählt wurde, gehörte ebenso wie der Kölnisch-Wasser-Fabrikant Farina, der stellvertretender Direktor blieb, dem Vorbereitenden Komitee für die Köln-Koblenzer Eisenbahn an. Auch wenn rein rechtlich der vorauszusehende Konkurrenzkampf um die Eisenbahnstrecke nach Koblenz von getrennten Aktiengesellschaften ausgetragen werden würde, so konnte die Gesellschaft für die schon bestehende Teilstrecke bis Bonn nicht hoffen, in diesem Streit neutral zu bleiben.

Doch an diesem Vormittag des 8. April 1844 mochte sich wohl kaum ein Aktionär im Ermekeil'schen Saal auf so weit reichende Spekulationen einlassen. Viel wichtiger war die Aussicht, was für Dividenden die Aktien der Bonn-Kölner Bahn in Zukunft erbringen würden. Präsident Stahl hatte darüber so kurz nach der Betriebsaufnahme noch nichts sagen können, aber die Experten rechneten schon aus, dass ein jährlicher Betrag von 5, wenn nicht gar 6 oder 6 $\frac{1}{2}$ Prozent auf das eingezahlte Aktienkapital möglich sein könnte. Und das war, wie die Bankiers unter den Aktionären wussten, die höchste Dividende bei allen bisher bestehenden Eisenbahnen.

Freiherr Gerhard von Carnap konnte an diesem Tag befriedigt den Zug besteigen, der ihn bis nach Roisdorf bringen sollte. Dort würde ihn dann der Kutscher von der Bornheimer Burg abholen, nur noch ein kurzer Weg gegenüber der langen Strecke in all den früheren Jahren. Sein geistiges Kind, die Eisenbahn von Bonn nach Köln, war selbständig geworden, und es war über alle Erwartungen hinaus gut geraten.

Die Arbeit geht weiter

Als an diesem Mittwochabend Christian Jellinghaus an der Tür bei Herrn Simrock schellte, um seine Braut zu einem Abendspaziergang abzuholen, tat er sehr geheimnisvoll. Diese Spaziergänge hatten sich zwischen den Verlobten eingebürgert, weil Besuche des Bräutigams im Zimmer der Braut gegen jede gute Sitte verstoßen hätten und Christian auch nicht dauernd die Gastfreundschaft der Familie Simrock ausnutzen wollte, die ihren Salon als Treffpunkt angeboten hatten.

Katharina Velten hatte sich in den letzten Monaten mit Feuereifer auf ihre Aufgabe als Zeichenlehrerin in der Privatschule des Fräulein Klotz gestürzt. Wenn sie nicht Unterricht zu geben hatte, übte sie sich selbst im Skizzieren nach der Natur oder las Bücher über die Kunst des Zeichnens und Malens. Auch mühte sie sich sehr, ihre Französisch-Kenntnisse aufzufrischen, damit sie für diesen Unterricht gewappnet sei.

Dass sie für eine solche Beschäftigung, die ihr so große Freude machte, ein Gehalt erhielt, erfüllte Katharina Velten mit größter innerer Befriedigung, auch wenn das Geld nur zu einer sehr sparsamen Lebensführung reichte. Im Haus und in der Familie Simrock fühlte sie sich wohl, hatte aber trotzdem ihre Unabhängigkeit. Mit Stolz konnte sie sich sagen, dass sie fähig war, auf eigenen Füßen zu stehen, auch ohne ein großes Vermögen zu besitzen. Wie wenige junge Frauen konnten das von sich sagen!

Mit ihrem Vater hatte Katharina nach jenem fürchterlichen Streit vor mehr als einem halben Jahr nicht mehr gesprochen. Über ihre Verwandten wusste sie, dass Doktor Joseph Velten seine unverständlich harte Meinung nicht etwa geändert hatte, sondern sich immer mehr in einen Hass auf die Eisenbahnen im Allgemeinen und die Bonn-Kölner im Besonderen hineingesteigert hatte und nun auch seine »verlorene« Tochter damit verfolgte. Zu Anfang hatten Katharinas Onkel und Tanten versucht, eine Versöhnung herbeizuführen. Doch weil Doktor Velten geradezu tobsüchtig darauf reagiert hatte, ließen sie solche Bemühungen wohlweislich sein, versicherten Katharina aber, dass sie und ihr Verlobter bei ihnen immer willkommen seien.

Dieser Abend Ende April ließ schon ein Wetter spüren,

wie es sonst erst der Mai für Verliebte zu präsentieren pflegt, mild, erfüllt von den Düften der Baumblüte und abendlichen Vogelstimmen. Christian Jellinghaus führte seine Verlobte diesmal nicht an den Rhein, wo sie sonst gerne zu promenieren pflegten. Sondern er schlug den Weg durch das Neutor am Münster auf die Poppelsdorfer Allee ein, vorüber am neuen Bahnhof und dem Ende des Schienenwegs der Eisenbahn, dorthin, wo außerhalb der alten Stadtmauern in den letzten Jahren immer mehr vornehme Villen entstanden waren.

Vor einer Baustelle hielt Christian an. Nur wenige Schritte weiter war das jetzt schon berühmte Gebäude des Professor Argelander im Entstehen, die neue Sternwarte für die Universität Bonn. Schon jetzt, noch im unfertigen Zustand, war sie das Ziel der meisten ausländischen Reisenden, die in Bonn Station machten.

Aber nicht die Sternwarte zog Christian Jellinghaus bei seinem heutigen Abendspaziergang an, sondern der Bauplatz daneben. Auf ihm waren in der Abenddämmerung schon die Umrisse einer größeren Villa erkennbar. »Diese Villa errichtet der Bonner Baumeister Quantius, der auch viel für die Eisenbahn gearbeitet hat«, erklärte Christian seiner Braut. Dennoch blickte Katharina ihren Verlobten etwas verständnislos an. Dieser hatte Spaß an ihrer Verwirrung und ergänzte seine Erklärung: »Er will darin, wenn es im Herbst fertig ist, drei repräsentative Wohnungen vermieten. Für eine davon hat die Direktion der Bonn-Kölner Eisenbahn in ihrer gestrigen Sitzung bereits einen langfristigen Mietvertrag abgeschlossen.«

»Das ist schön«, meinte Katharina etwas schnippisch, »aber was geht uns das an?« Christians Antwort klang immer noch geheimnisvoll: »Weil wir beide darin wohnen werden, wenn wir in gut zwei Jahren endlich heiraten können!«

Katharina warf ihr hübsches Köpfchen herum, dass die Locken flogen: »Christian, mach keinen Scherz! Wie soll das denn möglich sein? Eine solche Wohnung ist doch viel zu teuer für uns!«

Jetzt musste der stolze Bräutigam endlich mit dem Rest seines Geheimnisses herausrücken: »Sie wird uns keinen Pfennig kosten, liebste Katharina! Denn sie wird die Dienstwohnung des neuen Subdirektors der Bonn-Kölner Eisenbahn sein, und der heißt seit gestern Christian Jellinghaus! Bei einem Jahresgehalt von 900 Talern und freier Amtswohnung!« Einen Augenblick lang war Katharina starr vor Erstaunen, dann schlang sie impulsiv ihre Arme um den Verlobten und drückte mit ihren warmen Lippen einen innigen Kuss auf seinen Mund.

Nun, da das Glück verheißende Geheimnis gelüftet war, musste Christian ausführlich erzählen. Für die Eisenbahngesellschaft hatte sich nach Beendigung des Baues naturgemäß vieles geändert. Die Hilfskräfte, die während der Bauzeit notwendig gewesen waren, konnten jetzt fast alle wieder entlassen werden. Aber andere Arten von Arbeit mussten ständig beaufsichtigt werden, die technischen Beamten vom Betriebsingenieur bis zum Hilfsheizer, die Bahnhofsvorsteher und ihre Hilfskräfte, das Rechnungswesen und was alles an Personal sonst bei einem Eisenbahnunternehmen nötig war. Da der hauptamtliche Spezialdirektor Schramm aus dem Direktorium ausgeschieden war, benötigte die Gesellschaft jetzt einen ihr direkt unterstehenden Gesamtverantwortlichen. Kein anderer als Christian Jellinghaus war für diese Aufgabe besser geeignet und so hatte die Direktion gestern einstimmig diesen Beschluss gefasst und die beträchtliche Gehaltserhöhung bewilligt.

Nebenbei, aber ganz inoffiziell, hatte auch das Vorbereitende Komitee für die Bonn-Koblenzer Eisenbahn Christian

verpflichtet, das Sekretariat für dieses Projekt zu übernehmen. Man war bereit, ihm eine Jahrespauschale von 150 Talern zu zahlen und erwartete dafür allerdings, dass er alle
notwendigen Schreibarbeiten außerhalb der Dienstzeit aus-
führte. Denn es sollte peinlich vermieden werden, das Büro
der Bonn-Kölner Eisenbahn in die unvermeidlichen Querelen zwischen den konkurrierenden Gesellschaften für die
Bahn nach Koblenz hineinzuziehen.

»Die Arbeit geht weiter, Liebste«, schloss Christian Jellinghaus seinen Bericht, und der Stolz in seiner Stimme war
nicht zu verkennen. »Meine Verantwortung wird wachsen
und meine Arbeit auch. Aber wenn wir endlich heiraten
können, dann wirst du keinen unbedeutenden Schreiber
und armen Schlucker zum Mann nehmen müssen, sondern
jemanden, der etwas gilt in dieser Stadt und im ganzen Eisenbahnwesen. Dank sei unserer Eisenbahn!«

Nachwort
1844 – 1855 – 1857 – 1859

Das weitere Schicksal der Bonner Eisenbahn

Der in diesem Buch beschriebene Bau der Eisenbahn von Bonn nach Köln war aus verschiedenen Gründen ein ganz besonderer Fall. Er gehörte zu der kleinen Gruppe der frühesten Eisenbahnstrecken in Preußen, die noch völlig durch privat aufgebrachtes Kapital finanziert wurden. Schon ab 1842 gab der preußische Staat zur Förderung neuer Eisenbahnbauten, vor allem wenig rentabler Strecken im Osten der Monarchie, den Aktionären wenigstens eine Zinsgarantie. Falls die Aktien weniger als 3 ½ Prozent Dividende abwarfen, war der Staat bereit, die Differenz zu erstatten.

Doch die Aktien der Bonn-Kölner Eisenbahn erbrachten in den dreizehn Jahren des Bestehens dieser Gesellschaft regelmäßig Dividenden von 5, 6, ja bis zu 7 ½ Prozent. Sie stand damit in ihrer Rentabilität weit an der Spitze aller frühen deutschen Eisenbahnen. Zugleich war die Gesellschaft in dieser Gruppe die einzige, die mit einem vier Jahre vor Fertigstellung aufgestellten Finanzrahmen auskam, und sie war die Bahn mit den niedrigsten Beförderungstarifen für Personen. Auch die Gesamtkosten pro Meile Bahnstrecke gehörten zu den niedrigsten ihrer Zeit. Der Stolz der Direktion der Bonn-Kölner Eisenbahngesellschaft auf alle diese wirtschaftlichen Leistungen war durchaus berechtigt.

Der Leser wird wissen wollen, wie es mit den am Schluss dieses Buches erwähnten Eisenbahnplänen weiterging. Die Intrigen, Rückschläge und Hindernisse, die dabei auftraten, könnten ein eigenes Buch füllen.

Die Hindernisse für den Weiterbau waren vielfältig. Schon im April 1844, unmittelbar nach dem in ganz Preußen ausgebrochenen »Eisenbahnfieber« – in diese Zeit fiel ja die zehnfache Überzeichnung der Eisenbahnaktien für die Strecke von Bonn nach Koblenz – musste die preußische Regierung diese Entwicklung wieder dämpfen. Denn die einseitige Festlegung von Privatkapital ausschließlich für Eisenbahnbauten bescherte der übrigen Industrie und der Landwirtschaft in Preußen einen akuten Mangel an Fremdkapital, weil jeder, der dorthin Geld verliehen hatte, die Hypotheken und Kredite kündigte und seine Taler lieber in das neue Dampfross investierte.

Die neue Regelung sah vor, dass Kapitalgewinne der Bahngesellschaften über fünf Prozent in einen staatlichen Eisenbahnfonds eingezahlt werden mussten (dies galt nicht für die an die Aktionäre auszuzahlenden Dividenden). Vor allem wurden Aktienzeichnungen für noch nicht formell durch den Staat konzessionierte Eisenbahngesellschaften von der vorherigen Genehmigung durch den Finanzminister abhängig gemacht. Damit waren die Aktienzeichnungen in Bonn und Köln für die Strecke nach Koblenz praktisch hinfällig geworden.

Auch das erst 1843 weitgehend liberalisierte Aktienrecht in Preußen wurde bereits 1845 wieder stark reglementiert: Aktiengesellschaften mussten dem Staat nun ihre »Gemeinnützigkeit« und die Aussicht auf Gewinn nachweisen, ehe sie die Konzession erhielten – das war ein kräftiger Dämpfer für die Spekulationswut der kapitalkräftigen Kreise.

Aber auch die Streckenführung der geplanten Eisenbahn von Bonn nach Koblenz fand nun erbitterte Gegner in der preußischen Regierung, besonders bei den Militärs. Die kurze Stichbahn von Köln nach Bonn hatte diese nicht besonders alarmiert, abgesehen von den Schwierigkeiten, die sie bei der Durchbrechung des Kölner Festungsringes durch das eine Eisenbahngleis bereiteten. Die nun geplante längere Strecke parallel zum Rhein, und zwar auf dem linken, westlichen Ufer, war etwas anderes. Die preußischen Strategen rechneten damals jederzeit mit einem Krieg gegen Frankreich, und in diesem Fall schien der Rhein so etwas wie die wichtigste preußische Verteidigungslinie zu sein. Feste Brücken über den Strom gab es ja damals noch nicht (1859 wurde die erste in Köln fertig – für die Eisenbahn von Köln nach Minden!). Wenn im Kriegsfall das Gebiet westlich des Rheins mit Ausnahme der drei stark ausgebauten Festungen Köln, Koblenz und Mainz den Franzosen vorübergehend preisgegeben werden musste, dann sollten diese nicht auf »ihrem« Ufer eine für militärische Aufmärsche hervorragend geeignete längere Eisenbahnlinie vorfinden. Eine Eisenbahn, die Köln und Koblenz auf dem rechten, östlichen Ufer verbunden hätte, wäre wahrscheinlich auf große Zustimmung bei den preußischen Militärs gestoßen. Aber dafür fanden sich in dieser Frühzeit des Eisenbahnwesens noch keine Finanziers.

Auch die Grabenkämpfe zwischen den unterschiedlichen wirtschaftlichen Interessen in Bonn und Köln hinsichtlich der Strecke bis Koblenz trugen natürlich dazu bei, das zunächst so hoffnungsvoll begonnene Projekt weiter hinauszuzögern. Die Vorbereitenden Komitees für *neue* Gesellschaften in beiden Städten konnten infolge der Restriktionen der preußischen Regierung praktisch kaum mehr agieren. So verlagerte sich der Konkurrenzkampf wieder auf die bereits bestehenden Gesellschaften, die Bonn-Kölner und die Rheinische Eisenbahn. In letzterer war seit Frühjahr 1844 der intelligente und fähige Gustav Mevissen Präsident, wohl der erste in Deutschland, der die Bezeichnung eines hauptamtlichen Eisenbahn-Managers verdiente. Er war übrigens ein enger Freund Rudolf Schramms.

In der Bonn-Kölner Gesellschaft hatten ja die Kölner Aktionäre einen starken Einfluss. Sie bemühten sich nach längerem Zögern, die in ihrem Statut von 1840 bereits enthaltene Klausel zu beleben, dass diese Eisenbahn von Bonn aus eine »Zweigbahn« bis zum Siebengebirge bauen dürfe. Damit war natürlich eine Gegend gemeint, die am westlichen Ufer des Rheins dem Siebengebirge *gegenüber* lag. Erst 1853 beschlossen die Gremien der Bonn-Kölner Eisenbahn zunächst den Weiterbau von Bonn bis Rolandseck. Ein Jahr später erteilte der preußische Staat dafür die Konzession, allerdings mit der Auflage, sich mit einer anderen »auf dem linken Rheinufer nach Koblenz oder weiter stromauf zu konzessionierenden Bahn« zu verschmelzen. Das konnte nur die Rheinische Eisenbahn sein und die Verhandlungen über den Übergang der Bonn-Kölner an die Rheinische Eisenbahn liefen denn auch parallel zum Bau der Strecke bis Rolandseck weiter. Der prunkvolle Endbahnhof dort zeigt noch heute, worauf es den Kölner Wirtschaftsmagnaten damals in erster Linie ankam: sie wollten eine bequeme Eisenbahnverbindung zu ihren Landgütern, die sie in dieser Zeit in immer größerer Zahl am Fuß des Siebengebirges und auf der gegenüberliegenden Rheinseite erwarben.

Im Oktober 1855, also elf Jahre nach der Fertigstellung der Strecke von Köln nach Bonn – offiziell jedoch erst am 21. Januar 1856 – wurde endlich die nur knapp 14 Kilometer lange Anschlussstrecke bis Rolandseck eröffnet. Der kleine Ort erlebte dadurch einen großen Aufschwung. Doch schon zum 1. Januar 1857, also nur ein Jahr später, war dann die Übernahme der Bonn-Kölner Eisenbahn durch die mächtigere Kölner Konkurrenz perfekt: ihre bisherigen Aktionäre wurden durch Aktien der Rheinischen Eisenbahn in gleichem Nennwert und mit gleicher Dividende entschädigt.

Inzwischen hatte sich auch die Einstellung zum strategischen Wert von Eisenbahnen in der preußischen Hauptstadt Berlin gewandelt. Dem Weiterbau der linksrheinischen Bahnstrecke bis Koblenz wurden nun keine Widerstände mehr entgegengesetzt. Ab November 1858 verband ein durchgehender Schienenstrang Köln mit der damaligen Hauptstadt der preußischen Rheinprovinz Koblenz, ab 1859 auch mit Bingerbrück an der preußisch-bayerischen Grenze. Denn die Pfalz gehörte damals zu Bayern, und dieser Staat hatte schon vorher dort eine linksrheinische Eisenbahn bis Mainz und weiter nach Süden gebaut. Da im gleichen Jahr die Eisenbahnbrücke in Köln fertig wurde, bestand nun eine durchgehende Eisenbahnverbindung von Berlin über Minden, Köln, Koblenz und Mainz bis zum Oberrhein. Das Streckennetz in Deutschland, von dem Friedrich List einst geträumt hatte, begann Gestalt anzunehmen. Trotzdem musste, wer diese Strecke befahren wollte, häufig umsteigen, denn die Züge verkehrten jeweils nur auf den Strecken, die den verschiedenen Eisenbahngesellschaften gehörten.

Erst 1880 kam das Ende der privaten Eisenbahngesellschaften in Preußen: sie wurden bis auf wenige Ausnahmen vom preußischen Staat übernommen. Doch das ist ein anderes Kapitel der deutschen Eisenbahngeschichte.

Historische und biografische Notizen

für geschichtsinteressierte Leser,
vor allem aus Bonn

1. Kapitel

S. 15 **Viehmarkt:** heute Friedensplatz in Bonn, damals noch außerhalb der Stadtmauer.

Sternentor: heute Friedensplatz, Ecke Kasernenstraße; das heutige Sternentor in der Vivatsgasse gegenüber dem Bottlerplatz steht nicht am ursprünglichen Platz, sondern wurde 1900 beim Abriss der mittelalterlichen Stadtbefestigung dort teilweise wieder aufgebaut.

Fürstenberg'sches Palais: heute die Bonner Hauptpost am Münsterplatz; bis 1876 befand sich das Postamt im Nebenhaus: Münsterplatz, Ecke Vivatsgasse.

Dreispitz: Hutmode des 18. Jahrhunderts mit dreiseitig aufgefalteter Krempe.

S. 16 **Kondukteur:** Schaffner.

S. 17 **Prinzipal:** Vorgesetzter, Arbeitgeber.

Posthalterei: Ecke Bonngasse, Hospitalstraße (heute Friedrichstraße), im Gebäude des ehemaligen Gudenauer Hofes. Ein Posthalter war ein Privatunternehmer, der Postkutschen im Auftrage und auf Rechnung der Post fahren ließ.

Chausseegeld: Straßenbenutzungsgebühr für Fuhrwerke, im 18. und z.T. im 19. Jahrhundert erhoben.

Taler: Preußische Silbermünze bis 1873 = 30 Silbergroschen. Ab 1873 galten 3 Mark = 1 Taler. Für einen Taler konnte man um 1840 einen einfachen Mantel kaufen.

S. 18 **St. Remigius-Straße:** heute Remigiusstraße.
Hotel Zum Goldenen Stern: heute Sternhotel am Marktplatz.

S. 19 **v. Schlegel,** August Wilhelm, Professor, 1767–1845, bekannter Übersetzer von Shakespeare, Calderon u. a. ins Deutsche, Begründer der Indologie in Deutschland, Professor an der Bonner Universität seit 1818. Mitglied des Bonner Stadtrates 1829–1845. Eine Straße im Bonner Regierungsviertel trägt seinen Namen.
Ostindische Kompanie: Britisches halbstaatliches Handelsunternehmen, dem bis 1858 alle britischen Besitzungen in Vorderindien gehörten.

S. 20 **Schaaffhausen-Mertens,** Sibylle, 1797–1857, Tochter des Kölner Bankiers Schaaffhausen und Gattin des Bonner Bankiers Mertens, Gastgeberin eines Kreises bekannter Dichter und Künstler der frühen Biedermeierzeit in Bonn, genannt »Die Rheingräfin«.
Oberbergamt: preußische Aufsichtsbehörde für den Bergbau.

S. 21 **Staatswissenschaft:** damals Ausdruck für Volkswirtschaft im weitesten Sinn.
Freiherr v. Carnap, Gerhard, 1795–1865, reform., preußischer Adels- und Freiherrenstand 1825, seit 1826 Herr auf Burg Bornheim und Bürgermeister, Ehrenpräsident der rheinischen landwirtschaftlichen Genossenschaften, langjähriger Abgeordneter im rheinischen Provinziallandtag, verheiratet mit Emilie, geb. Bredt, 1799–1873.

S. 22 **Vatermörder:** scherzhafter Ausdruck für den im Biedermeier üblichen, sehr hohen Kragen.

Noeggerath, Johann Jakob, 1788–1877, kath., 1818 –1877 Professor für Mineralogie an der Universität Bonn, Mitbegründer des Naturhistorischen Museums in Bonn, erwarb sich zugleich als Oberbergrat am Bonner Bergamt große Verdienste um die Blüte des rheinischen Bergbaus. Er gehörte von 1840 bis 1877 dem Bonner Stadtrat an. Nach ihm ist eine Straße in der Bonner Innenstadt benannt.

Heilbad Roisdorf: Der Versuch v. Carnaps, aus Roisdorf ein Kurbad zu machen, ist historisch.

S. 24 **Rheintor:** an der Stelle der heutigen Oper Bonn, das Tor stand dort noch bis 1843.

Graf Beust, Ernst August, 1783–1859, ev., Berg- und Hüttenfachmann aus alter sächsischer Adelsfamilie, 1815 Berghauptmann und Direktor des Bergamtes Bonn für die Rheinprovinz, 1840–1848 Oberberghauptmann und Chef der Abteilung für Salinen, Hütten- und Bergwesen im preußischen Finanzministerium in Berlin.

S. 22 **Oberbergrat:** höherer Beamter im Oberbergamt.

S. 25 **Seine Majestät:** gemeint ist König Friedrich Wilhelm III. von Preußen (regierte von 1797–1840).

v. Hymmen, Eberhard, 1784–1854, ev., Landrat des Landkreises Bonn 1819–1854 (dazu gehörte auch die Stadt Bonn), aus westfälisch-clevischer Adelsfamilie, besaß später ein Gut in Endenich b. Bonn. Langjähriger Abgeordneter im rheinischen Provinziallandtag. An ihn erinnert der v. Hymmen-Platz in Bonn-Endenich.

Bethmann-Hollweg, Moritz August, 1795–1877, ev., stammte aus einer bekannten Bankiersfamilie in Frankfurt/M., Jura-Professor in Berlin, Berater des Kronprinzen Friedrich Wilhelm, 1829–1842 Professor an der Universität Bonn, 1840 geadelt, 1842–1848 Kurator der Universität Bonn (Beauftragter für die Staatsaufsicht), 1859–1862 preußischer Kultusminister; Mitglied des Bonner Stadtrates 1832–1840.

S. 19 **Meile:** 1 geografische Meile (in Preußen) = ca. 7,5 Kilometer.

S. 26 **Kommerzienrat:** Ehrentitel für verdiente Industrielle im 19. Jahrhundert.

Aus'm Weerth, Friedrich, 1779–1852, ev., stammte aus Barmen, eröffnete 1804 in Bonn eine Textilfabrik, die bis zu seinem Tod bestand.

S. 27 **Eisenbahn Nürnberg-Fürth:** die erste fertig gestellte deutsche Eisenbahnstrecke, im Dezember 1835 eingeweiht.

Stahl, Heinrich, ?–1871 in Bonn, Rentner. Seine Herkunft und die seines Vermögens sind urkundlich nicht festzustellen. 1853–1871 gehörte er dem Bonner Stadtrat in der 1. Klasse, d. h. der reichsten Bürger an.

S. 28 **Belgischer Staat:** Belgien hatte sich 1830 für unabhängig vom Königreich der Niederlande erklärt, zu dem es vom Wiener Kongress 1815 geschlagen worden war.

S. 29 **v. Oeynhausen,** Carl Friedrich ?–1865, ev., Oberbergrat im Oberbergamt Bonn, wurde 1841 Berghauptmann in Münster. Nach ihm wurde das auf seine Initiative seit 1830 ausgebaute Kurbad Rehme b. Minden in Bad Oeynhausen umbenannt.

S. 30 **Kaufmann,** Peter, 1803–1872, Professor für Staatswissenschaft (Volkswirtschaft) an der Universität Bonn, gründete 1833 den »Landwirtschaftlichen Verein für Rheinpreußen« und war bis 1852 Generaldirektor dieses Vereins; neben Raiffeisen der wichtigste praktische Förderer der Landwirtschaft im Rheinland im 19. Jahrhundert. Die Kaufmannstraße in Bonn ist nicht nach ihm benannt, sondern nach dem langjährigen Oberbürgermeister L. Kaufmann.

v. Noorden, Johannes, 1801–1855, ev., kurze Zeit preußischer Offizier, dann Studium der Naturwissenschaft und praktische Ausübung der Landwirtschaft in Bonn; 1834–1855 Generalsekretär des Landwirtschaftlichen Vereins für Rheinpreußen, Sitz Bonn.

S. 25 **Landrat:** war damals in Preußen staatlicher Beamter, ebenso wie Oberbürgermeister und Bürgermeister der Städte und Gemeinden.

S. 35 **de Claer**, Franz Bernhard ?–1853, kath., aus alter Bonner Familie, Domänen-Rat (Verwalter staatlicher Güter und Grundstücke, meist der Staatsforsten, z.B. Kottenforst), ab 1842 Mitglied des Kreistages des Landkreises Bonn, später des Bonner Stadtrates.

S. 36 **Fayence-Manufaktur:** Fabrik von Steingutwaren.

S. 37 **6. März 1836**: auszugsweises Zitat des Originalschreibens (Landeshauptarchiv Koblenz, Bestand 403/11812). Außer den erwähnten Namen (Graf Beust, v. Carnap, v. Hymmen, Bethmann-Hollweg, de Claer, v. Recklinghausen, Kaufmann) trägt es noch folgende Unterschriften: Friedr. Weerth (Aus'm Weerth), Berlet, Nasse, Stahl, v. Noorden, v. Oeynhausen.

S. 38 **1 ¾ Meilen:** ca. 13 Kilometer.

Schrottgeriss: minderwertige Steinkohle (kleine Stücke, z.T. pulverförmig).

Bonner Stadtmauer am Rhein: Sie traf etwas oberhalb der heutigen Beethovenhalle auf den Rhein. Dort legten die Frachtschiffe an, etwas weiter oberhalb, zur Stadtmitte zu, die Personenschiffe.

S. 38 **Rheinhalfe:** Halfen waren im Rheinland Bauern als Pächter ihres Landes, die dem Pachtherrn die Hälfte ihres Ertrages abliefern mussten. »Rheinhalfen« wurden einige Bauern am Rheinufer genannt, die hauptsächlich davon lebten, ihre Pferde als Zugtiere für stromaufwärts fahrende Rheinschiffe zu vermieten und diese zu treiben.

S. 39 **Personenbeurt:** Schifferinnung, speziell für den Personenverkehr; es gab unterschiedliche »Beurten« für den Fernverkehr zwischen Köln und Mainz (Sitz in diesen beiden Städten) sowie für den Nahverkehr mit Personen, so in Bonn.

22 geografische Meilen: ca. 165 Kilometer.

S. 41 **Kalesche:** leichter Pferdewagen (vier Sitze + Kutscher).

S. 42 **Nivellement:** kartografisch genaue Ausmessung der Strecke mit Angabe der Höhenunterschiede.

Windeck, Johann Martin Joseph, 1764–1839, kath., Oberbürgermeister von Bonn 1817–1839, vorher Notar und Domänenverwalter. Er war in Bonn sehr beliebt. Nach ihm ist die Windeckstraße in der Bonner Innenstadt benannt.

S. 43 **Dreieinhalb Meilen:** knapp 30 Kilometer.

S. 44 **Hausnummer:** In Bonn wurden bis in die Mitte des 19. Jahrhunderts die Häuser ohne Rücksicht auf die Straßen durchnummeriert.

S. 45 **Provisorischer Ausschuss:** Ihm gehörten ab 11. April 1836 an die Herren Windeck, Graf Beust, Cahn, Freiherr v. Carnap, Degen, Gerhards, Heimann, Jung, Dr. (Prof.) Kaufmann, König, Mehlem, Mülhens, v. Oeynhausen, Ruetz, Stahl, Dr. Wolff, Wrede.

Cahn, Heinrich, 1780–1858, Bankier, Sohn von Jonas Cahn, aus einer alten jüdischen Familie von

»Hoffaktoren« (Bankiers) der Kurfürstenzeit. Cahn betrieb um 1840 das einzige Bankhaus in Bonn, es bestand bis 1896 und ging dann nach einigen Umwegen in die Deutsche Bank über. Eine Jonas-Cahn-Straße in Bonn (an der Endenicher Straße) erinnert an den Gründer des Bankhauses.

S. 46 **Regierungspräsidium:** in Köln an der Zeughausstraße, 1830–1832 neu erbaut.

Ruppenthal, Dr. Karl, 1777–1851, kath., Jurist, hoher preußischer Beamter, 1834–1839 Regierungspräsident in Köln, danach bis 1847 Ministerialdirektor im preußischen Justizministerium in Berlin.

S. 47 **Chimäre:** Hirngespinst.

S. 47 **Gespräch Ruppenthal – v. Hymmen:** dieses ist nicht historisch belegt, wohl aber sind es die darin zum Ausdruck kommenden Ansichten preußischer Beamter und Adliger der Zeit.

S. 48 **König Ludwig I. von Bayern,** 1786–1868, König 1829–1848. Das zitierte Gedicht ist historisch.

S. 49 **Entrepreneurs:** Unternehmer.

2.   Kapitel

S. 51 **Alfter,** Theodor, 1806–1885, kath., Posthalter in Bonn bis 1844, Mitglied des Bonner Stadtrates.

Tombak: Kupfer-Zink-Legierung, billige Gold-Imitation.

S. 52 **Napoleon:** Das linksrheinische Rheinland, also auch Bonn, gehörte 1794–1814 zu Frankreich.

S. 54 **Schabbes:** jiddisch für Sabbat (jüdischer Wochenfeiertag).

Elle: altes Längenmaß, in Preußen ca. 68 Zentimeter.

Hess, Moritz (später Moses genannt), 1812–1875, jüd., Schriftsteller, früher Vertreter sozialistischer

Theorien, Förderer und Freund von Karl Marx, Fr. Engels u. a., die sich allerdings seit 1848 von ihm ideologisch trennten. Später einer der frühesten Verfechter des Zionismus. Seine geschilderte Jugend ist historisch, ebenso seine Verwandtschaft und Freundschaft zu Lion Zuntz. Hess ist wohl der bemerkenswerteste Vertreter der Bonner Judengemeinde des frühen 19. Jahrhunderts.

S. 54 **Zuntz,** Lion (später Leopold genannt), 1814–1874, jüd., Kaufmann, Sohn von Rechel Zuntz, geb. Hess, 1787–1874.

S. 55 **Judengasse in Bonn:** dicht nördlich der heutigen Kennedy-Brücke (»Berliner Freiheit«); heute steht an der Stelle das Hotel Scandic Crown.

Lot: altes Gewichtsmaß, vor allem für Kaffee, ca. 16 Gramm.

S. 58 **A. Zuntz sel. Wwe.,** die erste Kaffee-Großrösterei und erstes Filialgeschäft in Deutschland, wie geschildert von R. Zuntz 1836 in Bonn gegründet; der Haupt-Firmensitz war noch jahrzehntelang in Bonn (in der Königsstraße).

S. 59 **Feldschütz, Feldhüter:** Feldaufseher, in den Landgemeinden eine Art Hilfspolizist.

S. 60 **Dreier:** Dreipfennigstück; ein Silbergroschen hatte 12 Pfennige.

Ackerer: Kleinbauer.

Bürgermeisterei Wesseling: Zu einer Bürgermeisterei im Rheinland gehörten traditionell mehrere benachbarte Dörfer, die von einem Bürgermeister (auf dem Land immer ehrenamtlich) verwaltet wurden (später »Amt«, heute Großgemeinde oder Stadt).

S. 61 **Wesselinger Petition:** Das Original vom 3. Mai 1836 mit zahlreichen Unterschriften ist im Landeshauptarchiv Koblenz (Bestand 403 / 11812) aufbewahrt.

S. 63 **Schloss Augustusburg:** vom Kölner Erzbischof und Kurfürsten Clemens August 1725–1750 als Sommerresidenz im Stil von Versailles erbautes Schloss bei Brühl.

S. 64 **Vorgebirge:** Höhenzug, der die Rheinebene zwischen Bonn und Köln westlich begrenzt.

Marktbeschickung aus dem Vorgebirge: Der Schilderung liegen genaue Angaben der Bürgermeisterei Walberberg aus dem Jahr 1836 zu Grunde, die damit einen handschriftlichen Fragebogen des Provisorischen Ausschusses der Köln-Bonner Eisenbahn beantwortete. (Landeshauptarchiv Koblenz, Bestand 403 / 11812).

S. 66 **5 Meilen:** ca. 37 Kilometer.

10 Silbergroschen: $\frac{1}{3}$ Taler, etwa der Tagesverdienst eines Tagelöhners in der Landwirtschaft.

S. 67 **Pützchens Markt:** zum traditionsreichen Jahrmarkt kamen bereits um 1840 jedes Jahr rund 50 000 Personen.

S. 68 **¼ Meile:** ca. 2 Kilometer.

S. 69 **Viehjuden:** Im 18. und 19. Jahrhundert war ein häufiger Beruf der wenigen Juden, die im Rheinland auf dem Land lebten, der des Viehhändlers.

S. 72 **Prummetaat:** rheinisch: Pflaumenkuchen, Appeltaat: Apfelkuchen

Ortsschöffe: heute Gemeinderatsmitglied.

S. 75 **Pfarrvikar Elkemann:** Dieser Bornheimer Geistliche ist historisch, auch die geschilderte Entfernung des Herrenstuhles aus der Kirche und die Einrichtung eines »Heiligen Grabes«. Ob er der fanatische Eisenbahngegner war, als der er in diesem Buch erscheint, ist nicht historisch nachzuweisen, doch war die geschilderte Einstellung bei sehr vielen katholischen und evangelischen Pfarrern der Zeit in Deutschland verbreitet.

S.79 **Theodolit:** Gerät zum Messen von Höhen- und Seitenwinkeln bei der Erstellung von Grundstücks- und Landkarten.

Köln-Aachener und Düsseldorf-Elberfelder Eisenbahn: Diese beiden Bauvorhaben für Eisenbahnen waren die ersten im Rheinland und überhaupt in ganz Nordwestdeutschland. Die Bonn-Kölner Eisenbahn folgte zeitlich als dritte.

S.80 **Vilich-Müldorf:** heute Ortsteil von Bonn-Beuel.

Rute: altes Längenmaß: in Preußen 1 Rute = 3,76 Meter.

S.81 **Tannenwäldchen:** heute Bonn-Tannenbusch mit der damals noch erheblich größeren Düne.

Fuß: altes Längenmaß, in Preußen 1 Fuß = 31,3 cm, 1 Rute = 12 Fuß.

S.82 **Überfall:** Derartige Vorkommnisse bei der Vermessung der Bonn-Kölner Eisenbahn sind nicht urkundlich nachgewiesen, doch existiert eine Verfügung des Oberpräsidenten der Rheinprovinz vom 31.3.1837 an die Bürgermeister und Ortsbehörden, solche »unangenehmen Störungen«, die bei der Vermessung der Eisenbahn Düsseldorf-Elberfeld vorgekommen seien, zu unterbinden.

S.83 **Sternenburg:** Der alte Rittersitz in Poppelsdorf wurde 1748 zu einem Rokokoschlösschen umgebaut und kam nach verschiedenen Besitzwechseln zwischen kurkölnischen Adligen 1823 erstmals in bürgerliche Hand. Das 1908 abgebrochene Haus stand etwas oberhalb der heutigen Sternenburgstraße;

seine Lage wird noch durch die kleine Straße »Am Burggarten« gekennzeichnet.

S. 83 **Mülhens,** Franz Jacob, 1797–1853, Sohn des Bankiers Franz Wolfgang Mülhens (1751–1835), kaufte 1823 das Rittergut Sternenburg, heiratete 1824 seine Kusine Gertrud Mülhens aus Köln († 1833).

S. 84 **Halbwinner:** anderer Name für Halfe, Gutspächter, der den halben Gewinn behalten durfte.

Brüder Mülhens: Die ungewöhnliche Karriere der vier Söhne eines Landwirts aus Troisdorf in der zweiten Hälfte des 18. Jahrhunderts ist historisch. Der berühmteste der vier Brüder war der Fabrikant von »Kölnisch Wasser«, Peter Joseph Mülhens.

S. 85 **Eisenbahn-Journal:** Die von Friedrich List herausgegebene Fachzeitschrift erschien nur im Jahr 1836.

S. 86 **Fortifikationsanlagen:** Köln war von 1816 an unter Nutzung der noch bestehenden mittelalterlichen Stadtmauern zur preußischen Festung mit zahlreichen vorgeschobenen Forts und Kasematten ausgebaut worden. Die einstige Lage dieser Festungswerke wird heute durch die Kölner Ringstraßen gekennzeichnet, die beim Abbruch der Befestigungen in den Jahren 1921–23 (unter Oberbürgermeister Konrad Adenauer) entstanden.

S. 88 **von Groote,** Johann, 1791–1866, aus der Kölner Patrizierfamilie v. Groote (ein Onkel war der letzte Bürgermeister der Reichsstadt Köln), Konsistorialrat und Kanzler (juristischer Leiter der Verwaltung) des Erzstiftes (Erzbistums) Köln, Mitglied des Verwaltungsrates der Bonn-Kölner Eisenbahn 1840–1844.

Gut Dransdorf: Das Gut gehörte damals Carl v. Groote (nach ihm ist die Grootestraße in Bonn-Dransdorf benannt).

S.88 **Chaise:** Zweispännige leichte Pferdekutsche.
Göbbels: Gebäcksorte (trockene Kuchen).

S.89 **Postdiligence:** Eil-Postkutsche.

S.90 **200 Meilen:** ca. 1500 Kilometer.

S.91 **Vierecksplatz:** heute etwa der Bertha-von-Suttner-Platz in Bonn.
Commis: Bürogehilfe.

S.94 **Streckenführung:** wörtliches Zitat aus § 3 der »Statuten der Bonn-Cölner Eisenbahn-Gesellschaft« vom 4. April 1837 (im Landeshauptarchiv Koblenz, Bestand 403/11812).

S.97 **Eselsgraben:** heute etwa Windeckstraße nahe Mühlheimer Platz, bis etwa 1855 ein Gässchen mit einigen stark heruntergekommenen Häusern im mittelalterlichen Stadtgraben.
2 Quadratfuß: ca. 45 mal 45 Zentimeter.

S.98 **Tönnes:** rheinisch: Anton.
Malthus, Thomas, 1766–1834, englischer Nationalökonom, stellte die seinerzeit vielbeachtete Theorie auf, dass die Bevölkerung sich erheblich rascher vermehre als die zu ihrer Unterhaltung erforderlichen Lebensmittel; er trat für konsequente Geburtenbeschränkung ein.
Aderlassen: bis ins 19. Jahrhundert eine sehr häufige »Behandlung« Kranker: ihnen wurde, oft wiederholt, eine größere Menge Blut abgezapft.
Dr. Joseph Velten: ist eine Romanfigur; es gab aber in Bonn um 1840 eine »Ärzte-Dynastie« Velten; der Kreisphysikus (Amtsarzt) Dr. Anton Velten starb 1842.
Kapuzinerkloster: es stand etwa auf der heutigen Freifläche zwischen Kapuzinerstraße und Theaterarkaden dicht an der Oper Bonn. In dem Gebäude des

aufgelösten Klosters hatte Friedrich Aus'm Weerth 1804 seine Textilfabrik eingerichtet.

S. 101 **Denkschrift:** In der kulturhistorischen Literatur zum 19. Jahrhundert in Deutschland taucht immer wieder ein angebliches Gutachten eines »bayerischen Obermedizinalkollegiums« zur Eisenbahn Nürnberg-Fürth auf. In ihm sei für Eisenbahnreisende ein »Delirium furiosum« vorhergesagt und eine Abschirmung der Eisenbahnstrecke mit hohen Bretterzäunen zum Schutz der Zuschauer vor ähnlichen Erkrankungen gefordert worden. Dieses Gutachten hat nach neueren Forschungen nie existiert. Dennoch sind ähnliche Ideen seinerzeit gar nicht selten vertreten worden, wenn auch nur von Sonderlingen wie Dr. Joseph Velten.

3. Kapitel

S. 102 **Wingert:** rheinisch: Weingarten, Weinberg.
Scheng: rheinisch: Jean, Johannes.
Petter: rheinisch: Paten.

S. 103 **Ahr-Bleichert:** Roséwein, die traditionelle Farbe des Ahr-Weins. Rotwein wird an der Ahr erst seit der 2. Hälfte des 19. Jahrhunderts gekeltert.

S. 104 **Fassbinder:** Küfer, Fassmacher.
preußische Sprache: gemeint ist hier Hochdeutsch.
Quadratrute: 14,2 Quadratmeter.

S. 105 **Erzbischof Droste zu Vischering,** Clemens August, 1773–1845, Erzbischof von Köln 1835–1845; seine Verhaftung am 20. 11. 1837 löste den jahrelangen »Kölner Kirchenstreit« aus und trug zum Erwachen eines antipreußischen politischen Katholizismus in Deutschland bei.
Camphausen, Ludolf, 1803–1890, ev., Kaufmann und

Bankier in Köln, Begründer der Rheinischen Eisenbahngesellschaft, Direktor der Bonn-Kölner Eisenbahn 1840–1844, Gründer der »Kölner Dampfschleppschifffahrtsgesellschaft« 1841; 1839–1847 Präsident der Kölner Handelskammer, Mitglied des Preußischen Provinziallandtages ab 1842, wurde im März 1848 preußischer Ministerpräsident (bis Juni 1848), später noch Mitglied des preußischen Herrenhauses und des Reichstages, Vertreter einer altliberalen preußenfreundlichen Richtung unter den rheinischen Industriellen. Nach ihm ist die Camphausenallee in Bonn-Bad Godesberg benannt.

S. 107 **Zollverein:** Die zusammengeschlossenen Staaten hatten erstmals eine gemeinsame äußere Zollgrenze unter Wegfall der bisherigen zahllosen Zollstellen, z. T., sogar noch innerhalb der deutschen Staaten; Deutschland konnte beginnen, sich als Wirtschaftseinheit zu entwickeln.

Stapelrecht: ein jahrhundertealtes Recht der Reichsstadt Köln (ebenso von Mainz), nach dem fast alle auf dem Rhein transportierten Waren dort ausgeladen und zum Verkauf gestellt werden mussten.

S. 108 **Rücktritt:** Das vorübergehende Ausscheiden von Camphausen und anderer Großkaufleute aus der Kölner Handelskammer im Spätherbst 1837 ist historisch.

S. 109 **»Eiserner Rhein«:** Die in ihrer Gründungszeit so genannte Eisenbahnlinie von Köln über Aachen nach Antwerpen hat nur kurz die ihr zugedachte handelspolitische Rolle gespielt, die deutsche Wirtschaft vom Schiffstransport über den niederländischen Teil des Rheins unabhängig zu machen. Im späten 19. Jahrhundert übernahm eine Bahnlinie von Antwerpen über Roermond-Maastricht – (also über ein

Stück niederländischen Territoriums) – Mönchen-Gladbach – Köln große Teile des Gütertransports, doch wurde auch sie später wieder eingestellt und soll nach Wünschen aus dem Jahr 1999 zum dritten Mal belebt werden. Auch in dieser neuesten Version wird die Strecke gern »Eiserner Rhein« genannt.

S. 111 **Hauderer:** Fuhrunternehmer.

Maargasse: heute etwa Oxfordstraße in Bonn.

S. 113 **König von Hannover,** Ernst August (regierte 1837 bis 1851); der zitierte Ausspruch ist historisch.

S. 114 **Degen,** Johann Heinrich, 1797–1849, vermutl. kath., Spezerei-Kaufmann (Gewürze, Kolonialwaren), seit 1835 Mitglied des Bonner Stadtrates, ab 1840 Mitglied des Direktoriums der Bonn-Kölner Eisenbahn.

S. 118 **Rachenbräune:** Diphterie.

S. 122 **Engeltalstraße:** Es handelt sich um das Gelände, auf dem heute die Gebäude der Stadtwerke Bonn stehen.

S. 123 **Deichmann,** Wilhelm Ludwig, 1798–1876, ev., Bankier in Köln, leitete als Schwiegersohn des Bankiers A. Schaaffhausen seit 1830 dessen Bankhaus. Er kaufte 1838 das Gut Mehlemer Aue, das später Deichmannsaue genannt wurde (heute Sitz von UN-Dienststellen). Von 1840–1844 war er Mitglied des Verwaltungsrates der Bonn-Kölner Eisenbahn. Später gehörte er zu den Gründern der Deutschen Bank.

S. 124 **Cercle:** (frz.) Empfang.

S. 125 **Provinziallandtag:** Diese seit 1823 bestehenden Vertretungen der grundbesitzenden Klassen hatten nur sehr begrenzte Rechte: jeweils nur für eine der acht Provinzen der preußischen Monarchie durften die etwa alle drei Jahre für einige Wochen zusammentretenden Abgeordneten »Petitionen« an den

König richten, die je nach dem Interesse der Regierung vom König positiv oder negativ beschieden wurden. Die Wahl der 75 Vertreter erfolgte getrennt nach den »Ständen« der Rittergutsbesitzer, der städtischen Grundbesitzer und der Grundbesitzer in den Landgemeinden von einer nur sehr kleinen Zahl reicher Grundbesitzer.

S. 125 **Sieben Professoren:** Die berüchtigte und Aufsehen erregende »Entlasssung der Göttinger Sieben« fand im Dezember 1837 statt.

S. 127 **von Wittgenstein,** Heinrich, 1797–1869, kath., Sohn eines Bürgermeisters von Köln, Jurist, zunächst in der Kölner Armenverwaltung tätig, seit 1831 im Stadtrat, 1842 Vorsitz im Kölner Dombau-Verein. Mai bis Oktober 1848 Regierungspräsident in Köln, 1836 bis ? Mitglied des Direktoriums der Rheinischen Eisenbahn, 1840–1844 auch der Bonn-Kölner Eisenbahn, ab 1846 Aufsichtsratsvorsitzender der Köln-Mindener Eisenbahn.

S. 128 **Glockengasse Nr. 4711:** Wie in Bonn waren auch in Köln bis ins 19. Jahrhundert hinein die Häuser in der Gesamtstadt durchnummeriert und trugen keine straßenweisen Hausnummern, daher die hohe Zahl. **Skandal:** Das Vorgehen der preußischen Behörden gegen Oberbürgermeister Windeck im Jahr 1838/39 ist in allen geschilderten Einzelheiten historisch, auch der vergleichsweise nichtige Anlass (Nichteinholung der Zustimmung des Landrats zur Einberufung des Stadtrats). Nicht durch Schriftstücke belegt ist allerdings eine eventuelle Einflussnahme Kölner Kreise auf den Regierungspräsidenten im Zusammenhang mit der Eisenbahnfrage, doch liegt eine solche durchaus nahe.

S. 128 **Lamberz,** Jacob Joseph, 1780–1856?, kath., Friedensrichter und Justizrat (etwa Amtsrichter), Mitglied des Bonner Stadtrates seit 1830, Stellv. Vorsitzender des Verwaltungsrates der Bonn-Kölner Eisenbahn 1840–1844. Von Lamberz stammt eine handschriftliche Chronik über wichtige Bonner Stadtereignisse in der ersten Hälfte des 19. Jahrhunderts.

S. 129 **Böcking,** Eduard, 1802–18170, Professor an der Universität Bonn, Jurist (Hauptrichtung Römisches Recht), Freund F. W. v. Schlegels und Herausgeber seiner Gesammelten Werke. Sein zeitweiliges Engagement in Eisenbahnfragen ist historisch.

Lese- und Erholungsgesellschaft: eine Art Club der vornehmen Gesellschaft Bonns im 19. und 20. Jahrhundert, damals mit einem großen Festsaal in der Straße Am Hof (gegenüber der Universität), heute Buchhandlung Bouvier.

Rücktritt Windecks: Ein schriftlicher Beleg für den etwa zu dieser Zeit erfolgten Rücktritt des Bonner Oberbürgermeisters vom Vorsitz des Provisorischen Ausschusses ist heute nicht mehr vorhanden, er ergibt sich aber aus den folgenden und im Buch geschilderten Ereignissen.

S. 138 **Lunetten:** sternförmige Befestigungsanlagen vor den eigentlichen Forts.

S. 139 **Haus Klettenberg, Weißes Haus:** zwei damals noch bestehende Gutshöfe in der freien Feldmark südwestlich Kölns.

S. 140 **Thürmchenswall:** Die Kölner Straße zwischen Eigelsteintor und Rhein heißt heute noch so. Dort lag der erste Bahnhof in Köln.

S. 140 **Sicherheitshafen:** ein bis in die Mitte des 19. Jahrhunderts bestehendes künstliches Hafenbecken quer zum Rhein innerhalb der Stadtmauern Kölns, dicht südlich des Thürmchenswalls.

S. 141 **Zoll:** Längenmaß, 1 Zoll = 2,54 Zentimeter (in Preußen).

S. 143 **⅞ Meilen:** genau betrug die Länge der ersten Teilstrecke der Rheinischen Eisenbahn 6,2 Kilometer.

S. 145 **Mehlem,** Paul Joseph, Kaufmann und Fabrikant in Bonn, errichtete zusammen mit seinem bekannteren Bruder Franz Anton Mehlem im Jahr 1839 eine Fayence-, Steingut- und Porzellanfabrik in Bonn auf dem Gelände an der Zweiten Fährgasse (1935 abgerissen, nach dem 2. Weltkrieg wurde dort das Bundespostministerium gebaut). P. J. Mehlem war langjähriges Mitglied des Bonner Stadtrates und nahm auch lebhaft Anteil an Eisenbahnfragen. Er gehörte dem Provisorischen Ausschuss und später dem Verwaltungsrat der Bonn-Kölner Eisenbahn an, ohne allerdings dabei besonders hervorzutreten. Das »Mehlemsche Haus« auf der Beueler Rheinseite dicht oberhalb der Kennedy-Brücke wurde von den Gebrüdern Mehlem als ihr Wohnhaus errichtet.

S. 148 **Schürreskarre:** Schubkarre.

S. 149 **Friedhof:** heute Alter Friedhof.

S. 151 **Tumult auf dem Marktplatz:** Die vorübergehenden lautstarken studentischen Versammlungen auf dem Marktplatz, vor allem im Januar 1840, sind historisch, ebenso die Steinwürfe auf die neuen Straßenlaternen und die Nutzung der Treffen zu provozierten Duellforderungen.

S. 152 **Bursche:** älterer Student, vollgültiges Mitglied einer Studentenverbindung.

Chargierter: Vorstandsmitglied.

S. 152 **Pandekten:** Teil des Römischen Rechts.

Wichsier: Diener eines reichen Studenten, im 19. Jahrhundert durchaus üblich.

Baumschulwäldchen: heute Baumschulallee, Ecke Endenicher Straße; Reste des Wäldchens sind noch erhalten.

Wichs: Festkleidung oder Uniform von Corpsstudenten im 19. Jahrhundert.

Band: schmale Schärpe, unter der Jacke getragen, in den Verbandsfarben des Corps.

Cerevis: schirmlose Kneipmütze der Studenten.

Füchse: junge Studenten, innerhalb eines Corps noch »im Lehrjahr«, »Leibfuchs«: einem älteren »Burschen« zur »Ausbildung« zugewiesener junger Student.

Schläger: studentische Säbel.

S. 153 **Borussen, Rhenanen...:** Um 1840 gab es unter den rund 900 Studenten an der Universität Bonn sechs »Corps«. Das Corps »Borussia« galt als das vornehmste, es nahm fast ausschließlich Adlige auf; in der 2. Hälfte des 19. Jahrhunderts gehörten ihm verschiedene Prinzen aus der preußischen Königs- und Kaiserfamilie an, während diese in Bonn studierten.

S. 155 **Comment:** unter Studenten verpflichtender Brauch.

S. 156 **Konzipient:** Hilfsschreiber, Entwurfsschreiber.

S. 158 **Schabau:** Schnaps (kölnische Mundart).

S. 166 **Adelstitel:** Die alte Kaufherrenfamilie Staelgen aus Barmen führte nach ihrem Stammsitz, dem Weiler Carnap bei Barmen, schon lange den Namen »von Carnap«, jedoch vermutlich ohne ordnungsgemäße Adelsbestätigung durch die damaligen Landesherren, die Herzöge von Berg. Der in diesem Buch gegebenen Erklärung für die Bestätigung des Adels und Verleihung des Freiherrentitels an Gerhard von

Carnap im Jahr 1825 liegen keine urkundlichen Belege zu Grunde.

S. 161 **Gutachten:** Eine Kopie des Gutachtens des Regierungspräsidenten Köln vom 8.4.1840 ist im Hauptstaatsarchiv Nordrhein-Westfalen in Düsseldorf im Bestand 2020 enthalten.

1400 Ruten: ca. 5,7 Kilometer.

S. 162 **Trotzenburg:** Die Vorgänge um den Kauf des Bahnhofsgeländes in Köln sind einem Schreiben des Provisorischen Ausschusses der Bonn-Kölner Eisenbahn an den Oberpräsidenten in Koblenz vom 20.3. 1840 (Landeshauptarchiv Koblenz, Bestand 403/ 11812) entnommen. Die im Buch geschilderte denkbare Vorgeschichte (»Kölscher Klüngel«) ist allerdings nicht historisch nachweisbar.

7 Morgen: 1 preußischer Morgen = 0,255 ha; 7 Morgen = 17850 qm.

4. Kapitel

S. 164 **Optischer Telegraf:** eine seit dem frühen 19. Jahrhundert bestehende Einrichtung (in Preußen nur für Staats- und Militärzwecke): Auf hohen Türmen in Sichtentfernung gaben bewegliche große Zeiger Nachrichten weiter. Damit konnte, allerdings nur bei Tage, bereits eine große Geschwindigkeit erreicht werden.

S. 169 **Auszehrung, blutiger Husten:** Tuberkulose.

S. 171 **Oberbergamt:** Diese preußische Behörde hatte ihren Sitz am Rheinufer, Ecke Vogtsgasse, heute Konviktsstraße. Das heute vom Historischen Institut der Universität benutzte Gebäude wurde als Ersatz eines älteren Hauses an gleicher Stelle erst 1903 errichtet (1953 nach Kriegszerstörung in der vorherigen Form wieder aufgebaut).

S.171 **Düsseldorfer Gesellschaft:** Die Vorgängerin der heutigen »Köln-Düsseldorfer« Schifffahrtsgesellschaft, damals in heftiger Konkurrenz zu einer »Kölner Dampfschifffahrtsgesellschaft« stehend, mit der sie 1853 fusionierte.

S.173 **Roter Adlerorden:** 1. Klasse mit Stern und Schulterband: höchster Rang des normalen preußischen Verdienstordens.

Expropriation: Enteignung.

Patent: hier gemeint: königliche Anordnung.

S.174 **Arndt,** Ernst Moritz, 1769–1860, ev., 1800 Privatdozent in Greifswald (Geschichte), 1812 in Russland, berühmte Schriften gegen Napoleon, Kriegs- und Vaterlandslieder, 1818 als Professor der Geschichte nach Bonn berufen, aber 1819 im Zuge der »Demagogenverfolgung« suspendiert. Er wohnte im »Arndthaus« am Rhein, an der Zweiten Fährgasse. (Dem Haus benachbart hatten die Brüder Mehlem ihr Fabrikgebäude errichtet). 1840 setzte ihn Friedrich Wilhelm IV. sofort nach seiner Thronbesteigung wieder in sein Amt ein. 1841 wurde er Rektor der Universität Bonn. 1848 zum Mitglied der Frankfurter Nationalversammlung gewählt, gehörte er zu den bekanntesten zugleich liberalen wie patriotischen Deutschen seiner Zeit. An ihn erinnert die Arndtstraße an der Adenauerallee in Bonn.

S.175 **Kabinettsordre:** vom König persönlich unterzeichnete Anordnung.

S.176 **Denis,** Paul: Die Einschaltung des im deutschen Eisenbahnwesen der Jahre 1835–1844 sehr bekannten Ingenieurs zur Begutachtung der Pläne der Bonn-Kölner Eisenbahn ist historisch.

S.177 **Ermekeil'sches Hotel:** etwa in der Gegend des

heutigen Hotels Königshof zwischen Rhein und Adenauerallee. Nach Heinrich Ermekeil ist die Ermekeilstraße in Bonn-Poppelsdorf benannt.

S. 180 **Verwaltungsrat:** Seine Funktion entspricht dem heutigen Aufsichtsrat bei Aktiengesellschaften. Der erste Verwaltungsrat der Bonn-Kölner Eisenbahn umfasste folgende Mitglieder (in Klammern die Zahl der bei der Wahl erhaltenen Stimmen): Graf Beust, Bonn (448), Freiherr v. Carnap, Bornheim (432), Justizrat Lamberz, Bonn (417), Bankier Cahn, Bonn (406), Stadtbaumeister Weyer, Köln (361), Landbaumeister König, Bonn (361), Oberbürgermeister Steinberger, Köln (344), Oberbergrat Noeggerath, Bonn (340), Appellationsrat Leist, Köln (337), Bankier Deichmann, Köln (319), Hüttenbesitzer Jäger, Bonn (314), Fabrikinhaber Mehlem, Bonn (304), Dr. med. Wolff, Bonn (296), Kaufmann Haan, Köln (275), Gutsbesitzer Giesler, Brühl (255), Ingenieur-Leutnant Sonoré, Köln (244); Kaufmann F. Heimann, Köln (214), Kanzler v. Groote, Köln (213).

S. 183 **Wagner:** Handwerker für Bau und Reparatur von Pferdewagen.

S. 184 **Blech:** rheinischer Ausdruck für Gefängnis.

Sekondeleutnant: Unterleutnant, heute Leutnant.

S. 185 **Kasernen:** Es gab im alten Bonn zwei Kasernenkomplexe, einen an der Welschnonnenstraße (etwa das Gelände des heutigen Finanzamtes und des Parkplatzes der Beethovenhalle), einen zweiten in der Gegend der heutigen Münsterstraße (Karstadt).

S. 187 **Hofer,** Andreas, Tiroler Patriot, wurde 1810 nach einem Partisanenkrieg in dem von Österreich an Bayern abgetretenen Tirol von französischen Truppen gefangen und erschossen. Der preußische Major

v. Schill versuchte 1809 einen militärischen Aufstand gegen die französische Besatzungsmacht und fand dabei den Tod.

S. 188 **Leven,** Johann Peter, 1796–1850, Kaufmann aus Köln, Präsident der Großen Kölner Karnevalsgesellschaft, stellvertretendes Mitglied des Direktoriums der Bonn-Kölner Eisenbahn 1840–1848.

S. 189 **Jung,** Johann Christoph, 1783–1876, vermutlich lutherisch, (geb. in Ludwigsburg/ Württemb.), Rentner und Gutsbesitzer in Bonn, einer der reichsten Bonner Bürger, Mitglied des Bonner Stadtrats 1840–1841, 1843–1849; Beigeordneter (ehrenamtliches Magistratsmitglied) 1841–1843; Mitglied des Provisorischen Ausschusses der Bonn-Kölner Eisenbahn 1836–1840; stellvertretendes Mitglied des Direktoriums 1840–1844, Mitglied des Direktoriums 1844–1848.

S. 193 **Schramm,** Rudolf, 1813–1882, reform., stammte aus einer reichen Elberfelder Kaufmannsfamilie, Jurastudium an den Universitäten Bonn und Berlin (Studienfreund Otto v. Bismarcks), Ausbildung als Justizreferendar in Saarbrücken und Köln, während dieser Zeit 1841–1844 hauptamtlicher Verwaltungsleiter der Bonn-Kölner Eisenbahn. Seine engen Verbindungen zu Camphausen, zum Kölner Dombauverein und zur Rheinischen Zeitung, wie in diesem Buch geschildert, sind historisch. Nach seinem Assessorexamen 1845 in Berlin geriet er dort in die politischen Strömungen der Zeit, wurde 1848 in die *preußische* Nationalversammlung als demokratischer Abgeordneter gewählt, musste nach dem Wiedereinsetzen der absolutistischen Reaktion von 1849–1862 im Exil in London leben, wurde dann von Bismarck rehabilitiert und amtierte 1865/66 als preußischer General-konsul in Mailand, lebte aber sonst als freier Publizist. Er war ein überzeugter liberaler Demokrat, hatte aber unter Bismarck seinen Frieden mit der preußisch-deutschen Politik gemacht. Rudolf Schramm ist unter den für die Bonn-Kölner Eisenbahn maßgeblichen Persönlichkeiten eine der interessantesten und zugleich unbekanntesten.

S. 198 **Kinkel,** Johanna, geb. Mockel, geschiedene Mathieux, 1810–1858, die geistig bedeutendste Frau in Bonn in den vierziger Jahren des 19. Jahrhunderts. Ihr im Buch geschildertes Leben ist historisch.

S. 199 **Kortegarn'sche Schule:** Diese private kaufmännische Lehranstalt in der Koblenzer Straße wurde in Wirklichkeit erst 1841 gegründet; es scheint jedoch eine Vorgängerin in Bonn gegeben zu haben.

S. 201 **Gewerk:** Handwerkszweig.

S. 202 **Bönhasen:** nicht »zünftige« (sich nicht an die Zunftregeln haltende) Handwerker.

S. 203 **Gasthof Ruland:** heute ein italienisches Restaurant, damals beliebter Treffpunkt Bonner Studenten und Professoren.

Oppenhoff, Karl Edmund, 1807–1854, Oberbürgermeister von Bonn 1840–1850; nach ihm ist in Bonn die Oppenhoffstraße (zwischen Heer- und Adolfstraße) benannt.

S. 204 **Commers:** studentisches Trinkgelage.

S. 207 **Petition:** Die Petition vom 14. November 1840 (Original im Landeshauptarchiv Koblenz, Bestand 403/11812) trägt die Unterschrift zahlreicher Bonner Bürger. Manches spricht für die Autorenschaft Professor Böckings, obwohl sie nicht urkundlich feststeht. Das Gleiche gilt für einen anonym als Leserbrief veröf-

fentlichen längeren Aufruf im »Bonner Wochenblatt«
vom 13. November 1840 unter dem Titel »Bürger
herbei!« mit der gleichen Tendenz.

S. 207 **1 ¼ Meilen:** etwas über 9 Kilometer.

S. 414 **Kattun:** Baumwollstoff.

S. 208 **Bundesrat des Deutschen Bundes:** ein ständiger
Gesandtenkongress aller 38 unabhängigen deutschen Staaten mit Sitz in Frankfurt, das einzige gemeinsame Organ des Staatenbundes »Deutscher
Bund«.

S. 210 **Quart:** Flüssigkeitsmaß, in Preußen 1,145 Liter.

S. 212 **Gymnasium:** Das alte Bonner Gymnasium lag in
der Bonngasse gegenüber der Jesuitenkirche, heute
nicht mehr vorhanden. 1777–1797 war in dem Gebäude die kurfürstliche Akademie, später Universität
untergebracht.

S. 215 **Kreditvereine:** Schon lange vor Friedrich Wilhelm
Raiffeisen (1818–1888), der als Gründer der landwirtschaftlichen Kreditgenossenschaften gilt, hatte
Professor Peter Kaufmann in Bonn diesen Gedanken propagiert und bereits erste Erfolge damit er-
zielt.

S. 216 **Martinsgraben, Clara-Bastei:** heute etwa Maximilianstraße gegenüber dem Hauptbahnhof, erst um
1883 nach Abriss der Stadtmauer aufgefüllt und mit
Häusern bebaut. Die Bastei war ein an dieser Stelle
vorspringendes Stück der Stadtbefestigung.

S. 218 **3 Ruten:** knapp 12 Meter.

S. 218 **Gumme:** Diese tief liegende Stelle, die heute von
der Eisenbahnlinie durchfahren wird, wurde erst
nach 1883 im Zuge der Anlage des heutigen Bahn-
hofsviertels und der Quantiusstraße aufgefüllt und
bebaut.

S. 219 **Reiter-Exerzierplatz:** etwa das heutige Gelände der Beethovenhalle einschließlich des Parkplatzes.

S. 220 **Ende der Poppelsdorfer Allee:** der heutige Kaiserplatz.

S. 218 **Poppelsdorfer Schloss:** darin waren seit 1820 verschiedene naturwissenschaftliche Sammlungen der Bonner Universität sowie Wohnungen einiger Professoren untergebracht.

5. Kapitel

S. 222 **Niedeckens Lesestube:** Die »bürgerliche« Lesestube von Niedecken in der Straße Am Hof, heute Ecke Bischofsplatz, ist historisch.

S. 229 **v. Ernsthausen, Albrecht:** Es gab in Bonn um 1840 einen Jurastudenten dieses Namens, ob er allerdings die ihm im Buch zugeschriebenen Eigenschaften hatte, ist nicht belegt.

S. 244 **Münsterplatz, Haus Eilers:** heute im Gelände des Kaufhofs.

S. 245 **Schleppzug:** Der erste, von einem Dampfschiff gezogene Schleppzug mit Kohlen auf dem Rhein fuhr tatsächlich bereits im Sommer 1840, wie geschildert im Auftrag von Mathias Stinnes.

Stinnes, Mathias, 1799–1845, Begründer des Mühlheimer, später Duisburger Großhandelsunternehmens Stinnes. Sein im Buch geschilderter Werdegang ist historisch.

S. 261 **Sächsischer Erfinder:** Das Interesse der drei im Buch erwähnten Gesellschaften, darunter der Bonn-Kölner Eisenbahn, an der Erfindung des Chemnitzers Preuß ist historisch, ebenso allerdings auch die Erfolglosigkeit ihrer Bemühungen (Wolfgang Klee, Preußische Eisenbahngeschichte, Stuttgart 1982, S. 80).

S. 261 **Gerechtsame:** mittelalterliche Privilegien.

S. 262 **600 Zentner:** ca. 3 Tonnen.

S. 263 **Üdorf:** ca. 5 Kilometer stromabwärts von Bonn.

Schüsse auf Dampfschiffe: Heimlich vom Ufer abgefeuerte Schüsse auf Dampfschleppschiffe am Rhein dicht unterhalb von Bonn sind in historischen Quellen überliefert, allerdings erst aus dem Revolutionsjahr 1848.

S. 265 **Jesuitenkirche:** in der Bonngasse, dicht am Bonner Marktplatz.

Krinoline: Reifrock, als Unterrock getragen, der das Kleid unterhalb der Hüfte weit auseinander spreizte; in der Mitte des 19. Jahrhunderts Teil der Damenmode höherer Stände.

Übungsmensuren: Säbelkämpfe unter Studenten mit Schutzkleidung gegen ernsthafte Verletzungen.

S. 266 **Kinkel,** Gottfried, 1815–1882, Schriftsteller, 1846 Professor für Kunstgeschichte in Bonn. Seine hier geschilderte frühe Zeit in Bonn ist historisch. 1843 heiratete er Johanna Mathieux. In den Revolutionsjahren 1848/49 schloss er sich der republikanischen Bewegung an und wurde zu lebenslanger Haft verurteilt, aus der ihn 1850 sein ehemaliger Schüler Karl Schurz befreite. Das Ehepaar Kinkel lebte danach im Exil in London, Johanna starb dort 1858. Seit 1866 war Gottfried Kinkel Professor in Zürich. Er war eine der bemerkenswertesten Gestalten der deutschen Revolution von 1848.

S. 267 **Philister:** Im 19. Jahrhundert ein Studentenausdruck für Spießbürger, Kleingeister.

S. 268 **Folio:** altes Papierformat, etwas größer als DIN A 4.

Freiligrath, Ferdinand, 1810–1878, Dichter und Schriftsteller, gab 1840–1841 in Bonn zusammen mit

Karl Simrock das »Rheinische Jahrbuch für Kunst und Poesie« heraus; in den Jahren 1848/49 Anhänger sozialer und freiheitlich-demokratischer Ideale, 1851–1868 im Exil in London.

Geibel, Emanuel, 1815–1883, spätromantischer Dichter.

Schücking, Levin, 1814–1883, Schriftsteller und Journalist, mit K. Simrock und F. Freiligrath befreundet.

Burckhardt, Jacob, 1818–1897, schweizer Kultur- und Kunsthistoriker. Die kurzfristige Mitgliedschaft der Genannten im Bonner »Maikäferbund« ist historisch.

S. 272 **»Nordländer, Südländer«:** Die Spaltung der Bonner Bevölkerung in zwei »Parteien« über die Lage des Bonner Bahnhofs im Jahr 1841 ist historisch.

S. 273 **Sürst, Butterweck:** heute »In der Sürst« und Poststraße nahe dem Münsterplatz.

S. 277 **Baukondukteur:** etwa aufsichtführender Ingenieur im Staatsdienst.

S. 279 **8000 Ruten:** 30,08 Kilometer.

Franco Köln: »frei«, d.h. einschließlich der Transportkosten bis zum Bestimmungsort.

Ultramontan: wörtlich »jenseits der Berge«; im 19. Jahrhundert Ausdruck für einen papsthörigen Katholizismus.

S. 280 **Oppenheim,** Dagobert, 1809–1878, aus der Kölner Bankiersfamilie Oppenheim, war später lange Präsident der Köln-Mindener Eisenbahn.

S. 281 **Mevissen,** Gustav, 1815–1899, seit 1844 Präsident der Rheinischen Eisenbahn als Nachfolger Hansemanns, später auch Präsident der Kölner Handelskammer, liberales Mitglied der Frankfurter Nationalversammlung 1848/49, später des Preußischen

Herrenhauses (1866–1891), einer der bedeutendsten Wirtschaftsführer und Politiker des Rheinlands im 19. Jahrhundert.

Rheinische Zeitung: Die Zeitung bestand vom 1. Januar 1842 an, zunächst unter der Chefredaktion von Gustav Höffken, da Friedrich List den Posten abgelehnt hatte.

6. Kapitel

S. 285 **Kirchenälteste:** heute etwa Mitglied eines Pfarrgemeinderates.

S. 290 **Fahrbillets:** Fahrtkarten.

S. 292 **Polyhistor:** wörtlich »Vielwisser«, auf sehr vielen Gebieten beschlagener Mensch.

S. 294 **Kataster:** amtliche Verzeichnisse und Karten der Grundstücke für Steuerzwecke, bereits in der ersten Hälfte des 19. Jahrhunderts in Deutschland fast überall vorhanden.

7000 Ruten: ca. 27 Kilometer.

9 Ruten: ca. 35 Meter.

Exorbitant: außerordentlich hoch.

S. 296 **1 Quadratrute:** ca. 14,2 Quadratmeter.

Grundstückspreise: auf Quadratmeter und in Mark umgerechnet (Wert 1872) betrugen die damaligen Preise zwischen etwa 3,5 Pfennig und 25 Pfennig.

S. 299 **32 Quadratruten:** ca. 450 Quadratmeter, ein Preis von 17 Pfennig (Wert 1872) pro qm war ein für damalige Verhältnisse bereits relativ hoher Grundstückspreis.

S. 299 **Grundbuchrichter:** Grundbücher als amtliche Verzeichnisse der Eigentumsverhältnisse an Grundstücken; seit der preußischen Herrschaft im Rheinland bei den Friedensgerichten (Amtsgerichten) geführt.

S. 301 **Kontoroffizianten:** Büroangestellte.

Weerth, Georg, 1822–1856, Kaufmann, Journalist und Schriftsteller, wurde von Friedrich Engels als der »erste und bedeutendste Dichter des deutschen Proletariats« bezeichnet. In einem hinterlassenen Romanfragment hat er die Zustände in der Baumwollmanufaktur seines Onkels realistisch beschrieben. Sein Aufenthalt in Bonn vom Frühjahr 1842 bis Herbst 1843 ist historisch. Später lebte er in England und Belgien, war 1848/49 Feuilletonchef der »Neuen Rheinischen Zeitung« in Köln, deren Chefredakteur Karl Marx war. Diesen und seinen Freund Friedrich Engels kannte er seit 1845. Er starb 1856 in Kuba an Fieber.

S. 302 **Rüböl:** billigstes Öl für Lampen.

Rachitis: im 19. Jahrhundert auch »englische Krankheit« genannt, Vitaminmangel-Krankheit bei Kindern, rachitisch auch im übertragenen Sinne: abgezehrt, dürr.

S. 305 **Straßenpflaster:** Das erste Straßenpflaster wurde in Bonn tatsächlich erst 1842 verlegt, wie geschildert in der Straße »Am Hof« gegenüber der Universität.

S. 315 **Skrutatoren:** Stimmenzähler.

S. 387 **Bodelschwingh,** Ernst von, 1794–1854, ev., preußischer Beamter aus westfälischer Adelsfamilie, 1834–1842 Oberpräsident der Rheinprovinz, 1842–1848 Finanzminister. Vater des bekannten Pastors Friedrich v. Bodelschwingh, des Gründers der Anstalten in (Bielefeld-) Bethel.

S. 316 **Ergänzungswahlen:** das Ergebnis nach dem im »Bonner Wochenblatt« vom 12.4.1842 veröffentlichten Protokoll (in Klammern die erzielten Stimmenzahlen): Bauingenieur König, Bonn (393), Justizrat Lamberz, Bonn (317), Appellationsrat Leist, Köln (314), Landrat v. Hymmen, Bonn (291), Kanzler v. Groote, Köln (276), Kaufmann Carl Boisseré, Köln (201). Nicht gewählt wurden Kaufmann Riegeler, Bonn (116), Prof. Burkart, Bonn (114), Prof. Böcking, Bonn (91), Frhr. v. Carnap, Bornheim (90).

S. 317 **50 Quadratruten:** ca. 710 Quadratmeter.

Phaeton: kleiner einspänniger Kutschwagen mit zwei Sitzen, ohne Kutschbock.

S. 320 **Rekurrieren:** sich auf etwas beziehen.

S. 322 **Bauer,** Bruno, 1809–1882, Theologe und Philosoph. Das geschilderte Ende seiner Bonner Universitätslaufbahn sowie seine Freundschaft mit dem jungen Karl Marx sind historisch. Bauer arbeitete später als Journalist und Schriftsteller. Er wurde zum entschiedenen Atheisten und Antisemiten. Die sozialistischen Ideen seines Jugendfreundes Marx hat er nicht geteilt.

Marx, Karl, 1818–1883, Philosoph und Nationalökonom, Begründer des Marxismus. Er stammte aus Trier (Sohn eines zum Protestantismus übergetretenen jüdischen Rechtsanwalts), studierte in Bonn (1835/36) und Berlin Jura und Philosophie. Seine vergeblichen Bemühungen im Frühjahr 1842, sich an der Universität Bonn zu habilitieren, sowie seine leicht verrückte Abschiedsfeier mit Bruno Bauer Ostern 1842 auf der Godesburg sind historisch.

7. Kapitel

von Köln und damit Vertreter des durch die Preußen an der Ausübung seines Amtes gehinderten Kirchenfürsten; 1846, nach dem Tode des Erzbischofs Droste zu Vischering, folgte er ihm auf den erzbischöflichen Thron. Seine Ernennung zum Koadjutor sollte den kirchlichen Frieden mit Preußen wiederherstellen.

S. 349 **Koadjutor:** wörtlich »Helfer«, in der katholischen Kirchenhierarchie zum Bischof geweihter Stellvertreter eines anderen Bischofs.

Sittenlosigkeit: Die tatsächliche Haltung des – historischen – Bornheimer Pfarrvikars Elkemann zum Eisenbahnbau lässt sich in Dokumenten nicht nachweisen. Ähnliche Beschwerden vorwiegend katholischer Geistlicher hat es jedoch in Deutschland während des Baues der frühen Eisenbahnstrecken mehrfach gegeben.

S. 357 **Ausscheiden Exners:** Zum plötzlichen Ausscheiden des Ingenieurs Exner aus dem Dienst der Bonn-Kölner Eisenbahngesellschaft im Sommer 1842 existieren keine Dokumente. Die Darstellung versucht eine plausible Erklärung zu geben.

v. Lausaulx, Johann Claudius, geb. um 1808. Über ihn ist urkundlich nur wenig bekannt. Er muss der Sohn seines gleichnamigen Vaters (siehe unten S. 586) gewesen sein. Als Ingenieur leitete er in der Hauptbauzeit (1842–1844) alleinverantwortlich den Bau der Gleise und der Bahnhöfe der Bonn-Kölner Eisenbahn. Er scheint nach Abschluss der Bauarbeiten in den Dienst der Stadt Bonn getreten zu sein; jedenfalls fungierte er 1847 als Bonner Stadtbaumeister.

S. 363 **8000 Schachtruten:** ca. 35 000 Kubikmeter.

8. Kapitel

ßischen Finanzministers wurde zusammen mit zwei anderen wichtigen Schreiben der preußischen Regierung, betreffend die Bonn-Kölner Eisenbahn, im Bonner Wochenblatt Nr. 153 (Ende Dezember 1842) in Form einer Beilage veröffentlicht.

S. 391 **5 Zoll:** ca. 13 cm, ½ Zoll: ca. 1,3 cm.

S. 393 **Rosenmontagszug:** Der erste Rosenmontagszug in Bonn nach vierzehnjährigem Verbot im Februar 1843 ist historisch.

S. 395 **Schauspielhaus am Vierecksplatz:** an der südlichen Seite des heutigen, allerdings sehr viel breiteren Platzes »Berliner Freiheit« (Verlängerung des Bertha-von-Suttner-Platzes in Richtung Kennedy-Brücke). Das hölzerne Theatergebäude wurde 1845 abgebrochen.

Divertissementchen: kleines lustiges Schauspiel zum Karneval in Kölner oder Bonner Mundart.

S. 398 **⅙ Meile:** gut 1 Kilometer.

Schlammloch: der heutige Kaiserplatz.

Beschwerde der Universität: Die Einwände der Universität gegen den Verkehr vom und zum Bahnhof sind historisch. Tatsächlich waren noch viele Jahre Pferdewagen für Personen und Lasten gezwungen, einen gut 1700 Meter langen Umweg um den Hofgarten zu machen. Nur Fußgänger konnten über das Neutor am Westflügel des Universitätshauptgebäudes auf kürzerem Weg die Stadt erreichen, allerdings unter Inkaufnahme der erheblichen Geruchsbelästigung durch die Fäkaliengruben auf dem heutigen Kaiserplatz. Noch heute ist übrigens die Universität Eigentümerin der Poppelsdorfer Allee, des Kaiserplatzes und des Hofgartens.

S. 399 **Magnifizenz:** offizielle Anrede an einen Universitäts-
rektor.

S. 400 **curr.:** currentis, »des laufenden« Monats.

9. Kapitel

S. 409 **Argelander,** Friedrich Wilhelm August, 1799–1875,
berühmter Astronom und Urheber der so genannten
»Bonner Durchmusterung«, einer Bestandsaufnahme
sämtlicher, mit den technischen Mitteln der damaligen Zeit sichtbaren (über 300 000) Fixsterne.

Grundsteinlegung: Leider existiert kein zeitgenös-
sischer Bericht über die Grundsteinlegung, nicht
einmal der genaue Zeitpunkt steht fest. Die Mitwirkung des berühmten Architekten Schinkel an den
Bauplänen ist jedoch historisch.

S. 410 **Sternwarte:** Das 1843/44 in der Nähe der Poppelsdorfer Allee, Ecke Argelanderstraße (nach dem Professor benannt) errichtete Gebäude steht noch heute,
wenn es auch nur noch zu musealen Zwecken benutzt wird.

Refraktor: großes astronomisches Fernrohr.

S. 412 **Beschwerde:** Die Beschwerde Professor Argelanders gegen den Bau des Bahnhofs ist historisch.

Ries: altes Papiermaß: 400 Bogen Schreibpapier.

130 Ruten: gut 500 Meter.

S. 413 **Alte Heerstraße:** heute Immenburgstraße in Bonn.

S. 415 **Fallissement:** Bankrott, Konkurs.

S. 421 **Kessenicher Kreszenz:** Wein aus Kessenich (Bonner Vorort). Im 19. Jahrhundert wurde dort noch Wein
angebaut.

Dahlmann, Friedrich, 1785–1869, Historiker, Professor an den Universitäten Kiel (damals dänisch),
Göttingen und Bonn. Nach der Revolution von 1848

war er einer der prominentesten Abgeordneten der Frankfurter Nationalversammlung. Die Dahlmannstraße im Bonner Süden ist nach ihm benannt.

S. 425 **Totenmahl:** Die von Schramm erzählten Ereignisse um das Verbot der »Rheinischen Zeitung« zum 31. März 1843 sind historisch.

»Zur Attacke, marsch«: Für den Streik der Eisenbahnarbeiter in Dransdorf und seine Unterdrückung durch preußisches Militär liegen keine urkundlichen Belege vor, doch hat es in diesen Jahren verschiedentlich ähnliche Unruhen unter den Bahnarbeitern in Preußen, auch aus den geschilderten Gründen, und ihre mehr oder weniger gewaltsame Unterdrückung durch Militär gegeben.

S. 228 **Solenn:** festlich, üppig.

S. 436 **Kandare:** Beißstange im Pferdemaul zum Zügeln des Tieres, im übertragenen Sinn: jemanden fest im Griff haben.

S. 438 **Inquisitoriat:** heute etwa Strafkammer eines Landgerichts.

Dampfschiff »Stadt Bonn«: Die feierliche Begrüßung der ersten Fahrt des neuen Dampfschiffes »Stadt Bonn« am 25. Juni 1843 in Bonn ist historisch, nicht allerdings der geschilderte Sabotageversuch.

10. Kapitel

S. 443 **Annabastei:** heute etwa das Areal zwischen Gangolf-, Wessel- und Maximilianstraße, damals der nicht mehr benutzte Teil einer Befestigungsanlage aus dem 17. Jahrhundert.

Bonner Bahnhof: Der Bahnsteig und das Stationsgebäude lagen etwas südlicher als das heutige Hauptgebäude des Bonner Hauptbahnhofs, dicht an

der Poppelsdorfer Allee; die Nebengebäude (Loko-
motiv-, Wagen- und Kohlenschuppen) zogen sich
auf der Stadtseite des Gleises bis zur Stelle des heutigen Bahnhofs hin.

S. 445 **Baukondukteur v. Lasaulx,** Johann Claudius, 1781
–1848, aus einer seit dem frühen 18. Jahrhundert in
Koblenz ansässigen lothringischen Adelsfamilie,
baute und restaurierte im Rheinland als Staatsbau-
meister (kgl. Baukondukteur) viele Schlösser und
Kirchen, in Bonn die Kapelle auf dem Alten Friedhof.

S. 446 **Weyer,** Johann Peter, 1794–1864, wurde 1822 Stadtbaumeister in Köln, seit 1844 im Ruhestand, danach
Immobilienhändler. Er war die Seele der Erschließung
und des Ausbaus der Stadt Köln und zugleich ein
bedeutender Kunstsammler. Er schenkte 1859 der
Kölner Andreaskirche den Albertus-Schrein. Von
1840–1844 war er Mitglied des Verwaltungsrates der
Bonn-Kölner Eisenbahn.

S. 447 **Roman:** Georg Weerth hat einen Roman, in dem ein
Fabrikant »Preiß« eine Hauptfigur bildet, nie vollendet, sondern als Fragment hinterlassen.

S. 448 **Adressen:** alter Ausdruck für schriftliche Eingaben
an Regierung und König (Petitionen).

S. 451 **Enthüllung:** Der Vorfall ist historisch und von
Georg Weerth in einem Brief vom 6. 9. 1843 geschildert; allerdings ist nicht belegt, dass es Karl Simrock
war, der diese Beschuldigung gegen Oberbürgermeister Oppenhoff vorbrachte.

Insinuation: Beleidigung.

S. 452 **Comptoir:** Kontor (alte, damals übliche Schreib-
weise).

Bradford: Georg Weerth musste unmittelbar nach
dem Vorfall Bonn verlassen und nach England rei-

sen, er trat in Bradford eine Stelle in einem Handelsgeschäft an.

S. 454 **200 Ruten:** ca. 750 Meter.

S. 458 **Halbe Linie:** ca. 1 Millimeter (1 Linie = $^1/_{12}$ Zoll = ca. 2 Millimeter).

50 Ruten: etwa 180 Meter.

S. 459 **400 Ruten:** etwa 1500 Meter.

S. 460 **Schienenstühle:** Dieses englische Patent aus der Frühzeit des Schienenbaus ist später von deutschen Eisenbahnen nicht mehr verwendet worden.

S. 461 **Sechtem:** Der genaue Ort und die Zeit der Vollendung des Schienenbaus der Bonn-Kölner Eisenbahn ist nicht historisch belegt.

S. 471 **Rayon, Glacis:** Vorfeld von Festungen.

S. 477 **Englische Kohle:** Tatsächlich verwendeten die Eisenbahnen in Deutschland noch bis etwa 1850 fast ausschließlich englische Kohle, aus den angegebenen Gründen.

S. 478 **Schmollis:** alter studentischer Trinkgruß, etwa wie »Prosit«.

S. 481 **Neugasse:** heute Rathausgasse; das Polizeibüro lag neben dem Rathaus.

S. 484 $^1/_{10}$ **Meile:** ca. 750 Meter (= rund 200 Ruten).

S. 488 **Staatsstraße:** von Bonn nach Köln: die spätere Bundesstraße 9 nahe dem Rheinufer über Wesseling.

Verbindungsweg der Forts: heute die Militärringstraße in Köln.

S. 494 **Wenburne:** Das Bestehen einer privaten Englischen Schule eines Mr. Wenburne in Bonn in den frühen vierziger Jahren ist historisch.

S. 498 **29. Dezember:** Das Datum der ersten Probefahrt einer Lokomotive ist in der handschriftlichen Chronik Bonns des Justizrats Lamberz fest gehalten.

S. 499 **Lokomotive:** Für die Freunde historischer Eisenbahnen seien hier die technischen Angaben über die ersten fünf Lokomotiven der Bonn-Kölner Eisenbahn zusammengetragen, so weit sie sich aus den verstreuten und unvollständigen Dokumenten ermitteln ließen:

Die ersten vier baugleichen Maschinen von der Bauart 1A1 der Fa. Sharp, Roberts & Co. in Manchester wurden im November 1843 geliefert und trugen die Fabriknummern 236, 238, 240 und 241. Eine fünfte Lokomotive gleichen Typs (Nr. 251) wurde im Juli 1844 in Dienst gestellt. Sie hatten Innenrahmen, schräge Außenzylinder und durchhängenden Stehkessel. Das Triebwerk besaß einen Zylinderdurchmesser von 305 und einen Kolbenhub von 457 mm. Die Treibräder hatten einen Durchmesser von 1524 mm (5 Fuß), die Vorder- und Hinterräder von 1066 mm (3 Fuß 6 Zoll). Der Dampfdruck erreichte 4,4 atü. Der Kessel wies einen Durchmesser von 995 mm und eine Länge von 2880 mm auf, seine Heizfläche betrug 42,95 qm. Das Gewicht der Maschine wurde mit 11 engl. Tons (11181 kg) angegeben. – Die Fa. Sharp hat bis 1843 insgesamt 47 Lokomotiven an deutsche Eisenbahngesellschaften geliefert; ab 1842 die beschriebene verbesserte Neukonstruktion. Die Lokomotiven der Bonn-Kölner Eisenbahn taten ihren Dienst bis zur Ausmusterung 1861. **Quellen:** Sammlung Dipl.Ing. Bombe (um 1950), S. 261 (Bonn-Kölner Eisenbahn), F.W. v. Reden, Die Eisenbahnen Deutschlands, 1. Abschnitt, S. 240 (1843).

S. 499 **Titelvignette:** kleine Illustration in einem Buch- oder Zeitungstitel.

S. 501 **Bahn zur belgischen Grenze:** Das letzte Teilstück

der Rheinischen Eisenbahn von Aachen bis Herbesthal war am 15. Oktober 1843 eröffnet worden. Es
war nun möglich, mit nur einem Umsteigen an der
Grenze in wenigen Stunden von Köln bis Antwerpen zu fahren und noch am gleichen Tag mit dem
Dampfschiff England zu erreichen.

11. Kapitel

von Theodor Alfter an Friedrich Klotz kurz vor Eröffnung der Bonn-Kölner Eisenbahn ist historisch, ebenso der Betrieb der Omnibusse durch Alfter. Nicht historisch gesichert ist, ob Theodor Alfter wirklich der heftige Eisenbahn-Gegner war, als der er in diesem Buch geschildert wird.

S.531 **Troglodyt:** »Höhlenbewohner«, hier scherzhaft gemeint.

S.533 **Universitätskurator:** von der preußischen Regierung ernannte staatliche Aufsicht über eine Universität.

Dechen, Heinrich von, 1800–1889, Berghauptmann und Geologe, wurde 1841 als Nachfolger des Grafen v. Beust Berghauptmann und Direktor des Oberbergamtes in Bonn (bis 1864). Er erwarb sich große Verdienste um die Anerkennung der Geologie als selbständige Wissenschaft und die geologische Erforschung des Rheinlandes und Westfalens. Er ist der Namengeber für die Dechenstraße in der Nähe des Bonner Hauptbahnhofs.

S.534 **Geschäftsbericht:** Das Protokoll der Generalversammlung der Bonn-Kölner Eisenbahn vom 8. April 1844 wurde in der »Kölnischen Zeitung« vom 24. April 1844 veröffentlicht. Es enthält den sehr ausführlichen Geschäftsbericht, den Präsident Stahl dabei vortrug. Dieser Bericht ist, da fast alle anderen Unterlagen der Eisenbahngesellschaft verloren gegangen sind, die wichtigste Informationsquelle über die praktischen Probleme und Aufgaben beim Bau dieser Eisenbahnstrecke.

S.538 **Direktorium:** Das Direktorium der Bonn-Kölner Eisenbahn setzte sich nach den Ergänzungswahlen vom 8.4.1844 aus folgenden Herren zusammen:

Direktoren F. J. Mülhens, J. H. Degen, C. J. Jung (alle drei aus Bonn), J. DuMont, Köln, J. H. Sonoré (Köln). Stellvertretende Direktoren: J. Heimann, Bonn, F. Leven, Köln, J. M. Farina, Köln, Samson Cahn, Bonn (neu) F. Hagen, Köln (neu).

S. 541 **Quantius,** Adolf, Bonner Maurermeister, sorgte in der Mitte des 19. Jahrhunderts für die intensive Bebauung der »Weststadt« Bonns westlich der Eisenbahn. Nach ihm ist die Quantiusstraße hinter dem Bahnhof benannt.

S. 542 **Subdirektor:** Der von der Direktion der Bonn-Kölner Eisenbahngesellschaft im April 1844 eingesetzte »Subdirektor« hieß in Wirklichkeit Krause – woraus hervorgeht, dass der Held dieses Buches, Christian Jellinghaus, nur eine Romanfigur ist, ebenso wie seine Verlobte Katharina Velten. Doch fast alle anderen Figuren dieses Buches, gerade die prominenten, sind historische Persönlichkeiten.

EMMANUÍL
ROÍDIS

PÄPSTIN
JOHANNA

BASTEI
LÜBBE

Im Jahre 818 wird Johanna als Tochter eines in der
Sachsenmission tätigen englischen Priesters und
dessen Frau in Deutschland geboren. Früh verliert sie
beide Eltern und sucht Zuflucht in einem Frauenklo-
ster. Dort lernt sie den Mönch Frumentius kennen, der
sie dazu überredet, ihm als Mann verkleidet in sein
Kloster Fulda zu folgen. Sie werden jedoch bald entdeckt, und Johanna begibt sich nach Italien. Als
»Pater Johannes« gelingt ihr am päpstlichen Hof ein
spektakulärer Aufstieg, an dessen Ende die Papst-
krönung steht. Doch als sich die junge Frau in einen
Mönch aus ihrem Gefolge verliebt, nimmt das Schicksal seinen Lauf ...

ISBN 3-404-14446-5

BASTEI
LÜBBE